Knaur.

Knaur.

Über die Autorin:
Julianne Bedford lebt in den Südstaaten der USA.
DIESE EINE GROSSE LIEBE ist ihr erster Roman.

Julianne Bedford

Diese eine große Liebe

Roman

Aus dem Amerikanischen von
Gabriela Schönberger

Knaur Taschenbuch Verlag

Die amerikanische Originalausgabe erschien 2003
unter dem Titel »The One True Ocean«
bei Source Books, Naperville, Illinois.

Besuchen Sie uns im Internet:
www.knaur.de

Deutsche Erstausgabe Juni 2006

Redaktion: Dr. Gisela Menza
Umschlaggestaltung: ZERO Werbeagentur, München
Umschlagabbildung: Getty Images, München
Satz: Pinkuin Satz und Datentechnik, Berlin
Druck und Bindung: Clausen & Bosse, Leck
Printed in Germany
ISBN-13: 978-3-426-63371-7
ISBN-10: 3-426-63371-X

2 4 5 3 1

1

Was für ein Haus! Shelbys Herz hüpfte vor Freude, als sie mit einer Tüte Lebensmittel im Arm darauf zuschritt. Feiner Kies knirschte unter ihren Stiefeln. Eine helle, wie poliertes Chrom gleißende Nachmittagssonne tauchte das rotbraune, leicht schiefe Backsteingebäude in warmes Licht, fiel in schrägen Strahlen über Schichten aus verwittertem Lehm und abblätternder Farbe und brach sich in tausend winzigen schwarzen Schatten auf der schuppigen Oberfläche. Wie die Falten im Gesicht eines alten Mannes. Das Haus hatte Charakter. Deutlich traten Risse und Beulen hervor, und an vielen Stellen zeichnete der doppelt und dreifach aufgetragene Mörtel in sanft geschwungenen Linien die Ablagerungen zweier Jahrhunderte nach. Trotz alldem war es das schönste Haus, das Shelby je gesehen hatte. Es besaß ein Stockwerk, dazu einen Speicher und einen Keller, und es gehörte ihr ganz allein. Ein Traum war wahr geworden.

Das Haus war zweihundertsieben Jahre alt und damit das älteste Gebäude in Hendersonville. Leider war es in den vergangenen Jahrzehnten ziemlich vernachlässigt worden. Aus schwarzen Eisennägeln geformte Sterne zierten an den Stellen die Außenwände, an denen nach dem Beben in der New Madrid-Falte von 1811 Verstrebungen eingesetzt worden waren. Ein Teil der Veranda war eingestürzt, und wilder Wein, vermengt mit blauen Winden, überwucherte die am Boden liegenden Bretter.

Dem dichten Bewuchs nach zu schließen musste die Veranda schon eine ganze Weile in diesem Zustand sein. Das Haus renovieren zu lassen würde eine Menge Geld verschlingen, aber darauf hatte sie sich nun mal eingelassen.

Die Renovierung war Teil des Kaufvertrags. Die Denkmalschutzbehörde und das Bürgerkomitee, das sich zur Rettung dieses Hauses gebildet hatte, hatten dem Kauf auch nur deshalb zugestimmt, weil Shelby sich bereit erklärt hatte, es wieder in seinen alten Zustand zu versetzen. Die zuvor bekannt gewordene Absicht eines Bauunternehmers, das Haus zu kaufen und anschließend abreißen zu lassen, hatte einen Sturm der Entrüstung in der Stadt ausgelöst. Alle waren dagegen gewesen. Shelbys Angebot war gerade zum rechten Zeitpunkt gekommen. So war sichergestellt, dass der Stadt weiter ein Teil ihrer Vergangenheit erhalten blieb, ohne dass es sie einen Cent kosten würde. Mit einem Wort – alle waren glücklich und zufrieden.

Beim Anblick der blauen Winden lief Shelby ein Schauder der Vorfreude über den Rücken, und sie holte tief Luft. Sie beabsichtigte, die Blumen nach der Instandsetzung der Veranda hier wieder anzupflanzen, und sah bereits ein Meer aus blauen Blüten vor sich. Versonnen lächelte sie.

Mit einem Arm die Tüte mit den Lebensmitteln umklammernd, zerrte sie mit der freien Hand das mehrfarbige Verkaufsschild aus dem Boden, das neben dem zerbeulten alten Briefkasten aufgestellt worden war. Schild und Briefkasten waren verblichen und von Einschüssen durchlöchert. Eine Seite des Briefkastens war eingedellt, wahrscheinlich vom Baseballschläger irgendeines Teenagers. Aber das war alles unwichtig. Shelby würde so bald wie möglich einen gemauerten Briefkasten aufstellen lassen, um jugendlichen Rowdys von vornherein den Wind aus den Segeln zu nehmen. Und zwar aus braunen Ziegeln in der Farbe des Hauses. Sie lehnte das Verkaufsschild an die Veranda, mit der Schrift nach innen, damit es von der Straße aus nicht gelesen werden konnte. Das Haus gehörte jetzt ihr und stand nicht länger zum Verkauf. Shelby hatte endlich ihr Zuhause gefunden.

Ihr Lächeln erlosch jedoch, als sie die Stufen zur Veranda hochstieg. Das Geländer aus Schmiedeeisen war vor langer Zeit abgebrochen und rostete, von Unkraut überwuchert und in Gesellschaft einiger kaputter weißer Stühle, die irgendjemand dort abgeladen hatte, auf dem Boden vor sich hin. Das arme vernachlässigte Haus. Shelby verspürte ein Ziehen in der Magengegend. So musste es sich anfühlen, ein streunendes Haustier zu retten, das krank und leidend war. Am liebsten hätte sie sich sofort an die Arbeit gemacht. Liebevoll streichelte sie im Vorübergehen eine der Säulen der Veranda. Bald würde alles wieder in Ordnung kommen. Es war eine Schande, was aus diesem wunderschönen alten Haus geworden war.

An der Tür drehte sie sich um und betrachtete die modernen Häuser und den großen Gebäudekomplex auf der anderen Seite der Bahngleise. Verstreut zwischen Weideland und Koppeln liegend, boten sie in der vorstädtischen Einöde, die sich von Nashville bis hierher erstreckte, eine willkommene Abwechslung für das Auge. Shelbys Haus war sogar noch älter als die Bahngleise, denen es – einem Bahnhof nicht unähnlich – genau gegenüberlag. Dafür kehrte es der baumgesäumten Straße, über die Shelby gekommen war, den Rücken zu. Ja, sie fragte sich, ob das Haus nicht sogar noch älter als diese Allee war. Zu der

Zeit, als es erbaut worden war, hatte es hier nicht viel mehr gegeben als wilde Tiere und Indianer. Und danach hatten sich die menschlichen Strukturen wie Wildwuchs ausgebreitet, ohne groß Rücksicht auf das allein stehende Haus zu nehmen.

Ringsum glühten dicht belaubte Ahornbäume in herbstlichem Gelb und Korallenrot. Die Baumstämme standen knietief in kreisrunden Pfützen aus buntem Laub, dem Widerschein ihres leuchtenden Blattwerks. Etwas weiter entfernt konnte Shelby durch die Zweige weniger dicht belaubter Bäume die Auffahrt zur Umgehungsstraße erkennen. Zwanzig Minuten waren es bis zu ihrem Büro in Nashville und keine fünf Minuten bis zum Zentrum von Hendersonville, aber hier draußen war sie von Pferden, Bäumen und Feldern umgeben.

Shelby kämpfte mit ihrem Schlüsselbund, bis sie den nagelneuen glänzenden Messingschlüssel für das Schloss gefunden hatte, das erst vor kurzem eingebaut worden war. Laut Auskunft ihres Maklers war das Anwesen seit vielen Jahrzehnten, seit die letzten Besitzer es hatten herunterkommen lassen und von heute auf morgen verschwunden waren, immer unverschlossen gewesen. Aber es habe keinen Vandalismus gegeben, keine Schmierereien, nicht ein Loch in der Wand und auch keine eingeschlagene Fensterscheibe.

Der Makler hatte voller Stolz berichtet, dass die kleine Stadt Hendersonville ein Ort sei, wo nie etwas gestohlen würde, geschweige denn gar jemals ein böses Wort falle. Und am Sonntag seien alle Kirchen brechend voll. Shelby hatte sich ein skeptisches Grinsen nicht verkneifen können und ein neues Schloss installieren lassen, sobald sie den Kaufvertrag unterschrieben hatte.

Sie drückte die Tür auf, die sich knarrend an staubigen Angeln bewegte und den Blick in die vordere Diele freigab. Muffig und trüb wie das Innere eines alten Schranks voller vergessener Habseligkeiten lag sie vor ihr. Shelby holte tief Luft und seufzte. Es roch förmlich nach Geschichte. Sie war umgeben von Vergangenheit und glaubte fast die Gegenwart all der Menschen zu spüren, die hier einst gelebt hatten, die hier ein und aus gegangen waren, die gelacht und geweint hatten, die in diesem Haus geboren und gestorben waren.

Linker Hand befand sich eine glatte Holztür, die über ein paar Stufen hinab in den Keller führte. Der großzügige Vorraum nahm in sinnloser Verschwendung die gesamte Breite des Hauses ein. Gegenüber der Eingangstür gingen zwei Türen in das Esszimmer und in den Wohnraum, wo ausladend und dominant je zwei identische Kamine standen. Auf einer Schmalseite des Vorraums lag die Küche, die über zwei Stufen zu erreichen und völlig verschieden vom Rest des Hauses war, da sie erst Mitte des 20. Jahrhunderts, zusammen mit der Wasserleitung, eingebaut worden war. Shelby hatte nichts dagegen einzuwenden, dass dem Haus nachträglich gewisse moderne Annehmlichkeiten hinzugefügt worden waren, die seinen Erbauern fremd gewesen waren. Geschichte war eine Sache, aber selbst Shelby konnte darauf verzichten, in einem Haus ohne Wasseranschluss zu wohnen.

Der Lichtschalter an der Wand zu ihrer Rechten war zum Drücken und nicht zum Kippen, und die elektrischen Leitungen mündeten in ein kleines eckiges Isolierrohr, passend zur Wand gestrichen, das hinunter auf den Boden und weiter die Fußbodenleiste entlang verlief. Shelby drückte auf den Knopf mit dem weißen Punkt, und ein

Wandleuchter rechts von ihr ging an. Der schwache gelbliche Schein mühte sich jedoch vergebens, alle Ecken des Vorraums auszuleuchten, zu viele tote Fliegen füllten den verstaubten Glasschirm.

Die Innenwände des Hauses bestanden aus zentimeterdickem Putz auf Holzlatten und waren hart wie Stein. Erst sehr viel später waren darauf die elektrischen Leitungen verlegt worden. Aber die Bausubstanz des Hauses war solide und stabil. Die äußeren Mauern waren über einen halben Meter dick und bestanden aus Ziegeln und nicht aus Gipskarton. In allen Räumen verliefen Zierleisten aus Holz, blassgrün gestrichen und von Schimmel überzogen – zwanzig Zentimeter hoch am Fußboden und zehn Zentimeter oben an der Decke. An einigen Stellen waren sie beschädigt und mussten ersetzt werden, aber die Ausgabe würde sich lohnen.

»Hallo«, sagte Shelby und kicherte. Sie hatte keine Ahnung, wer sie hören sollte, aber irgendwie kam es ihr richtig vor, das Haus zu begrüßen. »Hallo, hier bin ich.« Keine Reaktion. Sie seufzte, gleichzeitig froh und traurig, keine Antwort erhalten zu haben.

Nachdem sie die Tüte auf der Küchenablage mit den zersprungenen Fliesen abgestellt hatte, ging sie ins Wohnzimmer. Ihre Schritte und ihre leisen Atemgeräusche dröhnten überproportional laut in dem stillen Haus. Shelby sah sich um. Der Teppichboden war ein billiger abgetretener Lumpen aus den siebziger Jahren. Und noch dazu in Orange. Sie erschauderte bei der Vorstellung, wie die übrigen Möbel der Bewohner ausgesehen haben mochten, die diesen Teppich verlegt hatten. Das arme missbrauchte Haus. Leider kamen nur schlammbraun gestrichene Bodendielen unter dem Teppich zum Vorschein, kein glänzendes Parkett. In diesem Haus hatten keine reichen Leute gewohnt. Nicht so wie in den alten Anwesen mit illustren Namen, die überall im County zu finden waren. Hazel Path hieß eines davon. Einst hatte es die Landschaft von Hendersonville dominiert, so wie es heute die Methodistenkirche tat. Rock Castle war ein anderes. Es lag im Indian Lake Distrikt und hatte einmal einem Verwandten von Andrew Jackson, dem siebten Präsidenten der Vereinigten Staaten, gehört. Ganz bestimmt war ihr Haus nie so vornehm gewesen wie diese Anwesen. Aber es war groß und – in seinem Zustand – auch teuer genug für eine unterbezahlte und überarbeitete Lektorin wie sie.

Besonders die Flügelfenster hatten es Shelby angetan. Als sie das Haus das erste Mal gesehen hatte, war sie fast außer sich vor Freude über die tiefen Fensterbänke gewesen, auf denen man bequem sitzen konnte. Der Nachteil war, dass sie genau aus diesem Grund nur wenig Tageslicht hereinließen, obwohl die Morgensonne schräg aus dem Osten hereinleuchtete. Außerdem waren sie ebenso vernachlässigt wie der Rest des Hauses. Nicht einmal ein billiges Rollo konnte man vorziehen. Shelby spielte mit dem Gedanken, Jalousien anbringen zu lassen. Oder sollte sie lieber zu traditionelleren Vorhängen greifen? Aus Segeltuch? Nein. Auch nicht aus Chintz. Doch, Jalousien – vielleicht sogar aus Holz – schienen ihr das Beste zu sein.

Unten an den Fußbodenleisten zogen sich weiße Heizungsrohre entlang. Shelby bückte sich, um sie einzuschalten. Die Drehknöpfe gingen sehr streng, sodass sie all ihre Kraft aufwenden musste. Als die Wärme in die Heizrohre strömte, knarrten und quietschten sie und erfüllten den ganzen Raum mit ihrem Gestank nach verbranntem Staub. Shelby verließ das Wohnzimmer und ging nach oben. Der erste Stock war genauso geschnitten wie das Erdgeschoss, und in jedem Zimmer stand ein Kamin wie unten. Das Badezimmer befand sich am östlichen Ende des Korridors. Seine Ausstattung aus den fünfziger Jahren – kantige Porzellanbecken und weiße Kacheln statt abgerundetem Plastik – war nicht sonderlich modern, unterschied sich aber nicht wesentlich von dem, was Shelby bisher gewohnt war.

Draußen auf der Straße ertönte das Zischen einer Druckluftbremse. Shelby trat ans Fenster und sah, wie ein Sattelschlepper langsam und vorsichtig in ihre Einfahrt bog. Jetzt wünschte sie, sie wäre gestern schon gekommen und hätte sauber gemacht, bevor sie ihre Möbel bringen ließ. Vor allem den grässlichen alten Teppichboden wäre sie gerne los gewesen. Aber nun konnte sie nichts mehr ändern, ihre Sachen standen vor der Tür. Sie lief nach unten, um die Umzugsleute hereinzulassen.

Eine Gruppe tätowierter Männer in Muskelshirts und schmutzigen Jeans begann damit, die größeren Stücke ins Haus zu schleppen. Die Sehnen ihrer Arme waren zum Zerreißen gespannt, als sie sich abmühten, zuerst ihr Sofa und dann die Einzelteile ihres Bettes durch die Eingangstür zu manövrieren und durch den Vorraum ins Esszimmer zu schaffen. Ein säuerlicher scharfer Geruch nach altem Schweiß entströmte den Männern, als sie an ihr vorbeigingen. Der Chef der Gruppe, der an dem Klemmbrett in seiner Hand als solcher zu erkennen war, zeigte eine Reihe schlechter Zähne, als er sie anlächelte. Unter seinem rechten Auge waren übereinander drei Tränen eintätowiert. Wie beruhigend. Ein Exsträfling war für ihre Habseligkeiten verantwortlich.

Es hatte fast alles im Esszimmer Platz, bis auf die Kartons, auf denen »Küche« stand und in denen die Sachen verpackt waren, die sie sofort brauchte. Shelby dirigierte die Umzugsmänner mit präzisen Anweisungen, doch ihre alte Wohnung war so klein gewesen, dass es nicht lange dauern würde, ihre ganzen Möbel und die Umzugskartons auszuladen.

Als sie gerade mitten am Arbeiten war, ertönte von draußen das Knirschen von Autoreifen auf dem Kies der Einfahrt. Ein Wagen hielt hinter dem Sattelschlepper, und Shelby rannte hinaus, um Susan und Neil zu begrüßen.

»Hallo!« Ein breites Lächeln überzog ihr Gesicht, als sie ihnen winkte. »Kommt rein! Kommt und bewundert mein neues Haus!« Ihren Freunden blieb tatsächlich vor Staunen der Mund offen stehen, so wie es auch Shelby ergangen war, als sie näher kamen und zur Veranda hochstiegen. Beide hatten, passend für einen Umzug, Jeans und T-Shirts an. Einer der Umzugsmänner, der mit seinem Handwagen gerade hinauswollte, um weitere Kartons zu holen, trat auf die Seite, um sie vorbeizulassen. Aber die drei gingen nicht sofort ins Haus, sondern versperrten ihm den Weg. Neil hatte den eingestürzten Teil der Veranda entdeckt und besah sich – die Hände in den Hosentaschen, den Kopf schräg geneigt – den schweren Balken, die verrotteten Bretter und das verrostete Geländer aus Schmiedeeisen. Kommentarlos zwängten sich die Umzugsleute an ihm vorbei.

»Das wird ein schweres Stück Arbeit«, sagte Neil. Man sah ihm an, wie es hinter seiner Stirn arbeitete. Er berechnete offenbar bereits Zeit, Aufwand und Kosten, die auf sie zukamen. Als Besitzer einer Baufirma verdiente er schließlich sein Geld damit.

»Richtig«, erwiderte Shelby und zuckte mit den Schultern. »Aber keine Angst, ich werde mich nicht selbst daran versuchen.«

Mit offensichtlicher Erleichterung hob Neil den Blick und grinste schief. »Gut, dann mache ich dir einen Kostenvoranschlag, und meine Leute kümmern sich darum.« Er stieß einen leisen Pfiff aus, während er sich weiter alles genau ansah. »Das wird nämlich eine Heidenarbeit. Das Haus ist ganz schön heruntergekommen.«

Shelby forderte sie auf, doch endlich hineinzugehen.

Neils Frau sah sich mit unverhohlener Neugierde um. »Mein Gott, ist das Haus alt!« Selbst wenn sie aufgeregt war, strahlte Susan noch Ruhe und Zurückhaltung aus. »Hier gefällt es mir«, bemerkte sie mit leiser, weicher Stimme, während sie ihren Blick schweifen ließ. Susan war Shelbys beste Freundin und arbeitete im selben Verlag wie sie als Lektorin. Sie hatten sich schon oft ausgemalt, wie es wohl wäre, in einem Haus zu wohnen, das weit vor dem Bürgerkrieg erbaut worden war. »So etwas will ich auch haben.«

»Nein«, erwiderte Neil entschieden.

»Doch.« Susans Stimme klang immer noch leise und zurückhaltend.

»Das ist doch eine Sparbüchse.«

»Aber in genau so einem Haus möchte ich auch leben.«

»Wir sind jetzt seit vierzehn Jahren verheiratet, und ich liebe dich, aber es kommt überhaupt nicht in Frage, dass ich in so einem alten Spukschloss leben werde.«

Susan seufzte. »Es ist unglaublich.« Eine ungeheure Sehnsucht lag in ihrer Stimme.

»Ja, und unglaublich schmutzig«, fügte Shelby, deren

Freude nicht zu überhören war, munter hinzu. »Aber es ist einfach ein Traum. Ich hoffe, ihr habt nichts dagegen, wenn wir oben erst mal sauber machen, bevor wir die Möbel hinauftragen.« Nervös wechselte sie von einem Bein aufs andere. Sie konnte es kaum erwarten, mit der Arbeit anzufangen.

Neil ging mit prüfendem Blick durch den Vorraum, testete mit der Fußspitze die Festigkeit der Dielenbretter und strich mit der Hand über die verputzten Wände. »Gute Arbeit.« Bevor er die Baufirma seiner Familie übernehmen durfte, hatte er bei seinem Vater den Beruf von der Pike auf gelernt. Es gab nicht vieles auf diesem Sektor, das Neil nicht wenigstens andeutungsweise vertraut gewesen wäre. Das machte ihn zu einem unschätzbar wertvollen Freund, denn die meisten aus Shelbys Bekanntenkreis kannten sich eher mit Literatur und Wirtschaft aus und hatten zwei linke Hände, wenn es um Hammer und Säge ging. Neil sah auch aus wie ein Mann vom Bau. Er war stämmig und muskulös und hatte große, kräftige Pranken, die mit jedem Werkzeug umgehen konnten. Heute hatte er sogar daran gedacht, seinen Werkzeuggürtel umzuschnallen.

»Wie alt ist das Haus? Ein paar hundert Jahre, sagst du? Hast du die Absicht, das Wasser aus dem Brunnen zu holen und auf ein Plumpsklo hinterm Haus zu gehen?«

Shelby lachte. »Kein Plumpsklo. Ich habe fließendes Wasser, heiß und kalt, Toilettenspülung und sonstigen Komfort.«

»Und sonstigen Komfort? Funktioniert der Boiler?« Neil steckte den Kopf in die Küche.

»Funktioniert hervorragend. Ich würde ihn nur gerne woanders hinhängen, nicht unbedingt mitten in die

Küche. Aber wahrscheinlich werde ich mich damit abfinden müssen.«

Neil drehte sich zu ihr um. »Und in welchem Zustand sind die Wasserleitungen?«, wollte er wissen.

»Alles bestens, wenn ich das Wasser ungefähr eine halbe Stunde laufen lasse, bis der Rost draußen ist«, erwiderte Shelby fatalistisch.

Neil lachte. »Dann habe ich eine gute und eine schlechte Nachricht für dich. Die schlechte ist, dass du wahrscheinlich die Leitungen erneuern lassen musst. Die gute, in einem solchen Haus gibt es nicht viele Leitungen.«

»Du hast Recht, es sind wirklich nicht viele. Sie führen nur in die Küche, von dort aus hoch ins Bad und wieder zurück in die Abwasserleitung. Kommt mit, ich zeige es euch.« Shelby wollte gerade nach oben gehen, als sie von dem Chef der Umzugsleute aufgehalten wurde, der ihre Unterschrift benötigte. Sie setzte ihren Namen auf das Blatt Papier und eilte zu der schmalen Treppe, während die Arbeiter zu ihrem Sattelschlepper zurückkehrten. »Ich muss sagen, ich bin euch wirklich dankbar, dass ihr gekommen seid, um mir zu helfen.«

»Wofür hat man denn Freunde?«, entgegnete Susan lächelnd.

Neil fügte trocken hinzu: »Aber wundere dich nicht über unsere gesalzene Rechnung hinterher.« Susan stupste ihn mit dem Ellbogen an, und er lachte.

Als die Umzugsleute weggefahren waren, folgten Shelbys Freunde ihr nach oben und bewunderten den Rest des Hauses. Ungläubig stolperten sie über den vor Schmutz starrenden Teppichboden und strichen mit dem Finger über die verstaubten Fensterbretter. Dann machten sie sich daran, den alten Teppich herauszureißen, zusammenzurollen und nach unten zu dem übrigen Müll auf die Straße zu schaffen.

Als die Bodenbretter zum Vorschein kamen, gingen sie alle drei auf die Knie und wässerten und schrubbten den Zimmerboden auf der Westseite des Hauses. Hier wollte Shelby ihr Schlafzimmer einrichten, das andere Zimmer sollte ihr als Arbeitszimmer dienen. Sie konnten das Wasser im Putzeimer gar nicht so schnell erneuern, wie es sich grau verfärbte, ganz zu schweigen von dem dicken Belag, den sie von Wänden und Boden schabten und der sich am Boden des Eimers ansammelte. Immer wieder mussten sie frisches Wasser in den Eimer füllen, bis das Haus langsam weniger düster und verstaubt wirkte. Das feuchte Holz sonderte einen scharfen Geruch ab, fast so, als würde es leben.

»Mann, hab ich einen Hunger.« Neil warf den Schwamm in den Eimer, trocknete seine Hände an der Hose ab und griff nach dem Handy in seinem Werkzeuggürtel. »Was wollt ihr auf eurer Pizza?«

Shelby schüttelte den Kopf. Pizza war nichts für ihre schlanke Linie. »Was haltet ihr davon, wenn ich uns rasch was in der Küche mache? Ich habe die restlichen Lebensmittel aus meiner alten Wohnung mitgebracht.«

»Ist es dir nicht lieber, wenn wir uns was zu essen bringen lassen? Von mir aus auch was vom Chinesen. In dieser kleinen Stadt gibt es sage und schreibe fünf chinesische Restaurants.«

»Nein, mittlerweile sind es nur noch vier«, widersprach Susan ihrem Mann. »Eines musste schließen, weil der Koch immer die Enten aus dem Teich im Stadtpark geholt und seinen Kunden als Peking-Ente serviert hat.«

»Dann verzichten wir doch besser auf die chinesische

Küche, würde ich sagen«, meinte Shelby. »Ich habe unten noch Brot, ein paar Dosen, Käse und ein bisschen Obst. Das schmeckt uns bestimmt.«

»Neil kann inzwischen Bier holen, dann ist er auch zufrieden. Gleich oben an der Umgehungsstraße ist ein Supermarkt.« Susan strich sich mit den Fingerspitzen einige vorwitzige Strähnen aus dem Gesicht und schüttelte den Kopf, damit ihre übrigen Haare nicht mit ihren nassen Händen in Berührung kamen.

Neil ließ ein zustimmendes Brummen hören und griff nach seinem Autoschlüssel, während Shelby und Susan in die Küche hinuntergingen. Dort gab es leider nur einen Elektroherd, obwohl Shelby so gern mit Gas gekocht hätte. Am liebsten hätte sie jedoch einen alten, mit Holzscheiten befeuerten Küchenherd gehabt, auch wenn sie genau wusste, wie umständlich das im täglichen Leben war. Als sie mit einem feuchten Lappen die schmutzigen und gesprungenen Fliesen auf der Küchentheke säuberte, stellte sie sich eine große schwarze Feuerstelle statt des avocadogrünen Elektroherds vor. Der sah aus, als hätte man ihn seit Jahrzehnten nicht mehr angemacht. Es bestand also noch die vage Hoffnung, dass das monströse Ding nicht funktionierte und sie eine Entschuldigung hätte, es durch einem Gasherd zu ersetzen. Mit Gas käme sie wahrscheinlich ohnehin besser zurecht als mit einem alten Holzherd. Als die Küchentheke sauber war, breitete sie einige Dosen mit Sardinen, den Käse, einen halben Laib Brot und eine Flasche Orangensaft darauf aus.

Sobald Neil mit dem Bier wieder da war, gingen sie mit ihrem Imbiss hinaus und setzten sich in der frischen Luft auf die Stufen. Neil reparierte in Gedanken bereits die eingefallene Veranda.

»Hast du ein Glück mit diesem Haus«, bemerkte Susan.

Shelby nickte, nur der Gedanke daran, wie sie zu dem Geld dafür gekommen war, dämpfte ein wenig ihre Freude. »Ich hätte aber auch noch ein paar Jahre warten können.«

Susan brummte zustimmend, fügte aber hinzu: »Deine Eltern waren schließlich schon alt.«

»Stimmt. Sie waren alt genug, um meine Großeltern zu sein. Und als Dad starb, wollte Mom auch nicht mehr leben. Sie waren einfach zu lange zusammen gewesen.«

Susan stieß einen sehnsuchtsvollen Seufzer aus. »Kannst du dir vorstellen, jemanden so sehr zu lieben, dass du nicht mehr fähig bist, ohne ihn zu leben?«

Neil horchte auf und warf ihr einen bedeutungsschweren Blick zu.

Susan kicherte und legte ihrem Mann eine Hand aufs Knie. »Tut mir Leid, Schatz, aber es heißt nun mal: ›Bis dass der Tod euch scheidet.‹ Danach kannst du wieder machen, was du willst.«

Er knurrte und versank mit einem schiefen Lächeln erneut in seinen Tagträumen. In Gedanken war er immer noch damit beschäftigt, die eingestürzte Veranda wieder aufzubauen

Shelby legte ein Stück Käse auf ihr Brot und sagte: »Ich weiß nur, dass ich niemanden kenne, für den ich würde sterben wollen.« Gleichzeitig aber verspürte sie ein sehnsüchtiges Ziehen in der Magengegend. Sie hätte schon gerne gewusst, wie es war, so zu lieben, wie es ihre Eltern getan hatten.

Neil war ein Mann, der zupacken konnte, und so kamen sie nach dem Imbiss rasch voran. Die einzelnen

Teile von Shelbys sperrigem Himmelbett nach oben zu schleppen war ein schönes Stück Arbeit. Zu dritt zerrten sie schließlich noch die Matratze die Treppe hinauf und ließen sie in den Bettrahmen plumpsen. Shelby war zutiefst dankbar für die Hilfe ihrer Freunde. Erschöpft fuhr sie mit den Händen durch ihre verschwitzten Haare im Nacken und klopfte schwarzen Staub von ihren Jeans. Es würde noch Wochen dauern, bis aus diesem Haus auch der letzte Schmutz verschwunden war.

Als sich der Tag dem Ende zuneigte, waren alle Schlafzimmermöbel im ersten Stock untergebracht, das Wohnzimmer auf der Westseite im Erdgeschoss geputzt und die schweren Wohnzimmermöbel platziert. Die Fußbodenbretter waren freigelegt, und draußen auf der Straße warteten zusammengerollt der schmutzige orangerote Teppichboden und vergammelte Polstermöbel auf ihren Abtransport. Es roch nach einer seltsamen Mischung aus Putzmittel und Staub, und in den großen Zimmern, die Shelbys spärliche Möbel mühelos geschluckt hatten, fing sich die Stille. Im Wohnzimmer hatten sie das Sofa mit dem Rücken vor die beiden Wohnzimmerfenster gestellt, und gegenüber stand der kleine Fernsehapparat, dessen Bildschirm auf die Entfernung kaum mehr zu sehen war. Sogar Shelbys riesiges Bett wirkte winzig in dem großen Raum. Nur die späteren Anbauten schienen normale Ausmaße zu haben. Wie schon in ihrer alten Wohnung konnte man sich auch hier im Bad kaum umdrehen, und die Küche war ein schmaler Schlauch, der außen an das Haus geklatscht worden war.

Als die Sonne als orangeroter Ball im Westen versank, machten Susan und Neil sich auf den Heimweg. Zuvor hatte Susan Shelby noch das Versprechen abgenommen, sie am nächsten Morgen in die Kirche zu begleiten. »So lernst du gleich die Gemeinde kennen. Willkommen in Hendersonville.«

Shelby hielt das für eine gute Idee, und sie vereinbarten, sich dort zu treffen. Sie winkte ihren Freunden zum Abschied und kehrte ins Haus zurück, um in ihre Joggingkleidung zu schlüpfen. Das heißt, falls sie sie finden würde. Obwohl das Heben und Schleppen den ganzen Tag sie ziemlich ausgelaugt hatte, wollte Shelby nicht auf ihre gewohnte Joggingrunde vor dem Abendessen verzichten. Wenn sie es nur einmal ausließ, bestand die Gefahr, dass sie ganz damit aufhörte, und das hätte ihr nicht gut getan. Shelby war groß und kräftig und neigte zu Übergewicht, wenn sie nicht ständig Sport trieb und auf ihr Essen achtete. Das tägliche Laufpensum war ihr in den letzten Jahren in Fleisch und Blut übergegangen. Ganz gleich, was sie tagsüber alles an körperlicher Betätigung haben mochte, es ging ihr erst dann richtig gut, wenn sie kurz vor dem Dunkelwerden noch eine Runde joggte.

An ihrem ersten Abend beschloss sie, die Strecke zwischen den Apartmentgebäuden auf der anderen Seite der Bahngleise zu testen. Eine schöne ebene Strecke über kleine Nebenstraßen, die geradewegs wieder auf die Straße zu ihrem Haus zurückführte. Doch schon nach der Hälfte musste sie stehen bleiben und sich keuchend auf ihren Oberschenkeln abstützen. Erstaunt blickte sie auf ein winziges Stück Rasen vor einem der Dutzend gleich aussehenden Erkerfenster in dem Gebäude vor ihr. In Reih und Glied war dort eine Stinktierfamilie aus Keramik aufgestellt, die größte Figur halb lebensgroß, die übrigen um einiges kleiner. Die Stinktierjungen machten gerade Anstalten, unter Aufsicht des Muttertiers in einen

Keramikpool zu hüpfen. Eines der Jungen stand auf einem Sprungbrett, und zwei andere warteten, dass sie an die Reihe kamen. Shelby musste schmunzeln, als sie sich aufrichtete und langsam weiterlief. Diese kleine Stadt gefiel ihr immer besser.

Nach dem Essen verbrachte sie den Rest des Abends damit, die Küche zu putzen, die schwarzen Krusten zwischen den kunterbunt gemischten Keramikfliesen abzukratzen und auch noch den letzten Porzellanbelag aus dem Spülbecken zu scheuern, wo bereits blankes Metall durchschimmerte. Dann packte sie ihre Küchenutensilien, das Geschirr und die elektrischen Geräte aus. Toaster, Mikrowelle, Getreidemühle, Mixer, Wasserkocher, Kaffeemaschine – die vielen Maschinen fanden gar keinen Platz auf der kleinen Küchentheke. Sie würde die wichtigsten auswählen und den Rest in den Schränken verstauen müssen. Da in der Küche noch kein Fernsehanschluss war, steckte sie ihr kleines Radio an und summte die Melodien mit, während sie arbeitete. Langsam kam das Haus in der Dunkelheit zur Ruhe. Ihr Zuhause. Diese beiden Worte wollten Shelby nicht mehr aus dem Kopf gehen, und sie musste lächeln. Hier konnte sie den Rest ihres Lebens verbringen.

Es war bereits ziemlich spät, als die Erschöpfung sie übermannte und sie endgültig die Musik ausschaltete. Mit einem Schlag breitete sich Stille aus, als wären die Klänge von einer anderen Dimension aufgesaugt und die Leere von einem dichteren Medium als Luft angefüllt worden. Shelby knipste die Lichter im Erdgeschoss aus und tastete sich im trüben Schein eines Wandleuchters, der von oben nur unzulänglich die Treppe beleuchtete, die staubigen Stufen hinauf.

Das war jetzt also ihr Zuhause. Der Gedanke erfüllte sie mit Wärme, und sie seufzte zufrieden. Sie ging zur Schlafzimmertür, griff nach dem Türknauf und erstarrte angesichts dessen, was sie im Zimmer erblickte.

Auf dem Kaminsims stand eine brennende Kerze. Sie hatte keine Kerze angemacht – ihre Notration an Kerzen war unten in einer Küchenschublade aufgeräumt –, und diese sah auch nicht so aus, als würde sie von ihr stammen. Sie war schmutziggelb und steckte in einem kurzen Zinnhalter mit gebogenem Griff. Shelby hatte den Kerzenhalter noch nie gesehen, aber da stand er, und die Kerze warf ihren Lichtschein auf den Kamin.

In dem Moment nahm Shelby aus dem Augenwinkel eine Bewegung wahr. In dem Halbschatten neben der Kerze stand ein großer dunkelhaariger Mann und kratzte sich.

2

Shelby stieß einen Schrei aus und wollte schon aus dem Zimmer stürmen, als ihr auffiel, dass der Mann keine Anstalten machte, auf sie zu reagieren. Er war sich ihrer Anwesenheit offensichtlich nicht bewusst, denn er zog gerade seinen Hemdzipfel aus der Hose und murmelte dabei halblaut vor sich hin. Shelbys Herz flatterte in ihrer Brust wie ein sterbender Fisch an Land, beruhigte sich aber langsam, als ihr klar wurde, dass der Mann sie nicht bedrohte. Er schien nicht einmal ihren Schrei gehört zu haben. War einer von den Umzugsleuten zurückgeblieben? Aber sie hatte den Mann noch nie gesehen. Nein, der hier wirkte ganz und gar nicht so verschlampt und ungesund wie diese Burschen.

Shelby holte tief Luft und nahm ihren ganzen Mut zusammen. »Hallo, Sie da.«

Wieder keine Reaktion. Sie hatte keine Ahnung, was das zu bedeuten hatte.

»He.« Keine Antwort. »Mister.« Er hatte das Gesicht von ihr abgewandt. Konnte er vielleicht nicht hören? Unentschlossen trat sie von einem Bein aufs andere. Sie wusste nicht, ob sie davonlaufen oder näher treten sollte. War er ein Landstreicher, der nicht ganz richtig im Kopf und noch dazu taub war?

Aber selbst für einen Obdachlosen trug er merkwürdige Kleidung. Sie war ungewohnt und fremdartig. Sein weißes Hemd hatte keinen Kragen, und am Bund seiner formlosen kohlengrauen Hosen baumelten Hosenträger. Jetzt knöpfte der Mann sein Hemd auf, und als er es auszog, konnte Shelby ein gemurmeltes »Verdammte Viecher« vernehmen. Zwischen seinen Zähnen steckte der Stumpen einer Zigarre. Von der anderen Seite des Zimmers drang schwacher Tabakgeruch bis zu Shelby herüber, als der Mann sein Hemd hinter sich auf den Boden fallen ließ, den breiten Bund seiner Hose umschlug und sich an den roten Stellen dort kratzte. Er drehte sich fast zu ihr um, als er versuchte, auch noch die Pusteln am Rücken zu erreichen. »Ah.« Vor Wonne stöhnend, schloss er die Augen, als die Erleichterung über den nachlassenden Juckreiz den Schmerz überwog.

Der Mann hatte struppiges, über die Ohren fallendes Haar, und auf seinem schlanken Oberkörper waren einige tiefe Narben zu sehen. Eine verlief als diagonaler dünner weißer Strich über seinen rechten Unterarm, in seiner linken Armbeuge konnte Shelby eine knotige Brandnarbe erkennen, und an seinem linken Schulterblatt prangte eine hässliche dunkelrote Schnittwunde.

»He!«

Er achtete nicht auf sie, sondern kratzte sich weiter ungeniert an seiner Hüfte. Ohne die Zigarre aus dem Mund zu nehmen, murmelte er irgendetwas über die Unverschämtheit vor sich hin, dass man gezwungen war, auf dem Boden zu schlafen und sich dabei diese Parasiten einzufangen.

»He! Sie da!« Shelby machte einen Schritt ins Schlafzimmer und schaltete das elektrische Licht an.

Wie ein Spuk verschwand der hoch gewachsene Mann in einer Nebelschwade und verlor sich in den Schatten unter der Decke. Ebenso die Kerze.

Für einen langen schwebenden Augenblick empfand Shelby nichts anderes als Überraschung. So als hätte ein Zauberkünstler auf der Bühne einen Trick vollführt, den sie jetzt beklatschen müsste. Aber dann wurde ihr klar, dass gerade eben ein ausgewachsener Mann vor ihren Augen in einer Rauchwolke verschwunden war. Und das war kein Trick.

Sie stieß einen Schrei aus und stürmte aus dem Zimmer in Richtung Treppe, wo sie sich mit beiden Händen am Treppengeländer festhielt. Einen Moment lang verharrte sie am obersten Treppenpfosten, die Füße fast in der Luft, ehe sie Halt auf einer Stufe fand. Den Pfosten umklammernd, warf sie einen scheuen Blick zurück in das Zimmer. Was hatte sie dort nur gesehen?

O Gott, hatte sie Wahnvorstellungen? War das ein Geist gewesen? Was von beiden war schlimmer? Shelbys Füße verspürten immer noch den Impuls zu fliehen, aber sie hielt sich weiter in dem störrischen Wunsch an dem Treppenpfosten fest, ihr Haus nicht jetzt schon aufzugeben.

Sie musste eine Entscheidung treffen. Wollte sie davonlaufen? Ein Haus wie dieses war immer ihr Traum gewesen. Angst griff mit eiserner Faust nach ihrem Herzen, dessen schnelle Schläge kaum zu spüren waren. Ihr Atem ging flach und hastig. Sie musste sich zusammenreißen, nicht auf der Stelle die Treppe hinunterzulaufen. Erneut warf sie einen vorsichtigen Blick auf die Tür des Zimmers, dem sie gerade entflohen war. War sie so feige und würde es zulassen, dass ein Mann, der gar nicht existierte – nicht existieren konnte –, sie davon abhielt, ihren Traum zu realisieren? Es gab nur eine mögliche Antwort darauf, auch wenn ihr Herz wie ein ängstlicher Vogel flatterte und ihr Kopf vor Angst ganz leer war.

Die einzig mögliche Antwort lautete: nein! Zu gehen war keine Alternative. Dazu hatte sie sich dieses Haus zu sehr gewünscht.

Aber jetzt musste sie diesen Treppenpfosten, den sie mit beiden Armen umschlungen hielt, erst einmal loslassen. Gut, ich lasse jetzt los. Eine Hand löste sich von dem Holz, und als kein Gespenst »Buh!« hinter ihr rief, ließ sie auch mit der anderen Hand los. Mit wackligen Knien kehrte Shelby in ihr Schlafzimmer zurück. Der gläserne Schirm der Wandlampe war sauber und weiß und von allen toten Insekten gereinigt. Jeder Winkel des Raums wurde ausgestrahlt und enthüllte ihr, dass hier weder tote noch lebende Männer anwesend waren. Vorsichtig machte sie einen Schritt in das Zimmer.

»Mister?«

Keine Antwort.

Lauter und mit wachsendem Selbstvertrauen – auf jeden Fall mit weniger Angst – rief sie: »Hallo? Sind Sie noch da?«

Wieder keine Antwort.

Es war offensichtlich, dass sie ihn mit ihren Rufen nicht von dorther zurückholen würde, wohin er verschwunden war. Das war gut und schlecht zugleich. Die Aussicht, von diesem Geist überrascht zu werden, wann immer es ihm beliebte, behagte Shelby gar nicht, ebenso wenig wie die Tatsache, dass sie keinerlei Einfluss auf sein Kommen und Gehen hatte. Allerdings schien es so auch nicht sehr wahrscheinlich, dass sie ihn aus Versehen in ihre Welt holen könnte.

»Mister, ich werde jetzt ein Bad nehmen. Nur damit Sie Bescheid wissen.« Rückwärts aus dem Zimmer gehend, sah sie in jeder Ecke nach, konnte aber nichts Verdächtiges entdecken. Dann war sie endlich im Bad. Merkwürdigerweise fühlte sie sich hier weitaus stärker auf ureigenem Territorium, vielleicht, weil es moderner als das übrige Haus war. Einen Moment lang zögerte Shelby, ehe sie begann, sich auszuziehen. Das eigenartige Gefühl, beobachtet zu werden, kroch ihren Rücken hinauf. Kopfschüttelnd ermahnte sie sich, nicht so kindisch zu reagieren. Dieser Mann hatte sie vorher nicht gehört und auch nicht im Mindesten wahrgenommen. Also konnte er sie jetzt auch nicht sehen.

Und außerdem, wenn er ein Geist war, dann war er schon längst tot. Shelby fröstelte.

In dieser Nacht gab es keine weiteren Erscheinungen, und auch nicht am nächsten Morgen, als sie sich für die Kirche fertig machte. Shelby war froh, mit Susan verabredet zu sein. Sie musste unbedingt über ihr Erlebnis sprechen, und Susan war die Einzige, der sie sich anvertrauen konnte. Alle anderen hätten sie für verrückt erklärt, nur Susan besaß genügend Fantasie und konnte sie vielleicht verstehen. Shelby nahm die Hausschlüssel und ging zur Tür.

Die Fahrt bis zur Kirche dauerte nicht lange. Keine Fahrt innerhalb von Hendersonville dauerte lange. Shelbys neue Heimat war eine nette kleine Ortschaft mit einer Hauptstraße, der Main Street, die zwischen gutbürgerlichen Wohnvierteln verlief, in denen auch einige historische Bauten lagen, die der Grund für ihren Umzug gewesen waren. Diese wenigen Baulichkeiten, die wie ihr Haus aus dem späten 18. Jahrhundert stammten, waren meist hinter Bürogebäuden und modernen Häusern versteckt, sodass man oft völlig überraschend über diese Inseln der Vergangenheit stolperte. So befand sich hinter einem Gebäude an der Main Street, in dem ein Barbiersalon untergebracht war (fast selbst schon so etwas wie ein historisches Relikt), ein seit langem vergessener Friedhof, dessen Grabsteine allesamt umgestürzt waren. Zum Glück hatte man ihn entdeckt und hergerichtet. In dem Viertel, in dem Susan wohnte, stand ein kleines Plantagenhaus, das äußerst sehenswert und fast so alt wie Shelbys Haus war. Und im nächsten Block lag hinter einem Maschendrahtzaun die letzte Ruhestätte der Familie, die es erbaut hatte. Ein merkwürdiger Anblick inmitten moderner Wohnhäuser, aber so etwas war hier an allen Ecken und Enden zu finden. Überall waren zwischen großzügigen Ranch-Häusern mit Hollywoodschaukeln, Autostellplätzen und ebenerdigen Swimmingpools Sklaven, Siedlerfamilien und Indianer begraben.

Shelbys Ziel, die dominante Methodistenkirche, erhob sich an einer Ecke der Main Street auf einer kleinen Anhöhe und überragte einen Lebensmittelladen, die Junior-Highschool, ein billiges Warenhaus und ein Familienrestaurant. Ihr hoher weißer Kirchturm war meilenweit zu sehen, und ihre rote, weiß eingefasste Ziegelfassade erweckte den Eindruck von Stabilität und Dauer, was Shelby sehr gefiel.

Sie traf Susan auf dem Parkplatz, und gemeinsam gesellten sie sich zu der Gemeinde in dem riesigen weißen Altarraum. Hohe Bleiglasfenster spendeten ein bläuliches Licht, das beruhigte und Frieden ausstrahlte. Langsam fiel die Anspannung der letzten Nacht von Shelby ab.

Sie fanden zwei Plätze in einer der hinteren Bankreihen, und während sie darauf warteten, dass der Gottesdienst begann, grüßte Susan ringsum Bekannte und stellte ihnen Shelby vor. Seit ihrer Kindheit war sie nicht mehr in einer Kirche gewesen, erst wieder bei der Beerdigung ihrer Eltern. Es mutete sie daher seltsam an, so viele Menschen zu sehen, die offensichtlich jede Woche hierher kamen. Shelby hatte gedacht, dass es längst unmodern geworden sei, in die Kirche zu gehen, und von Susan hätte sie das am wenigsten geglaubt.

Eine Frau in der Reihe vor ihr drehte sich um und streckte ihr die Hand entgegen. Shelby ergriff sie und erwartete, dass die Frau sich vorstellte. Stattdessen bekam sie zu hören: »Das ist die Bankreihe meiner Familie.« Die kleine ältere Frau lächelte dabei und deutete auf die Bank, auf der sie saß. Shelby blieb nichts anderes übrig, als zu nicken und das Lächeln zu erwidern. Sie hatte keine Ahnung, was die Frau damit hatte sagen wollen.

»Tatsächlich?« Shelby fragte sich, ob diese Kirche vielleicht Bankreihen an ihre Gemeindemitglieder verkaufte. In ihrem Eifer, gut mit ihren neuen Nachbarn auszukommen, befürchtete sie, sie und Susan könnten sich unabsichtlich auf den Platz eines anderen gesetzt haben.

Aber in dem Moment drehte Susan sich um, während die Frau in ihrer Erklärung fortfuhr: »Ja, tatsächlich. Meine Familie lebt seit hundertdreißig Jahren in dieser Stadt und geht hier zur Kirche. Ungefähr, aber auf ein paar Jahre mehr oder weniger kommt es ja nicht an.« Mit einem bestätigenden Nicken drehte sie sich wieder nach vorne. Das war offenbar alles, was sie Shelby hatte sagen wollen. Die Frau hatte nicht einmal ihren Namen genannt. Shelby blickte verwirrt auf den kurzen grauen Haarschopf. Sie hätte der Frau gern zur Kontinuität ihrer Familie gratuliert, hätte ihre eigene Familie in Middle Tennessee nicht auf eine noch längere Tradition zurückgeblickt.

»Zugereiste Nordstaatler«, murmelte Shelby.

Susan schnaubte und konnte sich kaum halten vor Lachen.

Nach dem Gottesdienst überredete Shelby ihre Freundin, mit ihr in das Restaurant gegenüber zum Mittagessen zu gehen, sie müsse ihr was erzählen. Aber der Sonntag war ein ausgesprochen schlechter Tag, um auswärts zu essen, denn das Restaurant war gesteckt voll. Shelby stöhnte, als sie die Menschentraube hinter der Tür sah, die auf freie Tische wartete. Immer neue Gäste strömten in ihrem Sonntagsstaat herein und kämpften um die beste Position im Gang. Kinder brüllten und spielten mit den Luftballons, die mit bunten Bändern an die Registrierkasse gebunden waren, bis sich schließlich ein paar lösten, an die Decke schwebten und die Eltern der Kindern diese zur Ruhe mahnten. Aber die Wartenden wurden überraschend zügig auf die freien Tische verteilt, und bald hatten Susan und Shelby ihre Plätze in der Nichtraucherzone eingenommen.

»Du meine Güte, du hast mir gar nicht gesagt, dass es in Hendersonville am Sonntag so zugeht.«

Susan zuckte mit den Schultern. »Samstags ist es genauso, und dazu kommt noch, dass alles, was im Umkreis von zwanzig Meilen nur im Entferntesten Ähnlichkeit mit einem Boot hat, draußen auf dem See herumschippert, wenn am Wochenende die Sonne scheint. Und auch am Freitag, wenn alle schon mittags aufhören zu arbeiten. Ich warne dich, du brauchst gar nicht erst zu versuchen Freitagmittag irgendwo etwas zu essen aufzutreiben. Nur wenn das Wetter wirklich scheußlich ist, könntest du Glück haben.«

»Großer Gott.«

Susan kicherte. »Vielleicht hättest du doch besser nach Brentwood ziehen sollen.«

»Genau, nach Brentwood. Als ob ich mir das leisten könnte«, erwiderte Shelby.

»Du hast genügend geerbt, um dir eine beträchtliche Anzahlung auf ein staatliches Anwesen mit einem richtigen Zaun aus Schmiedeeisen zu leisten.«

»Ja, und dann würde ich den Rest meines Lebens in einem großen leeren Haus verbringen müssen, weil ich kein Geld mehr hätte, um mir Möbel zu kaufen. Ich bin mit meinem Haus zufrieden. Außerdem, wenn es dir in Hendersonville gefällt, werde ich mich hier auch wohl fühlen.«

»Ich hatte keine andere Wahl. Ich bin hier geboren«, entgegnete Susan und lächelte wie eine Sphinx.

Eine müde, gestresste Kellnerin kam an ihren Tisch, um ihre Bestellung aufzunehmen. Als sie sich wieder außer Hörweite befand, setzte Shelby ihr Gespräch fort. »Also, nun bin ich jedenfalls hier, und jetzt bleibe ich auch.«

»Wie schön für dich.« Susan kniff die Augen zusammen. »Ich bin froh, dass du diese Entscheidung getroffen hast, und das trotz der Schwierigkeiten, hier am Wochenende etwas Essbares aufzutreiben.«

Shelby musste lachen, lehnte sich zurück und legte einen Arm über den Rücken des daneben stehenden Stuhls. Sie zögerte kurz, ehe sie fragte: »Sag mal, Susan, glaubst du an Geister?«

Susan gab ihr nicht gleich eine Antwort. »Dann hast du den Kerl also gesehen?«, sagte sie schließlich und beugte sich grinsend zu ihr vor.

Shelby blinzelte ungläubig. »Wie bitte?«

»Den Geist. In deinem Haus. Als ich noch ein Kind war, waren jede Menge Geschichten über das Haus in Umlauf. Es hieß, dass es dort spuke. In den Siebzigern hat eine Familie dort gewohnt, die ganz überraschend eines Tages ausgezogen ist und alle ihre Sachen zurückgelassen hat. Keiner weiß, warum, aber man sagt, dass sie verjagt wurde.«

Shelby beugte sich jetzt ebenfalls zu ihrer Freundin vor und zischte: »Du hast davon gewusst? Und du hast es nicht für nötig gefunden, es mir zu erzählen, bevor ich das Haus gekauft habe?«

»Ich habe nicht daran geglaubt.« Susan hob die Hand in einer beschwörenden Geste. »Ich habe so etwas tatsächlich nicht für möglich gehalten, das heißt, bis gestern, da habe ich es irgendwie gespürt, weißt du. Aber da war es schon zu spät, noch etwas zu sagen, und so habe ich meinen Mund gehalten. Dann gibt es ihn also wirklich? Dort spukt es tatsächlich? Und du hast den Geist gesehen?« Sie bekam ganz große Augen wie ein Kind.

»Ja, ich habe ihn gesehen.«

»Im Ernst?«

»Mein voller Ernst. Er ist im Haus. Was weißt du über ihn?«

Susan zog die Schultern hoch. »Eigentlich nichts, nur, dass es ihn gibt. Und dass er die Leute erschreckt. Er gibt Geräusche von sich. Es heißt, er spricht mit sich selbst.« Wieder grinste sie. »Du hast ihn also tatsächlich gesehen? Ehrenwort?«

»Er war im Schlafzimmer. Er ist ziemlich groß, über einsachtzig, würde ich sagen, hat dunkle Haare und raucht Zigarren, und den Rauch kann man riechen. Es war wirklich unheimlich.«

Susan fing wie ein Schulmädchen zu kichern an. »Das ist ja unglaublich! Sieht er wenigstens gut aus?«

Shelby lachte kurz, aber als sie ernsthaft nachdachte, trat ein Lächeln auf ihr Gesicht, das nicht mehr verschwinden wollte. »Ja, um nicht zu sagen, umwerfend.«

»Du veralberst mich nicht?«

»Nein. Er hat irgendetwas an sich. Sehr viel Würde. Und er ist stark. Nicht der muskelbepackte Typ, aber richtig kräftig. Und er hat sehr breite Schultern. *So* breit«, sagte sie schließlich nach einigem Nachdenken.

»Ist er gut gebaut?«

»O ja!«, antwortete Shelby und nickte. »Ein Kasten von einem Mann. Alles an seinem Platz.« Und dabei hielt sie den Daumen in die Höhe.

Susan musste schallend lachen, doch dann verfielen sie beide in nachdenkliches Schweigen.

»Wie schön für dich, Shel«, sagte Susan nach einer Weile und zwinkerte ihr zu.

»Das ist doch albern«, erwiderte Shelby, genoss aber das befreiende Lachen, das ihr half, den Schock der vergangenen Nacht langsam zu überwinden. Kichernd fügte sie hinzu: »Ich habe leider keine Ahnung, wie das jetzt weitergehen soll. Ich meine, wie soll ich reagieren, wenn er irgendetwas macht? Wenn er auf mich losgeht?«

»Gespenster gehen nicht auf Menschen los.« Susan schob diese Vorstellung energisch beiseite.

»Du hast gesagt, du glaubst nicht an Gespenster.«

»Was können sie denn schon tun? Im schlimmsten Fall erschrecken sie dich zu Tode.«

»Das hat er schon fast geschafft. Ich hätte mir vor Angst beinahe ins Hemd gemacht, als er da plötzlich vor mir auftauchte und wieder verschwand.«

»Direkt vor deinen Augen?«

»Ja, und dann hat er sich in einer Rauchwolke aufgelöst. Puff.«

»Vielleicht ist er ja für immer fort.«

Shelby schüttelte den Kopf. »Nein, das glaube ich nicht.« Sie nahm ein Päckchen mit Zucker aus dem Keramikhalter auf dem Tisch und knickte den oberen Rand ein. »Was hat er denn getan? Ich meine, was hat er diesen anderen Leuten angetan? Ist er auf jemanden losgegangen?«

Susan zuckte mit den Schultern. »Keine Ahnung. Ich weiß nur, dass er ab und zu mal aufgetaucht ist. Manche hier im Ort behaupten auch, sie hätten Licht im Schlafzimmer gesehen, obwohl schon lange niemand mehr dort wohnte. Mir selbst ist nur zu Ohren gekommen, dass er sprechen soll. Aber er verrückt keine Dinge, er setzt nichts in Brand ...«

»In Brand? Gespenster legen Brände?«

»Ich sagte doch, er macht es *nicht.* So wie ich es mir vorstelle, ist er einfach da. Als ob er warten würde, auf irgendwas, auf irgendwen.«

»Weiß man, wie er heißt?«

Susan schüttelte den Kopf. »Nein, und keiner weiß, wer er ist oder warum er da ist. Oder wie lange er dort schon spukt. Ich würde sagen, die letzten vierzig Jahre. Jedenfalls glaube ich, dass seitdem Geschichten über ihn auf dem Schulhof die Runde machen. Aber die meisten Leute halten ihn für eine Erfindung wie diesen Serienkiller mit dem Fleischerhaken.«

Shelby beugte sich über den Tisch. »Welcher Serienkiller mit dem Fleischerhaken?«

»Hast du noch nichts davon gehört? Ich dachte, das wüsste jeder.«

»Hier läuft ein Serienkiller mit einem Fleischerhaken frei herum?«

»Nein, das ist doch nur eine Geschichte.«

»*Du* hältst das nur für eine Geschichte. Du hast ja auch geglaubt, dass der Geist bloß eine Erfindung ist. Was ist jetzt mit diesem Serienmörder und seinem Fleischerhaken?«

»Nichts.«

»Bist du sicher?«

»Ganz sicher.«

Shelby verstummte und lehnte sich auf ihrem Stuhl zurück. Misstrauisch betrachtete sie Susan. Sie wusste nicht mehr, was sie glauben sollte.

Als Shelby nachmittags heimkam, erwartete sie das Haus, in tiefes Schweigen gehüllt. »Hallo!«, rief sie, und das Haus erwachte zum Leben. Das Klappern ihrer Absätze, das von den Wänden widerhallte, vertrieb die Stille vollends.

Ja, hier war sie zu Hause. Wenn sie sich keiner Sache sicher war, aber das wusste sie. Als ob es ihr bestimmt wäre, hier zu leben. Ein leichtes Lächeln umspielte ihre Lippen.

Dann machte sie sich weiter ans Auspacken und versuchte sich so einzurichten, wie es in ihrer alten Wohnung ausgesehen hatte. Aber das Bücherregal samt Inhalt, das in Nashville groß und imposant gewirkt hatte, stand nun klein und verloren in ihrem riesigen neuen Arbeitszimmer. Ein alter Küchentisch diente ihr als Arbeitsplatz für ihren Computer, und ein kleiner rollbarer Aktenschrank ersetzte die Schubladen. Ein Bücherschrank und ein Schreibtischstuhl vervollständigten das karge Mobiliar.

Shelby stand in der Tür und überlegte seufzend, ob sie lieber einen Orientteppich oder doch einen mit einem Band eingefassten Sisalteppich für das Zimmer kaufen sollte. Aber bei den Ausmaßen musste sie sich entweder für einen ganz großen oder mehrere kleine entscheiden

Langsam spürte Shelby, wie die Stille sich das Haus zurückeroberte. Ein unangenehmes Gefühl. Es würde aber noch eine Woche dauern, bis sie den Fernsehanschluss bekam, und so war der kleine Radioapparat im Erdgeschoss ihre einzige Quelle der Zerstreuung. Sie wollte schon nach unten gehen, um die Stille mit etwas Musik zu vertreiben, blieb dann aber doch am Treppenabsatz stehen. Ihr war nämlich ein Gedanke gekommen. War die Ursache dieses bedrückenden Schweigens tatsächlich nur das Fehlen von Geräuschen? Fehlte überhaupt irgendetwas? Und warum fühlte sich die Luft so schwer an? Wieso war es so schwierig, Atem zu holen, so als würde die Atmosphäre in diesem Zimmer schwer auf ihre Brust drücken?

Sie ging ins Schlafzimmer hinüber. In der Mitte des Raums blieb sie stehen. Hier war das Gefühl am stärksten. In diesem Zimmer war ihr der Geist erschienen, und sie konnte ihn immer noch spüren. Zumindest dachte sie das. Hier verspürte sie ein vages Gefühl von Energie, das sonst nirgendwo im Haus anzutreffen war.

»Hallo?«

Keine Antwort. Natürlich nicht. Das hatte sie ja bereits ausprobiert. Trotzdem schloss sie die Augen und konzentrierte sich. Sie wusste seinen Namen nicht, aber sie versuchte sich den Mann vorzustellen. Groß, muskulös, mit langen, schlaksigen Gliedmaßen, struppigem schwarzem Haar und der gesunden Bräune eines Farmers, die sich auf Kopf und Gesicht beschränkte und sich scharf als brauner Halbkreis im Nacken von der Blässe seines Körpers abhob, der wahrscheinlich noch keinen Tag in seinem Leben die Sonne gesehen hatte. In ihrer Erinnerung hatte der Mann dunkelblaue Augen, und Bartstoppeln hatten sein Kinn bläulich schimmern lassen. Er mochte um die dreißig sein. War er zum Zeitpunkt seines Todes noch so jung gewesen? Was genau war es, was sie da gesehen hatte?

Tief und gleichmäßig atmend, konzentrierte Shelby sich auf sein Bild und versuchte, es Realität werden zu lassen. Immer wieder flüsterte sie: »Komm zu mir.« Immer wieder, bis ihr Gemurmel sich zu sinnentleerten Silben abgeschliffen hatte. In dem Moment blickte sie auf.

Immer noch nichts, nur dieses vage Gefühl. Sie schaute sich um, konnte aber nirgendwo ein Gespenst sehen.

Es war schon spät, und sie brauchte ihren Schlaf. Während Shelby sich auszog und ins Bett ging, fragte sie sich, ob sie sich die Gestalt in dem Leinenhemd, den Wollhosen und den Hosenträgern vielleicht nur eingebildet hatte. Schon möglich. Leichte Enttäuschung breitete sich in ihr aus, ohne dass sie sich erklären konnte, warum.

In der folgenden Woche hatte Shelby alle Hände voll zu tun und vergaß den geheimnisvoll verschwundenen Mann fast ganz. Jeden Abend brachte sie Manuskripte mit nach Hause, die sie lesen oder redigieren musste. Das war die einzige Möglichkeit, ihr enormes Arbeitspensum zu bewältigen. Und je mehr sie sich an die Geräusche und sonstigen Eigenarten des Hauses gewöhnte, desto stärker trat der Gedanke in den Hintergrund, es könnten hier tatsächlich merkwürdige Dinge vor sich gehen. Jeden Tag putzte Shelby eine weitere Ecke und richtete sich allmählich in ihrem neuen Zuhause ein. Bald kannte sie jeden Winkel ihres Hauses und musste feststellen, dass es tatsächlich aus Backsteinen, Holz und Mörtel erbaut und kein Luftschloss war, in dem irgendwelche Geister hausten. Möglicherweise lag der Erscheinung ein starkes, an romantische Wunschvorstellungen gekoppeltes Gefühl zugrunde. Oder sie hatte sich den Geist in einem Augenblick der Erschöpfung nur eingebildet.

Der Herbst neigte sich rasch seinem Ende zu, überall in der Nachbarschaft verblassten die bunten Blätter der Ahornbäume und Eichen. Eines Tages fegte ein starker Wind die Bäume kahl, und der Boden war übersät von verrottendem graubraunem Laub. Je kälter es wurde, je grauer und winterlicher der Himmel sich präsentierte, desto dankbarer war Shelby für ihre dicken Ziegelmauern. Und noch dankbarer war sie für die Heizungsrohre in jedem Zimmer. In der festen Absicht, ihre Kamine häufig zu benutzen, bestellte sie mehrere Klafter Holz, die sie an der Westseite des Hauses aufschichtete. Wozu hatte sie denn die vier Kamine?

Anfang Dezember sorgte ein Sturm für Stromausfall, gerade als Shelby von der Arbeit nach Hause kam. Im ganzen Viertel gingen die Lichter aus, sogar in den Apartments auf der anderen Seite der Bahngleise. Shelby musste sich im Mondlicht ihren Weg bis zur Haustür suchen. Der Wind peitschte durch die kahlen Bäume und bog die Kiefern in alle Richtungen. Die Kälte drang in Shelbys Kleider, und ihr Haar flatterte um ihr Gesicht. Sie stemmte sich gegen den Wind und kämpfte sich bis zu ihrer Tür. Im Vorraum drückte sie mehrmals auf den oberen und den unteren Lichtschalter, aber nichts tat sich. Sie seufzte. Auch ihr Haus war ohne Strom. Da sie die Heizung immer erst anschaltete, wenn sie heimkam, waren die Zimmer eisig kalt. Sie würde Holz holen und im Kamin Feuer machen müssen. Sie war sich nur noch nicht sicher, wie sie es bewerkstelligen sollte, darüber ihr Abendessen heiß zu machen. Während sie das Holz ins Haus trug, ging sie im Geist den Inhalt ihrer Küchenschränke durch und überlegte, was sie essen könnte.

Die Würstchen, die Shelby auf einem improvisierten Drahtgestell über dem Kamin im Esszimmer grillte, gelangen ihr recht gut. Sie schmeckten sogar ausgezeichnet auf den schon etwas altbackenen Maisbrötchen, die sie in einer Eisenpfanne röstete. Großzügig würzte sie die Hot Dogs mit Ketchup, Senf und Mayonnaise, hockte sich im Schneidersitz auf den Fußboden und vertiefte sich im Schein einer Kerze in ein Manuskript. Sie kam sich vor wie bei einem Picknick. Die Elektrizitätswerke waren verständigt, sodass sie nichts weiter zu tun hatte, als irgendwann Kerze und Manuskript nach oben zu tragen und dort weiterzuarbeiten, bis es Zeit war, ins Bett zu gehen. Im Schlafzimmerkamin entfachte sie ein Feuer und machte es sich mit dem Manuskript im Bett bequem. Es war so friedlich hier. Die Welt schien weit entrückt. Sie hatte keine Ahnung, wie spät es war, als sie endlich ihre Arbeit beiseite legte, noch ein Holzscheit ins Feuer schob und die Kerze löschte.

Die Glut im Kamin spendete noch etwas Licht und Wärme, als Shelby unter die vielen Decken schlüpfte, die sie vor der Kälte schützen sollten. Sie hoffte, trotz des Stromausfalls gut schlafen zu können.

Aber übermüdet, wie sie war, wollte sich der Schlaf einfach nicht einstellen. Sie legte sich auf den Rücken und starrte auf die flackernden Schatten an der unregelmäßig gestrichenen Zimmerdecke. Sie schloss die Augen, aber hinter ihren zuckenden Lidern tanzten die Lichter weiter, bis sie die Augen wieder aufschlug.

Plötzlich verdichteten sich die tanzenden Schatten an der Decke zu einem einzigen. Shelbys Puls fing zu rasen an. Sie hatte Angst und konnte sich nicht überwinden, genauer hinzusehen. Vielleicht verschwand der Schatten ja, wenn sie weiter an die Decke starrte, und existierte nur in ihrer Einbildung. Sie hatte schließlich Wochen gebraucht, sich davon zu überzeugen, dass alles nur Einbildung gewesen war. Aber der Schatten blieb. Und sie wusste, was es war. Shelby zwang sich, den Kopf zu drehen und endlich hinzusehen.

Er saß in dem Schaukelstuhl neben dem Kamin, kaum mehr als eine Silhouette, die sich vor dem Lichtschein abzeichnete, aber sie erkannte seine schlanke, hoch gewachsene Gestalt sofort. Und dann hörte sie ihn leise vor sich hin murmeln.

»Blut ... überall Blut.« Erregt knetete er seine Hände und rutschte auf dem Stuhl hin und her. »Gott möge mir helfen, aber ich ertrage dieses Sterben nicht mehr«, stöhnte er gequält. Seine Hand zitterte, als er sich die Augen zuhielt.

Shelby holte tief Luft und setzte zum Sprechen an, aber es kam nichts heraus. Ihre Kehle war wie zugeschnürt, und sie musste sich erst mehrmals räuspern. Schließlich schaffte sie es, ihn zu fragen: »Wer sind Sie?« Innerlich zitternd wie Espenlaub, wagte sie einen weiteren Vorstoß. »Wie heißen Sie?«

Der Mann gab ihr keine Antwort. Erst nach einer Weile sprach er wieder. »Lügen, nichts als Lügen.« Er hatte eine weiche, tiefe Stimme.

Shelby rutschte an das Fußende des Bettes. Dieser Mann atmete. Er war nicht tot. Er war real und greifbar. Er musste sich sogar räuspern, um durch den Kummer zu dringen, der sich ihm auf die Stimme schlug. Shelby beugte sich vor, um ihn besser zu sehen. Ihr Herz raste. Was tat sie da? Sie hätte besser um ihr Leben laufen oder wenigstens an ihre geistige Gesundheit denken sollen. Stattdessen kniete sie da und hielt sich an dem Bettpfosten fest, der zwischen ihr und diesem Mann stand. Aber er hatte etwas an sich, das sie nicht losließ. Irgendetwas in seiner Stimme berührte ihr Herz. Jeder weitere Gedanke an Flucht schwand, als ihr klar wurde, dass sie diese arme, verzweifelte Seele nicht allein lassen konnte.

Der Mann griff nach der Kerze, die auf dem kleinen Tisch stand und die ihn überallhin zu begleiten schien. Er bückte sich, um sie im Kamin anzustecken. Mit einer Hand griff er in die Innentasche seiner Jacke und holte eine Zigarre heraus, die er an der Kerze anzündete. Der flackernde Lichtschein auf seinem Gesicht enthüllte einen Zweitagebart, gerötete Haut und einen dunklen Streifen – Schlamm, vielleicht aber auch Blut – auf seiner Nase. Er hatte tatsächlich dunkelblaue Augen in der Farbe des Himmels an einem klaren Winterabend kurz nach Sonnenuntergang. Seine Jacke, die doppelreihig geknöpfte graue Uniformjacke eines Offiziers der Konföderierten, stand vorne offen und hing schief an seinem Oberkörper. Sie war zerrissen und voller Löcher, die Metallknöpfe waren stumpf, einige fehlten. Unter seinem schmutzigen, ebenfalls zerrissenen weißen Hemd kam fleckige Unterwäsche zum Vorschein.

Shelby lief ein kalter Schauder über den Rücken. Ein Soldat der Konföderierten. Dieser Geist spukte hier schon länger als vierzig Jahre. »Ein Geist aus dem Bürgerkrieg«, entfuhr es ihr.

Er schien sie auch jetzt nicht zu hören, sondern starrte weiter zu Boden und zog so fest an seiner Zigarre, dass der Tabakrauch Shelby in die Nase stieg. Schließlich blickte er wieder hoch, und einen Moment lang sah es so aus, als würde sein leerer Blick ein vages Ziel in der Ferne suchen. »Der Tod hätte sie nicht treffen dürfen«, murmelte er, dann starrte er wieder zu Boden. Unbändiger Schmerz sprach aus seinen Augen, die verdächtig glitzerten. Erneut zog er an seiner Zigarre, ehe er sich seufzend an die Stirn fasste. »O Mary, meine liebste Mary Beth.« Traurig ließ er den Kopf hängen. »Ich kann nicht einmal erahnen, was mein Herz verloren hat. Ich werde es nie erfahren.« Die Stimme versagte ihm. Shelby wurde überwältigt von Mitleid. Was fühlte er? Sehnsucht? Kummer? »Ob sie überhaupt um mich getrauert hätte?«

Was für eine seltsame Frage.

Wieder verlor sich sein Blick in der Ferne, aber da war nichts, das seinen Kummer gelindert hätte. Dann kein Wort mehr und kein Hinweis, weshalb er so leiden musste.

Shelby glitt aus dem Bett, kniete sich daneben hin und streckte zögernd den Arm nach dem Mann aus. Ihre Hand kam schließlich auf einem festen Knie zu liegen, dessen Kniescheibe und Muskeln sie deutlich unter den schweren Wollhosen spürte.

Kaum hatte sie ihn berührt, löste sich das Bein auf. Wie ein bröckelnder Zuckerhut schmolz der ganze Mann in Sekundenschnelle dahin und kräuselte sich als nebliger Rauch über Shelby und dem Schaukelstuhl.

Entsetzt zog sie die Hand zurück. Feiner weißer Rauch

wirbelte auf, den sie keuchend in ihre Lungen sog. Er schmeckte muffig wie Staub und stieg ihr zu Kopf. Ein lautes Summen überlagerte alle anderen Geräusche. Shelby fühlte sich wie betäubt. Und dann stürzte sie in eine tiefe Kluft aus Einsamkeit, in einen gähnenden Abgrund aus Leere. Mit einem Mal empfand sie eine Sehnsucht nach etwas, das nicht war und auch in aller Ewigkeit nicht sein würde. Sie stöhnte, und ein Schauder überlief sie. Als sie begriff, in welcher Hölle dieser arme Mann lebte, wandte sie den Kopf ab, packte mit zitternder Entschlossenheit den Bettpfosten und presste ihr Gesicht dagegen. Sie schloss die Augen, schwer atmend, um die schmerzliche Sehnsucht auszublenden.

3

Bei Sonnenaufgang wurde Shelby wach. Sie war steif vor Kälte. Eine Weile blieb sie liegen und versuchte die Ereignisse der vergangenen Nacht zu rekonstruieren. Sie hatte den Geist berührt, und der Schmerz hallte immer noch nach. Sie fühlte sich wie zerschlagen bei der Erinnerung an die Einsamkeit dieses Mannes, der nicht einfach nur allein war, sondern haltlos durchs Universum trieb. Shelby wusste nicht, warum, aber seine Seele war zerrissen und blutete. Er hatte mehr als sein Leben verloren.

Mühevoll zog sie sich an. Sie hätte gerne den Kamin wieder angezündet und sich aufgewärmt, aber sie wollte das Feuer nicht anmachen und dann zur Arbeit fahren. Strom gab es immer noch keinen, also auch keinen Kaffee. Sie würde in der Main Street kurz auf einen Milchkaffee anhalten, bevor sie auf die Umgehungsstraße fuhr.

Als Shelby in ihrem Büro eintraf, hatte sie reichlich Kaffee und Wärme getankt, aber der Gedanke an die Erscheinung der vergangenen Nacht und den überwältigenden Kummer des Mannes wollte sie nicht loslassen. Den ganzen Vormittag über starrte sie auf die Seiten des vor ihr liegenden Manuskripts, ohne auch nur ein Wort wahrzunehmen. Die Stimme des Mannes hallte in ihrem Kopf, und immer wieder rief sie sich ins Gedächtnis zurück, wie sein Knie sich unter dem Wollstoff angefühlt und wie es sich bei ihrer Berührung in nichts aufgelöst hatte. Sie ertappte sich dabei, dass sie die Hand zur Faust ballte, als wollte sie diesen Augenblick mit aller Gewalt festhalten, als könnte sie den Mann so zurückholen, damit er ihr erzählte, was ihn so quälte. Es war mehr als nur Neugierde. Ihr Herz musste wissen, woher der Schmerz rührte. Ihr Seelenheil verlangte, dass sie begriff, was diesem einsamen, verlorenen Mann zugestoßen war. Erst dann konnte es ihr vielleicht gelingen, ihre eigene Sehnsucht zum Verstummen zu bringen. Der Vormittag ging nur quälend langsam vorbei.

In der Mittagspause eilte sie aus dem Büro und marschierte mit strammen Schritten in die öffentliche Bibliothek von Nashville, die nur ein paar Straßenzüge von der Church Street entfernt lag und sich in einem riesigen imposanten Neubau aus Granit und Marmor befand. Hier – und wie fast überall in Nashville, wo es Bücher gab – konnte man leicht Informationen über den Bürgerkrieg finden. Ganze Regalreihen waren diesem Abschnitt der amerikanischen Geschichte gewidmet. Shelby spürte Enttäuschung in sich aufsteigen. Nie und nimmer würde sie in diesen vielen Büchern einen Soldaten finden, selbst wenn sie dessen Namen gekannt hätte. Ihre einzige Hoffnung bestand darin, die Bibliothekarin am Informationsschalter zu bitten, ihr bei der Suche nach Material über den Kriegsverlauf – speziell in Nashville und Umgebung – behilflich zu sein. Die Frau war klein und dunkelhaarig und hatte so viele Leberflecke auf Nase und Wangen, dass es aussah, als wären es Sommersprossen.

Die Frau blickte auf, als Shelby um ihre Hilfe bat. »Kommen Sie mit«, sagte sie und zog Shelby zu den Regalen voll mit Büchern über den Bürgerkrieg. »Welche Ortschaften interessieren Sie besonders? Wir haben eine Menge Informationen über lokale Geschichte. Hier in der Nähe ist es häufig zu Kampfhandlungen gekommen, da fast den ganzen Krieg über die Grenze zwischen dem Territorium der Union und dem der Konföderierten am Cumberland River entlanglief.«

Shelby war das alles bekannt. Der Verlag, für den sie arbeitete, hatte viele Bücher zu diesem Thema herausgebracht. Sie hoffte jedoch, Genaueres zu finden, das über den Informationsgehalt der Titel hinausging, an denen sie mitgearbeitet hatte. Ihre Bücher waren eher für ein breites Publikum und sehr allgemein gehalten gewesen und konnten ihr jetzt nicht weiterhelfen. »Ich suche Informationen über Einheiten, die aus Sumner County rekrutiert wurden.« Sie starrte auf die Bücherrücken, als wollte sie ihnen mit Röntgenaugen ihr Wissen entlocken.

»Aus Gallatin?«

Sie nickte. »Ja, und aus Hendersonville. Vor allem aus Hendersonville.«

Die Bibliothekarin runzelte die Stirn, während sie die Bücherrücken ebenfalls einer genauen Prüfung unterzog. »Morgans Leute waren fast den ganzen Krieg über hier in der Gegend aktiv«, erzählte sie. Das war Shelby bekannt, aber sie nickte und folgte der Frau, die mittlerweile vor einem anderen Regal stehen geblieben war. »Hier sind wir richtig. In diesen Büchern steht alles, was wir zu Middle Tennessee haben«, sagte sie, zog ein Buch heraus und gab es Shelby. »Das hier beschreibt Nashville während der Besatzung, und hier ist eines speziell über Sumner County in dieser Zeit.«

Mittlerweile war eine zweite Bibliothekarin auf sie aufmerksam geworden, eine ältere blonde Frau mit Bifokalgläsern, und fragte, was sie suchen würde.

»Alles über Hendersonville während des Bürgerkriegs.«

Die Frau verzog das Gesicht. »Das war doch damals ein winziges Nest.« Aber sie drehte sich um und griff ins Regal. »In dem Buch stehen einige interessante Geschichten. So viel ich weiß, haben sich Morgan und Harper hier herumgetrieben. Und da ist noch ein Buch, mit dem Sie vielleicht etwas anfangen können.« Mit diesen Worten reichte sie ihr ein Buch nach dem anderen.

Schließlich hatte Shelby einen ganzen Stapel Bücher auf dem Arm, mehr Informationen, als sie in der Mittagspause bewältigen konnte. Aber sie bedankte sich bei den beiden Frauen und suchte sich einen ruhigen Platz zum Lesen. Sie ging zu einem langen Holztisch und setzte sich auf einen der roten Lederstühle. Die kalte Wintersonne strömte durch die Reihen hoher Fenster, die auf den Hof hinausgingen.

Die meisten Bücher brachten sie keinen Schritt weiter, da sie viel zu allgemein gehalten waren. Es stand nichts darin, das sie nicht bereits gewusst hätte. In einem war zwar eine alphabetische Liste der Freiwilligen aus Sumner County aufgeführt, aber ohne Namen konnte sie nur wenig damit anfangen. Ein Buch war allerdings darunter, aus dem sie einige Fakten, die neu für sie waren, über die umliegenden Bezirke erfuhr. Wie die erste Bibliothekarin gesagt hatte, waren Hendersonville, das übrige Sumner County, Nashville County und Davidson County bereits in einem frühen Stadium des Krieges von den Unionsstaaten besetzt worden. Trotz der zahlreichen Ausfälle der Kavallerie, die immer wieder über den Fluss angriff, war es den Konföderierten nie mehr gelungen, dieses Gebiet vollständig zu befreien. Shelby fand zwar reichlich Material über Gallatin, Hartsville und Nashville während der Besatzung, aber dabei handelte es sich in erster Linie um eine Beschreibung der politischen Hintergründe und weniger um die Vorgänge in einem kleinen, unwichtigen Ort wie Hendersonville.

Shelby las über die Scharmützel, die sich die berüchtigten Haudegen des Brigadegenerals John Hunt Morgan in Gallatin und Hartsville mit den Unionstruppen geliefert hatten, und sie las vom Kampf der Unionsarmee während des gesamten Krieges, die Eisenbahnlinie zwischen Louisville und Nashville offen zu halten. Das waren die Gleise, die direkt an ihrem Haus vorbeiführten. Erst waren sie von Morgans Männern, dann von örtlichen Marodeuren und Siedlern fast zerstört worden, sodass die Eisenbahnstrecke beinahe ebenso lange brachgelegen hatte, wie sie in Betrieb gewesen war.

Und dann hielt Shelby ein kleines, offensichtlich privat verlegtes Buch mit vielen Geschichten, Anekdoten und Fotos in der Hand. Die Dokumentation der Fakten war nur unzulänglich, aber wie in einer Zeitreise wurde sie in eine andere Zeit katapultiert. Sie las von Soldaten, die von der Bevölkerung durchgefüttert wurden, von Flüchtlingen, die aus ihren ausgebrannten Häusern flohen, von Tapferkeit auf dem Schlachtfeld, von Not, Kummer und Verlusten.

Als sie umblätterte und auf das Porträt eines Soldaten blickte, brach ihr plötzlich der kalte Schweiß aus. Ihre Brust war wie zugeschnürt, und sie konnte kaum mehr atmen. Da war er, groß und schlank, und posierte mit der ganzen heiteren Würde eines Gentleman aus den Südstaaten für den Fotografen. Sein schwarzes Haar war frisch geschnitten, seine Koteletten kurz, wie es Mode war in diesen Tagen. Seine graue Uniform war nagelneu, die noch vollständig vorhandenen Knöpfe blank poliert. Seine Augen erweckten jenen harmlos naiven Eindruck, wie er typisch war für blaue Augen auf den Daguerreotypien dieser Zeit, aber Shelby konnte darin die Entschlossenheit eines Mannes durchschimmern sehen, sein Heim vor den eindringenden Yankees aus dem Norden verteidigen zu wollen. Und den Stolz dieses Mannes.

Unter dem Foto war zu lesen:

> »Ein weiterer Freiwilliger aus Sumner County – Captain Lucas Robert Brosnahan vom 2. Freiwilligen-Infanterieregiment, Tennessee, auch bekannt als Bates Brigade.«

Shelby lief ein Schauder über den Rücken. Dieser Mann war real, er hatte tatsächlich gelebt. Aufgeregt wühlte sie in dem Stapel Bücher vor sich auf dem Tisch und fand schließlich den Band mit der Anwerbungsliste. Mit klopfendem Herzen durchsuchte sie die Seiten nach dem 2. Tennessee-Infanterieregiment. Als sie es fand, verkrampfte sich ihr Magen, und sie legte ihren Finger auf die Liste. Brosnahan ... Brosnahan ... Brosnahan, Lucas R. Da stand er! Ein merkwürdiges Gefühl war das, so als würde sie ihm nachspionieren. Aber sie musste unbedingt über diesen Mann Bescheid wissen, der immerhin das Haus mit ihr teilte.

Brosnahan, Lucas R. – in die Armee eingetreten am 25. April 1861 als Lieutenant, befördert zum Oberlieutenant, schließlich zum Captain am 8. April 1862 als Ablöse für Capt. Harcourt. Verwundet bei Shiloh, überlebte als einziger Offizier seiner Kompanie. Gefallen bei Chickamauga, Ga. am 20. September 1863 im Alter von achtundzwanzig Jahren.

Shelby lief es kalt über den Rücken. Gefallen. Der Mann war seit hundertvierzig Jahren tot. Nur ein Jahr älter, als sie jetzt war, war er in der Schlacht bei Chickamauga in der Nähe von Chattanooga eines gewaltsamen Todes gestorben.

Aber Shelby war fest davon überzeugt, dass der Verlust seines Lebens nicht der Grund für seine selbst den Tod überdauernde Trauer war. Irgendetwas anderes, das ihm vor seinem Tod zugestoßen war, zehrte an seiner Seele. Und das war es gewesen, was sie am Abend zuvor in seiner Gegenwart gespürt hatte.

Shelby händigte die Bücher, die sie nicht ausleihen wollte, der Bibliothekarin aus, damit diese sie wieder in die Regale einordnen konnte. Nur den dünnen Band mit dem Foto ihres nächtlichen Besuchers nahm sie mit und kehrte nervös, als hätte sie irgendetwas Böses angestellt, in den Verlag zurück.

Als sie sich an diesem Abend ihrem Haus näherte und in die Einfahrt bog, beschleunigte sich ihr Puls. Wie merkwürdig, den Geist, der sie dort erwartete, namentlich zu kennen. Das Licht auf der Veranda brannte. Es gab also wieder Strom.

Sie stieg aus dem Auto und schaute zu ihrem Schlafzimmerfenster hoch. Irgendwo dort oben hielt sich Captain Lucas Brosnahan auf. Wenn man das so sagen konnte, lebte er als nicht greifbare Materie in diesem Haus, in einer Zeitfalle, die ihm seine eigene Einsamkeit gestellt hatte. Der Wind frischte auf, und die ersten Schneeflocken des Jahres wehten Shelby ins Gesicht, strahlend weiß im Schein der Verandabeleuchtung.

Das Wetter schien sich schlagartig zu verschlechtern, und so nahm Shelby auf dem Weg ins Haus ein paar Scheite Holz mit. Trotz der Heizung würde sie heute Abend den Kamin in ihrem Schlafzimmer anzünden. Kurze Momentaufnahmen des trauernden Captain Brosnahan zuckten ihr durch den Kopf, Erinnerungen an seinen gehetzten Blick, seine zerrissene Uniform, seine zitternden Hände und seine bebende Stimme. Wieso gab es nicht mehr Informationen über das Leben eines Mannes wie ihn? Er war ein Held, ein Mann, der in den Krieg gezogen war, um sein Land zu verteidigen, und der dabei sein Leben gelassen hatte. Es musste doch irgendwelche Nachfahren geben.

Aber vielleicht war er nicht verheiratet gewesen. Soweit sie wusste, hatte ihr Haus über einen langen Zeitraum hinweg keine Vorbesitzer namens Brosnahan gehabt. Shelby ging in den Vorraum und schlug das Telefonbuch auf. Nein, keine Brosnahans, weder in Hendersonville noch in Gallatin, Madison, Goodlettsville oder White House. Das bedeutete zwar nicht, dass keine Nachfahren existierten, aber es war ein wichtiges Indiz.

Dann begab sie sich in ihr Schlafzimmer. Um gegen die Kälte am Morgen gerüstet zu sein, schichtete sie Holz in den Kamin und schob Anmachholz und zusammengeknülltes Papier darunter. Der Butananzünder stand auf dem Kaminsims. Draußen heulte der Wind, und Schneeregen klatschte gegen die Fenster. Trotz der auf vollen Touren laufenden Heizungsrohre kroch die Kälte durch das Zimmer.

Shelbys Gedanken kehrten zu dem Geist zurück, während sie weiterarbeitete. Selbst wenn Lucas Brosnahan keine Nachfahren hatte, war er kein armer gesichtsloser Niemand gewesen. Er hatte es immerhin bis zum Captain gebracht. Man hatte ihn respektiert, sonst wäre er niemals in diese Position befördert worden. Er musste mehr gewesen sein als nur irgendein Soldat mit einem Gewehr in der Hand. Da hätte es doch mehr schriftliche Erinnerungen an sein Leben geben müssen als die spärlichen Hinweise, die sie gefunden hatte. Irgendwer hätte sich doch an ihn erinnern müssen. Aber da war nichts. Nur Gerüchte hinter vorgehaltener Hand von Schulkindern, die sich vor ihm fürchteten und nicht einmal seinen Namen wussten.

Das Papier setzte das Anmachholz in Brand. Bald fingen auch die Holzscheite Feuer, und gelbweiße Flammen züngelten in die Höhe.

Shelby begann sich auszuziehen. Übermütig knüllte sie ihre Kleidungsstücke zusammen und warf sie schwungvoll Richtung Wäschekorb im Wandschrank, wo sie von der Tür abprallten und direkt im Korb landeten. Das prasselnde Feuer wärmte sie von vorne, während eisige Luft von hinten an ihre Haut drang und sie frösteln ließ.

Wer war dieser Mann? Eine Fotografie und ein Posten auf einer Namensliste. Eine vage Erinnerung, von Menschen überliefert, die lediglich Interesse daran hatten, sich gegenseitig Angst zu machen, die sich aber kaum für das Leben eines Soldaten interessierten, der in einem schon fast vergessenen Krieg gekämpft hatte, in dem hunderttausende junger Männer hatten sterben müssen. Eine statistische Größe, verwundet in der einen, gefallen in der anderen Schlacht. Anonymer Staub auf einem von Grabsteinen übersäten Schlachtfeld in Georgia.

Aber wieso trieb sein Geist dann hier und nicht in der Nähe seiner Grabstätte sein Unwesen?

Shelby sah sich um. Wie gerne hätte sie jemanden gefragt, aber sie wusste die Antwort auch so. Hier war sein Zuhause. Hier in diesem Haus war er daheim. Das war vom ersten Moment an klar, als sie die Schwelle überschritten hatte. Das Gefühl, selbst nach Hause zu kommen, war so stark gewesen, dass sie es fast mit Händen hätte greifen können.

Shelby besaß ein einziges Nachthemd aus Flanell, das wärmer als alle ihre leichten Pyjamas war. Sie zog es an, stellte sich vor den Kamin und hielt die Hände über das Feuer, um sich zu wärmen. Dabei ging ihr der Gedanke durch den Kopf, dass sie wahrscheinlich die einzige lebende Person war, die etwas über Lucas wusste. Der zufällige Leser, der in dem Buch auf seine Fotografie stieß, würde nie erfahren, dass er Zigarren rauchte. Aus dem Foto konnte man auch unmöglich schließen, was er für eine gewisse Mary Beth empfunden hatte. Und die Kinder auf den Schulhöfen hatten mit Sicherheit keine Ahnung, wie sehr ihm diese Sehnsucht zusetzte, die nicht einmal sie erklären konnte.

Was gab es sonst noch über ihn zu wissen? Hatte er Humor gehabt? Hatte er Tiere gemocht? War er ein Ehrenmann gewesen? Ein Lächeln umspielte Shelbys Lippen, als sie überlegte, ob er wohl vor seinem Tod noch sein Ungeziefer losgeworden war.

Auf nackten Füßen tappte Shelby zu ihrem Bett. Sie konnte es kaum erwarten, endlich unter die Decken zu kriechen und mit ihrem Körper eine wärmende Kuhle zu schaffen. Als sie sich zur Seite drehte, um die Lampe auf dem Nachtkästchen auszuschalten, ertönte neben ihr ein leichtes Schnarchen.

Erschrocken sprang sie aus dem Bett und quer durchs Zimmer, kehrte aber gleich wieder um, eine Hand auf die Brust gepresst, um ihr rasendes Herz zu beruhigen. Mit Erleichterung sah sie, dass es nur der schlafende Lucas Brosnahan war. Sein dunkler Schopf lag auf ihrem Kissen.

Jetzt wusste sie also noch etwas über Lucas – er schnarchte.

Ein schlafender Geist. Sie konnte sich ein Lächeln nicht verkneifen. Er lag auf dem Rücken und hatte sich bis oben hin zugedeckt. Eigentlich schnarchte er nicht, sondern atmete nur laut und angestrengt durch die Nase. Shelby trat näher an ihr Bett heran, um ihn besser zu sehen. Vorsichtig setzte sie sich im Schneidersitz, mit dem Rücken zum Fußende, auf die Matratze und beugte sich vor, um sein schlafendes Gesicht zu betrachten.

Heute Abend schien er mit sich und der Welt im Reinen zu sein. Keine Anzeichen von Krieg auf seinem Gesicht, kein Schmutz, kein Kummer. Sie freute sich für ihn, dass er wenigstens diesen einen friedvollen Augenblick erleben durfte. Eine Hand lag entspannt auf seiner Brust, und sie ergriff sie. Sie war warm, und das überraschte sie. Hatte sie erwartet, dass er sich kalt wie eine Leiche anfühlte? Wie dumm von ihr. Sein Leichnam – oder besser gesagt, seine staubigen Überreste – war hunderte von Meilen entfernt begraben. Lucas schniefte und rollte sich auf ihre Seite. Sie hielt den Atem an aus Angst, er könnte aufwachen, aber er schlief weiter und fing erneut leise zu schnarchen an.

Shelby befühlte seine Hand. Sie war groß, mit kräftigen Knöcheln und langen, sehnigen Fingern. Und er hatte Schwielen. Lucas' Handfläche und seine Finger waren hart und schwielig. Der Bräune des Gesichts und der Unterarme nach zu schließen, arbeitete er viel im Freien. Er war ganz bestimmt ein Farmer. Alle Männer, die Shelby kannte, hatten bleiche, weiche, manikürte Hände. Diese Hände strahlten eine Kraft und Körperlichkeit aus, die heutzutage selten waren. Shelbys Finger umfassten sein

Handgelenk und tasteten nach dem Puls, der als leises Pochen spürbar war, so als wäre er tatsächlich am Leben. Hätte sie ihn nicht zweimal vor ihren Augen verschwinden sehen, hätte sie keinen Augenblick an seiner physischen Existenz gezweifelt.

Einen Tag alte Bartstoppeln sprossen auf seinem geröteten Gesicht, und sein Mund stand leicht offen, was die Schnarchlaute noch verstärkte. Shelby versuchte sich die Frau vorzustellen, von der er gesprochen hatte – Mary Beth. Wer war sie für ihn gewesen? Offensichtlich ein wichtiger Mensch. Seine Frau vielleicht? Weshalb trauerte er um sie? Einen lächerlichen Moment lang empfand Shelby so etwas wie Eifersucht. Aber das gehörte sich nicht. Es war schon schlimm genug, die Lebenden zu beneiden, aber einen Toten um etwas zu beneiden grenzte an Absurdität.

Ein schwacher Geruch nach Pferdeleder und Tabak ging von Lucas aus. Shelby berauschte sich an diesem Duft, der so erdig, so salzig, so warm war. Durch den Stoff seines schmutzigen, einst weißen Unterhemds hindurch betastete sie Lucas' Arm. Sogar im Schlaf fühlten sich seine Muskeln hart und stark an.

Vorsichtig schob sie den langen Ärmel zurück, bis sie die weiße Narbe auf seinem rechten Unterarm sehen konnte, einen sauberen, geraden Strich. Aus der Nähe erkannte Shelby, dass die Verletzung von einem scharfen Gegenstand herrührte. Von einem langen Messer vielleicht, da die Wunde sehr tief gewesen war.

Die beiden oberen Knöpfe von Lucas' Unterhemd waren offen, und auf seiner Brust wuchs glattes schwarzes Haar. Shelby war neugierig und konnte nicht widerstehen. Vorsichtig probierte sie aus, ob vielleicht noch mehr

Knöpfe zu öffnen waren. Die alten ausgeleierten Knopflöcher leisteten keinen Widerstand. Der Baumwollstoff glitt zur Seite und gab den Blick frei auf einen kräftigen Oberkörper, dessen Behaarung am Brustbein endete und sich in einer dünnen Linie bis zum Nabel fortsetzte. Seine Bräune endete in einem scharfen Halbkreis unterhalb des Halses. Dieser Mann hatte sein Hemd immer anbehalten und nur gelegentlich die Ärmel aufgerollt, wie an seinen dunkleren Unterarmen deutlich zu erkennen war.

Shelby hielt den Atem an und legte eine Hand auf seinen Bauch. Kein Waschbrettbauch – er war schließlich kein Bodybuilder –, aber kräftige Muskeln, ebenso hart wie das Fleisch an seinen Armen, und glatte Haut, auf der hier und da ein paar Härchen sprossen. Lucas' Oberkörper hob und senkte sich in einem langsamen, sinnlichen und beinahe hypnotischen Rhythmus und bewegte ihre Hand. Shelby wurde rot, ihr Herz raste. Ein schöner Mann. Das war alles, was sie in dem Moment denken konnte. Sie wünschte, sie hätte den Mut, auch unterhalb der Decke seinen Körper zu erkunden. Aber das brachte sie nicht fertig. Sie hätte es auch nicht getan, wäre er kein Geist, sondern ein Mann aus Fleisch und Blut gewesen. Und dabei schien er so lebendig. Plötzlich verspürte sie den Drang, ihn wachzuküssen. Als könnte sie so den Fluch des Todes durchbrechen und ihn wieder zum Leben erwecken. Aber sie wagte es nicht.

Lucas' Augenlider flatterten. Er bewegte sich, und seine Atemzüge setzten einen Moment aus. Shelby wich zurück und nahm die Hand fort, als ein schläfriges Stöhnen seiner Brust entwich und er die Augen aufschlug. Er sah sie zwar direkt an, schien sie aber nicht wahrzunehmen. Stattdessen wanderte sein Blick weiter zu dem Kissen neben ihm, und er stieß ein enttäuschtes, verschlafenes Stöhnen aus. Als er sich auf seinem Ellbogen abstützte, bemerkte er, dass sein Unterhemd offen war. Mit einer Hand knöpfte er es wieder zu, während er sich im Zimmer umschaute. Aber er sah sie immer noch nicht. In seinem Blick lag dieselbe entrückte Sehnsucht, die Shelby auch letztes Mal an ihm bemerkt hatte. Mit einem verzweifelten Seufzen ließ er sich auf das Kissen zurücksinken und legte eine Hand über die Augen. Shelby fragte sich, was er wohl geträumt hatte, wenn das Aufwachen so enttäuschend für ihn gewesen war. Wonach verzehrte sich seine Seele so verzweifelt?

Da sie sein Gesicht sehen wollte, streckte sie den Arm aus, um seine Hand wegzunehmen. Aber als sie ihn berührte, riss er die Augen weit auf, zog scharf die Luft ein und packte sie am Handgelenk. Dann verschwand er. Langsam breiteten sich die Decken auf dem Bett aus, und dünner Nebel quoll darunter hervor.

Shelby seufzte und griff in den weichen, sich auflösenden Nebel. »Das wollte ich nicht.« Rasch schlüpfte sie unter die Bettdecke. Lucas' Platz war noch warm. Shelby schaltete die Nachttischlampe aus und rollte sich zusammen. Wo immer er jetzt auch sein mochte, sein altes Elend hatte ihn wieder eingeholt. Wie Leid er ihr doch tat. Der arme Kerl, dachte sie, schloss die Augen und schlief in Gedanken an ihn ein.

4

Als Shelby am nächsten Morgen aufwachte, war der Strom wieder ausgefallen. Trotz ihres dicken Bademantels zitterte sie. Sie spähte aus dem Fenster, konnte aber kaum etwas erkennen, so dick waren die Eisblumen auf der Scheibe. Sie sah nur, dass auch draußen vor dem Fenster alles mit Eis überzogen und in Weiß getaucht war. Zwei nasse Reifenspuren waren der einzige Hinweis auf den Verlauf der Straße. Bei dem Wetter war nicht daran zu denken, in den Verlag zu fahren. Vereiste Straßen waren schon schlimm genug, aber die eigentliche Gefahr ging von den anderen Autofahrern aus, die an solche Witterungsbedingungen nicht gewöhnt waren und schlimmstenfalls die Kontrolle über ihre Fahrzeuge verloren. Sie hatte keine große Lust auf einen Zusammenstoß. Da war es am sichersten, wenn sie mit dem Manuskript, das sie gestern Abend mitgebracht hatte, zu Hause blieb.

Nachdem sie die Elektrizitätsgesellschaft über den erneuten Stromausfall verständigt hatte, ging sie mit einer Kerze in die Küche, um sich Frühstück zu machen. Jetzt wünschte sie wirklich, sie hätte einen Gasherd, denn der elektrische war völlig nutzlos. Selbst ein Holzherd wäre heute besser gewesen und hätte außerdem den Raum aufgewärmt.

Dick in Decken eingewickelt, hockte sie im Schneidersitz vor dem Kamin im Schlafzimmer und verzehrte ihren eiskalten Haferbrei. Spiegeleier auf Toast hätten ihr viel besser geschmeckt. Vielleicht wäre es die Anschaffung wert, in einen Campingkocher zu investieren, den sie über das Feuer hängen konnte. Sie würde sich auf jeden Fall mal erkundigen.

Nach dem Frühstück setzte sie sich auf einen Stuhl neben das Feuer und machte sich an die Arbeit. Kein Fernsehapparat leistete ihr Gesellschaft, und keine Musik aus dem Radio vertrieb die Stille, während draußen dicker weißer Schnee langsam alle Laute ausblendete. Die Welt schien völlig von ihr abzurücken und sie mit einer Mauer aus Schweigen zu umgeben. Sogar das gelegentliche Geräusch von Autoreifen auf der nassen Straße wurde immer leiser. Dafür trat das Knacken und Zischen der Flammen im Kamin neben ihr zusehends in den Vordergrund. Was für ein Frieden. Mit dem Manuskript auf den Knien und dem Füllfederhalter untätig in ihrer Hand, ließ Shelby den Blick schweifen und driftete langsam mit den Gedanken ab, bis sie sich schließlich in einem Dickicht aus Emotionen und Empfindungen verstrickt fand. Durchaus kein unangenehmes Gefühl. Lucas' Liebe zu diesem Haus schien direkt auf sie überzuspringen.

Plötzlich hörte sie Schritte an sich vorbeilaufen und sah erschrocken auf. Mit einem lauten Knall schlug die Schranktür neben ihr zu. Als sie genauer hinsah, stand die Tür jedoch offen wie zuvor. Sie hatte sich nicht bewegt.

Shelbys Herz machte einen Satz. Sie musste sich an den Stuhllehnen festhalten, um nicht aufzuspringen und die einzelnen Blätter des Manuskripts über das ganze Zimmer zu verteilen. An Lucas war sie mittlerweile gewöhnt, aber das hier war etwas anderes. Spukten in diesem Haus noch mehr Geister? Sie atmete langsam und tief durch und versuchte, sich zu beruhigen. Alles halb so schlimm, redete sie sich ein. Sie durfte nur keine große Sache daraus machen. Wenn sie bei jedem seltsamen Geräusch gleich die Fassung verlor, landete sie noch im Irrenhaus. Das Beste war, sich ein dickes Fell zuzulegen und die akustischen und optischen Erscheinungen einfach zu ignorieren. Als ihr Herz wieder normal schlug, lehnte sie sich zurück, legte die Seiten des Manuskripts zu einem ordentlichen Stapel aufeinander und machte sich erneut an die Arbeit.

Aber es war sinnlos. Ständig schaute sie zu dem Wandschrank hinüber. Irgendjemand war dort hineingelaufen. Kinder vielleicht, die Verstecken spielten? Möglicherweise, aber die Schritte hatten sich eher nach einem Erwachsenen angehört. Sie würde keine einzige Zeile mehr lesen können, ehe sie nicht nachgeschaut hatte. Mit einem tiefen Seufzer legte Shelby das Manuskript beiseite, nahm die Kerze und ging zu dem Schrank.

Der Schrank war ziemlich groß und fast leer, denn ihre Kleidung hing in dem zweiten Schrank auf der anderen Seite des Kamins. In dem hier hatte sie nur die wenigen Umzugskisten verstaut, die darin ganz verloren wirkten. Im Wandschrank selbst verlief eine elektrische Leitung bis zur Mitte der Decke, wo eine Porzellanfassung mit einer nackten Glühbirne baumelte. Aber ohne Strom nützte die Lampe, die man mithilfe einer Kette anschalten konnte, nicht viel. Shelby hob die Kerze und leuchtete in den Schrank.

Sie konnte nicht viel erkennen, doch niemand – nicht einmal ein Gespenst – war darin zu sehen. Aber wieso war die Tür zugefallen? Was hatte die Energie des Hauses mobilisiert? Und warum verstörte sie das so?

Die Wände im Schrank waren wie der Rest des Hauses teilweise mit Latten verschalt und verputzt. Auf der Seite neben dem Kamin waren früher Regale befestigt gewesen. Shelby konnte noch schwache Unebenheiten unter der Wandfarbe erkennen. Offenbar hatten die Bretter einmal die ganze Wand bedeckt und waren dann entfernt worden, ehe man sie überstrichen hatte. In der Mitte, ungefähr in Schulterhöhe, beulte sich ein etwa dreißig Zentimeter langes und zwanzig Zentimeter breites rechteckiges Stück Papiertapete. An einer Ecke stand das Papier etwas ab. Shelby zupfte daran, und der Fetzen fiel zu Boden. Dahinter kam ein Stück Gipskarton zum Vorschein, der genau in ein rechteckiges Loch eingepasst und an den Rändern sorgfältig verfugt war. Gipskarton, noch dazu jüngeren Datums als der sie umgebende Verputz? Aber das Loch war älter. Shelby riss den Rest der Papiertapete von der Wand und zog an der Platte, die sich auch leicht entfernen ließ. Sie stellte sie auf den Boden und schaute in das Loch.

Es war zu dunkel, um etwas zu erkennen. Sie nahm die Kerze aus dem Halter und hielt sie in die Öffnung. Mit dem Gesicht gerade so nahe an der Flamme, dass sie sich nicht verbrannte, spähte sie hinein.

Der unbehauene Stein, der für den Kamin verwendet worden war, bildete auch die rückwärtige Wand des Lochs. Ziemlich weit unten stand ein dünner Balken heraus – wahrscheinlich ein Teil der Verstrebungen für das Verputzwerk –, und auf diesem Balken befand sich eine kleine flache Holzkiste. Vielleicht waren darin einmal Juwelen oder andere Wertgegenstände versteckt gewesen. Shelby griff danach, und dabei streiften ihre Finger einen weiteren Gegenstand, der dahinter lag und drohte, tiefer in das Loch zu rutschen.

Vorsichtig holte sie die Holzkiste heraus und spähte erneut in die Öffnung. Zwischen Sims und Stein ragte der braune Umschlag eines dünnen Buches heraus. Shelby griff danach. Das Papier löste sich an den Ecken bereits auf, aber es gelang ihr, es als Ganzes aus seinem Versteck zu ziehen.

Aufgeregt betrachtete sie das Buch, das warm in ihrer Hand lag. Dann eilte sie zu ihrem Bett zurück, stellte die Kerze auf den Nachttisch, schwang sich auf die Matratze, stützte sich mit den Beinen am Fußende ab und legte das Buch auf ihre Knie. Ihr Herz klopfte, als sie vorsichtig den spröden Einband aus Leder aufklappte und das Deckblatt aufschlug. Ihr stockte der Atem. Ein Tagebuch. Über dem Datum vom 25. Dezember 1859 stand der Name Mary Elizabeth Campbell.

»O mein Gott«, stieß sie hervor, »Mary Beth.« Sie blätterte auf die erste Seite mit demselben Datum um und fing zu lesen an.

> »Was war das heute doch für ein schöner Tag! Annie hat den ganzen Tag in der Küche gestanden und ein Weihnachtsessen aus Truthahn mit Brotfüllung, Schinken, Sülze, Süßkartoffeln und süßer Pastete zum Dessert bereitet. Ich bin so voll, dass ich platzen könnte! Mutter freut sich sehr über ihr Geschenk. Ich wusste es doch. So wie auch ich mich über dieses Tagebuch freue. Es gibt so vieles, das ich erzählen möchte. Jetzt kann ich das und brauche niemanden, der mir dabei zuhört. Alle haben ohnehin nur eines im Kopf: Wird es Krieg geben oder nicht? Sogar Amos ist besorgt. Er ist ein feiner Mensch, und er weiß schrecklich viel über Politik, aber ich wünschte mir wirklich, sie würden sich

alle beruhigen und diese dummen Yankees einfach vergessen. Sie würden uns doch nie etwas tun. Wir sind schließlich auch Amerikaner. Das ist doch nur albernes Säbelgerassel, und sie sollten endlich mit diesem unsinnigen Gerede von Krieg zwischen unseren Staaten aufhören.«

Amos? Was war mit Lucas? Außerdem, wer war Amos, und wieso war er so wichtig für Mary Beth?

Das war das Ende des ersten Eintrags. Welche Rolle Mary Beth in Lucas' Leben auch gespielt haben mochte, einen sehr erwachsenen Eindruck machte sie nicht gerade auf Shelby. Ihretwegen hätte Lucas nicht solchen Schmerz erleiden müssen. Ob sie vielleicht seine Schwester gewesen war? Aber eher nicht, da sie ja Campbell hieß. Shelby überlegte, wie alt das Mädchen 1859 gewesen sein mochte. Wahrscheinlich nicht sehr alt.

Langsam blätterte sie weiter auf der Suche nach Lucas' Namen. Sie war gespannt, wann er wohl auftauchen würde. Im Dezember 1860 wurde er schließlich das erste Mal erwähnt, und Shelby las mit klopfendem Herzen weiter.

»Annies Zauber hat nichts genützt. Lucas Robert hat mich gebeten, seine Frau zu werden. Heute Abend auf der Weihnachtsfeier hat er sich zu mir neben den Baum gestellt und mir erklärt, dass Vater ihm die Erlaubnis gegeben habe, um meine Hand anzuhalten. Ach, wie sehr wünschte ich, Vater würde sich nicht einmischen. Begreift er denn nicht, dass ich Lucas Robert nicht heiraten kann? Warum kann er mich nicht allein wählen lassen, wen ich heiraten will? Vielleicht werde ich auch nie heiraten, falls das meine Bestimmung sein soll. Ich bin wütend. Und ich habe Angst. Was wird geschehen, wenn ich im Haushalt der Brosnahans lebe? Wie soll ich jemals als Lucas' Frau dort einziehen? Nie und nimmer. Das ist unmöglich. Doch fürs Erste habe ich mich bereit erklärt, mich heimlich mit ihm zu verloben und ihn eines Tages zu heiraten. Es wird Krieg geben, und ich bin sicher, ihn bis zu dessen Ende vertrösten zu können. Vielleicht hat sich seine Zuneigung zu mir in einem Jahr bereits abgekühlt. Ich denke, das ist der gnädigste Weg. Eine offene Absage würde ihm das Herz brechen. Irgendwie mag ich ihn ja, und ich würde ihn nur ungern verletzen. Ja, das ist der beste Weg für alle. Einem geheimen Verlöbnis werde ich zustimmen, aber keiner Hochzeit. Und wenn es dann so weit ist, werde ich mir schon etwas einfallen lassen.«

Der arme Lucas. Er war in dem Glauben in den Krieg gezogen, dass Mary auf ihn wartete, wenn er zurückkehrte. Dabei hatte sie nicht die geringste Absicht gehabt, ihn zu heiraten. Und dennoch, all das Gerede über Krieg und Tod vermittelte nicht den Eindruck, als hätte er einfach nur eine Abfuhr bekommen. Aber was war Schreckliches passiert, das ihn so viele Jahre in diesem Haus festhielt?

Als Shelby vorsichtig in dem Tagebuch weiterblätterte, fiel ihr auf, dass einige der Eintragungen mit Bleistift, andere mit Feder und Tinte geschrieben waren. Viele der Bleistiftpassagen waren teilweise unleserlich. Der Zeitraum der Eintragungen umfasste weit mehr als ein Jahr. Auf einer der letzten Seiten wurde sie darüber aufgeklärt, um wen es sich bei Amos handelte. Die Eintragung stammte aus dem Sommer 1862, und sie las, dass Amos der älteste Bruder von Lucas war. Viele der Eintragungen waren so verfasst, dass sie nur für die Tagebuchschreiberin selbst einen Sinn ergaben, aber Shelby konnte ihnen doch entnehmen, dass Amos und der mittlere Bruder Gar sich ungefähr zur Halbzeit des Krieges Morgans Leuten jenseits der Staatsgrenze in Kentucky angeschlossen hatten. Das Tagebuch erwähnte einige Besuche der Männer zu Hause.

Nach ungefähr zwei Dritteln des Buches brachen die Eintragungen plötzlich ab. Die restlichen Seiten waren leer. Der letzte Eintrag war mit Bleistift und in einer beinahe unleserlichen Handschrift verfasst. Unter dem Datum vom 20. Oktober 1862 stand Folgendes zu lesen:

> »O gütiger Gott! Die Yankees sind unten im Haus! Ich kann hören, wie sie Ruth anbrüllen. Ach, wäre doch Amos nur hier. Ich muss dieses Tagebuch verstecken, sonst finden sie es und hängen uns gewiss alle auf.«

Kein Wunder, dass sie das Tagebuch versteckt hatte. Wenn sie schon so unklug gewesen war, diesem Büchlein ihre politische Gesinnung – ganz zu schweigen von den Bewegungen der konföderierten Kavallerie – anzuvertrauen, so war Mary Beth immerhin so schlau gewesen, es nicht den Yankees in die Hände fallen zu lassen.

Offenbar hatte es seitdem niemand mehr zu Gesicht bekommen, nicht einmal Mary Beth selbst. Als die Yankees das Haus verließen, hatte sie es nicht mehr an sich genommen. Wieso war es so lange in diesem Versteck geblieben? Und was hatte sie an diesem Tag überhaupt im Haus der Brosnahans zu suchen gehabt? Diese Fragen ließen Shelby keine Ruhe. Und was hatte so großes Leid über Lucas Brosnahan gebracht? Auf den Seiten des Tagebuchs war keine Antwort darauf zu finden. Was das Schicksal der jungen Frau betraf, ließ der Hinweis auf das Eindringen der Yankees in dieses Haus allerdings nichts Gutes ahnen.

Ein Klopfen unten an der Tür holte Shelby brutal in die Gegenwart zurück. Draußen wartete ein kleiner bärtiger Mann in der grauen Uniform der Elektrizitätsgesellschaft auf sie. Er hatte sich eine dicke schwarze Wollmütze tief über beide Ohren gezogen und trat von einem Bein aufs andere. Shelby öffnete die Tür einen Spalt und spähte hinaus.

»Guten Tag, Ma'am. Bei Ihnen ist der Strom ausgefallen?« Der Mann war erstaunlich guter Dinge. Offensichtlich schlug ihm das Wetter nicht aufs Gemüt. Er hatte ein Klemmbrett bei sich, und der dicke Stapel Formulare darauf wirkte in seinen grobschlächtigen Arbeiterhänden seltsam deplatziert.

»Kommen Sie doch herein.« Shelbys Stimme klang belegt, und sie räusperte sich. Ihr war nicht bewusst gewesen, wie tief sie in Mary Beth' Tagebuch eingetaucht war. Der Strom kalter Luft von draußen ließ ihre Augen tränen.

»Alles in Ordnung, Ma'am?« Der Mann klang höflich, aber unbeteiligt.

Sie nickte und lächelte. Der Mann erwiderte nichts, doch auf seinem Gesicht lag ein fragender Ausdruck, während er sich den Schnee und den Schlamm von seinen Stiefeln klopfte. Shelby trat einen Schritt zurück, als er mit einem erneuten Windstoß ins Haus kam.

»Ja, ich habe keinen Strom mehr«, sagte sie und stellte im selben Moment fest, wie jämmerlich sie sich anhörte.

Der Mann trug einen Ledergürtel voll mit Werkzeug um die Hüften. Er steckte seinen Daumen hinein und fragte: »Wie lange schon?«

»Er muss irgendwann im Lauf der Nacht ausgefallen sein. Als ich heute Morgen aufstand, war er jedenfalls weg. Das ist schon mal passiert.«

»Ja, der Transformator hat letzte Nacht seinen Geist aufgegeben, ist aber mittlerweile gerichtet worden. Ich habe keine Ahnung, was in Ihrem Haus nicht stimmt. Alle anderen in der Gegend haben nämlich schon längst wieder Strom.«

Shelby stöhnte.

»Also dann.« Mit diesen Worten streckte er ihr sein Klemmbrett entgegen. »Wenn Sie bitte hier unterschreiben würden, Ma'am.«

Shelby nahm das Tagebuch in die andere Hand, unterschrieb und gab ihm den Kugelschreiber zurück.

»Also dann«, wiederholte der Mann. Er schien sich nicht besonders gut ausdrücken zu können. »Ich bin gleich wieder da.« Er stapfte die Stufen der Veranda hinunter und dann über die Einfahrt auf die Straße.

Der Wind ließ an Heftigkeit etwas nach, und Shelby sah zu den Bahngleisen hinüber. Alles war in Weiß gehüllt, so weit das Auge reichte – die Apartments, die Bäume, die Häuser. Nur hier und da deutete ein dunkler Fleck einen Umriss an. Shelby schloss die Tür, lehnte sich mit dem Rücken dagegen und blätterte in dem Tagebuch, während sie darauf wartete, dass der Elektriker zurückkam. Trotz des trüben Himmels war das Tageslicht, das durch das

Fenster hereinfiel, immer noch heller als das Kerzenlicht im Haus.

Auf einer der ersten Seiten des Buches stieß Shelby auf eine Zeichnung, die sie zuvor übersehen hatte. Die Bleistiftstriche waren stark verschmiert, aber so weit sie es beurteilen konnte, handelte es sich dabei um einen Stern oder um ein Pentagramm. Als Datum war der 23. September 1860 angegeben, also ungefähr drei Monate vor Lucas' Heiratsantrag. Über der Zeichnung stand ein kurzer Vermerk.

> »Vater hat mich heute zu den Brosnahans mitgenommen, wo er sich mit Amos beriet. Ich weiß, was er vorhat, aber ich wünschte, man würde mir erlauben, meine eigenen Entscheidungen zu treffen. Vaters Entschluss steht fest, er will auf jeden Fall unsere beiden Familien miteinander verbinden. Da Amos und Gar bereits verheiratet sind, heißt das, dass nur noch einer übrig bleibt, den Vater sich für mich schnappen kann – ganz egal, wie ich darüber denke. Aber es gibt eine Lösung. Annie hat mir diesen Zauberspruch verraten. Er soll einen aus der Sklaverei befreien. Ich hoffe sehnlichst, dass der Zauber wirkt, auch wenn er bei Annie offensichtlich nicht geholfen hat. Aber Gott wollte vielleicht nicht, dass sie frei ist, ganz egal, was ein Mr. Brown dazu sagen mag, dem die Befreiung der Sklaven ja sehr am Herzen liegt.«

Unter dem Pentagramm standen ein paar französische Worte. Vielleicht war es auch Spanisch, aber das war schwierig zu beurteilen, da die Bleistiftstriche stark verschmiert waren und die Schreibweise in diesem Teil des Landes manchmal sehr abenteuerlich ausfiel. Shelby murmelte die Buchstabenfolgen halblaut vor sich hin in dem Versuch, hinter die Bedeutung der Worte zu kommen, aber es brachte nichts. Auch nach dem letzten Wort hatte sie noch keine Ahnung, was das heißen sollte. Mit einem tiefen Seufzer klappte sie das Buch zu.

Plötzlich bekam sie keine Luft mehr. Auf einmal hatte sie das Gefühl, einen beengenden Reifen um ihre Brust zu spüren, und eine Hitzewelle schwappte in ihr hoch. Von der Tür her stach ihr grelles Licht in die Augen, und im Raum waren Stimmen zu hören. Keuchend und um Atem ringend stolperte sie umher. Ihre Beine fühlten sich an, als hätte sie sich irgendwo verheddert, und fast wäre sie zu Boden gestürzt. Etwas packte sie um die Taille und drückte so fest zu, dass sie hechelnd nach Luft schnappte. Die Tür, die noch einen Moment zuvor fest geschlossen gewesen war, stand plötzlich offen. Shelby stolperte hinaus in der Hoffnung auf frische Luft. Die Sonne schien hell und zwang sie zu blinzeln. Der Elektriker würde den Notarzt rufen müssen. Sie war überzeugt, einen Herzanfall zu erleiden. Grelles Licht kam auf sie zu. Einen Augenblick lang glaubte sie, gleich ohnmächtig zu werden. Sie hielt sich am Verandageländer fest, um nicht umzufallen, aber eigentlich konnte sie ja nicht ohnmächtig werden, wenn sie am Sterben war und bereits …

Verandageländer?

Shelby spähte blinzelnd in die Sonne und sah, dass ihre vordere Veranda offensichtlich repariert worden und über und über mit Winden bewachsen war. Die kleinen blauen Blüten schlossen sich bereits in der nachmittäglichen Sonne und verfärbten sich violett. Der Boden am Fuß der

Treppe war trocken, als ob es seit gestern nicht geschneit und gegraupelt hätte, und die Sonne brannte aus einem wolkenlosen Himmel herab. Shelby wurde von Panik erfasst. Sie hatte wohl den Verstand verloren und halluzinierte. Das Gefühl der Irrealität verstärkte sich noch, als sich die undeutlichen Schatten auf der Veranda zu den Umrissen zweier Männer verdichteten. Der eine war in Hemdsärmeln und Hosenträgern, während der andere einen wollenen dunklen Anzug und einen hohen Hut trug. Der jüngere Mann in Hemdsärmeln wandte sich gerade an sie und sagte: »Ich wollte dich nicht erschrecken. Hier, du hast deinen Bleistift verloren.« Er streckte ihr einen Bleistiftstummel entgegen, den sie automatisch an sich nahm.

Mit gerunzelter Stirn betrachtete sie erst ihn, dann das Kleid, das sie anhatte. Das, was ihre Taille zusammenpresste, war ein Korsett, das sie daran hinderte, mehr als nur oberflächlich Luft zu holen, und ein schwerer grüner Wollstoff ließ sie bei dieser Hitze schwitzen wie ein Pferd. Ein hoher Kragen reichte ihr fast bis unters Kinn, und gekräuselte, an den Unterarmen eng anliegende Ärmel fielen weit über ihre Handgelenke. Und sie trug einen Reifrock! Zumindest einen Reifen, der ungefähr in Kniehöhe ihren Rock ausbeulte und hin und her schwang, wenn sie sich bewegte.

Der ältere Mann mit dem hohen Hut sagte: »Mary Beth, was ist los mit dir? Fühlst du dich nicht wohl?«

Die Geister wurden anscheinend immer mehr. Shelby sah sich suchend nach dem Schatten von Mary Beth Campbell um, doch hinter ihr war nichts außer den Bahngleisen und auf der anderen Seite davon ein dichter Wald. Ihre Auffahrt war spurlos verschwunden, ebenso ihr Auto und der kleine Lieferwagen der Elektrizitätsgesellschaft.

An ihrer Stelle stand eine offene Sportkutsche aus dem 19. Jahrhundert vor dem Haus. Ein Pferd war angespannt, und der schmutzige Pfad verlor sich in einem Feld Richtung Westen. Shelby sah zu dem Mann mit dem Hut und bemerkte nicht sonderlich intelligent: »Hä?«

»Ich fragte, ob du unwohl bist.«

Plötzlich hatte sie eine entsetzliche Ahnung. Der Mann hatte sie angesprochen. Und ängstlich sagte sie: »Wer sind Sie?«

Beide Männer lachten. »Jetzt ist es aber genug, Mary Beth.«

Der jüngere der beiden fügte hinzu: »Vielleicht würde es sie zerstreuen, Lucas und Samuel unten auf dem Reitplatz zuzuschauen?«

Lucas? Shelby spitzte die Ohren.

Der Mann mit dem Hut hatte sich zu dem anderen umgedreht und entgegnete mit reservierter Stimme: »Aber doch nicht allein, oder?«

Shelby war aufgefallen, dass die Stimme des jüngeren Mannes der von Lucas ähnelte, nur war er stämmiger und kräftiger gebaut. Amos?

»Keine Sorge. Lucas Robert wird schon auf sie Acht geben.«

Der ältere Mann warf dem anderen einen misstrauischen Blick zu, nickte aber zögernd. »Nun gut, Mary Beth, geh und sieh den beiden zu, wenn du möchtest. Aber halte dich in Sichtweite des Hauses. In deinem Alter schickt es sich nicht, mit einem jungen Mann allein zu sein, nicht einmal mit einem Brosnahan.«

Der größere und jüngere der beiden nickte kaum merklich, während ein paar Lachfältchen seine Schläfen furchten.

Ein Schwindelgefühl erfasste Shelby, und beinahe wäre sie ohnmächtig geworden. Sie blickte zu dem Mann auf und fragte in der Hoffnung, er möge nein sagen: »Vater?«

Er sah sie aufmunternd an. »Ja?«

Ihr Atem stockte, und sie wandte sich rasch ab. O Gott!

Der Mann lachte. »Also, jetzt geh zu Lucas Robert und überbringe ihm meine besten Grüße. In der Zwischenzeit werde ich meine Angelegenheiten mit Amos besprechen.«

Shelby wandte sich dem Mann wieder zu und schaute ihn an. Was sollte sie tun? Schließlich begriff sie, dass er ihr eben erlaubt hatte, zu Lucas zu gehen. Eigentlich keine schlechte Idee. »Wo finde ich ihn?«

Amos deutete mit dem Kopf in östliche Richtung. »Er ist mit Samuel Daley am Reitplatz. Aber halte ihn nicht von der Arbeit ab.« Die Lachfältchen um seine Augen wurden tiefer, und Shelby wusste nicht, ob sie lachen oder weinen sollte.

Mit Mühe stieß sie hervor: »In Ordnung.« Dann drehte sie sich um und stolperte mit steifen Schritten in die Richtung, in die Amos gezeigt hatte. Nach ein paar Metern bereits hatte sie gelernt, ihren Rock zu heben, damit sie nicht auf die Unterröcke trat, und auf einmal war das Gehen nicht mehr ganz so beschwerlich.

In tiefen Zügen sog sie die warme Herbstluft ein. Es konnte nur Herbst sein, denn die Winden blühten, und ringsum auf dem Boden lagen leuchtend rote und orangefarbene Blätter. Shelby war zutiefst verwirrt, konnte es aber trotzdem kaum erwarten, Lucas gegenüberzutreten. Wenigstens einer, den sie kannte.

Mit Erstaunen nahm sie die Veränderungen in ihrem Garten zur Kenntnis. Überall wuchs grünes Gras. In der Nähe des Hauses befand sich ein nagelneues, niedriges Nebengebäude, und in der Ferne begrenzten Zäune das wellige Weideland. In der Mitte des Hofs stand ein gemauerter Brunnen, daneben – auf mit Mörtel zusammengefügten Steinen – ein grob gezimmerter Holzeimer mit einem Seil, das um einen eisernen Haken geschlungen war, der in der Erde steckte. Gleich hinter einer Gruppe junger, schlanker Bäume, die gestern noch hoch und knorrig gewesen waren, erstreckte sich ein langer, weiß und grün gestrichener Stall auf einem Fundament aus ordentlich verfugten Feldsteinen. Ein rothaariger Mann, der lediglich einen Overall, aber kein Hemd trug und barfuß war, beförderte mit einer Mistgabel Heu in einen kleinen, sich daran anschließenden Pferch. Neben dem Stall und in Sichtweite des Hauses lag ein Reitplatz, der ebenfalls umzäunt war. Zwei Männer ritten im hellen Sonnenschein die Acht. Shelby erkannte in dem schwarzhaarigen und größeren der beiden Lucas wieder, und ihr Magen begann zu flattern.

Den Rücken gestrafft, den Kopf hoch erhoben, näherte sie sich dem Platz. In dieser Haltung bekam sie wenigstens besser Luft und musste nicht so stark hecheln. Auch die Angst, jeden Moment in Ohnmacht zu fallen, verschwand allmählich, als sie mit damenhaften Schritten an den Zaun trat, auf das unterste quer verlaufende Brett stieg und sich mit beiden Armen an einem Pfosten festhielt. Aber dadurch wurde der Reifen unter ihrem Rock vorne an ihre Oberschenkel gepresst und ließ hinten ihr Kleid in die Höhe schnellen. Als sie das bemerkte, sprang sie rasch wieder hinunter und versuchte es erneut, nur achtete sie dieses Mal darauf, dass sie mehr Abstand hielt und der Reifrock auf gleicher Höhe blieb. Von dieser erhöhten Position aus beobachtete sie die beiden Männer, die abwechselnd in allen Gangarten mit ihren Pferden arbeiteten.

Lucas trug ein rotes Hemd aus Kattun, das sich im hohen Bund seiner dunklen Hosen bauschte. Er hatte die Ärmel hochgekrempelt, und ein staubiger schwarzer Filzhut mit welliger Krempe und rundem Kopfteil schützte sein Gesicht vor der Sonne. Er ritt einen jungen grauen Vollblüter mit seidig glänzendem Fell, der Feuer in den Augen und einen tänzelnden Schritt hatte. Lucas schien regelrecht mit dem Tier verwachsen, und der andere Reiter hatte offensichtlich Mühe, mit ihm mitzuhalten.

In dem Moment rief ihm der braunhaarige Mann zu: »Ich verstehe nicht, weshalb du überhaupt nicht mehr mit uns in die Smokey Row kommst, mein Freund. Ich hoffe nicht, dass du dein Interesse an den Ladys dort verloren hast.« Seine Stimme hob und senkte sich im Rhythmus seines trabenden Pferdes und troff vor Ironie.

Lucas, der sich gerade am anderen Ende des Reitplatzes befand, erwiderte mit einem amüsierten kleinen Lachen: »Mein Interesse an ihnen ist so ausgeprägt wie immer, Sam. Ich verstehe nur nicht mehr dasselbe unter einer Lady wie zuvor. Und ich fürchte, dass ich aus Gründen der Gesundheit passen muss. Ich möchte mich meiner nämlich noch so lange wie möglich erfreuen.«

»Aber dafür gibt es doch Pariser.«

»In der Tat, die gibt es, und ich würde Nashville nie betreten, ohne einen in der Tasche zu haben. Aber ich muss feststellen, dass sie neben meiner Lust auch meine Begeisterung bremsen, sodass ich im Moment lieber auf Begegnungen dieser Art verzichte.«

Shelby schmunzelte. Wahrscheinlich wussten die beiden nicht, dass sie mithörte. Vielleicht hatten sie sie aber bereits bemerkt und waren der Meinung, dass sie ohnehin nicht verstand, wovon sie sprachen.

Als die beiden Reiter die Schmalseite des Platzes umrundeten und langsam wieder auf sie zukamen, entdeckte Shelby ein freudiges Lächeln auf Lucas' gebräuntem Gesicht. Er hatte sie offenbar gesehen. Der andere Reiter, der ungefähr im selben Alter war, lächelte ebenfalls, aber viel verhaltener. Der Blick aus seinen eng stehenden Augen war vorsichtig und zurückhaltend. Aber an Samuel hatte Shelby ohnehin kein Interesse. Sie wandte ihre Aufmerksamkeit wieder Lucas zu, der direkt auf sie zutrabte.

Als er näher kam, fiel er in Schritt und fasste sich an die Krempe seines staubigen Hutes. »Seid gegrüßt, Miss Mary Beth.« Der andere Mann, der gleich hinter ihm kam, nickte ihr nur zu.

»Guten Tag«, entgegnete sie und fügte, einem Impuls folgend, hinzu: »Werter Herr.« Fast hätte sie laut gekichert. Die Situation war doch zu komisch, hatte aber auch ihren Reiz.

Lucas blieb jedoch nicht stehen, sondern schwang ein Bein über den Hals seines Pferdes und setzte sich verkehrt herum in den Sattel. Er ließ Shelby nicht eine Sekunde aus den Augen. Als er die Längsseite der Bahn erreichte, tippte er sein Pferd kurz mit der Gerte an, woraufhin dieses in einen leichten Galopp fiel. Die ganze Zeit über grinste Lucas Shelby spitzbübisch an.

Wieder verspürte sie den Drang, zu lachen, und dieses Mal beherrschte sie sich nicht. Der andere Reiter versuchte dasselbe Manöver, wäre aber fast von seinem Pferd abgeworfen worden, als die Stute zu traben begann. In

Panik klammerte er sich an den Sattel, was bei der englischen Zäumung nicht einfach war, und zog sich daran empor, während sein Pferd gemächlich in die Mitte der Bahn zuckelte.

Lucas lachte schallend und setzte sich wieder richtig herum auf seinen grauen Hengst, sodass er Shelby weiter im Blick behielt, als er zur Schmalseite kam. Immer noch im leichten Galopp, stemmte er sich in die Höhe und kniete sich auf den Sattel. Dann warf er die Arme weit nach hinten, reckte sein Kinn gen Himmel und verharrte in dieser Position, während der Graue leichtfüßig am Zaun entlanggaloppierte.

Shelby staunte nicht schlecht über Lucas' Geschicklichkeit. Gut reiten zu können war zur damaligen Zeit überlebensnotwendig, aber Lucas vollführte wahre Wunder mit seinem Pferd.

Neben dem Zaun stand ein ausladender Ahornbaum, dessen Äste weit in den Reitplatz hineinragten und dessen Blätter in buntesten Farben schillerten. Als Lucas darunter hindurchritt, streckte er den Arm nach oben und riss ein Büschel Blätter ab.

Der Reiter hinter ihm versuchte es ihm gleichzutun, landete aber in hohem Bogen im Staub, als sein Pferd bockte und ihn über den Hals hinweg abwarf.

Shelby konnte ihn leise fluchen hören, als er wieder aufstieg, aber sie würdigte ihn keines Blickes, sondern applaudierte Lucas. Ihre feinen weißen Lederhandschuhe und das Tagebuch, das sie noch immer in der Hand hielt, dämpften ihr Klatschen. Als Lucas näher kam, glitt er mit einem Selbstverständnis, als wäre er dort geboren, wieder in den Sattel zurück. Vorne am Zaun brachte er sein Pferd zum Stehen und überreichte Shelby mit einer eleganten und schwungvollen Verbeugung – die wahrscheinlich auch damals schon altmodisch gewesen war – den Strauß bunter Blätter. Verlegen kicherte sie und steckte ihn sich hinters Ohr. »Gut geritten.« Shelby hatte keine Ahnung, ob Mary Beth diese Worte gewählt hätte, war aber so beeindruckt, dass sie unbedingt etwas sagen musste. Lucas lachte.

Ein Geist. Sie unterhielt sich mit einem Geist, der jedoch ganz und gar nicht wie ein Geist wirkte. Im Gegenteil, er war absolut real und greifbar. Und er konnte sie sehen. Er sah sie sogar unverwandt an, und die Intensität seines Blicks jagte ihr einen Schauder über den Rücken. Mehr noch, er schien bis auf den Grund ihrer Seele blicken zu können, und was er dort sah, schien ihm zu gefallen.

Lucas zuckte mit den Schultern. »Da ich weder Bledsoe heiße noch Baptist bin, muss ich mich doppelt so geschickt anstellen wie jeder andere hier, um nur als halb so gut zu gelten.«

Einen Moment lang wusste Shelby nicht, was sie darauf erwidern sollte. »Das kann nicht stimmen. Ihre Familie ist doch sicher sehr angesehen«, meinte sie schließlich.

Lucas beugte sich vor. »Ganz recht. Die anderen fürchten uns«, sagte er grinsend. »Unsere Pferde sind Sieger. Und das ist der einzige Grund, weshalb wir zu ihren Festen eingeladen werden, obwohl wir nicht so reich wie die Peytons und Bledsoes sind und nicht mit dem Strom schwimmen.«

Sein Grinsen war unwiderstehlich. Shelby musste ihn einfach anlächeln. Der Mann, der hier vor ihr stand, war aus Fleisch und Blut und höchst lebendig.

Lucas richtete sich im Sattel auf und blickte zum Haus

hinüber. »Ich kann Ihren Vater nicht sehen. Sie sind doch sicher nicht allein gekommen«, sagte er, das Thema wechselnd. Sein förmlicher Ton überraschte sie, aber der drängende Ausdruck in seinen Augen strafte seine emotionslosen Worte Lügen. Wahrscheinlich wollte er nur erkunden, wo sich ihre männliche Anstandsdame aufhielt.

»Er … äh … ich meine, Vater ist drinnen und spricht mit Amos. Er lässt herzlich grüßen.«

Lucas öffnete den Mund, um etwas zu sagen, aber in dem Moment kam Samuel angaloppiert und versetzte Lucas' Pferd einen Hieb mit seiner Peitsche. Der Graue ging mit seinem Reiter durch, aber Lucas hielt sich im Sattel und nahm die Zügel an, bis er nur noch nervös tänzelte.

»Sam! Womit habe ich das verdient?« Lucas versuchte seine Überraschung hinter wohlgesetzten Worten zu verbergen.

»Das war für deine Angeberei!« Sams Stute reagierte mit gespitzten Ohren auf die Spannung zwischen den beiden Reitern.

Lucas lachte leise. »Es ist doch nicht meine Schuld, wenn du dich nicht im Sattel halten kannst. Vielleicht solltest du dir etwas Pech auf den Hosenboden schmieren.«

Samuels Blick verdüsterte sich noch mehr, aber er reckte entschlossen das Kinn und entgegnete: »Du kokettierst wie ein brunftiger Hirsch, wenn sie auch nur in der Nähe ist, Brosnahan. Als Nächstes wirst du wohl noch mit den Hufen scharren und laut schnauben.«

Lucas lief rot an, und sein Lächeln erstarb schlagartig. Langsam und mit gefährlich leiser Stimme sagte er: »Ich rate dir, diese Bemerkung zurückzunehmen, Samuel. Auch Freundschaft gestattet nicht alle Freiheiten, und in der letzten Zeit hast du dir reichlich viele herausgenommen.«

»Ich werde gar nichts zurücknehmen, Lucas Robert.« Samuel war mindestens so wütend wie Lucas. »Du benimmst dich wie ein eitler Pfau in Mary Beth' Nähe. Wie du herumstolzierst, könnte man fast glauben, du möchtest sie gleich besteigen.«

Shelby verkniff sich ein Grinsen, aber Lucas fand diese Bemerkung offensichtlich ganz und gar nicht lustig. »Steig vom Pferd, Samuel Clarence!«, rief er mit lauter Stimme, schwang ein Bein über den Sattel und glitt von seinem Hengst. »Komm herunter und stell dich. Ich werde dich lehren, was es heißt, sich in Gegenwart einer jungen Lady solch einer unflätigen Sprache zu bedienen. Runter vom Pferd!« Lucas lief zu der Stute, packte Samuel am Arm und holte seinen Freund aus dem Sattel.

Samuel fiel mit einem gellenden Schrei zu Boden, aber er rappelte sich rasch wieder auf und rammte Lucas seinen Kopf in den Magen. Lucas taumelte, und sein Hut rollte in den Staub. Samuel nutzte die Gelegenheit und sprang auf ihn zu. Fast so groß wie Lucas, aber um einiges schwerer, drängte er ihn immer weiter zurück und traktierte sein Gesicht mit Fäusten.

Shelby sprang schreiend am Zaun auf und ab. »Nein, nicht! Nicht!« Sie versuchte auf den Zaun zu klettern, um auf Samuels Kopf einzuschlagen, aber ihr Kleid schränkte ihre Bewegungsfreiheit zu stark ein. Mit dem Reifrock war ihr Vorhaben geradezu ein Ding der Unmöglichkeit, wenn sie nicht wollte, dass sich die ganze Welt am Anblick ihrer spitzenbesetzten langen Unterhose erfreute. Zu allem Überfluss rutschte sie auch noch aus und musste sich am Zaun festhalten, um nicht hinzufallen.

Samuel drosch unablässig auf Lucas ein, der vor Schmerz und Wut aufschrie, aber entschlossen um sich trat und den schweren Mann schließlich abwarf. Die beiden Kontrahenten kamen gleichzeitig wieder auf die Beine und belauerten sich aus sicherem Abstand. Ihre Pferde hatten in der Zwischenzeit das Weite gesucht und sich vor den Gewalttätigkeiten in Sicherheit gebracht.

Da griff Samuel in den Stiefelschaft und holte ein Messer mit Perlmuttgriff hervor. Die Stahlklinge des langen Jagdmessers blitzte in der Sonne auf.

Lucas trat mit überraschtem Blick einen Schritt zurück. »Du willst wohl unbedingt Blut sehen?«, fauchte er und spuckte rosa verfärbten Speichel in die staubige Reitbahn.

»Ich bringe dich um, Brosnahan.« Samuel schien es ernst zu meinen.

Lucas war mehr als verblüfft, wankte aber nicht in seiner Entschlossenheit. »Zuerst wirst du dich bei Miss Mary Beth entschuldigen.«

»Werde ich nicht.« Samuel ging mit dem Messer auf Lucas los und zielte auf seinen Unterleib.

Lucas gelang es, sich zur Seite zu drehen und den Schlag mit seinem Arm abzuwehren. Aber das Messer riss eine lange klaffende rote Wunde in die weiche Haut seines rechten Unterarms. Mit einem Aufschrei zog Lucas den Arm zurück und taumelte davon, während sein Blut auf den Boden tropfte.

»Verdammt, Sam! Was ist nur in dich gefahren?«, fluchte Lucas und presste eine Hand auf die Wunde. Dunkles Blut quoll zwischen seinen Fingern hervor.

Samuel warf Shelby einen Blick zu, der sie erstarren ließ. Dieser Kerl war wohl nicht ganz richtig im Kopf, und seine offensichtliche Schwäche für Mary Beth schien diesen Zustand nur noch zu verstärken. »Verteidige dich, du Feigling«, tönte er großspurig, »oder ich zeige ihr, wer hier ein Mann ist.«

In dem Moment ging eine Veränderung mit Lucas vor. Plötzlich begriff er und warf Shelby einen raschen Blick zu. Jetzt wusste er, was mit Samuel los war. Schlagartig strahlte er eine tödliche Ruhe aus und zischte mit gefährlich leiser Stimme: »Dann kämpf auch wie ein Mann. Gib dein Bestes.« Gleichzeitig holte er weit mit dem verletzten Arm aus und spritzte Samuel sein Blut ins Gesicht.

Blinzelnd wischte Samuel sich das Blut aus den Augen. Als sein Gegner erneut mit dem Messer nach ihm ausholte, bückte Lucas sich und schleuderte ihm eine Hand voll trockene Erde ins Gesicht. Keuchend und schnaubend verschwand Samuel hinter einer Wolke aus Staub. Lucas packte seine Gerte, die am Boden lag, und schlug Samuel ins Gesicht.

»Au!«

Lucas grinste zwar grimmig, wirkte aber weder boshaft noch schadenfroh. »Was bist du doch für ein Kindskopf! Sei froh, dass es kein Messer war!« Noch einmal versetzte er Samuel mit der Gerte einen leichten Klaps auf die Wange und wich dabei geschickt dem Messer aus, was ihm bei seiner Statur nicht schwer fiel.

Shelbys Herz raste vor Angst um Lucas. Vor lauter Aufregung vergaß sie fast zu atmen, obwohl sie genau wusste, dass er an diesem Tag nicht sterben würde und dass die klaffende Wunde an seinem Arm bald nur noch eine dünne weiße Narbe wäre.

Aber Samuel wollte nicht so leicht aufgeben und stürzte sich erneut auf Lucas. Der wich zur Seite, packte seinen

Gegner am Ärmel und drehte dessen Arm nach hinten. Mit einem überraschten Aufschrei lag Samuel plötzlich wie ein Käfer auf dem Rücken, und das Messer fiel ein paar Meter von ihm entfernt mit einem dumpfen Schlag zu Boden. Als Samuel versuchte, wieder auf die Beine zu kommen, versetzte Lucas ihm einen kräftigen Tritt in den Hintern, drehte ihn erneut auf den Rücken und gab ihm eine Ohrfeige.

»Entschuldige dich bei Miss Mary Beth.« Triumph erfüllte seine Stimme – ein stolzer Hirsch in der Brunft, der seinen Sieg in die Welt hinausbrüllte.

Keuchend lag Samuel auf dem Boden. Er versuchte aufzustehen, aber Lucas versetzte ihm erneut einen Tritt.

»Bitte sie um Entschuldigung! Ich habe den ganzen Tag Zeit und werde dir mit Freuden eine Lektion erteilen.« Helles Blut tropfte von seinen Fingern, und Shelby wusste sehr wohl, dass Lucas nicht den ganzen Tag Zeit hatte. »Was hältst du davon, wenn ich dir so lange in deinen Allerwertesten trete, bis dir das Blut zur Nase herauskommt?«

»'tschuldigung«, murmelte Samuel.

Lucas holte mit seiner Reitgerte aus. »Lauter, damit sie dich auch versteht!«

»Ich bitte um Entschuldigung!«

Damit schien Lucas zufrieden. »Und jetzt steh auf und befördere dein trauriges Gestell nach Hause. Und lass dich ja nicht mehr hier blicken.«

Samuel rappelte sich hoch und trat mit gesenkten Augen an den Zaun. Seine Lippen waren nur noch ein dünner weißer Strich, und er warf Shelby einen bösen Blick zu, als er sich unter den Querbalken des Zauns hindurchduckte. Shelby ignorierte ihn.

»Lucas, Sie sind verletzt!«, rief sie, als Lucas aus der Reitbahn kam. Sein Arm war vom Ellbogen bis zu den Fingerspitzen mit hellem Blut überzogen.

Er zuckte nur mit den Schultern und blickte Samuel Clarence versonnen nach. »Ich schätze, ich habe eben meinen besten Freund verloren«, sagte er leise.

Shelby warf einen flüchtigen Blick auf den sich entfernenden Samuel. »So groß kann die Freundschaft nicht gewesen sein. Zeigen Sie mir Ihren Arm.«

Lucas streckte ihr seufzend den Arm hin. »Wahrscheinlich haben Sie Recht. Er hat schon eine ganze Weile auf diese Auseinandersetzung hingearbeitet. Ständig hat er irgendwelche hässlichen Dinge über Sie gesagt und Sie immer so seltsam angesehen.«

Shelby tastete ihr Oberteil auf der Suche nach einem Taschentuch ab und erstarrte mitten in der Bewegung. Überrascht stellte sie fest, dass ihr Mieder mit etlichen Taschentüchern ausgestopft war. Aber vor Lucas konnte sie wohl schlecht eines herausziehen, und so schob sie einen Finger in ihren Ärmel, um das herausholen, das dort steckte. Rasch band sie das Stofftuch um Lucas' Unterarm. Es sog sich augenblicklich voll Blut. »Sie müssen unbedingt zu einem Arzt und die Wunde nähen lassen.«

»Das macht Amos. Bei ihm tut es auch nur halb so weh«, erwiderte Lucas gelassen. Er schien sich nicht im Geringsten für seinen Arm zu interessieren, sondern hatte nur Augen für Shelby. Ihr klopfte das Herz bis zum Hals, als sie das bemerkte, und sie brachte keinen einzigen Ton heraus. Nach einem Augenblick verlegenen Schweigens beugte Lucas sich vor. Er schien sie tatsächlich küssen zu wollen.

Shelby errötete und wich zurück. »Aber Lucas …«

Jetzt machte er keinen Hehl mehr aus seinen Gefühlen für Mary Beth. »Wenn ich schon in Verteidigung Ihrer Ehre verwundet wurde, habe ich mir wenigstens eine Belohnung verdient.«

Shelby blickte forschend in sein ernstes Gesicht. Ihr Herz raste. Lucas' blutverkrustete Oberlippe war bereits leicht angeschwollen, und sie bot ihm ihre Wange an.

Sein Kuss war so sanft, dass sie das Gefühl hatte, von einer jungen Katze beschnuppert zu werden. Einen hoffnungsvollen Moment lang verharrte Lucas in dieser Position. Dann wandte Shelby ihm langsam das Gesicht zu und gestattete ihm, dass er seine Lippen auf ihren Mund presste und sie zärtlich und voller Wärme küsste. Shelbys Herz klopfte wie wahnsinnig. Die Zeit schien stehen zu bleiben. Lucas roch nach Sattelleder, Schweiß und Tabak. Sein Atem strich über ihre Wange. Sie musste schlucken und begriff, dass dies der erste Kuss von Lucas und Mary Beth war.

Nur dass es nicht Mary Beth war, die er küsste.

5

So ein blödes Wetter!« Jason Brosnahan wartete ungeduldig, dass der Elektriker endlich wieder vom Wagen zurückkam. Er war immer noch im Schlafanzug. Das dauerte ihm jetzt wirklich zu lange. Die Temperatur im Haus sank von Minute zu Minute, und er musste ständig Holz im Kamin nachlegen, wenn er nicht erfrieren wollte. Heute fiel die Arbeit aus. Bei dem Wetter fuhren nur dumme oder verrückte Menschen bis nach Nashville – und er war weder das eine noch das andere. Jason ließ die Haustür für den Elektriker einen Spalt offen stehen und ging in die Küche, wo er eine Flamme auf dem Gasherd anzündete, damit es wenigstens etwas wärmer wurde. Da er gerade dabei war, setzte er gleich noch einen Kessel Wasser für den Kaffee auf.

Da klopfte es an der Tür, die sich knarrend öffnete. Shelbys Stimme rief: »Jason? Bist du zu Hause?«

»Komm rein.« Jason beeilte sich, seine Hände an dem Geschirrtuch abzutrocknen, damit er sie begrüßen konnte. »Entschuldige bitte meinen nachlässigen Aufzug, aber ich habe noch nicht …«

Es ertönte ein spitzer Aufschrei.

Erschrocken nahm Jason mit einem Schritt beide Stufen zum Vorraum. »Schon gut, ich ziehe mich ja schon an. Immer mit der Ruhe.« Shelby war an der Haustür stehen geblieben. »Ich wollte dich nicht vor den Kopf stoßen …«

Aber wieder schrie sie auf und starrte ihn mit offenem Mund und weit aufgerissenen Augen an.

»Shel, was ist denn los?« Jason ging auf sie zu, mit einer Hand seine rutschenden Pyjamahosen hochziehend. Aber sie wich mit stierem Blick vor ihm zurück, als ob sie ihn nicht erkannte. Überzeugt, dass sie sich einen schlechten Scherz mit ihm erlaubte, musste Jason lachen. »Shelby, jetzt lass das. Hör auf damit. Was soll das? Komm lieber rein und wärm dich auf. Ich habe den Gasherd angemacht und werde gleich noch ein Feuerchen im Esszimmer schüren. Möchtest du vielleicht einen Kaffee?« Dabei streckte er ihr die Hand entgegen, aber sie ergriff sie nicht, sondern sah sich hektisch um. Jason hätte schwören können, dass sie wimmerte. Langsam verlor er die Geduld, als die Kälte durch die offene Tür ins Haus und in seinen Schlafanzug kroch. »Shelby, mach die verdammte Tür zu. Es ist kalt draußen.«

Sie gab etwas Unverständliches von sich, ehe sie endlich durch die Tür trat. »Wer ist Shelby? Wer sind Sie?«

Jason schloss kichernd die Tür, packte sie am Ärmel und zerrte sie ins Esszimmer. »Gute Frage. Kommt gleich nach: ›Gibt es einen Gott?‹ Also, möchtest du jetzt Kaffee oder nicht? Ich weiß doch, dass du deswegen hier bist, weil bei dir zu Hause auch der Strom ausgefallen ist. Aber ich …«, er lief in die Küche und zog im Gehen immer wieder seine Pyjamahosen hoch, die über seine Hüften zu rutschen drohten, »… ich habe einen Gasherd und bin nicht auf diese unzuverlässige Elektrizität angewiesen. Setz dich ins Esszimmer, ich hol dir einen Kaffee.«

Rasch stellte er zwei Becher mit Pulverkaffee, Zucker, Milch und Löffel auf ein Tablett und kehrte damit in den Vorraum zurück. Dort stand Shelby noch immer an derselben Stelle, die Arme vor der Brust verschränkt. »Komm mit«, sagte Jason und ging ins Esszimmer voraus. Er stellte das Tablett auf einen großen alten Tisch und legte ein paar Holzscheite ins Feuer. Es kostete ihn zwar ein Vermögen, im Winter alle Kamine am Brennen zu halten, aber das war ihm eine warme, behagliche Atmosphäre wert. Vor allem, wenn der Strom bei schlechtem Wetter permanent ausfiel. Aber so war das nun mal in Hendersonville, er kannte es nicht anders. Als das Feuer neue Nahrung bekommen hatte und munter aufloderte, zog Jason entschlossen seine Schlafanzughosen hoch und wandte seine Aufmerksamkeit wieder Shelby zu, die immer noch reglos in der Tür verharrte.

»Alles in Ordnung mit dir? Komm und setz dich. Das ist deiner.« Er deutete auf einen Becher mit einem lachenden Gesicht darauf, nahm den anderen und trank, während er sich hinsetzte. Doch Shelby rührte sich immer noch nicht, sondern starrte ihn weiter entgeistert an. »Was ist denn los, Shel?«

»Verzeihen Sie, Sir, aber Sie müssen mich mit jemandem verwechseln. Mein Name ist nicht Shel oder Shelby.«

Er war sprachlos. Sie war nicht Shelby? Er sah sie einen Moment lang fassungslos an. »Aber natürlich bist du Shelby. Ich weiß doch, wer du bist. Wir sind seit über einem Monat miteinander befreundet. Könnte man jedenfalls so sagen. Wir unternehmen was zusammen und gehen zum Essen. Meistens gehen wir zwar nur zum Kaffeetrinken, aber einmal waren wir schon richtig zum Essen verabredet. Hier, jetzt trink doch deinen Kaffee.« Er beugte sich vor und musterte sie. »Was meinst du damit – du bist nicht Shelby?«

»Mein Name ist Mary Beth, Mary Elizabeth Campbell. Und mit wem habe ich die Ehre?«

»Shelby, du weißt doch, wer ich bin.«

»Ich versichere Ihnen, ich weiß es nicht.« Ihre Art, sich auszudrücken, war sehr förmlich und ihr Ton noch rustikaler als sonst, so als wäre sie gerade von einem langen Besuch im Mittelwesten zurückgekommen. Wenn das ein Spiel sein sollte, so stellte sie sich verdammt geschickt an. »Wo ist Amos?«, fragte sie und sah sich mit großen Augen im Zimmer um.

Jason lehnte sich zurück und trank bedächtig einen Schluck Kaffee. Vielleicht brachte ein Nachschub an Koffein sein Gehirn auf die richtige Fährte. »Hier gibt es keinen Amos.«

»Wer sind Sie?«

Na gut, dann würde er sich eben eine Weile auf ihr Spiel einlassen. Schließlich musste er heute nirgendwo mehr hin. Er seufzte, legte eine Hand auf seine Brust und antwortete: »Mein Name ist Jason Brosnahan, zu Euren Diensten, Ma'am. Wir haben uns vor ungefähr einem Monat kennen gelernt, als du, liebe Shelby, unbedingt mein Haus kaufen wolltest. Wir sind einmal zusammen ausgegangen, wahrscheinlich, weil du dachtest, du könntest mir dabei Honig ums Maul schmieren, damit ich es dir leichter verkaufe. Aber obwohl ich mein Haus nicht hergeben will, scheinst du mich trotzdem noch ein wenig sympathisch zu finden. Und ich verspreche dir, irgendwann einmal wirst auch du dein Traumhaus finden. Und da ist noch etwas. Wenn wir beide nicht arbeiten müssen, unterbrichst du manchmal deine morgendliche Joggingrunde und schaust auf einen Kaffee bei mir vorbei.« Er deutete mit dem Becher auf die Fenster voller Eisblumen. »So wie heute. Nur dass ich normalerweise um diese Zeit angezogen bin.« Wieder seufzte er und sah sie fragend an. »Na, kommt dir das irgendwie bekannt vor?«

Ihr Blick huschte noch immer durch das Zimmer. Tränen glitzerten in ihren großen Augen. »Ich trinke keinen Kaffee, ich trinke nur Tee.« Jason wollte gerade aufstehen, um Tee für sie zu machen, als sie fortfuhr: »Aber da Sie den Kaffee schon mal gemacht haben, werde ich ihn auch trinken.«

»Gut.« Jason deutete auf einen der Stühle, und sie setzte sich steif. »Zieh doch deine Jacke aus und bleib ein bisschen, Shel.«

Sie sah aus, als würde ihr erst jetzt bewusst, dass sie eine Jacke trug, deren Reißverschluss sie ungelenk zu öffnen versuchte.

»Warte.« Jason stand auf, um ihr dabei zu helfen. Er hängte die Jacke über die Stuhllehne. Dazu trug sie Jogginghosen, allem Anschein nach mehrere Schichten Thermounterwäsche, ein T-Shirt, ein Sweatshirt und darüber noch eine Reißverschlussjacke mit Kapuze. Ihre Füße steckten in fast neuen Laufschuhen, die bis zu den Knöcheln mit Salz und feinem Kies verkrustet waren.

Zögernd griff sie nach dem Becher und roch daran, ehe sie einen Schluck probierte. »Was ist mit Amos und den anderen passiert?«, fragte sie dann.

»Ich fürchte, ich weiß nicht, wovon du sprichst, Shel. Welche anderen?«

»Lucas und Gar. Ihr Vater. Sind Sie ein Vetter?«

»Ich weiß es nicht. Vielleicht, ist schon möglich. Ich habe mehrere Cousins in Indian Lake, ein paar in Gallatin und auch in Mount Juliet. Durchaus möglich, dass einer davon Lucas oder Amos oder Gar heißt.« Jungen mit diesen Namen hatten sicher keinen leichten Stand in der Schule gehabt und waren ständig gehänselt worden. »Aber ich kenne sie leider nicht.«

»Wieso sind Sie dann hier?«

»Wie bitte?«

»Wieso sind Sie in ihrem Haus?«

»Aber das ist mein Haus, und das weißt du auch. Es ist schon seit Jahrhunderten in Familienbesitz.« Jason beugte sich vor und stützte sich mit den Ellbogen auf dem Tisch ab. »Shelby, wieso benimmst du dich so seltsam?«

»Mr. Brosnahan, ich versichere Ihnen, dass ich weder verrückt bin noch Ihnen etwas vorspiele. Und dieses Haus ist nicht annähernd so alt, wie Sie behaupten.« Wieder warf sie wilde Blicke um sich, und ihre Lippen bebten. Sie verschränkte erneut die Arme vor der Brust. »Ich weiß nicht, wer Shelby ist. Ich weiß nicht, weshalb Sie sich im Haus der Brosnahans aufhalten. Ich weiß auch nicht, warum draußen Winter ist. Noch bis vor einem Augenblick hatten wir den schönsten Altweibersommer.«

»Altweibersommer?«

»Und wieso trage ich Hosen? Wo ist mein Kleid? Es ist ein sehr kostbares Kleid, und mein Vater wird wütend sein, dass es abhanden gekommen ist.« Sie hielt inne und holte tief Luft, ehe sie mit einer Ruhe, die alles andere als echt war, hinzufügte: »Mein Name ist Mary Elizabeth Campbell, mein Vater heißt William Campbell, und ich wohne in der Walton's Ferry Road etwas außerhalb von Hendersonville. Ich wäre Ihnen zu Dank verbunden, wenn Sie mich umgehend in das Haus meines Vaters bringen könnten.« Jetzt vermochte sie die Tränen nicht mehr zurückzuhalten.

»Die Walton's Ferry Road liegt doch mitten in Hendersonville.« Jason war jetzt völlig irritiert. »Shelby, was ist denn nur los?«

»Aber ich bin nicht Shelby! Wieso nennen Sie mich dauernd so? Und wer ist überhaupt dieser Shelby? Ich trage zwar Hosen, aber können Sie denn nicht sehen, dass ich kein Mann bin?« Sie sprang auf. Es schien ihr peinlich zu sein, dass sie die Beherrschung verloren hatte. »Ich muss jetzt gehen.« Mit einem dumpfen Knall stellte sie den Becher auf das Tablett. Kaffee schwappte über den Rand.

»Nein, das geht jetzt nicht. Es ist viel zu kalt draußen und außerdem spiegelglatt. Du bist schließlich nicht mit dem Wagen gekommen.«

»Ich fahre nie selbst. Mein Vater hat mich hergebracht. Wo ist mein Vater?«

»Dein Vater ist tot, Shel. Du hast mir doch selbst gesagt, dass er vor ein paar Jahren gestorben ist.«

»Nein!« Entsetzt wich sie vor ihm zurück. »Nein, er war doch eben noch hier! Vater!« Sie lief hinaus in den Vorraum und rief nach ihrem toten Vater.

O Gott! Jason sprang auf, zog rasch seine rutschenden Pyjamahosen hoch und folgte ihr, als sie von Zimmer zu Zimmer lief. »Shelby, er ist nicht da. Himmel noch mal, bleib stehen!« Sie blieb stehen, drehte sich um und sah ihn lange und nachdenklich an, ehe sie unbeirrt ihre Suche im oberen Stockwerk fortsetzte.

Jason ging hinter ihr die Treppe hinauf, änderte aber auf halbem Weg seine Meinung und kehrte in den Vorraum zurück, wo sich das Telefon befand. Er wählte die Notfallnummer und forderte einen Krankenwagen an. »Ich habe hier jemanden im Haus. Sie scheint eine Art

Anfall zu haben.« Er hörte, wie Shelby auch oben nach ihrem Vater rief. »Oder so etwas Ähnliches. Ich glaube, man müsste sie in ein Krankenhaus bringen.« Die Frau am anderen Ende der Leitung fragte Jason, ob dem Anfall eine Verletzung vorausgegangen sei, und seine Zuversicht schwand. Nein, die Frau sei nicht verletzt. Sie brauche lediglich ein wenig psychologische Hilfestellung. Nach einigem Hin und Her erklärte ihm die Frau von der Vermittlung, dass der Krankenwagen eine Weile brauchen werde. Der Sturm habe viele Einsätze nötig gemacht, aber sie werde versuchen ihm im Laufe des Tages einen Wagen zu schicken.

Wunderbar. Jason legte auf und rief: »Shelby!« Er bekam keine Antwort. Da hatte er eine Idee, und er versuchte es auf andere Art. »Na gut«, seufzte er, »Mary Elizabeth! Mary Beth, komm sofort herunter!« Einen Augenblick später hörte er sie oben auf der Treppe. Wieder rief er: »Mary Beth, komm herunter und trink deinen Kaffee aus. Dein Vater musste ... er musste kurz weg. Er ist aber bald zurück. Er hat mich gebeten, auf dich Acht zu geben, während er fort ist.«

Ihr Blick verriet ihm, dass sie nicht ein Wort von dem glaubte, was er sagte, als sie in den Vorraum kam. Eine vertrackte Situation. Keiner glaubte dem anderen, aber beide mussten so tun, als wäre es der Fall. »Nun gut, Jason. Dann setze ich mich jetzt zu Ihnen und trinke meinen Kaffee, bis mein Vater zurückkommt.« Sie ging tatsächlich mit ihm ins Esszimmer, wo sie beide wieder Platz nahmen.

Schweigend trank Jason seinen Kaffee und überlegte, was er mit Shelby machen sollte. Oder mit Mary Beth, oder wie immer sie heute auch genannt werden wollte.

Als Jasons Becher leer war, war auch das Feuer im Kamin heruntergebrannt und forderte neue Nahrung. In dem Moment ging das elektrische Licht wieder an.

Mary Elizabeth schrie laut auf.

6

Shelby, deren Gesicht nur wenige Zentimeter von Lucas entfernt war, hatte das Gefühl zu schweben. Ein dünnes Stimmchen in ihrem Hinterkopf flüsterte: »Abrakadabra«, aber weiter fiel ihr kein Zauberspruch ein. Die Kraft, die sie hierher gebracht hatte, weigerte sich, sie wieder nach Hause zu schicken, und es schien auch kein baldiges Erwachen aus diesem Traum zu geben. Also wartete Shelby ab und rechnete damit, dass sich die Welt vor ihren Augen jeden Moment in Wohlgefallen auflösen würde. Schließlich gehörte ihre momentane Umgebung der Vergangenheit an, die Menschen, die sie bevölkerten, waren seit über hundertfünfzig Jahren tot, und Lucas' Leben war nichts weiter als ein paar kryptische Zeilen in einem obskuren Büchlein aus der öffentlichen Leihbibliothek.

Aber die Welt löste sich nicht auf. Im Gegenteil. Lebendiger und realer, als sie ihn je gesehen hatte, betrachtete Lucas sie mit einer Wärme, die ein wahres Feuerwerk an Emotionen in ihr auslöste. In dem schmerzhaft engen Oberteil, das sie trug, klopfte ihr Herz gegen die Stäbe ihres unerbittlichen Korsetts. Jeder Atemzug kostete sie große Mühe. Plötzlich tauchten schwarze Punkte vor ihren Augen auf, und das Nächste, an das sie sich erinnerte, war, dass sie den Arm nach Lucas ausstreckte, um sich an ihm festzuhalten.

Der Mann war echt, echt von Kopf bis Fuß. Sie spürte deutlich Lucas' warmen Körper, als er sie mit seinem linken Arm stützte. »Na so etwas!« Aus seiner leisen Stimme sprach Besorgnis über ihren labilen Zustand. »Wir sollten vielleicht ins Haus gehen.«

Shelby nickte, und er geleitete sie zur Veranda.

Auch hier war alles echt. Shelby konnte noch so fest den Daumennagel in die Kuppe ihres Zeigefingers drücken, nichts änderte sich, und Lucas war immer noch aus Fleisch und Blut. Erneut erfasste sie ein Schwindel. Wie sollte sie jemals wieder nach Hause kommen? Sie hatte schließlich ihren Beruf. Kein Mensch würde ihre Arbeit erledigen, während sie sich hier mit einem Geist vergnügte. Auch ihre Freunde würden sie vermissen. Wie war sie nur hierher gekommen? Und woher sollte sie wissen, wie sie mit den Menschen dieser Zeit umzugehen hatte? Sie zerrte an ihrem Korsett. Am liebsten hätte sie sich die Kleider vom Leib gerissen, um wieder richtig atmen zu können. Das würde sicher einen großen Eindruck auf ihre Umgebung machen. Aber wie sollte sie auch nur einen Tag in dieser Epoche überleben, ohne für verrückt gehalten zu werden?

Vielleicht war sie ja verrückt?

Lucas half ihr die Stufen zur Veranda hinauf, wo es schattig und kühl war, und ging ihr auch noch zur Hand, als sie sich mitsamt ihren vielen Unterröcken und dem Reifrock vorsichtig auf einer ungestrichenen Holzbank niederließ. Im Sitzen bekam sie etwas besser Luft, aber auch nur, wenn sie sich kerzengerade hielt. Wieder wurde ihr schwarz vor Augen. Mary Beth' Vater kam und erkundigte sich mit besorgter Stimme nach ihrem Befinden. Als sie Lucas beobachtete, wie er mit dem Mann sprach, überkam sie ein merkwürdiges Gefühl des Losgelöstseins, so als säße sie im Kino. Eine Frau in mittleren Jahren brachte ihr ein Glas Wasser, und Shelby trank mit geschlossenen Augen.

»Vielleicht ist es an der Zeit, nach Hause zu fahren«, sagte Mary Beth' Vater.

Nach Hause. Das hörte sich wunderbar an, und Shelby konnte nur nicken. Doch dann fiel ihr die Angst in Lucas' Augen auf, und sie sagte rasch: »Mir geht es gut. Ich musste nur mal kurz verschnaufen.«

Lucas lächelte und errötete leicht. Er warf Mary Beth' Vater einen prüfenden Blick zu, aber der alte Mann schien nicht mitbekommen zu haben, was zwischen ihnen vorgefallen war. Shelby musste schmunzeln – ein erwachsener Mann errötete wegen eines Kusses.

Amos griff nach Lucas' Arm, um die Wunde zu begutachten. Der jüngere der Brosnahan-Brüder ließ ihn gewähren, aber seine Aufmerksamkeit gehörte einzig Shelby. Nicht einmal Schmerz schien er zu verspüren.

Mary Beth' Vater wandte sich an Amos. »Nun, mein Freund, ich schätze, dass wir unser Geschäft morgen zu Ende bringen«, bemerkte er jovial.

»Das denke ich auch.«

Ohne den Blick von Shelby zu nehmen, sagte Lucas: »Möchten Sie nicht noch zum Essen bleiben?«, und sah dann fragend zu Mary Beth' Vater hinüber.

Amos drehte Lucas' Unterarm vorsichtig um. Die ganze Handfläche war blutverkrustet, aber zum Glück hatte die akute Blutung aufgehört. »Mit wem hast du dich denn angelegt, kleiner Bruder?«

Lucas ignorierte Amos' Frage und versuchte weiter Mr. Campbell zum Bleiben zu bewegen. »Gar hat erst heute Morgen ein Schwein geschlachtet, und Ruth hat einen hervorragenden Braten im Ofen«, fuhr er hoffnungsvoll fort.

Frischer Schweinebraten, über offenem Feuer gegrillt – jetzt hoffte auch Shelby, dass sie noch blieben, und sie sah erwartungsvoll den Mann an, der sich für ihren Vater hielt.

Campbell zögerte einen angemessenen Moment lang, ehe er antwortete: »Nein, vielen Dank. Sehr freundlich. Sosehr ich Ruths Kochkünste auch zu schätzen weiß, aber Mary und ich müssen nach Hause.«

Shelby sackte vor Enttäuschung regelrecht in sich zusammen, das heißt, so weit ihr steifes Korsett das zuließ. Sie verpasste möglicherweise nicht nur einen kulinarischen Genuss, sondern verließ auch höchst ungern das Haus, das sie mittlerweile schon als das ihre betrachtete. Mary wohnte zwar nicht hier, aber bis vor einer Stunde hatte sie noch hier gelebt, und Gott allein wusste, wo dieser Mann sie hinbringen würde, wenn sie jetzt gingen. Ein Blick auf Lucas – das einzige bekannte Gesicht – machte ihr klar, dass sie auch ihn nur ungern verließ. Sie wollte dort sein, wo er war. »Ach, bleiben wir doch noch.«

Aber der alte Mann befahl ihr in barschem Ton, sofort aufzustehen und ihm zu folgen. Im ersten Moment reagierte Shelby ungehalten und hätte ihn am liebsten zurechtgewiesen, aber die Vernunft riet ihr, lieber den Mund zu halten und zu gehorchen. Man hätte sie sonst wegen ihrer Widerspenstigkeit nur allzu leicht als launisches Weib, das nicht ganz richtig im Kopf war, abgestempelt. So nickte sie grimmig und grub ihre Fingernägel in ihre Handflächen.

Lucas streckte seinen gesunden Arm aus und bot ihr seine Hand an, um ihr von der Bank aufzuhelfen. Bestürzt stellte Shelby fest, dass sie seine Hilfe in der Tat benötigte. Dieses Kleid würde sie noch umbringen, wenn sie nicht bald einen Ort fand, wo sie dieses verdammte Korsett lockern konnte. Zum Abschied nickte sie den Brosnahan-Brüdern zu und folgte Mary Beth' Vater zu einer leichten Sportkutsche, die neben dem Haus wartete.

»Geht es dir auch wirklich gut, Mary Beth?«, fragte Campbell und blieb neben ihr stehen.

»Sicher doch, mir geht es gut.« Wenn ihr nur nicht die Luft zum Atmen fehlen würde.

»Du gehst so seltsam. Es kommt mir beinahe so vor, als hättest du dich am Fuß oder am Bein verletzt.«

Shelby straffte den Rücken und bemühte sich um einen graziöseren Gang.

Campbell half ihr unter das kühle Dach des schwarzen Zweisitzers und stieg dann selbst ein. Als er sich setzte, schwankte die Kutsche heftig. Shelby hatte alle Mühe, dabei den Halt nicht zu verlieren. Dieser Mann brachte sie von hier fort, und sie hatte nicht die leiseste Ahnung, wohin. Sie tappte völlig im Dunkeln, was sie am Ende dieser Fahrt erwartete. Mary Beth' Vater ließ die Zügel auf den Rücken des Pferdes klatschen, und sie zuckelten los. Shelby nahm das Sträußchen aus Herbstblättern aus ihrem Haar und legte es zu dem Tagebuch auf ihrem Schoß.

Sie kamen nur langsam vorwärts, und sie spürte jede Bodenwelle auf dem ungepflasterten Weg. Lange sagte keiner ein Wort, und es schien ewig zu dauern, bis sie den Waldrand erreichten, wo die Straße um eine Kurve verschwand. Zuvor drehte Shelby sich noch einmal um und warf einen letzten Blick durch das Fenster der Kutsche. Das Haus, das immer kleiner wurde, war einmal ihr Zuhause gewesen. Sie staunte nicht schlecht. Lucas stand immer noch am Ende der Veranda und sah ihr hinterher, den rechten Arm leicht angewinkelt, in der Hüfte etwas eingeknickt, den Kopf nachdenklich geneigt. Bevor sie um die Kurve bogen, hob er zum Abschied die Hand, und Shelby tat es ihm nach und hielt den Herbststrauß an ihre Nase, als röche sie daran. Dann tauchten sie in den Wald ein, und Lucas war fort.

Shelby drehte sich um und stieß vorsichtig einen leisen Seufzer aus. Panik drohte sie zu erfassen, aber sie hielt sie mit ein paar flachen Atemzügen in Schach.

Mary Beth' Vater beobachtete sie. »Man könnte meinen, du hättest deine Ansicht geändert, was den jungen Lucas betrifft.«

Der *junge* Lucas? Wie jung war er denn? Und in welchem Jahr befanden sie sich? Die Bahngleise existierten bereits, also konnte es nicht viel früher als 1858 sein. Demnach wäre Lucas zwischen dreiundzwanzig und achtundzwanzig gewesen. Seinem Gesicht nach zu schließen eher achtundzwanzig. Aber für diesen alten Mann hier waren wahrscheinlich alle unter dreißig noch Kinder.

Shelby öffnete den Mund, um etwas zu erwidern, wusste aber nicht, worauf sie sich beziehen sollte. »Meine Ansicht geändert?« Was glaubte dieser Mann, dass Mary noch kurz zuvor gedacht hatte?

»Du musst nicht schüchtern sein, mein Kind.« Er deutete mit dem Kinn auf den Strauß bunter Blätter in ihrem Schoß. »Wenn du dich entschlossen hast, ihn schließlich doch noch zu mögen, dann sag es mir. Ich wäre ein glücklicher Vater, wenn ich wüsste, dass meine Tochter in ihrer Ehe sowohl versorgt als auch zufrieden wäre.«

Jetzt wusste Shelby gar nicht mehr, was sie denken sollte. »Ja bin ich denn mit Lucas verlobt?«, platzte sie heraus.

Mary Beth' Vater räusperte sich und antwortete: »Nein, er ist bisher noch nicht an mich herangetreten. Hat er dich denn schon gefragt?«

»Nein«, sagte Shelby aufs Geratewohl. Der Kuss, den sie heute von Lucas bekommen hatte, hatte sich nicht so angefühlt, als glaubte er, mit ihr verlobt zu sein.

Campbell nickte kurz, als ob ihre Antwort ihm bestätigen würde, dass alles in die richtige Richtung lief. »Ich erwarte seinen Antrag aber recht bald. Besser wäre es allerdings, wenn du ihn nicht nur meinetwegen, sondern auch in deinem eigenen Interesse ermutigen würdest. Und noch schneller ginge es, wenn Lucas Robert wüsste, dass er nicht auf Widerstand stoßen wird.«

Widerstand? Inwiefern wusste dieser Mann, wie es in Mary Beth' Herz aussah? Sollte sie ihn direkt fragen oder noch länger im Dunkeln tappen? Shelby hatte im Prinzip nichts weiter zu verlieren außer ihrer geistigen Gesundheit, und um die war es ohnehin im Moment nicht zum Besten bestellt. Also schluckte sie ein paarmal und wagte einen Vorstoß. »Aber aus welchem Grund ich Lucas heirate, ist dir doch egal, Hauptsache, ich heirate ihn.«

Der Mann besaß immerhin so viel Anstand, aus schlechtem Gewissen rot anzulaufen. Vielleicht lag es aber auch an ihrer Unverblümtheit. Verlegen rutschte er auf seinem Platz hin und her. »So hart hättest du das nicht formulieren müssen«, seufzte er.

»Aber das ist es doch, was du willst.«

»Du bist nicht mehr so jung, Mary.« Was ihn jedoch nicht davon abzuhalten schien, sie immer noch »mein Kind« zu nennen, wie Shelby bemerkte. Aber sie ging nicht darauf ein. »Deine Schwester ist …« Auf der Suche nach den passenden Worten öffnete und schloss er den

Mund wie ein Fisch, der nach Luft schnappte. »Susannah ist ein temperamentvolles Mädchen, wenn du verstehst, was ich meine.«

»Und was hat das mit mir zu tun?«, stieß Shelby atemlos hervor. Das enge Korsett und ihre wachsende Verwirrung setzten ihr immer mehr zu. Wäre doch nur eine gütige Fee vor ihr aufgetaucht und hätte sie mit einem Wink ihres Zauberstabs wieder nach Hause gebracht.

»Sie ist Tom versprochen, und wenn diese Hochzeit nicht bald stattfindet, befürchte ich, dass sie uns noch alle sehr enttäuschen wird.«

Einen Moment lang wusste Shelby nichts darauf zu erwidern. Angestrengt starrte sie in den dichten Wald längs der Straße und durchforstete krampfhaft ihr durchaus reichhaltiges Vokabular an viktorianischen Euphemismen. Schließlich blieb ihr nichts anderes übrig, als zu raten. Bestimmt wollte er damit ausdrücken, dass ihre Schwester nicht zögern würde, mit ihrem Freund ins Bett zu hüpfen, wenn die Hochzeitsnacht noch länger auf sich warten ließ. Und wahrscheinlich hatte ihr Vater Angst, Susannah könnte etwas zu bald nach der Hochzeit mit einem Kind niederkommen. Das geschah zwar ziemlich häufig, aber die Schande wollte man sich dann doch lieber ersparen. Also erwiderte Shelby: »Wie kannst du nur so etwas von ihr denken?« Sie wusste zwar nichts über Mary Beth' Schwester, aber es schien ihr eine angemessen naive Entgegnung zu sein.

Campbell warf ihr einen schrägen Blick zu und sagte mit leiser, fast verschwörerischer Stimme: »Selbst ein Vater muss der Realität ins Auge blicken, mein Kind. Deine jüngere Schwester ist versprochen und steht kurz davor, vor den Traualtar zu treten, und deswegen wäre es mir absolut nicht recht, wenn man dich mit deinen fast dreiundzwanzig Jahren für eine alte Jungfer hielte.«

Empört schnappte Shelby nach Luft und verspürte den überwältigenden Wunsch, einfach aus der Kutsche zu springen und davonzulaufen. Wenn sie lange und weit genug rannte, würde sie vielleicht wieder dorthin zurückfinden, wo sie hergekommen war – in ihr eigenes Jahrhundert und ihr eigenes Leben. Shelby packte das Tagebuch und wünschte, alles wieder rückgängig machen zu können.

Doch statt davonzulaufen, beruhigte sie sich, holte tief Luft und fragte: »Und da hältst du Lucas für das kleinere Übel?«

»Er ist ein aufrechter junger Mann. Nicht so wohlhabend wie Tom, aber er und sein Bruder kümmern sich tüchtig um die Pferde ihres Vaters. Sie machen gute Arbeit. Und sie setzen damit eine Tradition fort, die in dieser Gegend bis auf den Anfang dieses Jahrhunderts zurückgeht. Was ihre Pferde betrifft, kann ihnen keiner das Wasser reichen, weder in Kentucky noch in ganz Tennessee. Und er ist eine weitaus bessere Partie als dieser Samuel Clarence.«

»Das will nicht viel heißen.«

Campbell runzelte die Stirn, ging aber nicht auf ihre Bemerkung ein. »Ich habe dich niemals gebeten, diesen jungen Mann zu heiraten. Ich weiß, dass er nur allzu gerne bei mir um deine Hand anhalten würde, aber lieber sähe ich dich allein als mit einem Mann wie diesen.«

Erleichtert entnahm Shelby diesen Worten, dass Mary Beth' Vater kein herzloses Ungeheuer war, und lenkte das Gespräch wieder auf das Ausgangsthema zurück. »Aber du denkst doch, ich würde Lucas nicht mögen?« Ob irgendjemand davon wusste, dass Mary Beth sich Amos in den Kopf gesetzt hatte?

»Nun, du hast bisher wenig Interesse gezeigt, den Namen Brosnahan zu tragen.« Shelby hätte fast erleichtert aufgeseufzt. Mary Beth' Geheimnis war offenbar wohl gehütet. Sogar zu Shelbys Zeit war es nicht unbedingt von Vorteil, in einen verheirateten Mann verliebt zu sein, und in der viktorianischen Zeit war es geradezu eine Schande. Würde das Geheimnis publik werden, müsste sie an Mary Beth' Stelle mit diesem Makel leben.

»Hendersonville ist klein, und Gallatin ist auch nicht viel größer«, fuhr Mary Beth' Vater fort. »Du würdest schon bis nach Nashville gehen müssen, um einen anderen passenden Verehrer zu finden. Doch es wird schwer für dich sein, einen besseren als Lucas Robert zu finden.«

»Und dir wäre es natürlich lieber, wenn deine Toch…, wenn ich nicht nach Nashville ginge.« Shelby wünschte, Mary Beth würde sich beeilen und sich endlich wieder selbst um ihre Herzensangelegenheiten kümmern. Es erschien ihr unrecht, dieses Problem in ihrer Abwesenheit zu klären.

Nach einer Weile sagte Campbell: »Er hat dich sehr gern. Wir alle haben dich gern.«

Shelby warf ihm einen scharfen Blick zu. Sie wusste, wie schlimm Lucas von Mary verletzt worden war … verletzt werden würde. Es war nur allzu offensichtlich gewesen, wie sehr sein Geist unter seinem gebrochenen Herzen gelitten hatte. An diesem Nachmittag hatte er sie mit einem Blick angesehen, aus dem grenzenlose Verliebtheit sprach.

»Kind«, fuhr Campbell fort, »glaubst du, du könntest diesen Mann lieben lernen?«

Shelby sah zur Seite und umklammerte noch fester das Tagebuch auf ihrem Schoß. »Er hat ein freundliches Gesicht.« In Wahrheit hatte er ein hinreißendes Gesicht, und sein Kuss hatte ein Feuer in ihr entfacht. Aber das würde Mary Beth' Vater bestimmt nicht hören wollen. »Und er hat mich immer gut behandelt.« Das war ebenfalls untertrieben. Lucas hatte sie an diesem Nachmittag mit mehr Respekt behandelt als je zuvor ein Mann in ihrem Leben. Zu sagen, sie würde ihn niemals lieben können, wäre gelogen. Es war alles nur eine Frage der Zeit. »Es ist eine Frage der Zeit ...« Sie seufzte. Zeit.

Campbell richtete sich auf seinem Sitz auf und zog kurz an den Zügeln. »Gut. Ich freue mich zu hören, dass du endlich zur Vernunft kommst.« Ein erleichtertes Schweigen senkte sich über sie. Shelby betrachtete die unbekannte Landschaft und fragte sich, ob es ein Fehler gewesen war, ehrlich zu sein.

Wenige Minuten später kamen sie zu einem Haus, von dem eine Straße abging, deren Teerdecke dringend repariert werden musste und die kaum Platz für zwei Kutschen bot. Campbell bog nach rechts auf die gepflasterte Straße ab, und sie setzten ihren Weg fort. Der Wald zu ihrer Rechten war immer noch dicht und undurchdringlich, aber auf der linken Seite lagen Wiesen und Felder. Manche waren bereits abgeerntet, wahrscheinlich die Maisfelder. Langsam holperte der Wagen vorwärts, und die Hufe ihres Pferdes klapperten auf der unebenen Fahrbahn. Nach einer Wiese, auf der das Heu zum Trocknen lag, kamen sie an mehreren Feldern mit reifem Tabak vorbei. Die Sonne stand hoch am Himmel, und auf den Feldern wurde noch gearbeitet. Eine Gruppe Arbeiter schnitt die Pflanzen, während eine andere die Schäfte zu

Bündeln band, um sie auf einen Wagen neben dem Feld zu laden.

Alle Arbeiter waren schwarz, und mit einem leichten Schock wurde Shelby klar, dass es Sklaven sein mussten. Sie erschauderte und sah schnell weg.

Sie fuhren in gemächlichem Tempo dahin, und Shelby hatte keine Ahnung, wo sie waren, bis sie einen Hügel zu ihrer Rechten passierten, auf dem ein braunes Backsteinhaus stand. Aufgeregt erkannte sie darin das Bradford-Berry-Haus wieder, das bis ins 21. Jahrhundert erhalten geblieben war. Kinder spielten an dem Hang davor, und Shelby hätte gerne gewusst, wer dort wohnte.

Hinter dem Haus befand sich jedoch keine Fabrik wie zu ihrer Zeit, und auf der anderen Straßenseite waren auch keine Bürogebäude zu sehen oder ein Fast-Food-Restaurant oder ein Discount-Warenhaus. Auch keine Banken. Die asphaltierte Straße wand sich zwischen Tabakfeldern hindurch und kam Shelby so unbekannt vor, als wäre sie nie hier entlanggefahren, obwohl hier einmal die Main Street von Hendersonville verlaufen sollte.

Ein paar Minuten später fuhren sie an einem prachtvollen, ebenfalls aus Backsteinen erbauten Anwesen namens Hazel Path vorbei. Eines Tages würde hier ein Damm die kleine Bucht des Sees überspannen, aber im Augenblick gab es nur eine schmale Steinbrücke, die über einen winzigen Bach führte – wahrscheinlich der Drake's Creek. Plötzlich erkannte Shelby alles wieder. Auf der anderen Seite des Baches lag eine Weggabelung, von der wiederum eine andere asphaltierte Straße nach links abging. Das musste die Sanders Ferry Road sein. Zwar fehlte die Tankstelle an der Ecke, und es waren auch keine Straßen- oder sonstigen Hinweisschilder vorhanden, aber es war bestimmt die Sanders Ferry Road. Vor ihr erstreckten sich einige Häuser, und endlich hatten sie das Zentrum von Hendersonville erreicht, zu der Zeit noch eine winzige Ansammlung von Gebäuden an der Ecke Main Street, Shackle Island und Waltons Ferry Road. Dazu kamen noch ein Kurzwarengeschäft, ein paar Hütten und eine Scheune, die bereits damals uralt gewesen war. Campbell lenkte die Kutsche in die Waltons Ferry Road. Shelby war verblüfft, wie fremd ihr diese Kreuzung ohne Bank, Obstladen, Delikatessengeschäft und Chinarestaurant vorkam. Und außerdem war die Straße noch nicht einmal asphaltiert.

»Das ist die Walton Ferry«, sagte sie mit leiser Stimme, als würde sie sich selbst davon zu überzeugen versuchen.

Mary Beth' Vater kicherte. »Nein, mein Kind, du meinst Waltons Ferry Road. Die Walton-Fähre ist unten am Fluss.«

Shelby gab einen zustimmenden Laut von sich. Sie war nicht sicher, wie lange sie in dieser Kutsche durchgeschüttelt worden war, aber der Po tat ihr weh, und langsam brach auch die Dämmerung herein. Sie hatten mindestens eine Stunde für eine Strecke benötigt, die sie mit dem Auto – und das selbst bei starkem Verkehr – in fünf Minuten zurückgelegt hätte. Die Sonne ging jetzt hinter den Tabakfeldern unter, und das Pferd spitzte erwartungsvoll die Ohren. Sie mussten sich dem Haus der Campbells nähern.

Nach vielleicht fünfzehn Minuten bogen sie in eine Auffahrt und fuhren auf ein prachtvolles weißes Haus zu. Shelby erkannte es sofort wieder. In ferner Zukunft sollte es einem Songschreiber und Countrymusiker gehören und würde von dichten hohen Hecken und einem Maschendrahtzaun abgeschirmt sein, aber jetzt stand es noch frei auf einer grasbewachsenen kleinen Anhöhe, die auf allen Seiten von wogenden Tabakfeldern umgeben war. Shelby drehte sich um, doch statt des vertrauten Panoramablicks auf den See – und dahinter auf die qualmenden Kamine einer stinkenden Fabrik – sah sie nichts als dichte Wälder, die zu dem gewundenen, felsengesäumten Flussbett des Cumberland River hin abfielen. Auf der anderen Seite des Kanals stiegen weitere bewaldete Hügel an.

Zwei Frauen traten aus dem mit Säulen geschmückten Haus und blieben auf der Veranda stehen, während Campbell die Zügel anzog und das Pferd zum Stehen brachte. Auf das Rufen der älteren Frau hin kam ein kleiner schwarzer Junge um die Ecke des Hauses gerannt und ergriff die Zügel. Campbell stieg aus dem Wagen, und Shelby wartete, dass er ihr hinunterhalf, nicht so sehr aus dem Wunsch heraus, als Lady zu erscheinen, sondern aus reiner Notwendigkeit. Sie wusste, dass sie stolpern und sich verletzen würde, sollte sie versuchen allein und ohne eine stützende Hand in ihrem eng geschnürten Kleid mit den vielen Unterröcken und dem Reifrock auszusteigen. Als sie unversehrt wieder Boden unter den Füßen hatte, raffte sie ihre Röcke und sah neugierig zu den Frauen hinüber, während der Junge das Pferd und die Kutsche fortbrachte. Die Frauen starrten sie an, als wäre ihr auf der Stirn ein drittes Auge gewachsen.

»Was ist?«

Mary Beth' Vater eilte die Stufen hinauf und verschwand wortlos im Haus. Offenbar nahm niemand an seinem Verhalten Anstoß, denn aller Augen waren weiter fragend auf Shelby gerichtet. Die ältere Frau, wahrscheinlich Mary Beth' Mutter, sprach als Erste. »Na, erzähl schon.« Sie schien fast zu jung, um eine Tochter in Mary Beth' Alter zu haben, und ihre Augen glänzten ebenso aufgeregt wie die der jüngeren Frau.

Shelby überlegte, wie viele Einzelheiten ihres Besuches bei Lucas angebracht wären. Der blutige Zweikampf? Der Kuss? Sie zuckte mit den Schultern, als sie zur Veranda hochstieg, und sagte vage: »Lucas war mit einem Burschen auf der Reitbahn … mit Samuel Clarence. Sie arbeiteten mit den Pferden.«

Die jüngere Frau zog einen Schmollmund. »Papperlapapp! Jetzt erzähl schon, Mary Beth.«

»Susannah!«

Das bestätigte Shelby in ihrer Vermutung. Es handelte sich tatsächlich um Mary Beth' Schwester. Beide ignorierten den Vorwurf der Mutter, und Susannah fuhr fort: »Erzähl mir ja nicht, dass er nichts zu dir gesagt hat. Wie er dich nur immer anstarrt, wenn du in der Nähe bist – das ist doch lächerlich.«

Wieder zuckte Shelby mit den Schultern, konnte sich aber ein amüsiertes Lächeln nicht verkneifen. »Na gut. Lucas und Samuel haben sich meinetwegen geprügelt. Sie haben einander grün und blau geschlagen, und nachdem Lucas als Sieger aus dem Zweikampf hervorgegangen war, hat er mich in den Arm genommen und mir einen Kuss gegeben, den ich nie vergessen werde.«

Susannah kicherte. Tiefe Grübchen erschienen auf ihren Wangen. »Gut, sprich nicht weiter. Ich will gar nicht mehr wissen.« Dann ging sie ins Haus, und die anderen beiden folgten ihr.

»Nein, im Ernst, sie haben wirklich miteinander gekämpft«, beteuerte Shelby. »Samuel hat Lucas sogar mit dem Messer verletzt, und Lucas hat ihn daraufhin fürchterlich verdroschen. In der einen Minute waren sie noch Freunde, und in der nächsten sind sie schon ausgeflippt.«

Susannah sah sie fragend an. »Ausgeflippt?«

»Äh ... sie haben völlig durchgedreht. Es war der reine Wahnsinn.«

Die Mutter gab ein bestätigendes Geräusch von sich und fügte hinzu: »Das habe ich schon lange kommen sehen. Ich kann nicht sagen, dass es mich überrascht.«

Susannah jedoch schien überrascht zu sein, und sie und Shelby blickten die Mutter fragend an.

Diese tat ihnen den Gefallen und rief ihnen wieder ins Gedächtnis, was sie offensichtlich vergessen hatten. »So waren sie doch ihr ganzes Leben lang. Schon als kleiner Junge lief Samuel wie ein Schoßhündchen hinter Lucas Robert her. Wenn Lucas etwas bekam, musste Samuel es auch haben. Wenn Lucas etwas tat, musste Samuel es auch ausprobieren.«

»Aber Samuel konnte doch nie hoffen, es mit Lucas Robert aufzunehmen.« Sogar Shelby war das klar.

Die Mutter seufzte. »Aber er glaubt es nun mal. Er versucht es immer wieder und scheitert immer wieder.«

»Und dann lässt er seinen Frust an Lucas aus, wie er es heute getan hat.« Jetzt begriff Shelby das wahre Ausmaß des Vorfalls, dessen Zeugin sie geworden war.

Die Mutter nickte. »Wird Lucas mit deinem Vater reden?«

Shelby runzelte die Stirn und wollte schon antworten, dass sie das nichts angehe, doch dann hielt sie unvermittelt inne. Susannah ging weiter auf die breite, geschwungene Treppe in der Eingangshalle zu, aber Shelby konnte den Blick nicht von dem riesigen Kristalllüster über ihrem Kopf nehmen. Der Holzfußboden war auf Hochglanz poliert und mit einem Teppich in kräftigen Blau- und Rottönen bedeckt. Die Mahagonistufen der Treppe schwangen sich elegant nach oben und verschwanden dort um die Ecke. Drei Türen führten in die Halle, alle aus demselben dunklen, stark glänzenden Holz. Die Tür zu ihrer Linken – eine breite Doppeltür – stand offen und führte in ein großes Wohnzimmer.

Die Mutter drehte sich um und senkte herausfordernd das Kinn. »Antworte mir, Mary Beth.« Sie war ebenso streng wie der Vater, und ihrem Ton konnte Shelby entnehmen, dass sie sie zu einer Antwort zwingen würde.

»Lucas hat nicht erwähnt, dass er mit Vater sprechen werde. Jedenfalls nicht mir gegenüber.« Kein Wunder, er hatte ja alle Hände voll zu tun, Eindruck bei ihr zu schinden, dachte Shelby. Darin hatte Samuel Clarence sich nicht getäuscht. Lucas hatte definitiv versucht ihr zu imponieren.

Die Mutter schien enttäuscht und setzte ihren Weg die Treppe hinauf fort. »Ich schätze, du hast ihn nicht gerade ermutigt. Im Ernst, Mary Beth, du musst es dir aus dem Kopf schlagen, in eine reiche Familie einzuheiraten. Du weißt, du bist nicht sehr hübsch und hast keine große Wahl.«

Shelby musterte Susannah, die ausgesprochen hübsch war und wie eine Porzellanpuppe aussah. Ihre frech geschwungene Nase, die vollen, natürlich roten Lippen entsprachen genau dem viktorianischen Schönheitsideal, ganz zu schweigen von ihrem üppigen Busen, der fast zu jeder Zeit in Mode war. Sie fragte sich, wie Mary wohl aussah, und betastete unwillkürlich ihr Gesicht.

Mary Beth' Mutter ging weiter die Treppe hinauf und wurde nicht müde, Shelby die Vorzüge einer Ehe mit Lucas in den glühendsten Farben zu schildern. »Es sollte dich nicht bekümmern, dass die Brosnahans keine Dienstboten haben. So schlimm ist es auch wieder nicht, kochen und putzen zu müssen. Lucas Robert ist ein guter Mann, und die Liebe eines guten Manns ist wichtiger als jeder Reichtum.« Als sie oben an der Treppe angelangt waren, fügte sie nach einer kurzen Pause hinzu: »Solange genug Geld da ist, um ordentliche Kleidung und ausreichend zu essen zu haben. Die Brosnahans haben noch nie gehungert, und es sind anständige Leute. Du könntest eine schlechtere Partie machen.«

Um sich eine weitere Predigt zu ersparen, erwiderte Shelby: »Ja, Mutter.« Und es funktionierte. Diese blieb in dem Vorraum stehen und drehte sich zu ihr um. Susannah ging in das nächste Zimmer weiter. Sie hatte offensichtlich kein Interesse mehr an diesem Teil der Unterhaltung.

»Nun, dann sind wir uns ja einig. Du tust dein Bestes und ermutigst Lucas Robert, damit er mit deinem Vater spricht.«

»Ja, Mutter.« Wieder eine Lüge. Shelby hatte nicht die geringste Absicht, sich ihren Wünschen zu fügen, aber es fiel ihr nichts Besseres ein, wie sie diese Frau davon abbringen konnte, sie weiter zu verkuppeln. Oder besser gesagt – Mary Beth.

»Dann zieh dich jetzt zum Abendessen um.« Ihr Blick fiel auf eine Tür, und Shelby nahm an, dass sich dahinter ihr Schlafzimmer befand. »Ich werde dir sofort Annie hinaufschicken. Und beeil dich, wir haben nämlich nur noch auf euch gewartet, und der Schinken ist schon strohtrocken. Gott sei Dank haben wir genügend Sauce, sonst wäre er ungenießbar.« Ihrem Ton konnte Shelby entnehmen, dass sie Bratensauce nicht sonderlich mochte.

Heute aber war sie wohl gezwungen, sie zu essen, sonst wäre der Schinken ungenießbar. Und es war die Schuld des Vaters, dass sie so spät nach Hause gekommen waren. Die Mutter machte auf dem Absatz kehrt und begab sich nach unten. Shelby ging in das angegebene Zimmer und schloss die Tür hinter sich.

Hätte sie ihr Kleid nicht in eine aufrechte Haltung gezwungen, wäre sie vor Erleichterung, diesem Gespräch endlich entronnen zu sein, wahrscheinlich zusammengebrochen. Aber einen dünnen Seufzer rang sie ihrem Korsett dennoch ab. Dann schaute sie sich interessiert in dem Zimmer um.

»Nicht übel.« Das hohe Federbett war mit Seide und Leinen bezogen. Über dem Nachttisch war ein Spitzenüberwurf drapiert, der fast bis zum Boden reichte. Der große Kleiderschrank war mit stilvollen Einlegearbeiten verziert, und auf einem ebenfalls mit einer Spitzendecke verhüllten eleganten Tisch aus Mahagoni befanden sich ein Waschkrug und eine Schüssel aus weißem Porzellan. An der Wand stand ein kunstvoll gearbeiteter Frisiertisch mit einem großen aufgesetzten Spiegel, auch in dieser Zeit bereits ein wertvolles Möbelstück. Shelby stellte sich davor, um sich endlich in Ruhe betrachten zu können.

Angesichts der Warnung von Mary Beth' Eltern, sie sei nun mal nicht die Schönste, war sie – bis zur Hasenscharte – auf beinahe alles gefasst. Angenehm überrascht stellte sie jedoch fest, dass Mary Beth sogar ziemlich hübsch war. Sie war schlank und blond, mit einem energischen Kinn und einer geraden Nase. Sie besaß zwar nicht das herzförmige Gesicht ihrer Schwester, war auf ihre Weise aber durchaus attraktiv. Sie war so zierlich, dass Shelby sich ernstlich die Frage stellte, weshalb sie sich dann noch in dieses Korsett zwängen musste. In der Taille war sie so eng geschnürt, dass nicht einmal die Wirbelsäule Platz zu haben schien, geschweige denn die nötigen Eingeweide zur Verbindung von Brustkorb und Unterleib. Sie griff tastend an ihren Rücken, kam aber nicht an die Knöpfe heran.

»Ich bin schon da, Miss Mary«, sagte in dem Moment eine leise Stimme. Hinter ihr im Spiegel tauchte eine junge schwarze Frau auf, die ungefähr so alt war wie sie und ein einfaches graues Kleid trug. Ihrem glatten Gesicht war keine Regung zu entnehmen, als sie sich anschickte, Shelbys Kleid aufzuknöpfen.

Erstaunt drehte Shelby sich zu ihr um. »Annie?«

7

Jawohl, Miss.« Annie verzog keine Miene. Mit Bedacht, wie es schien.

Alles, was Shelby zu sagen einfiel, kam ihr zutiefst unpassend vor. Annie war eine Sklavin. Die Vorstellung löste leichten Schwindel bei ihr aus. Zu wissen, dass es eine Zeit gab, in der ein Mensch einen anderen besitzen konnte, war eine Sache, aber sich einer echten Sklavin gegenüberzusehen und mit ihr zu sprechen, eine andere. Shelby verschlug es regelrecht die Sprache, und sie konnte die junge Schwarze nur anstarren.

»Stimmt etwas nicht, Miss Mary?« Leichte Panik flackerte in den Augen der jungen Frau auf. Sie sprach nicht mit dem wiegenden Tonfall der Südstaatler; ihrem Akzent nach stammte sie aus der Karibik. Ihr Kleid war zwar schlicht, aber aus feiner Wolle gewebt, und auf dem Kopf trug sie eine Art Turban aus weinrotem Samt, der sehr hübsch aussah. Es schien ein sehr feiner Stoff zu sein, bis Shelby bemerkte, dass er bereits ziemlich abgeschabt und offenbar von einem alten Kleid abgerissen worden war.

»Nein«, beeilte Shelby sich zu sagen. »Nein, alles in Ordnung. Ich bekomme nur allmählich keine Luft mehr in diesem Korsett.«

Die Panik erlosch, und das Gesicht glättete sich wieder. »Jawohl, Miss Mary. Wir werden uns sofort darum kümmern.« Annie trat hinter sie und griff nach den Knöpfen. Dieses Mal ließ Shelby sie gewähren. Kurz darauf lag das

Kleid mitsamt dem steifen Unterrock und dem Reifrock auf dem Bett, und Annie machte sich daran, die Bänder des Korsetts zu lösen. Shelby wollte es ganz ausziehen, aber Annie schnürte es nur etwas lockerer, ehe sie es mit einer Schleife vorne wieder schloss. Dann wurden Shelby erneut der dicke Unterrock, darüber ein etwas weniger ausladender Reifrock und schließlich ein neues Kleid über den Kopf gezogen. Dieses war aus Leinen und schlichter als ihr Nachmittagskleid gehalten, aber in der Taille wäre es ohne geschnürtes Korsett immer noch zu eng für sie gewesen. Shelby unterdrückte ein Stöhnen.

Annie half ihr noch, das Haar hochzustecken, und trat dann abwartend einen Schritt zurück. Shelby konnte sie im Spiegel beobachten. Sie erwartete, dass Annie ebenso plötzlich das Zimmer wieder verlassen würde, wie sie gekommen war, aber die junge Frau rührte sich nicht, blieb mit vor dem Schoß gefalteten Händen stehen. Endlich begriff Shelby. Leise sagte sie: »Das wäre dann alles, Annie. Und vielen Dank.« Sie wusste, dass sie ohne ihre Hilfe niemals zurechtgekommen wäre.

Die Sklavin blinzelte überrascht, zögerte, fing sich aber sofort wieder und entgegnete: »Jawohl, Miss Mary.« Daraufhin schlüpfte sie lautlos aus dem Zimmer.

Beim Abendessen war Shelby befangen und wusste nicht, was sie reden sollte. Annie stand die ganze Zeit neben dem Tisch, bereit, jeden Moment helfend einzugreifen, schien dem Gespräch aber nicht zuzuhören. Wie immer verzog sie keine Miene. Shelby, der man ein Leben lang beigebracht hatte, in Gegenwart anderer, die nicht aßen, auch nicht zu essen, fühlte sich äußerst unwohl. Sie wünschte, Annie würde sich entweder hinsetzen oder gehen.

Nach einem langen und wortreichen Tischgebet bestritt Mary Beth' Vater fast die ganze Unterhaltung, indem er vehement seiner Meinung Ausdruck verlieh, dass der Krieg kurz bevorstehe. Er schien es kaum mehr erwarten zu können, dass die Unionisten endlich in den Süden einmarschierten, damit die Südstaatler den Zwist austragen, den Gegner schlagen und die Frage der staatlichen Souveränität ein für alle Mal zu ihren Gunsten klären könnten. Unglücklicherweise verlief das Gespräch über Politik mit den drei Frauen ziemlich einseitig. Shelby hätte sich natürlich einmischen können, aber sie zögerte aus Angst, zu viel von ihrem Wissen über den geschichtlichen Verlauf preiszugeben. Also schwieg sie und ließ Campbell weiterschwadronieren, während sie mit chirurgischer Präzision das Fett von ihrem Schinken schnitt. Und die Bratensauce hatte sie auch abgelehnt, sie war ihr wirklich zu fett.

Als Mary Beth' Vater endlich nichts mehr zu sagen wusste und verstummte, wechselte die Mutter das Thema und lenkte das Gespräch auf die Familie Brosnahan. Sie wünschte vor allem Neuigkeiten über die Ehefrauen von Lucas' Brüdern Amos und Gar zu erfahren. Von Ruth, der Frau von Amos, schien sie eine enge Freundin zu sein.

»Die arme Ruth«, sagte sie kopfschüttelnd. »Sie tut mir so Leid, so ganz ohne Kinder, die ein wenig Freude in ihr Leben bringen könnten. Und das nach fast fünfundzwanzig Jahren mit diesem Mann. Es ist ein Wunder, wie sie damit fertig werden.«

Fünfundzwanzig Jahre? »Wie alt ist denn Amos?«, fragte Shelby.

»Einundvierzig, glaube ich«, antwortete Campbell. »So ungefähr.«

Einundvierzig. Shelby rechnete kurz nach und runzelte

die Stirn. Selbst wenn Ruth gleichaltrig war, konnte sie bei ihrer Hochzeit nicht viel älter als sechzehn gewesen sein.

Susannah, die ebenfalls den Fettrand von ihrem Schinken abschnitt, ihn dann aber in die Bratensauce tauchte und mit Genuss verzehrte, warf in sorglosem Ton ein: »Martha hat auch keine Kinder. Das hat doch bestimmt etwas zu bedeuten.« Mit gerunzelten Augenbrauen sah sie Shelby an.

»Sie und Gar sind jetzt seit fünf Jahren verheiratet. Oder? Das stimmt doch. Fünf Jahre?«, sagte die Mutter und blickte um Bestätigung heischend zu Shelby, die mit den Schultern zuckte, als würde sie sich nicht erinnern.

»Ich glaube, ja.«

»Dann würde ich es mir zweimal überlegen, Lucas zu heiraten«, meinte Susannah. »Ich hätte Angst, dass die Brosnahans unfruchtbar sind.« Zwei Grübchen tauchten auf ihren Wangen auf, und ihre Augen blitzten boshaft. Die Eltern machten sich schon genug Sorgen um die Zukunft von Mary Beth' Schwester. Shelby entging nicht, dass Susannah mit Absicht noch Öl ins Feuer goss. Mit einem reichen Verlobten, der nur darauf wartete, sie zu heiraten, konnte sie sich das erlauben. Gut, dass Shelby sich nicht länger in dieser Familie aufzuhalten gedachte, sonst hätte sie sich vielleicht doch über die Stichelei geärgert.

»Klar doch, und die drei Brüder sind auf dem Mississippi dahergeschwommen«, platzte sie heraus. Das konnte sie sich einfach nicht verkneifen.

Bleiernes Schweigen legte sich über den Tisch. Keiner wusste so recht, wie man mit dieser Bemerkung umgehen sollte.

Schließlich meldete Campbell sich zu Wort. »Es ist ein

großes Unglück, das die Familie getroffen hat. Amos und Gar haben zwei unfruchtbare Frauen geheiratet. Außerdem glaube ich nicht, dass Martha überhaupt Kinder will. Ich kann mir nicht vorstellen, dass sie sich sehr anstrengt, welche zu bekommen.«

»So etwas sagt man doch nicht«, entgegnete die Mutter schockiert.

Shelby sah Mary Beth' Vater forschend an. Dem empörten Gesichtsausdruck nach zu schließen schien er damit ausdrücken zu wollen, dass Martha eine Form der Empfängnisverhütung praktizierte.

Er zuckte mit den Schultern. »Eines ist sicher, ich kenne keine Frau, die so von sich eingenommen ist und so wenig Mütterliches an sich hat wie Martha.«

»Die Brosnahans sind gute Menschen. Du solltest besser den Mund halten«, erwiderte die Mutter.

»Ich kann diese Weiber nicht ausstehen.«

»William!«

Alle verstummten, und selbst Mary Beth' Vater begriff, dass es besser war, die Mutter nicht weiter zu reizen.

Nach dem Abendessen zog sich die Familie in das Wohnzimmer zurück, während die Küchenmädchen aufräumten. Campbell nahm ein Buch und begann laut daraus vorzulesen. Susannah und ihre Mutter griffen zu ihren Näharbeiten, und Shelby führte zunächst einen aussichtslosen Kampf gegen ihre vielen Röcke und den vermaledeiten Reifrock. Es dauerte eine Weile, aber irgendwann hatte sie es doch geschafft, sich einigermaßen gesittet – ohne dass der Reifen ständig nach oben schnellte – auf einem kleinen Sofa niederzulassen, wo sie die Hände in ihrem Schoß faltete und einer reichlich albernen Abenteuergeschichte aus dem 18. Jahrhundert lauschte.

»Wo ist dein Nähzeug, Mary Beth?«, fragte die Mutter und blickte von ihrer Näharbeit hoch.

Das hatte sie befürchtet. Sie sollte sich ebenfalls mit Handarbeiten die Zeit vertreiben. Shelby blickte sich um und tat so, als würde sie Mary Beth' Näharbeit erkennen, wenn sie sie sah. »Ich glaube, ich habe es verlegt.«

»Nein, hast du nicht. Deine Sachen sind dort drüben, wo sie immer sind.« In der Stimme der Mutter schwang ein scharfer, ungeduldiger Unterton mit, als sie auf einen Korb deutete, der neben dem Bücherschrank auf dem Boden stand.

»Oh.« Mist. Jetzt würde sie aufstehen und sich erneut mit diesem dummen Reifen herumschlagen müssen. Shelby ging zu dem Korb und stellte ihn neben sich auf das zweisitzige Sofa. Sorgfältig arrangierte sie ihre Röcke, ehe sie wieder Platz nahm, dieses Mal ohne größere Probleme. Dann sah sie sich den Inhalt des Korbs näher an. Zuoberst auf einem Stück Leinenstoff befand sich ein kleines Stoffkissen, gespickt mit Stecknadeln und Nähnadeln. Darunter, am Boden des Korbs, rollten ein paar kleinere Spulen mit buntem Garn hin und her. Außerdem entdeckte sie einen winzigen Fingerhut, eine winzige silberne Schere, deren Griffe wie Schwanenhälse geformt waren, diverse Bänder und ein paar ineinander verschlungene Garnreste. Mary hielt ihren Nähkorb nicht sonderlich in Ordnung.

Das Stück Leinenstoff entpuppte sich als eine noch unfertige Bluse, was Shelby an einer Art Kragen erkannte, der mit winzigen rosafarbenen Blumen bestickt war. Auch auf den anderen Teilen waren Stickereien. Du meine Güte. Für Shelby verströmten Stickereien einen faden Beigeschmack nach ältlichen Blumenkindern. Seufzend versuchte sie herauszubekommen, wie die einzelnen

Stoffteile zusammenhingen. Die Bluse war an manchen Stellen bereits zusammengenäht, andere Teile waren noch unvollendet. Etwas, das aussah wie eine Manschette, war in einen Stickrahmen eingespannt, und Mary schien offensichtlich gerade damit beschäftigt zu sein, das Stück Stoff ebenfalls mit klitzekleinen rosafarbenen Blumen zu verzieren. Ihre Stiche waren winzig und sehr exakt. Mary hatte gute Arbeit geleistet, und Shelby zweifelte daran, dass sie die Geduld aufbringen würde, es ihr gleichzutun. Aber ein Blick auf Mary Beth' Eltern und Susannah genügte, und sie wusste, dass sie zumindest den Anschein erwecken musste, es zu versuchen.

Seufzend machte sie sich schließlich daran, eine passende Nadel in dem Durcheinander zu finden. Eine kleine Auswahl steckte in dem Nadelkissen, und sie entschied sich für eine mittlere Stärke. Das rosa Garn lag in einem unordentlichen Knäuel am Boden des Korbs. Shelby mühte sich gute fünf Minuten ab, bis sie endlich genügend abgewickelt hatte und das Stickgarn mit der Schwanenhalsschere abschneiden konnte. Dann begann der Kampf mit der Nadel. Immer wieder rutschte sie ab, und das Garn wollte einfach nicht hindurch. Es war, als versuchte sie, das berühmte Kamel durch das Nadelöhr zu bugsieren.

Mittlerweile fing die Mutter an, sie zu beobachten, und der Druck, das verdammte Ding einzufädeln, ließ Shelby Blut und Wasser schwitzen. Endlich hatte sie es geschafft. Sie unterdrückte einen Seufzer der Erleichterung und war gespannt, ob sie einen halbwegs ordentlichen Stich zusammenbrachte. Einen Moment lang wusste sie nicht einmal, auf welcher Seite des Stoffes sie einstechen sollte. Sie entschied sich für das, was sie für die Rückseite hielt, schob die Nadel ganz hindurch und zog den Faden auf der anderen Seite in voller Länge wieder heraus.

Mit einem raschen Blick vergewisserte sich Shelby, dass sie auch niemand beobachtet hatte, und beeilte sich, am Ende in das rosa Garn einen Knoten zu machen. Dann suchte sie sich eine Stelle auf der Rückseite des Stoffes und steckte die Nadel hinein. Als sie den Stoff umdrehte, musste sie feststellen, dass sie an einer völlig falschen Stelle wieder herausgekommen war. Die Nadel verkehrt herum wieder zurückzuschieben war gar nicht so einfach, aber mit ein wenig Mühe gelang es ihr. Wieder setzte sie zum Stich an, und dieses Mal traf sie auf Anhieb die richtige Stelle im Stoff.

Jetzt musste sie sich entscheiden, wo sie die Nadel wieder herausführen sollte. Das war schon leichter, denn auf der Vorderseite konnte sie sehen, wie und wo die bereits fertig gestickten Blumen verteilt waren. Ungefähr im selben Abstand platzierte sie die nächste winzige Blüte. Als sie den Stich jedoch festziehen wollte, bemerkte sie, dass der Faden sich verknotet hatte. Also lockerte sie ihn und löste den Knoten, ehe sie ihn erneut straff zog. Wie dumm, jetzt war der Stich zu fest. Also wieder heraus damit, um das Stickgarn ein zweites Mal straff und glatt zu ziehen.

Gut, jetzt war der erste Stich fertig. Shelby blies triumphierend die Backen auf und hätte am liebsten eine Siegesfanfare angestimmt.

Für den zweiten Stich benötigte sie schon etwas weniger Zeit, und schließlich gelang ihr auch noch ein dritter. Aber ihr fiel auf, dass ihre Stiche nicht annähernd so glatt und flach wie die von Mary Beth waren. Ihre Blume sah reichlich zerrupft aus. Sie seufzte.

Die Mutter blickte hoch. »Fühlst du dich unwohl, Mary Beth?«

In dem Moment kam Shelby eine Idee, und sie stöhnte theatralisch. »Oh … ja. Mir geht es tatsächlich nicht sehr gut.« Ihr Korsett, das seit dem Nachmittag zwar etwas lockerer saß, beengte sie zusehends mehr, und sie fühlte sich erschöpft, obwohl sie den ganzen Tag nichts anderes getan hatte, als herumzusitzen. »Ich glaube, Mutter, ich werde mich auf mein Zimmer zurückziehen.«

»Komm doch mal her, Kind.« Die Mutter streckte die Hand aus, um ihr die Temperatur zu fühlen.

Rasch sagte Shelby: »Ich glaube, es kommt eher vom Magen. Wahrscheinlich habe ich das Abendessen nicht vertragen.« Der Schinken hatte köstlich geschmeckt, aber wegen ihrer geschnürten Taille hatte sie nicht viel davon essen können. Deswegen knurrte ihr der Magen.

»Wie du meinst. Dann gute Nacht. Wir sehen uns morgen früh. Hoffentlich geht es dir dann wieder besser.« Die Mutter hielt Shelby die Wange hin, die sich nicht lange bitten ließ und ihr einen Kuss gab. Dann packte sie ihren Nähkorb ein, um ihn mit nach oben zu nehmen. Vielleicht kam sie allein in ihrem Zimmer dahinter, wie die einzelnen Teile zusammenhingen.

Shelby eilte die Treppe hinauf, stellte den Korb auf Mary Beth' Bett und trat vor den Spiegel. Zuallererst musste sie dieses Folterinstrument loswerden. Das Kleid war vorne geknöpft, und sie schaffte es auch noch, es auszuziehen und über das Fußende des Bettes zu legen, aber der Verschnürung ihres Korsetts stand sie hilflos gegenüber. Es war im Rücken geschlossen, und obwohl sie die Schleife knapp mit den Fingerspitzen erreichte, bekam sie das Band nicht zu fassen.

»Es tut mir schrecklich Leid, Miss Mary.« Annie kam ins Zimmer gelaufen. »Ich konnte ja nicht ahnen, dass Sie schon so früh zu Bett gehen wollten.«

»Ist schon in Ordnung. Ich will nur dieses Ding loswerden.«

»Es tut mir Leid, Miss Mary, fürchterlich Leid.« Annies Finger beeilten sich, das Korsett zu öffnen.

»Ist schon gut, Annie. Es ist ja nichts passiert.«

»Jawohl, Miss Mary.«

Als die Verschnürung offen war, stieß Shelby einen erleichterten Seufzer aus. »Vielen Dank, Annie.« Sie presste das Korsett an ihren Busen und drehte sich zu der Sklavin um. »Das kann ich jetzt selbst.«

Die Augen der jungen Frau weiteten sich vor Schreck. »Nein, nein, Miss Mary. Lassen Sie mich Ihnen helfen. Ich wollte nicht trödeln, ich schwöre es. Bitte lassen Sie mich meine Arbeit zu Ende machen.«

Shelby hob beschwichtigend die Hand. »Im Ernst, ich schaffe den Rest schon allein. Es macht mir nichts aus.«

»Sie werden es doch niemandem erzählen?«, sagte Annie angstvoll.

»Wem soll ich es denn sagen? Und was? Ich will mich nur selbst ausziehen. Ich möchte heute ein wenig allein sein. Das hat nichts mit dir zu tun.«

Annie zögerte und überlegte lange, ehe sie nickte und sagte: »Gut, Miss Mary. Dann gehe ich jetzt.«

»Gute Nacht, Annie.«

Nach einem weiteren überraschten Zögern sagte auch sie: »Gute Nacht, Miss Mary.« Schließlich ging sie und schloss leise die Tür hinter sich.

Shelby seufzte. Für diese Rolle war sie nicht geboren.

Vor dem Spiegel schlängelte sie sich aus dem Korsett

und nahm die beiden Taschentücher heraus, die Mary Beth in das Oberteil gestopft hatte. Ihre Brüste juckten, und sie griff in ihr Unterkleid und kratzte sich lange und ausgiebig, bis das Blut an den Druckstellen wieder zirkulierte. Dann hob sie das Unterkleid über den Kopf und trat aus den langen Leinenunterhosen, um im Spiegel ihren neuen Körper zu begutachten.

Mary Beth' Körper war dünn und von mittlerer Größe, so ziemlich das Gegenteil von dem, den Shelby im 21. Jahrhundert zurückgelassen hatte. Als Heranwachsende war Shelby die Größte in ihrer Klasse gewesen, und als Erwachsene war sie normalerweise immer die größte Frau im Raum. Das war jetzt anders. Und es war auch kein Wunder, dass Mary Beth sich das Mieder ausgestopft hatte, denn ihre kleinen Brüste waren kaum der Rede wert. Shelby stupste eine Brust mit dem Finger an, und sie wackelte leicht. Ganz flachbusig war sie ja nicht, aber man musste schon mit ein paar Taschentüchern nachhelfen und das Korsett atemberaubend eng schnüren, um so etwas wie ein Dekolletee hervorzuzaubern. Das Korsett war auch der einzige Grund, weshalb Mary eine Taille hatte, denn ihre Hüften waren knabenhaft schmal. Mit ihren androgynen Formen entsprach sie eher einem modernen Schönheitsideal. Ihr gesamter Oberkörper war mit roten Striemen übersät, die von den Falten ihres zusammengedrückten Unterkleids herrührten.

»Allmächtiger, ich bin ja spindeldürr!« Shelby drehte sich nach links und nach rechts, um sich von allen Seiten zu betrachten. »Ich bin ja nur noch Haut und Knochen.« Sie musste lachen und wusste nicht, warum. Einerseits amüsierte es sie, endlich so schlank zu sein, wie sie es sich immer gewünscht hatte, andererseits vermisste sie ihren eigenen Körper. Ganz so unglücklich war sie über ihre große, kräftige Erscheinung auch wieder nicht gewesen, auch nicht über ihre üppigen Brüste, die immer starken Halt benötigt hatten. Und jetzt verfügte sie plötzlich über die Maße eines knabenhaften Modells. »Wenigstens habe ich schönes Haar.«

Von allen Nadeln befreit, flossen goldblonde Locken lang und seidig über ihre Schultern und kitzelten sie an den Hüften. Shelby staunte, wie kunstvoll das Haar in ihrem Nacken zu einem Knoten zusammengefasst gewesen war. Nie und nimmer wäre sie in der Lage, diese Frisur allein zustande zu bringen, dessen war sie sicher. Wenn sie sich am Morgen anzog, würde sie Annie nicht nur zum Anlegen des Korsetts brauchen.

Da kam ihr eine Äußerung von Mary Beth' Vater in den Sinn. Mary Beth war jetzt zweiundzwanzig Jahre alt, fünf Jahre jünger als sie. Durch den Sprung in eine andere Zeit war sie nicht nur schlanker, sondern auch jünger geworden. War das nun gut oder schlecht? Da sie des Vaters Einstellung zu ihrem Alter kannte, war sie unschlüssig. In dieser Zeit und an diesem Ort war sie sicher besser dran, wenn man sie für jünger statt für eine alte Jungfer hielt. Hier zählten bei einer Frau Alter und Erfahrung nur wenig.

Shelby trat einen Schritt zurück und betrachtete sich lange im Spiegel. Was sie sah, war keine umwerfende Schönheit wie Susannah, aber eine aparte Erscheinung. Kein Wunder, dass Lucas in sie verliebt war. Da war es schon eher verwunderlich, dass Mary Beth nicht dasselbe für ihn empfand. Shelby kannte mindestens ein Dutzend Frauen, die vor Begeisterung über diesen Mann aus dem Häuschen gewesen wären. Ein Lächeln umspielte ihre

Mundwinkel, als sie sich den jüngsten Brosnahan vor Augen führte. Könnte sie ihn doch nur mit zu sich nach Hause, in ihr eigenes Jahrhundert nehmen.

Nach Hause. Der Gedanke versetzte ihr einen Stich. Nachdenklich sah sie sich in dem Zimmer um. Eine Öllampe, die neben dem Waschkrug und der Schüssel auf dem Tisch stand, war die einzige Lichtquelle. Wie lange würde sie hier noch ausharren müssen?

Auf dem Nachttisch befand sich außer Mary Beth' Tagebuch auch noch ein Zinnhalter mit einer kleinen Kerze. Shelby zündete die Kerze an und setzte sich neben den Nähkorb auf das Bett, um sich in Ruhe die Stoffteile anzusehen, an denen sie während ihres Aufenthalts in diesem Haus arbeiten sollte. Seufzend zog sie ihre dünnen Beine heran und stützte sich mit ihren spitzen Ellbogen auf den Oberschenkeln ab. Wie ungewohnt, kein Fleisch auf den Knochen zu spüren. Aber sie konnte sich nach vorne beugen, ohne dass sich ihr Bauch in Fettröllchen gelegt hätte. Nicht die kleinste Falte. Das allerdings war ein erhebendes Gefühl.

Shelby breitete die einzelnen Leinenteile auf dem Bett neben sich aus. Nach und nach begriff sie, wie das Kleidungsstück zusammengenäht werden sollte. Und das mit der Hand. Das würde ewig dauern, und bereits jetzt langweilte sie das Vorhaben.

Das Tagebuch war da schon weitaus interessanter. Shelby legte die Näharbeit beiseite und griff danach. Nachdem sie es zum zweiten Mal durchgeblättert und hier und da ein wenig in den Eintragungen gelesen hatte, kam sie zu dem Schluss, dass sie sich Mary Beth' Schwäche für Amos nicht eingebildet hatte. Lucas wurde zwar hin und wieder erwähnt, aber selten und immer nur in Zusammenhang mit seinem Bruder, das heißt, wenn Amos freundlich zu Mary Beth gewesen war oder sie wieder mal zum Lachen gebracht hatte. Einmal schien er sich sogar lange mit ihr über Pferde unterhalten zu haben, was sie liebevollst und in allen Details geschildert hatte.

Mary Beth hatte also ihre guten Gründe, Lucas nicht heiraten zu wollen. Da musste ihr sogar Shelby zustimmen. Ständig in Versuchung zu leben, Ehebruch zu begehen, war sicher keine gute Voraussetzung für eine Ehe. Sie war letztendlich doch nicht so unklug oder unreif, wie Shelby zunächst gedacht hatte.

Beim Durchblättern der Seiten stellte sie außerdem überrascht fest, dass das Buch zur Hälfte leer war. Bei der ersten Lektüre zu Hause war das Buch zu drei Viertel voll gewesen, aber jetzt herrschte auf den Seiten nach dem Pentagramm gähnende Leere. Mary Beth hatte die Zeichnung und den Zauberspruch offensichtlich erst an diesem Morgen eingetragen. Der Rest der Seiten konnte also gar nicht beschrieben sein. Es war nur logisch, dass dort nichts stand. Das Datum auf der Seite lautete auf den 23. September 1860. Jetzt wusste Shelby wenigstens, in welchem Jahr sie sich befand. Aber die anfängliche Erleichterung wich rasch, denn es bedeutete auch, dass im kommenden April der Krieg ausbrechen würde. Lucas war fünfundzwanzig Jahre alt und hatte fast auf den Tag genau noch drei Jahre zu leben. Hätte Shelby es sich aussuchen können, hätte sie sich für ihre Zeitreise bestimmt nicht für diese geschichtliche Epoche und für diesen Ort entschieden.

Unter dem mit Bleistift gezeichneten Pentagramm standen die unverständlichen französischen oder spanischen Worte. Shelby flüsterte die Silben leise vor sich hin, in der zaghaften Hoffnung, sie würden erneut ihren Zauber wirken lassen und sie nach Hause schicken. Aber nichts geschah. Nicht die geringste Änderung ging mit ihr vor. Sie blätterte auf die nächste leere Seite weiter und sah sich nach einem Bleistift oder einer Feder um. Plötzlich verspürte sie das dringende Bedürfnis, selbst etwas zu schreiben.

Sie kniete sich vor das Nachtkästchen und spähte hinein. Dort fand sie, was sie suchte – ein Tintenfass und einen Federkiel. Sie holte das Fässchen heraus und säuberte mit einem Fingernagel die Feder von der eingetrockneten Tinte. Dann setzte sie sich auf das Bett. Der Korken auf dem Tintenfass ließ sich leicht entfernen, und Shelby sah, dass es fast leer war. Mary hatte es also oft benutzt. Vorsichtig tauchte sie die Feder ein und bemerkte, wie sie plötzlich Gänsehaut an den Armen bekam. Sie war im Begriff, in den Verlauf der Geschichte einzugreifen und sie zu verändern. Auch wenn es nur ein winziges Zeitfenster war, das sie beeinflusste, bewies das nur, dass nicht alles vorherbestimmt war. Als Shelby dieses Tagebuch das erste Mal in Händen gehalten hatte, hatten auf der Seite mit dem Pentagramm Worte aus Mary Beth' Feder gestanden. Sie waren an diesem Tag geschrieben worden, standen jetzt aber nicht mehr da. Sie – Shelby – würde sie in den nächsten Minuten erst formulieren und niederschreiben, und zwar in einer völlig anderen Handschrift als der von Mary.

Es war erstaunlich, nie hätte sie so etwas für möglich gehalten. Bisher war es für Shelby immer sonnenklar gewesen, dass die Vergangenheit nicht mehr zu verändern war. Was passiert war, war passiert. Tatsachen waren Tatsachen, und selbst deren Wahrnehmung in der Gegenwart schien unveränderlich zu sein. Doch jetzt schickte sie sich an, etwas gänzlich anderes in dieses Tagebuch zu schreiben, als bei der ersten Lektüre hier gestanden hatte. Und es würde deswegen anders lauten, weil sie nicht Mary Beth war.

Bei den ersten Buchstaben war die Tinte noch schwach, wurde aber immer kräftiger, je mehr sie schrieb.

»Heute hat Lucas mich geküsst …«

Während des Schreibens überkam Shelby das gespenstische Gefühl, ihre eigene Zukunft in die Hand zu nehmen und zu gestalten, eine Zukunft, die nur existieren konnte, wenn sie sie wahr werden ließ. Was sie in diesem Moment tat, würde auf ewig fortwirken.

Am nächsten Morgen, als Shelby zum Frühstück herunterkam, hatte sie eine schlaflose Nacht in einem fremden Bett hinter sich, umgeben von fremden Gerüchen und unheimlichen Schatten, die sie in der Dunkelheit nicht identifizieren konnte. Sie sehnte sich nach einer Dusche, aber es war ihr nichts anderes übrig geblieben, als sich aus dem Krug auf ihrem Waschtisch mit Wasser zu bedienen und die Schüssel zu benutzen. Und es war ihr peinlich gewesen, sich auf den Nachttopf zu setzen. Sie war sich wie ein Kind vorgekommen oder wie eine Kranke auf der Bettpfanne. Höllenqualen hatte sie ausgestanden und gehofft, dass Annie nicht ausgerechnet in dem Moment hereinplatzen würde, um ihr beim Ankleiden zu helfen. Und schließlich hatte es ihrer ganzen Überredungskünste bedurft, sich von Annie in das weiteste Kleid helfen zu lassen, ohne der jungen Frau zu verraten, weshalb sie auf weibliche Formen verzichten wollte. Mary Beth schien es nicht wichtig zu sein, richtig Luft zu bekommen, ihr schon. Ihr machte es nichts aus, als Bohnenstange herumzulaufen. Doch selbst mit dem weitesten Kleid aus den Tiefen ihres Kleiderschranks gewann sie nicht mehr als zwei, drei Zentimeter in der Taille. Annie protestierte zwar beim Anblick des alten, abgetragenen Kleides, aber Shelby war wild entschlossen, wenigstens einen Tag lang richtig atmen zu können.

Auch Mary Beth' Vater schien ihre Wahl zu missbilligen. Stirnrunzelnd betrachtete er sie, als sie sich auf Mary Beth' Platz am Tisch setzte.

»Ich dachte, wir hätten dieses Kleid schon längst weggegeben«, bemerkte die Mutter.

Shelby wusste nicht, was sie erwidern sollte, und sagte nur: »Offenbar nicht. Ich habe es heute Morgen entdeckt und dachte mir, ich trage es mal wieder.«

»Vielleicht solltest du nach dem Frühstück doch etwas anderes anziehen. Dieses Kleid hätten wir schon längst den Dienstboten geben sollen.«

»Mir gefällt es aber.«

»Es steht dir nicht.« Mit anderen Worten, es unterstrich ihre mangelnden Kurven.

»Ich werde es heute noch tragen und morgen dann weggeben.«

Die Mutter verstummte und wandte sich ihrem Frühstück zu. Auch der Vater unterließ es, weiter auf das Thema einzugehen. Shelby starrte gereizt auf ihren Teller und wünschte, endlich etwas Passendes zum Anziehen für sich zu finden. Am liebsten wäre ihr eine Jeans gewesen, eine alte, ausgeblichene und ausgeleierte Jeans, die sie nicht in der Taille einschnürte.

Als das Essen kam, stellte Shelby fest, dass sie einen

Bärenhunger hatte. Sie konnte es kaum erwarten, die Spiegeleier, die dicken Speckscheiben und den Maisbrei zu verzehren. Und dabei hasste sie Maisbrei. Aber jetzt verschlang sie alles mit Genuss.

Mary Beth' Vater brach das Schweigen mit einem Hüsteln. »Heute früh habe ich Bumper Carmichael in den Sklavenhütten erwischt«, sagte er. »Er hat gerade versucht, die Arbeiter zum Weglaufen zu überreden.«

»Bumper Carmichael?«

»Ja, einer von Henrys Negern. Der Bursche macht mehr Ärger, als er wert ist, das kann ich dir sagen. Wenn ich ihn das nächste Mal dabei erwische, erschieße ich ihn, und Henry hat einen weniger. Es fehlt mir gerade noch, dass dieser Nigger unseren Arbeitern Flausen in den Kopf setzt.«

Shelby zuckte zusammen. Dazu erzogen, dieses Wort niemals in den Mund zu nehmen, sah sie Campbell entsetzt an und wünschte, sie könnte ihn auffordern, das zu unterlassen.

Aber er setzte seinen einseitigen Monolog vom Abend zuvor fort. »Diese Nigger, sie glauben doch alles, was die Leute ihnen sagen. Sie sind wie Kinder.«

»Sind sie nicht.« Es war aus ihr herausgeplatzt, ehe Shelby Zeit zum Überlegen hatte.

Der Vater sah sie irritiert an. »Wann hast du es je erlebt, dass Annie ein vernünftiges Wort gesagt hätte?«

Shelby warf Annie einen raschen Blick zu. Die schwarze Sklavin starrte auf den Boden, damit niemand ihre Augen sah. Shelby kannte Annie noch nicht lange genug, um viel von ihr gehört zu haben. »Wenn man Menschen wie Kinder behandelt, dann handeln sie auch wie Kinder«, erwiderte sie trotzig.

Campbell lachte nur. Diese Beleidigung saß. Shelby wurde ganz heiß, als er höchst amüsiert den Kopf schüttelte. »Neger sind keine Menschen.« Wieder lachte er, ehe er fortfuhr: »Mary Beth, ich weiß nicht, was in dich gefahren ist, aber ich würde dir raten, sofort mit diesem Unsinn aufzuhören, wenn du als Erwachsene und Lady behandelt werden willst.«

Shelby machte den Mund zu. Sie war so wütend, dass sie bestimmt mit allem, was sie in diesem Moment gesagt hätte, übers Ziel hinausgeschossen wäre. Nach einem letzten Blick auf Annie, die immer noch keine Miene verzogen hatte, wandte sie ihre Aufmerksamkeit wieder ihrem Teller zu, während Campbell lang und breit darüber schwadronierte, weshalb Neger keine Menschen sein könnten. Schweigend ließen die Frauen das Frühstück über sich ergehen. Erst als er sich satt gegessen hatte, beendete er seine Schimpftirade und stand ohne Gruß vom Tisch auf.

Shelby seufzte erleichtert, als er fort war, und aß in Ruhe ihre Eier auf. Sie wünschte, sie könnte noch mehr davon in ihrem Magen unterbringen. Mittags würde sie bestimmt schon wieder fürchterlichen Hunger haben, aber in diesem Korsett konnte sie einfach nicht mehr essen.

Auch an diesem Vormittag war Shelby wieder mit Mary Beth' Vater in der einspännigen Kutsche unterwegs. Sie fuhren über die Felder hinter dem Haus und überquerten den Drake's Creek an einer nahe gelegenen Furt, statt den ganzen Weg über die Brücke im Norden zurückzulegen. Dieses Mal war das unscheinbare Haus eines Tabakpflanzers ihr Ziel. Es lag an einem See, der so klein war, dass man eher von einem Teich sprechen konnte.

»Der Indian Lake«, flüsterte Shelby. Sie hatte schon davon gehört, ihn aber nie gesehen, da er zu ihrer Zeit bereits seit vierzig Jahren von dem größeren See hinter dem Old Hickory-Damm geschluckt worden war. Im 21. Jahrhundert sollte das Land weiter hügelaufwärts zur teuersten Gegend von Hendersonville avancieren, wo Segel- und Motorboote von beträchtlicher Größe direkt im Garten ihrer Eigner vertäut waren. Doch jetzt waren sowohl das Seeufer als auch der gesamte zukünftige See noch mit Tabakfeldern und dichtem Wald bewachsen, und die nächste Anlegestelle, wo Platz genug für mehr als ein Ruderboot war, lag in Nashville, mehrere Meilen flussabwärts.

Campbell stieg von der Kutsche und ließ sie sitzen, während er sich mit dem Hausherrn unterhielt. Shelby fragte sich, weshalb sie unbedingt hatte mitkommen müssen, wenn sie nur warten sollte. Sie langweilte sich. Schade, dass sie kein Buch mitgenommen hatte, denn es sah so aus, als würde es noch eine Weile dauern.

Bei der geschäftlichen Besprechung der beiden Männer drehte sich alles um Transportmöglichkeiten für den abgeernteten Tabak, da in diesen Wochen offenbar mehr Wagen als sonst benötigt wurden. Wie es Shelby schien, wollten Mary Beth' Vater und sein Freund gemeinsam die abgeernteten Tabakgarben einbringen. Aber je länger sie vom Wagen aus zuhörte, desto klarer wurde ihr, dass der Mann kein ebenbürtiger Plantagenbesitzer, sondern der Aufseher von William Campbell war, dem auch dieses Land und das Haus darauf gehörten.

Irgendwann wurde es Shelby dann doch zu dumm. Sie stieg vom Wagen und ging zu einem Baum neben dem Haus, wo eine grob gezimmerte Holzbank stand. Bestimmt würden Splitter und Sägemehl an ihrem Kleid haften bleiben, aber es gab keinen anderen Platz zum Hinsetzen, ohne sich das Kleid schmutzig zu machen. Holzsplitter waren das kleinere Übel, und so arrangierte sie ihren Reifrock – der dieses Mal nicht so ausladend war –, ließ sich auf der Bank nieder und genoss die kühle Brise. Sie sehnte sich nach ihrem Zuhause, nach ihrer Arbeit und wünschte sich, sich endlich in ihrem neuen Haus einrichten zu können. Das heißt, in Lucas' altem Haus. Das Leben hier machte keinen Spaß, und ihr Interesse daran hatte merklich nachgelassen.

Kein Wunder, dass Shelbys Herz vor Freude hüpfte, als sie auf der Straße eine Gruppe Pferde auf sich zukommen sah. Der Reiter, der die aneinander gebundenen Tiere anführte, war Lucas. Es waren keine Vollblüter wie der Hengst, den er gestern geritten hatte, sondern Arbeitspferde, bestens geeignet zum Ziehen von Wagen. Jetzt wusste sie, wieso sie unbedingt zu dieser Geschäftsbesprechung hatte mitkommen müssen. Sie biss sich auf die Lippe, um ein Schmunzeln zu unterdrücken.

Ihr erster Impuls war, zu Lucas hinüberzulaufen und hallo zu sagen, aber sie blieb sitzen. Zu viel Begeisterung zu zeigen schickte sich vielleicht nicht. Mary Beth' Vater würde ein undamenhaftes Benehmen sicher kritisieren, und Lucas würde sich vielleicht sogar davon abgestoßen fühlen. Außerdem wusste sie nicht, was Mary Beth getan hätte. Wahrscheinlich war es bereits falsch gewesen, ihm gestern diesen Kuss zu gestatten, denn bestimmt würde Mary Beth bald wieder in ihren Körper zurückschlüpfen, und dann würde der nächste Versuch, sie zu küssen, sehr ernüchternd für Lucas enden. Also wartete Shelby, bis der Aufseher die fünf Pferde in Empfang genommen und einem Sklaven übergeben hatte, der sie wegführte. Und dann wartete sie noch eine Weile, während die Männer miteinander sprachen. Sie konnte nicht hören, was sie sagten, aber dem Klang ihrer Stimmen nach zu schließen wechselten sie nichts weiter als belanglose Worte. Ihre Ungeduld wuchs, aber sie rührte sich nicht vom Fleck.

Lucas hatte seine Hände lässig in beide Gesäßtaschen gesteckt, lauschte aber aufmerksam den beiden älteren Männern. Wenn er über einen Witz lachte, strahlte er übers ganze Gesicht, und wenn er sprach, dann mit leiser und zurückhaltender Stimme.

Gott, sieht der Mann gut aus. Shelby war völlig überwältigt, und ein idiotisches Grinsen breitete sich auf ihrem Gesicht aus. Sie riss sich zusammen und zwang sich, den Blick abzuwenden, sonst hätte man ihr am Ende noch angesehen, was in ihr vor sich ging. Langsam wurde sie ungeduldig. Wenn das noch länger dauerte, würde sie einfach hinübergehen und sich in das Gespräch einmischen. Sie konnte nicht untätig hier sitzen bleiben.

Doch bevor es dazu kam, trennte sich Lucas von den anderen beiden und ging auf sie zu. Shelbys Herz fing schneller zu schlagen an, und sie richtete ihren Blick fest auf die Baumkrone über ihrem Kopf. Die Sonne schien warm, und die Herbstblätter leuchteten bunt. Shelby bewunderte sie gerade ausgiebig, als Lucas langsam an ihr vorüberschlenderte. Bei jedem Schritt wirbelten seine Stiefel ein wenig Staub auf.

Stirnrunzelnd sah Shelby ihm nach. Gleich hinter dem Baum, der ihr Schatten spendete, war ein Brunnen, der ihr bisher nicht aufgefallen war, aber dorthin lenkte Lucas seine Schritte und holte Wasser. Er ließ den leeren Eimer hinunter, zog ihn halb gefüllt wieder herauf, nahm seinen Hut ab und bückte sich, um aus der hohlen Hand zu trinken und sich anschließend Gesicht und Hals mit Wasser zu benetzen. Zu guter Letzt schüttelte er den Kopf, fuhr sich mit den Fingern durch sein feuchtes blauschwarzes Haar, setzte den Hut wieder auf und wandte ihr sein Gesicht zu, das – ebenso wie seine Hände – nun frei von Staub und Schweiß war. Sein kragenloses blaues Hemd war verblichen, staubig und voll dunkler Tropfen, aber sein Gesicht glänzte sauber.

»Hallo.«

»Hallo, Lucas.«

Er kam näher und ging vor ihr in die Hocke, die Ellbogen lässig auf den Knien aufgestützt. »Wie ist es Ihnen gestern noch ergangen? Haben Sie Ihren kleinen Schwächeanfall gut überstanden?«

Shelby nickte. Das Leinenkleid, das sie heute trug, saß in der Taille viel lockerer als das elegante Kleid vom Vortag. Und nachdem sie sich die Taschentücher im Mieder gespart hatte, bekam sie auch wesentlich besser Luft. Ihr Korsett war zwar immer noch eng geschnürt, schnitt ihr aber wenigstens nicht das Blut ab. »Wie geht es Ihrem Arm?«, fragte sie zurück.

Lucas verzog die Mundwinkel zu einem Grinsen und streckte ihr den verletzten Arm hin. Beide Ärmel waren heruntergerollt, sodass der Schnitt nicht zu sehen war. »Es tut noch ein bisschen weh, aber es wird schon heilen.« Lucas betrachtete seinen Arm, und in dem Moment sah Shelby den Mann vor sich, den sie vor nicht allzu langer Zeit schlafend in ihrem Bett vorgefunden hatte. Aber jetzt stand er höchst lebendig vor ihr und hatte nicht die geringste Ahnung, dass er in ferner Zukunft als ein von unsäglichem Kummer geplagter, auf ewig ruheloser Geist umherwandern würde. Wie sollte er wissen, dass sein

Werben um Mary ein Fehler war, der ihn seine Seele kosten würde.

Lächelnd blickte er zu ihr hoch, und Shelby glaubte direkt in seine Seele hineinsehen zu können. »Ich wollte Sie fragen« – so wie er herumdruckste, schien es um Leben und Tod zu gehen – »äh … ob Sie mich morgen zu dem Tanzfest begleiten.«

Ein Lächeln huschte über Shelbys Gesicht, ehe sie sich's versah, und sie wollte Lucas schon antworten, dass sie ihn liebend gern begleiten würde, aber dann überlegte sie es sich anders und wandte rasch den Blick ab. Es wäre nicht richtig, ihn zu einer Werbung zu ermutigen, die Mary Beth offensichtlich nicht wollte. Es wäre für beide verhängnisvoll, wenn die Besitzerin dieses Körpers aus der Zukunft zurückkehrte und feststellte, dass auf Lucas' Seite Erwartungen vorlagen, die sie, Mary Beth, nicht geweckt hatte.

Nach kurzem Zögern beeilte Lucas sich hinzuzufügen: »Ich weiß, ich bin spät dran. Ich hätte Sie ja gestern schon gefragt, aber vor lauter Aufregung … nun, Sie wissen schon, habe ich nicht mehr daran gedacht.«

Shelby sah ihn forschend an. Das schelmische Funkeln in seinen Augen sagte ihr, dass er damit den Kuss und nicht die Prügelei meinte. Auf der Suche nach einer eleganten Ausrede ergriff sie den Strohhalm, den er ihr gereicht hatte. »Aber Sie wissen doch sicher schon länger als zwei Tage von dem Tanz.«

»Samuel Clarence hatte mir gesagt, dass er Sie dorthin ausführen wird.«

»Und deswegen haben Sie so leicht das Feld geräumt? Warum?«, fragte sie ungläubig.

Lucas schüttelte den Kopf. »Nein, habe ich nicht. Aber

er hat mir erzählt, Sie hätten seine Einladung bereits angenommen. Erst gestern hat Amos mir gesagt, dass das gelogen war. Und Ihr Vater hat mir ebenfalls zu verstehen gegeben, dass Sie für den Abend noch frei sind. Beide hatten sich schon gewundert, weshalb ich Sie nicht gefragt habe.«

So war das also. Shelby nickte. »Ich verstehe.« Sie blickte auf ihre Hände. »Aber das ist nicht das Prob… das ist nicht der Grund, weshalb …«

Enttäuschung verdüsterte Lucas' Miene, und plötzlich verspürte Shelby das Bedürfnis, ihn zu küssen und ihn wieder aufzuheitern.

»Was ist es dann?«, wollte er wissen.

»Ich …« Ihr fiel einfach keine plausible Antwort ein, die ihn weder verletzt noch ihr eine lange Standpauke von Mary Beth' Vater auf dem Nachhauseweg eingebracht hätte. »Ich … äh …« Verdammt, es gab keinen eleganten Ausweg. Also holte sie tief Luft und sagte: »Äh … ja, Lucas, eigentlich würde ich gern mit Ihnen zum Tanzen gehen.«

Lucas strahlte übers ganze Gesicht und stand auf. »Wie schön.« Unsicher, was er als Nächstes sagen sollte, wiederholte er: »Schön.« Dann trat er ein paar Schritte zurück.

»Sie müssen doch nicht schon gehen?«

Er warf einen sehnsüchtigen Blick auf die Bank und kam wieder einen Schritt näher, aber dann sah er, dass sein Pferd zu einem Trog am Koppelzaun weitergelaufen war. »Ich muss zurück. Amos sieht es nicht gern, wenn ich mich vor der Arbeit drücke, und er hat heute drei Hengstfohlen zu kastrieren.«

»Ihren verletzten Arm könnten Sie nicht als Entschuldigung anführen?«

Lucas lächelte und zuckte mit den Schultern. »Das würde ich gerne, aber Amos wird sagen, dass ich auch nicht mehr bluten würde als die drei Fohlen. Außerdem fängt er erst an, wenn ich zurück bin, und wenn ich nicht nach Hause komme, macht er mir beim Essen schwere Vorhaltungen wegen meiner Faulheit. Und dann muss ich die Arbeit morgen erledigen.«

»Vor dem Tanzfest.«

»Ganz recht.«

Der große Altersunterschied zwischen Lucas und seinem ältesten Bruder – Amos war ungefähr fünfzehn Jahre älter – schien sich innerhalb der Familie nachteilig für ihn auszuwirken. Lucas war und würde immer das Nesthäkchen bleiben. Shelby nickte. »Dann müssen Sie jetzt unbedingt nach Hause. Wir können uns ja morgen weiter unterhalten.«

Lucas nickte und zögerte, als wollte er noch etwas sagen, blieb aber stumm. Doch sein Lächeln war warm und herzlich, als er wieder nickte und zum Gruß an die Hutkrempe tippte. »Bis morgen«, sagte er, dann drehte er sich um, holte sein Pferd und stieg auf. Er wechselte noch ein paar Worte mit Mary Beth' Vater, ehe er antrabte und davonritt.

Morgen hatte sie eine Verabredung mit Lucas. Shelby stellte fest, dass sie sich ungeheuer darauf freute.

8

Als Shelby am nächsten Tag auf Lucas wartete, flatterte ihr Herz wie das eines verliebten Teenagers. Mary Beth' Vater hatte ihr gesagt, dass Lucas sie im Haus der Campbells abholen werde, auch wenn der Rest der Familie ebenfalls zu dem Tanzfest ging und es für ihn einen Umweg bedeutete. Shelby hatte vorgeschlagen, dass man sich doch auf halbem Weg treffen könne, aber das hatte bei allen nur Befremden erregt. Man schien von Lucas zu erwarten, dass er sie zu Hause abholte und zurückbrachte. Jedes andere Benehmen wäre als nachlässig und respektlos erachtet worden.

Als sie das Trappeln von Pferdehufen und das Knirschen von Kies draußen in der Auffahrt hörte, rannte Shelby ans Fenster und sah einen offenen, leichten vierrädrigen Wagen. Lucas hatte sich fein gemacht und trug Gehrock und Hose aus dunkler Wolle, darunter ein Leinenhemd mit hohem, steifem Kragen und einen Hut mit runder Krempe, der neu aussah. Der Wagen selbst war nicht sonderlich elegant, aber er wurde von zwei der schönsten Pferde gezogen, die sie je gesehen hatte. Eines war dunkelrot, das andere braun mit weißer Blesse, und beide waren kraftvoll und wohl genährt, mit seidig glänzendem Fell. Shelby betrachtete sie bewundernd, als sie die Auffahrt hinauftrabten und vor der Veranda zum Stehen kamen. Sie war tatsächlich aufgeregt. So langsam und unbequem die Fahrt in einer von Pferden gezogenen

Kutsche auch sein mochte, die Schönheit und Grazie dieser Geschöpfe hatten doch auch etwas für sich. Wäre sie Mary Beth gewesen, hätte die Aussicht auf ein Leben auf einer Farm mit einer derart hochwertigen Pferdezucht durchaus für Lucas als Verehrer gesprochen.

Aber sie war nun mal nicht Mary Beth. Diese konnte durchaus jeden Tag vor ihr stehen und ihr Leben von ihr zurückfordern. Vielleicht sogar jede Sekunde. Die Vorstellung war zugleich ermutigend und entmutigend. Um diese dummen Gedanken aus ihrem Kopf zu vertreiben, holte Shelby tief Luft, als sie langsam vom Fenster zurücktrat und sich darauf vorbereitete, sich nach unten zu begeben.

»Mary, kommst du?«, rief Susannah aus dem Vorraum. »Lucas ist da!« Tom Donelson war bereits eingetroffen und wartete unten im Wohnzimmer mit den Eltern. Shelby wappnete sich und ging mit Susannah hinunter. Sie lebte erst drei Tage in diesem Jahrhundert, war es aber bereits leid, als die »unscheinbare« Schwester gehandelt zu werden. Hätte sie nur ein Manuskript zu redigieren gehabt, und sie hätte ihrer Umwelt schon gezeigt, dass äußere Schönheit nicht alles war. Sie besaß Talente, über welche die schöne, aber nicht eben intellektuelle Susannah niemals verfügen würde.

Wenigstens bekam sie heute etwas besser Luft. Da die Tanzveranstaltung – so etwas wie ein Barbecue – bereits am späten Nachmittag begann und im Freien stattfand, hatte sie sich für ein eher legeres Kleid aus Mary Beth' Schrank entschieden. Und zwar ohne Reifrock, auch wenn dem ein kleinerer Disput mit der Mutter vorausgegangen war. Dass sie keine Taschentücher in ihr Mieder gestopft hatte, fiel nicht weiter auf, und so war Shelby zuversichtlich, heute nicht aus Sauerstoffmangel in Ohnmacht zu fallen.

Unten in der Halle drängte sich alles im Durchgang zum Wohnzimmer, und das Grüppchen brach bei Susannahs Anblick in begeisterte Rufe aus. Wie hübsch sie doch in ihrem smaragdgrünen Kleid und mit den glänzenden roten Ringellocken aussehe. Geduldig und mit eingefrorenem Lächeln wartete Shelby, bis sich die Aufregung über die rothaarige Prinzessin gelegt hatte. Langsam bekam sie rote Ohren, während sie unverwandt den Kaminsims fixierte.

Aber als sie dann Lucas' Gesicht sah, die tiefe Verehrung, die in seinem Blick lag, da empfand sie eine so große Freude, wie keine Komplimente in ihr hätten wachrufen können. Den Hut mit der einen Hand an die Hosennaht gepresst, griff er mit der anderen nach ihrer Hand, beugte sich darüber und streifte mit den Lippen ihre Knöchel. Shelby war verunsichert, derart im Mittelpunkt zu stehen, und wusste nicht, ob sie diese Formalität als albern oder schmeichelhaft empfinden sollte. Lucas' Hand war rau und kräftig, so wie sie sich damals in ihrem Bett angefühlt hatte, in einer fernen Zukunft. Als er sich wieder aufrichtete, sah er sie eindringlich an und murmelte: »Mir verschlägt es den Atem.«

Shelby wollte schon feixend etwas von Mund-zu-Mund-Beatmung erwidern, aber sie beherrschte sich. Das Kompliment war so bezaubernd gewesen und verdiente keine flapsige Entgegnung, die ohnehin niemand verstanden hätte. Stattdessen lächelte sie und sagte: »Sie sind sehr freundlich, Lucas.«

Die Stimme von Mary Beth' Vater drang dröhnend aus dem Zimmer, als er das Grüppchen zur Tür scheuchte.

»Wenn wir alle fertig sind, dann sollten wir allmählich aufbrechen.«

Shelby konnte ihre Augen nicht von Lucas lassen, bis Annie kam und ihr einen schweren wollenen Umhang umlegte. Dann folgten alle dem Vater hinaus zur Vordertür. Er lenkte die Kutsche der Campbells. Die Mutter saß auf dem Platz neben ihm, und unter dem Sitz waren die mitgebrachten Speisen in Körben verstaut. Susannah fuhr mit Tom in dessen schicker Kutsche, die von zwei prachtvollen Pferden gezogen wurde. Lucas, der mit seinem leichten zweispännigen Wagen die Nachhut bildete, ließ die Zügel schnalzen, und seine Pferde setzten sich in Bewegung. Shelby balancierte vorsichtig auf der harten Sitzbank. Ihr Korsett war immer noch so eng geschnürt, dass ihr nichts anderes übrig blieb, als aufrecht zu sitzen und sich nicht anzulehnen. Sie hielt vorsichtig einen gewissen Abstand zu Lucas, da sie nicht wusste, wie nahe sie ihm kommen durfte, ohne ihn auf dumme Gedanken zu bringen oder seine Gefühle zu verletzen, wenn sie zu weit wegrückte.

Keiner von beiden sagte ein Wort, als sie die Waltons Ferry Road entlang in Richtung des damaligen Zentrums von Hendersonville zuckelten. Aber dieses Schweigen hatte nichts Belastendes an sich. Shelby lauschte dem Knarren der Räder auf der holprigen Straße und dem dumpfen Trappeln der Pferdehufe auf dem staubigen Belag und richtete sich auf eine längere Fahrt ein. Da sie sich mit dem gemächlichen Tempo abgefunden hatte, versuchte sie der Fahrt auch ein paar angenehme Seiten abzugewinnen und wandte ihre Aufmerksamkeit ihrer Umgebung zu. Zu beiden Seiten wogten Tabakfelder, über die eine leichte spätnachmittägliche Brise strich.

Vögel schwirrten hin und her und erfüllten die Luft mit ihrem Gesang. Unter den Bäumen wechselten sich schattige, kühle Inseln mit gleißenden, schräg einfallenden Sonnenstrahlen ab, die Shelbys Rücken wärmten, wenn der Wagen darin eintauchte. Auch Lucas' Arm an ihrer Schulter wärmte sie.

Schließlich fragte er: »Wann werden Ihre Schwester und Tom heiraten?«

»Ich kann es nicht sagen«, antwortete Shelby achselzuckend. »Sie sind verlobt, haben bisher aber noch kein Datum festgesetzt. Ich denke jedoch, bald.« Campbell hatte Recht, wenn er sagte, dass hier Gefahr drohe. Unter vier Augen hatte ihr Susannah zu verstehen gegeben, dass sie gewisse eheliche Genüsse mit ihrem zukünftigen Mann bereits vorweggenommen habe. Und vorhin im Haus war nicht zu übersehen gewesen, welche Spannung zwischen beiden in der Luft lag. Campbell hatte jeden Grund, unglücklich über Susannahs Verhalten zu sein, und selbst ihre Mutter schien ihr Benehmen schon für anstößig zu halten. Shelby hoffte, es möge nicht ganz so auffällig sein, welche Anziehungskraft Lucas auf sie ausübte. Die Menschen in ihrer neuen Umgebung besaßen anscheinend ein untrügliches Gespür für solche Dinge.

Wieder schwiegen sie, bis Shelby mit dem Kopf auf das Gespann deutete und sagte: »Das sind wirklich zwei prächtige Pferde.«

»Danke, das freut mich.«

»Vater sagt, Sie und Ihr Bruder sind die besten Pferdezüchter weit und breit.«

Lucas lachte. »Das hört sich sicher anders an, wenn es darum geht, dass ich ihm ein paar Tiere verkaufen will.«

Shelby lachte ebenfalls. »Aber das ist rein geschäftlich,

da bin ich sicher. Ich habe jedenfalls noch nie so schöne Tiere gesehen. Nicht einmal die zwei von Tom können da mithalten.«

»Richtig. Und dabei hat er die von uns gekauft. Als Rennpferde waren die beiden keinen Pfifferling wert, aber als Paar geben sie ein schönes Bild ab, und deshalb hat Toms Vater sie auch genommen. Es war ihm völlig egal, wie phlegmatisch sie sind, Hauptsache, sie sehen prachtvoll aus. Ich war eigentlich froh, sie los zu sein. Der Vierjährige, den er da hat, ist nämlich gemein und hinterlistig. Sagen Sie es bitte nicht weiter, aber Donelson hat doppelt so viel bezahlt, wie sie eigentlich wert sind.«

»So macht man Geschäfte.«

Lucas nickte und lächelte überrascht. »Sie sind ziemlich klug für ein Mädchen.«

Shelby ignorierte diese Bemerkung und fragte stattdessen: »Gewinnen Sie viele Rennen?«

»Aber das wissen Sie doch. Jeden Monat schlagen wir unsere Konkurrenten in Hartsville haushoch. Daddy hat seine Pferde früher manchmal gegen die von Andrew Jackson antreten lassen. Auch die haben wir geschlagen. Wir schlagen alle.« Der Stolz in Lucas' Stimme war nicht zu überhören, und seine Augen funkelten. Es war klar, dass er seine Pferde über alles liebte. Sehr gut. So hatten sie wenigstens ein Thema, das sie beide interessierte und das Mary Beth nicht in Schwierigkeiten bringen würde.

Shelby stellte weitere Fragen, und Lucas war glücklich, ihr alle möglichen Geschichten erzählen zu können. Er erzählte von Rennen, die nur um Kopflänge gewonnen wurden, von gewonnenen Wetten, die die Farm ein ganzes Jahr finanziell über Wasser hielten, von ihrem guten Ruf als Pferdezüchter, der seit Jahrzehnten Gesprächsthema war, und von Pferden, die so schön und charaktervoll waren, dass es einem die Tränen in die Augen trieb.

Lucas erzählte auch von seinem ersten Pferd, das er mit acht Jahren von seinem Vater bekommen hatte, ein hässlicher alter Ackergaul namens Charlie. »Sie erinnern sich doch an den alten Charlie.«

Natürlich konnte Shelby sich nicht erinnern, aber sie wollte unbedingt die Geschichte hören und erwiderte: »Es ist schon eine Weile her. Frischen Sie meine Erinnerung auf.«

Lucas holte tief Luft und begann über eines seiner Lieblingsthemen zu reden. Er hatte dieses Tier über alles geliebt und ihm schließlich beigebracht, Rennen zu laufen und sogar Hürden zu nehmen wie die Vollblüter. Natürlich bei weitem nicht so gut. Charlie war nie ein schnelles Pferd gewesen, und Springen war auch nicht seine Stärke. Dafür war er Lucas ein besserer Freund gewesen als seine Brüder. Charlie war jetzt bereits über zehn Jahre tot, aber Lucas fehlte er immer noch. Dafür hatte er jetzt seine Hunde, die ebenso loyal waren und noch dazu die besseren Jäger.

Während er erzählte und langsam die Sonne unterging, entspannte Shelby sich immer mehr. Unauffällig rutschte sie näher an Lucas heran und schnupperte. Ein leichter Geruch nach Tabak und Zedernholz entströmte seinem sauberen, offenbar nur selten getragenen Anzug.

Der Wagen kroch im Schneckentempo dahin, aber die Zeit verging wie im Flug, und mit Enttäuschung stellte Shelby fest, dass sie an dem Tanzplatz angekommen waren. Sie hatte jede Orientierung verloren, nahm aber an, dass es sich bei dem Bach, der neben der Straße verlief, um den Drake's Creek handelte. Wahrscheinlich waren sie von der Main Street aus weiter die Shackle Island Road entlanggefahren, das heißt, wenn sie nicht vorher irgendwo unbemerkt abgebogen waren.

Auf der weiten Lichtung wimmelte es bereits von Menschen. Ein großes Lagerfeuer schickte glühende Funken in den klaren Abendhimmel. Hier und da hingen Laternen in den angrenzenden Buchenhainen, und die Tische bogen sich unter einer reichen Auswahl von Speisen. Zwei Männer stimmten ihre Geigen, und ihre Klänge schwebten über der Lichtung und vermengten sich mit den leisen Gesprächen. Daneben stand ein dritter Musikant mit einer Mundharmonika. Überall waren Holzbänke verteilt, und sogar Schaukelstühle und andere Stühle mit hohen Lehnen gab es. Aus allen Richtungen strömten die Menschen herbei. Shelby gewann den Eindruck, dass es sich hier um das größte und exklusivste gesellschaftliche Ereignis des ganzen Jahres handelte. Elegant gekleidete reiche Gäste mischten sich unter die weniger wohlhabenden Schichten in ihrem bescheidenen Sonntagsstaat, und selbst die Lumpen der Ärmsten waren sauber. Jeder brachte etwas zu essen und zu trinken mit, und alle Gesichter strahlten in Erwartung eines fröhlichen Abends.

Es war eine merkwürdige Erfahrung für Shelby, in der Menge bereits hier und da ein Gesicht zu erkennen, obwohl sie doch bisher kaum jemanden in diesem fremden Jahrhundert kennen gelernt hatte. Sie stutzte, als sie auf der anderen Seite der Lichtung Samuel Clarence Daley im Gespräch mit einer Gruppe Männer in groben Latzhosen entdeckte. Er selbst war besser gekleidet. Er trug Hosen aus Wolle und ein Leinenhemd und schien auch sonst nicht zu den Männern zu passen. Trotzdem amüsierte sich das Grüppchen, man lachte und scherzte freundschaftlich, und Samuel stimmte laut in ihr Gelächter ein.

Lucas' Bruder Amos stand neben der Frau, die Shelby das Glas Wasser gegeben hatte. Das musste Ruth sein. Die grauhaarige Frau legte eine unaufdringliche Würde und eine Grazie an den Tag, die sie trotz ihrer nicht länger mädchenhaften Taille wahrscheinlich auch ohne Korsett ausstrahlte. Aus der Art, wie Amos ihre Hand hielt und sich beim Sprechen zu ihr beugte, konnte Shelby schließen, dass die beiden eine Zuneigung verband, die sie nur von lange verheirateten Paaren kannte. Ehepaare wie ihre Eltern, die einander so vertraut waren, dass sich keiner mehr ein Leben ohne den anderen vorstellen konnte. Wenn Ruth ihren Mann ansah, schien sie immer noch den jungen Galan zu sehen, den sie einst geheiratet hatte.

Neben den beiden stand ein Mann, von dem Shelby annahm, dass es sich um Gar handelte. Wenigstens wies er genügend Ähnlichkeit mit Amos und Lucas auf, um ihr Bruder sein zu können. Er hatte das gleiche glatte, schwarze Haar wie die anderen Brosnahans und war so groß wie Amos, aber spindeldürr. Seine Hände waren schmal und weiß, und er strahlte eine Empfindsamkeit aus, die ihn sehr von seinen Brüdern unterschied. Shelbys Vermutung bestätigte sich, als Lucas zu ihm trat und ihn beim Namen nannte.

Die Musik fing zu spielen an und zauberte ein Lächeln auf alle Gesichter. Die Geigen jauchzten, und was den Spielern an Virtuosität fehlte, das machte ihre Begeisterung wieder wett. Shelby klopfte unwillkürlich mit dem Fuß im Takt.

Auch Gars Frau stand in der Nähe. Sie war unschwer an der nörgelnden Art zu erkennen, mit der sie auf ihren

Mann einredete. Die Frau hatte ein rundes, recht hübsches Gesicht, aber wenn sie den Mund aufmachte, wurde rasch deutlich, dass Campbells Meinung von ihr nicht ganz ungerechtfertigt war. Shelby konnte sich des Gedankens nicht erwehren, dass Martha, die in Samt und Seide – statt in Wolle, Leinen und Baumwolle wie alle anderen – gehüllt war, lieber einen wohlhabenden Gentleman aus Nashville als einen Niemand aus Hendersonville geheiratet hätte. In ihrer Unterhaltung erwähnte sie die Stadt bei jeder Gelegenheit. Shelby fragte sich, ob ihr Mann wohl ihre Verachtung für ihn, seine Familie und sein Zuhause spürte oder ob er ahnungslos war. Nein, er wusste es bestimmt. Es war zu offensichtlich. Dennoch reagierte er freundlich, wenn auch kurz, auf Marthas Bemerkungen und zeigte keinem, was er über sie denken mochte. Nach fünf Jahren Ehe und der Aussicht auf weitere lange Jahre hat er wahrscheinlich gelernt, ihre selbstsüchtige Art zu tolerieren, dachte Shelby.

Eine Parade der verschiedensten Gesichter zog an ihr vorbei und verschmolz irgendwann im Lauf des Abends zu einem einzigen. Niemand stellte sich ihr vor, da alle sie für Mary Beth Campbell hielten, die sie bereits als kleines Kind gekannt hatten. Sie erzählten ihr Dinge, die sie eigentlich wissen sollte, und es war die Rede von abwesenden Kindern und Tieren und alten Leuten, deren Namen sie sich nicht merken konnte, da alles viel zu schnell ging. Shelby konnte nur versuchen eine gute Figur zu machen. Als Lucas sie zum Tanzen aufforderte, nahm sie erleichtert an.

Aber ihre Freude war verfrüht. Es war ein Gruppentanz, dessen Schrittfolge sie nicht beherrschte. Dabei standen sich zwei Reihen von Tänzern gegenüber, die im

Takt der Musik klatschten, dann paarweise in die Mitte traten und die Reihe entlangtanzten. Shelby wusste, dass sie alles falsch machen würde, wenn sie an der Reihe wäre. Aber als es dann so weit war und sie den Arm nach Lucas ausstreckte, führte er sie mit starker Hand, und alles lief bestens. Leichtfüßig konnte sie seinen Schritten folgen und prompt auf seine Hilfen reagieren. Als sie am anderen Ende der Reihe ankamen und sich wieder trennen mussten, wollte sie ihn gar nicht mehr loslassen. Dann klatschten alle wieder und drehten sich auf der Stelle, und Lucas strahlte sie fröhlich an. Sie musste lachen und konnte den Blick nicht von seinem gebräunten, lebhaften Gesicht nehmen.

Als es Zeit zum Essen war, stellte Shelby überrascht fest, dass alles köstlich und viel besser als in ihrem eigenen Jahrhundert schmeckte, ganz gleich, was sie auch probierte. Hier gab es keine künstlich schmeckenden Würstchen, keine Tiefkühlpizza, keine Hamburger mit Schmelzkäse, kein Softeis. Hier war alles frisch. Es gab Brathähnchen, Okraschoten, gebratene und in Maismehl gewendete grüne Tomaten, Spanferkel, Schinken mit Bohnen und Mangold, große Fladen Maisbrot, knuspriges helles Brot, Gebäck, Apfelkuchen, Butterkuchen, gedeckten Brombeerkuchen und genügend Bier und Whiskey, um die ganze Lichtung besoffen zu machen. Das Geschirr war bunt zusammengewürfelt aus Steingut, Porzellan, Holz und Zinn, und auch die Löffel und Messer passten nicht zusammen. Shelby stopfte so viel von dem Essen in sich hinein, wie sie in ihrem engen Korsett unterbringen konnte. Am liebsten hätte sie noch mehr gegessen. Sie wusste, dass sie rasch wieder Hunger haben würde. Sie schien hier immer Hunger zu haben.

Als die Musik einsetzte, nahm Lucas sie schwungvoll bei der Hand, um sie erneut auf die Lichtung zu ziehen. Shelby lachte aus vollem Hals. Aber in dem Moment rief einer der beiden Geigenspieler seinen Namen.

»He! Lucas Robert! He, Junge!«

Lucas sah sich um und drückte Shelbys Hand, damit sie stehen blieb. Stolpernd kam sie zum Stehen, kicherte und hängte sich völlig außer Atem an seinen Arm. Der Geiger streckte ihnen die Mundharmonika entgegen.

»Brosnahan! Komm her und spiel! Wir brauchen dich, Junge!«

Mit einem breiten Grinsen drückte Lucas noch einmal Shelbys Hand und versprach ihr, gleich wieder zurückzukommen. Dann fing er im Laufen die Mundharmonika auf, die man ihm zuwarf, und eilte zu den Musikanten. Auf ein Zeichen des Geigers hin stimmten sie alle in eine lebhafte Melodie ein, bei der sich die Spieler gegenseitig anstachelten, immer schneller zu spielen. Alle versuchten sich an Geschwindigkeit zu übertreffen, bis die Melodie in einem lauten Crescendo endete.

Lucas warf den Kopf in den Nacken und stieß einen langen, übermütigen Juchzer aus.

Der Schrei eines Rebellen aus dem Süden.

Eine harte Faust umklammerte Shelbys Herz, und jegliche Freude war mit einem Mal erloschen. Plötzlich fiel ihr wieder ein, dass es Lucas beschieden war, auf dem Schlachtfeld in einem Krieg zu sterben, der den gesamten Süden des Landes verwüsten würde. Alle diese Menschen hier würden auf die schrecklichste Weise davon betroffen sein. Ihr stiegen Tränen in die Augen.

Aber das Lachen von Lucas war einfach zu ansteckend. Seine Wangen glänzten rot vor Whiskey und Freude. Er holte tief Luft, seufzte, führte die Mundharmonika an seine Lippen und warf Shelby einen bedeutsamen Blick zu, ehe er allein wieder zu spielen begann. Die einschmeichelnde, langsame Melodie rief Erinnerungen an Zuhause wach. Aus Lucas' Musik hörte Shelby einen Reichtum an Gefühlen heraus, der ihre Seele tief berührte.

Schließlich stimmten die beiden Geiger mit ein und ergänzten die sanfte Weise der Mundharmonika. Die Musik erfüllte Shelbys Herz, und dann kam das Stück mit einem langsam verklingenden Ton zum Ende.

Das begeisterte Publikum brach in Applaus aus. Lucas sah Shelby lächelnd an, warf die Mundharmonika hoch in die Luft – einer der Geiger würde sie schon auffangen – und griff nach ihrer Hand, um sie mit sich fortzuziehen. Sie kamen an tanzenden Paaren vorbei, manche Leute aßen noch, andere hatten es sich auf Stühlen und Bänken bequem gemacht und unterhielten sich, während die Musik weiterspielte. Sie gingen bis zum Ende der Lichtung, wo das helle Licht der Laternen und des Lagerfeuers dem silbrigen Mondschein wich. Lucas war nicht mehr ganz sicher auf den Beinen. Er hatte einiges von dem schwarz gebrannten Whiskey intus, der in tönernen Krügen die Runde gemacht hatte. Shelby war froh, dass er sie später nicht in einem Auto nach Hause fahren würde.

»Was für eine schöne Nacht«, sagte sie fröstelnd und wünschte, sie hätte ihren Umhang bei der Hand. »Schön, aber kühl.« Der Mond hing bleich und wächsern an einem kalten, wolkenlosen Himmel.

Stumm zog Lucas seinen Gehrock aus und legte ihn um ihre Schultern.

»Werden Sie denn nicht frieren?«

»Nein, ich habe zu viel Alkohol getrunken, um die Kälte zu spüren«, entgegnete Lucas achselzuckend und machte einen kleinen Schritt zur Seite. Dabei stolperte er über einen Stein und musste sich an einem Baum festhalten. »Gefällt es Ihnen?«, fragte er und drückte ihre Hand.

»Ich amüsiere mich prächtig. Mehr als ich je gedacht hätte.«

Kaum merklich runzelte er die Stirn, erwiderte aber nichts, sondern blickte mit einem Seufzer zum Mond hinauf. Schweigend betrachtete Shelby sein Profil. Entweder war er tief in Gedanken versunken, oder der Whiskey machte ihm zu schaffen. Aber dann drehte er sich unvermittelt zu ihr um und beugte sich über sie, um sie zu küssen.

Shelby wusste nicht, was sie zuerst denken sollte. Es war falsch, Lucas in diesem Irrglauben zu lassen. Mary Beth würde zurückkommen und sich in einer Beziehung wiederfinden, die sie nicht wollte und die sie wegen ihrer Schwäche für Amos auch gar nicht anstreben sollte. Gleichzeitig wünschte Shelby sich nichts sehnlicher, als diesen Mann zu küssen, und am liebsten hätte sie Mary Beth' Interessen in dem Moment einfach außer Acht gelassen. Sie war völlig überrumpelt, als Lucas tatsächlich seine Lippen auf ihren Mund presste.

Gegen besseres Wissen erwiderte sie seinen Kuss. Der schwache silberne Schein des Mondes warf einen verführerischen Glanz auf seinen Mund. Dieses Mal war Lucas schon weniger zurückhaltend, und seine Leidenschaft war deutlich spürbar, auch wenn er den Mund geschlossen hielt. Er ließ ziemlich lange seine Lippen auf Shelbys Mund, und sie spürte seinen warmen Atem an ihrer Wange. Als Lucas sich wieder aufrichtete, war ihr so heiß, dass sie seine Jacke nicht mehr benötigte. Lucas blickte ihr einen Moment forschend ins Gesicht, ehe er zu den anderen Gästen hinübersah, die immer noch zu der Musik tanzten.

»Ich denke, Gar wird in absehbarer Zeit nach Nashville ziehen.«

Shelby blinzelte. Was für ein Gedankensprung. Aber da fuhr Lucas bereits fort, und sie musste ihn nicht mehr fragen, was das mit ihr zu tun hatte.

»Martha nörgelt ständig an ihm herum und will, dass er in die Stadt zieht, wo sich die Leute besser kleiden und mehr Geld verdienen. Nicht, dass Gar jemals genug Geld haben wird, um es ihr recht zu machen, aber wahrscheinlich wird er eine Stelle in der Firma ihres Vaters annehmen, sodass er auf jeden Fall mehr haben wird als jetzt.«

»Was macht er jetzt eigentlich?«

Lucas warf ihr einen scharfen Blick zu. Offensichtlich hatte sie etwas gefragt, das Mary Beth von Kindesbeinen an wusste. Trotzdem gab er ihr eine Antwort.

»Er hilft uns bei der Arbeit. Vater wird immer schwächer und schafft es gerade noch, jeden Morgen aus dem Bett zu kommen. Ich fürchte, es dauert nicht mehr lange, bis wir drei die Farm erben werden. Aber wenn Gar uns vorher verlässt, wird er seinen Lebensunterhalt woanders verdienen müssen.« Lucas zögerte, ehe er fortfuhr, als wüsste er, dass er die nächste Bemerkung lieber für sich behalten sollte. »Ich schätze aber, wenn er geht und für immer wegbleibt, erbt er nicht einmal den Anteil an der Farm, der ihm zusteht.«

Das war zwar interessant, aber eigentlich stand Shelby der Sinn nach anderen Dingen. Sie erwiderte nichts, sondern blickte Lucas hoffnungsvoll ins Gesicht, er möge doch endlich den Mund halten und sie noch einmal küssen. Vielleicht brachte sie ihn sogar dazu, dieses Mal seine Lippen zu öffnen.

Aber er redete unbeirrt weiter. »Und dann ist da noch Amos. Er überlegt sich tatsächlich, in den Westen zu ziehen und nach Gold zu schürfen. Wenn er Erfolg hat, will er Ruth nachkommen lassen und sich mit ihr in Nevada oder Kalifornien ansiedeln.«

Shelby suchte Amos in der Menge. Aus der Lektüre von Mary Beth' Tagebuch – und so, wie sie ihn jetzt kennen gelernt hatte – hätte sie niemals geschlossen, dass er unter Midlifecrisis litt. Fragend sah sie Lucas an.

»Vater will ihn nicht gehen lassen. Er hat ihm klar und deutlich zu verstehen gegeben, dass er nicht einmal einen kleinen Teil seiner Farm einem Siedler im Westen überlassen wird. Er findet, dass Amos zu alt ist, um sich auf ein solches Abenteuer einzulassen. Aber Amos scheint das nicht zu bekümmern. Er sagt, er will sich dort drüben lieber was Eigenes schaffen.«

Es war Lucas deutlich anzuhören, dass er auf etwas hinauswollte, aber Shelby wusste nicht, was es war. Langsam wurde sie neugierig und vergaß darüber alles andere.

Lässig lehnte sich Lucas an den Baum. »Ich schätze, dass ich innerhalb eines Jahres die Farm allein bewirtschaften werde«, fuhr er fort, und mit einem Achselzucken fügte er hinzu: »Was soll's, ich mache ja jetzt schon fast alles allein. Daddy hat mich dasselbe wie alle anderen gelehrt. Vielleicht kann ich sogar mehr als meine Brüder. Ich liebe meine Arbeit, sie nicht. Ich würde die Farm gern übernehmen.«

Die unterschwellige Dringlichkeit in seiner Stimme verstärkte sich, und allmählich keimte der erste Verdacht in Shelby, worauf er hinauswollte. Vor allem, als er den nächsten Satz sagte und damit erneut scheinbar das Thema wechselte. Nur jetzt wusste sie es besser.

»Eines Tages will ich mit meinen Rennpferden nach Irland. Die da drüben verstehen was von Pferden wie sonst kein zweites Volk. Wenn ich mir in Irland einen Namen machen kann, bin ich der beste Züchter in diesem Land.« Sein forschender Blick bestätigte ihre Vermutung. Er versuchte, sie mit seinen Plänen für die Zukunft zu beeindrucken. Alles lief auf einen Antrag hinaus.

Jetzt wusste Shelby, dass sie die Notbremse ziehen musste. In Mary Beth' Abwesenheit konnte sie ihm unmöglich Antwort auf seine Frage geben, weder ein Ja noch ein Nein. Das wäre nicht richtig, vor allem, weil sie ihm eine andere Antwort als Mary Beth geben würde. Panik stieg in ihr hoch, und sie wünschte, auf der Stelle nach Hause zurückzukehren, damit Mary Beth wieder ihr eigenes Leben übernehmen könnte. Rasch, noch ehe Lucas dazu kam, seine Frage zu stellen, drückte sie seinen Arm und sagte: »Ich hoffe, Sie werden drüben Erfolg haben. Sie verdienen es.« Schrecklich, ihn so zu betrügen. Sie wusste ja, dass er nicht lange genug leben würde, um mit seinen Pferden nach Irland oder sonst wohin zu gehen. Sie war eine Lügnerin und Betrügerin, und ihr Herz wurde schwer bei der Vorstellung, dass sie so gemein zu ihm war. Er war gut zu ihr gewesen und verdiente eine bessere Behandlung. Aber sie konnte nicht anders, sie musste ihn abblocken.

Er öffnete den Mund, um weiterzureden, doch sie unterbrach ihn erneut. »Lucas, ist es nicht an der Zeit, nach Hause zurückzukehren?«

Er schloss den Mund, und seine Augen wurden ganz schwarz vor Enttäuschung. Seine Lippen bildeten einen dünnen weißen Strich, und er sah sich rasch um, ob irgendjemand mitbekommen hatte, welche Niederlage er eben erlitten hatte.

»So ganz ohne Anstandsdame wird Ihr Vater Sie selbst nach Hause bringen wollen.«

»Fragen Sie ihn. Ich bin sicher, er überlässt Ihnen gern diese Aufgabe. Er vertraut Ihnen.«

Lucas nickte. »In Ordnung«, erwiderte er mit harter, gepresster Stimme.

Shelby stieg zu Lucas auf den Wagen und fuhr mit ihm über die Shackle Island Road nach Hause zurück. Keiner sagte ein Wort, und irgendwann wurde Shelby müde und lehnte sich an Lucas. Sein Körper war warm, und die Nacht wurde von Minute zu Minute kälter. Bald drückte sie ihre Wange an seine Schulter, und schließlich legte er seinen Arm um ihre Schultern. Sie rückte noch ein Stückchen näher und fuhr den Rest des Wegs in der Wärme und Geborgenheit seines Körpers.

Vor dem Haus der Campbells half er ihr vom Wagen und begleitete sie die Stufen zur Eingangstür hinauf. Eine kleine Laterne neben der Tür spendete das einzige Licht auf der Veranda. Shelby sah Lucas an, dass er auf einen Gutenachtkuss hoffte. Unfähig, ihm zu widerstehen, streckte sie den Arm aus und umfasste seinen Hals. Er beugte sich zu ihr.

Es war schön, es machte Spaß mit ihm, aber ihr wollte einfach nicht aus dem Kopf, dass er sie für Mary Beth hielt. Für ihn war das kein Spaß, sondern bitterer Ernst. Ganz gleich, wie er sie auch ansah, ganz egal, wie viele Schmetterlinge er in ihrem Bauch zum Flattern brachte und wie sehr sein strahlendes Lächeln und seine unergründlichen

Augen ihr Herz auch zum Schmelzen bringen mochten – es war Mary Beth, die er in ihr sah, und nicht sie selbst. Sie ließ ihn los und begab sich ins Haus, wo Annie sie erwartete, um ihr beim Zubettgehen zu helfen.

Susannah Campbell heiratete Tom Donelson im Monat darauf. Shelby wusste, dass ihr erstes Kind ein klein wenig verfrüht zur Welt kommen würde. Da es im Umkreis von einem halben Tagesritt keine Methodistenkirche gab, fand die Trauung im Haus der Campbells statt, die der Geistliche aus Nashville vornahm. Der anschließende Hochzeitsempfang im großen Salon war sehr fröhlich, und eine kleine Gruppe Musikanten unterhielt die zahlreichen Gäste, aber Shelby empfand nur eine große Traurigkeit, die alles überschattete. Sie konnte nicht die dem Anlass entsprechende Freude empfinden. Es gab Musik, man tanzte und genoss das köstliche Essen. Alle trugen ihre schönsten Kleider, selbst die Kinder, die lachend Fangen zwischen den voluminösen Röcken der Frauen und den auf Hochglanz polierten Stiefeln der Männer spielten. Jeder, dem Shelbys traurige Augen auffielen, versuchte, sie zum Lachen zu bringen und ihr zu versichern, dass sie auch bald einen Ehemann finden würde. Aber das war es nicht, was ihr zu schaffen machte.

Es war jetzt einen Monat her, seit sie in diesem Jahrhundert gelandet war. Jeden Morgen war sie mit der enttäuschenden Erkenntnis aufgewacht, über Nacht wieder nicht auf wundersame Weise nach Hause transportiert worden zu sein. Jeden Sonntag, wenn Mary Beth' Vater vorbetete und der Familie laut die wöchentliche Predigt aus Nashville vorlas, flehte sie Gott an, sie doch nach Hause zu schicken. Noch nie in ihrem Leben hatte sie so inbrünstig gebetet. Sie fragte sich, was in ihrer Abwesenheit aus ihrem eigenen Leben wurde. Oder um genauer zu sein, sie fragte sich, was aus ihrem Leben werden würde, wenn ihr Körper – der immerhin eineinhalb Jahrhunderte von ihr entfernt war – weiterhin unbewohnt blieb. Würde sie bei ihrer Rückkehr in ihren Körper noch dasselbe Alter haben? Was, wenn sie Jahre hier verbringen musste? Was würde für sie von ihrem Leben noch übrig bleiben, wenn sie zu einem späteren Zeitpunkt als dem ihres Weggangs zurückkehrte? Und wenn das tatsächlich so wäre, zu welchem Zeitpunkt in der Zukunft würde sie zurückkehren?

Von der anderen Seite des Zimmers aus beobachtete Shelby, wie Mary Beth' strahlende Schwester an Toms Arm mit ihren Gästen plauderte, umgeben von Gratulanten. Susannahs Zukunft lag wie ein offenes Buch vor ihr – der gut aussehende, reiche Ehemann, die baldige Mutterschaft. Shelbys Zukunft hingegen war so unsicher, dass sie sich an Möbeln und Wänden festhalten musste, nur um irgendwo Festigkeit und Halt zu spüren.

Die Gäste lachten und unterhielten sich laut über die Musik hinweg. Immer mehr Leute strömten in den Salon, ein Wirbelwind aus bunten Farben von beinahe hysterischer Fröhlichkeit.

Shelby musste hier raus. Brust und Taille wurden immer enger, und auch ihre Kehle war wie zugeschnürt. Das Wohnzimmer war der einzige Zufluchtsort, der sich ihr bot. Es war weit genug weg von dem Trubel, aber doch so nah, dass sich niemand über ihren Rückzug wundern würde. Mit einem Glas Punsch in der Hand ließ sie sich vorsichtig auf einer Fußbank nieder und breitete ihre drei weiten Unterröcke samt Reifrock um sich aus. Sie wagte kaum zu atmen, so sehr drückte sie das Korsett zusammen, damit sie überhaupt in dieses elegante Kleid mit der lächerlich schmalen Taille gepasst hatte. Wie sehnte sie sich nach einer anständigen Jeans.

Nach einer Weile hatte sie sich so weit beruhigt, dass sie überlegte, wieder aufzustehen. Sie machte sich gerade daran, ihre Röcke zu raffen, hielt aber in der Bewegung inne, als sie Lucas in der Tür auftauchen sah. Er hatte ein ähnliches Glas wie sie in der Hand, das aber bestimmt keinen Punsch, sondern einen großzügigen Schuss von des Vaters gutem Bourbon enthielt. Shelby hatte Lucas seit dem Tanzabend im vergangenen Monat nicht mehr gesehen. Sein Haar war dem Anlass entsprechend sorgfältig zurückgekämmt und mit Brillantine an den Kopf geklatscht. Trotzdem hatte sich eine vorwitzige Strähne gelöst und fiel ihm in die Stirn. Er wirkte wie ein Mann, der, vom Whiskey sichtlich entspannt, jeden Moment den obersten Knopf seines Kragens aufknöpfen und seine Krawatte lockern würde. »Was machen Sie denn hier? Fühlen Sie sich nicht wohl?«, fragte er.

Shelby straffte den Rücken, doch die Mühe hätte sie sich sparen können, da ihr höllisches Stützkorsett ohnehin keinerlei schlechte Haltung gestattete. Aber sie schaffte es, ihr Kinn zu recken. »Danke, mir geht es gut.«

»Aha.« Mit einem Schritt war er im Zimmer. »War jemand unfreundlich zu Ihnen?«

»Nein, alle waren nett zu mir. Und außerdem freue ich mich für meine Schwester.« Was absolut der Wahrheit entsprach. Shelby freute sich, dass Susannah und Tom so unsterblich ineinander verliebt waren und so gut zusammenpassten. »Sie verdient alles Glück dieser Welt.«

»Warum dann so traurig?«

Die Wahrheit konnte sie ihm nicht sagen. Also zermarterte sie sich das Gehirn nach einer Notlüge und antwortete schließlich: »Weil Susannah mir fehlen wird. Sie ist meine einzige Schwester, wir sind zusammen aufgewachsen, und ab morgen werde ich sie schrecklich vermissen.«

Lucas' Augen verdüsterten sich. Er ließ die Schultern hängen und trank einen Schluck Whiskey. Er war sichtlich enttäuscht von Shelbys Antwort. Wahrscheinlich hatte er auf einen Anlass gehofft, endlich seinen Antrag loszuwerden. »Nun, dann hoffe ich, dass Sie immer einen Freund in mir sehen werden, wenn Ihnen einmal nach Gesellschaft zumute sein sollte. Ich werde Ihnen jederzeit mein Ohr leihen.«

Shelby nickte, forderte ihn aber nicht auf, sich zu ihr zu setzen. Er wartete, doch sie ließ ihn stehen. Schweigend kippte er den restlichen Whiskey hinunter und trat zur Tür. Dann war er fort.

Plötzlich schlug die Einsamkeit wie eine Woge über Shelby zusammen, und sie brach in Tränen aus. Ihr Gesicht in den Händen verbergend, weinte sie leise. Ihre Schultern bebten, und Tränen quollen zwischen ihren Fingern hervor. Nach Hause, bitte, lieber Gott, schick mich nach Hause.

9

Nachdem Susannah das Haus der Campbells verlassen hatte, gab es noch weniger für Shelby zu tun. Mary Beth' Mutter beaufsichtigte die Dienstboten und der Vater alle anderen auf der Plantage, sodass Shelby sich viel allein überlassen war und alle Zeit der Welt hatte, endlich Nähen zu lernen. Mit ein bisschen Routine war es auch gar nicht so schwer, die Stickerei zu bewältigen. Auf irgendwelchen Stofffetzen stickte sie die Blüten so lange nach, bis sie sogar ein gewisses Geschick dafür entwickelte. Sobald sie das Nähen einigermaßen sicher beherrschte, sperrte sie sich in ihrem Zimmer ein und fing an, all die entzückenden Kleider aus ihrem Schrank zu zerlegen. Sorgfältig trennte sie mit der winzigen Schwanenhalsschere die Nähte auf, ließ jedes Kleid in der Taille ein Stück heraus – gerade so viel, dass sie genügend Luft bekam – und nähte alles mit der Hand wieder zusammen. So dünn, wie sie in diesen Tagen war, musste sie nicht viel herauslassen, nur wenige Zentimeter an jeder Naht, die sie dann so sorgfältig wie möglich wieder schloss. Schärpen und Schleifen verdeckten gnädig ihre Sünden – die Mutter wäre garantiert wütend auf sie gewesen, wäre sie ihr auf die Schliche gekommen –, und die Tage dehnten sich endlos, sodass sie sich genügend Zeit lassen konnte.

Ihre neue sitzende Lebensweise war so gar nicht nach Shelbys Geschmack, und dass man sie behandelte, wie man Mädchen damals eben behandelte – nämlich so, als wäre sie dumm oder zerbrechlich –, gefiel ihr auch nicht. In den ersten Novemberwochen war das Wetter trocken und kühl, aber nicht zu stürmisch, und so ging sie täglich in der Nähe des Hauses spazieren. Eigentlich wäre sie lieber gejoggt, aber Laufen war in diesen Kleidern nicht möglich. Und den Schweiß wäre sie den ganzen Tag auch nicht mehr losgeworden. Also marschierte sie, bis ihr die Füße wehtaten.

Auf einem ihrer Spaziergänge kam es zu einer überraschenden Begegnung mit einem Reiter im Wald. Samuel Clarence Daley kam ihr entgegen und versperrte ihr mit seinem Pferd den Weg.

»Hallo, Samuel.« Shelby blieb stehen und wich nicht zur Seite. Herausfordernd sah sie ihn an.

Er lüftete seinen Hut. »Guten Tag, Mary Beth.«

Ohne Lucas in der Nähe machte er einen völlig anderen Eindruck auf sie. Er hatte ein angenehmes Lächeln, und seine Augen blickten freundlich und nicht zornig. Zu Shelbys Überraschung sah er eigentlich recht gut aus. Aber dann fiel ihr wieder ein, wie er Lucas mit seinem Messer zugerichtet und wie er ihn angelogen hatte. »Das war aber nicht nett von Ihnen, Lucas so anzulügen.«

Seine Augen verengten sich, und seine Gelassenheit schwand. »Wie meinen Sie das?«

»Ihm zu sagen, ich hätte zugestimmt, Sie zum Erntetanz zu begleiten. Das war ziemlich niederträchtig.«

»Ich hatte den Eindruck, wir wären uns einig.«

Shelby hob die Augenbrauen. Hatten Mary Beth und Samuel etwa eine heimliche Liebschaft? »Ich fürchte, ich kann mich an dieses Gespräch nicht mehr erinnern«, sagte sie vage.

Samuel rutschte unruhig in seinem Sattel hin und her

und blickte ein wenig ratlos in die Bäume. Shelby schloss daraus, dass ihre Zustimmung eher Wunschdenken gewesen war. »Nun, wir haben nicht ausdrücklich über diesen Tanz gesprochen«, erwiderte er schließlich.

»Sie haben mich gefragt, ob Sie mich irgendwann einmal einladen dürften, und ich habe geantwortet, ich würde es mir überlegen, habe ich Recht?«, fragte sie.

»Also erinnern Sie sich doch. Und erinnern Sie sich auch, dass der Anstoß dazu von Ihnen ausging?«

Seine Antwort verwirrte sie zunächst, aber dann musste sie schmunzeln. Der arme Samuel schien keine Ahnung zu haben, wie man sich mit einem Mädchen verabredete. Offensichtlich hatte er bloße Freundlichkeit bereits mit Zuneigung verwechselt. »Ich kann ja wohl schlecht eine Einladung angenommen haben, Samuel, wenn Sie mich nicht gefragt haben.«

Jetzt blinzelte er verwirrt. »Aber ich habe doch gefragt. Sie haben abgelehnt.«

»Ich …« Nun wusste Shelby wirklich nicht mehr, was sie darauf erwidern sollte, denn das alles ergab überhaupt keinen Sinn. Einen Moment lang überlegte sie fieberhaft, was wohl vorgefallen sein konnte, dann reckte sie das Kinn und erklärte: »Sie hätten Lucas erst sagen dürfen, Sie würden mich begleiten, *nachdem* Sie mich gefragt haben. Ich wäre beinahe ohne Begleiter geblieben, und das wäre sehr ärgerlich gewesen.«

»Sie haben also in der Hoffnung abgelehnt, er würde Sie fragen?«

»Ja.« Nein. Shelby schloss die Augen und verfluchte ihre schnelle Zunge. »Ich meine, mein Vater wollte, dass er mich begleitet.«

Samuel lief rot an und wusste nicht, wo er hinschauen

sollte. Leise sagte er: »Genau. Und deswegen dachte ich, wir wären uns einig, dass Sie sich nicht um die Absichten Ihres Vaters scheren und lieber mit mir dorthin gehen.«

Fast hätte sie lachen müssen, hätte er nicht gar so jämmerlich ausgesehen. Stattdessen wagte sie eine Frage. »Samuel, weshalb sind Sie so wütend auf Lucas? Ich dachte, Sie seien gute Freunde.«

Jetzt sah er sie an, und sein Blick wurde hart. »In der letzten Zeit hat sich Lucas Robert nicht wie ein Freund verhalten.«

»Was hat er Ihnen denn angetan?«

»Das ist meine Privatangelegenheit«, antwortete er achselzuckend. »Ein Mädchen kann das nicht verstehen.«

O Mann. Schon in ihrer Zeit hatte Shelby es nicht ausstehen können, jedes Mal diese Ausrede zu hören zu bekommen, wenn ein Mann nicht persönlich werden wollte. Es war nicht schwer zu erraten, dass Samuel wütend auf Lucas war, weil er das Feld nicht für ihn geräumt hatte. Vielleicht war er es allmählich leid, in ihrer Freundschaft immer die zweite Geige zu spielen. »Es ist nicht gut für Sie beide, wenn Sie streiten«, bemerkte sie. »Sie sollten das Kriegsbeil lieber begraben.«

»Oh, das werde ich, keine Angst.« Das hörte sich nach einer Drohung an, und Shelby lief es kalt über den Rücken. Aber als wäre nichts gewesen, fuhr Samuel mit heiterer Stimme fort: »Gestatten Sie mir, Mary Beth, dass ich Ihnen dennoch hin und wieder meine Aufwartung mache?«

Shelby musste nicht lange überlegen, wie ihre Antwort zu lauten hatte. »Nein, so Leid es mir tut, nein.« Mary Beth' Vater hatte deutlich zu verstehen gegeben, was er von Samuel Clarence hielt und welche Gefühle Mary Beth für ihn hegte. Keiner aus der Familie mochte ihn besonders, und Shelby hatte keinen Grund, dieser Einschätzung nicht zuzustimmen. Die Campbells sahen es nicht gerne, also würde sie sich auf keinen Fall von Daley den Hof machen lassen. »Es tut mir wirklich Leid, Samuel, Ihre Freundschaft nehme ich gerne an, aber als Verehrer …«

Blanke Wut trat in seine Augen, und er starrte böse auf den Hals seines Pferdes. »Ich verstehe. Lucas Robert hat mich offensichtlich bereits ausgestochen.«

Sie seufzte. »Niemand hat irgendjemanden ausgestochen, Samuel. Ich hege nun mal keine romantischen Gefühle für Sie. Aber ich bin sicher, dass viele Mädchen hier in der Gegend anders für Sie empfinden.« Wie sie ihn einschätzte, war er ein gern gesehener Gast in den Bordellen von Nashville.

»Ziemlich hochnäsig für ein Mädchen, das keine Schönheit ist«, entgegnete er und sah sie von oben herab an.

»Wie bitte?«

»Ich meine, mögliche Verehrer so vor den Kopf zu stoßen. Sie sind nicht Ihre Schwester.«

Jetzt war Shelby an der Reihe, den Blick abzuwenden. Sie biss sich auf die Lippe, um ihrem Ärger keine Luft zu machen und etwas Hässliches zu sagen, das sie später bereuen würde.

Samuel zerrte an den Zügeln seines Pferdes und ließ es langsam zurücksetzen. »Hüten Sie sich davor, Lucas Robert zu vertrauen. Er wird Sie verraten, wie er mich verraten hat. Und wenn es so weit ist, werden Sie sich wünschen, ich würde Sie noch wollen.« Mit diesen Worten gab er seinem Pferd die Sporen und verschwand im Galopp zwischen den Bäumen.

Shelby blickte ihm verblüfft hinterher. »Aha.«

An diesem Abend war Shelby beim Essen nicht in der Stimmung für Campbells Schimpftiraden über diese wahnsinnigen, aufwieglerischen, wichtigtuerischen Befürworter der Sklavenbefreiung. Der Monolog zog sich endlos hin, und sie hörte nur mit halbem Ohr zu. Sie hoffte, ihre Hast, das Essen hinter sich zu bringen und sich dann zu entschuldigen und für den Rest des Abends allein auf ihr Zimmer zurückzuziehen, würde den anderen nicht auffallen. Sie konzentrierte sich darauf, ihr Fleisch zu schneiden. Mittlerweile aß sie auch den Fettrand mit, da sie bemerkt hatte, dass sie sonst noch dünner wurde. Aber plötzlich war der Hass, der aus den Worten von Mary Beth' Vater sprach, zu viel für sie und brachte das Fass zum Überlaufen.

Shelby wusste, dass es ihr Ärger einbringen würde, aber sie konnte nicht anders. »Ich halte es für falsch, Menschen zu besitzen«, platzte sie heraus.

Campbell blickte nicht einmal von seinem Teller auf, sondern schnitt weiter sein Fleisch. »Du weißt sehr wohl, dass Sklaven keine Menschen sind.«

Jetzt gab es kein Halten mehr. Mit einem raschen Blick auf ihn entgegnete Shelby: »Das weiß ich nicht. Ich weiß nur, dass ich an der Menschlichkeit von Sklavenhaltern zweifle.«

Jetzt schaute er auf. »Mary Beth, ich erwarte von dir, dass du deinen Eltern in diesem Haus Respekt entgegenbringst.«

»Ich kann beweisen, dass Schwarze Menschen sind.«

Langsam ließ Campbell sein Besteck sinken. Mary Beth' Mutter war wie erstarrt und wagte sich nicht zu bewegen. »Ja? Kannst du das?«, entgegnete er. »Dann lass uns doch bitte an deinem Wissen teilhaben.« Seine Stimme troff vor Ironie, aber man hörte unterschwellig die ängstliche Ungeduld eines Mannes heraus, der sich nicht sicher war, dass man ihn nicht eines Irrtums überführen könnte.

Shelby nahm den Blick nicht vom Teller, als sie mit gelassener Stimme sagte: »Du weißt, was ein Mulatte ist.«

Er nickte. »Halb schwarz, halb weiß.«

»Und ein Viertelneger ist zu einem Viertel schwarz und ein Achtelneger zu einem Achtel.«

»Na und? Schwarze und Weiße können Kinder zeugen«, erwiderte er achselzuckend. »Das heißt noch lange nichts. Pferde und Esel zeugen auch Maultiere.«

»Richtig, aber Maultiere haben keinen Nachwuchs. Es gibt keine Viertelesel, da Hybride sich nicht fortpflanzen können.«

Campbell runzelte verwirrt die Stirn. Sein Ärger wuchs. »He… was?«

»Die Nachkommen zweier verschiedener Rassen können keinen Nachwuchs produzieren. Wenn die Schwarzen einer anderen Rasse als wir angehören würden, gäbe es folglich keine Viertelneger, geschweige denn Achtelneger.«

»Das bedeutet noch lange nichts. Menschen sind keine Tiere.«

»Du widersprichst dir selbst.« Mit diesen Worten wandte Shelby ihre Aufmerksamkeit wieder ihrem Fleisch zu und sah deshalb den Schlag nicht kommen. Das Zimmer um sie herum explodierte in einem Kaleidoskop aus funkelnden Sternen. Plötzlich hing sie über der Stuhllehne und starrte auf den Boden. Einen Moment lang war sie zu nichts anderem fähig, als mit dümmlichem Grinsen das verschlungene Muster des farbenfrohen Orientteppichs unter dem Tisch zu bewundern. Dann aber riss sie sich zusammen und richtete sich vorsichtig wieder auf. Im ersten Augenblick wusste sie nicht einmal, ob sie richtig herum auf dem Stuhl saß.

»Mary Beth!« Endlich meldete sich auch die Mutter mit bebender Stimme und vor Entsetzen weit aufgerissenen Augen zu Wort.

Ein scharfer Schmerz durchzuckte Shelbys Kinn und raste hinauf bis zu ihrer Schläfe. Sie betastete ihr Kinn und bewegte es hin und her, um sicherzugehen, dass es nicht gebrochen war. Dann warf sie Campbell einen bösen Blick zu. »Du hast mich geschlagen!« Noch nie in ihrem Leben hatte sie jemand geschlagen oder ihr Ähnliches angedroht. William Campbell hatte ihr gerade eben mit der geschlossenen Faust einen Kinnhaken versetzt.

Er blickte stumm auf seinen Teller.

»Mary Beth«, wiederholte die Mutter, »wag ja nicht, jemals wieder so mit deinem Vater zu reden! Mein Gott, was ist nur in dich gefahren, Kind?«

»Er hat mich geschlagen!« Mit weit aufgerissenen Augen, eine Hand am Gesicht, sah sie Mary Beth' Mutter an, ebenso entsetzt wie sie.

»Und er wird dich wieder schlagen, wenn du dich nicht zu benehmen weißt. Im Ernst, Mary Beth, ich weiß mir einfach nicht mehr mit dir zu helfen«, entgegnete sie und aß dann weiter. Shelby starrte ungläubig auf diese beiden Menschen, die offensichtlich nichts dabei fanden, Gewalt anzuwenden.

Sie stocherte mit Tränen in den Augen lustlos an dem Stück Fleisch auf ihrem Teller herum. Ihr Magen war wie zugeschnürt. Heute Abend würde sie nichts mehr hinunterbringen. Sie schob das Fleisch auf dem Teller hin und her und tat so, als würde sie essen.

Da ging Campbell ohne jede Vorwarnung von neuem auf sie los. Er machte nicht einmal einen Hehl daraus, dass er aus reiner Wut auf sie so boshaft zu ihr war und sich anschickte, ihr auch noch die letzte Freiheit zu beschneiden, die ihr geblieben war. »Mary Beth, ich habe gehört, dass du jeden Morgen allein spazieren gehst«, begann er drohend.

Shelby unterdrückte ein Stöhnen und starrte auf ihren Teller. »Ja.« Sie fragte sich, ob sie diese Indiskretion Samuel Daley zu verdanken hatte. So unauffällig wie möglich stützte sie sich auf der Armlehne ab und rutschte ein Stück von Campbell weg.

»Ich stelle mir nun die Frage, wo deine Ausflüge dich wohl hinführen.« Sein Ton schien ihr zu unterstellen, dass sie sich dabei wahllos mit jedem einließ, der ihr über den Weg lief. Es würde nichts nützen, ihn vom Gegenteil überzeugen zu wollen, denn er hatte generell Recht – auch wenn er im Unrecht war. Und außerdem wusste sie nicht, ob sie sich damit nicht einen weiteren Fausthieb einhandelte.

Also ignorierte sie seinen Ton und erwiderte in aller Unschuld: »Ich gehe den Weg hinunter bis zum Bach und dann weiter bis zur Fähre.«

Campbell blinzelte überrascht und legte sein Besteck auf den Teller. Es kostete Shelby große Überwindung, nicht sofort aufzuspringen.

»Du läufst den ganzen Weg bis zur Fähre hinunter?«

Mit gesenktem Kopf antwortete sie: »Nein, nicht ganz so weit. Wenn ich zu der Stelle am Waldrand komme, wo Carmichaels Felder losgehen, kehre ich um.«

Mary Beth' Vater griff zu seinem Messer, schnitt ein Stück Fleisch ab, steckte einen Bissen in den Mund, kaute eine Weile und sagte dann: »Ich will nicht, dass du allein herumläufst.«

»Vater!«

»Es hat keinen Sinn, mit mir zu streiten. Du gehst nur noch in Begleitung aus dem Haus, und damit hat sich der Fall.«

Es gab niemanden, der sie hätte begleiten können, denn mittlerweile waren sie nur noch zu dritt im Haus. Sie konnte zwar einen von den Sklaven mitnehmen, aber sie kommandierte sie nur ungern unnötig herum. Wenn sie zu lange von ihrer regulären Arbeit fernblieben, wenn etwas zu lange dauerte oder überhaupt nicht erledigt wurde, dann drohte ihnen vom Aufseher Strafe. »Vater, ich bin durchaus fähig, auf mich allein aufzupassen.«

»Dazu bist du ganz und gar nicht fähig, mein Kind. Nicht in einer Welt, in der Männer es schamlos ausnützen, wenn eine junge Frau sich irgendwo allein aufhält, wo sie nichts zu suchen hat.«

»William ...« Mary Beth' Mutter sandte ihm einen missbilligenden Blick zu. Wie konnte er nur so ungeniert sprechen.

Er runzelte die Stirn, fuhr aber fort: »Und außerdem möchte ich nicht, dass sich die Leute das Maul zerreißen, meine Tochter würde allein über die Felder laufen. Gott weiß, was für Gerüchte in die Welt gesetzt werden, falls dich jemand dabei sieht.«

Langsam stieg Wut in Shelby hoch, und sie bekam ganz heiße Ohren. »Mein Ruf ist untadelig, Vater ...«

»Und das wird er auch bleiben, solange ich hier noch etwas zu sagen habe.«

»Aber ...«

»Kein Aber, Mary Elizabeth. Ich habe meine Meinung

gesagt, und damit hat es sich.« Campbell wandte seine Aufmerksamkeit wieder seiner Mahlzeit zu, und damit war das Thema erledigt.

Shelby stocherte auf ihrem Teller herum und wünschte, es gäbe eine Möglichkeit, von hier wegzukommen. Irgendeine Möglichkeit.

Am nächsten Tag schlüpfte Shelby nach einer vor Wut fast schlaflosen Nacht in ein hübsches warmes Wollkleid ohne Reifrock, zog ihren schweren Umhang an und machte sich über die Walton's Ferry Road auf den Weg zu der Kreuzung in Hendersonville. Sie wählte mit Absicht einen Weg, auf dem jeder sie sehen konnte. Sie hatte etwas Geld bei sich, das sie in Mary Beth' kleiner Schmuckschatulle gefunden hatte, und wollte sich damit im Kurzwarenladen etwas kaufen. Ganz egal was, aber sie würde zu Fuß in den Ort gehen, und wenn Campbell sich darüber schwarz ärgerte.

Obwohl es beißend kalt war, entpuppte sich der Weg als viel kürzer und wesentlich angenehmer, als sie erwartet hatte. Mit der Kutsche war ihr die Strecke unerträglich lang erschienen, aber zu Fuß erwies es sich als wohltuender Spaziergang. Der Tag war noch jung, als sie sich bereits der kleinen Gruppe Häuser auf der Main Street näherte.

Mehrere Männer waren damit beschäftigt, Heuballen aus der Scheune herauszutragen und auf einen Wagen daneben zu werfen. Vor dem Kurzwarenladen waren zwei Pferde angebunden, und Shelby streichelte die Stute, als sie auf dem hölzernen Gehweg an ihnen vorbeikam. Erst in dem Moment erkannte sie den dunklen Rotschimmel der Brosnahans. Ihr Herz fing an zu klopfen, als sie die Ladentür öffnete. Drinnen roch es nach Seife und nassem Holz. Jemand hatte erst vor kurzem die Böden geschrubbt.

Der untersetzte Ladenbesitzer war so gotterbärmlich dürr, dass er einem fast Leid tat. Sein knochiger Adamsapfel ragte wie ein zweites Kinn aus seinem Hals hervor und wurde nur noch von seiner langen, spitzen Nase übertroffen. Er bediente gerade zwei Kunden, als Shelby hereinkam. Sie lächelte, als sie sah, dass es sich um Lucas und Amos handelte. Sie trugen schwere Latzhosen und Wollhemden, und ihre langen Ledermäntel fielen fast bis auf die Absätze ihrer Stiefel.

Bei ihrem Anblick leuchteten Lucas' Augen freudig auf, und ein Lächeln trat auf sein Gesicht. Er vermochte seine Gefühle wirklich nur schlecht zu verbergen. Shelby konnte sich ihr Begrüßungslächeln gerade noch verkneifen. Sie durfte ihn um seinetwillen – und auch um Mary Beth' willen – ja nicht ermuntern. Enttäuscht wandte er seine Aufmerksamkeit rasch wieder den Bleikugeln zu, die er auf dem Ladentisch in einen kleinen Lederbeutel füllte. Daneben lagen noch weitere Einkäufe, die Amos gerade in zwei Satteltaschen packte. Ein großes Küchenmesser, eine Axtklinge, ein Seil und ein in Zeitungspapier eingeschlagenes Bündel füllten die Taschen.

»Hallo, Mary Beth«, sagte Lucas, ohne sie anzusehen.

»Hallo«, erwiderte Shelby seinen Gruß. Mit der Zeit fiel es ihr immer leichter, auf diesen fremden Namen zu reagieren, aber sie bezweifelte, dass sie ihn jemals als ihren eigenen betrachten würde. Sie blieb stehen, wo sie war, und wartete darauf, bedient zu werden.

Amos drehte sich zu ihr um, als er alles in die Satteltaschen gepackt hatte. »Guten Morgen, Miss Campbell«, sagte er.

Überrascht über diese direkte Anrede hob Shelby den Kopf. Für sie war Amos ein Unbekannter, aber Mary kannte ihn gut, was sie nicht vergessen durfte. »Hallo, Mr. Brosnahan.« Und an beide Brüder gerichtet, aber mit einem raschen Seitenblick auf Lucas, fragte sie: »Wie geht es Ihrem Vater?« Es folgte eine kurze Pause, während sie auf eine Antwort wartete.

Lucas, dem ihr Blick nicht entgangen war, drehte sich lächelnd zu ihr um. »Er kommt zurecht, vielen Dank. Er kann zwar nicht mehr so gut die Treppen hochsteigen, und deswegen schläft er jetzt auch unten am Kamin, aber er ist immer noch ein Morgenmuffel und schikaniert uns beim Frühstück.«

Daraufhin musste Amos lachen, und Shelby nickte, als wüsste sie genau, was Lucas damit gemeint hatte. Als sie ihre Einkäufe verstaut hatten, traten die beiden Männer beiseite und lüfteten zum Abschied ihre Hüte. Shelby nickte Amos zu und konnte sich jetzt doch ein Lächeln nicht verkneifen, als sie Lucas grinsen sah. Kurz umwehte sie sein Tabakgeruch, und dann schritten die Brosnahans mit knarrenden Stiefeln und unter Sporengeklirr aus dem Laden.

Shelby wandte sich mit einem Seufzer dem Ladenbesitzer zu und überlegte, was sie kaufen sollte.

Wenige Minuten später war sie schon wieder auf dem Nachhauseweg, mit ein paar Metern Kattun, einem passenden Band und einer kleinen Flasche Holzgeist unterm Arm. Die Auswahl war nicht sehr groß gewesen, aber mit dem Stoff hätte sie die nächsten paar Tage wieder etwas zu tun. Sie könnte eine Bluse daraus nähen. Mary Beth' Mutter würde der billige Stoff zwar nicht gefallen, aber der alten Fledermaus konnte man ohnehin nie etwas recht machen. Mary Beth mochte empfänglich für ihr Grollen und Nörgeln sein, aber Shelby ließ sich nur wenig davon beeindrucken. Der Holzgeist war als Deodorant gedacht, da sie es allmählich Leid war, dass ihre Kleider immer noch muffelten, obwohl sie sich jeden Morgen an ihrem Frisiertisch wusch. Doch noch mehr hasste sie die Vorstellung, sie könnte sich eines Tages an den Geruch gewöhnen. Ein Tupfer Alkohol am Morgen würde das Problem zumindest mildern. Beschwingt machte Shelby sich auf den Rückweg.

Sie war noch nicht weit gekommen, als sie Hufgetrappel hinter sich hörte und auf den grasbewachsenen Streifen unter den Bäumen trat, um den Reiter vorbeizulassen. Aber er überholte sie nicht. Stattdessen schloss das Pferd zu ihr auf.

»Mary Beth.« Es war Lucas auf seiner roten Stute.

Shelby drehte sich um und presste das Päckchen unter ihrem Umhang an ihre Brust. Der Schoß von Lucas' Mantel flatterte in dem kalten Wind, der offenbar aufgefrischt hatte, während sie in dem Laden gewesen war. Sein Pferd tänzelte nervös. Die Stute schüttelte den Kopf, dass ihre Mähne nur so flog. Ihr gefiel das Wetter offensichtlich nicht.

»Mary Beth, was machen Sie hier so ganz alleine?« Lucas' rechter Daumen trommelte unruhig gegen sein Hosenbein.

»Ich gehe spazieren.« Sein Ton gefiel ihr nicht, aber langsam dämmerte ihr, dass sie in diesem Jahrhundert von keinem Mann eine andere Reaktion zu erwarten haben würde. Es war der Tonfall aller Männer, wenn sie nicht gerade mit einem anderen Mann sprachen. »Ich gehe gern spazieren.«

»Aber es kommt ein Sturm auf. Wieso hat Ihr Vater Sie

nicht in die Stadt gefahren? Oder hat Sie jemand anders hierher gebracht?«

»Vater weiß gar nicht, dass ich hier bin.«

Einen Augenblick lang starrte Lucas sie verständnislos an, ehe er kurz auflachte. »Sie haben sich also davongestohlen?«

»Wie eine Maus, wenn die Katze aus dem Haus ist.«

Ein breites Grinsen trat auf sein Gesicht, aber er zwang sich zu einem Stirnrunzeln. »Sie überraschen mich.« Doch seine Stimme verriet, dass er mehr amüsiert als überrascht war.

»Keine Sorge, ich kann gut auf mich aufpassen.«

Er deutete mit dem Kopf auf die Wand aus dunklen Wolken, die von Südwesten her aufzog. »Es dauert nicht mehr lange, und dann schüttet es aus Kübeln. Sie werden sich den Tod holen.«

»Ich komme schon zurecht.« Es wäre nicht das erste Mal, dass ein Regenschauer sie durchnässte, und sie hatte keine Angst davor.

»Ich möchte Sie gerne nach Hause bringen.«

»Ich sagte doch, ich komme zurecht.«

»Sie werden nass werden.«

»Das macht mir nichts aus.« Shelby trat auf die Spurrillen auf der Straße zurück und machte Anstalten, weiterzugehen.

»Mary Beth ...« Lucas lenkte sein Pferd vor sie, um ihr den Weg abzuschneiden. »Das ist mein voller Ernst. Reiten Sie mit mir. Wenn Ihr Vater erfahren sollte, dass ich Sie bei einem aufziehenden Sturm allein nach Hause habe gehen lassen, wird er mir mit dem Ochsenziemer kommen. Wenn Ihnen mein Leben lieb ist, dann erlauben Sie mir, Sie nach Hause zu bringen.«

Lucas brachte sein Anliegen so ernsthaft und eindringlich vor, dass sie nicht länger widerstehen konnte. Also nickte sie und kam auf seine linke Seite. Er nahm ihr das Päckchen ab, stopfte es unter seinen rechten Oberschenkel, griff mit beiden Händen nach ihrem Arm und hob sie vor sich in den Sattel. Dann rutschte er ein Stück zurück, um ihr Platz zu machen, und sie hob ihr rechtes Knie und legte es in einer Art Damensitz über den Sattelknauf. Aber es war eine schrecklich unbequeme und auch sehr wacklige Angelegenheit.

Lucas gab ihr das Päckchen zurück, damit sie es unter ihren Umhang nahm, und half ihr, sich zwischen seinen Schenkeln einzurichten. Dann breitete er seinen Mantel um sie, und plötzlich war sie von ihm umgeben wie von einer warmen Decke. Trotz der steilen Wölbung des Sattels unter ihrem Po hatte sie das Gefühl, hier sicher zu sein. Lucas trieb das Pferd an, und Shelby lehnte sich gegen seine muskulösen Oberschenkel und seine starke Brust. Sie reichte ihm gerade bis unters Kinn. Seine Arme umfingen sie, und er schien genau zu wissen, wo sie Halt benötigte. Das Pferd bewegte sich rhythmisch schaukelnd vorwärts, was sehr entspannend und auch sehr sinnlich war.

Auch Lucas' Körper bewegte sich in diesem Rhythmus vor und zurück und rutschte bei jedem Schritt gegen ihren Rücken. Je länger sie ritten, desto deutlicher spürte sie die Beule, die zwischen seinen Schenkeln wuchs. Mehrmals tief atmend versuchte er, die peinliche Situation unter Kontrolle zu bringen und das Schlimmste zu verhüten. Schmunzelnd nahm Shelby seine Notlage zur Kenntnis und lehnte sich noch etwas fester an ihn. Irgendwann beugte Lucas sich wie zufällig über sie, um an ihren Haaren zu riechen, während sein starker Arm sie in der Taille umfasst hielt und noch näher an sich heranzog. Shelby fühlte sich in seinem Mantel eingehüllt wie in einer langsamen, zärtlichen Umarmung, und seine Wärme verschmolz mit der ihres Körpers.

Der Ritt die Waltons Ferry Road hinunter dauerte entschieden zu kurz. Obwohl der Sturm noch nicht losgebrochen war und es jede Sekunde so weit sein konnte, wünschte Shelby sich nichts sehnlicher, als den ganzen Weg bis zur Fähre und wieder zurück mit Lucas reiten zu dürfen, ehe er sie zu Hause ablieferte. Als das Haus der Campbells in Sicht kam, überlegte sie einen Moment lang fieberhaft, wo sie ein ruhiges Plätzchen finden könnte, um sich etwas näher mit der Ausbuchtung in seiner Hose zu beschäftigen, die nicht verschwinden wollte. Eine Lichtung im Wald vielleicht, ein Heuschober. Irgendetwas.

Aber stattdessen brachte Lucas sie bis vor die Haustür, und es blieb ihr nichts anderes übrig, als aus dem Sattel zu gleiten, gerade als die ersten, dicken Regentropfen in großen Abständen auf die staubige Auffahrt fielen.

Shelby warf Lucas, der erwartungsvoll zum Haus hinübersah, von der Seite einen raschen Blick zu. Sie wusste, dass es ein Gebot der Höflichkeit gewesen wäre, ihn hereinzubitten, aber sie brachte es nicht fertig. Selbst wenn es der beste Weg gewesen wäre, eine unschöne Szene mit Mary Beth' Eltern wegen ihres Spaziergangs zu vermeiden – und bestimmt würden sie ihr eine noch größere Szene wegen ihres mangelhaften Benehmens machen –, sie durfte Lucas nicht glauben lassen, dass Mary Beth in ihn verliebt sei. *Sie* war in ihn verliebt, und wäre es ihr eigenes Leben gewesen, hätte sie ihn sicher weiter ermutigt, ihr den Hof zu machen. Aber nicht die Besitzerin ihres

Körpers, und damit war die Sache erledigt. Lucas sagte nichts und wartete. Wahrscheinlich war er überzeugt, ein undurchdringliches Pokergesicht zu machen, aber sie erkannte in seinen Augen die Sehnsucht, in ihrer Nähe zu bleiben, ins Haus gebeten zu werden.

»Vielen Dank, dass Sie mich auf Ihrem Pferd nach Hause gebracht haben, Lucas.«

»Es war mir ein Vergnügen, Mary Beth.« Wieder blickte er zwischen dem Haus und ihr hin und her. Sie lächelte nur.

Schließlich gab er auf und hob seinen Hut zum Gruß. »Ich wünsche Ihnen noch einen guten Tag«, sagte er leise, fasste die Zügel seines Pferdes und ritt genau in dem Moment los, als der Regen stärker zu prasseln begann. Lucas schlug seinen Mantelkragen hoch und zog den Kopf ein, als er das Pferd antraben ließ.

Shelby ging ins Haus und traf in der Vorhalle auf Mary Beth' Mutter.

»Wo bist du gewesen?«

»Draußen.« Eindringlich betrachtete sie den glatten runden Treppenpfosten vor ihr, denn ihr ins Gesicht zu sehen wäre zu gefährlich gewesen. Die Reaktionen der Bewohner dieses Hauses waren für sie nicht mehr berechenbar.

Ärger schnürte der alten Frau die Kehle zu, als sie sagte: »Du treibst dich draußen herum wie weißes Bettelpack. Müssen wir dir einen Aufpasser an die Seite stellen?«

Shelbys erster Impuls war, ihr zu antworten, sie solle es ruhig versuchen, sie würde dann schon sehen, was sie davon habe. Doch dann ließ sie ihren Blick auf den mit dicken Teppichen belegten Boden weiterwandern und erwiderte gleichmütig: »Nein.«

»Wenn du dich weiter draußen herumtreibst, werden dein Vater und ich gezwungen sein, etwas dagegen zu unternehmen. Gütiger Himmel, was ist nur in dich gefahren? Ich habe bisher nicht gewusst, dass du so willensstark sein kannst.« Aus ihrem Mund klang das wie eine Beleidigung, aber Shelby konnte nicht umhin, so etwas wie Stolz zu empfinden. Ganz gleich, wie sehr sie sich auch den Erwartungshaltungen hier anpassen mochte, sie würde nie und nimmer dieses verschrobene Wertesystem akzeptieren können, das Schwäche in Frauen pries.

Endlich blickte sie auf und sagte: »Es ist alles in bester Ordnung. Lucas hat mich nach Hause begleitet.«

Da änderte sich der Ausdruck auf dem Gesicht von Mary Beth' Mutter schlagartig. »Lucas Robert? Tatsächlich? Du warst in seiner Begleitung?« Sie raffte ihre Röcke und eilte an das kleine Fenster neben der Tür, um hinauszuschauen. Wieder schlich sich ein missbilligender Unterton in ihre Stimme. »Wieso hast du ihn nicht hereingebeten?« Sie drehte sich zu Shelby um, die verzweifelt wünschte, sich endlich in ihr Zimmer zurückziehen zu dürfen und dieser Schimpftirade zu entkommen. »Im Ernst, Mary Beth, was sollen wir nur mit dir anstellen? Ich weiß beim besten Willen nicht, was in der letzten Zeit in dich gefahren ist. Geh hinauf in dein Zimmer und bleib bis zum Abendessen dort. Ich denke, dein Vater wird heute Abend mit dir reden wollen.«

Reden? Shelby hoffte, dass es beim Reden blieb.

Allmählich begriff sie, weshalb junge Frauen dieser Epoche es gar so eilig hatten, unter die Haube zu kommen. Alles, nur um von den Eltern wegzukommen. Seufzend gehorchte sie und stieg die Treppe zu ihrem Zimmer hinauf. Dort wäre es wenigstens ruhig und friedlich. Sie konnte mit ihrer neuen Bluse anfangen und sich ausmalen, was wohl passiert wäre, wenn sie und Lucas einen Heuschober gefunden hätten.

10

Shelby sah Lucas erst im Dezember auf der Weihnachtsfeier auf Hazel Path wieder. Obwohl sie sich dagegen wehrte, war sie aufgeregt, da sie wusste, dass er da sein würde. Sie hatte es ja in Mary Beth' Tagebuch gelesen. Zu diesem Anlass trug sie ein neues Kleid aus mitternachtsblauem Samt mit einem tiefen Ausschnitt. Eine Kaskade aus Spitzen bedeckte ihr Mieder und verbarg gnädig ihre magere Brust. Mary Beth' Mutter war ihr die ganze Zeit auf die Nerven gegangen mit ihren Überredungsversuchen, sich das Oberteil mit Taschentüchern auszustopfen, wie Mary Beth es getan hatte. Das war nicht nur unehrlich, sondern auch unbequem, und Shelby war überzeugt, dass sich kein Mensch davon täuschen ließ. Der Spitzenbesatz an ihrem Kleid vermittelte wenigstens den Eindruck eines Dekolletees, ohne ihre Brüste zu lächerlich gerollten Würsten zu verformen. Das Kleid war neu, sie hatte es selbst genäht, und ihr Korsett schnitt nicht stärker ein, als es ein trägerloser Push-up-Büstenhalter in ihrem eigenen Jahrhundert getan hätte. Jetzt bekam sie wenigstens genügend Luft, und sie freute sich über diesen kleinen Triumph. Fast so etwas wie ein Weihnachtsgeschenk.

Das Herrenhaus von Hazel Path erstrahlte in weihnachtlichem Glanz. Hunderte von Kerzen auf Lüstern und in Kandelabern spiegelten sich in dem polierten Silber und Messing wider. Kieferngewinde schmückten das Treppenhaus aus dunklem Holz, und an jeder Tür hing ein Kranz mit einer riesigen roten Schleife. In der Luft lag ein Duft nach Bienenwachs, Kiefernnadeln, Essen und Whiskey.

Im Wohnraum stand eine hohe, frisch gefällte Kiefer, die mit roten Schleifen und Ketten aus Popcorn geschmückt war. In regelmäßigen Abständen flackerten kleine Kerzen an den Ästen, und auf der Spitze wachte ein Engel mit rosigen Pausbäckchen aus Porzellan. In allen Zimmern flanierten die Gäste, die im selben Glanz erstrahlten wie das Tafelsilber, alles wohlhabende Leute, die ihren Reichtum gern zur Schau stellten. Die Gästeschar war eher klein, da es in Sumner County nicht viele reiche Leute gab und für die Einladung Abendgarderobe erbeten war. Die Kleider der Frauen waren über und über mit Spitze besetzt, die Stiefel der Männer auf Hochglanz poliert, und alle führten die neuen Brokatstoffe und den Samt aus, den man aus so entlegenen Orten wie New York hatte kommen lassen. Selbst Shelby trug eine neue, noch weitere und mit noch mehr Reifen besetzte Krinoline unter ihrem Kleid.

Langsam lernte Shelby, die Gesichter ihrer Nachbarn zu unterscheiden, und viele erkannte sie tatsächlich wieder. Die meisten waren Plantagenbesitzer wie Mary Beth' Vater, aber es waren auch ein Bankier aus Gallatin und ein Senator des Staates Tennessee aus Nashville darunter. Was für eine Abwechslung, ungezwungen mit den verschiedensten Menschen plaudern zu können, ohne dabei ständig auf irgendwelche Hinweise lauern zu müssen, wer sie wohl sein könnten. Shelby vertiefte sich in ein angeregtes Gespräch mit einer Gruppe Frauen über die zwei Neugeborenen im Ort, die offenbar prächtig gediehen. Dabei hielt sie aber ständig Ausschau nach Lucas.

Sie hatte ihn rasch gefunden. Er stand bei einer Gruppe

Männer in der Nähe des Baums. Sein Anblick verursachte ihr eine wohlige Gänsehaut. Statt Samt wie die reicheren Grundbesitzer trug er Wolle, aber sein Anzug schien neu und von modernem Schnitt zu sein. Nicht übel für einen Mann seines Einkommens, der noch dazu so weit entfernt von der nächsten Stadt lebte. Sein Haar war frisch geschnitten und streng zurückgekämmt. Er wirkte ruhig und gelassen und verlor seine Fassung nur für den Bruchteil einer Sekunde, als er sie erblickte. Er lächelte höflich und deutete eine Verbeugung an, ehe er sich wieder seinem Gespräch zuwandte.

»Hallo, Mary Beth.«

Shelby wirbelte herum und sah sich Samuel Clarence gegenüber, der ein Glas in der Hand hielt und sie angrinste. Er war ganz in dunkelgrünen Samt gekleidet, der fast schwarz wirkte, und trug eine breite dunkelrote Krawatte. »Schön, Sie heute Abend hier zu sehen. Sie haben sich in der letzten Zeit sehr rar gemacht.«

»Das schlechte Wetter hat mich ans Haus gefesselt.«

Er nickte. Shelby fragte sich, weshalb er gar so munter lächelte, aber dann fiel ihr Blick auf Lucas. Er beobachtete sie und stand stumm neben seinen Freunden, denen gar nicht aufzufallen schien, dass er sich nicht mehr an der Unterhaltung beteiligte. Man sah seinem Gesicht keinerlei Regung an, nur seine Augen gaben einen Hinweis darauf, wem sein Interesse galt. Aber ihm entging nicht eine Bewegung von Samuel Daley, dessen breites aufgesetztes Lächeln ausschließlich an Lucas adressiert war und nicht ihr galt. Zudem schielte er ständig nach Lucas' Reaktion.

»Ich wusste doch, dass es nur das schlechte Wetter war, das Sie im Haus gehalten hat. Eine Draufgängerin wie Sie …«, sagte Samuel gerade zu ihr.

Selbst Shelby, die im 20. Jahrhundert aufgewachsen war, entging nicht, dass seine letzte Bemerkung beleidigend war. Aber sie ignorierte sie und hoffte, dass Lucas nichts gehört hatte. »Entschuldigen Sie mich bitte, Samuel, ich muss …«

»Tanzen Sie mit mir. Sie müssen. Bitte, gestatten Sie mir ein einziges Mal, mit Ihnen zu tanzen.« Er stellte das Glas auf einen kleinen Tisch neben sich und streckte die Hand nach ihr aus.

Shelby sah sich nach einem Ausweg um, doch es gab keinen Vorwand, nicht mit ihm zu tanzen. Er hatte nichts getan, um eine direkte Abfuhr zu verdienen, und dass er heute Abend als Gast auf Hazel Path weilte, konnte nur bedeuten, dass er in dieser Gesellschaft willkommen war. Ein Tanz war nicht die Welt, und dennoch war es ein Schritt in die falsche Richtung. »Bedenken Sie aber, was wir das letzte Mal besprochen haben«, sagte sie leise.

Der gewohnt mürrische Blick trat kurz in seine Augen, und er blaffte: »Wie könnte ich das vergessen?« Doch dann gewann er seine Gelassenheit zurück. »Aber ein Tanz ist ja wirklich nicht zu viel verlangt«, bedrängte er sie mit einem noch breiteren Lächeln als zuvor.

Er hatte sie überredet. Sie gab sich geschlagen und reichte ihm die Hand, damit er sie auf die Tanzfläche führte. Ein rascher Blick zu Lucas hinüber zeigte ihr, dass er alles mitbekommen hatte. Am liebsten wäre sie davongelaufen oder zu Lucas gerannt und hätte mit ihm getanzt.

Samuel war ein geschickter Tänzer, und jeder Fehler ging einzig und allein auf ihr Konto, so zerstreut und nachlässig folgte sie seiner Führung. Dabei heftete sie ihren Blick starr auf seine rote Krawatte und zählte die Sekunden, bis der Tanz vorüber war und sie ihn mit einem höflichen Knicks verabschieden und sich einen anderen Gesprächspartner für den Abend suchen konnte.

Als er sich endlich vor ihr verbeugte und ihr für den Tanz dankte, knickste sie so schnell und graziös sie konnte. Dann drehte sie sich um und suchte Mary Beth' Eltern. Lucas stand noch immer neben dem Baum und ließ keinen ihrer Schritte aus den Augen. Nervös spielte er mit einem Knopf an seiner Weste. Shelby hielt kurz inne und überlegte, zu ihm zu gehen, aber das war ausgeschlossen. Also flüchtete sie sich in die Gesellschaft des einzigen Mannes in diesem Raum, der keine Gefahr für ihren guten Ruf darstellte – Mary Beth' Vater.

Doch der war auch keine große Hilfe. Shelby hätte liebend gern den ganzen Abend in seiner schützenden Nähe verbracht, aber er fuhr sie sofort an: »Was treibst du da?«

Das gesellige Lächeln auf ihrem Gesicht verhärtete sich, doch sie riss sich zusammen und antwortete: »Ich verstehe nicht, was du meinst.«

»Wieso behandelst du Lucas Robert so? Mit Samuel zu tanzen ist bestimmt nicht der richtige Weg, Lucas' Herz zu erobern.«

»Er hat mich aufgefordert. Hätte ich unhöflich sein sollen?«

Campbell räusperte sich irritiert und sagte: »Es würde dir gut anstehen, zu Lucas hinüberzugehen und ihn seines Platzes zu versichern.«

»Seines Platzes? Ja, hat er denn einen?«

»Du weißt, wie ich es meine. Du schuldest ihm meines Erachtens nach wirklich ein wenig Entgegenkommen.«

»Er weiß, wo er mich findet, wenn er mit mir tanzen will.«

»Er scheint nicht anzunehmen, dass du auf eine Aufforderung wartest.«

»Wieso sollte ich das nicht? Ich habe schließlich auch mit Samuel getanzt.«

Jetzt wurde Campbell bleich. »Du solltest Gott bitten, dass Lucas nicht schlecht von dir denkt. Es wäre eine Katastrophe, wenn er denken würde, du hättest an jeder Aufforderung Interesse. Wie töricht von dir. Rede mit ihm und stell das richtig.«

»Ich würde aber lieber hier bei euch bleiben und die Gesellschaft meiner Familie genießen.«

»Mit etwas Glück wird Lucas Robert eines Tages deine Familie sein.«

»Wie ich bereits sagte, er weiß, wo er mich findet.«

»Hör auf deinen Vater, Mary Beth.«

Jetzt musste auch noch die Mutter ihren Kommentar abgeben. Shelby schloss einen Moment die Augen und biss sich auf die Zunge, ehe sie sagte: »Meine Kehle ist wie ausgedörrt. Ich werde mir etwas zu trinken holen.« Mit diesen Worten drehte sie sich um und machte sich auf die Suche nach einem Menschen, der keine vorgefasste Meinung zu ihrem Liebesleben hatte. Susannah schien die geeignete Person zu sein. Sie hatte gerade ihre Schwangerschaft verkündet und kannte kein anderes Thema mehr. Für Shelby war das genau die Gesellschaft, die sie suchte.

Viele Male an diesem Abend schaute sie sich nach Lucas um, und jedes Mal stellte sie fest, dass er sie beobachtete. Jedes Mal war sie versucht, ihren Platz zu verlassen und dem Rat von Mary Beth' Vater zu folgen. Aber sie beherrschte sich. Sie ging Lucas zwar nicht direkt aus dem Weg, legte es aber auch nicht darauf an, mit ihm zusammenzutreffen. Er tat es auch nicht. Shelby redete sich ein, dass es so besser sei. Es war schließlich nicht ihr Leben. An diesem Abend ging sie mit den Campbells von dem Fest nach Hause, ohne ein Wort mit Lucas gewechselt oder mehr als einen gelegentlichen Blick quer durch den Raum auf ihn erhascht zu haben.

In dieser Nacht lag Shelby lange schlaflos im Bett und starrte auf die Schatten der kahlen, im rauen Wind schwankenden Äste, die der Mondschein an ihre Zimmerdecke warf, und lauschte dem Klirren der Glasscheiben in den Fensterrahmen. Im Geist ging sie die Ereignisse des Abends durch und ließ das Fest wie einen Film vor sich vorüberziehen. Immer wieder stellte sie die Spule auf Anfang und sah sich bestimmte Szenen an. Irgendetwas beunruhigte sie, aber sie konnte den Finger nicht darauf legen. Irgendetwas war schief gelaufen, aber sie wusste nicht, was es war. Ein letztes Mal ließ sie sich den Abend durch den Kopf gehen.

Und dann fiel es ihr ein. Es war Mary Beth' Tagebuch. An diesem Abend hatte etwas gefehlt, das sie in dem Tagebuch gelesen hatte. Lucas hätte ihr eigentlich einen Antrag machen sollen, aber er hatte es nicht getan. Shelby hatte sich Mary Beth' Vater widersetzt, statt ihm nachzugeben, wie Mary Beth es höchstwahrscheinlich getan hätte. Das arme Mädchen hatte sich wahrscheinlich überreden lassen und getan, wie ihr geheißen wurde. Doch jetzt, da Shelby an ihrer Stelle war, war es nicht zu diesem Heiratsantrag gekommen, weil sie Lucas in seinem Werben entmutigt hatte. Und das, obwohl sie sich nichts sehnlicher wünschte, als von ihm gefragt zu werden.

Shelby kniff die Augen zusammen und hoffte, dass sie nicht einen schrecklichen Fehler begangen hatte.

Der Winter kam, kalt und mit wenig Schnee. Weihnachten ging vorbei, und dann Neujahr. Plötzlich schrieb man das Jahr 1861, und Shelby stellte mit Schrecken fest, dass sie sich unausweichlich auf eine Zeit zubewegte, der sie verzweifelt zu entkommen suchte. Mehr als alles andere – selbst mehr, als in ihr eigenes Leben zurückzukehren – wünschte sie sich, nicht den kommenden Krieg erleben zu müssen. Die Zeitung aus Nashville schien kein anderes Thema mehr zu kennen als den bevorstehenden Krieg. Niemand sprach mehr über andere Dinge als über die Trennung der Südstaaten vom Rest der Vereinigten Staaten und die Abschaffung der Sklaverei, und langsam kristallisierte sich immer stärker die Gewissheit heraus, dass die ersten Schüsse nur noch eine Frage der Zeit waren.

Auch bei den Nachbarn der Campbells wuchs die Aufgeregtheit. Alle Männergespräche, die Shelby mit anhörte, und sogar die Äußerungen der Frauen vermittelten ihr den Eindruck, dass keiner mehr den Ausbruch der Feindseligkeiten erwarten konnte. Und kein Mensch schien daran zu zweifeln, dass es nur wenige Wochen dauern würde, bis die Südstaaten als Sieger aus den Kämpfen hervorgegangen wären. Man sprach von Ruhm, Selbstbestimmung, Stolz und davon, dass junge Burschen hier Gelegenheit hätten, zu Männern zu werden. Nur Shelby wusste, dass ihnen ein Horrortrip bevorstand, der vier lange Jahre dauern würde und in dessen Verlauf eine Dreiviertelmillion Amerikaner sterben würde. Zum ersten Mal in ihrem Leben betete sie. Jeden Abend betete sie, nach Hause zurückkehren zu dürfen und vor dem verschont zu bleiben, was auf sie zukam.

Während der kalten Wintermonate war das Reisen eine beschwerliche Angelegenheit, und Besuche von oder bei

Nachbarn fanden nur noch unregelmäßig statt. Die Wochen schleppten sich dahin, und Shelby ließ noch mehr ihrer Kleider an den Säumen heraus. *Ihre* Kleider. Immer stärker begann sie Mary Beth' Dinge – und Mary Beth' Leben – als ihre eigenen zu betrachten. Langsam dämmerte ihr, dass ihr nichts anderes übrig blieb, und sie fing an sich auszumalen, wie es wäre, nicht mehr in die Zukunft zurückgeschickt zu werden. Die Hoffnung schwand und starb jeden Tag ein Stück mehr. Shelby fügte sich in den Alltag im Haus der Campbells ein und machte sich bereit für die kommende Katastrophe, während Campbell jeden Abend beim Essen kräftig über Präsident Lincoln, die Republikaner generell und alle jenseits der Mason-Dixon-Linie herzog.

Eines Tages Ende Januar trieb eine Wand aus schwarzen, schneebeladenen Wolken auf die Plantagen von Hendersonville zu und entlud sich zunächst noch in leichten Flocken. Aber bereits beim Frühstück sagte Campbell, dass sich das schlechte Wetter zu einem Schneesturm auswachsen würde. Als Shelby an diesem Nachmittag aus ihrem Zimmerfenster blickte, musste sie zugeben, dass er Recht hatte.

Aus dem Augenwinkel nahm sie unten auf der Straße einen Schatten wahr, der sich aus Richtung der Stadt auf sie zubewegte. Es war ein Reiter, der gegen den heftigen Wind antrabte und dabei erstaunlich schnell vorankam. Der Mann, der sich in einen dunklen Mantel gehüllt und sich den Hut tief in die Stirn gezogen hatte, kam an der Vordertür zum Stehen. Er sprang vom Pferd, band es an einem Pfosten fest und eilte die Stufen hinauf. Sein Klopfen drang durch das ganze Haus, als Shelby sich anschickte, nach unten zu gehen.

Als Annie die Tür öffnete, um Lucas Brosnahan und einen Wirbel aus weißen Schneeflocken hereinzulassen, blieb sie oben am Treppenabsatz stehen. Die Tür schloss sich, und Lucas nahm seinen Hut ab und schüttelte ihn, dann zog er seine Handschuhe aus und klopfte damit die Schneeflocken von seinem langen Ledermantel. »Ist Mr. Campbell zu Hause?«, fragte er, als Annie ihm Hut und Handschuhe abnahm. Dabei legte er seine vor Kälte geröteten Hände wie einen Trichter aneinander und wärmte sie mit seinem Atem. Als er einen Blick die Treppe hinaufwarf, sah er Shelby dort stehen, blinzelte aber nur kurz und schaute sofort wieder weg.

Mary Beth' Mutter kam aus dem hinteren Teil des Hauses herbeigeeilt, und ehe Annie eine Antwort geben konnte, sagte sie zu Lucas: »William hält gerade seinen Mittagsschlaf. Soll ich ihn aufwecken?«

»Nein, nicht nötig. Ich hatte was bei Ruths Bruder weiter unten an der Straße zu erledigen und wurde von diesem Wetter überrascht.« Er deutete mit dem Kopf zur Tür. »Da draußen tobt ein scheußlicher Sturm. Ich hatte gehofft, hier eine Weile Unterschlupf zu finden, bis er sich etwas gelegt hat.«

Shelby schaute zum Fenster hinaus. Sie lebte jetzt seit vier Monaten in diesem Haus, lange genug, um zu wissen, dass der Bruder von Ruth Brosnahan, Henry Carmichael, fast ganz unten bei der Fähre wohnte. Und die lag genau entgegengesetzt der Richtung, aus der Lucas gekommen war. Wo immer er auch gewesen war, aber bestimmt nicht bei Henry. Sie hatte den Verdacht, dass er direkt und mit voller Absicht zu ihnen geritten und nicht aus Versehen von dem schlechten Wetter überrascht worden war. Auch der Zeitpunkt seines Kommens unterstützte ihre These, denn er musste zeitgleich mit dem einsetzenden Sturm aufgebrochen sein.

Aber Mary Beth' Mutter hatte ihn nicht kommen sehen, und ganz bestimmt hätte sie ihm seine Lüge verziehen, wenn sie davon gewusst hätte. Sie schenkte ihm ihr freundlichstes Gastgeberinnenlächeln und deutete auf das kleine, gemütliche Wohnzimmer. »Ich bitte Sie, Lucas, nehmen Sie doch Platz. Kann ich Ihnen einen Kaffee zum Aufwärmen bringen lassen?«

»Ja, Ma'am, danke.« Er überließ Annie seinen Mantel und ging auf das Wohnzimmer zu. Shelby oben auf der Treppe würdigte er nicht mehr als eines verstohlenen Blickes.

»Annie, bring Mr. Brosnahan frischen Kaffee«, sagte Mary Beth' Mutter, ehe das Dienstmädchen ging. »Und einer der Jungen soll sein Pferd in den Stall bringen und versorgen, bevor sich das arme Tier draußen noch den Tod holt.«

»Jawohl, Ma'am«, erwiderte Annie und verschwand lautlos.

Shelby wollte sich gerade nach oben verdrücken, als Mary Beth' Mutter ihr einen Strich durch die Rechnung machte. »Mary Beth.« Ihre Stimme klang streng und schien keinen Widerspruch zu dulden.

Mist. »Ja?« Shelby machte kehrt, um nach unten zu gehen.

»Wir haben einen Gast.« Der Vorwurf in ihrer Stimme, dass Shelby nicht unaufgefordert herbeigeeilt kam und ihre Pflicht tat, war nicht zu überhören. »Dein Vater ist indisponiert, und ich muss die Köchin beaufsichtigen. Du wirst Lucas Robert bis zum Abendessen Gesellschaft leisten.«

Shelby hätte wissen müssen, dass es dumm von ihr war, sich vor ihrer Pflicht drücken zu wollen. Es hatte auch keinen Sinn, lange zu diskutieren, gegen Mary Beth' Mutter würde sie immer den Kürzeren ziehen. Außerdem war es bereits einen Monat her, seit sie Lucas das letzte Mal gesehen hatte. Vielleicht war seine Leidenschaft für sie mittlerweile abgekühlt. Vielleicht wäre es nicht mehr gar so schwierig, ihn auf Distanz zu halten. Sie würde einfach die Zeit totschlagen und ein paar belanglose Worte mit ihm wechseln. Schließlich hatte sie außer den Campbells schon seit einer Weile niemanden mehr zum Reden gehabt, und vielleicht wäre es ganz nett, wieder einmal mit einem anderen Menschen zu plaudern. Noch dazu mit Lucas. Er war ein angenehmer Gesprächspartner, und sie konnte ihrer Pflicht nicht entrinnen. Sie musste nur darauf achten, dass ihr Gespräch nicht in die falsche Richtung lief.

»Ja«, sagte sie, raffte ihre Röcke, um die Stufen besser bewältigen zu können, und strich sie dann sorgfältig glatt, ehe sie in das Wohnzimmer trat.

Das Zimmer war kleiner und gemütlicher als der große Salon auf der anderen Seite der Halle. Schon möglich, dass Mary Beth' Mutter Lucas hierher geschickt hatte, weil es wärmer war, aber Shelby hegte den Verdacht, dass sie mit Absicht dieses Zimmer mit seiner intimen Atmosphäre gewählt hatte. Ein Feuer prasselte fröhlich im Kamin, und Kerzen vergoldeten mit ihrem warmen Schein jeden Winkel des Zimmers. Die dunklen Wolken, die draußen den Himmel verdüsterten, machten einen glauben, es sei bereits stockfinstere Nacht. Die Welt ringsum schien zu schlafen, bald begraben unter einer weißen Decke aus Schnee. Dieser Raum hier glich einer Oase aus Wärme und Licht, die ihnen allein gehörte.

Lucas stand vor dem Kamin und wärmte sich. Als sie ins Zimmer trat, drehte er sich um. »Mary Beth.« Er klang froh, aber nicht allzu überrascht, und lächelte zurückhaltend. Er trug ein dunkelblaues Baumwollhemd in der Farbe seiner Augen, einen weißen Kragen und Hosen aus feiner Wolle. Die Messingschnallen an seinen Hosenträgern glänzten, als wären sie an diesem Morgen erst frisch poliert worden.

»Lucas.«

»Es freut mich, Sie zu sehen. Ich hoffe, Sie nehmen es mir nicht übel, dass ich einfach so hereingeplatzt bin.« Er drehte nervös am obersten Knopf seiner Hose. Sie beobachtete ihn dabei. Wahrscheinlich hatte er nicht die geringste Ahnung, wie fasziniert sie davon war, neugierig, ob der Knopf abspringen würde oder nicht.

»Ganz und gar nicht. Ich freue mich über Gesellschaft. Um diese Jahreszeit ist es eher selten, dass man draußen unterwegs ist.« Ein ironischer Unterton, den sie nicht ganz in den Griff bekam, hatte sich in ihre Stimme geschlichen. »Die meisten Leute scheinen bei dem Wetter lieber zu Hause zu bleiben.«

Lucas runzelte die Stirn, und sie wusste, dass er wusste, dass sie seine Geschichte durchschaut hatte. Aber er reckte trotzig sein Kinn. »Ruth hat nicht lockergelassen.«

Shelby schluckte die sarkastische Bemerkung hinunter, wie gehorsam er doch die Aufträge seiner Schwägerin erledige, denn sie hatte kein Interesse daran, ihn in Verlegenheit zu bringen. Stattdessen trat sie an das Sofa, das dem Kamin gegenüberstand. »Wie ist es Ihnen in der letzten Zeit denn so ergangen, Lucas?«, fragte sie und setzte sich lächelnd auf die Seite neben dem Sessel von Mary Beth' Vater, in dem er gern las.

»Im Großen und Ganzen recht gut. Danke der Nachfrage.«

Lucas machte einen Schritt auf sie zu und zögerte. Er hatte zwei Plätze zur Auswahl. Er konnte sich für Campbells Sessel entscheiden oder sich neben sie auf das Sofa setzen. Sie wartete mit unbeweglichem Gesicht, wofür er sich entscheiden würde, ohne ihm einen Wink zu geben, was ihr am liebsten wäre.

Nach einem nur kurzen Augenblick des Überlegens entschied er sich für das Sofa, und sie stellte mit Erstaunen fest, wie sehr sie sich darüber freute. Lucas setzte sich, legte einen Arm auf die Rücklehne und wandte ihr das Gesicht zu. Sie trug heute keinen Reifrock unter ihrem Kleid, da sie damit gerechnet hatte, den Tag wieder allein zu verbringen. Das erlaubte ihm, näher als gewöhnlich an sie heranzurücken.

Im Plauderton fuhr er fort: »Aber so einen schlimmen Winter wie dieses Jahr habe ich noch nie erlebt. Wenn es so bleibt, werden im Frühling die Obstbäume nicht blühen.«

»Das wäre ja entsetzlich.« Das war nicht nur so dahingesagt, auch wenn es sich so anhörte. Shelby empfand tatsächlich so. Nie zuvor hatte sie so köstliche Obstkuchen gegessen wie in diesem Jahrhundert. Im gleichen lockeren Plauderton wie er erkundigte sie sich: »Wie geht es denn Ihrem Vater?«

Lucas nickte. »Es geht ihm so weit ganz gut. Die Kälte ist natürlich schlecht für seine Gelenke, aber abgesehen davon ist er für sein Alter noch recht gesund.«

»Und Ihren Brüdern?«

Er machte eine abwehrende Handbewegung und strich eine Falte in seiner Hose glatt. »Wie immer. Sie sind sich uneins, ob die Yankees bei uns einmarschieren werden, und brüsten sich mit dem Krieg gegen Mexiko anno 1848, damals, als sie in meinem Alter gewesen waren. Ich glaube, sie sind sich nur in dem Punkt einig, froh darüber zu sein, dass wir keine Sklaven besitzen. Kein Sklavenbesitzer wird seines Lebens mehr so recht froh.«

Shelby hatte bisher nichts von irgendwelchen Problemen mit den Arbeitskräften der Campbells mitbekommen, aber das sagte nicht viel. In der Zukunft würde es ohnehin keine Sklaven mehr geben, und in ihren Augen war das ein Segen. »Ich bin auch froh darüber, dass Ihre Familie keine Sklaven besitzt«, bemerkte sie.

Lucas sah sie mit großen Augen und einem kleinen maliziösen Lächeln an. »Das lassen Sie aber mal lieber nicht Ihren Vater hören. Ihn würde der Schlag treffen, wenn er wüsste, dass er eine Befürworterin der Sklavenbefreiung unter seinem Dach beherbergt.«

Sie lächelte ironisch. »Ja, ich habe gelernt, in seiner Gegenwart meine Zunge zu zügeln, was aber nicht heißt, dass ich immer einer Meinung mit ihm bin. Ich halte es für falsch, Menschen zu besitzen.«

»Es ist aber legal.«

»Das Gesetz ist falsch. Es ist schlecht und sollte abgeschafft werden.«

Seine Stimme nahm einen amüsierten Ton an. »Sie hören sich ja an wie eine kleine Yankee.« Gleichzeitig legte er seinen Kopf auf den Sofarücken. Sein Gesicht war jetzt so nahe, dass er sie leicht hätte küssen können.

Doch Shelby, mit Kopf und Herz geborene Südstaatlerin, reagierte verstimmt. Sein Lächeln und sein Ton zeigten ihr zwar, dass er nur scherzte, aber ihr entging die leise Warnung nicht, die in seinen Worten mitschwang. Wenn man zu sehr mit Yankee-Parolen hausieren ging, lief man Gefahr, von den Nachbarn gemieden zu werden, die in diesen Tagen alle sehr patriotisch waren.

»Wieso haben Sie eigentlich keine Sklaven auf Ihrer Farm?«, fragte Shelby.

»Sie meinen, abgesehen davon, dass sie schrecklich kostspielig sind?« Shelby lächelte und nickte bestätigend. Er überlegte einen Moment, eher er fortfuhr: »Mein Vater und sein Vater und mein Urgroßvater waren alle der Ansicht, dass Faulheit Sünde ist. Ich glaube das auch. Sklaven machen die Menschen faul. Mir hat man mein ganzes Leben lang beigebracht, dass ein Mann sich harter Arbeit nicht schämen dürfe.«

»Ich halte das für eine bewundernswerte Einstellung. Ich kann Ihrem Vater, dessen Vater und Ihrem Urgroßvater nur von Herzen zustimmen. Und ich nehme nicht an, dass sie Yankees waren, genauso wenig, wie ich eine bin.«

Ein schiefes Lächeln huschte über Lucas' Gesicht. »Na ja, und so schrecklich reich sind wir auch nie gewesen«, gab er zu. »Sklaven haben immer schon viel Geld gekostet und waren aufwändig zu halten. Mir scheint, ein Mann mit Sklaven verwendet viel Zeit und Mühe darauf, sie am Weglaufen zu hindern. In der Zeit könnte er die Arbeit selbst erledigen. Außerdem besitzen wir keine großen Tabakfelder wie Ihr Vater. Unser Grundbesitz besteht zum größten Teil aus Weideland und Wald, das heißt, bis auf den halben Morgen Gemüsegarten hinter der Küche, den Ruth und Martha besorgen. Amos, Gar und ich, wir kümmern uns um die Pferde, und für alles andere haben wir unseren alten Clyde.« Shelby hatte Clyde bisher noch nicht kennen gelernt, wusste aber, dass der alte Vagabund, der etwas wunderlich im Kopf war, bei den Brosnahans im Stall Bleibe und Arbeit gefunden hatte. »Wenn Clyde auf die Idee käme, davonzulaufen, müssten wir ihn nicht wieder einfangen. Wir würden einfach jemand anderen einstellen.«

Annie kam mit dem Kaffee und einer zweiten Tasse für Shelby. Entweder hatte sie selbst so viel Vorausschau bewiesen, oder Mary Beth' Mutter hatte es ihr aufgetragen. Sie stellte das Tablett auf den Tisch zwischen dem Sofa und Campbells Sessel und verließ wortlos das Zimmer, nachdem Shelby ihr zu verstehen gegeben hatte, dass sie selbst eingießen würde. Während sie einschenkte, fragte sie: »Also, auch wenn Sie das Geld hätten, würden Sie keine Sklaven besitzen wollen?«

Lucas griff nach seiner Tasse und antwortete: »Nein. Wie ich bereits sagte, ich bin stolz auf meine Arbeit. Es schadet der Seele eines Mannes, wenn er in Müßiggang lebt.« Shelby, der durch das ewige Nichtstun im Haus der Campbells allmählich die Decke auf den Kopf fiel, konnte diese Haltung nur allzu gut nachvollziehen. Lucas trank von seinem Kaffee und fuhr ruhig fort: »Aber es liegt ein Quäntchen Wahrheit in dem, was Sie vorhin über den Besitz von Menschen sagten.«

Seine Worte überraschten Shelby, denn selbst die größten Befürworter der Sklavenbefreiung unter den Yankees vermieden es normalerweise, eine Antwort auf die Frage zu geben, ob Schwarze nun Menschen seien oder nicht, und brachten als einziges Gegenargument die schädlichen Wirkungen des Müßiggangs vor. Nachdenklich trank sie einen Schluck aus ihrer Tasse. Mit einem Mal sah sie Lucas mit ganz neuen Augen.

Der umfasste seine Tasse gerade mit beiden Händen,

als wollte er sich daran wärmen, und schaute sie ebenso nachdenklich an. »Sie stecken heute ja voller tiefgründiger Fragen, Mary Beth.«

»Ich bin immer voller tiefgründiger Fragen. Heute kleide ich sie nur zufälligerweise in Worte«, erwiderte sie mit einem koketten Lächeln, das ihr jedoch nicht so ganz gelingen wollte.

Lucas lachte, rutschte ein Stück bis an den Rand des Sofas vor und stützte sich mit beiden Händen auf den Knien auf. Dann beugte er sich näher zu ihr und bemerkte mit leiser, sanfter Stimme: »Mir ist etwas an Ihnen aufgefallen.«

Alarmiert horchte Shelby auf und fragte vorsichtig: »Und das wäre?« Hastig trank sie einen Schluck Kaffee, in der Hoffnung, die Tasse möge ihre Augen verbergen.

Lucas zuckte mit den Schultern. »Das kann ich nicht so genau sagen. Ich weiß nur, dass es mir an dem Tag das erste Mal aufgefallen ist, an dem Samuel Clarence mir den Arm aufgeschnitten hat. Aber irgendwie sind Sie anders.« Er trommelte nervös mit dem Daumen auf dem Oberschenkel, wie es manchmal seine Gewohnheit war.

Leise seufzend erwiderte sie: »Mir gehen so viele Dinge durch den Kopf.«

»Verstehen Sie mich nicht falsch, nicht dass es mich stören würde. Ich habe Sie immer so geschätzt, wie Sie sind.« Die Anspannung in ihm wuchs sichtlich. Sein ganzer Körper schien auf dem Sprung zu sein und vibrierte plötzlich vor Energie. Sein Daumen verharrte reglos. »Aber als Sie mir schließlich gestattet haben, Sie zu küssen, da war es mir, als wären Sie irgendwie anders. Sie sind es noch.«

Shelby schnürte es die Kehle zu, und sie musste hart gegen den Drang ankämpfen, ihm noch in der Sekunde zu gestehen, dass sie tatsächlich ein völlig anderer Mensch war. Aber sie sagte lieber nichts, sondern spitzte die Ohren und ließ ihn ausreden.

Mit leiser, drängender Stimme fuhr er fort: »Sie wissen genau, dass ich es mir seit langer, langer Zeit wünschte, Sie zu küssen. Ich habe allerdings nie verstanden, weshalb Sie mir einerseits immer ausgewichen sind, mich andererseits aber in dem Glauben gelassen haben, eine gewisse Sympathie für mich zu empfinden. Es war ver…« Er geriet ins Stocken. In ihrer Gegenwart wollte er ein Wort wie dieses wohl nicht in den Mund nehmen. »Es war schrecklich verwirrend«, sagte er schließlich. »Ich konnte diesen Zustand kaum mehr ertragen. Gleichzeitig wurde mir berichtet, dass Samuel höher in Ihrer Gunst stehe, als ich gedacht hatte. Wie sollte ich da wissen, was die Wahrheit war?«

Lucas vermied es, sie anzusehen. Er starrte in seine leere Kaffeetasse. Was um alles in der Welt hatte Mary Beth vor dem Rollentausch zu Samuel gesagt? Shelby setzte an, ihm zu widersprechen. »Lucas …«

»Ich bitte um Verzeihung.« Jetzt blickte er sie wieder an. »Aber an jenem Tag auf dem Reitplatz und dann beim Tanzen, da schien es mir, als hätten Sie Ihre Meinung komplett geändert. Und ich konnte es sehen … ich kann es jetzt in Ihren Augen sehen, dass da etwas ist, das zuvor nicht da war. So etwas wie Mut. Wissen Sie, Sie schauen mir jetzt ohne Scheu in die Augen. Sie reden mit mir ohne große Umschweife über die Abschaffung der Sklaverei, und Sie haben keine Angst zu sagen, was Sie denken. Und vor allem – und das ist am wichtigsten – werden Sie nicht mehr ständig rot und fangen nervös herumzuzappeln an, wenn ich versuche mit Ihnen ein Gespräch zu führen.«

Shelbys Herz schlug ihr bis zum Hals, als sie begriff, was er ihr damit sagen wollte. Er wusste es zwar nicht, aber er tat nichts anderes, als die Unterschiede zwischen ihr und Mary Beth zu beschreiben. Er bemerkte, dass sie sich verändert hatte, und was noch wichtiger war, ihm gefielen diese Veränderungen. Es war sie, die ihm gefiel. Ihr schossen Tränen in die Augen, und sie konnte sie nicht zurückhalten.

»Sie wissen, dass ich mir nichts sehnlicher wünsche, als um Ihre Hand anzuhalten. Aber den meisten Männern fällt es nicht leicht, ihr Herz schutzlos preiszugeben, sodass ein jeder darauf herumtrampeln kann.« Lucas machte eine Pause, in der er tief Luft holte und allen Mut für seinen nächsten Schritt zusammennahm. »Ich war immer der Ansicht, dass wir ein gutes Gespann wären.« Wieder verstummte er, als wollte er ihr Gelegenheit geben, ihn zu unterbrechen, aber sie ließ ihn weiterreden, noch immer wie gelähmt von der Erkenntnis, dass sie es war, die er wollte, nicht Mary Beth. »Zuvor war ich der Ansicht, dass wir beide gut miteinander auskämen, aber auch, dass Ihre Familie gut zu der unseren passen würde. Zuvor war ich willens, so lange zu warten, bis Sie mir die wahre Natur Ihrer Gefühle für mich enthüllen, um dann zu akzeptieren, was immer Sie mir zu sagen haben. Zuvor glaubte ich, Sie gehen lassen zu können, falls es jemanden anderen gäbe, den Sie mehr lieben als mich. Aber jetzt nicht mehr.«

Shelby hielt den Atem an.

Lucas fuhr mit wachsender Nervosität in der Stimme fort: »Jetzt habe ich für mich die Entscheidung getroffen, dass ich nicht mehr warten kann, bis Sie sich eines Besseren besinnen, Mary Beth. Wenn Sie mir bisher schon viel bedeutet haben, so bin ich jetzt Ihr Gefangener. Bis gestern war es Zuneigung, die ich für Sie empfunden habe, jetzt ist es Liebe. Bis gestern wollte ich Sie haben, jetzt verzehrt sich meine Seele nach Ihnen.«

Es war sie, die er damit meinte, nicht Mary Beth. Shelby schwirrte der Kopf. Seine Worte berührten sie an ihrer empfindlichsten Stelle, an dem verzweifelten Wunsch, wieder als sie selbst und nicht als Mary Beth gesehen und behandelt zu werden. Er griff an ihr vorbei und stellte seine Tasse auf den Tisch, ehe er beide Hände um ihre Hand schloss.

»Mary Beth, ich muss Ihnen jetzt die Frage stellen, welche Gefühle Sie für mich hegen. Ich muss wissen, ob eine Chance für mich besteht, Ihr Herz zu gewinnen. In mir lodert ein Feuer, das mir nachts den Schlaf raubt, weil ich immer an Sie denken muss. Ich kann an nichts anderes mehr denken als daran, wie glücklich ich wäre, wenn Sie einwilligen würden, meine Frau zu werden.«

Nachdem er seine Seele vor ihr entblößt hatte, drückte er ihr auch noch freiwillig das Messer in die Hand, mit dem sie ihm den Todesstoß versetzen konnte, wenn sie wollte. »Kann ich zu Ihrem Vater gehen und um Ihre Hand anhalten?« Jetzt war er auf Gedeih und Verderb ihrer Gnade ausgeliefert.

Shelby wurde von den unterschiedlichsten Gefühlen überschwemmt. Der Wunsch, das Richtige zu tun, kämpfte mit ihrem Verlangen nach Lucas. Und dazu kam, dass sie gar nicht mehr so sicher wusste, was denn nun das Richtige war. Das war nicht mehr Mary Beth' Leben. Es war schon seit Monaten nicht mehr Mary Beth, mit der Lucas sprach. Es war Shelby, die diesem Mann in die Augen sah und mehr für ihn empfand, als dies jemals bei

Mary Beth der Fall gewesen war oder jemals sein würde. Es wäre dumm und selbstzerstörerisch gewesen, seinen Antrag abzulehnen. Sie hätte ihn damit nur schrecklich verletzt und ihre eigenen Gefühle auf immer und ewig begraben. Und sinnlos zudem, wenn Shelby weiter in diesem Jahrhundert leben würde. Ihr Herz wurde ganz leicht, als sie erkannte, wie sehr sie es sich wünschte, seinen Antrag anzunehmen.

Und das tat sie dann auch.

»Geh zu meinem Vater und sag ihm, dass wir so schnell wie möglich heiraten wollen.«

Einen Moment lang war Lucas sprachlos, und vor Überraschung machte er ein ganz dummes Gesicht. Doch dann breitete sich ein Lächeln darauf aus. »Ja«, sagte er fassungslos. »Du hast ja gesagt.«

Shelby nickte. »Ich habe endlich begriffen, dass ich mich dumm verhalten habe. Ich denke, es wird auf dieser Welt niemanden geben, den ich mehr lieben werde als dich, und ich wünschte nur, ich hätte nicht so lange gebraucht, um das zu begreifen.«

Geraume Zeit schien er etwas erwidern zu wollen, aber es hatte ihm regelrecht die Sprache verschlagen. Er schluckte, brachte jedoch keinen Ton heraus. Schließlich räusperte er sich, lachte übermütig und berührte mit den Fingerspitzen sacht ihre Stirn, ehe er seine Handfläche an ihre Wange legte. Sie schmiegte sich dagegen und drückte einen Kuss darauf. Mit einem tiefen Seufzer murmelte er: »Ach, du meine Liebste.« Dann beugte er sich über sie und küsste sie mit einer nie zuvor gekannten Leidenschaft. Er legte seine ganze Seele in diesen Kuss.

Es kostete Lucas die größte Überwindung, sich irgendwann wieder von ihr zu lösen. Sein Gesicht war gerötet, und er holte tief Luft, als könnte er sich kaum mehr beherrschen. Auch Shelby hätte ihn am liebsten am Hals gepackt und erneut zu sich gezogen, aber er hatte Recht. Wenn sie jetzt nicht damit aufhörten, würden sie sich nur ins Gerede bringen, falls Mary Beth' Mutter oder Vater ins Zimmer käme. Shelby stand abrupt auf, um sich nicht noch mehr zu kompromittieren. »Ich werde Mutter bitten, ihn gleich zu wecken. Du kannst ihn sofort fragen.«

Lucas erhob sich ebenfalls. »Jetzt?«

»Wir sollten besser keine Zeit mehr verlieren.« Ein leichtes Frösteln überkam sie. Wie Recht sie leider damit hatte. Lucas beugte sich über sie, um sie erneut zu küssen, und als er sich wieder aufrichtete, konnte sie sich kaum mehr auf den Beinen halten. Die unsägliche Freude in seinen Augen war ansteckend. Ihr eigenes Herz jubilierte und hüpfte vor Glück. Sie musste sich erst mehrmals räuspern, ehe sie sagen konnte: »Dann gehe ich jetzt.«

»Ich werde hier warten.«

Völlig durcheinander machte sie sich auf die Suche nach Mary Beth' Mutter. Ihre Suche endete im Esszimmer, wo diese die Kerzenleuchter auf dem Tisch entzündete. Shelby war nervös und aufgeregt, obwohl diese Frau nicht ihre leibliche Mutter war – ihre eigene Mutter war um diese Zeit noch gar nicht geboren und bereits verstorben, als sie Mary Beth' Platz eingenommen hatte. Vielleicht lag es an dem Wissen, welche freudigen Gefühle sie mit ihrer Neuigkeit bei dieser Frau auslösen würde, auf jeden Fall konnte sie sich kaum mehr beherrschen, nicht sofort damit herauszuplatzen.

»Mutter, ist Vater schon wach? Lucas wünscht ihn zu sprechen.«

Die ältere Frau richtete sich auf und runzelte fragend

die Stirn. Shelby nickte, und ein frohes Lächeln breitete sich auf deren Gesicht aus. »Ich werde ihn sofort holen«, sagte sie nur.

Nicht: Ich werde nachsehen, ob er wach ist. Oder: Ich werde fragen, ob er ihn sehen will. Nein, sie würde Vater sofort holen. Gott möge ihm beistehen, sollte er aus irgendeinem Grund doch Lucas' Ansinnen zurückweisen. Shelby war sicher, dass er für den Rest seines Lebens aus dem Schlafzimmer verbannt werden würde, sollte er sich so etwas erlauben. Mary Beth' Mutter warf Shelby einen erstaunten, aber zufriedenen Blick zu, als wollte sie fragen: Was hat dich veranlasst, deine Meinung zu ändern? Aber sie erwartete keine Antwort, sondern eilte aus dem Zimmer.

Shelby überbrückte das Warten, indem sie ungeachtet Annies lautstarker Proteste – sie bestand darauf, dass dies ihre Aufgabe sei – den Tisch deckte. Annie ließ sich nur schwer beruhigen, auch wenn Shelby dem Dienstmädchen mehrmals versicherte, dass das schon seine Ordnung habe. Aber Shelby war froh, etwas zu tun zu haben, und ihr fiel wieder ein, was Lucas zu dem Thema Faulheit und Sünde gesagt hatte.

Als sie den letzen Löffel neben den letzten Teller legte, blieb sie plötzlich wie angewurzelt stehen. Blankes Entsetzen überfiel sie. Reglos verharrend, als könnte sie damit das Fortschreiten der Zeit aufhalten, kämpfte sie mit den Tränen bei dem Gedanken, dass Lucas in nur zweieinhalb Jahren bereits tot sein würde.

11

Was ist passiert?« Jason war aufgesprungen, um nach Shelby zu sehen.

Sie war von dem Stuhl herunter auf den Boden gerutscht, wo sie jetzt kauerte und auf den Kronleuchter über dem Esstisch starrte, die Augen vor Schreck weit aufgerissen.

»Was ist los, Shel? Ist dir was passiert?« Er kniete sich neben sie und legte einen Arm um ihre Schultern. Mit Erstaunen stellte er fest, dass sie zitterte. Doch je länger sie ins Licht sah, desto mehr entspannte sie sich. Langsam lehnte sie sich an Jason, wandte den Blick aber nicht von dem Kronleuchter.

»Das ist kein Feuer«, stellte sie mit leiser, verwunderter Stimme fest.

Jason sah auf seinen Leuchter. »Nein.« Natürlich nicht. »Endlich ist der Strom wieder da. Jetzt muss ich die Milch doch nicht auf die Veranda hinausstellen, damit sie kalt bleibt. Nicht schon wieder.«

Stirnrunzelnd sah sie ihn einen Moment lang an, sagte aber nichts. Was immer auch mit ihr passiert war, sie war so ganz anders als die Frau, mit der er sich in der letzten Zeit ein paarmal getroffen hatte. Ein Fall von Persönlichkeitsspaltung? Sie sah nur aus wie Shelby, aber offensichtlich war sie ganz und gar in die Haut dieser Mary Beth geschlüpft.

Jason stand auf und half ihr auf den Stuhl zurück. »Wie ist dein Nachname, Mary Beth?«

»Campbell. Hätten Sie mir vorhin zugehört, wüssten Sie das.« Sie saß vollkommen aufrecht und hatte ihre würdevolle Haltung wieder zurückgewonnen. »Die Plantage meines Vaters befindet sich etwas außerhalb von Hendersonville, und unser Haus liegt genau neben dem Indianerfriedhof.«

»Welchem Indianerfriedhof?«

»Der auf der anderen Seite der Straße zur Fähre hinunter, im Süden der Stadt.«

»Im Süden von Hendersonville liegt der See.«

Jetzt leuchteten ihre Augen auf, und sie nickte. Endlich schien man sich zu verstehen. »Ja! Dieser See, der Indian Lake, befindet sich auf dem Land meines Vaters.«

Jason konnte sich nicht mehr beherrschen und lachte prustend. »Der Indian Lake liegt doch *in* Hendersonville. Und da ist jetzt die Wohnsiedlung. Dort stehen große teure Häuser, und eins sieht aus wie das andere.«

Jetzt war sie an der Reihe, ihn anzusehen, als wäre er nicht mehr ganz richtig im Kopf. »Der Indian Lake ist ein See. Oder besser gesagt, ein etwas größerer Teich. Und außer einem Kurzwarenladen, ein paar Holzhäusern und Petes Scheune gibt es in Hendersonville nicht viel mehr.«

»Der See heißt Old Hickory. Er ist benannt nach …«

»… nach Andrew Jackson.«

»Richtig.«

Stolz reckte sie ihr Kinn. »Mein Vater kannte den Präsidenten.«

»Dein Vater kannte … Präsident Bush?« Jason verschränkte die Arme vor der Brust und wollte sich in Positur werfen, doch leider vereitelte seine rutschende Pyjamahose seine Bemühungen.

»Präsident Jackson«, erwiderte sie mit gerunzelter Stirn. »Die Rede ist von Andrew Jackson.«

Wieder wurde Jason von dem unbezähmbaren Drang gepackt, laut loszulachen, aber dieses Mal beherrschte er sich. Das war doch zu verrückt. »Dein Vater kannte Andrew Jackson?«

»In der Tat. Sie waren angeheiratete Vettern.«

»Aha. Du meinst damit, er wusste, wer Andrew Jackson war.« Merkwürdig, so etwas zu sagen. Jeder Bewohner in Tennessee wusste, wer Andrew Jackson war.

»Nein, er kannte ihn persönlich.« Ihre Verstimmung wuchs. Mit großen Augen sah sie ihn an. »Ganz im Ernst, Sir, aber für einen Brosnahan wissen Sie erstaunlich wenig über Ihre Gemeinde.« Dann stand sie auf. »Jetzt muss ich mich aber wirklich auf den Weg machen. Wenn Sie mir schon nicht sagen wollen, wo mein Vater ist, dann muss ich ihn eben suchen. Deswegen werde ich mich jetzt von Ihnen verabschieden.« Mit gerecktem Kinn und kerzengeradem Rücken, als hätte sie einen Stock verschluckt, drehte sie sich um und stolzierte in den Vorraum. Jason schlenderte hinter ihr her und fragte sich, wie weit sie dieses Spiel noch treiben wollte.

Doch kurz vor der Haustür blieb sie plötzlich wie angewurzelt stehen. Ihre Schultern sackten nach vorne, und sie starrte an die Wand mit dem Telefon, über dem ein Kalender hing. So verharrte sie eine Weile stumm und reglos und schien nicht einmal Luft zu holen. Jason blieb ebenfalls stehen und versuchte zu begreifen, was ihre Aufmerksamkeit derart erregte. Schließlich löste sich ein unterdrücktes Schluchzen aus ihrer Kehle, und sie sagte mit heiserer Stimme: »Zweitausendvier? Dezember 2004?«

»Ja, und?«

»Das ist kein Scherz, kein Juxkalender?«

»Nein, kein Scherz.« Welche Scherze konnte man sich mit einem Kalender schon erlauben.

Als Mary Beth sich umdrehte, war auf ihrem Gesicht ein Ausdruck blanken Entsetzens. Diese Verrückte war nicht mehr Shelby. Jetzt war der Punkt erreicht, an dem Jason nicht mehr die Frau in ihr sah, die er einmal gekannt hatte.

»Annie. Das hat Annie getan«, stöhnte Mary Beth und warf wilde Blicke um sich.

»Annie?«

Sie sah sich um – offenbar suchte sie diese Person –, aber es war außer ihnen natürlich niemand im Haus.

»Annie gehört meinem Vater. Sie ist unsere Haussklavin. Sie hat mir beigebracht ... sie hat mir gezeigt ... der Zauber sollte mich von einer zukünftigen Bindung an einen Mann befreien, den ich nicht liebe. Ich sollte ...« Ihre Stimme versagte, und Tränen schossen ihr in die Augen. Ihre Unterlippe bebte. »Es war ein Zaubermittel.« Wieder entrang sich ihr ein Stöhnen, und sie fing an hin und her zu laufen, als würde sie dringend Bewegung benötigen, wüsste aber nicht, wohin mit sich. Sie senkte die Stimme und murmelte verzweifelt: »Es war Blasphemie. O Gott.« Zitternd sank sie auf die Knie. »O Herr Jesus Christus, rette mich.«

Jason konnte sie gerade noch auffangen, ehe sie zu Boden glitt. Da schlang sie beide Arme um seinen Hals und brach in lautes Schluchzen aus.

Mehr als eine halbe Stunde brachte sie keinen zusammenhängenden Satz heraus. Jason wusste sich nicht anders zu helfen, als sie ins Wohnzimmer zu schaffen und auf die

Couch zu setzen, wo sie bittere Tränen weinte und mit dem Oberkörper hin und her schaukelte. Jason setzte sich neben sie und wünschte, dieser vermaledeite Krankenwagen möge sich beeilen und endlich bei ihnen aufkreuzen. Aber es war schon fast Mittag, und er war immer noch nicht in Sicht. Nur geschneit hatte es weiterhin, und mittlerweile lag der Schnee überall schon mehr als zehn Zentimeter hoch.

Als Mary Beth ihn endlich wieder eines Blickes würdigte, waren ihre Augen verquollen und gerötet wie der Rest ihres Gesichts. »Mein Tagebuch. Ich muss unbedingt mein Tagebuch finden.«

Jason blickte sich um. »Tut mir Leid, ich kann nichts sehen. Wie schaut es denn aus?«

»So groß ist es ungefähr.« Sie deutete mit den Händen den Umriss eines kleinen Buches an. »Der Einband ist aus schwarzem Leder, und zusätzlich ist es noch mit einem langen Lederriemen umwickelt.«

»Nein, das habe ich nicht gesehen. Hast du es vielleicht draußen verloren?«

»Ich hatte nichts in der Hand, als ich hierher kam.«

Das war ihm aufgefallen. Nicht einmal eine Handtasche hatte sie bei sich, aber das war normal, wenn sie beim Joggen gewesen war. Jason begriff nur nicht, weshalb dieses Tagebuch so wichtig für sie war. »Es tut mir Leid, aber ich weiß wirklich nicht, wo dein Tagebuch ist.«

Dann sagte keiner mehr ein Wort, und Jason fing allmählich an sich Gedanken über ein Mittagessen zu machen. Irgendwann fragte sie: »Dieses Haus hier gehört Ihnen?«

Er nickte.

»Haben Sie es geerbt?«

Wieder nickte er. »Ich habe meine Schwestern nach Mutters Tod ausbezahlt. Keiner ihrer Männer wollte hier wohnen, und wir haben uns auf einen vernünftigen Preis geeinigt.«

»Sie stammen also von den Brosnahans ab, die im Jahre 1860 hier lebten?«

»Das ist richtig. Ich stamme von den Brosnahans ab, die dieses Haus hier vor zwei Jahrhunderten erbaut haben. Es ist nie verkauft worden. Mehr als einmal war es mit einer Hypothek belastet, aber es ist nie verkauft worden. Und wenn es nach mir geht, wird es das auch nie. Ich versuche dir das jetzt schon die ganze Zeit ... ich meine, ich habe das Shelby erklärt, als sie mir das Haus unbedingt abkaufen wollte.« Langsam wurde ihm bei diesem Verhör mulmig zumute. »Unsere Familie hat unser Erbe und unsere Tradition immer in Ehren gehalten.«

Mary Beth blickte ihm forschend ins Gesicht, als versuchte sie seine Gedanken zu lesen und der Wahrheit auf die Spur zu kommen. Leise und mit sanfter Stimme fragte sie: »Wer ist Ihr Ururgroßvater? Welcher Ihrer Vorfahren hat vor hundertvierundvierzig Jahren hier gelebt? War es Amos? Lucas Robert?«

Lucas Robert Brosnahan. Jetzt bekam Jason eine Gänsehaut. Das war der Soldat, von dem sein Großvater immer erzählt hatte, wenn von der Familiengeschichte die Rede war. Einer der drei Brüder, die im Bürgerkrieg gekämpft hatten. »Lucas Robert. Ja, das war mein Vorfahr.«

Mary Beth erbleichte und blickte ihn an. Lange schien sie in ihm etwas zu suchen, und Jason fragte sich, ob sie es wohl fand.

»Jason Brosnahan«, sagte sie schließlich, »ich glaube, ich bin auch eine Ihrer Ahnen.«

12

Die Hochzeit wurde auf Anfang März festgesetzt, ganz im Sinn von Shelby und Lucas. So mussten sie nicht zu lange warten, und das neue Jahr war bereits so weit fortgeschritten, dass zumindest eine gewisse Chance auf schönes Wetter bestand. Shelby stellte fest, dass sie dem Datum aufgeregt entgegenfieberte. Ihre Vorfreude wuchs noch, als sie sich schließlich damit abfand, niemals mehr so etwas wie eine Zukunft als Shelby zu haben. Jetzt gab es wenigstens etwas, worauf sie sich freuen konnte, einen Grund, am Morgen aufzustehen. Und solange sie nicht zu weit in die Zukunft blickte, war alles in Ordnung.

Lucas kam jetzt jedes Wochenende zu den Campbells zu Besuch, eine willkommene Gesellschaft nach langen Monaten des Alleinseins mit Mary Beth' Eltern. Zu viert verbrachten sie die Nachmittage in angeregter Unterhaltung und genossen die von Annie servierten Erfrischungen. Oft saß Shelby einfach auch nur ruhig da und beobachtete Lucas, wie er mit den anderen plauderte. Es war eine helle Freude, mit anzusehen, mit welcher Leidenschaft und Begeisterung er über die verschiedensten Themen und über die Welt im Allgemeinen sprach. Lucas' Gefühle dabei zu erraten war kinderleicht. Shelby konnte in ihm lesen wie in einem Buch. Ein wunderbarer Charakterzug, wie sie fand.

An einem regnerischen Sonntagnachmittag fuhr Campbell seine beiden Frauen hinüber zu den Brosnahans.

Shelbys Herz raste vor Freude, als sie in das Haus zurückkehrte, das ihr einmal gehört hatte. Lucas' Antrag anzunehmen war die richtige Entscheidung gewesen. Das wurde ihr unwiderruflich klar, als sie durch die Haustür trat. So sicher sie wusste, dass Mary Beth nicht dafür geschaffen war, hier zu leben, so sicher wusste sie, dass dies der einzige Ort auf Erden war, an den sie gehörte. Während Mary Beth' Vater und Amos sich vor den Kamin im Esszimmer zurückzogen, um mit Dad Brosnahan ein Gespräch unter Männern zu führen, verschwand Mary Beth' Mutter im Kellergang, um im Küchenanbau hinter dem Haus mit Ruth ein Plauderstündchen zu halten. Shelby war mit Lucas im Vorraum zurückgeblieben.

Lucas streckte die Hand nach ihr aus und machte einen Schritt Richtung Wohnzimmer. »Komm mit, hier ist es schön warm und gemütlich.«

Shelby schmunzelte. Im Esszimmer war es ebenso warm und gemütlich, aber hier saßen keine schwatzenden, neugierigen Männer und verpesteten die Luft mit ihrem Zigarrenrauch. Mit einem Wort, hier bestand die Chance, allein zu sein. Sie folgte Lucas in das Zimmer, in dessen Kamin ein warmes, freundliches Feuer prasselte. Nur eine Öllampe brannte. Lucas führte sie zum Sofa. »Wie ist es dir in der Zwischenzeit ergangen?«

Zurückhaltend und höflich, wie er war, erlaubte er sich als einziges Zugeständnis an ihren Status als Verlobte nur ein keusches Küsschen auf die Wange. In ihrem Jahrhundert wäre sie mittlerweile schon bei ihm eingezogen, und die Hochzeit wäre nur noch eine bloße Formalität. Hier behandelte sie Lucas immer noch, als wären sie Fremde. Was sie einerseits ja auch waren und bis zur Hochzeit bleiben würden. Eigentlich zeugte es von einer gewissen

Weisheit, langsam aufeinander zuzugehen und die Grenzen des anderen zu respektieren, solange man noch nicht unter einem Dach zusammenlebte. Shelbys Herz klopfte hart in ihrer Brust. Überrascht stellte sie fest, dass sie nervös war. »Danke, mir ist es gut ergangen. Ich freue mich auf den großen Tag.«

Ein Lächeln erhellte sein Gesicht, als er neben ihr auf dem Sofa Platz nahm und den Arm auf den Sofarücken hinter ihr legte. Sein Körper schien vor Glück zu vibrieren und seine Freude in Wellen auszusenden. Shelby hätte blind sein müssen, das nicht zu bemerken.

Lucas erzählte von der Farm, von dem begabten Rennnachwuchs ihrer Zucht, der in diesem Jahr zum ersten Mal antreten würde, von den Problemen mit Clyde, der es sich angewöhnt hatte, die Gleise entlangzuwandern und nach Gott weiß was Ausschau zu halten. Shelby steuerte nicht viel zu der Unterhaltung bei, denn ihre eigene Vergangenheit wäre kein passender Gesprächsstoff gewesen. Von dem kommenden Krieg konnte sie auch nicht sprechen, da sie zu viel darüber wusste. Also lauschte sie den Ausführungen ihres zukünftigen Ehemanns und ließ sich von ihm unterhalten.

Irgendwann geriet das Gespräch unweigerlich ins Stocken. Lucas schaute einen unschlüssigen Moment lang zum Fenster hinaus und machte eine Bemerkung über das scheußliche Wetter, ehe er einen Blick auf die geschlossene Verbindungstür zum Esszimmer warf. Von dort aus drang das Gemurmel von Amos und Vater zu ihnen herüber. Kurz entschlossen beugte er sich zu Shelby hinüber und küsste sie vorsichtig auf den Mund. Sie spürte seinen Kuss bis hinunter zu den Zehenspitzen.

Als er sich wieder aufrichtete, warf sie ebenfalls einen

raschen Blick auf die geschlossene Tür, schlang einen Arm um seinen Hals und zog seinen Kopf wieder zu sich herunter. Dieses Mal war sein Kuss schon drängender und forschender. Seine Lippen liebkosten sie, und sein Atem strich warm über ihre Wange. Dabei war eine Bereitschaft zu spüren, sich ihr voller Neugierde und Offenheit hinzugeben. Sie musste Lucas nicht lange ermutigen, seine Lippen zu öffnen und mit seiner Zunge ihren Mund zu erforschen, noch spielerisch und zart zuerst. Er löste sich kurz von ihr und lächelte, ehe er seinen Mund wieder auf den ihren presste und daraus trank wie aus einem Kelch. Shelby spürte, wie ihre Gedanken abdrifteten, als er eine Hand an ihre Wange legte, und sie sich vorstellte, in einer Welt zu leben, die nur aus Lucas bestand und aus dem Genuss, den sie in ihm fand.

Der Kuss schien kein Ende zu nehmen – eine Folter der köstlichsten Art. Shelby legte ihre Finger an Lucas' Hals und ließ sie in seinen Kragen gleiten. Sein Puls raste wie ein Rennpferd im gestreckten Galopp. Er konnte nicht mehr an sich halten und drückte sie auf das Sofa zurück. Shelby wies ihn nicht in seine Schranken. Im Gegenteil, sie wäre hier und jetzt einverstanden gewesen, hätte er versucht seine Hose aufzuknöpfen. Der Wunsch, ihn zu spüren, ließ sie aufstöhnen.

In dem Moment hämmerte es an die Tür, und sie schreckten beide hoch.

»He, ihr zwei!« Es war Amos. »Redet weiter. Es ist so verdächtig ruhig bei euch.«

Lucas richtete sich keuchend auf und schob eine Haarsträhne zurück, die ihm ins Gesicht gefallen war. Er sah sich um, als wüsste er nicht, wo er war, und flüsterte: »Es tut mir Leid.«

»Das braucht es nicht.«

»Ich hätte dich nicht hierher bringen dürfen. Nicht in Anwesenheit deines Vaters.« Die Ausbuchtung in seiner Hose war nicht zu übersehen, und er griff nach einem Kissen, um sie dahinter zu verstecken. Für den Fall, dass jemand ins Zimmer käme, stand er hastig auf und stellte sich vor den Kamin, als würde er sich wärmen.

Shelby setzte sich ebenfalls wieder gerade hin und strich ihre Haare und ihre Kleidung glatt, auch wenn sie genau wusste, dass ihr weicher, geröteter Mund sie mindestens ebenso verraten würde wie Lucas' Erektion. Sie vermutete, dass Amos sie absichtlich gewarnt hatte, um ihnen genügend Zeit zu geben, bevor Campbell sie wieder nach Hause bringen würde. Sich mit einer Hand wie mit einem Fächer Luft zuwedelnd, lächelte sie Lucas zu, der am Kaminsims lehnte und ein paarmal tief Luft holte.

Shelby stand auf und ging zu ihm. »Es ist schon in Ordnung«, flüsterte sie. »Es ist mir ziemlich egal, was dein Bruder denkt.« Dann nahm sie ihm das Kissen aus der Hand und warf es auf das Sofa. »Er ist ein netter Kerl, aber sonst ist er mir gleichgültig.«

Lucas warf ihr einen scharfen Blick zu, den sie nicht recht zu deuten wusste.

»Wieso überrascht dich das?«, fragte sie.

Er zuckte mit den Schultern. »Nur so.«

»Das sah aber nicht danach aus. Sag mir, was dir durch den Kopf geht.« Da er weiter zögerte, fügte sie hinzu: »Wir werden bald Mann und Frau sein. Da sollten wir keine Geheimnisse voreinander haben.«

Er schüttelte den Kopf und murmelte: »Ich schäme mich, es dir zu sagen.«

»Komm schon. So leicht bin ich nicht zu schockieren.«

Verlegen trat Lucas von einem Bein aufs andere, während er sich seine Antwort überlegte. Schließlich hob er den Kopf, sah ihr ins Gesicht und entgegnete langsam und ruhig: »Es gab eine Zeit, meine liebe Mary Beth, da hielt ich es für möglich, in meinem eigenen Bruder einen Rivalen um deine Gunst zu haben.«

»Nein, tatsächlich.« Shelby legte so viel Betroffenheit wie möglich in ihre Stimme.

Lucas seufzte. »Doch, es gab Zeiten, da schien es mir, als wärt ihr mehr als nur Freunde.«

»Amos ist ein verheirateter Mann. Du kannst doch unmöglich annehmen ...«

»Nein, nichts dergleichen. Ich denke, er hat nicht einmal etwas davon bemerkt, und wenn, dann hätte ich nie um dich geworben. Aber manchmal habe ich mich schon gefragt, ob du ihn nicht doch ein wenig lieber hast als mich.«

»Und was denkst du jetzt?«

Ein Lächeln umspielte seine Mundwinkel, und er strich ihr mit dem Daumen über das Kinn. »Nun, ich bin zu der Überzeugung gelangt, dass du mich weit lieber hast, als ich dachte.«

»Und Amos weit weniger.«

»Vermutlich.« Der Blick, mit dem er sie verschlang, drückte eine unendliche Sehnsucht aus. Ihr Herz konnte ihre Gefühle für ihn kaum fassen, und sie murmelte: »Ich liebe dich. Vertrau mir.«

Für den Augenblick schien ihn das zufrieden zu stellen. Er beugte sich über sie und küsste sie ohne jede Rücksicht darauf, dass jemand hereinkommen könnte.

Die Wochen schleppten sich zäh dahin, während Mary Beth' Mutter sich an die Hochzeitsvorbereitungen machte. Shelby, die ahnte, dass sie ein rauschendes Fest plante, das selbst ihre kühnsten Jungmädchenträume übertreffen würde, mischte sich so wenig wie möglich ein. Jede Hilfe oder jeder Ratschlag wären bestimmt überflüssig gewesen. Sie hatte nur eine Bitte. Sie wünschte sich, dass die Feier im Haus der Brosnahans abgehalten wurde.

»Sei doch nicht albern, mein Kind. Wir werden selbstverständlich hier feiern, wo wir genügend Platz und Dienstboten haben.« Mary Beth' Mutter saß mit Tintenfass, Feder und Papier ausgerüstet am Küchentisch und stellte die Gästeliste zusammen.

»Ich möchte aber, dass das Fest drüben bei den Brosnahans stattfindet. Wir können draußen feiern, und wir können unsere Bediensteten mitnehmen. Das ist mein einziger Wunsch, und ich will es so.« Shelby, die neben Mary Beth' Mutter stand, trat zur Seite, um die Köchin durchzulassen.

»Unfug.«

»Mutter, ich bestehe darauf.« Sie legte gerade so viel Nachdruck in ihre Stimme, wie sie wusste, dass in diesem Haus noch toleriert werden würde.

»Und aus welchem Grund?« Dem scharfen Ton war zu entnehmen, dass es geraten schien, einen stichhaltigen Grund vorzubringen.

Wie sollte Shelby ihr erklären, dass sie einfach an dem einzigen Ort heiraten wollte, an dem sie sich jemals zu Hause gefühlt hatte? Das Haus der Brosnahans, das mehr war als nur Backsteine und Mörtel, Verputz und Holz, vermittelte ihr ein Gefühl des Friedens. Als ob sie dorthin gehörte und nie irgendwo anders hingehören würde. Nicht so wie dieses riesige leere Haus hier, das von unfreiwillig in Knechtschaft lebenden Menschen unterhalten und von Menschen beherrscht wurde, die keinerlei Unrechtsbewusstsein besaßen, wie moralisch verwerflich dies war. Nein, das konnte sie dieser Frau unmöglich sagen.

Stattdessen antwortete sie: »Wäre es dir denn nicht auch lieber, wenn der Hochzeitsempfang kleiner, dafür aber exklusiver ausfallen würde? Wie wäre es, wenn wir die Liste auf eine handverlesene Anzahl von Gästen beschränken, statt das ganze Tennessee Valley einzuladen?«

Aber Mary Beth' Mutter machte nur eine abwehrende Handbewegung. »Die Gästeliste zu beschränken ist ein Ding der Unmöglichkeit, das weißt du ebenso gut wie ich. Jeder ist mit jedem verwandt, und wenn wir irgendeinen ausschließen, handeln wir uns nur Ärger ein.«

Gut, dann würde sie es eben anders versuchen.

»Weißt du, Mutter«, sagte Shelby erneut mit vertraulich gesenkter Stimme und ließ sich auf dem Stuhl neben ihr nieder, »in erster Linie will ich doch, dass Lucas sich wohl fühlt. Das musst du doch verstehen.« Mary Beth' Mutter hob fragend die Augenbrauen, aber Shelby merkte, dass sie offensichtlich den richtigen Ton angeschlagen hatte. Rasch fuhr sie fort: »Du weißt doch, wie nervös Männer sind, wenn es ans Heiraten geht. Sie stellen sich an, als würden sie in die Sklaverei verkauft. Ich glaube, die meisten Männer würden diesen Tag am liebsten ausfallen lassen und nicht viel Aufheben darum machen.«

Ein Lächeln umspielte ihre Lippen, und sie nickte zustimmend. »Ja. Ich entsinne mich noch gut, dass dein Vater am Tag unserer Hochzeit beim Essen nicht eine ruhige Minute hatte.«

»Siehst du.« Shelby rutschte bis an die Stuhlkante vor.

Sie war ganz aufgeregt, dass sie es vielleicht doch schaffen könnte. »Ich will nicht, dass Lucas dasselbe durchmachen muss. Ich möchte ihn an dem Ort heiraten, an dem er sich am wohlsten fühlt – bei sich zu Hause. So wird er den Tag in Ruhe genießen können, und keiner wird einen nervösen Magen oder schweißnasse Hände haben …«

»Oder kalte Füße bekommen.«

Shelby grinste. »Genau. Auch keine kalten Füße.«

Mary Beth' Mutter schenkte ihr eines ihrer seltenen, wirklich von Herzen kommenden Lächeln. »Wie ich sehe, ist meine Tochter doch nicht so viel anders als ihre Mutter.«

Shelby fühlte sich fast geschmeichelt.

»Aber du hast Recht, und es ist ein sehr weiser Entschluss, den du da getroffen hast. Ich werde mich mit Ruth besprechen und alles Nötige veranlassen. Ich bin sicher, sie wird ihr Bestes geben, um uns und unsere Gäste gut zu bewirten, wenn wir die Speisen und das Personal mitbringen.«

»Ich danke dir.« Shelby war so glücklich, dass sie sich sogar dazu hinreißen ließ, Mary Beth' Mutter einen Kuss auf die Wange zu drücken, als sie vom Tisch aufstand und die Küche verließ.

Ihre Vorfreude verstärkte sich und wuchs bald ins Unermessliche. In der Nacht vor der Hochzeit war an Schlaf nicht zu denken. Unruhig wälzte sie sich im Bett hin und her. Die Begeisterung darüber, ihr Leben von nun an mit Lucas zu teilen, und dazu das Eingeständnis, dass sie mittlerweile jede Hoffnung aufgegeben hatte, jemals wieder in ihre eigene Zeit zurückzukehren, regten immer neue Überlegungen an, bis ihr Körper völlig aufgedreht und gleichzeitig zu erschöpft zum Schlafen war.

Schließlich wurde ihr klar, dass sie irgendwie nachhelfen musste, wenn sie noch etwas Schlaf bekommen wollte. Da es hier weder Schlaftabletten noch sonstige Beruhigungsmittel gab, musste ein Becher Milch Abhilfe schaffen. Sie glitt aus dem Bett und schlüpfte für den kurzen Weg zum Kühlhaus in Morgenmantel und Pantoffeln.

Shelby misstraute der unpasteurisierten Milch, aber heute Abend war sie einfach zu aufgekratzt, um ohne Hilfe einschlafen zu können. Vielleicht gelang es ihr, einen Zinnbecher voll in ihr Zimmer zu bringen und dort über dem Feuer zu erhitzen. Die Küche war um diese Stunde bestimmt schon geschlossen und das Feuer erkaltet. Shelby zog den seidenen Morgenmantel enger um ihre Brust und tappte lautlos die Treppe hinunter. Aus der Küche nahm sie einen Becher mit, ging zur Hintertür und lief rasch den schmalen Pfad bis zum Kühlhaus entlang.

Mittlerweile war es Frühling geworden, und unter den Bäumen roch es kräftig nach Erde und Blättern, aber die Märznacht war immer noch frisch, und in der Luft lag das untrügliche Versprechen auf Morgenfrost. Der Himmel war sternenklar, und Shelby hoffte, dass am nächsten Tag die Sonne scheinen möge, um die Kälte zu vertreiben.

Das kleine Lagerhaus befand sich inmitten einer Gruppe von Bäumen über einem Loch im Erdboden, genauer gesagt, über einer Quelle, aus der kaltes Wasser sprudelte, das dann als gewundenes Rinnsal in den nächsten Bach floss. Das Hüttchen bot gerade genügend Platz für die Regalbretter und Haken, wo die Lebensmittel aufbewahrt wurden, die kühl zu lagern waren. Um diese frühe Zeit des Jahres spielte das Quellwasser noch keine große Rolle, die Temperatur herabzukühlen; es konnte über Nacht sogar noch gefrieren. Aber im Sommer war nicht darauf zu verzichten, im Gegenteil, es war sogar dringend notwendig, damit die dort gelagerten Lebensmittel nicht innerhalb von Stunden verdarben. Shelby schob den Riegel zurück, nahm den Tonkrug mit der Milch und goss sich einen Becher voll ein.

Als sie das Kühlhaus verließ, nahm sie aus dem Augenwinkel eine Bewegung wahr und blieb stehen. Da war jemand auf dem vom Mond beschienenen Weg bei den Sklavenhütten. Shelby verharrte in der Dunkelheit, um herauszufinden, wer das war. Campbell hatte nämlich nicht ganz Unrecht mit seiner Warnung vor Männern mit unredlichen Absichten. Jedes Jahrhundert hatte sein eigenes Gesindel, das klaute, zerstörte oder seinen Opfern auf andere Weise zusetzte.

Aber das, was sie sah, war kein Dieb, sondern der Silhouette nach eines der Dienstmädchen, das sich von den Hütten entfernte. Am Kopfputz erkannte sie, dass es Annie war, die in Richtung des Flusses davoneilte. Shelby stellte den Becher neben die Tür des Kühlhauses und schlug den Weg durch die Bäume ein, um die Flüchtende abzufangen.

Annie lief ihr genau in dem Moment in die Arme, als sie aus dem Wäldchen trat.

»Warte, bleib stehen.«

Das schwarze Mädchen wirbelte herum und wich ins Gebüsch zurück. Shelby sah, dass sie ein kleines, in Leintuch eingewickeltes Bündel bei sich trug. Ihre schreckerfüllten Augen blitzten hell in ihrem dunklen Gesicht und suchten panisch nach einem Fluchtweg. Aber sie blieb stehen, in der Hoffnung auf Gnade. »Bitte, Miss Mary Beth. Ich gehe jetzt ganz leise zurück. Bitte verraten Sie Ihrem Vater nichts.«

Shelby wusste nicht, was sie tun oder sagen sollte. Eine schlimme Situation. Annies Chancen auf eine erfolgreiche Flucht waren nur gering, aber man konnte ihr weder ihren Wunsch noch das moralische Recht dazu absprechen. Es gab für Annie nicht den geringsten Grund, Shelby zu vertrauen, ganz gleich, was immer sie auch sagen mochte.

»Komm her«, forderte Shelby das Mädchen auf. Sie würde Annie nie davon überzeugen können, dass sie den Mund halten würde, auch wenn sie das Mädchen einfach weiterschickte. Deshalb streckte sie die Hand nach ihr aus. »Komm mal her. Nur für eine Minute.«

Die schwarze Sklavin gehorchte, ihr blieb auch keine andere Wahl. Sie ergriff die ausgestreckte Hand und folgte Shelby den Pfad bis zum Kühlhaus. Shelby führte sie hinein. Das Mondlicht strömte durch die Tür, und sie sah sich suchend um. So früh im Jahr gab es keine große Auswahl. Aber Käse gab es in Hülle und Fülle, und auch die geräucherten Überreste eines Schweins, das erst kürzlich geschlachtet worden war. Shelby brach ein Stück Käse ab und entschied sich obendrein für ein schönes Stück Schinken. »Öffne dein Bündel, schnell.«

Annie verschlug es für einen Moment die Sprache. Verständnislos starrte sie sie an.

»Beeil dich.«

Das schwarze Mädchen bückte sich, um das Tuch aufzuknoten, und Shelby tat die Essensvorräte zu den wenigen Habseligkeiten.

Als Annie das Bündel wieder schloss, fragte Shelby: »Hast du jemanden, der dich führen wird?« Misstrauisches Schweigen war die einzige Antwort auf ihre Frage, und so holte sie tief Luft und setzte erneut zum Sprechen an. »Ich hoffe, dass du jemanden hast, der dich führen wird, Annie. Und ich hoffe auch, dass du es schaffst, dein Ziel zu erreichen. Aber sei vorsichtig. Glaub nicht alles, was die Yankees dir erzählen, und lass dir nichts gefallen. Pass auf dich auf, sonst tut das keiner. Du bist jetzt selbst für dich verantwortlich.«

Annie biss sich auf die Lippe, zögerte und sagte schließlich: »Der Zauber, er hat nicht gewirkt, Miss Mary Beth. Morgen heiraten Sie Mr. Brosnahan, also hat der Zauber nicht gewirkt. Dann wirkt er bei mir vielleicht auch nicht.«

Jetzt verschlug es Shelby die Sprache. Annie wusste also, was Mary Beth getan hatte. Und auch, weshalb. Aber sie erholte sich schnell wieder von ihrer Überraschung und sagte: »Annie, der Zauber hat viel besser gewirkt, als du denkst. Ich heirate einen Mann, den ich liebe, und du wirst ein besseres Leben für dich finden. Vertrau mir.«

Das schwarze Mädchen runzelte die Stirn und sah sie zweifelnd an.

»Ich bin nicht Mary Beth«, erklärte Shelby.

Offene Verwunderung trat an Stelle des Zweifels. »Aber wer sind Sie …«, stammelte Annie.

»Das ist nicht wichtig. Tu, was ich dir gesagt habe. Geh schnell, sei vorsichtig und hab Vertrauen, dass du es schaffen wirst. Aber pass auf dich auf.«

Das schwarze Mädchen nickte. »Jawohl, Miss Mary Beth.«

»Und jetzt beeil dich. Und sieh zu, dass du so viele Meilen wie möglich zwischen dich und diesen Ort hier legst.«

Annie lief ein paar Meter, warf einen letzten Blick zurück und verschwand dann raschen Schrittes auf dem Saumpfad zwischen den Bäumen. Innerhalb von Sekunden wurde sie von der Dunkelheit verschluckt, aber Shelby schaute ihr noch lange hinterher. Dann nahm sie den Becher Milch von der Steinschwelle und ging zurück ins Haus und hoch in ihr Zimmer. Dort trank sie die Milch kalt, wie sie war, starrte eine Weile in die glimmende Asche im Feuer und dachte über die kommenden zweieinhalb Jahre nach.

Der Hochzeitstag von Shelby und Lucas dämmerte kühl und frisch herauf, aber eine strahlende Sonne vertrieb bald die Kälte. Shelby und die Campbells trafen Mitte des Vormittags im Haus der Brosnahans ein, wo es bereits von Menschen wimmelte. Die Dienstboten der Campbells, die im Morgengrauen mit den Vorbereitungen begonnen hatten, eilten zwischen dem Haus und dem Garten hin und her und schmückten die dort aufgestellten Tische. Die Nachricht von Annies Flucht war mit Sicherheit das vorrangige Gesprächsthema unter den schwarzen Sklaven und hatte sich bestimmt schon zu den Frauen der Brosnahans durchgesprochen. Unter den Weißen und in Gegenwart der Campbells wurde das Thema nicht erwähnt. Mary Beth' Vater hatte durch die Flucht einer Sklavin einen rein materiellen Verlust erlitten, und das war seine Privatsache, solange er andere nicht miteinbezog. Und außerdem war heute nicht der Tag, sich mit einem flüchtigen Sklaven abzugeben. Shelby erkannte den Einfluss von Mary Beth' Mutter hinter dem Schweigen und registrierte mit Erleichterung, dass sie bei ihrer Hochzeit keine hässlichen Diskussionen über die Abschaffung der Sklaverei zu befürchten hätte.

Sie stieg aus ihrer Kutsche mit einer Anmut, die sie am ersten Tag ihrer Ankunft in diesem Jahrhundert noch nicht besessen hatte. Ein Blick auf die bereits leicht verzogenen braunen Backsteine der sich setzenden Hauswände zeigte ihr, dass sie wieder daheim war. Niemals mehr würde sie von hier fortgehen, und dieses Wissen erfüllte sie mit Freude. Die Luft stand still, nur gelegentlich wirbelte eine sanfte Brise kräftige Gerüche nach Erde und frischem Grün auf. Entlang der Auffahrt waren Osterglocken aufgegangen und fingen eben erst an, ihre gelben und weißen Blütenköpfe zu zeigen. Zwischen den winterkahlen Ästen jenseits der Bahngleise blühte bereits üppig der Hartriegel, dessen weiße Blüten an einen Schwarm Schmetterlinge denken ließen, die sich darauf niedergelassen hatten. Es war, als würde selbst die Erde diesen Freudentag feiern.

Und oben auf der Veranda stand Lucas in seinem frisch gebügelten Anzug aus dunkler Wolle, die Hände lässig in die Hosentaschen gesteckt, um Shelby willkommen zu heißen. Er strahlte über das ganze Gesicht und hatte nur Augen für sie, als wäre sie das einzige Wesen auf dieser Welt, das seiner Aufmerksamkeit wert war. Sie blieb ebenfalls stehen, sah ihn lange an und versuchte, sich diesen Moment für immer und ewig einzuprägen. Alles andere trat in den Hintergrund, die Geräusche schwanden, und irgendwann sah auch sie nur noch ihn – Lucas, den einzigen Mensch auf dieser Welt, der für sie zählte und jemals zählen würde. Lächelnd kam er auf sie zu.

Amos und Gar eilten ebenfalls herbei, um ihren Schrankkoffer abzuladen. Herzlich begrüßten sie die Campbells, die ihnen ins Haus folgten und Braut und Bräutigam sich selbst überließen. Lucas deutete auf das Gepäck, das gerade im Haus verschwand. »Gar und Martha sind zu Amos und Ruth in das zweite Schlafzimmer gezogen.

So haben wir wenigstens ein paar Wochen etwas Privatsphäre.«

Shelby nickte, ganz und gar nicht darüber erfreut, dass sie in Zukunft ihr Zimmer mit einem anderen Paar würden teilen müssen, aber sie wusste, dass in diesem Haus sonst kein Platz war. Zu ihrer aller Glück hatte das Familienoberhaupt seine Bettstatt unten neben dem Kamin im Esszimmer, sodass es im ersten Stock nicht ganz so beengt zuging.

Die Zeremonie war nicht so förmlich wie bei Susannahs Hochzeit, da im Vorgarten keine Sitzreihen aufgebaut waren. Susannah würde nicht kommen können, da ihre Schwangerschaft schon so weit fortgeschritten war, dass sie sich in der Öffentlichkeit nicht mehr zeigen wollte. Es waren bereits die ersten Gerüchte über gewisse Diskrepanzen zwischen wahrscheinlichem und angekündigtem Geburtstermin ihres Kindes im Umlauf. Deshalb wäre es sowohl höchst unklug als auch höchst unpassend gewesen, sich an diesem Tag mit einem dicken Bauch zu zeigen. Tom und seine Eltern hingegen waren gekommen, um Susannahs Bedauern auszudrücken und ihre Glückwünsche zu übermitteln.

Shelby sah sich unter den Gästen um. Ob reich oder arm, alle waren in ihrem besten Sonntagsstaat. Und über allem schien eine kristallklare Sonne und wärmte die strahlenden Gesichter. Alle freuten sich aufrichtig für das junge Paar. Eine Ehe brachte Stabilität in die Gemeinde, und in diesen Zeiten war Stabilität Mangelware. Jeder in Hendersonville teilte das Glück des Paares.

Lucas' Musikantenfreunde spielten leise draußen im Garten, während sich die Gäste um den Brunnen herum versammelten. Dienstboten eilten geschäftig mit Geschenken und Mahlzeiten hin und her. Kinder spielten Fangen inmitten der Erwachsenen. Früher war Shelby immer der Ansicht gewesen, dass eine Hochzeit nichts für Kinder sei, doch heute schien es ihr nur recht, dass die ganze Gemeinde, selbst die jüngsten Mitbürger, daran teilnahmen. Jetzt schickte auch sie sich an, eine der ihren zu werden, und sie begann zu begreifen, was es bedeutete, Teil dieser Gemeinschaft zu sein.

Die Heirat wurde von demselben Geistlichen aus Nashville vollzogen, der bereits Susannah und Tom getraut hatte. Lucas hatte mit warmer, trockener Hand fest die von Shelby ergriffen. Die Ungeheuerlichkeit dessen, was sich hier abspielte, flößte Shelby größten Respekt ein. Nie würde sie begreifen, welche Macht sie hier zusammengeführt hatte. Sie wusste nur, dass es rechtens war in einem umfassenden, kosmischen Ausmaß. Als Lucas sie das erste Mal als ihr rechtmäßiger Gatte küsste, war sie überzeugt, dass es einen Gott geben müsse.

Nachdem sie zu Mann und Frau erklärt worden waren, setzte die Musik erneut ein, und das Fest begann.

Sie feierten bis weit in die Nacht hinein. Wie Mary Beth' Mutter vorausgesagt hatte, waren fast alle Bewohner von Hendersonville erschienen, und dazu nicht wenige aus Nashville und Gallatin. Im Erdgeschoss und im Garten war ein ständiges Kommen und Gehen von Gästen, die aßen und tranken, dem Paar zuprosteten, spielten, zur Musik tanzten und das Paar hochleben ließen.

Die beiden anderen Frauen der Brosnahans, Ruth und Martha, überwachten das Geschehen, obwohl Dienstboten und Essen von den Campbells gestellt wurden. Ruth trug als Frau des ältesten Bruders die meiste Verantwortung. Shelby hatte sie mittlerweile als eine angenehme

Person schätzen gelernt, als eine freundliche und nachdenkliche Frau. Mit Martha zusammenzuleben würde sich als weitaus schwieriger erweisen. Sie und Gar waren bereits mit einem Fuß ausgezogen und in Nashville zu Hause und verschwendeten kaum mehr einen Gedanken an die Farm und an die Menschen, die hier lebten.

Heute trug Martha eine extrem ausladende Krinoline unter ihrem Kleid aus hellgelber Seide. Das Wohnzimmer der Familie war kein großer, offizieller Ballsaal, und Martha nahm einen großen Teil des Raums allein für sich in Anspruch. Selbst Mary Beth' Mutter hatte heute auf einen Reifrock verzichtet, um nicht allzu viel Platz zu benötigen. Alle Gäste mussten einen weiten Bogen um Martha machen, die neben dem Kamin in der Ecke stand wie eine Puppe, die man dort abgestellt hatte und mit der man nicht spielen durfte.

Dad Brosnahan hatte man auf einem Sofa vor dem Fenster platziert. Er spitzte seine schwerhörigen Ohren, um wenigstens einen Teil der Unterhaltung ringsum mitzubekommen. Gelegentlich bat er, man möge doch die eine oder andere Bemerkung wiederholen, und dann beugte sich der Sprecher zu ihm hinunter und wiederholte das Gesagte laut für ihn.

Der Tag entschwand, und die Frühlingssonne ging über einer Hochzeitsfeier unter, die noch in vollem Gange war. Langsam zogen die Musiker ins Haus um. Die Gäste, die mittlerweile alle ihren Hunger gestillt hatten, tanzten und genossen weiter Bier und Whiskey. Und alle sahen zu, wie die Neuvermählten miteinander tanzten. Die lebhafte Gästeschar unterhielt sich lautstark, ohne einen Gedanken daran zu verschwenden, man könnte die Nachbarn stören. Das nächste Haus war über eine Meile entfernt, und die Nachbarn waren ohnehin alle da. Alle freuten sich, auf Kosten eines anderen über die Stränge schlagen zu können, und sprachen reichlich dem Alkohol zu.

Der Geiger und der Gitarrist intonierten an ihrem Platz neben dem erkalteten Kamin eine einschmeichelnde walzerähnliche Melodie. Lucas hielt Shelby in den Armen und wirbelte sie in der Mitte des Zimmers umher. Ihr wurde ganz anders, als er sie noch enger an sich drückte. Er hatte die Jacke ausgezogen und seine Krawatte gelockert, die lose und schlaff unter seinem Kragen hing. Nicht einmal die Bügelfalte in seiner schwarzen Wollhose hatte seinem Temperament standgehalten. Halbherzig folgte Shelby seinen Walzerschritten, während beide mit den Gedanken ganz woanders waren.

Lucas beugte sich zu ihr hinunter und flüsterte ihr, die Musik übertönend, ins Ohr: »Mary Beth, heute bin ich der glücklichste Mann auf Gottes Erde.«

»Und ich die glücklichste Frau.«

Er küsste sie auf die Wange. Ein Hauch von Whiskey vermischte sich mit dem Geruch nach Tabak. Lucas sprühte vor Freude. Der Alkohol machte ihn offenbar ausgelassen und nicht sentimental. Shelby vernahm ein tiefes Grollen in seiner Brust und drückte ihr Ohr daran. Er summte, aber nicht im Rhythmus der Musik. Es hörte sich eher an wie das tiefe, grollende Schnurren einer Dschungelkatze. Lucas stellte sein Glück mit ebensolcher Offenheit zur Schau, mit der sie ihn einst seine Einsamkeit hatte ertragen sehen.

Dann küsste er sie auf den Mund, lächelte und küsste sie erneut, dieses Mal noch inniger. Er muss einiges intus haben, um sie vor allen Leuten so zu küssen, dachte Shelby. Einen dritten Kuss wehrte sie ab, da sie ganz gewiss nicht betrunken war und deshalb keine Ausrede für ihr unschickliches Benehmen gehabt hätte.

Lucas' Lächeln verlor ein wenig an Strahlkraft. »Was ist los?«

»Nicht hier«, flüsterte sie. »Wir werden bald allein sein.«

»Du genierst dich ja.«

»Ich bin eine Lady, wenn ich bitten darf.« Vergessen war, wie nahe daran sie noch keine zwei Wochen zuvor in eben diesem Zimmer gewesen war, seinen Hosenlatz aufzuknöpfen. Die gesamte Bevölkerung von Hendersonville sah ihnen im Moment zu, und jetzt legte sie Wert auf ihre Reputation.

Lucas zog sie wieder an sich. »Bei Gott, du bist eine Lady. Das ist unbestritten, und ich weiß es sehr zu schätzen.« Mit diesen Worten tanzte er mit ihr in Richtung Tür, und sobald sie nahe genug waren, trat er über die Schwelle und zog Shelby an der Hand hinter sich her. »Komm mit«, sagte er. »Lass uns allein sein.«

Ihr Herz klopfte wie wild, als sie hinter ihm herstolperte. Im Zimmer sagte jemand: »Da gehen sie«, gefolgt von perlendem Gelächter. Ein Stoß Adrenalin schoss in ihr hoch. Shelby warf einen kurzen Blick zurück über die Schulter und sah in die Gesichter grinsender Männer und mitfühlender Frauen. Sie musste schmunzeln.

Lucas führte sie die sich im Halbdunkel befindende Treppe hinauf und in das nächstgelegene Schlafzimmer. Hier hatte sie damals geschlafen, als das Haus ihr gehörte hatte. In der Mitte des Zimmers ließ Shelby seine Hand los und drehte sich zu ihm um. Als er die Tür schloss, trat sie einen Schritt zurück. Er wandte ihr sein Gesicht zu. Sie bekam feuchte Hände, als würde sie fürchten, er könnte auf sie losgehen. Gleichzeitig vibrierte ihr ganzer Körper in freudiger Erwartung. Nichts wünschte sie sich sehnlicher. Es war ein merkwürdiges Gefühl. Sie hatte vorher mit Männern geschlafen, aber nie mit jemandem, den sie so sehr geliebt hatte. Die Aussicht machte sie schwindlig, und sie glaubte zu fliegen.

Voller Neugier sah sie sich in ihrem ehemaligen Schlafzimmer um, das jetzt wieder das ihre war. Ein Bett befand sich an derselben Stelle, an der auch das ihre gestanden hatte, und neben dem Fenster an der gegenüberliegenden Wand hatte offensichtlich die zweite Bettstatt gestanden, wie unschwer an den Eindrücken auf dem Teppich zu erkennen war. Ihren Nachttisch hatten Martha und Gar zurückgelassen, als sie mit ihrem Nachtlager umgezogen waren. Shelby bemerkte, dass Lucas' Bett – bis auf die gedrechselten Kreuzblumen an den Pfosten – dem ihren sehr ähnlich war. Daneben waren noch ein Schrank und ein Waschtisch, und vor dem Kamin, exakt an der Stelle, an der sich ihr geschwungener Schaukelstuhl aus Bugholz befunden hatte, war ebenfalls ein Schaukelstuhl mit geradem Rücken. Am Fuß des Bettes stand der Schrankkoffer mit ihren Kleidern von zu Hause. Besser gesagt, aus dem Haus der Campbells.

Lucas kam auf sie zu und ergriff ihre Hand. »Da wir jetzt alle drei verheiratet sind, ist es ein bisschen eng hier im Haus«, sagte er. »Aber das wird sich ändern, wenn Gar und Martha nach Nashville ziehen. Und wenn Amos in den Westen geht, dann könnte es sein, dass du eines Tages die Herrin im Haus bist.« Mit diesen Worten drückte er einen zarten Kuss auf jede ihrer Handflächen.

Seine Augen glänzten vor Erregung und Alkohol fiebrig hell in dem flackernden gelben Licht. Er legte den

Kopf schief und sah sie unschlüssig an. Offenbar wusste er nicht, was er jetzt tun sollte. Shelby vermutete, dass er als der Gentleman, der er war, nicht wie ein x-beliebiger Freier im Bordell in Nashville über sie herfallen wollte. Lucas räusperte sich und deutete auf das Bett. Dann ging er auf leicht unsicheren Beinen ans Fenster und kehrte ihr den Rücken zu.

Die Bettdecke war aufgeschlagen, und ein rüschenbesetztes, langes, weißes Nachthemd lag auf der Matratze. Es war neu, ein Geschenk von Susannah und Tom. Das Zimmer wurde von einem Dutzend Kerzen in den verschiedensten Haltern erleuchtet. Shelby drehte sich um, um – wie von ihr erwartet – in das Nachthemd zu schlüpfen. Dabei überlegte sie angestrengt, wie sie es anstellen sollte, dass ihre Hochzeitsnacht wenigstens annähernd ihrer Vorstellung entsprach, ohne dass sie von ihrem Mann gleich als Hure abgestempelt wurde. Sie versuchte die Knöpfe auf der Rückseite ihres Kleides zu erreichen, schaffte es aber nicht. »Bleib hier, ich brauche deine Hilfe«, sagte sie und warf einen Blick über die Schulter, als Lucas ihrer Bitte nachkam. »Und die Schnüre am Korsett bitte auch.« Dieses verdammte Korsett.

Mit unerfahrenen Fingern knöpfte er ihr Kleid auf und löste auch die Verschnürung des darunter liegenden Korsetts. Dabei strich er kurz mit den Fingerspitzen über ihre nackte Haut. Seine Berührung ließ sie am ganzen Körper erschaudern, aber noch ehe sie etwas sagen konnte, hatte er sich schon wieder abgewandt. Das Verlangen nach ihm steigerte sich ins Unermessliche, bis es fast schmerzte. Das Einzige, was sie davon abhielt, ihn zu packen und auf das Bett zu werfen, war die Angst, was er dann wohl von ihr halten würde.

Lucas nutzte die Zeit, um sich an der Waschschüssel zu erfrischen. Mit dem Leinentuch, das daneben lag, trocknete er Gesicht und Hals und ging zu dem hölzernen Stiefelknecht, der unter einem der Fenster stand. Ein Bein stellte er auf das untere Ende und klemmte dann den anderen Stiefel in die v-förmige Vertiefung am oberen Ende. Mühelos glitt sein Fuß aus dem Stiefel, den er neben dem hölzernen Gestell einfach zu Boden fallen ließ; dann wiederholte er diese Prozedur mit dem anderen Stiefel. Auch seine Socken ließ er einfach liegen. Shelby befürchtete, dass sie ihm diese Unart wahrscheinlich nicht würde austreiben können, hoffte aber, wenigstens bei grundlegenderen Dingen Erfolg zu haben.

Anschließend schlüpfte Lucas aus seinen Hosenträgern, zog sein Leinenhemd aus der Hose, knöpfte es vorne auf, nahm seine Krawatte und den Kragen ab und legte sie zusammen auf den Waschtisch. Und dann stellte er sich ans Fenster und verharrte abwartend. Ein leichter Windstoß hob seinen Hemdzipfel in die Höhe.

Shelby zitterte vor Nervosität, als sie das Nachthemd über den Kopf zog. Sie wunderte sich sehr, dass Lucas nicht einen verstohlenen Blick zu ihr herüberwarf. Sie konnte sich keinen Mann vorstellen, der das nicht wenigstens versucht hätte.

»Du kannst dich jetzt umdrehen.«

Gehorsam drehte Lucas sich um. Sein Blick wanderte schnurstracks zum Ausschnitt ihres Nachthemds, der knapp über dem Ansatz ihrer Brüste endete. Daran hatte sich im letzten Jahrhundert nichts geändert. Er nestelte an seinem Hemd, als er einen Schritt auf sie zumachte und nach ihrer Hand griff.

Shelby wich zurück. »Warte.«

Lucas erstarrte mitten in der Bewegung, die Verwunderung in Person. »Was ist?«

»Ich möchte, dass du weißt, dass ich nicht so bin wie diese … diese Frauen in Nashville.« Sie ging ein großes Risiko ein, ihn wissen zu lassen, dass sie wusste, was eine Prostituierte war, geschweige denn, dass er jemals eine besucht hatte.

Er machte ein erstauntes Gesicht. »Was weißt du davon?«

»Ich … ich habe davon gehört. Und ich habe mit angehört, wie du mit Samuel Clarence im vergangenen Herbst darüber gesprochen hast. Und wenn du denkst, Frauen wüssten nicht, was Männer tun, wenn sie in die Stadt fahren, um sich zu amüsieren, dann bist du noch unerfahrener, als ich sein soll … als ich bin.«

Lucas seufzte, und Shelby konnte nicht erkennen, ob aus Erleichterung oder aus Ungeduld. »Ich habe meine Besuche in Nashville aufgegeben, als ich mein Herz an dich verlor. Wenn du wärst wie sie, dann würde ich nicht … ich meine …«

Shelby hob den Kopf und sah ihn fest an. »Dann würdest du mich nicht lieben.«

»Ich könnte es nicht.« Er streckte die Hand nach ihr aus, und alarmiert wich sie noch weiter zurück. Sie nicht lieben?

»Ich weiß, von einer Lady wird erwartet, dass ihr das keinen Spaß macht, aber …«

»Von einer Ehefrau wird erwartet, dass sie es hinnimmt.« Lucas zog seine Hand zurück.

Jetzt wusste Shelby langsam nicht mehr ein noch aus. Das lief alles in die falsche Richtung. Sie verschränkte die Arme vor der Brust und trat noch einen Schritt zurück.

»Ja. Das heißt …« Sie suchte vergebens nach den passenden Worten.

»Du musst das tun«, sagte Lucas mit merklich härterer Stimme und kam auf sie zu. »Es ist deine Pflicht, Kinder zu gebären.«

In dem Moment war Shelby sich gar nicht mehr sicher, ob sie Lucas wirklich noch so gern hatte.

»Ich erwarte von dir, dass du dich wie eine Ehefrau benimmst«, zischte er wütend, bemüht, ja nicht laut zu werden. »Es ist mein Recht, Mary Beth.« Seine Augen funkelten hell, aber nicht vor Glück.

Der Schock und die Verwirrung ließen sie gedankenlos herausplatzen: »Und es ist mein Recht, mich zu verweigern.« Was in diesem Jahrhundert ganz und gar nicht stimmte, wie sie genau wusste. Er konnte ihr noch an Ort und Stelle Gewalt antun, und beide Familien würden ihn dazu sogar noch beglückwünschen. Shelby verharrte reglos, schlang die Arme fester um ihren Oberkörper und wartete, was er tun würde.

Lucas kniff die Lippen zu einem dünnen weißen Strich zusammen, und seine Stirn legte sich in tiefe Falten. Dann drehte er sich um, packte den Krug auf dem Waschtisch und schleuderte ihn mitten ins Zimmer. Der Keramikkrug zerbarst vor dem Kamin. Scherben und Wasser spritzten in alle Richtungen. Aus dem Zimmer unter ihnen drang Lachen herauf. Eine Männerstimme gab einen gedämpften Kommentar ab, der eine weitere Lachsalve auslöste. Lucas sah zu Boden und warf Shelby einen vorwurfsvollen Blick zu.

Schließlich ging er zum Fenster und setzte sich dort auf das breite Fensterbrett. Mit dem Rücken lehnte er sich an den tiefen Rahmen und stützte sich mit dem nackten Fuß auf der anderen Seite ab. Wütend starrte er auf die Bahngleise hinaus, über denen gerade der Mond aufging. Die kühle Nachtluft hob und senkte sein offenes Hemd.

Shelby unterdrückte ihre Tränen und überlegte, ob sie aus dem Zimmer gehen und ihn vor seiner Familie blamieren sollte. Aber sie blieb. »Lucas, wir müssen miteinander reden.«

Er würdigte sie keines Blickes, sondern starrte weiter aus dem Fenster. Wunderbar, er strafte sie mit Schweigen. »Lucas, rede mit mir.«

»Mary Beth, dass du dich mir verweigerst, kann ich nicht hinnehmen.« Er sprach mit monotoner, leiser Stimme, damit ihn unten niemand hörte. Dabei sah er sie nicht an, sondern hielt den Blick gesenkt. »Unsere Ehe steht auf dem Spiel, unsere Kinder. Von dir wird nicht erwartet, dass es dir gefällt. Dass du mir gehorchst, das wird von dir erwartet.«

Einen kurzen Augenblick verspürte Shelby den Drang, diesen Mann aus dem Fenster zu stoßen.

In dem Moment war ein Rascheln und Kichern an der Tür zu vernehmen. Lucas griff nach seinem Stiefel und schleuderte ihn gegen die Tür, wo er krachend zu Boden fiel. Die betrunkenen Hochzeitsgäste lachten den ganzen Weg die Treppe hinunter.

»Gut, du möchtest mit mir reden, dann hör mir zu«, fuhr Lucas fort. »Du hältst mich jetzt schon seit geraumer Zeit hin.« Langsam begann Shelbys Wut zu verrauchen, denn sein Ton klang vernünftig, sogar ein Hauch von Flehen schwang darin mit. »Und jetzt erklärst du mir, dass du es nicht ernst gemeint hast, als du heute dein Ehegelöbnis abgelegt hast. Du hast ein Versprechen abgegeben, Mary Beth, und das ist Teil dieses Versprechens. Eine

Frau muss das tun, um Mutter zu werden. Es muss dir nicht gefallen.«

Shelby holte tief Luft und sagte geradeheraus: »Aber was ist, wenn es mir gefällt?«

Er betrachtete sie lange und nachdenklich. In seiner Welt lief ein Mann, dessen Frau Gefallen an Sex fand, Gefahr, Hörner aufgesetzt zu bekommen oder als Hahnrei verschrien zu werden, was ebenso schlimm war. Lucas schien gekränkt. Er krümmte seine langen Zehen, und seine Kiefermuskeln arbeiteten. Schließlich sagte er: »Was lässt dich das vermuten? Was weißt du darüber?«

O Gott, er dachte genau das, was sie befürchtet hatte. Verzweifelt ging sie zu ihm und kniete sich vor ihm hin. »Ich liebe dich, Lucas. Ich will nicht, dass du schlecht von mir denkst. Aber … ich möchte, dass es mir gefällt, mit dir zusammen zu sein.« Lucas lächelte nicht, hörte ihr aber aufmerksam zu. »Du bist der einzige Mann, dessen Gedanken und Ansichten mir wirklich wichtig sind. Wie kann ich riskieren, deinen Respekt zu verlieren? Es würde mich umbringen, wenn du mich für eine Hu… wenn du schlecht von mir dächtest. Aber jedes Mal, wenn ich dir nahe bin, denke ich, ich könnte …« Sie legte eine Hand auf seinen Schenkel, während sie nach einem Ausdruck suchte, der sie nicht in Schwierigkeiten bringen würde. »Ich denke, ich könnte platzen vor lauter Liebe zu dir. Ich bin verwirrt, Lucas. Ich habe Angst. Was, wenn es mir gefällt?«

Er betrachtete sie und strich ihr eine lose Strähne aus dem Gesicht. Lange wägte er schweigend ihre Worte ab, ehe er schließlich ihre Hand ergriff, seufzte und ihr einen Kuss auf die Innenseite hauchte. »Dann begreife es als Segen.«

Shelby räusperte sich und fragte kleinlaut: »Dann würdest du dich also nicht schämen?«

Mit belegter Stimme, die ihr zeigte, dass er noch nicht völlig überzeugt war, erwiderte er: »Ein Mann, der sich für seine Frau schämt, kann einem Leid tun.«

Lange sahen sie einander schweigend an. Shelbys Herzschlag beruhigte sich allmählich. Innerlich immer noch leicht zitternd, stand sie auf und zog Lucas auf die Beine. Er löste sich vom Fensterbrett und folgte ihr zum Bett, wo sie nach seinem Hemd griff. Aber er packte ihre Hände und hielt sie zurück.

Sollte sie es wieder vermasseln? Diese Nacht entpuppte sich als das reinste Minenfeld. »Hast du Hemmungen?«

»Ich bin zurückhaltend.«

»Vertraust du mir? Bitte, hab Vertrauen in mich.«

Damit konnte sie ihm immerhin ein schwaches Lächeln entlocken. Langsam schob sie ihm das Hemd über die Schultern.

»Du glaubst doch an die Bibel, oder?«, fragte sie dabei mit sanfter Stimme.

»Du weißt, dass ich das tue.«

Das Leinenhemd glitt hinter ihm zu Boden, und sie begann sein Unterhemd aus der Hose zu ziehen. »Du glaubst, dass Mann und Frau ein Fleisch sind?«

»Das tue ich.« Seine Stimme klang heiser.

Das Unterhemd gesellte sich zu dem anderen Hemd auf dem Boden. Shelby legte beide Hände auf seine Brust. »Du glaubst daran, dass Adam und Eva im Paradies einander erblickten und es nicht schlecht war.«

»Ich glaube daran.« Seine Heiserkeit verstärkte sich. Er neigte sein Gesicht, um ihr nahe zu sein, aber seine Hände hielten die ihren fest, als sie nach den Knöpfen an seinem

Hosenlatz griff. Der schwarze Wollstoff wölbte sich über einer enormen Erektion.

Mit scheinbar ruhiger Stimme, die ihre eigene Erregung Lügen strafte, sagte sie: »Ich glaube, dass es in einer Ehe ganz genauso ist. Ein Ehemann und eine Ehefrau sind ebenso unschuldig wie Adam und Eva.« Und das auch ohne Kleidung, aber das musste sie nicht hinzufügen. Wieder streckte sie die Hand nach den Knöpfen an seinem Hosenlatz aus, und dieses Mal ließ er sie gewähren. Die Schnallen an seinen Hosenträgern schepperten, als seine Hose, aus der er rasch heraustrat, auf den Boden fiel. Zuletzt löste Shelby das Band an seiner Leinenunterhose und ließ sie ebenfalls zu Boden sinken. Nackt wie Adam vor dem Sündenfall stand er vor ihr. Schnell, bevor er in Verlegenheit geraten konnte, entledigte sie sich ihres Nachthemds und legte es oben auf seine Kleidung. Eine kühle Brise zog vom Fenster herein. Shelby fröstelte und bekam eine Gänsehaut, als sie in Lucas' Arme schlüpfte.

Sein Körper umfing sie mit tröstlicher Wärme. Sie spürte seine Haut, seine weichen Haare, die sie kitzelten, und die drängende Hitze, die sich gegen ihren Bauch presste. Wieder hörte sie das Grollen in seiner Brust, als er über ihren Rücken streichelte. Haut an Haut. Es war offensichtlich, dass er an diese Art der Berührung nicht gewöhnt war. Er liebkoste sie überall gleichzeitig. Sie hatte ihre Arme um seinen Hals geschlungen, und er drückte sie an sich, während er mit der anderen Hand über ihren Rücken, ihren Arm und ihre Brust strich.

Sie streckte sich, um ihn zu küssen. Mutig schob sie die Spitze ihrer Zunge zwischen seine Lippen. Mehr war nicht nötig. Mit einem tiefen, hilflosen Stöhnen öffnete er seinen Mund. Auch sie tat es, und sie kosteten einander, berührten sich, spürten ihre Lippen, spielten mit ihrer Zunge. Ohne sich von ihm zu lösen, zog Shelby Lucas zu sich auf das Bett herunter. Er stützte sich auf Knien und Ellbogen ab, während sie auf das Federbett sank. Er küsste ihren Hals, knabberte daran. Als er sich gegen ihre Hüfte presste, streckte sie die Hand nach ihm aus. Er zuckte zusammen, als hätte sie ihm wehgetan, und sie streichelte ihn, bis er stöhnend die Augen schloss.

»Nein, nicht. Lass das.« In seiner Stimme lag ein alarmierter Unterton, der ihr zu verstehen gab, dass sie besser aufhören und ihn erst wieder etwas abkühlen lassen sollte. Sie blieb reglos liegen, während er leise in ihr Ohr atmete. Als er so weit war, bewegte sie sich und drückte ihm ihren Unterleib entgegen. Das kannte er, und rasch fand er die richtige Stelle.

Als er in sie eindrang, durchfuhr sie der Schmerz wie ein Rasiermesser. Sie keuchte, und er hielt in der Bewegung inne. Ihr Körper verkrampfte sich, und ihre Finger gruben sich in seinen Rücken. So wehgetan hatte es noch nie. Aber Mary Beth war bereits älter als Shelby bei ihrem ersten Mal und zudem um einiges schmaler. Und Lucas war in jeder Hinsicht stärker gebaut als Casey Smith von der Highschool. Natürlich musste es da wehtun. Shelby drückte ihr Gesicht an seine Schulter und wartete, bis der Schmerz nachließ.

Lucas lag ebenfalls still da und wartete. Sein Atem ging schwer, und ein feines Zittern durchlief seinen Körper. Die Muskeln an seinen Schultern fühlten sich hart wie Stein an. Solange er sich nicht bewegte, schmerzte es auch nicht, aber Shelby wusste, dass der schwierigste Teil noch vor ihr lag. Lucas wartete geduldig mit geschlossenen Augen, sein offener keuchender Mund an ihrer Wange.

Sie bewegte kurz ihr Becken, schlang ein Bein um seine Taille und flüsterte in sein Ohr: »Mach schnell.«

Ein weiterer harter Stoß ließ sie aufschreien. Sie hatte das Gefühl, von einem stumpfen Messer durchbohrt zu werden. Lucas hielt erneut inne, und seine angespannten Muskeln zitterten vor Anstrengung, sich ruhig zu verhalten. Seine Hüften pressten sich gegen die ihren. Shelby holte ein paarmal tief Luft, während der Schmerz wieder zu einem dumpfen Druck verebbte. Sie spürte jeden Zentimeter von ihm, und die Muskeln in ihrem Unterleib umschlossen ihn mit einer bisher nicht erlebten Intensität. Nie zuvor hatte sie dieses pulsierende Pochen, diese Fülle so stark gespürt, und es war fast, als wäre es tatsächlich das erste Mal.

»Alles in Ordnung?«, murmelte Lucas.

Sie nickte.

»Es dauert nicht mehr lange, das verspreche ich dir.« Lucas konnte kaum reden vor Erregung, und sie war sicher, dass es bald vorüber sein würde.

Aber sie wollte ihn nicht so schnell wieder loslassen. Sie holte tief Luft, hob erneut ihr Becken und umschlang ihn mit beiden Beinen. »Lass dir so lange Zeit, wie du möchtest, mein lieber Mann«, flüsterte sie und fuhr mit den Fingern durch sein Haar.

Das zauberte ein weiches Lächeln auf sein Gesicht. Er fing an sich in ihr zu bewegen, langsam und vorsichtig zuerst. Dabei beobachtete er ihr Gesicht, bis sie seinen Kopf zu sich hinunterzog und ihn küsste. Sein Mund brannte auf dem ihren, und seine Zunge bewegte sich im selben Rhythmus in ihr aus und ein wie er.

Shelby drückte ihre Fersen in seine Pobacken, und er stieß schneller zu, weniger vorsichtig. Sie hob ihm ihren

Unterleib entgegen. Ein leises Stöhnen entrang sich seiner Brust und steigerte sich mit jedem Atemzug. Irgendwann ließ er von ihrem Mund ab und vergrub sein Gesicht an ihrem Hals, um noch tiefer in sie einzudringen.

Shelby spürte Lucas überall zugleich – über sich, neben sich, in sich. Ihre Lippen formten seinen Namen, und während sie ihn immer und immer wieder vor sich hin murmelte, begann er noch stärker zu stoßen. Seine Haut war schweißnass. Sein Mund suchte und fand erneut ihren Mund. Seine Muskeln verkrampften sich, und sein Stöhnen klang, als litte er fürchterliche Schmerzen.

Plötzlich überkam ihn ein ungeheurer Krampf, der selbst das Bett erbeben ließ. Er presste sein Becken an sie, zog sich wieder zurück und stieß dann ein letztes Mal stöhnend zu, bevor ihn ein wohliger Schauder überlief.

So verharrte er eine Weile. Seine Brust hob und senkte sich, und er schnaufte wie ein Ackergaul. Shelby spürte seine Lippen an ihrer Wange. Sie strich ihm die Haare aus dem Gesicht, als er sich neben sie fallen ließ und erschöpft liegen blieb.

Lucas presste seine Lippen an ihre Schläfe und flüsterte: »Ich schätze, dass du deine Meinung jetzt geändert hast. Ich meine, dass es dir gefällt.« Seine Stimme klang fragend, mit einem hoffnungsvollen Unterton.

»Ganz im Gegenteil«, murmelte Shelby. »Ich halte meinen Mann für den größten Liebhaber aller Zeiten, der seiner Frau unendliche Freude bereitet hat, wo andere Männer so oft versagen.«

Ein heiseres Lachen war die Antwort.

Eine Weile blieben sie still nebeneinander liegen. Sie hatte ihre Beine um die seinen geschlungen und ihr Gesicht an seine Brust gelegt. Seine Haare kitzelten sie in der Nase, und sie musste sich immer wieder kratzen. Wie zur Bestätigung legte sie schließlich eine Hand auf seine Brust, um zu fühlen, wie sie sich hob und senkte. Noch lebte er. Jetzt war er noch am Leben, und sie bewahrte jede Sekunde davon in wertvoller Erinnerung.

Als er wieder zu Atem gekommen war, legte Lucas seinen Mund an ihr Ohr und sagte leise: »Bei meiner und der Seelen unserer Kinder, ich schwöre dir, dass ich dich für immer lieben werde.«

Für immer. Wie gut sie doch wusste, dass er dazu fähig war. Doch sie wusste auch, wie wenig Zeit ihnen blieb. Es war die erste Märzwoche. Am 12. April würden die ersten Schüsse des Krieges auf Fort Sumter abgegeben werden. Lucas würde am Ende des Monats den konföderierten Truppen beitreten, und in zweieinhalb Jahren wäre sie Witwe. Sie streichelte seine Schulter, als der Kummer sie zu überwältigen drohte und ihr die Tränen in die Augen stiegen. Wie glücklich waren doch die anderen Frauen, die nicht mit solcher Gewissheit wussten, dass ihre Männer sterben würden. Sie hatten noch Hoffnung.

Doch dann kam ihr ein Gedanke. Der Verlauf der Geschichte hatte sich geändert, und die Wahrheit war eine andere. Mary Beth Campbell hatte Lucas Brosnahan nie geheiratet. In Mary Beth' Tagebuch hatte gestanden, dass sie ihn bis nach dem Krieg vertröstet hatte. Aber jetzt hatte sie ihn geheiratet. Dazu war es gekommen, weil sie, Shelby, es so gewollt hatte. Ihre Gegenwart in der Vergangenheit hatte diese signifikant verändert. Vielleicht könnte sie sogar einen noch wichtigeren Einfluss darauf ausüben? Vielleicht könnte sie Lucas davon abhalten, zur Armee zu gehen?

Hoffnung stieg in ihr hoch und mit ihr die Freude.

13

Es dämmerte, als Shelby erwachte und feststellte, dass der große warme Mann neben ihr kein Traum war. Lucas lag auf der Seite, ein Arm neben seinem Kissen und den anderen über ihrem Bauch. In dem bläulichen Licht, das durch die Fenster hereinströmte, fiel ihr eine wulstige Narbe in seiner linken Ellbogenbeuge auf. Sie hatte sie erst einmal zuvor gesehen, damals, als der Geist das erste Mal bei ihr erschienen war, und jetzt hätte sie gern gewusst, woher er sie hatte. Sie strich mit dem Finger über den hässlichen weißen Knoten, der aussah wie eine Verbrennung.

»Das war eine Dummheit«, hörte sie Lucas schlaftrunken sagen.

»Wie dumm?«

Er kicherte. »Geradezu schwachsinnig. Ich hätte es besser wissen müssen, aber meine Gedanken waren ganz woanders an dem Tag. Ich glaube, ich war damals acht oder neun Jahre alt. Es war das erste Mal, dass ich beim Brandmarken der Tiere half.« Er verlagerte sein Gewicht und drückte sich an sie. Sie spürte an ihrer Hüfte, wie er hart wurde. Auch jetzt waren seine Gedanken offensichtlich ganz woanders. »Dad bat mich, ihm ein paar Eisen aus dem Feuer zu holen. Die waren so schwer, dass ich sie mir über den Arm gehängt habe, um sie besser tragen zu können.«

Shelby zuckte sichtlich zusammen. »Aua.«

»Das tat mehr als nur ein bisschen weh. Ich dachte, mir

fällt der Arm ab. Ich konnte ihn wochenlang nicht bewegen oder gar heben.«

Sie stöhnte.

Lucas beugte sich über sie und küsste sie. »Dad war fuchsteufelswild. Er könne einfach nicht glauben, dass sein Sohn so dumm sei, sagte er.«

»Das war gemein von ihm.«

Lucas schüttelte den Kopf. »Ich habe es verdient. Es war wirklich idiotisch, was ich da getan hatte.«

»Du warst doch noch ein kleiner Junge.«

Wieder küsste er sie, und Shelby verlor sich in seinem Mund und dem Gefühl der rauen dunklen Bartstoppeln an ihrer Wange. Seine Lippen lösten sich kaum von den ihren, als er flüsterte: »Ja, aber jetzt bin ich kein kleiner Junge mehr.« Mit diesen Worten drang er zwischen ihre Schenkel und in sie ein. Obwohl es nach der vergangenen Nacht noch etwas schmerzte, genoss sie es zu spüren, wie er sie erneut ganz ausfüllte. Langsam hob und senkte er sein Becken, dieses Mal ganz zärtlich und leicht. Sie stemmte ihre Ferse gegen sein Steißbein und ermutigte ihn, heftiger zu werden. Lange Zeit behielt er diesen Rhythmus bei und atmete dabei in kurzen Stößen durch die Nase. Langsam steigerte sich auch Shelbys Erregung. Lucas schien es ebenfalls zu genießen und hatte es nicht eilig, zu einem Ende zu kommen. Immer drängender und schneller hob und senkte er sein Becken, presste sich an sie und lockerte dann wieder den Druck, bis sich ihr Rücken ihm entgegenwölbte und sie die Knie noch weiter spreizte. Stöhnend drang er noch tiefer und härter in sie ein.

Ein langer, unzusammenhängender Laut stieg aus ihrer Kehle hoch und löste sich von ihren Lippen. Lucas legte ihr eine Hand auf den Mund, aber nur halbherzig, da er in dem Moment selbst seinen Höhepunkt erlebte. Leise lachend ließ er sich danach neben sie aufs Bett fallen. »Du musst dir abgewöhnen, so laut zu sein, sonst fangen die Leute noch zu reden an«, flüsterte er und seufzte.

Diese dummen Leute. Aber Shelby wusste, dass ihr nichts anderes übrig blieb, als auf seine Warnung zu hören, denn er hatte Recht. Die Leute würden reden, und die Folgen könnten sehr unangenehm für sie sein.

»Ich verlasse mich darauf, dass nie auch nur irgendjemand Gerüchte über dich in die Welt setzen wird«, fuhr er mit fragendem Unterton fort und beobachtete genau ihre Reaktion.

»Ich weiß nicht, was du damit meinst. Was sollten das für Gerüchte sein?«

»Du weißt, was ich meine«, sagte er nach einer langen Pause.

Besser wäre es gewesen, sie hätte es nicht gewusst. »Hast du Angst, ich könnte neugierig auf andere Männer werden, wenn es mir mit dir zu gut gefällt?«, erwiderte sie.

»Du könntest dich verlieben.«

»Es hat mich schon eine Ewigkeit gekostet, mich in *dich* zu verlieben.« Das war zwar gelogen, aber das musste er nicht unbedingt wissen. »Und dabei hattest du den Segen meines Vaters, mir den Hof zu machen. Glaubst du nicht, dass es schwierig für mich wäre, mich heimlich in einen anderen zu verlieben?«

»Es gibt überall Schufte …«

»Du denkst an Samuel Clarence.«

Sein Schweigen ließ an Eindeutigkeit nichts zu wünschen übrig.

»Ich habe meine Entscheidung getroffen. Und ich bin nicht der Mensch, der seine Versprechen nicht hält.«

»Und du hast es versprochen.«

»Ich habe ein Gelöbnis vor Gott und allen anderen Zeugen abgelegt.« Shelby nahm seine Hand und schob sie zwischen ihre Beine. »Das gehört dir. Nur dir.« Dann legte sie die Hand auf die flache Wölbung ihrer Brust. »Und das. Nur für dich.« Und dann legte sie sie auf ihr Herz. »Und auch das gehört nur dir. Für immer.«

Lucas küsste sie auf den Mund, dann auf die Stirn und ließ seine Lippen dort ruhen, während er leise sagte: »Ich bete zu Gott.«

Der Zweifel ließ seine Stimme seltsam gepresst klingen, und Shelby wollte gerade fragen, weshalb er so unsicher sei, als ein Klopfen an der Tür sie beide hochschrecken ließ. Lucas zog rasch die Decken über sie und rief: »Hört auf, so einen Lärm zu machen. Wir schlafen noch.«

Amos' Stimme dröhnte: »Gott wird dich für deine Lügen strafen, Lucas Robert. Du weißt, dass Er das tut.«

Ein breites Grinsen erschien auf Lucas' Gesicht, und er warf Shelby einen verschwörerischen Blick zu, ehe er sagte: »Was willst du denn?«

»Man hat mich heraufgeschickt, um zu fragen, ob ihr frische Bettwäsche braucht.«

Lucas hob die Decken und bemerkte Blutflecken und andere Verfärbungen auf sich und auf der Bettwäsche. Shelby stöhnte, und Lucas antwortete: »Ja, dringend.«

Amos lachte. »Gratuliere, kleiner Bruder.«

Shelby warf einen bösen Blick zur Tür, aber Lucas entgegnete nur: »Mary Beth wird das Bett gleich abziehen, die Wäsche mit hinunterbringen und alles neu überziehen.«

»Na gut. Ruth hat die frischen Sachen in der Küche bereitgelegt.« Laut knarrende Stiefel stapften die Treppe hinunter. Shelby und Lucas blieben noch einen Moment liegen, ehe sie schließlich seufzend aufstanden, sich am Waschtisch wuschen und anzogen.

Shelby trug die Bluse aus Kattun, die sie im Oktober genäht hatte, dazu einen einfachen dunklen Wollrock, keine Krinoline und auch nur einen Unterrock. Um arbeiten zu können, würde sie sich praktischer kleiden müssen, wenn sie in ihrer neuen Umgebung nicht unangenehm auffallen wollte. Dann zog sie das Bett ab und folgte Lucas hinunter zum Frühstück.

Martha zeigte ihr den Weg in den Keller und durch den Tunnel, von wo aus eine feuchte Steintreppe in den Küchenanbau hinaufführte. Dort stand Ruth an einem Tisch neben der Kochstelle. Über dem offenen Feuer befanden sich zwei Eisenhaken, und an einem davon hing ein großer Eisenkessel, aus dem es dampfte. Sozusagen eine Etage tiefer und etwas seitlich versetzt stand ein Eisengestell mit einer Pfanne darauf, in der gekochter Schinken vor sich hin brutzelte. Auf der anderen Seite erkannte Shelby einen Schmortopf. Ein Königreich für einen Holzherd, dachte sie, für irgendeinen Herd.

Ruth stapelte gerade die knusprig gebratenen, sich wellenden Schinkenscheiben auf einen Teller, wo sich bereits ein Berg aus Rührei häufte. Daneben stand eine große Holzschale mit geröstetem Maisbrot, und am anderen Ende des roh gezimmerten Tisches lag ein Stapel zusammengefaltete Bettwäsche.

Ruth wies auf die Laken. »Da ist eure frische Bettwäsche. Wenn wir gefrühstückt und aufgeräumt haben, kannst du die schmutzige Wäsche in dem Bottich dort einweichen.« Sie deutete mit dem Kopf in Richtung eines hölzernen Bottichs, an dem ein gewelltes Waschbrett lehnte. Daneben stand ein kleiner Badezuber aus Metall, aber den meinte sie bestimmt nicht, da er voller Säcke mit Weizen- und Maismehl war. Shelby konnte daraus schließen, wie selten er benutzt wurde. Zum Glück für sie hatte man den Brüdern beigebracht, sich sorgfältig am Waschtisch zu schrubben.

Ruth' bereits leicht ergrautes Haar schien früher einmal hellbraun gewesen zu sein. Heute trug sie es zu einem festen Knoten im Nacken hochgesteckt. Ihr Kleid war von schlichter Machart, aber sauber und gepflegt. Die Brosnahans waren bekannt für ihre praktische Lebenseinstellung. Sie kleideten sich nie extravagant, aber immer hübsch und dem Anlass entsprechend. Als Schmuck trug Ruth ein feines, zu einer Schleife gebundenes Seidenband um den Hals, das auf den Kragen ihres Kleides fiel.

»Nun, wie gefällt es dir denn bisher, verheiratet zu sein?« Ihre Augen funkelten schelmisch, und Shelby lächelte.

»Ich liebe Lucas von ganzem Herzen.«

»Aber es ist bestimmt nicht dein Herz, das heute ganz besonders mitgenommen ist, oder?«

Shelby kicherte, rollte mit den Augen und schwenkte demonstrativ die Wäsche in ihrer Hand. »Keine Ahnung, wie wir diese Ferkelei zustande gebracht haben.«

Ihre Bemerkung ließ Ruth in ein hohes, wieherndes Gelächter ausbrechen. Sie hielt sich den Bauch und musste sogar einen Schritt vom Tisch zurücktreten, um sich wieder zu beruhigen. Dann legte sie die Gabel in ihrer Hand beiseite, ergriff den Teller und meinte: »Wenn Lucas auch nur ein bisschen so ist wie sein Bruder, dann wirst du heute Morgen ein üppiges Frühstück brauchen, um wieder zu Kräften zu kommen.«

Jetzt musste Shelby schallend lachen. Mit Ruth würde sie gut auskommen. Sie legte den Stapel Bettwäsche in den Bottich und half Ruth anschließend dabei, das Essen durch den Tunnel und hinauf ins Esszimmer zu tragen.

»Wäre es nicht kürzer, die Sachen direkt über den Hof ins Haus zu bringen?«

»Im Sommer, wenn es warm ist, machen wir das auch. Aber jetzt ist es zu kalt dafür. Da kühlt das heiße Essen zu schnell ab.«

»Lucas und Amos ist es wahrscheinlich auch lieber, wenn sie was Warmes zu essen bekommen.«

»Schon möglich«, erwiderte Ruth achselzuckend. »Aber mir auch.«

Shelby grinste. Ja, mit Ruth würde sie sich gut verstehen.

Das Frühstück war eine wichtige Mahlzeit, und die vier Männer und die drei Frauen aßen reichlich. Shelby benötigte in der Tat ein kräftiges Frühstück, und ihr Appetit war sogar noch besser als gewöhnlich. Sie fühlte sich glücklich und rundum zufrieden und genoss das lebhafte Tischgespräch, das ihr im Haus der Campbells abgegangen war. Zum ersten Mal, seit sie mit Mary Beth die Rolle getauscht hatte, fühlte sie sich wirklich wohl in ihrer Haut.

Außerdem war es weitaus einfacher, sich in den Tagesablauf im Haus der Brosnahans einzufügen, als sich in Mary Beth' Leben zurechtzufinden. Es wurde von ihr nicht erwartet, dass sie irgendetwas wusste, da Mary Beth die Tochter eines reichen Mannes war und immer Dienstboten gehabt hatte. Ruth brachte Shelby geduldig – wenngleich auch mit einem leicht herablassenden Unterton – bei, wie man kochte, die Feuerstelle in der Küche betrieb und das Haus sauber hielt; dazu noch Dutzend weitere hausfrauliche Tätigkeiten, die auch ihre beiden Schwägerinnen den ganzen Tag auf Trab hielten. Shelby fand die Arbeit bei weitem nicht so langweilig wie die Hausarbeit in ihrem eigenen Jahrhundert. Nach den eintönigen Tagen und Monaten des Nichtstuns im Haus der Campbells war das quasi eine Erleichterung für sie, da sie ja sonst keine Beschäftigung hatte.

Der Tag begann immer damit, dass sie das Frühstück zubereiteten, servierten und danach die Küche sauber machten. Ruth war die Köchin der Familie und Martha ihre unwillige Helferin. Die vier Männer der Brosnahans, ihre Frauen und Clyde, dazu zwei Jagdhunde, fünf Schweine, um die zwanzig Hühner und eine halbwilde Katze mit Nahrung zu versorgen war keine leichte Aufgabe, die alle drei Frauen beschäftigte. Wenn sie nicht gerade im Gemüsegarten arbeiteten, im Haus aufräumten, die Fußböden schrubbten, abstaubten, wuschen, die Wäsche aufhingen und Holz holten, waren Hülsenfrüchte einzuweichen, grüne Bohnen zu putzen, Brot zu kneten, eingesalzenes Schweinefleisch zu wässern, altes Brot zu reiben oder Gemüse für den Schmortopf zu waschen und zu schneiden. Es gab immer etwas zu tun, unter anderem auch, die Wände abzuwaschen.

Shelby nahm mit Staunen zur Kenntnis, dass einmal im Monat die Wände abgewaschen werden mussten. In einem Haus, in dem die meiste Zeit des Jahres tagtäglich vier Kamine brannten, war das die einzige Möglichkeit, eine drohende Dauerschwärze der Wände zu verhindern. Dabei entdeckte Shelby auch, dass die Zierleisten in den

Zimmern nicht beige, sondern strahlend goldgelb waren. Außerdem war sie gerade rechtzeitig für den Frühjahrsputz ins Haus gekommen und lernte dabei auch noch, wie man Teppiche klopft.

Shelby war wirklich froh, endlich etwas zu tun zu haben. Zudem war die Gesellschaft ihrer Schwägerinnen eine willkommene Abwechslung zu den steifen Campbells und ihren eingeschüchterten Haussklaven. Ruth und Martha schienen sich über ihre Hilfe auch zu freuen. Es war Frühling, das Wetter wurde täglich besser, und die drei verbrachten viele sonnige Nachmittage draußen im Garten, wo sie die Beete zum Bepflanzen vorbereiteten. Über einen halben Acre Land war von Clyde zu pflügen, der dazu mit seiner hohen, kratzigen Stimme unzählige Male die einzige Strophe von »Rock of Ages« sang, die er kannte. Der Garten produzierte genügend Gemüse für die Familie, und meistens blieb auch noch etwas übrig, um es auf dem Markt von Gallatin zu verkaufen. Shelby genoss die Sonne und die Bewegung an der frischen Luft. Außerdem hatte sie so Gelegenheit, hin und wieder einen Blick auf Lucas zu erhaschen, der auf der anderen Seite des Feldes mit den Pferden arbeitete.

Es hatte durchaus etwas für sich, wenn man seinen Mann tagsüber sehen konnte. Oft richtete Shelby sich auf und hielt Ausschau nach seiner hohen Gestalt, die mit einer Meisterschaft auf dem Reitplatz die Tiere trainierte, dass sie nur so staunte. Der zufällige Anblick, wenn er auf einem Pferd saß oder ein junges Tier an den Sattel gewöhnte oder einfach nur auf dem obersten Querbalken des Zauns hockte, ließ sie vor Freude darüber, dass dieser Mann jetzt ihr gehörte, mitten in der Bewegung innehalten.

»Du bist bald verbrutzelt wie eine Negerin, wenn du weiter so dumm in der Sonne herumstehst.«

Marthas Bemerkung riss Shelby aus ihren Tagträumen und zurück in die Gegenwart ihrer Pflichten. Sie ignorierte ihre Boshaftigkeit. Mittlerweile hatte sie gelernt, dass alles, was sie dieser Frau zum Thema höfliche Umgangsformen sagen würde, nur zum einen Ohr hinein- und zum anderen wieder hinausging. Und so beugte sie sich noch tiefer über ihre Hacke und zerkleinerte weiter Erdklumpen. Shelby hielt Martha für eingebildet und faul, und Martha hielt Shelby für dumm und den Umgang mit ihr für unter ihrer Würde, und trotzdem empfand Shelby fast so etwas wie Sympathie für Martha und ihre Abneigung gegen Arbeit an der frischen Luft. Die arme Martha hatte nämlich eine so zarte Haut, dass diese nie über das Stadium einer ungesunden Rötung hinauskam. Martha bekam einen Sonnenbrand, dann schälte sich die Haut, und danach ging alles wieder von vorne los. Ihr Nase war rot, und ihre Wangen waren bleich, obwohl sie nie ohne eine gewaltige Haube auf dem Kopf das Haus verließ. Irgendwie fanden die Sonnenstrahlen sie immer. In den kommenden Wochen bestärkte Shelby Martha darin, doch lieber im Haus zu bleiben und mehr von der schweißtreibenden Arbeit in der stickigen Küche zu erledigen, während sie sich stärker auf die Tätigkeit an der frischen Luft verlegte. Durch das ständig brennende große Feuer der Kochstelle war die Küche nämlich permanent überheizt, womit Shelby wiederum ihre Probleme hatte. Außerdem hasste sie den Kellerdurchgang und die Spinnen, die in den dunklen Ecken lauerten, und war deshalb nur froh, wenn Ruth und Martha ihr so viel Gartenarbeit wie möglich überließen.

Die Hausarbeit war hart, und Shelby hatte eigentlich

damit gerechnet, sich früher oder später nicht mehr damit abzufinden, dass einzig und allein die Frauen dafür zuständig waren. Aber bereits am Tag nach ihrer Hochzeit, als man sie einfach ins kalte Wasser geworfen hatte, wusste sie, dass diese Arbeitsteilung für sie in Ordnung war. Vor allem, als sie die Männer nach einem Tag draußen bei den Pferden das erste Mal hatte heimkommen sehen. Es verging kein Abend, an dem Lucas, Amos und Gar das Haus nicht mit durchgeschwitzten Hemden, schmutzstarrenden Hüten und erschöpften Mienen nach einem Tag harter körperlicher Arbeit betraten. Ehe sie hungrig an den Esstisch eilten, wuschen sie sich notdürftig am Brunnen, strichen sich die nassen Haare mit den Fingern zurück und klopften an der Haustür den Dreck von ihren Stiefeln. Sobald das Abendessen verzehrt und abgeräumt war, zogen sich die Männer ins Wohnzimmer zurück, wo sie ihre Zigarren pafften und die Frauen sich mit ihren Näh- und Flickarbeiten oder ihrem Strickzeug zu ihnen setzten. Oft nahm Amos sich ein Buch, las laut daraus vor und unterhielt sie alle mit einer Geschichte.

»Bring mir das Reiten bei.«

»Du musst doch nicht reiten. Wir haben schließlich einen Wagen. Und außerdem besitzen wir keinen Damensattel.« Lucas war kurz davor, einzuschlafen, nachdem sie sich ausgiebig geliebt hatten, und Shelby wollte die Gelegenheit nützen, dass er in gehobener Stimmung war.

»Ich will aber reiten können. Du kannst das so gut. Also, warum zeigst du mir nicht, wie man in Hosen reitet?«

Lucas lachte. »Mach dich nicht lächerlich. Und jetzt lass mich schlafen, es war ein langer Tag.«

»Jeder Tag ist lang. Ich will aber nicht auf einer Pferdefarm leben, ohne zu wissen, wie man mit einem Pferd umgeht.« Shelby erzählte ihm lieber nicht, dass sie genau dieses ihn Kürze würde wissen müssen und dass sie vorbereitet sein wollte.

Er gab ein Knurren von sich, das sie als halbe Zustimmung auffasste.

»Zeig es mir.« Sie ließ nicht locker. »Es muss ja keiner sehen. Wir können uns die Zeit dafür nehmen, bevor es dunkel wird. Da ist keiner mehr draußen unterwegs, der mich in Hosen sehen könnte.«

Lucas überlegt einen Moment, ehe er sagte: »Ich kaufe einen Damensattel. Pete könnte mir einen gebrauchten besorgen, den keiner mehr haben will.«

Shelby war ein wenig enttäuscht, da sie nicht wusste, wie sie mit einem Damensattel zurechtkam, nickte aber. »Gut. Aber ich muss das wissen.«

Nach einer Weile, als sie gerade am Einschlafen war, murmelte Lucas: »Wer ist diese Frau, die ich da geheiratet habe?«

Zu schläfrig, um noch klar denken zu können, kuschelte Shelby sich stumm an seine Brust, und er zog sie an sich.

In diesen Wochen verbreitete sich die Nachricht von der Sezession wie ein Lauffeuer. Sieben Staaten hatten die Union der Vereinigten Staaten verlassen und sich zur Konföderation zusammengeschlossen. Das ganze Land hielt den Atem an und wartete gespannt, wie Präsident Lincoln darauf reagieren würde. Alle hielten es für sicher, dass auch Tennessee die Union verlassen würde. Die Stimmung in Nashville deutete stark in diese Richtung. Auch im Haus der Brosnahans war man sich einig. Alle vier Männer – alle fünf, wenn man Clyde dazuzählte, der zu allem Ja und Amen sagte, was Lucas, Amos oder Gar propagierten – hofften auf eine Loslösung des Südens, da sie die unabhängigen Rechte ihres Staates bedroht sahen. Von ihren Frauen erwartete man, dass sie ebenfalls dieser Meinung waren.

Es kostete Shelby sehr viel Kraft, sich nicht zu äußern. Bei ihrem Wissen fiel es ihr schwer, Abend für Abend nach dem Essen dazusitzen, sich mit ihrem Nähzeug zu beschäftigen und den Reden der Männer zuzuhören, die dröhnten, die Yankees innerhalb einer Woche in Grund und Boden zu stampfen. Amos und Gar hatten beide als junge Männer am Mexikanischen Krieg teilgenommen, und Lucas berauschte sich an ihren Geschichten von soldatischem Heldenmut, den die Jungs aus dem Süden an den Tag gelegt hätten. Shelby musste mit ansehen, wie er nervös auf seinem Stuhl hin und her rutschte, als könnte er es kaum erwarten, in eine Uniform zu schlüpfen und auf die Yankees zu schießen. Tränen standen ihr in den Augen, die sie nicht weinen durfte.

Eines Abends schließlich – die Männer pafften wie immer ihre Zigarren – rückte Amos mit dem Geständnis heraus, dass er sich sehnlichst wünschte, die Yankees würden endlich gegen den Süden vorrücken, damit sie diese lästige Sache ein für alle Mal aus der Welt schaffen könnten. Da hielt Shelby es nicht mehr aus.

»Das wird länger dauern, als ihr denkt, und der Süden wird verlieren.«

Alle verstummten. Shelby senkte den Kopf und konzentrierte sich wieder auf die Bluse in ihren Händen.

Nach einer Weile meinte Amos lachend: »Deine Frau hat aber ein loses Mundwerk, Lucas Robert.«

Lucas räusperte sich. »Sie hat es nicht so gemeint.« Sein schneidender Ton ließ an Deutlichkeit nichts zu wünschen übrig. Wenn sie wusste, was gut für sie war, dann hielt sie besser den Mund.

Ärger stieg in ihr hoch. Shelby spürte einen Kloß im Hals und packte den Stoff fest mit beiden Händen, um ihr Zittern zu verbergen. Schließlich wagte sie einen Blick auf die beiden Männer, die sie anstarrten, als hätte sie gerade eine Zote gemacht. Martha und Ruth sagten nichts, nur um Marthas Mundwinkel spielte ein boshaftes Lächeln. Da konnte Shelby sich einfach nicht mehr beherrschen. Obwohl sie genau wusste, dass sie es bereuen würde, widersprach sie ihrem Ehemann.

»Doch, ich habe es so gemeint. Jedes Wort.«

Jetzt lachten die Männer lauthals, nur Lucas nicht, der sagte: »Mary Beth, ich möchte dich bitten, deine illoyalen Kommentare für dich zu behalten.«

Nun blickte Shelby hoch und legte ihr Nähzeug auf ihren Schoß, um sich vollends auf das Gespräch zu konzentrieren. »Und ich möchte dich bitten, nicht in mich zu dringen, woher ich mein Wissen habe, aber es entspricht der Wahrheit. Der Norden besitzt Waffenfabriken. Der Süden hingegen verfügt kaum über moderne Gewehre, geschweige denn Fabriken, um sie herzustellen. Der Norden braucht die Baumwolle, die wir im Süden anpflanzen, und will sie nicht teuer aus einem unabhängigen Land importieren müssen. Sie werden uns nicht gewinnen lassen, niemals, und sie haben die Mittel, um ihren Wünschen Nachdruck zu verleihen und außerdem die Bevölkerung, um ausreichend Soldaten zu rekrutieren und gegen uns in den Kampf zu schicken.«

»Mary Beth, du hältst jetzt wirklich besser den Mund.«

Lucas' Ton war noch schneidender als zuvor. »Keiner hier will dieses entmutigende Gerede hören.«

»Sag du mir nicht, dass ich den Mund halten soll, Lucas Robert.«

Da stand er auf, packte sie am Handgelenk und zog sie hoch. Ihr Nähzeug fiel zu Boden, und Shelby versuchte sich seinem Griff zu entwinden. Aber er ließ nicht locker und zerrte sie gegen ihren Willen hinter sich her durch den Vorraum und die Treppe hinauf. Sie stolperte und hatte zu kämpfen, mit ihm Schritt zu halten. Oben angekommen, stieß er sie grob in ihr Schlafzimmer, wo sie in der Mitte des Raums taumelnd zum Stehen kam.

»Was machst du da?!« Shelby hielt ihr schmerzendes Handgelenk umfasst. Die fragile Existenz, die sie sich selbst in dem neuen Umfeld geschaffen hatte, schien sich vor ihren Augen in Nichts aufzulösen. Der Ausdruck blanker Wut auf Lucas' Gesicht schnitt ihr tief ins Herz. Ganz sicher hasste er sie jetzt. Und wenn er das tat, dann wäre alles, was ihr hier etwas bedeutete, für immer verloren. Aber sie hielt an ihrer Meinung fest, in der Hoffnung, sich auf diese Weise wenigstens ihr Selbstwertgefühl zu bewahren, denn sie wusste, dass sie Recht hatte. Und Lucas hatte kein Recht, sie so zu behandeln. Entschlossen schob sie ihr Kinn vor.

»Sprich nie mehr in diesem Ton mit mir!«, sagte er mit leiser, drohender Stimme. »Nicht vor meiner Familie, nicht vor Fremden, vor keinem Menschen.«

»Ich rede mit dir, wie es mir passt.«

»Das wirst du nicht. Nicht, wenn du Wert auf einen Ehemann legst, der nicht zum Gespött der Leute wird. Was ist los mit dir? Ich kann es nicht zulassen, dass du mich vor anderen so behandelst. Nicht mit erhobenem

Haupt. Ich sollte dir eine Ohrfeige geben.« Drohend holte Lucas mit der rechten Hand aus.

Shelby blitzte ihn aus weit aufgerissenen Augen an. »Versuch es. Nur zu, versuch es.« Sie sah zum Kamin hinüber und griff nach dem Schüreisen, das an der Mauer lehnte. »Hier. Schlag mich. Nimm das und verprügle mich damit.« Sie hielt ihm das Eisen hin.

Lucas nahm die Hand herunter und machte mit einem Blick auf die schwere Eisenstange einen Schritt zurück. »Ich will dich nicht schlagen. Und schon gar nicht damit ...«

»Nein, wirklich. Schlag mich zusammen.« Shelby ließ das schwere Schüreisen sinken, bis die Spitze auf den Boden zeigte, trat dicht an Lucas heran und legte den Kopf in den Nacken, um ihm ins Gesicht zu sehen, das so weit über ihr war. »Aber das eine musst du wissen, Lucas Robert Brosnahan. Wenn du mich schlägst, dann bringst du mich am besten gleich um. Denn wenn nicht, dann warte ich, bis du eingeschlafen bist, um das hier gegen dich zu erheben. Hörst du mich? Wenn du mich schlägst, dann töte ich dich. Ich kann nicht Seite an Seite mit einem Mann leben, der seine Hand gegen mich erhebt.«

»Ich will dich doch nicht ...«

»Du willst nur, dass ich den Mund halte und dich nicht in Verlegenheit bringe. Ich habe nicht die Absicht, dich in aller Öffentlichkeit bloßzustellen, Lucas, aber in meinem eigenen Haus muss ich meine Meinung sagen können. Und wenn ihr Männer zusammenhockt und euch gegenseitig Dinge erzählt, von denen ich zufälligerweise weiß, dass sie nicht stimmen und dass es euren Tod bedeutet, wenn ihr daran glaubt, dann werde ich meine Stimme erheben.« Tränen stiegen ihr in die Augen, und dieses Mal konnte sie sie nicht ganz zurückhalten. »Wenn du mich als deine Frau achtest, als deine Freundin ... als jemand, dem deine Interessen am Herzen liegen, dann weißt du meine Worte zu schätzen. Sag mir, Lucas, achtest du mich?«

Er sah sie aus dunklen, verwirrten Augen an. »Selbstverständlich achte ich dich.«

»Nicht selbstverständlich. Ich muss wissen, dass du mir zuhörst. Ich muss wissen, dass du auf das hörst, was ich dir sage, und es ernst nimmst ...«

»Was bringt dich auf den Gedanken, dass du mehr als Amos über die Vorgänge außerhalb dieses Hauses weißt?«

Das war eine gute Frage. »Ich lese, Lucas. Ich höre den Leuten zu. Du weißt, dass das, was ich gerade unten sagte, der Wahrheit entspricht. Du weißt, dass die Nordstaaten besser als wir gerüstet sind, um einen Krieg zu führen. Ihr Männer rechnet damit, den Krieg in einem Handstreich zu entscheiden und die Yankees mit Gebrüll hinter die Mason-Dixon-Linie zurückzujagen. Aber das wird so nicht geschehen.« Je mehr die Wut in ihr verrauchte, desto sanfter und leiser wurde ihre Stimme. »Ich liebe dich mehr als alles auf der Welt«, murmelte sie. »Du bedeutest mir alles, und ich kann einfach nicht ruhig dasitzen und zusehen, wie diese Dinge passieren, ohne zu versuchen das Schicksal von dir abzuwenden, das dich mir wegnehmen wird.«

Lucas ließ ihre Worte einen Moment lang auf sich wirken, immer noch gebannt auf den Schürhaken in ihrer Hand starrend, und sagte dann ruhig: »Und ich kann es nicht zulassen, dass du einen Narren aus mir machst.«

»Du bist kein Narr, und das kann jeder sehen.«

»Sie sehen nur, dass ich mein Weib nicht beherrsche.«

»Mir zu drohen ist nicht der richtige Weg. Das kann ich dir garantieren.«

Lange sagte keiner ein Wort, während er sie mit vor Wut und unbeantworteten Fragen funkelnden Augen ansah. Shelby begriff sein Problem. Als der jüngste Bruder, das Nesthäkchen sozusagen, unterstand er der Autorität dreier älterer Männer, denen es völlig egal war, womit er seine Ehefrau zum Schweigen brachte, Hauptsache, sie hörte auf, ihnen auf die Nerven zu gehen. »Was dann? Was muss ich tun, um Frieden in meinem Haus zu haben?«

Sie seufzte. Sie wusste, sie würde um die Anerkennung der Tatsache nicht herumkommen, dass sie nicht mehr im 21. Jahrhundert lebte. »Ich werde versuchen, in Gegenwart deiner Brüder bei gewissen Dingen mehr Umsicht an den Tag zu legen.«

»Versuchen?« Sein Ton machte ihr klar, dass ein Versuch nicht genügte.

»In Ordnung, ich werde in Zukunft meinen Mund halten. Aber ich muss wissen, dass du auf mich hörst, wenn wir allein sind. Nörgle nicht an mir herum, nur weil du denkst, dass Amos und Gar die Antwort auf alles haben.«

Er überlegte. »Einverstanden.«

»Einverstanden.«

Lange sahen sie einander schweigend an. Da war er wieder, der Zweifel, den sie am Morgen nach ihrer Hochzeit in seinen Augen gesehen hatte. Sie wusste, dass Lucas nicht ganz offen zu ihr war, und ein ungutes Gefühl breitete sich in ihr aus. Einen entsetzlichen Moment lang glaubte sie, sich gleich übergeben zu müssen, und sie musste schlucken. Dann machte Lucas auf dem Absatz kehrt und ging aus dem Zimmer.

Jetzt kamen die Tränen, und Shelby sank zu Boden und hockte sich auf den Teppich, mit dem Schürhaken auf dem Schoß. Ihr ganzer Körper schmerzte, als wäre sie tatsächlich geschlagen worden.

Sie ließ Lucas genügend Vorsprung, ehe sie sich aufrappelte, das Schüreisen zum Kamin zurückbrachte, ihre Tränen trocknete und ins Wohnzimmer hinunterging. Die ohnehin gedämpfte Unterhaltung geriet vollends ins Stocken, als sie eintrat. Lucas erklärte gerade demonstrativ, wie froh er sei, keine Sklaven zu besitzen, die ihnen davonlaufen und Ärger verursachen könnten, und Shelby hob ihr Nähzeug auf und legte es wieder in ihren Schoß, während sie sich setzte. Sie warf Lucas einen Blick zu, den dieser ruhig erwiderte. Sein Ärger schien verraucht zu sein, und der Ausdruck in seinen Augen veranlasste sie zu der Hoffnung, er könnte wirklich auf sie hören, wenn es um den Krieg ging. Vielleicht bestand tatsächlich eine Chance, ihm auszureden, dass er in drei Wochen der Armee beitrat.

Am Morgen des 14. April, als die Familie beim Frühstück beisammen saß, spitzten alle gespannt die Ohren beim Geräusch herannahenden Hufgetrappels. Jemand preschte in vollem Galopp auf den Hof und brüllte dabei aus Leibeskräften, als stünde der Schweif seines Pferdes in Flammen. Die Brosnahans sahen einander verwirrt an, denn keiner konnte sich diesen Wirbel erklären. Wie ein Mann standen sechs Mitglieder der Familie schließlich auf und ließen ihren alten Vater allein auf seiner Liege zurück.

Es war ein kalter, aber sonniger Morgen, und die frische Luft biss Shelby in die Nase, als sie den anderen hinaus auf die Veranda folgte. Ruth' Bruder Henry Carmichael sprang gerade von seinem schweißnassen Pferd. Die Flanken des Tiers hoben und senkten sich bei jedem Atemzug, und es ließ erschöpft den Kopf hängen.

Amos verschränkte die Arme vor der Brust und fragte: »Weshalb bist du denn so aufgeregt, Henry?«

Henrys Gesicht glühte regelrecht vor Glück und Anstrengung, und grinsend antwortete er: »Die ersten Schüsse sind gefallen!«

Fort Sumter. Shelby hatte gewusst, dass es bald so weit sein würde, aber sie war ebenso betroffen, als ob es auch für sie völlig überraschend gekommen wäre. Wenn es doch nur einen Weg gäbe, die Zeit anzuhalten, damit sie das nicht durchmachen musste.

»Oben in Fort Sumter. Truppen aus South Carolina haben die Yankees in Fort Sumter angegriffen.«

Shelby schlang beide Arme um sich, als sie zu zittern begann, aus Angst, es könnte jemandem auffallen. Aber keiner achtete auf sie, so gebannt lauschten ihr Mann, ihre Schwäger und Schwägerinnen der Geschichte, wie die von South Carolina aufgestellten Truppen drei Tage zuvor das Bundesfort in Charleston beschossen hatten.

Das Frühstück war vergessen. Als Dad Brosnahan endlich auf seinen Stock gestützt auf die Veranda herausgewankt kam, wurde alles noch mal mit großer Geste wiederholt. Shelby sah in den Augen des alten Mannes, dass er ahnte, was für eine schreckliche Sache passiert war. Amos und Gar mochten immer noch idealisierten Vorstellungen an ihre Zeit beim Militär anhängen, aber ihr Vater wusste, dass ihnen ein harter Kampf bevorstand. Er sagte nichts, sondern ließ sich langsam auf die Bank neben der Tür sinken und beobachtete seine Söhne, mit einer Hand so fest den Griff seines Stocks umklammernd, dass die Knöchel weiß hervortraten. Shelby setzte sich schweigend neben ihn und verschränkte die Arme.

An diesem Vormittag brachten sie nur wenig Arbeit zustande. Henry blieb zu Besuch, und die Männer hockten in ihrer Arbeitskleidung am Esstisch und spekulierten, was Tennessee jetzt tun würde.

»Will Bate stellt in Gallatin eine Infanterieeinheit zusammen«, berichtete Henry.

»Tennessee ist bisher aber noch nicht aus der Union ausgetreten, oder?«

»Nein, doch es steht außer Zweifel, dass es Krieg geben wird. Es ist nur noch eine Frage der Zeit. Und es wird nicht mehr lange dauern, möchte ich wetten.«

Lucas klang ruhig, aber angespannt, als er darauf erwiderte: »Ich werde mich sofort dieser Einheit anschließen. Ich warte nicht, bis wir austreten.«

Shelbys Herz setzte einen Schlag aus. Sie trug gerade Kaffee aus der Küche herüber und bekam die Bemerkung draußen auf dem Gang mit. Stumm und reglos blieb sie an der Schwelle stehen und lauschte, ohne ihren Mann aus den Augen zu lassen. Lucas warf ihr einen warnenden Blick zu, keine unbedachten Bemerkungen vor der versammelten Familie zu machen. Dann winkte er sie herein, damit sie den Kaffee servierte.

»Nicht die Infanterie«, entgegnete Amos. »Du willst doch nicht überall zu Fuß hinlaufen wie ein alter Maulesel. Wir haben genügend Pferde. Wieso wartest du nicht, bis sie ein Kavallerieregiment ausheben?«

Shelby kam ins Zimmer und stellte das Tablett zwischen Amos und Lucas auf den Tisch. Ja, warte.

»Weil sie diese Einheit jetzt zusammenstellen und ich

jetzt gehen will.« Kein Blick für Shelby, seine ganze Aufmerksamkeit war auf Amos gerichtet.

»Du machst einen Fehler.«

Shelby öffnete den Mund, um ihre Zustimmung zu äußern, aber Lucas warf ihr einen scharfen Blick zu, und sie schloss ihn wieder.

Amos fuhr fort: »Gar und ich, wir waren beide bei der Kavallerie. Die Infanterie ist der übelste Job für einen Soldaten. Zu Pferd in den Krieg zu ziehen ist viel ruhmreicher.«

Ruhm. Shelby hüstelte und drehte sich um, als würde sie einen Stuhl suchen, in Wirklichkeit aber presste sie die Hand vor den Mund, um nicht in Tränen auszubrechen.

»Mein Entschluss steht fest, und zwar bereits seit einigen Monaten«, sagte Lucas. Shelby drehte sich wieder um. Sie glaubte, sich verhört zu haben. Nie hatte er auch nur ein Wort darüber verloren. Lucas warf ihr nervöse Blicke zu, während er mit einer sauberen Gabel spielte. Er wusste genau, dass seine Worte nicht sonderlich gut von seiner Frau aufgenommen werden würden. »Ich werde mich bei der ersten Einheit melden, die ausgehoben wird. Wenn es ein Infanterieregiment ist, dann werde ich eben als Fußsoldat kämpfen.«

Lange schwiegen alle, und die ungesagten Dinge waren fast mit Händen zu greifen. Schließlich erklärte Amos: »Dann will ich dein Pferd haben.«

»Du lässt die Finger von meiner Stute.«

»Du kannst so ein Tier nicht sich selbst überlassen. Bis du zurückkommst, ist die Stute wertlos. Außerdem ist sie ein vielversprechendes Zuchttier.«

»Rühr ja mein Pferd nicht an, Amos.«

Amos grinste, aber jeder, der ihn auch nur ein wenig

kannte, wusste, dass es ihm ernst war mit Lucas' Pferd. Und alle in der Familie wussten, dass dieses Tier eines der wertvollsten auf der Farm war.

Shelby räumte die Frühstücksreste vom Tisch; kaum einer hatte etwas gegessen. Sie trug die Teller durch die Seitentür hinaus und zur Küche hinüber. Den ganzen Weg musste sie kämpfen, nicht die Fassung zu verlieren. Wenn sie ihm seinen Entschluss nicht ausreden konnte, dann wäre Lucas in weniger als einer Woche fort, das wusste sie. Drüben im Küchenanbau entging Ruth und Martha das verdächtige Glitzern in ihren Augen nicht, aber sie sagten nichts. Nicht einmal Martha, die sich sonst keine Gelegenheit zu einer dummen Bemerkung entgehen ließ, sagte ein Wort.

An diesem Abend lag Lucas auf dem Rücken im Bett und starrte sorgenvoll an die Zimmerdecke. Das Frühlingswetter war so warm, dass kein Feuer im Kamin brannte. Nur die Fenster waren geschlossen, und sie trugen beide ihre Nachtkleidung. Es war dunkel und still im Zimmer. Shelby kuschelte sich in Lucas' Armbeuge und legte den Kopf auf seine Schulter. »Bitte, geh nicht.«

»Ich muss gehen.« In der Dunkelheit klang seine Erwiderung monoton und endgültig.

»Nein, musst du nicht. Es besteht keinerlei Notwendigkeit.«

»Aber es wird so weit kommen. Du hast es doch selbst gesagt, der Süden braucht alle Männer, die er kriegen kann.«

Shelby stöhnte innerlich auf, als sie ihre eigenen Worte so gegen sich gerichtet hörte. Sie krallte ihre Finger in sein Nachthemd aus Leinen und schloss sie zu einer Faust. »Der Süden wird auf diese Weise viel zu viele gute

Männer verlieren. Ich will, dass wenigstens einer …« gerettet wird, hatte sie sagen wollen. Aber sie verschluckte die Worte und fuhr fort: »Vorher soll jeder Mann in Tennessee sterben, bevor du dich freiwillig meldest.«

Er lachte. »Du weißt, dass ich das nicht zulassen kann. Vielleicht bin ich der Zehnte, der sich einschreibt, aber niemals der Letzte.«

»Dann warte doch noch eine Weile. Hör auf deinen Bruder und warte, bis sie eine Kavallerieeinheit aufstellen. Bei deinem reiterlichen Können wäre es eine Verschwendung, wenn du zu Fuß kämpfen würdest.« Es wäre eine Verschwendung von mehr als diesem einen Talent, aber sie lenkte das Gespräch vorsichtig weg von dem, was sein Schicksal wäre, wenn er der Armee von Tennessee beitrat.

»Nein. Du hast gehört, was ich Amos zur Antwort gab. Weshalb ich nicht warten kann. Außerdem, was ist, wenn der Krieg bereits zu Ende ist, bevor sie noch dazu kommen, Kavallerieeinheiten aufzustellen?«

»Das wird nicht geschehen.«

»Das kannst du nicht wissen. Und selbst wenn wir verlieren, wie du meinst, wer sagt mir, dass wir nicht sofort von den Yankees überrannt werden? Dann ist der Krieg vorbei, ehe ich meinen Anteil am Kampf hatte.«

Das war zu viel für sie. Shelby richtete sich auf und kauerte sich an den Rand der Matratze. Am liebsten wäre sie davongelaufen, wusste aber nicht, wohin. Männer und ihr Ego. Sie hätte schreien können vor Enttäuschung. »Du möchtest deinen Anteil am Ruhm. Und du denkst, dass du als Held aus dem Krieg zurückkommen wirst.«

»Das kannst du nicht verstehen. Du bist schließlich eine Frau.«

»Ich verstehe mehr davon, als du denkst.« Shelby drehte sich zu ihm und blickte in sein graues Gesicht. »Ich weiß zum Beispiel, dass du dein Leben lang mit großen Augen den Kriegsgeschichten deines Vaters und deiner Brüder gelauscht hast und nun glaubst, deine Chance wäre gekommen, jetzt endlich selbst ein paar Geschichten erzählen zu können. Und dabei ist es dir völlig egal, dass die Chancen gut stehen, dass du überhaupt nicht mehr zurückkommst. Und du vergisst dabei ganz, dass du keinem etwas beweisen musst.«

»Doch, mir selbst.«

»Was? Dass du an einer Testosteronvergiftung leidest und eine hormonell bedingte Psychose hast, die dich denken lässt, es ist toll, sich in ein Gewehrfeuer zu stürzen?«

Lucas runzelte hilflos die Stirn, und sie sah ihm an, dass er kein Wort von dem begriffen hatte, was sie eben gesagt hatte. »Siehst du, du verstehst nichts«, erwiderte er schließlich.

»Was ich nicht verstehe, ist, warum du sterben willst.«

Jetzt endlich wich er ihrem Blick aus, sagte aber: »Ich würde lieber sterben, als als Feigling leben.«

»Du denkst also, es ist feige, sich nicht zur Armee zu melden?«

»Ja.«

»Und du würdest mich ungeschützt zurücklassen?«

Nun sah er sie wieder an. »Ich würde dem Feind entgegenmarschieren, um ihn von dir fern zu halten.«

»Es ist ein großes Land. Es gibt viele Feinde, und nicht alle sind Yankees.«

»Mary Beth!« Enttäuschung sprach aus seiner Stimme, und sie wusste, dass er kurz davorstand, die Diskussion abzubrechen. »Ich muss gehen, und mehr kann und will ich zu diesem Thema nicht mehr sagen. Und jetzt will ich, dass du dich hinlegst, den Mund hältst und mich noch etwas schlafen lässt.«

Shelby legte sich wieder ins Bett, mit dem Rücken zu ihm, den Kopf auf ihrem Arm. Die Fotografie von Lucas, wie er ganz in Silbergrau und Schwarz in die Kamera blickte, bereit, in einen Krieg zu ziehen, aus dem er nicht wiederkehren würde, brannte vor ihren Augen. Lucas war alles, was ihr noch wichtig war in ihrem Leben. Wenn er sterben würde, wäre alles verloren. Tränen begannen ihre Nase hinunterzulaufen, und ein stoßartiges Schluchzen löste sich aus ihrer Brust.

Lucas rollte sich auf die Seite, um sie in seine Arme zu schließen. Mit ihm im Rücken fühlte sie sich sicher, als ob ihr nichts Schaden zufügen könnte, solange er neben ihr lag. Aber bald wäre er fort, und das wäre der größte Verlust, den sie je erleiden würde. Bis weit in die Nacht hinein wurde Shelby von unkontrollierten Schluchzern geschüttelt.

Die Zeit war gekommen. Lucas sollte nach Gallatin abreisen, und der Zug würde ihn in den Krieg bringen. Shelby wusste, dass sie nicht die Kraft hatte, das durchzustehen. Es wäre das letzte Mal, dass sie ihn sehen würde, und der Verlust würde sie umbringen.

»Liebes?« Er stand unten im Erdgeschoss und rief mit seltsam gepresster Stimme zu ihr hinauf.

Sie stand oben auf dem Gang. Heller Sonnenschein strömte durch die nach Osten weisenden Fenster und warf längliche gelbe Flecken auf den Holzboden. Sie hatte dieses Zimmer noch nie so hell gesehen. Es war surreal.

Lucas trat in voller Konföderiertenuniform auf den

Treppenabsatz, den Hut in der Hand, das Schwert an seiner linken, den Revolver in einem Halfter an seiner rechten Seite. Er eilte die Treppe hinauf, die Hand am Schwert, um zu verhindern, dass es gegen die Balustrade schlug. Seine Stiefel verursachten ein seltsam hohles Geräusch auf den Stufen. »Mary Beth, kommst du?« Am Treppenpfosten drehte er sich um und blieb stehen, eine Hand an dem gedrechselten Holz, überzeugt, mit ihr zusammen wieder hinunterzugehen.

Shelbys Herz krampfte sich zusammen. Sie biss fest auf ihre Lippe, um die Tränen zurückzuhalten, und schüttelte den Kopf. »Ich kann nicht.« Ihre Stimme war nur noch ein Wispern. Sie starrte auf den Boden.

Lucas verlagerte sein Gewicht, Enttäuschung war in seiner Stimme. »Du willst mich nicht verabschieden?«

Sie schüttelte erneut den Kopf. Bleiernes Schweigen legte sich auf sie, und Lucas' Atem ging heftiger, je mehr er sich seine Enttäuschung eingestand. Er trat von einem Bein auf das andere und trommelte nervös mit dem Daumen gegen den Treppenpfosten.

Schließlich sagte er: »Ich muss gehen. Du weißt, dass ich muss.«

»Ich weiß gar nichts.« Ihre Stimme ging in einem Schluchzen unter.

»Du willst bestimmt nicht mit einem Feigling verheiratet sein.«

»Mit einer Leiche aber auch nicht.«

Einen Moment lang war er sprachlos, dann sagte er: »Wieso kannst du nicht wie andere Frauen sein, die ihre Männer unterstützen und die ihrem Land gegenüber Loyalität beweisen?«

»Ich bin nicht wie andere Frauen, Lucas, das hast du

immer gewusst. Und in den vergangenen sechs Wochen ist dir das sicher noch stärker bewusst geworden.« Sie richtete ihren Blick auf seine Brust, unfähig, ihm ins Gesicht zu sehen. Tränen quollen ihr aus den Augen, und sie presste ihren Handrücken auf den Mund.

»Gott weiß, dass du nicht bist wie andere.«

Schließlich sah sie doch zu ihm hoch, und sie erblickte genau das, was sie befürchtet hatte – die Fotografie. Ruth hatte ihm erst gestern noch die Haare geschnitten, und er sah exakt so aus wie auf dem Foto in diesem Buch, an dem Tag, an dem sie seinen Namen erfahren hatte. Er wirkte tapfer und entschlossen, in einen Krieg zu ziehen, den er nicht gewinnen konnte. Oder gar überleben. Sosehr er sie liebte, es war ihr nicht gelungen, ihm sein Vorhaben auszureden. Aber Shelby versuchte es noch einmal, während ihr die Tränen in Strömen übers Gesicht rannen und von ihrem Kinn tropften. »Lucas, es ist mein Ernst. Ich will nicht, dass irgendjemand eine Waffe auf dich anlegt. Selbst wenn die Yankees nur einen Tag lang bei uns einfallen, wird es Tote geben. Und ich könnte nicht weiterleben, wenn du einer davon wärst.«

»So weit wird es nicht kommen.«

»Das sagst du so leicht.«

»Lucas Robert! Kommst du?« Es war Amos, der nach ihm rief. »Es ist Zeit zu gehen. Dad meint, wir könnten noch eine dieser Porträtaufnahmen von dir machen lassen, wenn wir in Gallatin sind.«

»Ich bin gleich da!«, rief Lucas hinunter. Dann drehte er sich zu Shelby um. Er sah aus, als wollte er noch etwas sagen, blieb aber stumm. Schwer und düster lastete das Schweigen auf ihnen, voller ungesagter Dinge. Schließlich räusperte er sich. »Ich muss jetzt los.«

Shelby sah ihn wortlos an, starr vor Entsetzen.

Lucas legte eine Hand um ihren Nacken und bückte sich, um ihr einen Kuss zu geben. Sie packte seinen Uniformrock und erwiderte seinen Kuss mit einer Heftigkeit, als wollte sie ihn niemals mehr loslassen. Aber ihr blieb keine andere Wahl. Lucas flüsterte: »Ich bin wieder zu Hause, noch ehe du dich's versiehst.«

Nein, wäre er nicht, aber sie klammerte sich an ihn. »Schwör es mir.«

Er presste seine Lippen auf ihre Wangen und erwiderte: »Ich schwöre dir, dass ich zu dir zurückkomme.« Und sie wusste, dass es stimmte, denn sein Geist würde in dieses Haus zurückkehren und es auch in Zukunft noch bewohnen.

Nach einem letzten Kuss drehte er sich um und ging die Treppe hinunter. Shelby streckte die Hand aus, um ihn bis zur letzten Sekunde noch zu berühren, aber dann löste er sich von ihr, und sie schlug die Hände vor den Mund, während sie ihm hinterhersah. Am Treppenabsatz drehte er sich noch einmal um und warf einen Blick zu ihr hinauf. Dann wandte er sich ab und war fort.

Shelby eilte zu dem Fenster, das nach Westen ging. Von dort aus hatte sie die Straße noch eine Weile im Blickfeld, auf der er sie verlassen würde. Sie kauerte sich auf das Fensterbrett und lehnte die Stirn an die Glasscheibe.

Draußen in der Auffahrt setzte sich der Wagen mit Lucas und dem Rest der Familie in Bewegung. Er saß mit kerzengeradem Rücken auf dem Kutschbock, die Schultern zurückgenommen. Immer wieder drehte er sich nach dem Haus um. Tränen liefen über Shelbys Wangen, während die Gestalt ihres Mannes kleiner und kleiner wurde und er schließlich ganz hinter den Bäumen verschwunden war.

Eine Welle der Übelkeit schlug über ihr zusammen. Sie war erschöpft vom vielen Weinen, und ihr Magen ertrug den Kummer nicht mehr. Sie rutschte vom Fensterbrett, raffte ihre Röcke und eilte ins Schlafzimmer, wo sie auf die Knie fiel und sich in den Nachttopf übergab. Mehrere Minuten lang wurde sie von Krämpfen geschüttelt, bis sie glaubte, zuletzt auch noch ihren Magen herauszuwürgen. Als sie sich wieder aufrichtete und zum Waschtisch ging, um sich kaltes Wasser ins Gesicht zu schütten und den Mund damit auszuspülen, fragte sie sich, warum ihr immer noch schlecht war.

14

Meine liebste Mary Beth,
dein Brief hat mich heute Morgen erreicht, und deshalb greife ich gleich zur Feder, um meine unbändige Freude über deine Neuigkeiten zu Papier zu bringen. Ich sitze auf einem Baumstumpf neben dem Exerzierplatz, Papier und Tinte auf meinen Knien balancierend, sodass ich befürchte, meine Schrift könnte ein wenig krakelig sein, aber ich hoffe, du wirst mir das verzeihen. Ich vermute, dass Dad ebenfalls außer sich ist vor Freude über die Aussicht, endlich und nach so vielen Jahren des Kummers und der Enttäuschung für meine älteren Brüder ein Enkelkind in den Armen zu halten. Ich selbst kann vor Glück kaum stillsitzen.
Als ich heute deinen Brief hier im Lager erhielt, musste ich einfach einen lauten Freudenschrei ausstoßen, sodass alle in meiner Einheit auf mich aufmerksam wurden. Die Männer versammelten sich um mich und wollten wissen, was mich so erfreut habe, und so las ich den Brief noch einmal laut vor. Immer wieder haben die Männer mich dabei unterbrochen und mir vor Begeisterung so fest auf den Rücken geklopft, dass ich befürchtete, mir könnte der Arm abfallen. Es sind gute Kameraden, und alle teilen unser Glück. Und so hatte dein Brief einen aufmunternden Einfluss auf viele von uns, die wir

auf unserem Weg in den Kampf sind. Bis auf unsere Hochzeitsnacht war ich noch nie so glücklich wie in diesem Augenblick. Ich bete für deine Gesundheit und Sicherheit, auch für das Kind. Falls es ein Junge ist, dann benenne ihn nach einem der Apostel des Herrn.

Ich vermisse dich entsetzlich, mein süßes Weib. Wenn das hier vorbei ist und ich von meiner Pflicht entbunden bin, werde ich umgehend zu dir nach Hause eilen und dich bei Gott nie mehr verlassen. Je weiter ich mich von dir entferne, desto schwächer leuchtet das Licht meines Lebens. Müsste ich noch weiter fort, müsste ich sicher sterben.

Die Ausbildung und der Drill sind zu Ende. Morgen werden wir auf die Züge verladen, aber mit welchem Ziel, darf ich dir nicht mitteilen. Wir wissen nicht, was uns außer einer Schar von Yankees dort erwartet. Aber wir rechnen fest damit, dass nach einer Schlacht alles vorbei sein wird. Dann kehre ich zu dir und unserem Wonneproppen zurück, und alles wird wieder gut.

Ich sehne mich danach, wieder mit dir zusammen zu sein. Jeder vergangene Tag ist ein Tag, der mich dir näher bringt.

Dein dich liebender Ehemann

Lucas Robert«

Shelby schloss die Augen und ließ sich auf dem Schaukelstuhl zurücksinken. Manassas. Lucas musste ihr nicht mitteilen, wo ihr Ziel lag, denn sie wusste, dass die erste Schlacht für ihn in Manassas in Virginia stattfinden würde. Die Schlacht von Bull Run. Dort würde er nicht sterben, er würde noch nicht einmal verwundet werden. Aber sie hatte trotzdem Angst um ihn. Er würde Dinge mit ansehen müssen, die kein Mensch jemals sehen sollte. Er würde Befehle ausführen und töten müssen. Tränen traten ihr in die Augen, und eine löste sich und kullerte langsam über ihre Wange. Shelby riss sich zusammen, atmete tief durch und stand auf, um Papier, Feder und Tinte zu holen und seinen Brief zu beantworten.

»Mein geliebter Ehemann,
hier steht alles zum Besten. Dad ist noch gut zu Fuß, nur so wach im Kopf ist er nicht mehr, wie er es einmal war. Du fehlst ihm und auch deine Brüder, die sich zu einer Kavallerieeinheit in Kentucky gemeldet haben. Eine große Anzahl junger Männer aus Sumner County hat sich John Morgan angeschlossen und ist nordwärts geritten, um den Yankees das Leben schwer zu machen. Manchmal sehe ich Dad ins Feuer starren und denke, dass er mit den Gedanken ganz woanders ist, aber dann sieht er mich an und beginnt über dich oder Amos oder Gar zu reden. Es sind Erinnerungen an eure Kindheit, und ich glaube, er durchlebt diese für ihn so frohen Zeiten ein zweites Mal in den ruhigen Momenten, wenn er sich allein wähnt.
Kurz nach dem Weggang von Amos und Gar ist mir eines Nachmittags, als ich in der Stadt war, Samuel Clarence Daley über den Weg gelaufen. Ich werde hier nicht wiedergeben, was er gesagt hat, denn es war alles andere als schmeichelhaft. Gott sei Dank war niemand in der Nähe. In meiner Erwiderung habe ich laut meine Verwunderung zum Ausdruck

gebracht, wieso er nicht in der Armee ist wie alle anderen wehrfähigen Männer in Sumner County. Er wusste darauf keine Antwort, und ich denke, meine Frage war ihm peinlich.

Über mich musst du dir keine Sorgen machen. Ich fühle mich stark, und Ruth versichert mir, dass ich die Niederkunft leicht überstehen werde. So fest und oft, wie mich das Kleine tritt, ist es höchstwahrscheinlich ein Junge.

Du fehlst mir auch. Das große Bett oben ist schrecklich leer ohne dich und ganz entsetzlich kalt. Wie sehr wünsche ich mir, für immer in deinen Armen zu liegen und dich sicher in diesem Haus zu wissen.

Pass auf dich auf, um unsertwillen. Vergiss nicht, dass wir auf deine Rückkehr zählen und dass wir dich brauchen. Versuche, deine körperliche Unversehrtheit zu bewahren, damit du wieder mit uns zusammen sein kannst und wir miteinander alt werden können, sobald du deine Pflicht als Soldat erfüllt hast. Ich liebe dich mehr als alles auf der Welt. Bleib gesund, um meinetwillen.

Ich schicke dir meine ganze Liebe
Mary Beth«

Der Herbst verging, der Winter zog ins Land, und ihr schwangerer Bauch nahm Ausmaße an, die Shelby nie für möglich gehalten hätte. Sie musste jetzt zwar kein Korsett mehr tragen, hätte aber nicht zu sagen gewusst, was besser war, von außen oder von innen deformiert zu werden. An manchen Tagen kam sie sich vor wie ein Medizinball auf Stelzen. Dann, am 22. Januar 1862, als Shelby gerade einen Brief von Lucas las, spürte sie die ersten Wehen.

»Meine liebste Mary Beth …«

Shelby saß an dem großen Tisch im Esszimmer und spürte eine Spannung in ihrem schweren Leib, die ihr Gänsehaut verursachte und sie unwillkürlich einen Arm um ihren Bauch legen ließ. Es war ein erregendes Gefühl, als ob eine Welle aus Adrenalin in ihr hochschoss und ihr den Atem raubte. Als die erste Woge wieder abebbte und nichts weiter geschah, setzte sie ihre Lektüre fort, denn der Brief hatte lange auf sich warten lassen, und sie war ausgehungert nach Nachricht von ihrem Mann.

> »Ich vernehme mit Entsetzen, dass Samuel Clarence dich beleidigt hat. Wäre ich daheim, wäre er jetzt ein toter Mann. Ich kann nicht zulassen, dass meine Frau so behandelt wird. Wechsle niemals mehr ein Wort mit ihm, und falls er es wagt, sich aus irgendeinem Grund dir wieder zu nähern, solltest du dich an deinen Vater wenden und um Hilfe bitten. Solch ein Benehmen ist nicht zu tolerieren.«

Shelby seufzte. Vielleicht hätte sie Lucas doch nicht von der Begegnung mit Samuel Clarence im Kurzwarenladen erzählen sollen. Daley hatte eine unverschämte Bemerkung über ihre Schwangerschaft gemacht und Zweifel an der Vaterschaft des Kindes geäußert. Nur der lahme Versuch, sie zu beleidigen, und eine halbherzige Anspielung auf ihre Herkunft – kaum mehr wert als einen abschätzigen Blick und ein langes Schweigen. Ganz sicher würde sie diese schmutzige Geschichte ihrem Vater nicht zu Ohren bringen. Shelby legte eine Hand auf ihren Bauch, dessen Muskeln sich wieder verkrampften, und las weiter.

»Ich hoffe, du wirst dich in Zukunft von Samuel Clarence fern halten. Es war mir nie recht, dich in seiner Nähe zu sehen, und es wäre mir lieb, ihr würdet nie mehr miteinander reden. Lass Ruth oder Martha mit ihm zu tun haben, wenn es denn unbedingt sein muss. Du hältst dich besser fern.«

Für Ruth oder Martha war es also in Ordnung, mit diesem Schuft zu tun zu haben, aber nicht für sie? Was um alles in der Welt dachte Lucas, was hier vor sich ging?

»Dieser Brief ist kurz, da mir nur wenig Zeit bleibt. Du sollst wissen, dass ich dich liebe und vermisse. Ich freue mich auf den Tag, an dem ich dich und unser Kind endlich sehe.

In Liebe

Lucas Robert«

Das Flattern in ihrem Bauch hatte erneut aufgehört, und Shelby nutzte die Zeit, um Lucas' Brief zu erwidern. Dies könnte das letzte Mal in ihrem Leben sein, wie sie wohl wusste. Rasch warf sie ein paar Zeilen aufs Papier.

»Während ich das hier schreibe, schickt unser Baby sich an, sich auf den Weg in diese Welt zu machen. Zusammen mit diesem Brief wird dich ein zweiter erreichen, entweder ebenfalls von mir, dass ich wohlauf bin, oder von Ruth, die dir schlechte Neuigkeiten zu berichten haben wird. Was immer auch geschieht, du sollst wissen, dass ich dich aus tiefstem Herzen und von ganzer Seele liebe und dass es mein größter Wunsch ist, dich hier bei mir zu haben.

Bei uns.«

Dann legte Shelby die Feder beiseite, drückte Löschpapier auf den Brief und faltete ihn zusammen. In der hell lodernden Flamme der Kerze, die neben ihr stand, ließ sie das eine Ende der Stange Siegelwachs schmelzen, ehe sie den Klecks auf das Papier strich und mit der gewölbten Seite eines Holzlöffels glatt drückte. Nachdem sie die Adresse auf den Brief geschrieben hatte, setzte – erst kaum merklich, dann immer heftiger – eine neue Wehe ein. »O Mann …« Dieses Mal umfasste sie ihren Bauch mit beiden Händen, denn auf diese Wehe musste sie sich bereits wesentlich stärker konzentrieren als auf die vorhergegangenen.

Der Großvater des Babys beugte sich aus seinem Lehnstuhl neben dem Feuer vor. »Mary Beth? Ist dir nicht wohl?« Seine Stimme knisterte wie Pergamentpapier, und er nuschelte, da er kaum noch Zähne im Mund hatte. Shelby biss sich auf die Lippe und konzentrierte sich weiter auf ihren Atem, sodass sie ihm nicht gleich eine Antwort geben konnte. Der alte Mann rief Ruth, die nebenan im Wohnzimmer saß und nähte.

»Ruth! Mary Beth braucht dich. Ich glaube, es ist so weit.«

Diese Kontraktion schien ihr sagen zu wollen, dass es jetzt ernst wurde. Der krampfartige Schmerz war messerscharf. Als sie wieder Luft bekam, stöhnte Shelby: »Hilf mir bitte, Ruth. Ich muss hoch und mich ins Bett legen.« Der Schmerz, der viel länger als bei den vorherigen Wehen dauerte, ließ nur langsam nach.

Aus dem angrenzenden Zimmer war aufgeregtes Gemurmel zu vernehmen, und Ruth kam herbeigeeilt. Es war niemand im Haus, der Shelby hätte mit nach oben tragen können. Amos und Gar waren seit Monaten nicht mehr in Sumner County gewesen. Und Gott allein wusste, wo Martha sich in dem Moment aufhielt. Gars Abwesenheit hatte sie die merkwürdige Gewohnheit annehmen lassen, über lange Zeiträume einfach zu verschwinden. So waren im Augenblick nur Shelby, Ruth, Dad Brosnahan und Clyde auf der Farm, und Clyde hatte bei den Pferden zu tun. Eigentlich waren es zu viele Tiere für vier Leute, die noch andere Arbeiten zu verrichten hatten, und es war geplant, einen großen Teil davon zu verkaufen. Den Rest würden die Yankees noch früh genug konfiszieren, dachte Shelby.

Die nächste Wehe erwischte sie mitten auf der Treppe. Shelby musste Ruth bitten, kurz stehen zu bleiben, damit sie sich auf die Stufe setzen und warten konnte, bis sie wieder abebbte. Aber so schlimm, wie sie angenommen hatte, war die Sache auch wieder nicht. Wenn das Geburtswehen waren, dann begriff Shelby nicht ganz das Aufheben, das darum gemacht wurde. Als die Kontraktion vorüber war, legte Shelby einen Arm um Ruth' Schultern, und sie setzten ihren mühseligen Weg die Treppe hinauf fort.

»Hol mir doch bitte ein Wachstuch.«

»Es ist aber nicht sehr angenehm, darauf zu liegen.«

»Immer noch besser, als die Matratze zu ruinieren. Lieber mache ich zehnmal eine Steppdecke sauber als einmal ein Federbett. Wir legen eine Steppdecke und dann noch ein Betttuch darüber, dann geht das schon.«

Ruth ließ sich rasch überzeugen. »Wie du willst. Ich hol dir ein Wachstuch aus meinem Schrank.«

Shelby zog sich aus und schlüpfte in ein Flanellnachthemd, das vorne zu knöpfen war. Als Ruth mit dem Wachstuch und einer Steppdecke zurückkam, half sie ihr, die Schichten über das Bett zu breiten, das sie einmal mit Lucas geteilt hatte und in dem sie jetzt ganz allein schlief.

Als sie zum Schrank ging, um ein frisches Laken zu holen, musste sie ihren Bauch mit beiden Händen halten.

»Du solltest eigentlich unter der Decke liegen.«

»Das ist schon in Ordnung. Im Kamin brennt ein schönes Feuer, und genügend Holz ist auch da. Das ist warm genug für mich, und außerdem kannst du ja noch ein dünnes Tuch über mich breiten.«

»Wie du meinst.« Ruth, die normalerweise die Zuversicht in Person war, war nervöser, als Shelby sie je gesehen hatte. Nicht eben beruhigend, da Ruth bestimmt mehr über mögliche Risiken und Gefahren wusste. Ruth verließ das Zimmer, um ein zweites Betttuch zu holen, während Shelby sich auf das Bett hievte. Als die nächste Wehe kam, konzentrierte sie sich ganz auf ihren Atem. In der Zwischenzeit kehrte Ruth mit dem Laken und einem ganzen Stapel baumwollener Handtücher zurück.

Gerade als Shelby fragen wollte, wofür sie die mitgebracht hatte, quoll ein Schwall Wasser zwischen ihren Schenkeln hervor. »Ich glaube, meine Fruchtblase ist geplatzt.«

Wortlos hob Ruth ihr Nachthemd hoch und stopfte Shelby eines der Handtücher zwischen die Beine. Gute Idee, sonst hätte sie während der nächsten Stunden auf diesem nassen Fleck liegen müssen. Rasch schob Ruth noch ein zweites Handtuch unter Shelby, ehe sie das zweite Betttuch ausschüttelte und sie damit zudeckte. Sie arbeitete ruhig und effizient – jeder Handgriff saß –, und Shelby war froh, dass ihre Schwägerin bei ihr war.

Der Schmerz wurde nun doch stärker und die Wehen häufiger und länger, und bald hatte Shelby das Gefühl, wie ein alter Handschuh von innen nach außen gestülpt zu werden. Ruth steckte ihr ein zusammengedrehtes

Stück Stoff zwischen die Zähne. Das half, Shelbys Schreie zu dämpfen, sodass sie sich nicht auch noch wegen Dad Brosnahan zusammenreißen musste. Obwohl sie immer noch versuchte, sich auf ihren Atem zu konzentrieren, konnte sie bei den sich mittlerweile überlappenden Wehen bald nicht mehr klar denken. Sie bestand nur noch aus Schmerz. Und wenn ihr zwischendurch doch mal der Gedanke an Lucas kam, dann wünschte sie eigentlich nur, er wäre hier, damit sie ihn eigenhändig umbringen könnte für das, was er ihr angetan hatte. Aber vorher hätte sie ihm gezeigt, was es hieß, Schmerzen zu haben. Hätte sie gewusst, was auf sie zukam, hätte sie sich vielleicht nicht darauf eingelassen.

Doch plötzlich – zwischen zwei Wehen, als sie einen Augenblick zum Denken kam – war Shelby das erste Mal, seit Lucas der Armee beigetreten war, froh, dass er weit weg war. Hätte sie sich auch noch Sorgen machen müssen, wie er auf ihre Schmerzensschreie reagierte, wäre das alles noch viel schlimmer gewesen. Nie hätte sie gedacht, dass ein Mensch solche Schmerzen haben konnte.

Irgendwann wurde es dunkel. Ruth zündete Kerzen an, für Shelby der einzige Hinweis, dass die Zeit nicht stillstand und sie nicht auf immer und ewig für ihre Sünden grässliche Folter erleiden musste. Doch von dem Moment an verlor sie jeglichen Zeitbezug. Die grausamen Schmerzen ließen überhaupt nicht mehr nach, und sie wusste nur noch, dass sie drauf und dran war, sich den Tod zu wünschen, wenn nur die Qual bald ein Ende fände. Ihr Hals brannte, ihre Muskeln zitterten vor Erschöpfung, und der Schweißfilm auf ihrer Haut ließ sie erbärmlich frieren.

Doch noch schlimmer als alle Schmerzen war die quälende Ungewissheit, was mit ihrem Baby war. Da sie nicht wusste, ob sein kleines Herz noch schlug, konnte sie nur hoffen, dass das Kind nicht während der Geburt starb.

Endlich spürte sie den Kopf des Kindes. Sie war so durcheinander, dass sie beinahe zu pressen vergaß. Ruth, die fast genauso aufgeregt war, hob das Betttuch in die Höhe und wartete. Mit der nächsten Presswehe glitt das Köpfchen ganz heraus. Ruth rief, sie könne das Gesicht und den Mund sehen, der sich bewegte. Shelby legte eine Hand über die Augen und fing vor Glück zu weinen an. In dem Moment zählte nichts anderes mehr, als dass das Kind am Leben war. Dann eine letzte enorme Kraftanstrengung, und der größte Schmerz war vorbei. Shelby hörte ein dünnes, zittriges Heulen, und Ruth sagte: »Es ist ein Junge.«

Ein Junge. Ein männlicher Brosnahan, der nach Lucas die Familie weiterführen würde. Zwischen all den Gedanken, die Shelby in dem Moment durch den Kopf jagten, setzte sich einer fest und machte sie froh. Wieder hatte die Geschichte einen anderen Verlauf genommen, und dieses Mal mit noch weitreichenderen Folgen, als sie eine Tagebucheintragung oder eine Hochzeit nach sich ziehen konnten. Ein neuer Mensch war auf die Welt gekommen, und dieser Mensch – ihr Sohn – würde die Geschichte weiter verändern, noch lange, nachdem sie und Lucas gegangen waren, da er in der ursprünglichen Fassung nicht existiert hatte. Darin hatte kein Brosnahan in Hendersonville den Krieg überlebt, und Nachwuchs hatte es auch keinen gegeben. Amos und Gar – oder ihre Frauen – waren unfruchtbar gewesen, und Lucas hatte nie geheiratet. Dieser kleine Junge verkörperte auf großartige, wundersame Weise, dass die Geschichte verändert worden war. Shelbys erschöpfter Geist kreiste immer wieder um die

Bedeutung dieses Ereignisses, aber am meisten wünschte sie sich, endlich das Gesicht ihres Sohnes zu sehen.

Mühsam stützte sie sich auf einem Ellbogen ab und betrachtete staunend die winzige gesprenkelte Kreatur vor sich. Ruth durchtrennte die Nabelschnur mit einem Messer und reichte ihr das Kind. Shelby hielt es in ihrer Armbeuge und lehnte sich zurück in die Kissen. Der kleine Junge war voll Blut, aber schien sonst gesund und munter und normal gewachsen. Schmatzend öffnete und schloss er das winzige Mündchen und krauste seine Nase; seine kleinen Arme und Beine waren in ständiger Bewegung. Spärlicher schwarzer Flaum bedeckte seinen Kopf, dunkel wie das Haar seines Vaters. Ein klein wenig Enttäuschung machte sich in Shelby breit, als sie daran dachte, dass ihr Kind niemals Ähnlichkeit mit ihr haben würde, da sie ja in Mary Beth' Körper lebte. Deshalb wünschte sie sich auch stärker, als es wahrscheinlich üblich war, dass er seinem Vater ähnlich sah.

»Wie willst du ihn nennen?«

Vor Erschöpfung konnte Shelby kaum denken. Trotzdem durchforstete sie ihre grauen Zellen nach einer Antwort auf diese Frage. »Damals, als ich Lucas schrieb, dass ich guter Hoffnung sei, hat er zurückgeschrieben, ich solle das Kind, falls es ein Junge wird, nach einem von den Aposteln benennen.«

»Nach welchem?«

»Das hat er nicht gesagt. Ich vermute, das muss ich allein entscheiden.«

»Gut, aber nicht Simon.«

Shelby brachte ein schwaches Lächeln zustande. »Nein, nicht Simon. Auch nicht Luke, das klingt zu sehr nach Lucas. Und Judas auch nicht, schätze ich.« Ruth stieß ein herzhaftes Lachen aus. Shelby überlegte eine Weile und sagte dann: »Ich glaube, Matthew gefällt mir. Matthew Lucas Brosnahan.«

In dem Moment wurde sie von der letzten Kontraktion überrascht, und Ruth nahm Matthew in den Arm, damit er nicht hinunterfiel, während Shelby die Nachgeburt ausstieß.

Es war Shelby, die den Brief an Lucas schrieb und ihm die Geburt seines Sohnes mitteilte. Sobald sie wieder kräftig genug war, um sich im Bett aufzusetzen, bat sie um Feder und Papier, um die Mitteilung zu verfassen. Ihrem Ehemann zu schreiben, dass sie und ihr Sohn wohlauf waren, war die freudigste Nachricht, die sie jemals zu Papier gebracht hatte.

Plötzlich wimmelte es im Haus von Besuchern, die das Neugeborene sehen wollten. Ruth kümmerte sich mit gewohnter Tüchtigkeit und Freundlichkeit um die Gäste, aber Shelby entging der sehnsuchtsvolle Blick nicht, wenn sie mehrmals am Tag mit Essen, frischen Laken und sauberen Stofflappen für die Blutung kam. Ruth, die um einiges älter war als Shelby, behandelte sie, als wäre sie fast ebenso ein Kind wie Matthew. Was hätte sie doch für eine wunderbare Mutter abgegeben, dachte Shelby. Viel besser, als sie es je werden würde. Ruth' weicher Blick war nur schwer zu ertragen, wenn sie Matthew mit traurigen Augen betrachtete. Doch es war keine Frage, ob das Baby ein Segen für sie war oder nicht, denn sie war ein zu guter Mensch, als dass sie auch nur einen Hauch von Groll gegen das Kind einer anderen Frau gehegt hätte.

Es war schon fast Februar, und es hatte stark geschneit in diesem Winter. Die Nachbarn aus Sumner County beschränkten sich deshalb auf einen kurzen Besuch, um den Neuankömmling zu begrüßen, und zogen sich dann rasch wieder in die Wärme ihrer Häuser zurück. Shelby, Ruth, Martha und Dad Brosnahan gewöhnten sich bald an den veränderten Tagesablauf, den der Familienzuwachs zur Folge hatte.

Shelby wusste, dass es nicht mehr lange dauern würde, bis ihr Leben vollständig auf den Kopf gestellt werden würde, wenn die Yankees kamen. Sie hatte entsetzliche Angst, es könnte geschehen, solange sie noch das Bett hüten musste. Leider ließ sie ihr Gedächtnis im Stich, wann genau die Invasion beginnen würde. Sie wusste nur noch, dass es bald war. Jeden Morgen erwachte sie mit der Angst, heute könnte der Tag sein, an dem sie die an ihrem Haus vorbeifahrenden Züge, voll gepackt mit blau uniformierten Lincoln-Anhängern, sehen würden.

Eine Woche nach der Entbindung war sie deshalb schon wieder auf den Beinen und stieß damit natürlich auf großes Unverständnis. Aber sie erklärte, dass sie niemals mehr so faul sein wolle wie damals, als sie noch im Haus ihrer Eltern, umgeben von allen ihren Dienstboten, gelebt habe. Ruth ließ sich von diesem Argument überzeugen, und Martha war es ohnehin egal, was sie oder ein anderer tat. Und so kehrte Shelby schneller wieder an die Arbeit zurück als die meisten Frauen dieser Zeit, und achtete einfach nicht darauf, wenn sich hinter ihrem Rücken irgendjemand deswegen das Maul zerriss. Untätig zu sein war eine Qual für sie, vor allem jetzt in Mary Beth' Körper, der keine Sekunde stillhalten wollte.

Der Winter, in dem Matthew zur Welt kam, war lang und kalt. Schneestürme tobten aus dem Südwesten und begruben Sumner County unter einer Eisschicht, die einen ein festes Dach über dem Kopf und einen reichen Vorrat an Feuerholz schätzen ließen. Es war in der zweiten Februarwoche, als Hundegebell draußen beim Stall Shelbys Aufmerksamkeit erregte und ihren Herzschlag beschleunigte. Matthew lag in seinem Korb im Wohnzimmer, Shelby, Ruth und Martha saßen am Kaminfeuer und nähten. Dad Brosnahan war im Zimmer nebenan und schlief, obwohl es noch nicht einmal dunkel war. Der alte Mann verschlief fast ebenso viel Zeit wie Matthew und verließ kaum mehr sein Lager im Esszimmer. Er war schon sehr alt und vermisste seine Söhne.

Die beiden Hunde draußen bei den Stallungen machten einen Radau, dass sich Shelbys Nackenhaare sträubten. Plötzlich verstummten sie. Ruth und Martha hoben beide den Kopf und lauschten. Neugier und Unbehagen sprachen aus ihrem Blick, da die Stille noch beunruhigender war als das Bellen. Shelby legte ihr Nähzeug beiseite und ging nachschauen. Matthew ließ sie in der Obhut der beiden anderen Frauen zurück.

Der Himmel war fast völlig bedeckt, und die grauen Wolken hatten an diesem Tag bereits einige Zentimeter Schnee abgeladen. Ein Riss am westlichen Himmel enthüllte einen rosig schimmernden Sonnenuntergang, und die Dämmerung füllte sich langsam mit bläulichen Schatten. Durch den dünnen Schneefilm am Boden schimmerten an einigen Stellen Steine und Gras durch, und fast alle mit Wasser gefüllten Vertiefungen waren jetzt am Abend zugefroren. Shelby hüllte sich gegen die eisige Winterluft fester in ihr Tuch und ging bis zum Ende der Veranda, von wo aus sie den letzten Teil der Straße übersehen konnte. Die mit dünnem Eis überzogenen Pfützen brachen knirschend unter ihren Füßen.

Draußen war eine Gestalt zu erkennen. Ganz in Grau, ein Soldat, seiner Ausrüstung nach zu schließen. Er hatte sich hingekniet und begrüßte die schwanzwedelnden, freudig auf und ab hüpfenden Hunde, die den Mann gut zu kennen schienen. Shelbys Pulsschlag beschleunigte sich noch mehr. Dann erhob sich der Mann und setzte seinen Weg Richtung Haus fort. Shelbys Herz klopfte wie wild. Am Gang erkannte sie auf den ersten Blick, wer da gekommen war.

»Lucas!« Sie trat einen Schritt vom Geländer zurück, unfähig, den Blick von ihm zu nehmen. »Lucas!« Dann drehte sie sich um und rannte die Stufen hinunter und den Fahrweg entlang, ihre Röcke mit beiden Händen raffend. Obwohl sie nur leichtes Schuhwerk anhatte, spürte sie die vom gefrorenen Boden in ihre Fußsohlen dringende Kälte kaum. Als Lucas sie sah, stellte er Gewehr und Tornister ab und lief ihr entgegen. Übers ganze Gesicht lachend, schloss er sie in seine Arme, dass ihr fast die Luft wegblieb. Sie klammerte sich an seinen Hals und bedeckte sein eisiges, von der Kälte gerötetes und mit Bartstoppeln bedecktes Gesicht mit Küssen.

Schließlich ließ er sie wieder zu Boden und schaute sie fragend an. Sorge sprach aus seinem Blick und verdüsterte seine Miene. »Das Baby …«

»Er ist bei uns.«

Lucas stieß einen Seufzer aus und lachte erleichtert.

»Komm ins Haus.« Sie streckte die Hand nach ihm aus, als er Gewehr und Tornister über die Schulter warf und ihr folgte. Seine Hand fühlte sich trotz des Handschuhs kalt an. Er war lange in der eisigen Kälte marschiert.

»Er … Es ist ein Junge?«

Sie beeilten sich, aus der Kälte ins Haus zu kommen.

»Ja. Hast du denn meinen Brief nicht erhalten? Bist du nicht deswegen hier?«

Lucas schüttelte den Kopf, als sie die Stufen zur Veranda hochstiegen. »Das 2. Tennessee-Infanterieregiment liegt in Nashville. Wir haben sechzig Tage Urlaub, damit sich die Kameraden, deren Zeit abgelaufen ist, wieder einschreiben können. Ich bin mit dem Zug bis nach Hendersonville gefahren und dann gelaufen.«

Shelby drehte sich fragend zu ihm um, obwohl sie die Antwort bereits kannte. »Du hast dich ein zweites Mal gemeldet?«

Er nickte wortlos und ohne sie anzusehen. Da sie im Moment keine Lust verspürte, mit ihm über ein Thema zu streiten, das ohnehin bereits beschlossene Sache schien, drückte sie als Zeichen ihrer Versöhnungsbereitschaft seine Hand. Lucas war daheim, und das allein zählte.

Ruth, Martha und Lucas' Vater kamen ihnen im Vorraum entgegen. Alle redeten gleichzeitig auf Lucas ein und fielen dem lange vermissten Sohn und Schwager um den Hals. Er war sehr höflich, bedachte alle mit einem Lächeln und beantwortete geduldig alle Fragen zu seiner Gesundheit und eventuellen Abenteuern, aber seine Augen wanderten dabei unruhig von einer Zimmertür zur nächsten, und Shelby wusste genau, wonach er Ausschau hielt. Entschlossen nahm sie ihn bei der Hand und zog ihn ins Wohnzimmer.

Dort blieb er zögernd an der Tür stehen. Die anderen verstummten, als sie bemerkten, dass er ihnen nicht länger zuhörte. Lucas' Aufmerksamkeit galt einzig und allein dem Korb auf dem Schaukelstuhl, und sein Gesicht war ganz weiß vor Ehrfurcht.

»Er heißt Matthew.«

Lucas warf Shelby ein Lächeln zu und lehnte sein Gewehr neben sich an die Wand. Dann befreite er sich von Tornister, Uniformrock, Hut, Schwert und Pistole und machte ein paar Schritte auf den Korb zu. »Schläft er?«

Shelby musste an sich halten, um nicht laut zu lachen. Schmunzelnd meinte sie: »Er ist noch keine zwei Wochen alt. Natürlich schläft er.« Sie folgte ihm, bis er neben dem Baby stand.

»Kann ich ihn herausnehmen?«

»Sicher. Warte, ich zeige es dir.« Da er der Jüngste in seiner Familie war und weder Nichten noch Neffen hatte, vermutete Shelby, dass sich seine Erfahrung mit Säuglingen in Grenzen hielt. Sie hob Matthew aus dem Korb und legte ihn Lucas auf den Arm. »Hier, pass auf seinen Kopf auf. Er kann ihn noch nicht selbst halten.« Lucas nahm vorsichtig seinen Sohn in Empfang und beugte den Oberkörper zurück, um ihn besser halten zu können. Dabei nahm er nicht ein einziges Mal den Blick von ihm, als würde er befürchten, er könnte sich in Luft auflösen, wenn er wegsah.

Matthew zog eine Grimasse und jammerte, wild mit seinen winzigen Händen fuchtelnd, über die Zumutung, so unnötig geweckt zu werden.

»So etwas Kleines wie ihn habe ich noch nie gesehen«, sagte Lucas staunend mit leiser, sanfter Stimme, die tief aus seiner Brust zu kommen schien. »Ist es normal, dass er so winzig ist?«

Shelby lachte. »Glaub mir, bei der Geburt hat mir seine Größe gereicht.«

Da musste auch Lucas lachen, und sogar Shelby brachte bei der Erinnerung daran ein Lächeln zustande. Die Schmerzen waren schon fast so gut wie vergessen. Dann setzten sie sich nebeneinander auf das Sofa, und Lucas begrüßte seinen Sohn, während Shelby ihren Mann betrachtete. Der Stolz, mit dem er von seinem Sohn sprach, ließ sie vermuten, dass dies der erste Erfolg war, den er über seine Brüder erzielt hatte. Ruth brachte einen Teller mit Bohnen und Maisbrot herein, das vom Mittagessen übrig geblieben war, und erst jetzt gab Lucas das Baby aus der Hand, um in Ruhe essen zu können.

»Ich habe die Badewanne in der Küche für dich gefüllt, und im Kessel mache ich gerade Wasser warm, Lucas. Das dürfte bald heiß genug sein«, sagte Ruth.

»Du hast doch wohl bei dem Wetter nicht eine ganze Badewanne voll aus dem Brunnen herangeschleppt, Ruth, oder?« Shelby hätte es selbst getan, aber das hätte keiner zugelassen.

»Du musst dich doch aufwärmen.«

Shelby legte die Hand an Lucas' Gesicht und spürte, dass es trotz der Wärme im Zimmer immer noch eiskalt war. Ruth hatte Recht, Lucas benötigte dringend ein heißes Bad, sonst würde er sich erkälten. »Genau. Du steigst jetzt in die Badewanne. Sobald ich Matthew versorgt habe, komme ich und schrubbe dir den Rücken.«

Lucas schlang sein Essen hinunter, säuberte den Mund mit der Serviette, stand auf und drückte Matthew einen zärtlichen Kuss auf die Stirn, ehe er durch den Kellergang in die Küche hinüberging. Shelby wiegte den Kleinen in den Schlaf und legte ihn zurück in den Korb, neben dem Ruth mit ihrem Nähzeug saß. Dann folgte sie ihrem Mann.

Eine Kerze, die sie mit einem Tropfen Wachs auf einer kaputten Untertasse befestigt hatte, leuchtete ihr den Weg durch den Tunnel, der im Winter zum Glück frei von

Spinnen war. Sie stieg die wenigen Stufen zur Küche hoch und blieb im Türrahmen stehen. Der Anblick, der sich ihr bot, rief Erinnerungen in ihr wach.

Lucas war für die Wanne bereits halb ausgezogen und stand mit aufgeknöpfter Hose und offenem Hemd da. Im Moment kratzte er sich gerade an der Hüfte, wo große rote Flohstiche waren. Auf den ersten Blick genau dasselbe Bild wie damals, als Shelby ihn zum ersten Mal gesehen hatte. Aber heute hatte er keine rote Narbe auf dem Rücken, nur die bereits verblassten an seinen Armen waren zu sehen. Und außerdem stand er ein wenig anders da und hatte keine Zigarre im Mund. Doch der größte Unterschied war der, dass er sie sah. Mit einem Lächeln drehte Lucas sich zu ihr um und ließ Hose und Unterhose fallen, ehe er in die dampfende Zinkbadewanne neben dem Feuer stieg. Die Wanne war so klein, dass er darin nur sitzen, nicht liegen konnte; außerdem hätte sie sonst auch gar nicht in die kleine voll gestopfte Küche gepasst. Die Wanne wackelte ein wenig auf dem unebenen Steinfußboden, und Wasser schwappte heraus, als Lucas seinen langen Arm nach der Laugenseife auf dem Küchentisch daneben ausstreckte.

»Hier.« Shelby erwachte aus ihrer Erstarrung, stellte die Kerze ab und griff nach der Seife, die sie kurz ins Wasser tauchte, ehe sie ein Stück Stoff damit einrieb, das ebenfalls auf dem Tisch gelegen hatte. Dann zog sie einen Schemel heran und setzte sich neben die Wanne. Mit dem bisschen Schaum, das sie der selbst hergestellten Seife entlocken konnte, schickte sie sich an, ihren Mann zu waschen, dessen Knie aus dem sich bereits grau verfärbenden Wasser herausragten. Lucas lehnte seinen Kopf an den Rand der Zinkbadewanne, schloss die Augen und genoss das warme Wasser und die Aufmerksamkeit seiner Frau. Als sie über seine Brust strich, brummte er vor Zufriedenheit wie an ihrem Hochzeitstag. Seine Stimme war kaum mehr als ein Flüstern. »Geht es den Pferden gut?«

»So gut, wie es unter diesen Umständen möglich ist. Clyde ist sehr tüchtig, aber wie du dir vorstellen kannst, ist mit den Tieren kaum gearbeitet worden.«

Lucas hob den Arm, damit sie ihn auch darunter waschen konnte. »Ich werde den ganzen Bestand an die Armee verkaufen.«

Einen verrückten Augenblick lang dachte sie, er meinte die Armee der Union, so sehr hatte sie sich schon mit dem Gedanken abgefunden, dass die Yankees ihnen ihre Pferde wegnehmen würden. Aber dann wurde ihr klar, dass er die Pferde mitnehmen wollte, wenn er zu seiner Einheit zurückkehrte. »Alle Tiere?«

»Nein, einen der Hengste und zwei Stuten behalten wir.«

»Nimm sie alle mit.«

Lucas hob den Kopf und sah sie fragend an. »Das geht nicht. Dann ist ja für die Zucht kein Tier mehr übrig.«

»Wenn du sie nicht mitnimmst, werden es die Yankees tun.«

Mit einem gereizten Seufzer ließ Lucas seinen Kopf wieder auf den Rand der Wanne zurücksinken. »Sei doch nicht so pessimistisch, Mary Beth. Versuch wenigstens an die Sache zu glauben.« Es folgte eine längere Pause, in der er sie eindringlich ansah und schließlich hinzufügte: »Und an mich.«

»Mein Vertrauen in dich ist unendlich. Ich weiß, dass du alles gibst, was du hast, um dein Land zu verteidigen. Aber ich weiß auch, dass im Verlauf dieses Krieges die

Yankees hierher kommen und mitnehmen werden, was ihnen in die Hände fällt. Vor allem deine prächtigen Pferde. Verkauf sie alle und bau die Zucht nach dem Krieg neu auf.«

»Mary Beth, der Stammbaum dieser Tiere ist fast hundert Jahre alt und geht auf einen Hengst zurück, der mit meinem Großvater aus Irland herübergekommen ist. Ich werde nie Ersatz für diese Pferde bekommen.«

»Verkauf sie alle.« Shelby blieb hartnäckig. »Bitte, vertrau mir. Lass keine für die Invasoren zurück.« Sie biss sich einen Moment lang auf die Lippe, fuhr dann aber fort und sagte, was gesagt werden musste. »Ich habe wirklich Vertrauen in dich, mein lieber Mann, und ich würde fast alles geben, um dich siegreich zu sehen, aber ich möchte dich doch bitten, dass du dir im Tausch für die Pferde dieses neue Papiergeld geben lässt, das im ganzen Land gültig ist.«

»Ich werde die Konföderierte Armee doch nicht um *greenbacks,* um Geld aus dem Norden, bitten«, schnaubte Lucas entrüstet.

»Dann tausche wenigstens das Südstaatengeld dagegen ein. Oder gegen Gold. Oder gegen Güter, die man tragen kann. Und schick nur nichts nach Hause.«

Lucas warf ihr einen irritierten Blick zu. »Aber wovon wollt ihr leben?«

»Wir kommen schon durch. Schick nichts nach Hause. Behalt das Unionsgeld am Leib, denn es wird alles gestohlen werden, was du hierher schickst.« Shelby hatte die letzte Tagebucheintragung von Mary Beth nicht vergessen. Yankees würden in ihr Haus eindringen, und sie fürchtete sich davor. »Ich will nicht, dass alles, wofür du gearbeitet hast, gestohlen wird.« Besser sollte es seiner

Leiche in Georgia geraubt als in ihrem Beisein von einer Horde Plünderer aus dem Haus geschleppt werden.

»Das ist doch eine himmelschreiende Dummheit, Mary Beth. Selbstverständlich werde ich Geld nach Hause schicken.«

»Nein, tu das nicht. Ich meine es ernst. Ich habe im vergangenen Herbst bereits das Gerücht in die Welt gesetzt, wir hätten dieses Jahr eine ganz schlechte Gemüseernte.«

»Wieso? Willst du, dass unsere Nachbarn uns für arm halten?« Zornesröte überzog sein Gesicht.

»Ja, genau das will ich. Wir wollen unsere Nachbarn glauben machen, dass wir nichts besitzen, damit sie den Yankees nicht verraten, wo sie Essensvorräte, Pferde oder sonstige Dinge finden, die sie nur stehlen werden, wenn sie hier einfallen.«

Abrupt richtete sich Lucas in der Wanne auf, die prompt zu wackeln begann. Wasser schwappte heraus. »Verdammt, Mary Beth! Hast du denn gar keinen Stolz?«

»Ich habe genügend zu essen, um die Familie über den Winter zu bringen, und ich will nicht, dass uns die Unionstruppen unsere Vorräte für ihre Soldaten wegnehmen. Ich habe einen Stall voller Pferde, die du mitnehmen sollst, damit sie nicht gestohlen werden. Ich habe eine kleine Summe Bargeld in das Versteck im Wandschrank geschoben, aber nicht oben auf das Eisenbrett, wo es sofort gefunden wird, wenn sie alles durchsuchen, sondern ganz tief in das Loch, wo sie es nicht gleich sehen, wenn sie auf die Vertäfelung stoßen. Und ich habe das Familiensilber in einer Baumhöhlung versteckt und mich nach möglichen Käufern erkundigt, in der Hoffnung, damit die Glaubwürdigkeit meiner Geschichte zu unterstreichen, ich hätte es in Nashville verkauft.«

»Hör auf, so einen Unsinn zu reden, Weib. Die Yankees werden bis auf hundert Meilen nicht an uns herankommen. Dazu müssten sie durch Kentucky marschieren, und Kentucky ist neutral.«

»Beug dich vor.« Lucas gehorchte, und Shelby nahm einen Becher vom Tisch, um seinen Kopf nass zu machen, ehe sie seine Haare einschäumte. Dann sagte sie: »Wie ist der Verlauf des Ohio River?«

Lucas richtete sich wieder auf, hielt aber seinen Kopf über die Wanne, damit sie die Haare besser waschen konnte. »Er entspringt in Ohio, glaube ich. Dann verläuft er entlang der Grenze zwischen Kentucky und Ohio, dann durch Indiana und im Süden irgendwo bei Paducah in den Mississippi. Das heißt, wenn ich mich recht entsinne.«

»Und von da an …?«

»Der Mississippi fließt in den Süden, vorbei an …« Seine Stimme stockte, als ihm klar wurde, worauf sie hinauswollte. »Vorbei an Memphis. Du denkst, sie werden auf dem Ohio River entlangschippern und Kentucky einfach umfahren?«

»Ich weiß, dass sie so handeln werden.«

»Woher willst du das wissen?«

»Würdest du das nicht auch tun?«

Er knurrte, gab ihr aber keine Antwort – seine übliche Reaktion, wenn sie Recht hatte. Doch dann reckte er triumphierend sein Kinn. »Aber um bis hierher zu kommen, werden sie quer durch Tennessee Richtung Osten marschieren müssen. Doch da die gesamte Armee von Tennessee in Nashville steht, werden sie mit Sicherheit nicht einmal den Versuch wagen«, sagte er, während ihm der Seifenschaum übers Gesicht lief.

»Sie werden bei Paducah einfach abkürzen. Ein winziger Verstoß gegen die Neutralität von Kentucky, und schon sind sie durch, ehe überhaupt jemand Wind davon bekommt. Dann den Cumberland River hinunter, und sie stehen vor den Toren von Fort Donelson. Und im Handumdrehen haben sie Middle Tennessee eingenommen.«

Lucas verstummte und schien zu überlegen. Shelby schob seinen Kopf nach vorne, damit sie seine Haare mit Wasser nachspülen konnte. Auch sie schwieg, um ihn in Ruhe über das nachdenken zu lassen, was sie gesagt hatte.

Als er sich wieder aufrichtete, strich er sich mit den Fingern die tropfnassen Haare aus dem Gesicht. Sie waren ziemlich zottelig. Offenbar waren sie seit seinem Eintritt in die Armee nicht mehr richtig geschnitten worden.

»Hast du dich von der Geburt schon erholt?«, fragte Lucas unvermittelt mit leiser Stimme und sah sie über den Rand der Wanne hinweg an.

Offensichtlich hatten seine Überlegungen nicht möglichen Truppenbewegungen der Yankees gegolten. Es dauerte einen Moment, bis Shelby begriff, was er mit seiner Frage meinte. »Nein«, antwortete sie. »Ich fürchte, es wird noch ein paar Wochen dauern, bis ich wieder so weit bin.« Die Blutung war zwar nicht mehr schlimm, nicht stärker als die Periode, aber sie wusste, dass es ihrer Gesundheit schaden würde, wenn sie jetzt schon Sex hätte. Einen Monat würde sie schon noch warten müssen. Das war einer der wenigen Punkte, in denen moderne Gynäkologen und Hebammen aus dem 19. Jahrhundert einer Meinung waren. Aber Shelby tat es Leid, dass sie und Lucas während seines Urlaubs deswegen auf jedes Vergnügen würden verzichten müssen. Tastend ließ sie das Stück Stoff von seinem Nabel weiter abwärts wandern. Es gab schließlich noch andere Möglichkeiten, sich in dieser Zeit miteinander zu beschäftigen.

Lucas schloss die Augen, lehnte den Kopf an den Badewannenrand und spreizte die Schenkel. Auch seine Lippen öffneten sich, und er hob ihr sein Becken entgegen. Er war erregt, als sie ihn berührte. Aber als sie ihre Hand um sein Glied schließen wollte, stöhnte er unglücklich auf, hob den Kopf und nahm ihre Hand aus dem Wasser. »Nein«, sagte er, »nicht.«

»Wieso nicht?« Sie wollte ihn wenigstens berühren. Es waren so viele Monate vergangen, seit er fort war, und sie vermisste ihn im Bett. Voller Verlangen sah sie ihn an und betrachtete fasziniert die gerade Linie seiner Schultern, wo seine Haut feucht im Schein der Kerze schimmerte. Eine Ader pochte an seinem langen Hals. Wie liebte sie es doch, seinen Herzschlag zu spüren.

»Es ist eine Sünde.«

Fragend hob sie die Augenbrauen. »Warum? Ich dachte, wir hätten beschlossen …«

Er schüttelte den Kopf. »Samen zu vergeuden ist eine Sünde, wie immer du das auch sehen magst.«

Jetzt begriff sie. Sie legte eine Hand auf sein Knie und strich über die Innenseite seines Schenkels und den nassen Flaum aus schwarzen Haaren. »Ich verstehe. Willst du mir damit sagen, dass du dich die ganze Zeit über, in der du von mir getrennt warst, nicht einmal aus Frust erleichtert hast? Oder hast du dir lieber eine Frau gesucht, damit dein Samen nicht vergeudet wird und es keine Sünde ist?«

Mit roten Ohren erwiderte er: »Es ist ein Akt, dessen ein Mann sich schämen muss, und ich könnte nie zulassen, dass du daran teilhast. Und wie ich mit meinem …

meinem Frust, wie du dich ausdrückst, umgehe, ist einzig und allein mein Problem. Und ich halte es ganz und gar nicht für angebracht, dass du mir dabei hilfst.« Langsam kroch die Röte seinen Hals und seine Brust hinunter. So offenherzig hatte Shelby bisher keinen Bewohner dieses Jahrhunderts reden hören. Die Anstrengung, die ihn dies kostete, machte ihr unmissverständlich klar, dass sie ihn nicht würde überreden können.

Shelby nahm die Hand von seinem Schenkel und wrang das Stück Stoff in der Badewanne aus. »Gut. Wenn du sicher bist, dass du es so willst.« Die kommenden Wochen würden ihre Geduld auf eine harte Probe stellen. »Wenn du dich nicht wohl dabei fühlen würdest.«

»Es würde mich zutiefst beschämen.«

Shelby hauchte einen Kuss auf seine Fingerspitzen und auf seine Unterlippe. »Dann werden wir eben warten.« Nur wie lange, das wusste sie nicht.

Lucas schien ihre Enttäuschung nicht entgangen zu sein, denn er ergriff sie zärtlich am Hals und zog sie an sich. Ganz und gar nicht mehr abweisend, küsste er sie leidenschaftlich wie ein Ehemann. Shelby wich ein Stück zurück, gerade so weit, um sagen zu können: »Du quälst dich wohl gerne?«

Er lachte heiser. »Ich küsse meine Frau gerne, auch wenn mich das in die Verdammnis führt.«

Ob Lucas jemals selbst Hand an sich legte oder ob er seinem Verlangen einfach nicht nachgab, das sollte Shelby nie erfahren. In der ganzen Zeit, die er zu Hause verbrachte, gab es keine einzige Andeutung in diese Richtung. Keusch schliefen sie nebeneinander, ein jeder geborgen in der Wärme des anderen. Shelby begann sich wieder als ganzer Mensch zu fühlen, eingehüllt vom Geruch seiner

Haut, den sie all diese Monate über so sehr vermisst hatte. Wie hatte es ihr gefehlt, neben Lucas aufzuwachen und selbst im Schlaf die Gewissheit zu haben, dass er bei ihr war. Jetzt war diese Einheit wiederhergestellt.

Sie und Lucas verbrachten ihre Tage in der gemeinsamen Fürsorge für ihr Kind und die Pferde, ganz so, als würde der Krieg nicht allmählich näher rücken. Lucas hackte Holz, erledigte Reparaturen im Haus und in den Wirtschaftsgebäuden, erlegte Kaninchen und Eichhörnchen – die Fleischeinlage für den winterlichen Eintopf – und las den Frauen am Abend mit tiefer, sonorer Stimme, die sie alle so vermisst hatten, vor. Es vergingen ganze Tage, an denen Shelby das Gefühl hatte, sie seien wieder zur Normalität zurückgekehrt.

Doch je normaler das Leben nach außen hin erschien, desto unübersehbarer wurde es, dass Lucas nicht mehr viel mit dem unschuldigen jungen Mann gemeinsam hatte, der vor weniger als einem Jahr in den Krieg gezogen war. Vor allem seine alte Zivilkleidung unterstrich diese Veränderung und die deutlich zu Tage tretende Härte in ihm. Er hatte an der Schlacht bei Manassas teilgenommen, und obwohl er nie darüber sprach, wusste Shelby, dass er oft daran dachte. Sie sah es in seinen Augen, wenn er am Mittagstisch saß, und an der Art, wie er seit neuestem mit den Pferden umging. Er hatte aufgehört, nervös herumzuzappeln. Er spielte auch nicht mehr mit irgendwelchen Gegenständen oder trat von einem Fuß auf den anderen, als könnte er es kaum erwarten, irgendwohin aufzubrechen. Wenn er stand, dann stand er, und wenn er ging, dann setzte er seine Bewegungen gezielt und sparsam ein. Den Bewohnern des Hauses schien das ein Zeichen von Reife zu sein. Die Armee und die Kämpfe hatten einen erwachsenen Mann aus dem jungen Lucas gemacht. Aber in Shelbys Augen war das ein Verlust. Seine Unbekümmertheit war dahin, und er fühlte sich nirgends mehr sicher. Bereits beim geringsten Geräusch schreckte er nachts in die Höhe, und selbst am helllichten Tag entging ihm kein ungewohnter Ton. Er ließ auch nichts mehr herumliegen, wenn er sich auszog. Jede Socke, jede Unterhose, jedes Taschentusch wurde penibel weggeräumt. Ohne Ausnahmen. Jede Form von Lässigkeit war von ihm gewichen, und Shelby trauerte um diesen Teil von ihm, der für immer verschwunden war.

Lucas' sechswöchiger Urlaub sollte genau zwei Wochen dauern. Mitte Februar kamen mehrere grau gekleidete Reiter auf den Hof galoppiert. Shelby hörte sie aus der Küche und ging nachsehen, während sie sich die Hände am Handtuch trocknete. Sie kannte die uniformierten Männer auf den Pferden nicht. Lucas hatte Holz gehackt und schulterte seine Axt, als er um die Ecke bog, um den Männern entgegenzutreten.

Ihr Anführer fing aufgeregt zu rufen an, als er Lucas sah. »Die Yankees kommen, Lieutenant, Sir! Unser Urlaub ist gestrichen! Die Armee zieht sich in den Süden zurück. Wir haben heute Morgen ein Telegramm aus Gallatin bekommen.« Shelby eilte herbei, um besser zu verstehen, was gesagt wurde.

»Wo stehen die Yankees?«, wollte Lucas wissen.

»Die Nachricht kommt aus Fort Donelson. Diese hinterhältigen Hunde sind mit Booten den Ohio River hinunter und bei Paducah an Land. Dann sind sie dem Verlauf des Cumberland River gefolgt und haben Fort Donelson eingenommen. Jetzt marschieren sie auf Nashville zu.«

Lucas stieß einen so deftigen Fluch aus, wie Shelby ihn

seit ihrer Zeit im 21. Jahrhundert nicht mehr gehört hatte. Um Verzeihung bittend, warf er ihr einen raschen Blick zu, machte sich aber nicht die Mühe, auch noch zu erröten. Stattdessen wies er sie an: »Sag Clyde, er soll so viele Pferde wie möglich für den Transport fertig machen. Nur die besten.«

»Alle.«

»So viele, wie er kann, egal, wie viele.« Wenn möglich, würde er alle mitnehmen. Erleichtert begriff Shelby, dass er auch, was das Geld betraf, ihren Rat annehmen würde.

Sie eilte davon, und im Gehen hörte sie noch, wie Ruth die Soldaten ins Haus lud und ihnen zu essen und zu trinken anbot, während Lucas sich zum Abmarsch bereitmachte. Doch zuvor stillte auch er noch seinen Hunger, und Ruth stellte einen Sack mit Proviant für ihn zusammen. In Uniform, seinen Tornister schnürend, wandte Lucas sich schließlich an Shelby und küsste sie zum Abschied, während die anderen Soldaten draußen bereits aufgesessen waren. Fragend sah er sie an. »Du scheinst mir heute nicht halb so aufgebracht wie das letzte Mal, als ich von dir ging.«

»Das letzte Mal war dein Leben hier nicht in Gefahr. Aber wenn die Yankees dich jetzt im Haus finden, nachdem du bei Manassas gegen sie gekämpft hast – wer weiß, was sie da mit dir anstellen? Festnehmen würden sie dich auf jeden Fall. Vielleicht schicken sie dich fort, vielleicht erschießen sie dich aber auch gleich an Ort und Stelle. Da ist es mir schon lieber, wenn du frei, aber nicht bei mir bist, statt tot und in meiner Nähe zu sein.«

Seine einzige Entgegnung bestand aus einem Nicken und einem langen Kuss. Dann war er draußen, und Shelby sah zu, wie ihr Mann auf sein Pferd stieg und zusammen mit den Tieren, die sein Leben lang sein ganzer Stolz gewesen waren, davonritt. Die Pferde, von denen sie gedacht hatte, die Yankees würden sie bekommen. Aber das wäre jetzt nicht mehr der Fall. Oder wäre es gewesen. Sie wusste plötzlich nicht mehr, in welcher zeitlichen Dimension sie denken sollte. Ereignisse, Zeit und Raum gingen ineinander über und verschmolzen zu einem Ganzen. Shelby stellte sich die Frage, wie viel ein einziger Mensch verändern konnte. Wie weit reichte ihre Präsenz in dieser Epoche? Wie viel Einfluss konnte ein einziger Mensch auf den Lauf der Geschichte haben?

Sie drehte sich zu Matthew um, und ihre Gedanken wirbelten in ihrem Kopf umher wie in einem Kreisel. Nichts ergab mehr einen Sinn.

15

Es dauerte nur wenige Tage, ehe die ersten Zugladungen mit Yankee-Soldaten über die Bahngleise von Nashville nach Gallatin fuhren. Shelby stand an der vorderen Haustür und spähte durch das kleine Fenster, wenn wieder eine Lokomotive die Gleise entlanggekeucht kam. Die Züge waren voll mit Männern in dunkelblauen Uniformen; manchmal waren die Soldaten sogar gezwungen, oben auf dem Dach mitzufahren. Oft musste Shelby sich ermahnen, dass dies kein Film war. Das waren echte Soldaten in echten Unionsuniformen, die von Washington ausgeschickt worden waren, eine Rebellion zu unterdrücken. Sie waren bis an die Zähne mit Gewehren und Pistolen, Messern und Schwertern bewaffnet, die sie gegen ihre Feinde auch einzusetzen gedachten. Das ist eine echte Invasion, Männer, das ist keine Übung.

Die vorbeifahrenden Männer riefen manchmal Schimpfworte in Richtung Haus, vor allem, wenn sie Shelby dabei entdeckten, wie sie wie ein Waldgeist durch das Blattwerk der Bäume spähte. Aber weiter ging ihre Aggression den Bewohnern gegenüber nicht. Noch nicht. Weitaus öfter fuhren sie einfach stumm vorbei und starrten auf die Weiden und Büsche und verschiedenen Gebäude der Brosnahan-Farm.

Die erste Patrouille, die zu Pferd zum Haus kam, jagte Shelby einen solchen Schrecken ein, dass sie plötzlich einen dicken Kloß im Hals hatte. Sie trug gerade Feuerholz in die Küche, als sie die Soldaten die Gleise entlang auf sich zukommen sah. In dem Moment schlugen auch die Hunde an.

»Verdammt.« Rasch verschwand sie in der Küche, ließ das Feuerholz auf den Boden fallen und eilte durch den Kellergang ins Wohnhaus hinüber. »Ruth! Ruth, Martha!«, rief sie, während sie die Treppe in den Vorraum hochlief. »Holt Matthew. Beeilt euch. Die Yankees sind da.«

Ruth kam mit dem Baby auf dem Arm in den Vorraum gerannt, die Augen vor Schreck weit aufgerissen, mit bleicher Miene. »Soldaten? O Gott.«

Martha lief die Treppe herunter und blieb auf halber Höhe schweigend stehen. Während Shelby ihren Sohn auf den Arm nahm, wies sie ihre Schwägerinnen an: »Überlasst mir das Reden, so verwickeln wir uns nicht in Widersprüche. Pflichtet mir nicht bei, widersprecht mir nicht, sagt einfach gar nichts.«

»Mit Föderalisten würde ich ohnehin nicht sprechen«, erwiderte Martha.

»Gut.« Aber dann bring sie auch nicht unnötig gegen uns auf, dachte Shelby, sagte es jedoch wohlweislich nicht und betete inständig, dass Martha sich heute ausnahmsweise mal zurückhalten würde.

Ruth schlug die Hände zusammen und lief zu dem kleinen Fenster in der Haustür. »O Herr, errette uns.«

Shelby drückte Matthew an sich. Als sie vorsichtig aus dem Fenster spähte, sah sie die Männer in Blau auf die Veranda zureiten. Kurz davor stiegen sie ab. Einer von ihnen hielt die Pferde, und die anderen vier kamen die Stufen herauf. Der Soldat, der sie anführte, hatte Streifen auf dem Ärmel – ein Sergeant. Er sah Shelby hinter dem Vorhang hervorlugen und beugte sich vor. Ohne zu klopfen brüllte er durch die Tür: »Wir müssen Ihr Haus durchsuchen!«

»Haben Sie einen Durchsuchungsbefehl?« Der würde ihr hier zwar nichts nützen, aber da Shelby in einer Ära der Bürgerrechte aufgewachsen war, kam ihre Frage fast automatisch. Wahrscheinlich würde sie ihre vorlaute Art noch bereuen.

Der Sergeant, ein kräftiger blonder Bursche mit einem breiten, feisten Gesicht antwortete: »Nein, aber Sie stehen unter Kriegsrecht. Ich brauche keinen Durchsuchungsbefehl.« Er hörte sich an wie ein Polizist, und plötzlich kam Shelby die alberne Idee, dass das vielleicht an den blauen Uniformen liegen könnte, die beide trugen.

Statt nach dem Türknauf zu greifen, wich sie rasch einen Schritt zurück, aus Angst, er könnte vor ihr die Tür öffnen und sie umstoßen. Dann stürmte der Sergeant mit seinen Männern auch schon in den Vorraum, und die Frauen drückten sich ängstlich an die Wand.

Der Sergeant ließ seine Leute alle Räume unten im Haus durchsuchen und führte sie schließlich auch die Treppe hinauf. Wortlos machten sich die Yankee-Soldaten an die Arbeit. Sie kippten den Inhalt von Schubladen und Truhen auf den Boden, zerrten alle Schachteln aus den Schränken und durchwühlten sie, drehten Teppiche um und nahmen Bilder von den Wänden, um Rahmen und Hinterseite zu überprüfen. Das Feuerholz, das in jedem Zimmer aufgestapelt war, wurde auseinander gerissen, und sogar in der Asche wurde gestochert. Die Männer lasen jedes Schriftstück, das ihnen in die Hände fiel, und Shelby dankte Gott, dass sie die Briefe von Lucas oben in der Wand versteckt hatte. Wenn sie Glück hatten, dann wussten diese Soldaten nicht, dass drei Männer ihrer Familie bei den konföderierten Truppen dienten, und je länger sie es nicht wussten, desto besser. Auch Dad Brosnahan verkniff sich jede Bemerkung, als er von seiner Liegestatt aufgescheucht wurde, damit die Männer dort ebenfalls suchen konnten. Mühsam rappelte er sich hoch und blieb daneben stehen.

Aber als einer der Soldaten ein Jagdmesser herauszog und auch noch anfing die Sofakissen aufzuschlitzen, konnte Ruth sich nicht länger beherrschen. »Nein! Hören Sie auf damit, Sie ungehobelter Flegel!«

Der Sergeant packte sie und schleuderte sie mit einem dumpfen Knall gegen die Wand. Wie versteinert blieb Ruth stehen, die Augen vor Schreck weit aufgerissen. »Willst du mir Ärger machen? Dann fackle ich nicht lange und verhafte dich, du Südstaatenhure. Ich binde dich an das Pferd da draußen, und dann kannst du den ganzen Weg bis nach Gallatin zu Fuß hinter mir herlaufen.«

Kein Wort kam von da an mehr über Ruths Lippen. Sie schlug die Hände vor die Brust und starrte auf den Boden.

»Wir haben nichts zu verbergen, Officer … äh … Sergeant.« Shelby stopfte ihr Tuch noch etwas fester um Matthew und trat einen Schritt vor. »Wissen Sie, wir hatten eine sehr schlechte Ernte im vergangenen Herbst, und in diesem Winter haben wir auch noch alle unsere Pferde an die Armee abgeben müssen. Sie haben nicht einmal dafür bezahlt. Nicht einen Cent haben wir für unsere Tiere gesehen.« Und das würden sie so schnell auch nicht, es sei denn, Lucas kehrte zurück, aber das war eine andere Sache. »Und Schweine haben wir auch keine mehr.« Auch das stimmte, da sie alle nach dem Fall von Fort Donelson geschlachtet hatten. Einen Teil des Fleisches hatten sie gegen Gold eingetauscht und in einer Kiste draußen im Stall vergraben. Den Rest hatten sie eingesalzt und in einem geheimen Lager im Wald versteckt. »Wir haben gerade noch eine Ziege im Stall für die Milch und im Keller ein paar getrocknete Äpfel und ein paar Bohnen und Maismehl, aber das ist schon alles.«

»Und wo sind eure Gewehre?«

Das Gebell der Hunde wurde immer hysterischer. Offenbar hatten sich einige der Männer dem Stall genähert, wo sie untergebracht waren.

»Wir haben keine Gewehre, Sir.«

Matthew strampelte sich frei und fuchtelte mit seinen kleinen Fäusten. Shelby zog ihr Tuch wieder enger um sich.

»Womit geht ihr dann auf die Jagd? Wozu habt ihr Hunde?«

»Ich bin keine gute Jägerin. Und mein Mann war es auch nicht, auch wenn er aus diesem Grund die Hunde hielt. Außerdem hatten wir nur eine Jagdflinte, und die ist weg.«

»Wo ist dein Mann?« Er sah Matthew eindringlich an.

Shelby hätte gern behauptet, dass ihr Mann tot sei, aber der Sergeant hätte vielleicht gewusst, dass es eine Lüge war. Dann würde er mit Sicherheit hier alles noch einmal auf den Kopf stellen, um eine Flinte zu finden, die gar nicht existierte. Deshalb antwortete sie mit einer Lüge auf eine Frage, die der Sergeant gar nicht gestellt hatte. »Die Flinte haben wir verkauft. Es ist schließlich Krieg, und man bekommt nur schwer Munition. Da haben wir gedacht, Geld ist uns lieber.« Sie machte eine Pause, unterbrochen nur von fernem Gebell, ehe sie hinzufügte: »Und ich mag keine Waffen.«

Das Gebell draußen wollte nicht verstummen.

»Wo ist euer Geld?«

»Ausgegeben. Wie ich schon sagte, es war eine schlechte Ernte.«

In dem Moment ertönte ein Schuss. Shelby zuckte zusammen, und das Bellen hörte schlagartig auf. Der Knall wurde von den Ställen und anderen Gebäuden als Echo zurückgeworfen. Shelby drehte sich um, erschüttert und völlig sprachlos. Ruth schlug die Hände vors Gesicht und fing zu schluchzen an. Martha schwieg eisern und verzog keine Miene. Es folgte ein weiterer Schuss, und alle wussten, dass nun beide Hunde tot waren.

»Nun, wenn dein Mann kein guter Jäger ist, dann wird er seine Hunde sicher nicht vermissen«, erklärte der Sergeant.

Shelby starrte mit zusammengepressten Lippen zu Boden. Nach einer Weile sagte sie ruhig, als wäre nichts gewesen: »Wir wären Ihnen sehr dankbar, wenn Sie uns genügend zu essen lassen würden, bis es wieder frisches Gemüse und Äpfel gibt.«

»In Ordnung. Dafür werdet ihr unsere Männer mit Proviant versorgen. Und wenn ihr nichts zu essen habt, geht das ja wohl schlecht. Wir werden hier an der Bahnstrecke regelmäßig Patrouillen vorbeischicken.«

Shelby überlegte einen verrückten Moment lang, ob wohl irgendwelches Gift in ihrem Garten wuchs, schob den Gedanken aber rasch wieder beiseite. »Ja, Sir«, erwiderte sie und nickte. »Wir werden uns um Ihre Soldaten kümmern, wenn sie kommen.«

Zwei Männer traten durch die Seitentür ins Haus, und einer sagte: »In den anderen Gebäuden ist auch nichts außer ein paar Säcken mit Getreide, zwei, drei Sätteln und einem stammelnden Idioten, der in der Scheune im Stroh liegt.«

»Bist du sicher, dass der Bursche nicht richtig im Kopf ist?«

Shelby fiel es nicht leicht, ihrer Stimme keine Regung anmerken zu lassen. »Clyde kann nicht einmal seinen eigenen Namen schreiben. Er ist völlig harmlos, er könnte keiner Fliege was zu Leide tun. Sie können mir glauben, alle Männer, die hier im Ort zurückgeblieben sind, sind entweder Idioten oder Weichlinge.«

Der Sergeant lachte prustend. »Ich möchte wetten, das war hier schon immer so.«

Ohne eine Antwort abzuwarten, rief er seinen Männern den Befehl zu, sich zu sammeln und aufzusitzen, um zur nächsten Farm weiterzureiten. Shelby schloss erleichtert die Tür hinter ihnen. Sobald die Soldaten die Bahngleise hinunter verschwunden waren, wich alle Spannung aus ihrem Körper, und sie bekam weiche Knie. Plötzlich konnte sie sich nicht mehr aufrecht halten. Hass stieg in ihr hoch bei dem Gedanken daran, dass der Unversehrtheit ihres Heims Gewalt angetan worden war, dass die Soldaten ohne die geringsten Skrupel ihre Habseligkeiten vor ihren Augen beschädigt oder gar zerstört hatten. Sie lehnte sich an die Tür und glitt zu Boden. Weinend drückte sie ihren Sohn an sich.

Es dauerte Tage, um das Haus wieder in Ordnung zu bringen. Die Sattelkammer im Stall war vollkommen geleert. Die Soldaten hatten jedes Zaumzeug und jeden Sattel mitgenommen, die Lucas und seine Brüder zurückgelassen hatten. Nur der Wagen und ein kaputtes Geschirr waren noch da. Da musste Shelby sich schon fragen, was die Unionstruppen wohl mit ihrem alten Damensattel vorhatten. Die drei Frauen machten sich an die Arbeit. Sie räumten alle Schachteln und Schubladen wieder ein und nähten die aufgeschlitzten Kissen, die sie mit Stroh, Pferdehaaren und den vom Fußboden aufgesammelten Federn neu gefüllt hatten. Sie sprachen nicht viel, und Clyde begrub die Hunde ohne fremde Hilfe. Shelby fürchtete sich davor, Lucas schreiben zu müssen, was mit seinen Hunden passiert war, auch wenn die schwache Hoffnung bestand, dass der Brief ihn gar nicht erreichte. Die Post wurde nur sehr unregelmäßig durch die feindlichen Linien zugestellt.

Während sie schweigend vor sich hin arbeitete, dachte Shelby triumphierend an das Fleisch, das die Yankees nicht gefunden hatten. Oder an das Silber in seinem Versteck oder an das Bargeld, das zum Teil oben in dem Loch in der Wand steckte, zum Teil draußen im Stall vergraben war. Die Genugtuung, wenigstens einen kleinen Sieg errungen zu haben, war ein Rettungsanker, an dem sie sich eisern festhielt.

Dieses Gefühl währte leider nur ein paar Monate. Ende April erreichte sie ein Brief von Lucas, in dem er ihr detailliert von seiner Verwundung bei Pittsburgh, Tennessee, berichtete. Die Schlacht von Shiloh. Der Name dröhnte in ihrem Kopf. Beim Lesen löste sich die Illusion von Sicherheit, in der sie sich gewiegt hatte, ihr Tagtraum, die Ereignisse unter Kontrolle zu haben, schlagartig in Schall und Rauch auf. Ihr wurde ganz bang ums Herz, und sie erkannte, dass sie immer noch abhängig war vom Lauf der Geschichte und den Wirren des Schicksals.

In der Schlacht war Lucas von einer Kugel verwundet worden, die ihm einen bösen Streifschuss an der Schulter und am Rücken zugefügt hatte, während er gerade auf den Feind anlegte. Vor Shelbys geistigem Auge tauchte die Erinnerung an ihre erste Begegnung mit Lucas und an den Anblick der grässlichen roten Narbe quer über seiner Schulter auf. Jetzt schrieb Lucas ihr, dass er dieser Verwundung eine dienstfreie Woche verdankte. Er trug den Arm zwar immer noch in einer Schlinge, war aber in der Zwischenzeit zum Captain seiner Einheit befördert worden. Viele Offiziere waren an diesem 6. April 1862 gestorben, und er sollte an die Stelle von einem von ihnen treten. Einen kurzen Moment wünschte Shelby, die Verwundung wäre schlimmer gewesen, sodass man ihn nach Hause geschickt hätte. Nur ein klein wenig schlimmer, aber schlimm genug, dass sein linker Arm einem Kampfeinsatz nicht mehr gewachsen gewesen wäre. Wenn die Geschichte doch wenigstens in dem Punkt ein bisschen anders verlaufen wäre.

Aber das war nicht der Fall, denn niemand hatte in den Verlauf der Geschichte eingegriffen. Lucas war genau in dem Moment und genau an der Stelle verwundet worden, wie sein Schicksal es vorgesehen hatte. Mit seinem Brief in der Hand, den sie fest und real zwischen ihren Fingern spürte, wusste Shelby, dass er – wie vorgesehen – auch seinen Tod bei Chickamauga erleiden würde. Es gab nichts, das sie dagegen hätte tun können.

Shelby faltete den Brief zusammen, drückte ihn an ihr Herz und schaukelte weinend in dem Stuhl vor dem Kamin auf und ab.

Etwas später in dieser Woche hüllte sie sich in ihren Umhang und brach zum Haus der Campbells auf, um Mary Beth' Eltern einen Besuch abzustatten und nachzusehen, wie es ihnen mit der Besatzung erging. Nicht dass sie ihre Eltern in ihnen sah, sie waren ihr nicht einmal sympathisch genug, um sie als Freunde zu betrachten. Aber in einer so kleinen Gemeinde wie der ihren rückten die Menschen eng zusammen und waren von größerer Bedeutung füreinander als in einer anonymen Großstadt. Alle Beziehungen waren intensiver. Hier existierte keiner für sich allein. Die Gemeinde erwartete von Shelby, dass sie Verantwortung für die Campbells übernahm. Mary Beth war nicht mehr da, um als ihre Tochter zu handeln, und so fiel diese Aufgabe ihr zu.

Außerdem hatte sich noch kein Mensch seine Eltern aussuchen können.

Es war ein langer Fußmarsch bis zum Anwesen der Campbells, aber Shelby konnte quer über die Felder und über Trampelpfade im Wald etwas abkürzen. Drake's Creek südlich der Brücke zu überqueren stellte kein großes Problem für sie dar, und sie war seit langem vertraut mit den Wegen, die zum Haus führten. Auch wenn die Frauen der Brosnahans keine Stiefel besaßen, trug sie immer noch zweckmäßigeres Schuhwerk, als Mary Beth es je hatte, und keine eleganten Schühchen mehr. Shelby raffte ihre Röcke und kam gut voran.

Noch während sie sich dem Haus näherte, fielen ihr einige Männer auf, manche von ihnen in Yankee-Uniform. In der Kutschauffahrt stand ein großer Wagen, der gerade mit allen möglichen Gegenständen beladen wurde. Mary Beth' Mutter war auf der Veranda. Ihr Gesicht war verhärmt, und sie hatte dunkle Ringe unter den Augen. Mary Beth' Vater kam aus dem Haus heraus, um mit ihr zu reden; auch er sah mitgenommen aus. Shelby beschleunigte ihren Schritt und eilte die Stufen hinauf, um zu erfahren, was los war.

Campbell wurde noch bleicher, und Shelby musste auf

die Seite treten, um zwei Männer vorbeizulassen, die einen zusammengerollten Teppich zur Tür hinaus und zu dem Wagen trugen.

»Was machen die Männer hier?«, wiederholte sie ihre Frage.

Campbell zuckte nur mit den Schultern und zog den Kopf ein, ehe er ins Haus zurückkehrte, so als wollte er vor ihr davonlaufen. Aber er hätte wissen müssen, dass sie ihm folgen würde. Mary Beth' Mutter griff nach ihrem Arm und hielt sie zurück.

»Nein, nicht.«

»Gut, aber dann sag du mir, was hier los ist.«

»Dein Vater hat die Plantage verloren.«

Shelby blinzelte überrascht. Diese Entwicklung hatte sie nicht vorhergesehen. Bei ihrem ganzen Wissen um die Auswirkungen des Krieges auf die Wirtschaft im Süden hatte sie nicht einen einzigen Gedanken daran verschwendet, welche Folgen der Verlust seiner Sklaven für William Campbell haben würde.

»Hat er verkaufen müssen, weil die Feldarbeiter alle davongelaufen sind?«

Ein Schluchzen, und eine Träne tropfte über die Wange von Mary Beth' Mutter. »Es ist alles beschlagnahmt worden.« Mit zitternden Händen wischte sie die Träne fort und sah sich auf dem Land um, das nicht länger ihr Zuhause war.

Das überraschte Shelby noch mehr. »Aus welchem Grund?«

»Unsere Töchter sind beide mit konföderierten Soldaten verheiratet. Sie sagen, wir hätten kein Recht mehr auf unseren Besitz, und dass wir das Haus räumen müssen. Unser Land ist beschlagnahmt worden, um an jemanden verkauft zu werden, der sich den Vereinigten Staaten gegenüber loyal verhält. Das haben Eleazer Paine und sein Handlanger in Nashville, dieser Johnson, verfügt.«

Shelby kramte in ihrem Gedächtnis, um die paar Brocken Erinnerung an Andrew Johnson wieder zu aktivieren. Ohnehin bereits Vizepräsident der Vereinigten Staaten, war er von den Yankees auch noch als Gouverneur von Tennessee eingesetzt worden. Schwach tauchten wieder ein paar Details auf. Er war angeklagt worden. Kurz nach dem Krieg, noch während seiner Amtszeit als Präsident, sollte Andrew Johnson wegen seiner nicht immer selbstlosen Aktivitäten des Amtes enthoben werden. Shelby vermutete, dass auch diese Beschlagnahmung dazu gehörte, aber im Moment hatten Mary Beth' Eltern wenig davon, dass seine Schandtat wenigstens in der Zukunft gerächt werden würde.

»Ihr werdet doch bei uns wohnen?«, fragte sie und ging selbstverständlich davon aus, dass Mary Beth' Eltern zu den Brosnahans ziehen würden.

»Nein, Liebes, deine Schwester nimmt uns bei sich auf.« Merkwürdigerweise verspürte Shelby einen Anflug von Rivalität auf die Schwester, die nicht die ihre war. Mary Beth' Mutter fuhr fort: »Ihr Haus ist viel größer als das eure, und im Moment wohnen dort auch nicht so viele Leute. Das verstehst du doch.«

Shelby verstand. Sie fühlte sich abgelehnt, nickte aber. »Ich weiß. Und außerdem haben die Donelsons bessere Kontakte zu Washington und sind deshalb besser geeignet, mögliche Unbill von euch fern zu halten.«

»Ich sehe nicht, was uns noch Schlimmeres zustoßen könnte. Dein Vater hat sein ganzes Leben lang gearbeitet, um diese Tabakplantage aufzubauen. Sein Vater ist damals völlig mittellos aus North Carolina hierher gekommen, und in nur zwei Generationen haben sie dieses Land zum Blühen gebracht. Und jetzt nehmen sie es uns weg und werden es irgendwelchen Yankees geben, die keine Ahnung haben, was sie damit anstellen sollen.«

Wie Recht sie doch hatte, mehr, als diese Frau es sich vorstellen konnte. Shelbys Herz wurde schwer bei dem Gedanken, aber sie sagte nur: »Susannah wird sich um euch kümmern. Und Toms Mutter. Ihr werdet dort gut aufgehoben sein, bis diese Katastrophe vorbei ist.«

Mary Beth' Mutter richtete müde ihren Blick auf sie. »Aber es ist doch schon alles vorbei.«

Shelby starrte sie wortlos an und wusste nichts zu erwidern. Mit schweren Schritten ging Mary Beth' Mutter ins Haus. Shelby blieb zurück und sah zu, wie die Männer auf dem Anwesen und zwischen Haus und Garten hin und her liefen. In der Ferne erkannte sie die Gestalt von Samuel Clarence, der sich angeregt mit einer Gruppe von Yankees unterhielt – viel zu angeregt für ihren Geschmack. Breit grinsend stand er da, eine Hand auf der Hüfte, den Mantel zurückgeschlagen. Selbst von ihrem Platz aus konnte Shelby sein Lachen hören, und sie hasste ihn dafür. Aus Angst, von ihm gesehen zu werden, trat sie ins Haus und machte sich auf die Suche nach den Campbells.

Irgendwann im Mai – der Frühling stand in schönster Blüte – kam ein einzelner blau gekleideter Reiter auf das Haus der Brosnahans zu. Es gab keine Hunde mehr, die angeschlagen hätten, und Shelby hielt gespannt den Atem an. Wie immer war sie es, die sich bei solchen Gelegenheiten aus dem Haus wagte. Sie trat hinaus auf die Veranda und musste mit Entsetzen feststellen, dass es Samuel

Clarence Daley in der Uniform der Föderalisten war. Es war schon beunruhigend genug, einen Südstaatler in einer Yankee-Uniform zu sehen, aber den größten Schock versetzte ihr sein militärischer Rang, der eines Majors.

»Guter Gott, Samuel. Als ob Sie nicht schon genügend Leute gegen sich aufgebracht hätten.« Sie verschränkte die Arme vor der Brust, ganz und gar nicht erfreut über seinen Besuch, und noch dazu in dieser Uniform.

Er lüftete kurz seine Mütze und setzte sie gleich wieder auf. »Es tut mir Leid, dass Sie das so sehen, Mary Beth. Sie wissen, dass ich Sie schätze.«

»Schon möglich. Hätte Lucas Sie damals nicht so verprügelt, hätte ich es selbst getan. Was wollen Sie hier?« Shelby spürte, dass irgendjemand hinter ihr an der Tür war und durch die Vorhänge des kleinen Fensters spähte. Wahrscheinlich Ruth.

»Eine Lady, die weiß, was sich gehört, würde mich ins Haus bitten und mir eine Erfrischung anbieten.«

»Eine Ehefrau, die weiß, was sich gehört, käme nicht im Traum auf die Idee, in Abwesenheit ihres Gatten einen Mann in ihr Haus zu bitten. Geschweige denn einen mit einem so schlechten Ruf wie Sie.«

»Sie sind nicht allein im Haus.«

»Was haben Sie mir zu sagen?«

»Ich möchte dem alten Vater Ihres Mannes einen Besuch abstatten. Ich musste lange Zeit auf das Vergnügen seiner Gegenwart verzichten.«

»Sie haben selbst dafür gesorgt, Samuel, dass Sie in diesem Haus nicht mehr willkommen sind. Ich würde Ihnen vorschlagen, dass Sie Ihr Pferd wenden und mir schleunigst sein immer kleiner werdendes Hinterteil präsentieren.«

Samuel riss die Augen weit auf. »Was für ein Mundwerk! Lucas hat bestimmt nicht gewusst, in was er da hineingerät, als er Sie geheiratet hat.«

Die beabsichtigte Zweideutigkeit entging Shelby nicht, und sie presste die Lippen zusammen, bevor sie das Thema wechselte. »Was soll das mit der Uniform? Sind Sie zum Verräter geworden?«

»Ganz im Gegenteil, Mrs. Brosnahan. Es ist der Rest der Nation, der sich gegen das eigene Land gewandt hat. Ich habe mich verpflichtet, den Vereinigten Staaten von Amerika zu dienen, dem Land, in dem ich geboren wurde.« Ein Punkt für ihn, und sie hätte sich am liebsten geohrfeigt, das in ihrer Wut vergessen zu haben. Deshalb ging sie nicht darauf ein, und er fuhr fort: »Man hat mir die Verantwortung übertragen, in unserem schönen Weiler für Recht und Ordnung und die Durchführung des Kriegsrechts zu sorgen. Ich bin Kommandeur der Militärpolizei von Hendersonville.«

Shelby räusperte sich. Diese Neuigkeit war nur schwer zu verdauen. »Dann ist Eleazer Paine also Ihr Vorgesetzter.«

»Ganz recht.« Samuels Grinsen machte sie krank. General Paine hatte sich bereits den Ruf eingehandelt, nicht gerade zimperlich mit den Bewohnern von Sumner County umzugehen. Jeder wusste, dass es in diesen Tagen nicht vieler Vergehen bedurfte, um als Rebell festgenommen zu werden oder mit ansehen zu müssen, wie sein Besitz beschlagnahmt wurde. Drei Familienmitglieder in der konföderierten Armee zu haben war schon zu viel. Die einzige Hoffnung der Brosnahans war es deshalb gewesen, bei den Yankees nicht aufzufallen, aber diese Hoffnung wurde nun von einer Sekunde auf die andere zunichte gemacht.

»Nun gut.« Verzweifelt versuchte Shelby ein Thema

zu finden, das sie – ohne sich zu verstellen – ansprechen konnte. »Worüber möchten Sie denn mit Dad Brosnahan reden?«

»Ist das eine Aufforderung, ins Haus zu kommen?«

Langsam verlor sie die Geduld, und ihr Ton wurde schärfer. »Wie kann ich Ihnen helfen, Samuel?«, fragte sie und trat ungeduldig von einem Bein aufs andere. »Oder womit?«

Samuel stieg vom Pferd und kam auf sie zugeschlendert. Shelby widerstand dem Drang, vor ihm zurückzuweichen, denn dann hätte er leichtes Spiel gehabt, sie an die Wand des Hauses zu drücken. Also behauptete sie ihren Platz, und er blieb an der Treppe etwas unterhalb von ihr stehen. Lächelnd blickte er zu ihr hoch und sagte schmeichelnd: »Es gibt allerhand, was ich in meiner Position für eine einsame Frau tun kann. Ich könnte Sie auf die Liste für zusätzliche Lebensmittelrationen setzen.«

Jetzt stieg blanke Wut in ihr hoch. »Sie bieten mir an, mir von dem Essen zu geben, das die Yankees meinen Nachbarn gestohlen haben?«

»Ich biete Ihnen einen Anteil an dem gemeinsamen Lebensmittelvorrat dieses Countys an, worauf Sie sonst kein Anrecht hätten, da Sie als Familie von Rebellen bekannt sind. Sie haben es nur der Gnade von Gouverneur Johnson zu verdanken, dass Sie überhaupt noch auf diesem Land leben dürfen.«

»Sie meinen, es liegt an dem geringen Wert dieser kleinen unkultivierten Farm, dass uns der geldgierige Andrew Johnson bisher übersehen hat?«

»Die Armee der Vereinigten Staaten kann ihren Feinden kaum Beistand gewähren.«

»Und wer in diesem County würde sich unter diesen

Umständen überhaupt für Lebensmittelrationen qualifizieren? Sie und die Bewohner von Free Hill?« Ungefähr hundert befreite Schwarze lebten etwas westlich von Hendersonville in einem Gebiet, das auch noch zu Shelbys Zeiten als »Free Hill« bekannt war.

Samuel lief als Reaktion darauf, mit Negern verglichen zu werden, vor Zorn rot an. Aber Shelby hielt seinem empörten Blick stand. Mit blitzenden Augen, aber relativ gelassen, erwiderte er: »Ich biete Ihnen immerhin meine Hilfe an.«

»Ich brauche keine Hilfe von einem Yankee.« Ihre Worte waren nicht gerade dazu angetan, Samuel zu beschwichtigen, aber das Gespräch lief in eine Richtung, die Shelby verabscheute. Nur mit größter Mühe gelang es ihr, ihrer Stimme nichts anmerken zu lassen, als sie fortfuhr: »Ich möchte nichts anderes, als in Ruhe gelassen zu werden. Ich wünsche mir nur, den Krieg heil zu überstehen, für mein Kind zu sorgen und für die sichere Rückkehr meines geliebten Mannes zu beten.«

Ihre Entgegnung verfehlte ihre Wirkung auf Samuel nicht. »Wie Sie meinen.« Er trat einen Schritt zurück und blickte hinüber zu den Eisenbahngleisen. Dann sah er sie an und sagte: »Meine Tür steht immer offen für Sie, Mary Beth. Sie können jederzeit zu mir kommen, wenn Sie etwas brauchen.« Sein Ton war hart und ließ anklingen, dass er schon dafür sorgen würde, dass sie bald etwas von ihm brauchen würde.

»Guten Tag, Mr. Daley. Ich meine, Major Daley.«

Samuel stieg aufs Pferd und tippte sich kurz mit einem Finger an die Mütze. »Guten Tag, Mrs. Brosnahan.« Dann drehte er sich um, gab seinem Pferd die Sporen und galoppierte davon.

Shelby raffte ihre Röcke und eilte zum Brunnen, um den Eimer zu füllen, in dem sie sich gründlich die Hände wusch. Aber auch danach fühlte sie sich immer noch schmutzig.

Im Lauf der folgenden Monate kamen weitere Soldaten der Nordstaaten in ihr Haus, die an den Bahngleisen Patrouille gingen und erwarteten, zu jeder Tages- und Nachtstunde mit Essen und Trinken versorgt zu werden. Berittene Einheiten der Konföderierten hatten begonnen Teile der Schienen zu zerstören, um feindliche Truppenbewegungen und den Transport des Nachschubs aus Louisville zu unterbinden. Das Haus der Brosnahans lag genau auf der Strecke der Unionstruppen. Mindestens zweimal in der Woche waren Shelby, Ruth und Martha gezwungen, als Gastgeberinnen für die unterschiedlichsten fremden Männer zu fungieren; manche von ihnen waren höflich, andere wiederum wussten sich nicht zu benehmen. Shelby wusste nicht, was schlimmer war, denn alle machten sie gleich wütend und zwangen ihr ein falsches Lächeln auf. Für sie war es schon ein guter Tag, wenn sie einen Yankee am Mittagstisch sitzen hatte, der den Mund kaum aufbekam.

Doch einer der Soldaten schien sich mit der Situation, wie sie war, nicht abfinden zu wollen. Er kam öfter als die anderen und war sehr still. Er war auch höflicher als seine Kameraden, und das erregte Shelbys Aufmerksamkeit. Ihr war nicht wohl bei der Sache. Manchmal lächelte der Soldat sie an, und das verwirrte sie, denn eigentlich wollte sie Hass auf diese Männer empfinden. Schließlich aßen sie die Vorräte auf, die für die Familie bestimmt waren. Und sie hatten die Hunde ihres Mannes getötet und sein Eigentum gestohlen. Aber da war dieser Mann, fast ein Junge noch, der sich für sein Eindringen entschuldigte und sich ihr und ihrer Familie gegenüber höflich benahm. Sie wollte ihn hassen, aber er hielt sich nicht an die Regeln.

Shelby redete sich ein, er müsse ihr Essen ja nicht annehmen. Er könnte ja dafür zahlen. Aus dem Grund war er nicht besser als die anderen. Sicher war ihr im Leben schon Schlimmeres zugestoßen, aber was er tat, genügte, um ihn nicht als Freund zu betrachten. Wenn sie ihn also schon nicht hassen konnte, dann konnte sie es wenigstens unterlassen, ihn zu mögen. Jemanden nicht zu hassen war nicht dasselbe, wie ihn zu mögen. Auf diese Weise blieb ihre Distanz zum Feind gewahrt.

Der Sommer verging. Die Lebensmittelvorräte wurden knapper, und Shelby nahm erschreckend ab. Den ganzen Tag über konnte sie an nichts anderes als ans Essen denken. Sie spürte schmerzhaft jede übersprungene Mahlzeit, da ihr Körper keinerlei Fettreserven mehr hatte. Das Schlimmste daran war ihre nachlassende Muskelkraft. Nach einem Tag Arbeit im Garten war sie zu Tode erschöpft und so hungrig, dass sie es kaum ertragen konnte, unter Menschen zu sein. Es war das zweite Jahr, in dem Shelby ohne Klimaanlage leben musste, und sie hatte sich immer noch nicht an die verheerende Hitze und die Feuchtigkeit gewöhnt. Dazu kamen die langen Kleider, die jeden Zentimeter ihrer schweißnassen Haut bedeckten. Shelby hatte fast überall einen Papierfächer dabei, den sie auch oft benutzte, aber er half ihr nur wenig in dem heißen südlichen Sommer. Matthew war mittlerweile im Krabbelalter und hielt seine Mutter und seine beiden Tanten ständig auf Trab. Nie konnten sie ihn auch nur eine Sekunde aus den Augen lassen. Ein heißer Tag reihte sich an den anderen, und die Familie versuchte ihr Leben so normal wie möglich weiterzuführen, trotz der ständigen Bedrohung möglicher schlechter Nachrichten.

Es war irgendwann in der dritten Augustwoche, gerade als die Hitze den ersten schwachen Vorboten des Herbstes wich. Die Frauen arbeiteten im Gemüsegarten und erstarrten vor Schrecken, als sie das laute Grölen von betrunkenen Männerstimmen vernahmen. Die Yankees waren so schon schlimm genug, aber betrunken waren sie geradezu gefährlich. Ruth und Martha richteten sich auf, bereit, jeden Moment davonzulaufen. Shelby machte ein paar Schritte Richtung Haus und wünschte, sie wäre bewaffnet. Mit einem Gewehr in der Hand hätte sie sich bei der kommenden Auseinandersetzung mit einem Haufen betrunkener Soldaten wohler gefühlt. Je näher sie kamen, desto deutlicher konnte sie verstehen, was die Männer sangen, auch wenn das Gebrüll arg durcheinander ging.

»... wenn das Recht erst verloren, man es niemals wiedererlangt! Deshalb schart euch um unsere Flagge, die, so Gott will, weiter über einem freien Land flattern soll!«

Shelby versuchte herauszubekommen, auf welcher Seite die eifrigen Sänger standen, kam aber zu keinem rechten Schluss. Das Lied galt für beide Seiten. Sie befand sich am Ende des Gartens und schaute über das Feld auf den Weg, der zum Haus führte, als vier Reiter von der Straße in ihren Hof einbogen. Shelby erkannte das vordere Pferd an seiner dunklen Farbe, und ihr Herz machte einen Satz.

»Es ist Amos!«

Ruth kam neugierig angelaufen. »Amos?« Ihre Stimme zitterte. »Amos!« Und dann stürmte sie auf die Männer zu und vergaß dabei fast, ihre Röcke zu heben.

»Ist Gar bei ihm? O mein Gott, da ist Gar!« Martha stürzte hinter ihr her. Shelby schulterte ihre Hacke und folgte den beiden in langsamerem Tempo. Es war nicht sehr wahrscheinlich, dass auch Lucas dabei war. Amos sprang als Erster vom Pferd, schloss Ruth in die Arme und wirbelte sie im Kreis herum. Gar begrüßte Martha mit einem liebevollen Kuss.

Shelby betrachtete fragend die beiden anderen Männer. Der eine war ein großer grobschlächtiger Bursche in ungefähr ihrem Alter, der andere eher klein und schmächtig und um einiges jünger. Der kleinere von beiden trug eine Brille und sah sich mit unsicheren Blicken um. Als Shelby nahe genug war, um nicht mehr brüllen zu müssen, erklärte sie: »Der Stall ist dort drüben, er steht aber seit Februar leer. Außerdem haben die Yankees unser ganzes Futter mitgenommen. Ihr lasst eure Pferde also besser auf der Weide. Der Brunnen ist hinter dem Haus, die Richtung. Wenn ihr eure Pferde versorgt habt, dann kommt herein zum Essen.«

Die beiden Männer nickten und machten Anstalten, mit allen Tieren Richtung Stall zu reiten. »Mary Beth«, rief Amos, »wir haben euch Proviant mitgebracht. Quirk …« Der größere der beiden Männer drehte sich auf seinem Pferd um. »Sergeant Quirk, bringen Sie doch mal meine Satteltasche her. Die meines Bruders auch. Und zwar am besten gleich in die Küche. Das ist das Gebäude dort drüben.«

»Jawohl, Sir, Captain.« Quirk salutierte, und dann ritten er und Ellsworth zur Küche und lieferten dort zwei unförmige Satteltaschen ab, bevor sie die Pferde versorgten.

Shelby folgte den beiden wiedervereinten Paaren ins Haus. Die vier unterhielten sich leise, und es war klar, dass der Rest der Familie sie in der nächsten Zeit nur selten zu Gesicht bekäme. Shelby lehnte ihre Hacke an die Hauswand und wusch sich die Hände, bevor sie in die Küche hinüberging, um einen Imbiss vorzubereiten. Matthew schlief im Esszimmer bei Dad Brosnahan, aber seine Onkel würden ihn schon wecken. Sie hoffte nur, dass er durch die vielen fremden Gesichter abends zur Schlafenszeit nicht zu aufgedreht wäre.

Beim Essen hockte Matthew auf Gars Knien, und die vier Männer erzählten, wie es dazu gekommen war, dass sie bis zu ihnen durchgedrungen waren, ohne von den Yankees belästigt worden zu sein. »Wir haben Gallatin eingenommen«, erklärte Amos verschmitzt und sah dabei um zwanzig Jahre jünger aus. »Wir sind da einfach reinmarschiert, haben diesen Colonel Boone am Kragen gepackt und ihm erklärt, dass er uns gefälligst seine Garnison Nordstaatler zu übergeben hat. Nicht ein Schuss ist dabei gefallen. Zweihundert Gefangene, ungefähr achtzig Pferde und einen Güterwaggon voll verschiedenster Vorräte haben wir uns geschnappt. Wir haben Nashville von Kentucky abgeschnitten.«

Shelby versuchte sich zu erinnern, ob dies damals tatsächlich so passiert war. Sie hatte nie davon gehört, dass Colonel Morgans Männer Gallatin eingenommen und die Verbindung zwischen Nashville und Louisville gekappt hätten. Andererseits war nicht gesagt, dass sie es unbedingt wissen konnte. Es war ein langer, komplizierter Krieg gewesen, und viele kleinere Schlachten und Scharmützel waren nur unzulänglich dokumentiert. Sie war zwar belesen, aber keine Expertin auf diesem Gebiet.

Sobald alle gegessen hatten, zogen sich die beiden Paare nach oben in ihre Schlafzimmer zurück. Shelby räumte den Tisch ab und machte in der Küche sauber. Dann ging sie wieder ins Haus und stellte fest, dass Dad Brosnahan im Wohnzimmer bei Ellsworth und Quirk saß, während Matthew auf dem Boden hockte und auf einem Holzlöffel herumkaute. Er zahnte seit kurzem, und seitdem musste dieser Löffel als Beißring herhalten und war auch schon dementsprechend zerbissen.

Alle drei Männer pafften Zigarren, und der Geruch rief in Shelby lebhafte Erinnerungen an Lucas wach. Sie schloss die Augen und stellte sich vor, wie er sich angeregt unterhielt, eingehüllt von einem Ring aus angenehm duftendem Rauch. Ihr wurde ganz schwer ums Herz, und sie musste ein paarmal tief Luft holen, ehe sie das Wohnzimmer betreten konnte.

Ellsworth blickte auf und erhob sich, als sie ins Zimmer kam. Auch Quirk stand rasch auf, und beide blieben stehen, bis Shelby sich in den Schaukelstuhl gesetzt hatte.

»Vielen Dank für dieses köstliche Abendessen, Mrs. Brosnahan.« Ellsworth sprach mit dem weichen Akzent des Südstaatlers, aber die Präzision seiner Wortwahl erinnerte an einen Yankee. Er kam Shelby vor wie ein Vogel, der alles gleichzeitig wahrzunehmen schien und jeden Moment bereit zur Flucht war. Er sah ihr auch nicht in die Augen, als er mit ihr sprach.

»Das habe ich doch gern getan, Gentlemen.« Shelby griff nach ihrem Nähzeug, während die Männer weiter Dad Brosnahan mit ihren Abenteuern unterhielten. Der alte Mann hockte ganz vorne am Rand des Sofas und stützte sich auf seinem Stock ab, den er zwischen seine Beine gestellt hatte.

»Eigentlich war es Ellsworth, der Gallatin im Handstreich genommen hat.«

Shelby warf dem schmächtigen Mann einen interessierten Blick zu. Er widersprach nicht. Offensichtlich war auch er der Ansicht, dass er der Held des Tages war. Er lächelte und nickte heftig, auch wenn er immer noch niemanden dabei ansah.

»Wie hat er das denn gemacht?«, fragte Shelby und fädelte einen Faden ein.

»Ellsworth ist unser Spezialist für Telegrafie. Setzen Sie ihn an einen Morseapparat, und er imitiert Ihnen jeden. Die Yankees können nicht erkennen, ob Freund oder Feind in der Leitung ist. Ellsworth hört sich immer erst an …« Quirk sah den Mann mit der Brille fragend an.

Ellsworth kam ihm zu Hilfe. »Ich halte dem Funker einfach eine Waffe an den Kopf«, erklärte der schmächtige Bursche, dem Shelby nicht zugetraut hätte, dass er überhaupt wusste, mit welchem Ende der Waffe er jemanden bedrohen soll. »Und dann zwinge ich ihn, ein paar harmlose Botschaften zu morsen, damit ich seinen Rhythmus kennen lerne. Wissen Sie, jeder Mann, der eine gewisse Zeit einen Telegrafieapparat bedient hat, entwickelt eine Art … eine Art Handschrift, wenn man so will. Er entwickelt einen bestimmten Stil, den Kode zu übermitteln. Ich kopiere nur diesen Stil …«

»Er braucht gerade mal ein, zwei Sekunden dazu. Gott ist mein Zeuge, aber dieser Mann kann den Stil eines Funkers imitieren, wie Michelangelo eine Handschrift fälschen konnte.«

Ellsworth lachte. »Man muss dazu nur ein gewisses Muster identifizieren. Das kann jeder.«

»Ich ganz bestimmt nicht.«

Das Gespräch lief allmählich in eine Richtung, die Shelby noch bestens aus ihrer eigenen Zeit vertraut war. Völlig egal, ob im 20. Jahrhundert Computer oder damals Telegrafen – in ihrer jeweiligen Ära waren das alles Hightechgeräte. Und der kleine Mann mit der Brille war der dazugehörige Technikfreak aus dem 19. Jahrhundert. Shelby musste wehmütig lächeln und empfand beinahe ein wenig Heimweh nach der Zukunft.

Achselzuckend fuhr Ellsworth fort: »Auf jeden Fall … sobald ich die Handschrift dieses Burschen identifiziert habe, übernehme ich den Telegrafieapparat und verschicke meine Botschaften in seinem Rhythmus, so, als wäre ich er.«

»Er ist einfach ein Genie«, schwärmte Quirk.

Ellsworth nickte, als wollte er das Gesagte bestätigen, und fuhr rasch mit seiner Geschichte fort. Es war nicht zu übersehen, wie sehr er es genoss, über ein Thema zu sprechen, auf dem er unangefochtene Autorität besaß. »Ja. Ich suggeriere den Yankees, dass ich ihr Mann in der Telegrafenstation bin. Ich schicke ihnen Nachrichten über nicht existierende konföderierte Truppen und bitte um Information über die Stärke von Yankee-Verbänden entlang der Telegrafenlinie.«

»Das ist gezielte Desinformation«, warf Shelby ein.

»Ja, genau. Desinformation. Ein hervorragender Ausdruck dafür«, erwiderte Ellsworth. »Desinformation«, wiederholte er begeistert.

»Einmal hat er eine ganze Brigade Nordstaatler davon überzeugt, dass sie jeden Moment von uns überrannt werden würden. In Perryville war das, glaube ich.« Quirk sah Ellsworth fragend an, und der nickte. »Ja, Perryville, und sie haben den Ort geräumt, als ob wir sie höflich ersucht hätten, doch bitte schön ihre Truppen aus dem Weg zu räumen.«

Darüber musste auch Shelby lachen.

»Aber das kann doch wirklich jeder.«

»Nein, das kann nicht jeder, George. Genauso wenig, wie du Captain King ganz allein hast gefangen nehmen können.« Was immer das auch bedeuten mochte, es hatte jedenfalls zur Folge, dass Ellsworth heftigst errötete. Quirk fuhr, an Shelby gerichtet, fort: »Seitdem müssen wir ihn vor Colonel Greenfell verstecken, da er bei der Attacke auf Captain King Pferd, Uniformrock und Gold des Colonels eingebüßt hat.«

Shelby verzog schmerzhaft das Gesicht. »Autsch.«

Quirk lehnte sich mit einem breiten Grinsen zurück. »Nur gut, dass dieser Bursche hier so geschickt mit einem Telegrafieapparat umgehen kann, sonst wäre er nach diesem Vorfall schon längst tot und begraben.«

Darauf wusste Ellsworth nichts mehr zu erwidern, und Shelby empfand fast so etwas wie Mitleid für ihn. Wäre er hundertfünfzig Jahre später geboren, hätte er in einer Welt gelebt, in der Muskelkraft und Wagemut weniger zählten als ein kluger Kopf und Verständnis für modernste Technik. Im 21. Jahrhundert wäre Ellsworth wegen seiner Intelligenz hoch angesehen gewesen und hätte sich nicht auf anderen Gebieten beweisen müssen.

Die vier Männer blieben über Nacht und setzten am nächsten Morgen ihren Weg fort. Nachdem sie weggeritten waren, konnten die drei Frauen der Brüder Brosnahan erst einmal aufatmen, wussten sie doch, dass sie wieder auf konföderiertem Territorium lebten und für den Augenblick keine Besuche von Yankee-Patrouillen zu erwarten waren. Doch dieser Zustand hielt nur ungefähr einen Monat an. Dann klopften die Patrouillen der Nordstaatler wieder an ihre Tür und verlangten zu essen. Gleichzeitig erfuhren die Frauen von ihnen, dass sich Morgan mit seinen Leuten über den Fluss zurückgezogen hatte. Sumner County war wieder völlig in der Hand der Union.

Irgendwann in dieser Zeit wurde Ruth außergewöhnlich still. Die freundliche, immer gesprächige Frau, die Shelby schätzen und lieben gelernt hatte, verstummte einfach. Wenn Ruth nichts sagte, hieß das, dass irgendetwas nicht in Ordnung war, und Shelby hielt die Augen offen. An den Yankees konnte es nicht liegen, da war sie sicher, denn nicht einmal damals, als die Föderalisten ihr Haus auf den Kopf gestellt hatten, hatte Ruth so reagiert. Sie schien von einer eigenartigen Ruhe ergriffen zu sein, und sie bewegte sich viel langsamer und vorsichtiger. Sie hatte es auch ganz und gar nicht mehr eilig. Shelby konnte nicht sagen, ob sie sich mit der Besatzung abgefunden hatte oder ob ihr einfach nur der Ehemann fehlte. Sie hatte selbst genug zu kämpfen, dass sie unter dem Druck von Lucas' Abwesenheit nicht zerbrach. Aber die dunklen Ringe um Ruths Augen waren alarmierend. Einige Wochen ging das so, bis Ruth eines Abends Anfang Oktober, als sie alle zusammen vor dem Kamin saßen, laut aufstöhnte.

»Ruth? Ist alles in Ordnung mit dir?« Shelby legte ihr Nähzeug zur Seite, um notfalls helfen zu können. Martha beobachtete abwartend die Szene von ihrem Platz aus.

Ruth gab keine Antwort, sondern starrte nur vor sich hin.

»Ruth?«

»Guter Gott«, flüsterte sie.

»Was ist los, Ruth?« Shelby erhob sich, und in diesem Moment stöhnte Ruth erneut auf, hielt sich den Bauch und beugte sich nach vorne.

»Nicht schon wieder«, sagte Martha, die jetzt ebenfalls aufstand, um ihrer Schwägerin zu Hilfe zu kommen.

Shelby eilte zu Ruth, kniete sich hin und legte einen Arm um sie. »Was ist denn mit dir?«

»Sie verliert wieder eins.«

»Helft mir bitte ins Bett«, flüsterte Ruth heiser.

Shelby und Martha stützten sie rechts und links. Sie trugen sie fast den ganzen Weg bis nach oben und in das Schlafzimmer, das sie mit Amos allein bewohnte. Dort halfen sie ihr aus ihrem Kleid und stellten entsetzt fest, dass der Rock schon fast schwarz vor Blut war. Martha eilte in die Küche, um Wasser zu erhitzen, und überließ es Shelby, Ruth mit mehreren Lagen Leinentüchern zwischen den Beinen ins Bett zu helfen. Schluchzend presste Ruth die Fingerknöchel auf ihren Mund, und Shelby war nahe daran, ebenfalls zu weinen.

Sie ging zum Waschkrug und goss Wasser in die Schüssel, um ein sauberes Handtuch zu befeuchten, das sie Ruth auf die Stirn legte, als der nächste Krampf sie schüttelte und noch mehr Tränen und noch mehr Blut aus ihr herausflossen.

»Ist dir das schon mal passiert?«

Ruth nickte und holte tief Luft, um die Schmerzen besser zu ertragen. »Ich habe zu zählen aufgehört.« Wieder stieß sie ein paar keuchende Atemzüge aus, ehe sie fortfuhr: »Jedes Jahr, glaube ich. Vielleicht auch öfter.«

Der Schmerz ließ lange Zeit nicht nach, aber irgendwann wurde er doch schwächer, und Ruth konnte endlich ein wenig gerade liegen. Sie hielt die Augen geschlossen und sah aus, als schliefe sie, wären da nicht die Tränen gewesen, die unter ihren Augenlidern hervorquollen.

»Hast du jemals daran gedacht, zu versuchen, nicht schwanger zu werden?«, fragte Shelby.

Ruth riss entsetzt die Augen auf, und Shelby war klar,

dass sie etwas Falsches gesagt hatte. »Ich bin doch nicht wie Martha. Ich würde alles für ein Kind tun, und so lange Gott mir eine Chance gibt, werde ich sie ergreifen. Martha kann ruhig bei ihrem Mutterkorn und ihrer Baumwollrinde bleiben, ich will damit nichts zu tun haben …« Ein erneuter Krampf ließ sie schmerzhaft das Gesicht verziehen, und ein dunkler Blutfleck – die frischen Leinentücher hatten sich rasch wieder voll gesogen – breitete sich auf der Decke aus.

Shelby hielt Ruths Hand und befeuchtete ihr Gesicht. Mutterkorn und Baumwollrinde? Sie warf einen raschen Blick zur Tür, durch die Martha das Zimmer verlassen hatte. Als Ruth wieder sprechen konnte, fragte sie: »Benutzt Martha denn irgendwelche Mittel?«

Ruth nickte. Sie hatte die Augen vor Erschöpfung wieder geschlossen. Wie es schien, hatte William Campbell doch Recht gehabt, was Martha betraf. Wie musste die arme Ruth all die Jahre gelitten haben – mit ansehen zu müssen, wie Martha alles tat, die Kinder nicht zu bekommen, die sie sich sehnlichst wünschte.

»Es tut mir Leid, Ruth, ganz entsetzlich Leid.«

Mit geschlossenen Augen flüsterte Ruth: »Wir haben ja Matthew.«

Shelby beugte sich über sie und gab ihr einen Kuss auf die Stirn. Dann wartete sie geduldig, bis Martha mit dem Topf voll heißem Wasser zurückkam, damit sie endlich anfangen konnten, Ruth zu waschen und es ihr so bequem wie möglich zu machen.

Ein paar Tage hütete Ruth das Bett, aber schon eine Woche später war sie wieder auf den Beinen und fast wieder die Alte. Shelby staunte über ihre Fähigkeit, so rasch zu genesen, vermutete aber, dass sich ihr Körper nach so vielen Fehlgeburten bereits daran gewöhnt hatte. Trotzdem hatte sie größte Hochachtung vor der Kraft und der Stärke dieser Frau.

Der Gemüsegarten versprach dieses Jahr reiche Ernte, und so hieß es, den größten Teil davon vor neugierigen Yankee-Augen in Sicherheit zu bringen. Säcke voll Rüben, Bohnen und Karotten und Fässer voll Äpfel wanderten in den Tunnelgang zwischen Keller und Küche, und Shelby wies Clyde an, eine Mauer aus Feldsteinen zu errichten.

»Wie sollen wir dann im Winter vom Haus in die Küche kommen?«

»Wir werden zu Fuß hinübergehen, Martha.« Shelby reichte Clyde die Steine, der sie so gut er konnte und ohne handwerkliches Geschick und planerischen Verstand zu einer Mauer zusammenfügte.

»In der Kälte?«

Shelby konzentrierte sich weiter auf Clyde und seine Arbeit und hatte keine Lust, Marthas Gejammer mehr Aufmerksamkeit als nötig zu schenken. »Willst du lieber verhungern? Denn wenn die plündernden Yankees unsere Vorräte finden, nehmen sie sie uns weg.« In diesem Jahr hatten sie kein Fleisch zum Einsalzen, denn das letzte Schwein war im Jahr zuvor geschlachtet worden. Aber sie besaßen immer noch eine Ziege für Milch und Käse, und im Wald streunten ein paar Hühner herum, die nicht so schwer zu fangen waren wie Kaninchen oder Eichhörnchen. Also würden sie nicht ganz ohne Fleisch leben müssen.

Schließlich wandte Shelby sich ihrer Schwägerin zu. »Martha, allmählich solltest du dir darüber im Klaren sein, dass harte Zeiten auf uns zukommen. Nichts wird mehr so sein, wie es einmal war. Selbst wenn dieser Krieg vorbei ist und eine Million Tote zurückbleiben, wird das Leben nie mehr so sein, wie du es gerne hättest. Du wirst dich also damit abfinden und nach vorne schauen müssen. Und hör endlich auf, mich als die Böse hinzustellen, weil ich das nicht bin. Ich tue mein Bestes, um uns vor dem Verhungern zu bewahren.«

Martha verstummte und sah Shelby aus großen Augen an, völlig fassungslos über deren Ausbruch. Dann kehrte sie ins Haus zurück und ging nach oben. Shelby blieb, um Clyde weiter bei seiner Arbeit an der Mauer zu beaufsichtigen, damit er es auch ihren Vorstellungen entsprechend machte. Die Kellerseite des Tunnelgangs sollte ungefähr auf einen Meter zugemauert werden. Vor den Zugang sollte eine Behelfstür hin, so als ob sie einfach einen Wandschrank in die Kellerwand eingesetzt hätten. Dort hinein wollten sie einen Sack mit Kohlrüben stellen, den die Yankees ruhig finden durften, in der Hoffnung, dass sie dann nicht darauf achten würden, dass die hintere Wand des »Schranks« nicht mit den übrigen Wänden zusammenpasste. Auf der anderen Seite, unten an der Treppe, die zur Küche hinaufführte, sollte der Tunnelgang mit Brettern abgetrennt werden, die frei beweglich waren. Vor diesen Brettern wollten sie allen möglichen Krempel hinstellen wie die alte Badewanne und ein paar Stühle, die bei der ersten Hausdurchsuchung zu Bruch gegangen waren. Die Säcke mit Lebensmitteln würden dort unten ebenso kühl und trocken lagern wie in einem richtigen Keller.

Und es funktionierte. Bei der nächsten Durchsuchung hatten sie nur den Verlust des einen Sackes Kohlrüben und eines Käses zu beklagen. Den ganzen Vorrat an Maismehl, Salz und Endiviensalat verschmähten die Yankees, ebenso einen Sack mit schwarzen Bohnen, den sie für ungeeignet für den menschlichen Verzehr hielten.

Nicht lange danach bekamen die drei Frauen wieder Besuch. Es war ein klarer Tag im Oktober. Normalerweise hätte Shelby ihre größte Freude an dem ruhigen Herbstwetter gehabt, das die Welt in ihrer ganzen Pracht erstrahlen ließ, hätte sie sich in einem anderen als im Jahr 1862 befunden. Während sie oben in ihrem Schlafzimmer auf der Bettkante saß und in ihrem Tagebuch schrieb, hörte sie unten Stimmen. Sie ging zur Treppe und lauschte. Die Stimmen drangen laut und wütend zu ihr hinauf. Dem Tonfall nach waren es Südstaatler, aber das hatte nichts zu bedeuten, seitdem mindestens ebenso viele Unionstruppen wie Einheiten der Konföderierten aus Kentucky kamen, ganz zu schweigen von den Unionstruppen aus East Tennessee. Shelby wurde bang ums Herz, als sie Martha kurz aufschreien und jemanden anflehen hörte, sie nicht zu erschießen.

»Verdammt.« Dann fiel ihr Blick auf das Tagebuch und das Datum dieses Tages. Es war der 20. Oktober 1862, der Tag, an dem Mary Beth ihr Tagebuch versteckt und nie mehr hervorgeholt hatte. Hatte sie an diesem Tag ihr Schicksal ereilt? War sie erschossen worden? Vor Angst bekam sie ganz feuchte Hände. Matthew befand sich unten im Wohnzimmer bei Martha. Sie musste so schnell wie möglich hinunter.

Erneut fiel ihr Blick auf das Tagebuch in ihrer Hand. Dort waren keine Truppenbewegungen erwähnt, auch nicht die Urlaube der Brüder Brosnahan von der konföderierten Armee und ihre Besuche zu Hause, aber sie wollte auf keinen Fall, dass ihre privaten Aufzeichnungen in die Hände eines Außenstehenden fielen. Und so hastete sie zum Schrank, entfernte die Holzvertäfelung und schob das Tagebuch neben dem Eisenbrett, auf dem das Bargeld lag, tief in das Loch hinein. Dann rückte sie die Vertäfelung an ihren alten Platz zurück und lief nach unten.

Dort stieß sie auf vier zerlumpte Männer, die alle keine Uniform trugen, was nicht auf gute Absichten schließen ließ, ganz gleich, auf welcher Seite sie stehen mochten. Ihnen ging es weder darum, das Haus zu durchsuchen, noch, irgendetwas zu beschlagnahmen, das war schlicht und einfach ein Überfall.

»Was geht hier vor sich?« Shelby eilte mit großen Schritten durch das Zimmer, um bei Matthew zu sein, ehe einer dieser Männer sie aufhalten konnte.

»Stehen bleiben, sofort stehen bleiben, Lady.«

Sie blieb neben Matthews Korb stehen. Martha saß daneben in ihrem Schaukelstuhl, und Ruth stand neben dem Sofa. Shelby warf einen besorgten Blick auf Matthew, aber der thronte aufrecht in seinem Korb und wunderte sich über den Lärm und die fremden Stimmen. Seine kleinen Hände umklammerten den geflochtenen Rand, und Martha hatte die Hand ausgestreckt, um ihn zu beruhigen.

Drei der Männer waren mit Revolvern bewaffnet, deren lange, schwere Läufe merkwürdig zierlich in ihren Händen wirkten. Aber sie fuchtelten wild damit herum, ohne darauf zu achten, wohin sie zielten. Shelby hatte Angst, dass sich aus einem der Revolver aus Versehen ein Schuss lösen und die Kugel Gott weiß wo einschlagen könnte. Der vierte Mann kümmerte sich nicht um die Frauen, sondern war damit beschäftigt, sich im Zimmer nach wertvollen Dingen umzuschauen. Er hielt einen

Kerzenhalter aus Porzellan in der Hand, stellte ihn aber gleich wieder zurück und griff nach einem Spitzendeckchen, das er auch wieder zurücklegte. »Ellis, hier ist nichts zu holen. Nur wertloser Plunder«, sagte er.

»Ellis? Ellis Harper?«, rief Martha.

Der Anführer, der die Befehle gab, richtete seinen Blick auf sie. »Kenn ich dich?«

»Deine Mutter hat früher Näharbeiten für mich erledigt.«

Shelby kannte den Namen Ellis Harper ebenfalls, da sein Ruf ihm bis in die Zukunft vorausgeeilt war. Er war der Anführer einer Bande von konföderierten Marodeuren, die sich Soldaten nannten, aber nie regulär zur Armee gehört hatten. Sie zogen kreuz und quer durchs Land, zerstörten Eisenbahngleise und terrorisierten die Bewohner ungeachtet ihrer politischen Einstellung. Letzten Endes stellte der Krieg für sie nur einen Vorwand dar, die Leute auszurauben und zu terrorisieren.

»Ellis, bitte erschießt uns nicht. Wir geben euch, was immer ihr haben wollt, aber wir besitzen selbst nicht viel.« Martha war wieder in ihren hohen Jammerton verfallen. Shelby fand es zwar gut, dass sie um Gnade flehte, aber sie wünschte, ihre Schwägerin würde sich diesen grässlichen Ton endlich abgewöhnen.

Harper reagierte nicht darauf. »Wo habt ihr eure Vorräte versteckt?«

Shelby antwortete rasch, um Martha zuvorzukommen. »Fragt die Yankees. Sie haben uns alles genommen. Seit Februar waren sie zweimal hier und haben unsere Lebensmittelvorräte geplündert.«

Der unbewaffnete Mann war mittlerweile oben gewesen und wieder heruntergekommen. »Sie hat Recht, El«, sagte er. »Hier ist nichts. Und wenn die Yankees es schon nicht wollen, dann ist es auch nichts wert.«

Der Anführer der Bande stieß einen unterdrückten Fluch aus, der Martha und Ruth zusammenzucken ließ. Da fiel sein Blick auf Shelby. »Ich habe mich schon lange nicht mehr so richtig amüsiert. Aber da sehe ich doch eine Möglichkeit, dass unser Besuch nicht ganz umsonst war.« Schnell wie eine Schlange streckte er den Arm aus und packte Shelby am Handgelenk. Aus dem Gleichgewicht gebracht, taumelte sie auf ihn zu. Harper fuchtelte ziellos mit der Waffe herum.

In dem Moment schrie Ruth »Nein!« und ging mit bloßen Händen auf ihn los. Harper drehte sich überrascht um, und Shelby nützte die Gelegenheit und entwand sich seinem Griff. Ohne lange nachzudenken stürzte sie zum Kamin, riss den Schürhaken von der Wand und schwang ihn in Richtung ihres Angreifers. Sie traf Harper an der Hand, in der er die Waffe hielt. Ein Schuss löste sich daraus, bevor er sie fallen ließ, und die Kugel blieb im Boden stecken. Harper brüllte vor Schmerz. In dem Durcheinander hörte Shelby das Klicken einer Trommel, und fast im gleichen Moment wurde eine weitere Waffe abgefeuert. Alles schien gleichzeitig zu geschehen. Alle schrien durcheinander, warnten und drohten und flehten zu Gott, und die Waffen zeigten mal hierhin, mal dorthin.

Shelby holte ein zweites Mal mit dem Schürhaken aus und versetzte Harper einen Schlag auf den Kopf. Noch während er orientierungslos herumtaumelte, ließ sie den Eisenhaken fallen und hob seinen Revolver vom Boden auf. Schon in der nächsten Sekunde drehte sie sich um, zielte, den langen Lauf in beiden Händen haltend, und schoss auf den dritten Mann. Der Rückstoß rüttelte brutal ihre Hände und Arme durch und holte sie fast von den Beinen. Mit Müh und Not konnte sie gerade noch die Waffe festhalten. Die Kugel schnurrte nach oben weg, da Shelby noch nie eine Waffe abgefeuert hatte, traf den Mann aber in die Stirn. Der hintere Teil seiner Schädeldecke wurde weggerissen. Ein Blutschwall ergoss sich rot über die weißen Wände des Wohnzimmers, ehe der Mann auf dem Boden zusammensackte.

»Heiliges Kanonenrohr!« Der unbewaffnete Mann und der mit dem Revolver, der offensichtlich Ladehemmung hatte, schoben sich gegenseitig aus dem Zimmer. Der eine stürmte gleich ganz aus dem Haus, während der andere an der Tür stehen blieb, um zu beobachten, was weiter passierte. Shelby richtete ihre Waffe, die sie wie ein Polizist aus dem 21. Jahrhundert in beiden Händen hielt, auf Harper. »Raus hier.«

Harper hielt sich den Hinterkopf. Blut quoll zwischen seinen Fingern hervor. »Herrgott noch mal, Lady!« Verdutzt sah er sie an, als hätte sie ihm nur einen leichten Klaps versetzt, weil er versucht hatte, sie zu küssen.

Shelby hob den Lauf und zielte auf seine Stirn. »Raus hier. Auf der Stelle. Sonst erschieße ich dich.« Ihr Herz hämmerte wie wild in ihrer Brust, und sie krümmte den Finger um den Abzug. Sie bekam nur hechelnd Luft, und ihr war ganz leicht im Kopf. Inbrünstig betete sie, dass er auf sie hören und sich aus dem Staub machen würde. »Raus, und wenn ihr wagt, zurückzukommen, erschieße ich euch, bevor ihr euch dem Haus auch nur auf ein paar Meter genähert habt.«

Er hob beide Hände zum Zeichen, dass er sich ergab. »In Ordnung. Ich bin schon weg. Aber kann ich meine Waffe wiederhaben?«

»Hau ab!«

Er zuckte sichtlich zusammen und stürzte zur Tür hinaus.

Shelby folgte ihm und blieb auf der Veranda stehen. Die Männer sprangen auf ihre Pferde, packten die Zügel des reiterlosen Tiers und entfernten sich im gestreckten Galopp entlang der Eisenbahngleise.

Hinter sich hörte Shelby, wie Ruth einen Schrei ausstieß. Matthew. Ihr Magen verkrampfte sich, und sie lief ins Wohnzimmer zurück. Aber Matthew ging es gut. Er hockte mit weit aufgerissenen Augen in seinem Korb und war von oben bis unten mit Blut bespritzt. Es war nicht sein Blut, sondern stammte von dem Toten am Boden und von seiner Tante.

Martha war auf ihrem Schaukelstuhl zusammengesackt. Vorne auf ihrem Kleid breitete sich ein großer roter Fleck aus, der immer größer wurde, da er sich weiter mit Blut voll sog. Bald würde das ganze Kleid durchnässt sein. Martha war tot. Sie atmete bereits nicht mehr.

»O Gott.« Plötzlich wollten Shelbys Beine sie nicht mehr tragen. Ein Schluchzen schüttelte sie. »O Martha.«

Ruth kniete weinend neben dem Schaukelstuhl. Shelby sank zu Boden, sie konnte sich nicht länger aufrecht halten. Sie blickte fassungslos auf den Körper des Mannes, der Martha getötet hatte, doch selbst das Wissen um seinen Tod half ihr nicht. Der Geruch nach Blut, Verwüstung und Tod im Zimmer verursachte ihr Übelkeit. Sie schlug eine Hand vor den Mund und fing zu weinen an.

16

Nein.« Jason stieß ein Lachen aus und stand auf. »Nein, Shelby, dieses Spiel treibst du jetzt wirklich zu weit. Ich weiß, dass du dieses Haus liebst, aber jetzt sollten wir wieder ernst werden.«

»Mein Name ist nicht Shelby.« Die Frau faltete ihre Hände im Schoß. »Entweder nennen Sie mich Mary Beth, oder Sie brauchen mich gar nicht mehr anzusprechen.«

Jason machte auf dem Absatz kehrt und ging in den Vorraum. Doch dann überlegte er es sich anders. »Mary Beth ...« Er zermarterte sich das Gehirn nach einer passenden Entgegnung, aber es fiel ihm keine ein. »Mary Beth, ich werde mich jetzt anziehen.«

»Dafür wäre ich Ihnen äußerst dankbar«, erwiderte sie kühl. Jason funkelte sie ungehalten an und ging nach oben, um sein Vorhaben in die Tat umzusetzen.

In Jeans, einem blauen Flanellhemd und in Straßenschuhen kam er wieder herunter und ertappte die angebliche Mary Beth dabei, wie sie in seinen Sachen im Wohnzimmer stöberte. Shelby hatte ihn mehr als einmal besucht, aber so unhöflich war sie nie gewesen. Zumindest war sie nie so ungeschickt gewesen, sich dabei erwischen zu lassen. Aber jetzt steckte sie die Hand gerade in das so genannte Kuriositätenkabinett seiner Mutter, eine kleine Vitrine, die an der Wand hing. Er räusperte sich, und sie fuhr erschrocken zusammen.

»Hast du etwas gefunden, das dir gefällt?«

Sie nahm die kleine silberne Schere heraus, nach der sie gerade gegriffen hatte, und zeigte sie ihm. »Haben Sie die hier geerbt?«

»Die Schere hat meiner Großmutter gehört.«

»Ich habe eine, die genauso aussieht. Sie ist aus England importiert.«

»Tatsächlich?« Jasons Stimme drückte großen Zweifel aus. Er kaufte ihr die Geschichte immer weniger ab.

Wortlos legte sie die Schere an ihren Platz zurück, sperrte die Vitrine ab und deutete auf die gerahmten Fotografien, die auf dem Beistelltisch neben dem Sofa standen. »Ist das Ihr Vater?«

»Das sind meine Eltern kurz vor ihrer Hochzeit.«

»Die Kolorierung ist ausgezeichnet. Sehr geschickt gemacht.«

»Es ist eine Farbfotografie und schon verblichen. Deswegen sind die Farben eigentlich ziemlich schlecht.«

»Licht ohne Feuer, Farbfotografien, die Häuser hell und freundlich – es hat sich einiges getan in diesem vergangenen Jahrhundert«, erwiderte sie seufzend und sah sich weiter um.

Jason lachte. »Das ist noch gar nichts, was du bisher gesehen hast.« Jetzt hatte er doch tatsächlich seine Vorsätze vergessen und war auf sie eingegangen, als käme sie wirklich aus einer anderen Zeit. Er musste aufpassen.

»Ich habe ja auch noch nichts gesehen«, korrigierte sie ihn ungehalten wie eine alte Lady, die allmählich die Geduld mit ihrer minderbemittelten Umgebung verliert.

»Das wollte ich ja damit sagen.«

Sie nickte gnädig und deutete erneut auf das Foto. »Ihr Vater sieht ebenso wenig wie ein Brosnahan aus wie Sie selbst. Gibt es Fotografien von Ihrem Großvater?«

Jason verschränkte die Arme vor der Brust und reckte das Kinn. »Tut mir Leid, dich zu enttäuschen, doch der Mann, der vor dir steht, ist ein echter Brosnahan und sieht auch so aus. Aber es gibt Fotos von meinem Großvater.«

Irgendwo im Haus stapelten sich Schachteln voller Aufzeichnungen und Papiere, die über die Jahre immer weitervererbt worden und irgendwann bei ihm gelandet waren. Er hatte noch lange nicht alles durchgesehen, da er nie genügend Zeit und im Grunde auch kein Interesse daran gehabt hatte, den ganzen staubigen Plunder zu sortieren. Als Kind hatte er das letzte Mal ein paar flüchtige Blicke darauf geworfen. Es war alles sorgfältig verpackt, und man hatte ihn als den gegenwärtigen Bewahrer dieser modrigen, wertlosen Erbstücke ermahnt, ja vorsichtig damit umzugehen. Er hatte sich nur zu gerne daran gehalten und nie etwas hervorgeholt, um es sich anzusehen. Seit dem Tod seines Großvaters hatte nicht ein Stück davon mehr das Tageslicht erblickt.

»Aber ich weiß nicht genau, wo sie sind«, fuhr er fort. »Ich muss erst mal einige Kartons durchsuchen.«

Wieder nickte seine Besucherin und sah sich weiter um. Dieses Mal waren es nicht seine Möbel und die anderen Besitztümer, die sie interessierten, sondern das Haus an sich – der Fußboden, die Stuckleisten, die Schranktüren zu beiden Seiten des Kamins, der Kamin selbst.

»Du bist nicht meine Ururgroßmutter.« Die Vorstellung verursachte ihm Gänsehaut, und nicht nur deshalb, weil er vielleicht einmal die Hoffnung auf eine romantische Beziehung zu dieser Frau genährt hatte. Unter Vorfahren stellte man sich alte Menschen vor. Jason konnte sich nicht einmal seine Mutter als junge, attraktive Frau vorstellen, geschweige denn eine Frau, die seinen Ururgroßvater zur Welt gebracht hatte, das heißt, die ihn zur Welt bringen würde.

»Etwas anderes ist aber nicht möglich. Wenn Lucas Robert jemanden heiratet, dann mich. Vater hat es sich nun mal in den Kopf gesetzt. Und Lucas übrigens auch. Er hat mir deutlich zu verstehen gegeben, dass es für ihn keine andere Frau gibt außer mir, und alle Brosnahans sind als ausgesprochene Sturschädel bekannt.«

Das rief eine Erinnerung in Jason wach. Sein Vater und sein Großvater waren beide als Sturschädel verschrien gewesen. Und er unterschied sich in dem Punkt nur unwesentlich von ihnen. Aber er sagte: »Das ist doch schon über hundertfünfzig Jahre her. Lucas Robert Brosnahan hat im Bürgerkrieg gekämpft.«

Fragend wandte sie ihm ihr Gesicht zu. »Dann hat es also tatsächlich Krieg gegeben?«, meinte sie betrübt.

»Ja, einen großen sogar. Fast eine Million Menschen sind dabei gestorben. Ganze Staaten wurden verwüstet.«

Sie erbleichte. »Und Lucas Robert?« Ihre Stimme war nur noch ein dünnes Flüstern.

»Keine Ahnung«, erwiderte Jason achselzuckend. »Vielleicht ist er im Krieg gefallen, vielleicht hat er ihn überlebt. Zumindest hat er einen Sohn hinterlassen. Einen auf jeden Fall, denn sonst wäre ich nicht hier.«

»Und wie ist der Krieg ausgegangen?«

Wieder zuckte er mit den Schultern. Das alles war schon so lange her und ging ihn nichts mehr an. Und eigentlich hatte sich alles bestens wieder eingerenkt. »Der Norden hat gewonnen. Die Sklaven wurden zwar befreit, aber darauf folgte ein Jahrhundert, in dem sie ziemlich hässlich behandelt wurden. Und ganz haben wir das immer noch nicht überwunden. Die Vereinigten Staaten sind heute das mächtigste, aber auch das am meisten gehasste Land auf dieser Welt. Außer dem Irak, schätze ich, aber der gehört auch nicht zu meinen Lieblingsnationen.«

Mary Beth blickte ihn verständnislos an. Bei ihrem Wissen um den Irak und die gegenwärtige Weltpolitik hätte er ebenso gut Griechisch mit ihr sprechen können. Wenn Shelby ihn wirklich auf den Arm nahm, dann spielte sie ihre Rolle perfekt.

»Ja, es ist viel passiert seit damals.«

»Erzählen Sie mir, was sich seit diesem Krieg zwischen den Staaten alles ereignet hat.«

Jason seufzte und sah nachdenklich einem Wagen hinterher, der draußen vor dem Fenster auf der Straße vorbeifuhr. Wie sollte er ihr hundertfünfzig Jahre Geschichte der Vereinigten Staaten in zwei kurzen Sätzen erzählen? Das konnte eine Weile dauern. Aber dann kam ihm eine Idee. Er winkte Mary Beth zu sich. »Komm her und schau dir das mal an«, sagte er und schaltete den Fernsehapparat ein. Vor Staunen über die bewegten Bilder riss Mary Beth Mund und Augen auf.

»Du meine Güte! Ein Bild, das sich bewegt!«

»Ja, und sogar in Farbe.« Er legte seine Hand auf ihren Arm, führte sie zum Sofa und setzte sich neben sie.

»Was machen die da?«, fragte sie aufgeregt. Was für ein Unterschied zu der Angst, die noch kurz zuvor aus ihren Worten gesprochen hatte.

»Das sind Polizisten. Sie schnappen ... ich meine, sie verhaften diesen Burschen wegen Drogen. Wegen Handel mit Drogen, wollte ich sagen.«

»Es ist illegal, Medizin zu verkaufen?«

»Der Verkauf von Medizin wird kontrolliert. Manche Medikamente machen die Leute nämlich krank, weil sie süchtig danach werden. Vor allem Opiate. Opium, Heroin, Morphium und solche Stoffe. Die Leute zahlen viel Geld dafür, um illegal an das Zeug ranzukommen. Und deswegen steckt die Polizei die Drogenhändler ins Gefängnis.«

»Der Dämon Rum.«

Jason zuckte mit den Schultern. »Nun ja, Alkohol führt nicht immer zur Abhängigkeit, aber bei Opiaten ist das schon der Fall. Man hat eine Zeit lang versucht den Alkohol ganz zu verbieten, aber daran hat sich keiner gehalten.«

Stirnrunzelnd nickte sie als Bestätigung, dass sie verstanden hatte. Es rührte Jason, wie ernst sie das alles nahm. »Und was machen sie jetzt? Was ist das ... wieso sind da keine Pferde? Habt ihr die Pferde abgeschafft?«

Stundenlang saß Jason neben ihr, schaute sich alle möglichen Programme mit ihr an und erklärte ihr, was sie da auf dem Bildschirm sah. Manchmal war es ziemlich mühsam, die richtigen Worte für Dinge zu finden, die für ihn immer selbstverständlich gewesen waren. Es war schon schwer genug, zu erklären, wie ein Auto funktionierte, aber sie wollte auch wissen, wie das mit einem Kugelschreiber war, was man unter einem Reißverschluss verstand und wie der elektrische Strom Licht ohne Feuer erzeugte. Er redete ohne Unterlass, wie ihm schien. Nur wenn ihm beim Zappen durch die Kanäle so etwas wie Science-Fiction unterkam, schaltete er rasch weiter. Den nicht auf den ersten Blick ersichtlichen Unterschied zwischen einem Spaceshuttle der NASA und dem Raumschiff Enterprise zu erklären, dem fühlte er sich doch noch nicht gewachsen.

Hin und wieder warf Jason ihr unauffällig einen Blick

zu und wunderte sich, was für eine Veränderung mit Shelby vor sich gegangen war. Früher war sie immer so selbstsicher gewesen, ruhig, manchmal aber auch äußerst bestimmt. Jetzt lag etwas Zartes in der Art ihrer Bewegung. Obwohl sie Jeans anhatte, hielt sie die Knie geschlossen, als trüge sie ein Kleid. Ihre Hände wanderten nie zu ihm herüber, sondern lagen fast immer in ihrem Schoß. Und das war nicht gespielt. Es war für sie so normal, wie es für ihn nichts Ungewöhnliches war, den Arm über die Sofalehne zu legen. Auch ihre Stimme klang anders, weicher, mit einem melodischeren Tonfall. Jason gefiel das, und er wünschte, sie würde ihm mit ihrer Verrücktheit keine solche Angst einjagen. Ihre Neugier auf die Welt war rührend, doch auch beunruhigend.

»Aber jetzt sag mir doch mal, kannst du dich denn wirklich nicht daran erinnern, dass wir in den letzten Wochen zusammen ausgegangen sind?«

»Nein. Ich sehe Sie heute das erste Mal.« Dabei nahm sie nicht eine Sekunde den Blick vom Bildschirm, auf dem sich der Präsident der Vereinigten Staaten gerade anschickte, ein Dritte-Welt-Land in Grund und Boden zu bomben. »Ist das der gegenwärtige Präsident?«

»Nein, das ist Michael Douglas. Er ist Schauspieler, und das ist ein Spielfilm. Und natürlich kennst du mich. Wir sind zusammen in dem Lokal in der Second Street gewesen. Du hast gesagt, es hätte dir dort gefallen. Ich dachte, wir hätten Spaß miteinander gehabt.«

»Second Street?«

»In Nashville.«

Jetzt richtete sie sich auf und sah ihn streng an. »Die Straßen in Nashville sind nicht nummeriert.«

»Klar sind sie das. Die First Street verläuft parallel

zum Fluss, und die Second Street liegt einen Block weiter oben. Das Restaurant liegt nahe der Second und Demonbreun.«

Sie schlug die Augen nieder, als hätte er etwas Kompromittierendes gesagt. »Das ist nicht Ihr Ernst. Diese Straßen heißen Front und Market, und das ist die Gegend, in der die Kokotten ihrem Gewerbe nachgehen.«

»Wer, bitte?«

»Die Freudenmädchen. Die gefallenen Mädchen.«

»Huren?«, fragte er, und jetzt war es an ihm, verwirrt zu schauen.

Eine tiefe Röte überzog ihr Gesicht. »Ja, aber ich wollte es nicht so krass ausdrücken. Sie können mich unmöglich dorthin gebracht haben, denn ich wäre vor Scham gestorben. Und Sie sollten sich schämen, sich in diesem Viertel überhaupt aufzuhalten.«

»Ich nehme an, dass es sich in den vergangenen eineinhalb Jahrhunderten ein klein wenig verändert hat. Es ist zwar immer noch keine besonders vornehme Gegend, aber ich denke doch, dass die meisten Nutten … ich meine, Kokotten schon lange fort sind. Die stehen jetzt am Dickerson Pike.«

Sie betrachtete ihn prüfend. »Sie sprechen wohl aus Erfahrung.«

»Das weiß jeder. Das ist kein Geheimnis.«

»Ich war in meinem Leben nicht öfter als dreimal in Nashville. Die Fahrt dorthin ist zu weit, und meinem Vater ist es nicht recht, dass ich mich in der Stadt aufhalte. Er sagt, das ist kein passender Ort für eine richtige Lady. Die paar Mal habe ich auch nur Verwandte im West End besucht.« Sie schüttelte sich und fügte dann hinzu: »Aber ganz sicher war ich nicht in der Nähe des Flusses.«

Die Fahrt zu weit? Jason wusste im Moment nicht, was sie damit meinen könnte. Doch dann wurde ihm klar, dass man für diese Strecke im vergangenen Jahrhundert eine ganze Tagereise hatte ansetzen müssen. »Ich pendle fast jeden Tag zwischen Nashville und hier hin und her.«

»Aha.« Dann nickte sie und deutete auf den Bildschirm. »Ja, ich kann sehen, dass diese Automobile schrecklich schnell fahren. Wie lange braucht man in einem davon bis nach Nashville?«

»Ungefähr eine halbe Stunde.«

»Nur eine halbe Stunde! Das ist ja ein Wunder!« Sie lachte hellauf und wandte gleich wieder ihre Aufmerksamkeit voller Neugier und Begeisterung dem Fernsehapparat zu.

»Du weißt also gar nichts mehr von mir?«

»Ich versichere Ihnen, dass ich Sie bis zum heutigen Tag noch nie gesehen habe.« Sie hörte sich an, als wäre sie es allmählich leid, sich ständig wiederholen zu müssen.

»Dann glaubst du also tatsächlich, dass du meine Ururgroßmutter bist?«

»Das muss so sein, wenn Lucas Robert Ihr Urururgroßvater ist. Er hätte entweder mich oder keine geheiratet, da bin ich sicher.«

»Du bist ja gar nicht arrogant.«

Sie wandte ihm fragend das Gesicht zu. »Wie bitte?«

»Du bist wohl sehr überzeugt von dir selbst, wollte ich sagen. Was, wenn er doch eine andere kennen gelernt hat, als er in der Armee war?«

Sie schüttelte den Kopf. »Nicht Lucas Robert. Der arme Kerl war vollkommen in mich vernarrt. Er tut mir schrecklich Leid. Ich fürchte, ich werde niemals die Frau sein, die er sich wünscht. Und er verdient wirklich eine Frau, die ihn liebt.«

»Du klingst, als würdest du tatsächlich glauben, wieder in seine Zeit zurückzukehren.«

Mit einem Mal wich alle Farbe aus ihrem Gesicht, und ihr Blick ließ Angst erkennen. »Ich werde darum beten, wieder zurückkehren zu dürfen.«

Verärgert stellte Jason fest, dass er ein weiteres Mal auf sie hereingefallen war. Er schüttelte den Kopf. »Warte mal, ganz langsam. Wenn du willst, dass ich dir glaube, dass du nicht Shelby bist, dann musst du mir einen besseren Beweis liefern als deine vermeintliche Ignoranz moderner Technik und angeblich falsche Straßennamen in Nashville.«

»Ich kenne diesen Ort. Auf diesem Stück Land befand sich früher eine Pferdefarm. Hier wurden Vollblüter gezüchtet und für Rennen trainiert«, erwiderte sie, nachdem sie einen Moment lang überlegt hatte.

»Stimmt. Ein Zweig der Familie hat den größten Teil des Landes verkauft und ist mit den Pferden nach Kentucky gezogen, als zu Beginn des 20. Jahrhunderts Pferdewetten in Tennessee verboten wurden. So hat unser Zweig nur noch das Haus und ein paar Morgen Land geerbt. Aber das weiß jeder, der sich ein bisschen in der Gegend auskennt.«

Seufzend lehnte Mary Beth sich nach hinten. Einen Moment lang berührte ihr Kopf seinen Arm, der auf der Lehne lag, aber sie zuckte sofort zurück. Erst als er seinen Arm entfernt hatte und seine Hände artig in seinem Schoß lagen, lehnte sie sich wieder an das Sofa und dachte weiter nach. Eine tiefe Falte zerfurchte ihre Stirn, auch eine Angewohnheit, die er an Shelby nie bemerkt hatte.

Schließlich richtete sie sich kerzengerade auf. »Der Tisch. Sie haben ja den Esstisch der Brosnahans geerbt.«

»Sicher, aber der war immer schon hier, wie das Haus. Ein Blick genügt, und man sieht, dass es ein antikes Stück ist. Es ist also kein Kunststück, zu erraten, dass ich ihn geerbt haben könnte.«

»Ich meine auch gar nicht den Tisch an sich« erwiderte sie kopfschüttelnd, »sondern das, was auf einem seiner Beine zu sehen ist. Lucas Robert hat dort nämlich seine Initialen ins Holz geritzt.«

»Dein hoch geschätzter Lucas hat meinen Tisch verschandelt?«

»Er war damals erst sieben Jahre alt. Als er es mir gezeigt hat, war ich zehn und er dreizehn.«

»Dann befinden sich an meinem Tisch also Initialen, von denen ich gar nichts weiß?«

»Ich nehme nicht an, dass Sie oft unter Ihren Tisch kriechen. Oder tragen Sie ihn vielleicht häufig von einem Zimmer ins andere? Ich gehe davon aus, dass dieser große schwere Tisch die ganze Zeit über, seit er in diesem Haus steht, niemals bewegt wurde. Es war übrigens Lucas' Großvater, der ihn hierher gebracht hat.«

Es mutete Jason merkwürdig an, mit welcher Bestimmtheit sie über ein Haus sprach, in dem er sein ganzes Leben verbracht hatte, aber sie hatte Recht. Er hatte den Tisch noch an keinem anderen Platz als im Esszimmer gesehen. Jason rutschte bis an die Sofakante vor und machte Anstalten, aufzustehen. »Okay, ich werde sofort nachsehen. Aber dir ist klar, wenn da nichts ist, dann ist der Teufel los. Dann weiß ich, dass du entweder lügst oder verrückt bist.«

»Sehen Sie nach. Wenn Sie nichts finden, dann weiß ich,

dass ich entweder dem Irrsinn verfallen oder tot und in der Hölle gelandet bin.«

Er zögerte. Nach dieser Bemerkung war ihm irgendwie die Lust vergangen. Aber es musste sein, und so begab er sich ins Esszimmer. Sein Puls ging schneller, und er atmete flacher, als er neben dem schweren Eichentisch niederkniete. Er sah sich das erste Tischbein genau an und fand nichts. Als er die zweite Ecke abtastete, fühlte er eine unregelmäßige Erhebung. Sein Herz begann wie wild in seiner Brust zu schlagen, als er die überhängende Kante der Tischdecke anhob, um besser zu sehen. Jetzt spürte er ganz deutlich die Vertiefungen im Holz. Da waren sie, drei kleine verschnörkelte Buchstaben – L, R und B.

Die Frau stand jetzt neben ihm. Er erschrak, als sie sagte: »Er erzählte, er hätte es an dem Tag getan, an dem er die Anfangsbuchstaben seines Namens gelernt hatte. Bis dahin hatte er seinen Namen noch nicht schreiben können.«

Jason spähte erstaunt unter dem Tisch hervor. »Er war sieben und konnte noch nicht einmal seinen Namen schreiben?«

»Natürlich nicht. Er hatte doch erst in dem Jahr mit der Schule begonnen, gleich nach der Ernte. Die Schule kostet viel Geld, und sein Vater hatte ihn erst hingeschickt, als er alt und verständig genug dafür war.«

Jason tauchte wieder unter den Tisch, um sich noch einmal die Buchstaben anzusehen, die durch ihr bloßes Vorhandensein drohten, seine ganze Welt auf den Kopf zu stellen. Langsam und nur widerstrebend begann er, sich mit der Wahrheit anzufreunden, die hier deutlich sichtbar vor seinen Augen lag. Aber ganz gab er sich noch nicht geschlagen. »Du musst irgendwie von diesen Initialen erfahren haben.«

»Ja sicher, Lucas Robert hat mir davon erzählt.«

»Nein, ich meine, das hast du von jemand anderem als von Lucas Robert erfahren. Das muss dir hier an diesem Ort und zu meiner Zeit jemand gesagt haben.« Er blieb unter dem Tisch hocken, ohne sie anzusehen.

Seufzend setzte sie sich auf einen Stuhl und faltete steif ihre Hände im Schoß. »Wer hier und zu Ihrer Zeit weiß denn schon davon? Haben Sie es denn gewusst? Nein. Sie haben Schwestern. Wussten die es?«

Jetzt endlich kam er unter dem Tisch hervor. »Woher weißt du, dass ich Schwestern habe?«

»Sie haben mir erzählt, dass sie sehr entgegenkommend waren, als sie Ihnen ihre Anteile am Haus verkauften.«

»Stimmt, ja. Nein, sie haben so etwas nie erwähnt.«

»Hätten sie von der Schnitzerei gewusst, wäre es ihnen dann erwähnenswert erschienen? Vor allem einer Fremden gegenüber? Wobei sie es doch nicht einmal Ihnen erzählt haben?«

Ein ausgezeichnetes Argument. Jason stand auf und ließ die Tischdecke wieder über die Kante fallen. Forschend sah er ihr ins Gesicht. »Wie, sagst du, bist du hierher gekommen?«

»Über Annie, eines der Dienstmädchen meines Vaters. Sie stammt von einer tropischen Insel, wo man an vielerlei Arten von Zauberei glaubt. An Voodoozauber, an heidnische Hexerei. Ich habe sie eines Tages dabei überrascht, als sie ein Zauberritual vollführte, und habe sie gezwungen, mir zu verraten, was sie da macht. Zuerst wollte sie es nicht sagen, da sie weiß, dass solche Dinge Sünde sind. Mein Vater führt ein christliches Haus. Aber als ich erfuhr, für wen der Zauber war, wusste ich, warum sie es mir nur widerwillig gesagt hat. Annie hat versucht sich mittels eines Zaubers aus der Sklaverei zu befreien.«

»Annie war eine Sklavin?«

»Das ist sie immer noch.« Mary Beth runzelte die Stirn. »Sie war es. Ich vergaß für einen Moment, wie viel Zeit seitdem vergangen ist.« Sie riss sich zusammen und fuhr mit traurigen Augen fort: »Auf jeden Fall klang das, was sie mir erzählte, nur allzu schön. Einfach einen Zauberspruch aufsagen zu müssen und das zu bekommen, was man wollte. Und auch ich wünschte mir so sehr, frei zu sein.«

»Frei für diesen Lucas Robert.« Jason griff hinter sich und zog sich ebenfalls einen Stuhl heran. Gebannt lauschte er der Geschichte, die sie ihm nun erzählte.

»Mein Vater verlangte von mir, dass ich in eine Heirat mit ihm einwillige und ihn ermutige, um meine Hand anzuhalten. Aber dazu war ich nie fähig. Andere Mädchen hätten an meiner Stelle vielleicht gute Miene zum bösen Spiel gemacht und sich an einen Mann gebunden, für den sie nichts empfinden, aber für mich wäre das eine Qual gewesen. Ich konnte es nicht ertragen, ihn hinters Licht zu führen, wagte aber auch nicht, mich meinem Vater zu widersetzen. Niemand hielt mich für hübsch genug, dass sich auch andere Männer außer Lucas Robert für mich interessieren könnten. Nicht dass ich ihn für einen schlechten Ehemann gehalten hätte, aber es ärgerte mich einfach, dass ich überhaupt jemanden heiraten sollte. Und dann war da noch Amos. Ich hätte nie in diesem Haus und unter einem Dach mit Amos leben können.«

»Amos war …?«

»Lucas' Bruder.«

»Wieso nicht?«

»Weil er bereits verheiratet war und ... und ich mir wünschte, er ... er wäre es nicht.«

»Du wolltest also Amos und nicht Lucas.«

Ein zartes Rosa überzog ihre Wangen, und sie stand behend auf und ging in das andere Zimmer hinüber. Jason folgte ihr.

»Tut mir Leid, ich wollte dich nicht in Verlegenheit bringen.«

Sie hatte sich auf das Sofa gesetzt und starrte auf die Bilder, die über den Fernsehapparat flimmerten und die im Grunde unverständlich für sie waren. Sorgfältig wählte sie ihre Worte, als sie mit belegter Stimme sagte: »Ich hätte mich niemals moralisch verwerflich benommen, ganz gleich, wie groß die Versuchung auch gewesen wäre. Ich wollte auch nicht, dass irgendjemand von meinen Gefühlen erfuhr – weder Amos noch sonst jemand –, und deswegen wusste ich, dass es mir nicht möglich gewesen wäre, in diesem Haus zu leben. Lieber hätte ich diesen Strolch Samuel Clarence geheiratet, als zu riskieren, dass mein Ruf durch die tagtägliche Versuchung, unter einem Dach mit Amos Brosnahan zu wohnen, Schaden genommen hätte.«

»Ich kann dich gut verstehen.«

Überrascht blickte sie auf und schaute ihn fragend an, wie ernst seine Reaktion gemeint war. »Ich ging sogar so weit, mit ihm zu flirten. Mit Samuel, meine ich. Aber bald bemerkte ich, dass das seine Freundschaft mit Lucas Robert zerstörte. Ich konnte es einfach nicht durchhalten.« Sie seufzte. »Ich bin ein schrecklicher Feigling.«

Jason stand in der Tür und beobachtete, wie sie angesichts ihrer vermeintlichen Schwäche den Kopf schüttelte. Aber was sie als Schwäche empfand, war für ihn Ausdruck von Stärke. Nicht viele der Frauen, die er kannte, hätten begriffen, was für ein Risiko sie eingingen, wenn sie sich auf eine Situation wie auf die mit Amos einließen, und noch weniger hätten sich überhaupt Gedanken deswegen gemacht. Mary Beth jedoch war selbst jetzt noch außer sich bei der Vorstellung, sie hätte sich und Amos kompromittieren können.

Leise sagte er: »Und jetzt denkst du also, dass du Lucas trotz deiner Zuneigung zu Amos heiraten wirst beziehungsweise geheiratet hast?«

»Ich habe doch keine andere Wahl«, sagte sie und wandte ihm ihr Gesicht zu. »Vater hat seine Entscheidung getroffen und weigert sich, Anträge von anderen Verehrern überhaupt in Betracht zu ziehen. Lucas hat mir deutlich zu verstehen gegeben, dass er ihn um meine Hand bitten wird, sobald ich zugestimmt habe. Vater kennt seine Absicht. Er wird warten, bis Lucas meinen Widerstand gebrochen hat. Ich habe mich dabei ertappt, dass ich mir tatsächlich diesen Krieg herbeisehnte, als Ausrede, um Lucas bis nach dessen Ende vertrösten zu können.«

»Weil du denkst, er könnte im Kampf getötet werden?«

Sie warf den Kopf in den Nacken und sah ihn mit einem verletzten Blick an. »Nie. Nie könnte ich mir so etwas wünschen.«

Jason seufzte, als er bemerkte, dass die Sonne mittlerweile untergegangen war. »Nun, ich denke, es ist an der Zeit, dass du nach Hause gehst.«

»Sie können mich nach Hause schicken?«, fragte sie, und ihr Gesicht hellte sich auf. »Wieso haben Sie das nicht gleich gesagt?«

»Kann ich doch gar nicht.« Jason hielt beschwichtigend die Hände in die Höhe. »Ich meine, in deine Wohnung, in Shelbys Wohnung. Auf der anderen Seite der Bahngleise. Es sei denn, du möchtest heute Nacht hier bei mir schlafen.« Mary Beth erbleichte und stotterte nervös herum. »Das soll wohl ein Nein sein, schließe ich. Dann komm, ich bring dich hin. Es ist nicht weit.«

Mary Beth schien unsicher, folgte ihm aber.

17

Wir müssen ihn begraben.« Shelby starrte auf den Toten, unfähig, den Blick abzuwenden. Sie würden Clyde in den Wald schicken müssen, damit er dort irgendwo im Unterholz ein Grab aushob, wo niemand die Leiche finden konnte. Sie hatten ihn bereits gebeten, Martha nach oben zu tragen, wo sie jetzt auf dem Bett lag und darauf wartete, gewaschen zu werden.

Auch Ruth starrte wie gebannt auf die Leiche. »Was sollen wir mit Martha machen?«, fragte sie.

In dem Moment kam Shelby ein Gedanke, und sie platzte damit heraus, ohne ihn erst eine Weile reifen zu lassen. »Wir begraben ihn unter ihr.«

Ihre Schwägerin riss entsetzt die Augen auf. »Nein. Das können wir nicht machen. Nicht im selben Grab. Der Gedanke wäre mir unerträglich, dass sie mit ihm zusammen begraben ist.«

»Willst du, dass die Yankees ihn finden? Willst du, dass sie hier herumschnüffeln und überall ihre Nase hineinstecken?« Shelby fühlte sich so erschöpft, als würden Bleigewichte an ihr hängen. Sie wünschte sich nichts sehnlicher, als sich auf das Sofa in dem Zimmer legen und schlafen zu können, aber erst musste die Arbeit erledigt werden. Sie konnte sich jetzt noch nicht ausruhen.

In der Tür, die zum Wohnzimmer hinüberführte, war eine Bewegung wahrzunehmen, und Shelby sah, dass Dad Brosnahan dort stand, schwer auf seinen Stock gestützt.

Sein Blick wanderte zwischen dem Toten und Shelby hin und her, ehe er sich mit einem tiefen Seufzer umdrehte und wortlos wieder ins Esszimmer hinüberhumpelte.

Ruth schaute ihm hinterher und sagte: »Aber er ist ein Konföderierter. So einer ist den Yankees doch egal.«

»Nicht, wenn es ihnen in ihren Kram passt. Sie werden ihn als Vorwand benutzen. Wir müssen ihn so verstecken, dass ihn niemand mehr finden kann. *Niemand.*«

Ruth konnte den Blick nicht von dem Toten wenden. Leise fing sie zu weinen an.

»Geh nach oben und bleib eine Weile bei Martha«, sagte Shelby. »Ich kümmere mich um alles. Ich denke, ich kann es so arrangieren, dass es nicht allzu schlimm für sie ist.« Dann raffte sie ihre Röcke und machte sich auf die Suche nach Clyde.

Sie bat ihren Knecht, auf dem kleinen Familienfriedhof ein Grab auszuheben, nur ein bisschen tiefer als normal.

»Wieso das denn?«

»Weil ich unten eine dicke Schicht weiche Erde hineintun will, Clyde. Damit Martha bequemer liegt.«

Ein verschlagenes Lächeln breitete sich auf Clydes Gesicht aus, als würde er Shelby verdächtigen, ihn zum Narren zu halten. »Tote Menschen können nichts mehr fühlen.« Entweder ging ihm Marthas Tod nicht sehr nahe, oder er hatte einfach noch nicht begriffen, dass Martha für immer gegangen war und niemals mehr zurückkommen würde.

»Es ist egal, ob sie noch etwas spüren oder nicht, Clyde. *Ich* fühle mich einfach wohler, wenn ich weiß, dass Martha nicht auf der harten Erde liegen muss. Deshalb will ich, dass du das Loch einfach ein wenig tiefer als normal gräbst. Du hast doch schon mal ein Grab ausgehoben?«

Er nickte. »Na klar doch. Ich habe schon viele Gräber gegraben.«

»Dann wirst du das auch jetzt gut machen.«

»Ja. Ich werde mich mächtig anstrengen. Ich werde ihr ein richtig schönes Grab graben.«

»Damit sie es bequem hat.«

»Damit *Sie* sich besser fühlen.«

Shelby musste schmunzeln. Sie fragte sich, wie oft sie Clydes geistige Fähigkeiten wohl schon unterschätzt hatten. »Richtig. Damit ich mich wohler fühle.«

Während Clyde sich an die Arbeit machte, kehrte Shelby ins Haus zurück und fing an, den toten Mann zu entkleiden.

Jetzt kam auch Ruth neugierig herunter. »Was machst du da?« Sie schien sich wieder beruhigt zu haben und hatte ein blutiges Handtuch von oben mitgebracht. An der Tür blieb sie stehen. Matthew hockte ruhig in seinem Korb und schaute fasziniert zu.

»Je weniger der Tote an sich hat, desto geringer ist die Chance, dass er identifiziert wird, falls man ihn entdecken sollte«, erklärte Shelby. »Weder du hast ihn gekannt noch Martha. Vielleicht ist er ja aus Kentucky.«

»Das ist mehr als wahrscheinlich.«

»Außerdem will ich nachschauen, ob er irgendwelche Wertsachen bei sich hat.«

»Mary Beth!«

»Na, auf jeden Fall hat er eine Waffe. Und die werden wir behalten.«

»Mary Beth, untersteh dich und behalte irgendetwas von ihm.«

Shelby zerrte gerade das letzte Kleidungsstück von der Leiche und machte sich daran, alle Taschen zu durchsuchen. In der einen fand sie ein Taschenmesser und einen Tabaksbeutel, in einer anderen ein kleines Bündel konföderierte Banknoten. »Das können wir alles gut gebrauchen. Das heißt, bis auf den Tabak.«

»Nein, Mary Beth. Ich bitte dich, nimm es nicht.«

»Aber wir brauchen das Geld.«

»Nicht so nötig, dass wir uns mit diesem Blutgeld besudeln. Wirf das alles weg. In den Abtritt damit.«

»Gut, Messer haben wir genug. Das können wir wegwerfen.«

»Alles. Auch das Geld. Ich will es nicht im Haus haben, und ich will mir auch nichts davon kaufen. Das ist mein Ernst, Mary Beth. Behalte nichts davon.«

Shelby überlegte einen Moment und nickte dann. »In Ordnung«, entgegnete sie seufzend. »Aber die Waffe ...«

»Nein.«

»Doch, die Waffe behalten wir, weil wir uns schützen müssen, falls diese Männer jemals wieder zurückkommen. Den Rest werde ich in den Abtritt werfen. Seine Kleider verbrennen wir, und die Asche verstreuen wir irgendwo. Aber seine Waffe behalten wir.«

Der Gedanke, die Männer könnten zurückkommen, ließ Ruth verstummen, und sie nickte schließlich.

In dieser Nacht begruben Shelby und Ruth den Plünderer in dem Grab, das Clyde für Martha ausgehoben hatte, und häuften anschließend einen halben Meter lose Erde auf die Leiche. Die Kleidungsstücke des Mannes hatten sie verbrannt und die Asche zusammen mit dem Rest seiner Habseligkeiten in den Abort gekippt. Nur die beiden Waffen hatten sie behalten.

Am nächsten Tag marschierte Shelby zur Nachbarsfarm, um die Nachricht von Marthas Ermordung in Umlauf zu bringen. Ein unbekannter Eindringling habe sie erschossen und sei unbehelligt entkommen. Leute aus Hendersonville besuchten sie, um den Brosnahans in ihrer Trauer Beistand zu leisten. Am Tag darauf versammelten sich Menschen aus ganz Sumner County, die Martha gekannt und geliebt hatten, um das Tuch mit ihrem Leichnam in die Erde zu senken. Keinem der Anwesenden fiel die dicke, weiche, klumpige Erdschicht am Boden des Grabes auf, und niemand äußerte sich zu der mangelnden Tiefe des Loches.

Bei der Beerdigung wurde Shelby ganz übel bei dem Gedanken an das, was sie getan hatte. Der Mann, der unter Martha lag, war ein Nichtsnutz und Verbrecher gewesen, aber das Entsetzen darüber, einen Menschen getötet zu haben, wurde davon nicht im Mindesten abgeschwächt. Was einst ein beseeltes, atmendes menschliches Wesen war, war jetzt nur noch lebloses Fleisch. Der Anblick des Grabes ließ es Shelby kalt den Rücken hinunterlaufen. Was war nur aus ihr geworden.

Immer und immer wieder sagte sie sich, dass sie keine andere Wahl gehabt hatte. Der Mann war ein Mörder und Dieb gewesen, er hatte Martha getötet, und es war mehr als wahrscheinlich, dass diese Männer sie alle ermordet hätten, hätte sie sich nicht gewehrt. Auf jeden Fall aber wäre sie vergewaltigt worden, und die grausige Tragweite dieses Wissens raubte ihr fast den Verstand. Ihr wurde schwindlig, und vor ihren Augen tanzten schwarze Punkte. Alles – nur das nicht, vor allem nicht in dieser Zeit, in der eine Vergewaltigung eine Frau für immer zeichnen konnte. Man sagte nicht umsonst: »Ein Schicksal schlimmer als der Tod.« Shelby hegte keinerlei Zweifel, dass sie das Richtige getan hatten, die Leiche zu verstecken. Und sie hatte auch das Richtige getan, als sie den Mann tötete. Martha war ermordet worden, und die Nachbarn mussten nicht wissen, dass einer der Eindringlinge ihr auf diesem Weg gefolgt war. Wenn sich das herumspräche, würde bald ein Soldat in blauer Uniform kommen und nach der Waffe suchen, die ihn getötet hatte. Vorsichtshalber hatte Shelby beide Waffen sorgfältig versteckt.

Ob sie die Revolver allerdings benutzen würde, stand auf einem anderen Blatt. Shelby war bejammernswert unerfahren im Umgang mit Feuerwaffen, und die beiden Revolver waren darüber hinaus noch Vorderlader. Bevor man einen Schuss abgeben konnte, mussten die Kammern hintereinander mit Schwarzpulver, Filzeinlage und Kugel beladen und sorgfältig mit dem Ladestock, der unten am Lauf hing, gestopft werden. Anschließend wurden die Zündhütchen auf den Zylinder gelegt, für jede Kammer eines. Die Waffe war kompliziert zu laden, und es war gefährlich, sie bei sich zu tragen. Und außerdem war es äußerst schwierig, an das Schwarzpulver und die Munition zu kommen. Der Vorderladerrevolver hatte einen langen Lauf, sodass Shelby ihn fest mit beiden Händen halten musste, um überhaupt damit schießen zu können. Aber diese Waffe hatte ihr, Ruth, Dad Brosnahan und Matthew das Leben gerettet. Doch, sie war entschlossen, damit schießen zu lernen.

Am schwersten war es, an die Zündhütchen zu kommen. Schwarzpulver konnte sie sich mit der Ausrede aus dem Kramerladen besorgen, ihr Vater würde es für die Jagd benötigen. Statt des Filzes konnte sie ein paar alte Stofflappen verwenden, und um Kugeln herzustellen, brauchte sie nur die Bleieinlagen aus den Fensterbrettern einzuschmelzen und in die Formen zu gießen, die Lucas und seinen Brüdern gehörten.

Aber die Zündhütchen. Ohne Zündhütchen war die Waffe nutzlos. Deshalb nahm Shelby sich einen ganzen Tag Zeit und marschierte zum Haus der Donelsons, um mit Mary Beth' Vater zu sprechen. Wenn einer wusste, wie sie an diese begehrten Objekte herankommen konnte, dann er.

Als sie dort ankam, saß er im Wohnzimmer in einer Ecke, mit einem Buch auf dem Schoß. Aber er las nicht, sondern starrte nur ins Feuer. Shelby hatte den Eindruck, dass er alle seine Tage so verbrachte. »Hallo, Vater.«

Er blickte auf und lächelte. »Mary Beth. Wie geht es meinem Enkelsohn? Hast du ihn mitgebracht?«

»Nein, er ist schon ein bisschen zu schwer, als dass ich ihn diesen langen Weg noch tragen könnte.« Sie setzte sich und verschränkte die Hände im Schoß.

»Was führt dich dann ohne Matthew hierher?«, fragte er in seinem üblichen vorwurfsvollen Ton.

Ohne darauf einzugehen, erwiderte sie achselzuckend: »Ich wollte euch beide einfach mal wieder besuchen. Was machst du denn so die ganze Zeit?« Sie hoffte, ihre Frage würde beiläufig genug klingen.

Er zuckte nur resigniert mit den Schultern.

»Kommst du noch zum Jagen? Oder haben die Yankees euch alle Waffen abgenommen?«

»Das weißt du doch ganz genau«, antwortete er und warf ihr einen finsteren Blick zu.

»Und deine Munition?«

Seine Augen glitzerten boshaft. »Ein bisschen was davon ist noch da, etwas Schießpulver und auch ein paar Kugeln. Und eine Schachtel mit Zündhütchen. Das habe ich alles in ein Wachstuch gewickelt und im Bach versteckt.«

Shelby lächelte. Sehr gut. »Du hast Zündhütchen? Ohne Waffe nützen sie dir aber nichts, oder?«

»Das ist mir egal. Sie konnten sie mir nicht abnehmen, und das allein zählt. Sie gehören mir, und diese Lincoln-Anhänger kommen nicht an sie ran.«

»Was, wenn du jemanden kennen würdest, der eine Waffe hat und sie brauchen könnte?«

Er schüttelte den Kopf. »Irgendwann habe ich wieder eine eigene Waffe. Und dann brauche ich sie selbst.«

»Würdest du vielleicht einen Teil deiner Zündhütchen gegen eine Waffe eintauschen?«

Jetzt begriff er, worauf sie hinauswollte. Er warf ihr einen schrägen Blick zu, als er das Buch neben sich auf den Tisch legte. »Du kennst jemanden, der eine Waffe hat?«

»Ja. Ich habe zwei Revolver. Für die Hälfte der Zündhütchen würde ich dir einen abgeben.«

Er schnaubte empört. »Ich würde dir raten, mir beide Waffen zu überlassen. Es schickt sich nicht für dich, mit einer Waffe herumzufuchteln oder mit Zündhütchen oder Schießpulver zu hantieren. Du verletzt dich dabei nur. Im schlimmsten Fall schießt du dir die Hand ab.«

»Nein, Vater, einen Revolver werde ich behalten, um uns verteidigen zu können.«

»Hör auf mich. Es kann allerhand passieren, wenn du so ein Schießeisen in die Hand nimmst.«

»Es kann auch allerhand passieren, wenn ich weiter allein in diesem Haus direkt an der Bahnstrecke lebe und nichts habe, um uns verteidigen zu können. Allein mit einer Frau, einem Baby, einem alten Mann und einem Idioten.«

»Du weißt doch nicht einmal, wie man eine Waffe lädt.«

»Doch, das weiß ich sehr wohl. Das ist nicht sehr kompliziert. Dad Brosnahan hat es mir gezeigt.«

Campbell schnaubte verächtlich bei der Vorstellung, wie man einer Frau nur beibringen konnte, mit einer Waffe umzugehen.

»Also, ich weiß, wie man einen Revolver lädt«, fuhr Shelby fort. »Jetzt fehlen mir nur noch die Zündhütchen.«

»Von mir bekommst du sie auf keinen Fall. Und außerdem erwarte ich von dir, dass du mir umgehend diese beiden Revolver aushändigst.«

»Nein. Einen davon kannst du haben, aber nur im Tausch gegen die Zündhütchen.«

»Es kann so viel passieren ...«

»Willst du die Waffe jetzt oder nicht?«

»Entweder gibst du mir beide, oder ich werde dafür sorgen, dass die Yankees davon erfahren.«

»Schlag ein, oder ich werde dafür sorgen, dass die Yankees von deinen Zündhütchen erfahren.«

Seine Augen weiteten sich. »Du wagst es, so mit deinem Vater zu sprechen ...«

»Mit einem Vater, der mich geschlagen hat. Weil du mich geschlagen hast, bin ich dir nicht mehr Respekt schuldig als jedem anderen Menschen auch, der zufälligerweise eine Schachtel mit Zündhütchen besitzt. Also, Mr. Campbell, wenn du die Waffe willst, dann gib mir die Zündhütchen.«

Shelby lehnte sich zurück, legte ihre Hände in den Schoß und wartete. Campbell schäumte vor Wut. Sein Gesicht lief rot an, und er starrte sie so grimmig an, dass sie vor Angst bestimmt geschlottert hätte, wäre er tatsächlich ihr Vater gewesen. Aber statt ihn eilends zu besänftigen, hielt sie schweigend seinem Blick stand.

Schließlich verebbte sein Ärger, und sein Gesicht nahm wieder eine normale Färbung an. Nach einer Ewigkeit, wie es schien, erwiderte er: »In Ordnung. Ich handle wider besseres Wissen, aber einen der beiden Revolver darfst du behalten.«

Sie durfte? Humbug. Aber Shelby antwortete: »Gut.«

Jetzt war sie also bewaffnet. Die Waffe samt Munition war in einer hölzernen Schachtel unter der dritten Treppenstufe versteckt. Im Notfall zwar umständlich zu erreichen, befand sich jetzt immerhin eine Waffe im Haus, und ihr Vater war der einzige Mensch, der wusste, dass sie den Revolver besaß.

Der Winter neigte sich schneller als erwartet seinem Ende zu, und bald schrieb man das Jahr 1863. Die ganzen kalten Monate über drangen Nachrichten über Colonel Morgans Aktivitäten zu ihnen vor, der – mittlerweile zum Brigadegeneral befördert – mit seinen Leuten wiederholt die Unionstruppen an der Bahnstrecke angriff und die Gleise zerstörte. Er wandte bereits damals dieselbe Taktik an, wie General Shermans Truppe sie im Jahr darauf bei ihrem Marsch durch Georgia einsetzen sollte. Das heißt, Morgans Männer zweckentfremdeten die Schienen und schmiedeten so genannte »Krawatten« daraus. Eine Gruppe löste unter großer Kraftanstrengung einen Teil der Schienen aus dem Gleisbett und schleppte sie zu einem hoch lodernden Holzfeuer, das eine andere Gruppe mittlerweile entfacht hatte. Dort wurden die einzelnen Schienenstränge bis zur Weißglut erhitzt und anschließend um einen Baum gebogen. Manchmal, wenn die Zeit es zuließ, setzten die Männer die Schienen wieder in das Gleisbett zurück, wo nun das eine Ende hoch in die Luft ragte und die Strecke unpassierbar machte, wenn es dem Feind nicht gelang, Ersatz zu beschaffen oder die Schiene wieder zu reparieren.

Aus Gallatin war zu erfahren, dass einige hundert Unionssoldaten bei einem Aufprall ums Leben gekommen waren. Ihr Zug hatte nicht mehr rechtzeitig anhalten können und war nördlich der Stadt auf eine dieser »Krawatten« aufgefahren. Die meisten Überlebenden hatten oben auf dem Dach gestanden und waren hinuntergesprungen, als sie das zerstörte Gleis gesehen hatten. Wenn Shelby solche Geschichten hörte, wurde sie von einem Gefühl der Hoffnungslosigkeit, die das ganze Land einbezog, ergriffen. Ruth und Dad Brosnahan waren privilegiert und konnten noch Hoffnung auf einen konföderierten Sieg hegen, aber auf Shelby lastete das Wissen um die schreckliche Wahrheit. Sie allein wusste um den Ausgang des Krieges. Sie wusste, dass sie mit der Vernichtung einer ganzen Generation junger Männer, der Zerstörung von Millionenwerten und einem tief verwurzelten Hass zwischen Nord und Süd, der noch bis ins nächste Jahrhundert nachklingen sollte, dafür bezahlen würden.

Nur die Essensvorräte, die Shelby versteckt hatte, verhinderten, dass die Familie in diesem Winter Hunger leiden musste, da weder von der Besatzungsarmee Lebensmittelrationen verteilt wurden noch die Nachbarn helfen konnten, die selbst kaum genügend zum Überleben hatten. Die Militärregierung des Landes verfolgte weiter unnachgiebig alle Familien, deren Männer als konföderierte Soldaten dienten, und viele Menschen verloren ihr Land und waren gezwungen, bei Verwandten Unterschlupf zu suchen oder als heimatlose Flüchtlinge umherzuziehen. Vor allem eine Geschichte machte die Runde. Mehrere Augenzeugen hatten gesehen, wie ein Säugling ins Feuer geworfen wurde, nur weil sein Vater in der Konföderierten Armee war. Das Kind, das von der Mutter gerettet wurde, überlebte, wenn auch aufs Schrecklichste verbrannt und für immer entstellt. Shelby drückte Matthew fest an sich und beweinte das Schicksal aller Kriegskinder.

Zaghaft löste das Frühjahr den Winter ab und erwachte schließlich zu einem milden Sommer. Nachrichten von heftigen Kämpfen an allen Fronten wurden zur täglichen Routine. Jede Fahrt in die Stadt, jeder Besuch bei den Nachbarn oder bei Verwandten trug neue Gerüchte von Reisenden und Zeitungsberichte aus Nashville an Shelbys Ohr. Bald glaubte sie es nicht länger mit anhören zu können, dass Lucas' Einheit näher und näher an Chattanooga und an Chickamauga Creek heranrückte – an das Schlachtfeld, auf dem er sterben sollte. Am liebsten hätte sie laut hinausgebrüllt, dass die Zeit doch stillstehen möge. Dass all das Töten aufhören und alle ihre Waffen niederlegen und nach Hause zurückkehren sollten. Dass Lucas nach Hause kommen sollte, um mit ihr und Matthew zusammen zu sein und sie nie wieder zu verlassen. Jeder Tag, der sie dem 20. September näher brachte, verstärkte in ihr den Wunsch, ihre Verzweiflung laut hinauszuschreien, bis alle ihr zuhören würden.

Mitte August erreichte die Sommerhitze ihren Höhepunkt. Ein Reiter näherte sich zwischen den Bäumen dem Haus und verfiel in einen langsamen Trab, als er auf die Lichtung kam. Shelby, die am Fenster stand, wollte bereits die Waffe hervorholen, zögerte aber, als sie das rotbraune Pferd erkannte.

»Ruth! Komm schnell! Es ist Amos!« Sie lief auf die Veranda hinaus und erschrak zu Tode, als sie sein krankhaft bleiches Gesicht sah.

Ruth kam hinter ihr durch die Tür gestürmt, raffte ihre Röcke und rannte die Treppe hinunter, ihrem Mann entgegen. Amos stieg vom Pferd und schien sich kaum mehr auf den Beinen halten zu können. Lange drückte er stumm seine Frau an sich, ehe er endlich sprechen konnte. »Wo ist Martha?«, fragte er.

Shelby konnte sich nicht erinnern, dass Amos jemals großes Interesse an Martha gezeigt hatte, und das machte ihr Angst. »Was ist los, Amos? Wo ist Gar?«

Er drehte den Kopf in ihre Richtung, sah sie aber nicht an. »Gar wird nicht mehr nach Hause kommen. Ich muss es Martha sagen.«

Die simple Wahrheit seiner Bemerkung traf sie wie ein Keulenschlag. Gar würde nicht mehr nach Hause kommen, und das bedeutete, dass er tot war. Aber auch sie hatte Neuigkeiten für ihn, die sie kaum über die Lippen brachte.

»Das ist nicht mehr nötig, Amos. Martha ist bei Gar.«

Es dauerte einen Moment, bis er begriff. Amos war offensichtlich sehr erschöpft und hungrig und konnte kaum mehr einen klaren Gedanken fassen. Er hielt sich gebückt, war abgemagert und schien seit letztem Sommer um zehn Jahre gealtert zu sein. Als er endlich verstand, stieß er einen tiefen Seufzer aus. Ruth half ihm ins Haus, da er sein rechtes Bein nicht belasten konnte. Sein Knie war so geschwollen, dass der Stoff der Hose darüber spannte. »Ich denke, es ist gebrochen«, murmelte er, als er an der Seite seiner Frau ins Haus humpelte. Amos war ziemlich groß, und so kam Shelby den beiden zu Hilfe.

Amos saß am Esstisch und hatte das verletzte Bein auf einen Stuhl gelegt. Die ganze Mahlzeit über sagte er kein einziges Wort, sondern kaute langsam sein Essen und starrte vor sich hin. Weder Shelby noch Ruth wollten ihn bedrängen, ihnen Einzelheiten über das zu erzählen, was passiert war. Nur Amos' Vater war zu vernehmen und überbrückte das Schweigen mit der Geschichte von Marthas Tod. Er war zwar kein Augenzeuge gewesen, da er zu der Zeit fest geschlafen hatte und erst durch den Schuss aufgewacht war, machte aber diesen Mangel an Wissen durch die Lebhaftigkeit seiner Erzählung wieder wett.

Doch nach einer Weile fiel auch ihm nichts mehr ein, und es wurde still im Zimmer. Dad Brosnahan rutschte unruhig hin und her, so wie Lucas das immer tat, und spielte mit einem Löffel, der auf dem Tisch lag. Amos lehnte sich seufzend auf dem Stuhl zurück. Eigentlich war keiner sonderlich darauf erpicht, seine Geschichte zu hören, aber irgendwann musste er sie sich von der Seele reden.

Langsam und nach mehrmaligem Räuspern begann Amos zu erzählen. »General Morgan und ein Teil seiner Leute wurden gefangen genommen.« Ruth hielt den Atem an, doch für Shelby war das keine Neuigkeit, da John Morgans Einfall in Ohio, der seine Karriere abrupt beendete, bestens in den Geschichtsbüchern dokumentiert war. Amos fuhr fort: »Es war in Ohio. Ein Teil seiner Männer wurde getötet, ein Teil geriet zusammen mit ihm in Gefangenschaft. Der Rest von uns musste den Rückzug durch Kentucky antreten, und wir schlugen uns durch, so gut wir konnten. Irgendwann trennten wir uns. Ich ging davon aus, dass wir uns südlich von Nashville wieder konföderierten Einheiten anschließen könnten.« Er machte eine Pause und starrte auf den Löffel in der Hand seines Vaters, in dem sich das Kerzenlicht brach, ehe er mit tonloser Stimme weitersprach. »Wir überquerten gerade den Green River und versuchten Bowling Green zu erreichen, um uns dort mit Proviant zu versorgen. Wir hatten eine Furt entdeckt, die jedoch ziemlich tief war, sodass unsere Pferde schwimmen mussten. Wir waren vielleicht zehn Mann. Ich schaffte es, und Gar war direkt hinter mir. Während ich die Uferböschung hinaufkletterte, fiel ein Schuss. Ich drehte mich um, Gars Pferd hinter mir schlug in Panik aus, doch Gar war verschwunden.« Amos versagte fast die Stimme, aber er fuhr fort: »Dann sah ich ihn. Er trieb auf dem Rücken flussabwärts. Dann fielen weitere Schüsse, und sein Körper tanzte wie ein Korken im Wasser auf und ab. Er war schon tot, aber diese Teufel schossen immer noch auf ihn. Unsere Jungs erwiderten das Feuer, da sie am Mündungsrauch sehen konnten, wo sich die Yankees versteckt hielten. Aber ich glaube nicht, dass sie trafen.«

»Konntest du seinen Körper bergen? Hast du ihn begraben?«

»Nein, Daddy. Sie haben noch zwei unserer Jungs erschossen, und der Rest beeilte sich, in Deckung zu gehen. Bis ich endlich absteigen und zum Wasser hinunterlaufen konnte, hatte ihn die Strömung fortgetragen, und er war verschwunden.«

»Wie hast du dir das Bein gebrochen?«, fragte Shelby. Sie glaubte es bereits zu wissen.

»Ich bin ins Wasser gesprungen und habe mich von der Strömung mittreiben lassen«, erwiderte er. »Dabei bin ich mit dem Knie an einem Felsen hängen geblieben. Es hat so wehgetan, dass ich den ganzen Tag Sterne vor den Augen sah. Ich glaube, die Kniescheibe ist gebrochen.« Er legte vorsichtig eine Hand auf die Beule in seinem Hosenbein, und Shelby verspürte einen solidarischen Stich in ihrem Knie. »Ich schaffte es wieder zurück zum Ufer und bin nicht ertrunken, aber ich konnte Gar nicht weiter nachschwimmen.«

Amos' Vater hatte aufgehört mit dem Löffel zu spielen und starrte auf seinen Teller. Es war still im Zimmer, und sogar Shelby wusste nicht, was sie Tröstliches hätte sagen sollen, um den Schmerz zu lindern. Schließlich sagte der alte Mann: »Du hast es immerhin versucht, mein Sohn.«

In dem Moment bemerkte Shelby, dass Amos weinte. Tränen füllten seine Augen und liefen über seine Wangen. Er versuchte zwar, sie verstohlen wegzuwischen, aber es waren zu viele. Schließlich legte er sein Gesicht in eine Hand und ließ den Tränen freien Lauf, während seine Schultern bebten.

Der alte Mann kämpfte sich mühsam mithilfe seines Stocks auf die Beine, humpelte zu seiner Liegestatt und legte sich hin. Für den Rest des Abends wurde nicht mehr viel gesprochen.

Amos hatte vor, so lange zu bleiben, bis sein Knie verheilt war, um sich dann – falls er wieder laufen konnte – notfalls humpelnd irgendeiner Einheit der konföderierten Armee anzuschließen. Obwohl Ruth ihn unter Tränen anflehte, wegen seiner Verletzung um Entlassung zu bitten, weigerte er sich, dieses Thema mit ihr auch nur zu besprechen. Sobald er wieder laufen konnte, würde er auch wieder kämpfen.

Aber so weit sollte es nicht kommen. Drei Tage nach seiner Ankunft kam im gestreckten Galopp ein Kommando der Yankees. Sie waren zu zehnt, ritten paarweise und wirbelten eine Menge Staub auf. Shelby sah sie von dem Fenster oben im Treppenhaus aus und stürmte in Amos' Schlafzimmer. »Amos!« Ihr Schwager lag auf dem Bett und las in einem Buch. »Amos, die Yankees. Du musst dich verstecken.«

Einen unterdrückten Fluch murmelnd, rappelte er sich auf seinem gesunden Bein hoch und griff nach dem Stock, den er sich von seinem Vater geliehen hatte. »Geh runter und halt sie hin. Ich laufe in den Keller und durch den Küchentunnel hinaus in den Wald. Hol mich später …«

»Das geht nicht. Der Tunnelgang ist blockiert. Dort sind unsere Vorräte versteckt.«

Verzweiflung glomm in seinen Augen auf, und beide wussten, dass er ein toter Mann war. Mit wenig Überzeugungskraft sagte er: »Halt sie trotzdem hin. Ich flüchte durch die Hintertür in den Wald.«

Shelby eilte die Treppe hinunter, um ihr Bestes zu versuchen, aber als sie fast an der Vordertür war, kamen ihr bereits die ersten Soldaten entgegen. Mit einem Splitterregen knallte die eingetretene Haustür gegen die Kellertür, und das Holz brach an der Stelle, an der sie vom Türknauf getroffen wurde. Ein Schwarm brüllender und fluchender Männer überwältigte Shelby, und einer packte sie grob am Arm.

»Verlasst sofort mein Haus!« Shelbys Worte verhallten unbeachtet und wahrscheinlich auch ungehört. Blaue Uniformen füllten den Vorraum. Einer der Soldaten riss die Kellertür genau in dem Moment auf, als ein humpelnder Amos dort auf der Bildfläche erschien. Die Soldaten schrien wie aus einem Mund. Amos startete den hilflosen Versuch, die Hintertür zu erreichen, wurde aber von drei Yankees dagegen gepresst. Ein Schmerzenschrei ertönte, der Stock fiel krachend zu Boden, dann war Amos still, während die Männer ihm die Arme auf den Rücken drehten und ihm Fesseln anlegten. Shelby folgte ihnen, als sie ihn brutal hinaus auf die Veranda zerrten. Dort stand Samuel Clarence, ein verschlagenes Grinsen im Gesicht.

»Hallo, Amos.«

»Erbärmlicher Verräter.«

»Haben Sie einen Durchsuchungsbefehl?«, herrschte Shelby ihn an. »Sie sind in mein Haus eingedrungen, dazu brauchen Sie einen Durchsuchungsbefehl.«

Grenzenlose Wut flammte in Samuels Augen auf, und er erwiderte mit übertriebener Geduld: »Mary Beth, Sie wissen doch, dass Sie keine Rechte mehr haben. Ihr geliebter Gatte hat Sie darum gebracht, als er sich der Rebellenarmee anschloss.« Doch dann wich jedes falsche Pathos aus seiner Stimme, Zornesröte schoss in sein Gesicht, und er brüllte: »Außerdem habe ich einen Haftbefehl, dummes Frauenzimmer. Ich habe einen Haftbefehl auf Amos' Namen, nachdem er vor vier Tagen unweit von Gallatin auf der Straße von Nashville gesehen wurde.« Er zog ein Blatt Papier aus der Brusttasche seiner Uniformjacke und schwenkte es wie einen Knüppel hin und her. »Ein Todesurteil auf den Namen von Amos Brosnahan, umstürzlerischer Rebell, dessen Verbrechen zu zahlreich sind, als dass man sie hier alle aufführen könnte.«

Ruth flüsterte: »O Gott ...«

Todesurteil. Panik stieg in ihr hoch, und Shelby unterdrückte einen Aufschrei. »Was sagen Sie da, Samuel? Man hat Amos ohne Verhandlung verurteilt?«

»Rebellen haben, wie ich bereits bemerkte, ihre konstitutionellen Rechte verwirkt und unterstehen wie wir alle dem Kriegsrecht. General Paine verspürt keine besondere Zuneigung für Verräter der Union.«

»Für die Gesetze der Union auch nicht, wie es scheint.«

»Ich bin nicht hier, um mit Ihnen zu streiten. Ich bin hier, um diesen Mann zu hängen.«

Samuel Clarence befahl seinen Männern, ihn auf eines der Pferde zu setzen. »Sucht einen geeigneten Baum und bringt ihn dorthin.« Er sah sich um und entdeckte ein passendes Exemplar in der Nähe der Gleise. »Der dort ist richtig.« Trotz heftiger Gegenwehr wurde Amos auf eines der Pferde gesetzt, und das Hinrichtungskommando begab sich zu dem Baum. Ruth rannte hinterher, mit beiden Fäusten auf den Rücken eines der Soldaten einschlagend, während sie schluchzend um das Leben ihres Mannes bat. Keiner achtete auf sie, nur Amos, der ihr zurief, dass sie wegrennen solle, damit nicht auch sie noch getötet würde. Dann versuchte er sich vom Pferd zu schwingen, aber einer der Soldaten zog ihm einen Gewehrkolben über den Kopf. Schließlich ergab er sich in sein Schicksal.

Shelby lief zu Ruth, um sie zurückzuhalten. Sie schlang beide Arme um sie und rief: »Tun Sie das nicht, Samuel Clarence!«

Daley ignorierte sie, presste seine Lippen aber noch fester aufeinander und starrte mit dumpfem, leerem Gesichtsausdruck vor sich hin.

Das Pferd blieb neben den Eisenbahnschienen unter der Eiche und deren dickster Astgabel stehen, und jemand warf ein Seil hoch hinauf in die Äste. Die Soldaten machten sich nicht die Mühe, eine traditionelle Schlinge zu knüpfen. Aber sicher ist dieser improvisierte Henkersstrick ebenso tödlich, dachte Shelby. Einer der Soldaten lenkte sein Pferd neben Amos, legte die Schlinge um seinen Hals und zog den Knoten zu.

»Das ist Mord, Daley.« Amos' Stimme klang ruhig, aber aus seinen Augen sprach die Angst, und er war leichenblass. Samuel Clarence leierte achtlos das von General Paine unterzeichnete Todesurteil herunter. Er nuschelte so stark, dass fast nichts zu verstehen war.

Shelby, die ein Stück zurückgeblieben war, wusste nicht mehr, was sie denken sollte. Aber dann schoss ihr doch ein Gedanke durch den Kopf. Sie wandte sich an Clyde, der mit Tränen in den Augen und offenem Mund an der Hausecke stand. Der arme Clyde durfte das auf keinen Fall mit ansehen, und so trat sie zu ihm und flüsterte: »Clyde, geh und hol Mr. Brosnahans Pferd aus dem Stall und bring es hinaus in den Wald. Aber lass dich dabei von niemandem sehen.«

Es dauerte einen Moment, bis Clyde begriff, aber dann schaute er sie aus trüben Augen an, nickte und ging fort, um zu tun, wie ihm aufgetragen.

Shelby wandte sich in dem Augenblick wieder dem Baum zu, als Samuel zu Ende gelesen hatte, und wurde Zeugin, wie das Pferd, dem man einen Schlag auf das Hinterteil versetzt hatte, unter Amos davonsprang. Ruth stieß einen gellenden Schrei aus, der in ein klägliches Wimmern überging. Shelby nahm sie in den Arm und drückte ihr Gesicht an ihre Schulter, um ihr den grässlichen Anblick zu ersparen. Es war Shelby, die mit ansah, wie Amos mit strampelnden Beinen hin und her schwang, während er um Luft rang. Der Ruck hatte ihm das Genick nicht gebrochen. Ruth versuchte schluchzend sich Shelbys Griff zu entziehen und zu ihrem Mann hinüberzusehen, aber Shelby hielt sie unerbittlich fest. Amos zappelte wie ein

Fisch an der Angel, eine Ewigkeit, wie es schien, bis er schließlich erst schwächer und dann ohnmächtig wurde. Die Henker ließen ihn noch eine Weile am Baum hängen, um sicherzugehen, dass er auch tot war. Als Shelby sie endlich losließ, rannte Ruth zu ihrem Mann und versuchte in sinnloser Panik ihn an den Füßen hochzuheben und das Gewicht von dem Strick zu nehmen, haltlos schluchzend, während ihr die Tränen in Strömen übers Gesicht liefen.

Samuel Clarence wandte sich an einen seiner Männer und befahl: »Durchsucht den Stall und die anderen Nebengebäude nach seinem Pferd. Schaut auch in der Küche nach.«

»Er hatte kein Pferd.« Shelbys Augen brannten, und sie war drauf und dran, die Beherrschung zu verlieren, wenn diese Teufel nicht bald von hier verschwanden.

»In Gallatin hatte er noch eines.«

»Das bezweifle ich. Als er hier ankam, war er zu Fuß.« Sie hoffte, keinem möge aufgefallen sein, dass Amos' zögernder Gang nicht nur davon herrührte, dass er nicht mit den Männern im blauen Rock mitkommen wollte.

Daley hielt seine Leute an, den Stall dennoch zu durchsuchen. Dann baute er sich dicht vor Shelby auf. »Jetzt hören Sie mir mal zu, Sie liederliches Weibsstück. Lassen Sie sich das eine Lehre sein. Diese Familie lebt« – er deutete mit dem Kopf dorthin, wo Amos' toter Körper baumelte – »und stirbt von meinen Gnaden. Ich kann freundlich sein, aber auch sehr unangenehm werden.« Er senkte seine Stimme zu einem schmierigen, vertraulichen Flüstern, das ihr Schauder über den Rücken jagte. »Es liegt ganz bei Ihnen.«

Shelbys Kehle war wie zugeschnürt, aber sie versuchte,

trotz ihrer Verzweiflung äußerlich den Anschein von Gelassenheit zu wahren. »Was habe ich Ihnen nur angetan, Samuel?«

Wut blitzte in seinen Augen auf, und er presste die Lippen aufeinander. Ohne ihr eine Antwort zu geben, drehte er sich um und ging zu seinem Pferd. Als die Männer alle Gebäude durchsucht hatten, ohne Amos' Pferd gefunden zu haben, überließen sie die Brosnahans der traurigen Pflicht, den Toten vom Baum zu schneiden und Ruths Mann für die Beerdigung herzurichten.

In dieser Nacht lag Shelby schlaflos im Bett und lauschte dem Weinen, das aus dem Zimmer nebenan zu ihr drang, wo Amos aufgebahrt war und Ruth die Totenwache hielt. Shelby musste an all die Toten denken, an Martha, Gar, Amos. Auch an die Pferde und Jagdhunde, die Lucas so geliebt hatte. Alles, was aus ihrem Haus ein Heim gemacht hatte, schwand eins nach dem anderen dahin, und bald würde auch Lucas tot sein. Irgendwann im Oktober oder November würde sie einen Brief von einem Kameraden aus seiner Einheit erhalten, und das wäre das Ende des jüngsten Sohnes von Dad Brosnahan. Mehr als die Hälfte der Familie wäre dann tot, und ihr war nicht klar, wie der alte Mann das überleben sollte. Die Nachricht würde ihn umbringen. Die Familie wurde von Tag zu Tag kleiner, und bald wäre sie vielleicht ganz ausgerottet, da alle in Lebensgefahr schwebten. Shelby wurde eiskalt bei dem Gedanken, bald völlig allein zu sein. Sie drehte sich auf Lucas' Bettseite und legte den Arm auf seinen Platz.

Die Geschichte musste umgeschrieben werden. Gleichzeitig mit dieser Erkenntnis wuchs Shelbys Entschlossenheit. Es war wie eine Offenbarung, die sie wie die aufgehende Sonne mit Hoffnung und Wärme erfüllte. Die Geschichte musste umgeschrieben werden, und wenn auch nur wegen eines einzigen Mannes. Und sie war die Einzige, die das bewerkstelligen konnte. Abrupt richtete Shelby sich im Bett auf. Sie war der Joker in diesem Stapel Karten, die das Schicksal gemischt hatte, und sie würde der Veränderung als Werkzeug dienen.

Ihr Herz fing zu rasen an. Noch drei Wochen bis zur Schlacht bei Chickamauga südlich von Chattanooga. Es war ein langer Weg bis dorthin – fast drei Stunden mit dem Auto und mehrere Wochen zu Pferde –, aber sie konnte es schaffen. Mit ein wenig Glück wäre sie in der Lage, Lucas' Einheit zu finden, bevor sie das Schlachtfeld erreichten. Dann könnte sie ihn überreden, mit ihr nach Hause zu kommen. Lucas würde sicher einsehen, dass seine Familie ihn dringender benötigte als die konföderierte Armee. Er musste es einsehen. Sie würde ihn einfach heimholen. Shelbys Herz schlug wie wild vor Übermut und Hoffnung, und sie legte sich wieder hin. Unruhig wälzte sie sich den Rest der Nacht im Bett hin und her.

»Mary Beth, das kannst du nicht machen.«

»Doch, Ruth, ich muss.« Shelby war gerade dabei, alles zusammenzutragen, was sie mitnehmen wollte. Zwei alte Satteltaschen, die einmal Lucas gehört hatten, lagen auf dem Tisch im Esszimmer, und daneben reihte sie ihre Utensilien auf: ein Messer, Proviant, ein paar Münzen, eine Decke, ein Seil, einen Regenmantel, einen Feuerstein samt Schlagbolzen, vor allem aber die Waffe und die gesamte Munition. Die Decke rollte sie zusammen und wickelte sie in den Regenmantel, den sie mit dem Seil so zusammenband, dass sie das Bündel über der Schulter tragen konnte. Die kleineren Gegenstände, das Bargeld und der Proviant wanderten in die Taschen.

»Es ist viel zu gefährlich, ohne Begleitung so weit zu reisen. Denk doch nur an all die Strauchdiebe da draußen.« Ruth schnitt ihr den Weg ab, als sie aus dem Zimmer gehen wollte, und packte sie bei den Schultern. »Mary Beth, du darfst dich nicht dieser Gefahr aussetzen! Was, wenn dir jemand gegenübersteht, der versucht, dir das Gleiche anzutun wie dieser Mann in unserem Haus?«

»Dann werde ich ihn ebenso erschießen wie den anderen.« Shelby war nicht mehr umzustimmen. Sie war fest entschlossen und wusste, dass sie nicht schwanken würde. »Ich habe keine Angst, und ich werde mich von keinem Menschen davon abhalten lassen, zu Lucas zu gelangen.« Das war gelogen. Sie hatte fürchterliche Angst, und der Gedanke, einen weiteren Menschen töten zu müssen, entsetzte sie, aber sie hatte keine andere Wahl, als bei ihrer Entscheidung zu bleiben. Die Alternative war die, nichts zu tun und Lucas sterben zu lassen.

»Du wirst gar nicht bis zu ihm durchkommen. Vorher bringen sie dich um. Sie werden dich jagen, dich vergewaltigen und dich töten.« Schon allein Ruths freimütige Ausdrucksweise war Grund genug zur Panik. Einen Moment lang wurde Shelby von Zweifeln ergriffen, aber dann wusste sie, was sie zu tun hatte.

»Komm mit, Ruth. Komm mit nach oben. Du musst mir helfen.« Sie nahm ihre Schwägerin bei der Hand und zog sie die Stufen hinauf.

»Was führst du im Schilde?« Das Misstrauen in Ruths Stimme war nicht zu überhören und ließ darauf schließen, dass sie Shelby mittlerweile gut genug kannte, um berechtigte Befürchtungen zu hegen.

»Hier.« Im Schlafzimmer holte Shelby ihren Nähkorb, der neben dem Kamin stand, und nahm die große Schere heraus. »Hilf mir, meine Haare zu schneiden.«

»Nein!« Ruth wich entsetzt zurück und schlug die Hände über dem Kopf zusammen.

»Ja, du hast Recht, für eine Frau allein ist dieser Ritt zu gefährlich. Manche Männer würden es sich zwar als Ehre anrechnen, mich wie eine Lady zu behandeln, aber es gibt zu viele andere Männer, die ihren Vorteil daraus ziehen würden, dass eine Frau sich allein auf ein so abenteuerliches Unterfangen einlässt. Sie würden mich auf jeden Fall für eine Hure halten. Oder zumindest für nicht ganz richtig im Kopf.«

»Du bist auch nicht mehr ganz richtig im Kopf!«

Shelby ignorierte diese Bemerkung und fuhr fort: »Aber als Junge kann ich mich unerkannt bewegen. Als Junge könnte ich mit einer Waffe drohen und müsste nicht einmal schießen, um jemanden zu überzeugen, dass ich fest entschlossen bin, tatsächlich abzudrücken. Ich bin klein und mager, aber als Junge würde ich drahtig und zäh wirken. In der Verkleidung könnte ich durchkommen.«

Zweifel sprach immer noch aus Ruths Blick, aber wenigstens klang ihre Stimme weniger schrill, als sie sagte: »Bitte, bleib hier.«

»Ich muss gehen.«

»Du wirst Lucas nicht überreden können, heimzukommen. Er hat eine Verpflichtung der Armee und auch seinem Land gegenüber.«

»Er wird kommen.«

»Nein, wird er nicht. Es ist seine Pflicht, dort zu bleiben und zu kämpfen. Er wird nicht desertieren. Das liegt nicht in seiner Art.«

Shelby sah Ruth fest in die Augen. »Es ist seine Pflicht, seine Familie zu beschützen. Er hat uns hier allein zurückgelassen, aber jetzt brauchen wir ihn. Wir brauchen ihn viel mehr als die Armee. Für sie ist er nur einer unter vielen tausend anderen Soldaten, die in einer Schlacht sterben werden. Aber für uns ist er alles. *Alles,* Ruth.« Sie drückte ihrer Schwägerin die Schere in die Hand. »Jetzt komm und hilf mir, das Leben meines Mannes zu retten. Lass nicht zu, dass ich denselben Kummer erleiden muss wie du.«

Tränen traten in Ruth' Augen. Lange sah sie Shelby an und dachte nach. Als sie blinzelte, lösten sich die Tränen und rollten rechts und links über ihre Wangen. Schließlich holte sie tief Luft und umfasste fest die Schere. »Dreh dich um.«

Von allen Nadeln und Klammern befreit, fiel Shelbys Haar fast bis auf ihre Hüften. Ruth schnitt sorgfältig ihre goldenen Locken ab, die in einem Haufen zu Boden sanken. Dann stutzte sie die restlichen Haare ebenso sauber bis auf Kragenhöhe, wie sie Lucas' Haare für seine Sitzung beim Fotografen geschnitten hatte. Ihr Kopf fühlte sich ganz leicht an, und Shelby schüttelte ihn. Keine langen Haare mehr. Es war fast drei Jahre her, seit sie sie so kurz getragen hatte.

»Sehr gut.« Dann begann sie aus ihren Röcken zu schlüpfen. »Nimm den Kattunstoff dort und schneide ihn in Streifen, ungefähr so breit.« Sie hielt zwei Finger zwanzig, fünfundzwanzig Zentimeter auseinander. »Aber lang genug, dass ich die Streifen um mich herumwickeln kann.« Während sie das sagte, zog sie sich nackt aus und ging zu Lucas' Schrank, um ein Paar seiner alten Unterhosen herauszuholen. Sie waren schrecklich groß, als sie sie an ihren Körper hielt. Da sie aber von einem Durchziehband zusammengehalten wurden, würden sie wenigstens nicht hinunterrutschen.

Die Wollhosen waren das nächste Problem. Als Shelby sie über die Unterhosen zog, stellte sie fest, dass sie ungefähr in Wadenhöhe auf die Hosenbeine trat. Ruth bückte sich und schnitt die Hosenbeine in Höhe von Shelbys Knöcheln ab. Die Hosen waren ihr zwar immer noch zu groß und auch ein wenig zu lang, aber sie konnte sich jetzt gut darin bewegen. Und dass sie so extrem weit waren, hatte immerhin den Vorteil, dass sie bei ihrer Trägerin das Fehlen männlicher Geschlechtsmerkmale vertuschten. So würde sie sich keine zusammengerollten Socken in die Unterhose stopfen müssen.

»Gut. Und jetzt hilf mir mit diesen Streifen.« So flach sie konnte, presste Shelby ihre Brüste mit den Kattunstreifen an ihren Oberkörper. Es gelang ihr ziemlich gut, fast ihre ganze Oberweite verschwinden zu lassen. Vor Matthew wäre sie vielleicht auch ohne Umwickeln als Junge durchgegangen, aber mittlerweile ließ sich ihr Busen nicht einmal mehr in einem lockeren Hemd verbergen. Über die Stoffstreifen zog sie ein Unterhemd an, darüber das rote Kattunhemd von Lucas, das sie in die Hose stopfte und dessen Ärmel sie hochkrempelte. Auch das Hemd war ihr viel zu groß, aber in diesen Zeiten trug niemand neuwertige Kleidung, vor allem kein halbwüchsiger Junge. Shelby trat vor den Spiegel und stellte fest, dass sie aussah wie ein Junge, der noch nicht einmal alt genug zum Kämpfen war und die abgelegten Kleider seines Vaters trug. Ein völlig harmloser, unscheinbarer Bursche.

»Was ist mit Schuhen? Amos' Stiefel werden dir nicht passen, und auch nicht die von Clyde oder Vater.«

»Ich werde barfuß gehen.«

»O Mary Beth …« Über viele Dinge konnte Ruth hinwegsehen, aber nicht darüber, dass ein Mitglied ihrer Familie ohne Schuhe herumlief.

»Ich kann nichts daran ändern. Es gibt keine Männerstiefel, aus denen ich nicht herausschlüpfen würde. Ich muss barfuß laufen.«

»Mary Beth …«

»Es ist noch warm genug. Und ich werde mich daran gewöhnen.« Wie lange das allerdings dauern würde, wusste sie nicht zu sagen. Aber ihr blieb nichts anderes übrig. Sie besaßen nun mal keine Männerstiefel, die ihr gepasst hätten.

Es war Zeit, dass sie aufbrach – jetzt oder nie. Shelby ging zu Matthew, der in seinem Bettchen lag und noch keine neunzehn Monate alt war. Ihr zerriss es fast das Herz, und einen unbesonnenen Moment lang überlegte sie, ihn mitzunehmen. Ihn auch nur eine Nacht allein zu lassen, wäre zuvor nie im Leben für sie in Frage gekommen, aber jetzt würde sie gleich viele Wochen von zu Hause fort sein. Vielleicht würde sie überhaupt nicht mehr zurückkommen. Shelby hob den Jungen hoch und drückte ihn an sich. Sie atmete den süßen Duft seines Babyhaares ein und flüsterte ihm ins Ohr, dass er brav zu Tante Ruth sein solle. Ruth schien völlig überwältigt von dem, was vor ihren Augen geschah.

»Ich werde zurückkommen, Matthew«, flüsterte Shelby ihrem Sohn zu. »Und ich werde deinen Vater nach Hause holen, und wenn ich ihn dazu an Händen und Füßen fesseln muss.« Dann legte sie das Kind seiner Tante in den Arm, die es küsste und an sich drückte, als wollte sie es vor dem wahnsinnigen Vorhaben seiner Mutter schützen.

Shelby lief rasch nach unten, gefolgt von Ruth, warf sich das Bündel über die Schulter und trug die Satteltaschen hinaus in den Stall. Ruth begleitete sie. Von Dad Brosnahan würde sie sich nicht verabschieden, da er nur versuchen würde, sie zum Bleiben zu bewegen. Und er würde sich Vorwürfe machen, dass alles nur seine Schuld sei, weil er versagt habe. So war es besser. Im Stall sattelte sie die Stute, legte ihr das Zaumzeug an und stieg auf.

Ruth, die sich endlich damit abgefunden hatte, dass ihre Schwägerin fort ging, gab ihr letzte Ratschläge mit auf den Weg. »Überquer den Fluss bei Station Camp. Dort ist die Furt gut passierbar, und du gelangst am schnellsten auf freundliches Territorium. Aber halte dich von Brücken fern, wenn du kannst, denn die werden alle bewacht. Bleib generell so unsichtbar wie möglich. Bist du sicher, dass du den Weg weißt?«

»Richtung Chattanooga, dann nach rechts, immer dem Chickamauga Creek entlang, bis ich Gewehrfeuer höre. Das ist doch einfach.« Was sie Ruth nicht sagte, war, dass bis dahin die Strecke nach Chattanooga nur so wimmeln würde vor Yankees.

»Mary Beth, willst du nicht doch lieber hier bleiben?«

»Ruth, wenn ich jetzt nicht gehe und Lucas nicht nach Hause hole, werde ich mir für den Rest meines Lebens Vorwürfe machen.«

Ruth seufzte und nickte. »Dann möge Gott dich beschützen. Und komm gesund wieder heim – wenn es sein muss, mit Lucas an dieses Pferd gefesselt.«

Shelby lächelte und drückte ihre Fersen in die Flanken des Pferdes.

18

Jason beobachtete das Gesicht von Mary Beth, als sie sich dem Wagen in der Auffahrt näherte. »Gehört dieses Ding Ihnen?« Ihre Augen weiteten sich vor Ehrfurcht.

»Ja, mir ganz allein.« Er öffnete ihr die Tür, und sie glitt auf den Ledersitz seines Geländewagens. »Und der Bank.« Als er den Sicherheitsgurt um sie legte und einschnappen ließ, rümpfte sie die Nase und hielt sich die Hand vor Mund und Nase.

»Oh, das ist aber ein strenger Geruch. Irgendwie scharf.« Ihr Ton ließ keinen Zweifel daran, dass er ihr missfiel.

Jason kam auf die andere Seite, nahm hinter dem Steuer Platz, machte den Motor an und legte den Gang ein. »Alle neuen Autos riechen so. Der Wagen hier ist erst fünf Monate alt. Manche Leute kaufen sich Luftverbesserer, damit ihre Autos so riechen.«

Mary Beth erwiderte nichts, sondern runzelte nur zweifelnd die Stirn. Dann setzte sich der Wagen in Bewegung, und der Zweifel wich blanker Angst. Ihr Gesicht wurde blass, und Jason sah ihr an, wie viel Mühe es sie kostete, in diesem schnellen, pferdelosen Fuhrwerk Haltung zu bewahren. Dabei fuhren sie gar nicht schnell. Aber auch Jason hatte Probleme mit der rutschigen Straße, die nach dem erneuten Schneefall von einer Eisschicht überzogen war.

Shelbys Wohnung lag nicht weit entfernt, eigentlich nur auf der anderen Seite der Bahngleise. Der ganze Gebäudekomplex war groß und neu und bestand aus identisch gebauten, mit grauen Schindeln verkleideten Blocks, verwinkelt und mit vielen kleinen Erkern, die in diesen Wohnkasernen den Eindruck von Heimeligkeit und Privatsphäre erzeugen sollten. Jason hielt vor Shelbys Apartmenthaus und sprang aus dem Wagen. Er war schon fast an der Haustür, als er feststellte, dass ihm niemand folgte. Er drehte sich um und sah Mary Beth immer noch im Auto sitzen.

»O ja.« Rasch kehrte er um, um ihr die Tür aufzuhalten und sich für seinen Mangel an guten Manieren zu entschuldigen. Sie würdigte ihn keiner Antwort, als sie ausstieg, auf den vereisten Gehweg trat und sich umsah.

Ihr Gesicht war so blass, dass es schon fast grün wirkte. Jason fasste sie am Ellbogen, um sie zu halten. Er spürte, dass sie zitterte.

»Der Wagen fährt ziemlich schnell«, gab er zu.

Sie nickte nur.

»Aber er ist sicher. Normalerweise wenigstens. Unfälle passieren, aber nicht so häufig, wie du vielleicht denken magst.«

»Ich verlasse mich auf Ihr Wort.« Ihre Stimme zitterte so stark wie ihr Arm.

»Hier lang«, sagte er. »Hast du die Schlüssel?«

Aber sie hörte ihm nicht zu. Ihre Aufmerksamkeit wurde von einer Gruppe Keramikfiguren gefesselt, einer Stinktierfamilie, die um einen winzigen Schneemann platziert war. Der Anblick entlockte ihr ein Lächeln, und Jason stellte fest, dass er sie den ganzen Tag noch nicht hatte lächeln sehen. Das gefiel ihm und hellte auch seine Stimmung etwas auf.

»Mary Beth. Die Schlüssel.«

Erschrocken erwachte sie aus ihrer Träumerei. »Meine Schlüssel?«

»In der Tasche. Sie sind wahrscheinlich in deiner Jackentasche. Shelby kam nur auf einen kurzen Besuch und hatte keine Handtasche bei sich, also müssen sie entweder in der Tasche deiner Jacke oder in deiner Hosentasche sein.«

Mary Beth steckte die Hand in die Jackentasche und brachte einen Schlüsselbund zum Vorschein, den sie Jason gab. Er nahm ihn und suchte den Haustürschlüssel.

Jason war bisher nur ein einziges Mal in Shelbys Wohnung gewesen, als er sie zu ihrer Verabredung abgeholt hatte. Als er jetzt das Licht einschaltete, stellte er überrascht fest, dass sie seitdem mit dem Auspacken noch nicht viel weiter gekommen war. Überall im Wohnzimmer standen noch Umzugskartons herum, CDs stapelten sich hier und dort, und die Möbel waren einfach irgendwo hingestellt, ohne Plan und Überlegung.

»Du meine Güte!« Mary Beth schien entsetzt.

»Sie hat versucht mich zu überreden, ihr mein Haus zu verkaufen, also vermute ich, dass sie immer noch gehofft hat, dort bald einzuziehen.«

»Wie kann man nur so leben?«

Er zuckte mit den Schultern. »Keine Ahnung. Ich habe mein ganzes Leben im selben Haus verbracht. Bis auf die Zeit im College habe ich nie woanders gelebt. Ich kann also nicht sagen, wie es ist, wenn man aus Pappkartons leben muss.«

Mary Beth streckte die Hand nach einem Karton aus und berührte ihn. »Das ist kein Holz.«

»Das ist Pappe.« Jason steckte die Hände in die Hosentaschen, als wüsste er nicht so recht, wohin damit.

»Das ist aber dick.«

»Ja, es ist innen gerippt.« Er hob den Deckel an einer Ecke an und zeigte ihr die gerippte Innenseite des Kartons. »Das Material ist billiger, leichter und fast genauso haltbar wie Holz. Und weniger empfindlich. Außerdem splittert es nicht.«

Sie gab ein leises anerkennendes Schnalzen von sich und spähte in den Umzugskarton. »Bücher.«

Jason steckte seine Hände wieder in die Hosentaschen. »Shelby ist verrückt nach Büchern. Sie ist Lektorin.«

Mary Beth sah ihn fragend an. »Lektorin? Sie arbeitet?«

»Sie muss. Irgendjemand muss schließlich ihre Rechungen bezahlen.«

»Sie arbeitet als Lektorin? Von Büchern?«

»Ja. In erster Linie von Geschichtsbüchern und historischen Romanen, die im Süden spielen. Ich glaube, das macht sie richtig gut. Sie hat mir auch ein paar Freiexemplare geschenkt.« Als sie nicht zu verstehen schien, erklärte er: »Gratisbücher.«

Mary Beth nickte, nahm ein Buch aus dem Karton und schlug es auf. Ihre Augen weiteten sich vor Staunen. »Das ist ja wunderschön. Das ist das schönste Buch, das ich je gesehen habe.« Jason spähte ihr über die Schulter und sah, dass es ein Kochbuch mit Rezepten aus den Südstaaten war. Sie nahm das nächste Buch heraus, dieses Mal einen Bildband mit Landschaftsaufnahmen aus dem Süden. Beim Durchblättern strich sie mit dem Finger behutsam über die farbenprächtigen Fotos herbstlicher Bäume und nebelverhangener Berge. »O Gott, ist das schön«, stieß sie hervor.

»Ja, Shelby versteht ihr Handwerk.«

Ehrfürchtig senkte Mary Beth die Stimme. »Ein Buch zu schreiben war für mich immer das Größte, was ein Mann oder eine Frau zu Wege bringen kann. Ich selbst schreibe oft in meinem Tagebuch. Ich habe immer davon geträumt, einmal ein Buch zu schreiben, das von anderen gelesen wird.«

»Und ich dachte immer, für die Frauen in deiner Epoche war es das Höchste, Mutter zu sein.«

Sie warf ihm kurz einen unergründlich schrägen Blick zu, ehe sie ihre Aufmerksamkeit wieder dem Buch zuwandte und entgegnete: »Mutter zu sein ist eine heilige Pflicht. Aber ein Buch zu schreiben …« Sie seufzte. »Die Vorstellung, dass die eigenen Worte gelesen und geschätzt werden, dass sie noch Generationen später Gültigkeit besitzen, das wäre für mich das Größte. Diese Shelby … sie trägt Hosen und hört auf einen Männernamen. Sind Sie sicher, dass sie in Wirklichkeit kein Mann ist?«

Jason schnaubte. »Ja, ziemlich sicher. Du kannst das gern selbst überprüfen, wenn du möchtest. Das Badezimmer ist dort drüben.« Er deutete in die Richtung.

»Badezimmer? Ein ganzes Zimmer nur zum Baden?«

»Klar«, erwiderte er achselzuckend. »Badewanne, Toilette, Waschbecken, alle Annehmlichkeiten. Hier lang.«

Die Bücher wanderten in den Karton zurück, und Jason folgte Mary Beth ins Bad. Da es viel kleiner als das Wohnzimmer war, hatte Shelby offensichtlich mehr auf Ordnung geachtet. Hier lag nicht ein einziger Karton herum. Alles war aus weißem Porzellan oder Plastik, und an den weißen Handtuchständern hingen dunkelblaue Frottiertücher. In dem Raum roch es stark nach einem Shampoo mit Blütenduft, und das erinnerte Jason an die Fahrt nach Nashville zusammen mit Shelby.

»Ein Parfüm«, bemerkte Mary Beth.

»Ein Shampoo, Haarseife. Die Flasche dort am Badewannenrand.« Er deutete auf eine perlweiße Flasche.

»Badewanne.«

»Ja. Wenn du an dem Knauf da drehst, kommt Wasser raus.«

Sie probierte es aus. »Da drin ist eine Pumpe.«

»Äh ... ja, könnte man sagen. Sie arbeitet mit Wasserdruck. Wenn du an dem Knauf drehst, löst sich der Druck. Und wenn du das da herausziehst, wird der Abfluss verriegelt, damit die Wanne voll läuft.« Er streckte die Hand aus, um es ihr zu zeigen.

»Guter Gott.« Sie deutete auf die Toilette. »Was ist das für ein Kasten? So etwas habe ich ja noch nie gesehen. Füllt man dort Wasser aus der Wanne hinein?«

»Nein, das wird über eigene Rohrleitungen versorgt.«

»Und wie funktioniert das?«

»Wenn man an dem Griff dreht, wird gespült.« Auch das führte er ihr vor.

»Großartig!« Als sie sich zu ihm umdrehte, erhaschte sie einen Blick auf ihr Spiegelbild. »Oh!« Einen Moment lang starrte sie sich an und machte dann zögernd einen Schritt darauf zu. »Bin ich das?«

»Ja.«

Sie beugte sich über das Waschbecken, um sich besser sehen zu können. »Ich bin wirklich kein Mann«, bemerkte Mary Beth und fasste sich kurz an die Brust.

»Auf den Gedanken wäre ich nie gekommen.«

»Aber groß bin ich.«

»Fast so groß wie ich, und ich bin über einen Meter achtzig.«

»Und ich habe keine Haare am Kopf.«

»Die wachsen wieder.«

Als sie den Kopf wandte, um sich im Profil zu betrachten, machte sie ein besorgtes Gesicht. »Und ich hatte früher so schönes Haar.«

Ohne zu überlegen, strich Jason über die Spitzen ihres burschikosen Haarschnitts. »Das hast du immer noch.« Aber sofort zog er hastig seine Hand zurück und eilte mit den Worten aus dem Bad: »Ich warte draußen auf dich.«

»Vielen Dank.« Die Tür schloss sich hinter ihm, und er blieb in der Diele stehen. Kopfschüttelnd fragte er sich, was heute nur in ihn gefahren war. Bei Shelby hatte er sich nie so benommen. Mary Beth brachte ihn auf Gedanken, die ihn mehr als erstaunten. Aus dem Badezimmer drangen raschelnde Geräusche nach draußen, die darauf schließen ließen, dass sie die Toilette benutzte. Jason ging ins Wohnzimmer, damit sie sich nicht belauscht fühlte. Er wunderte sich, warum sie bei ihm zu Hause nicht darum gebeten hatte, auf die Toilette zu gehen, da sie offensichtlich schon seit geraumer Zeit dringend musste.

Ein plätscherndes Geräusch zeigte ihm, dass sie die Wasserhähne am Waschbecken ausprobierte, und ein paar Sekunden später stand sie neben ihm im Wohnzimmer. Ihr Gesicht war noch matter als zuvor und von fast durchsichtigem Weiß.

»Willst du die Küche sehen?«

Sie schüttelte den Kopf. »Mehr von diesen fremdartigen Dingen halte ich nicht mehr aus, da bin ich sicher. Ganz sicher …« Ihr ohnehin schon blasses Gesicht wurde noch bleicher, und ihre Beine versagten ihren Dienst. Jason konnte sie gerade noch auffangen, ehe sie zu Boden glitt. Er half ihr zu einem Sessel, wo sie einen Moment dasaß und sich die Schläfen rieb, ehe sie sagte: »Was soll ich nur tun?«

»Jetzt oder auf lange Sicht?«

Ihre Unterlippe bebte, und sie presste ihre Finger darauf. »Hier kann ich doch nicht bleiben. Ich muss einen Weg nach Hause finden.«

»Ich weiß auch keine Lösung für dein Problem, Mary Beth. Ich kann mir nicht vorstellen, wie du hierher gekommen bist, geschweige denn, wie du wieder nach Hause kommen sollst.«

»Diese Wohnung ist so fremd für mich, so ungewohnt. Jason, Sie werden jetzt gehen, und dann bin ich allein. Ich bin noch nie zuvor in meinem Leben allein gewesen. Noch nie. Zu Hause haben wir Dienstboten, und ich habe das Haus noch nie ohne Begleitung verlassen.« Mutlos sah sie sich in dem Zimmer um. »Und alle Menschen, die ich kenne, sind schon seit unendlich langer Zeit tot. Außerdem riecht es in dieser Wohnung merkwürdig. Und es gibt kein offenes Feuer. Alles scheint so tot. Kalt. Ich will ...« Sie verzog das Gesicht zu einer kummervollen Grimasse. »Ich will zu meiner Mutter. Ich will ... Ich kann nicht ...« Mary Beth schlug die Hände vors Gesicht und brach in Tränen aus.

Jason bückte sich, legte einen Arm um ihre Schultern und ließ sie weinen. Sie schluchzte in seinen Ärmel und klammerte sich an das schwere Leder der Jacke, als hätte sie Angst, ihn jemals wieder loszulassen. Als seine Beine zu schmerzen begannen, ging Jason in die Hocke und legte seinen zweiten Arm um sie. Jetzt ließ Mary Beth ihren Tränen erst recht freien Lauf. Ein Hauch von Blütenshampoo wehte Jason in die Nase, und er musste an sich halten, sein Gesicht nicht in ihre Haare zu drücken.

Ohne großen Erfolg wehrte er sich gegen das Gefühl der Freude, das in ihm darüber hochstieg, dass diese Frau ihn offensichtlich brauchte. Der Drang, sie zu küssen, wurde fast übermächtig.

»Es wird alles wieder in Ordnung kommen«, murmelte er. »Deine Eltern hatten wahrscheinlich ein langes und glückliches Leben.«

Mary Beth setzte sich in den Sessel zurück und fasste sich an ihr tränennasses Gesicht. Jason reichte ihr das Taschentuch aus seiner Jackentasche.

»Danke.«

Er stand auf und sah sich suchend um. Mary Beth schien ihm nicht stabil genug, als dass er sie allein lassen konnte, und das Sofa machte einen recht bequemen Eindruck. »Soll ich bei dir bleiben?«

Sie runzelte die Stirn. »Wie bitte?«

»Ich kann dort auf dem Sofa schlafen.« Er deutete darauf. »Wenigstens heute Nacht brauchst du nicht allein zu sein.«

Sie blinzelte hektisch, schien sein Angebot aber immerhin nicht als beleidigend zu empfinden. »Mein guter Ruf …«

»Dein guter Ruf wird keinen Schaden nehmen. Außerdem achtet kein Mensch mehr auf solche Dinge. Ich könnte in deinem Bett schlafen, und keinen würde es kümmern.«

»Sie werden nicht in meinem Bett …«

»Nein, nein. Ich bleibe auf dem Sofa. Außerdem war das nur ein Beispiel. Du musst heute Nacht wirklich nicht allein bleiben, wenn du nicht möchtest. Aber wenn du willst, dann fahre ich schnurstracks zu mir nach Hause zurück. Es liegt ganz bei dir.«

Mary Beth dachte lange über sein Angebot nach, und in der Zeit kehrte ein wenig Farbe in ihr Gesicht zurück. Schließlich sagte sie: »Und keiner wird schlecht von uns denken?«

»Nein. Jedenfalls nicht sehr schlecht. Sicher gibt es Leute, die solche Dinge noch ziemlich engstirnig sehen, aber den meisten ist so etwas egal. Wen kennst du denn schon in diesem Jahrhundert, dem diese Mary Beth Campbell so wichtig ist?« Als Antwort brach sie erneut in Tränen aus und schlug die Hand vor den Mund. Wie unsensibel von ihm. »Äh ... ich meine ...« Mist, was meinte er eigentlich? »Ich meine, jeder hier hält dich doch für Shelby. Also wird alles, was du tust, auf sie zurückfallen und nicht auf dich.«

Dicke Tränen kullerten über ihre Wangen. Es brach ihm fast das Herz, als sie ihn aus verzweifelten Augen ansah.

»Weißt du was, Mary Beth? Du bleibst jetzt hier sitzen, und ich gehe in die Küche und schau mal, was ich Essbares finde. Dann drehe ich die Heizung an, und vielleicht wird es hier etwas gemütlicher. Wir essen in Ruhe, du nimmst ein schönes heißes Bad, und danach entscheidest du, ob ich bleiben soll oder nicht. Was hältst du davon?«

Sie nickte nur, immer noch zu bewegt zum Sprechen.

»Schön.« Jason zog seine Lederjacke aus, wischte den tränenverschmierten Ärmel trocken und hängte die Jacke an den Garderobenständer im Gang. Nachdem er den Heizungsthermostaten ein paar Grad höher gestellt hatte, ging er in die Küche und sah sich dort um.

Shelby mochte vielleicht etwas nachlässig beim Auspacken der Kartons gewesen sein, aber ihre Küche war tipptopp in Schuss. Doch leider hatte sie einen Elektroherd. Er hasste diese Dinger. Er musste eine Weile in den Schränken und im Kühlschrank suchen, bis er mit einer Pfanne, Holzschaber, Schüssel, Gabel, Butter, Eiern, Brot, Pilzen, Käse und Frühlingszwiebeln fündig wurde. Er lächelte. Omeletts waren seine Spezialität. Jason war gerade dabei, die Eier in die Schüssel zu schlagen, als er bemerkte, dass Mary Beth an der Tür stand und ihn beobachtete.

»Komm rein und setz dich zu mir.« Er deutete auf den hellen Eichentisch in der Ecke, wo man vom Fenster aus auf die verschneite Straße schauen konnte. Hin und wieder fuhr langsam ein Wagen vorbei, dessen Reifen auf dem matschigen Belag ein knirschendes Geräusch von sich gaben. Mary Beth setzte sich so, dass sie Jason zusehen konnte, und spielte nervös mit dem Tischset aus geflochtenem Bast.

»Sind Sie Koch?« Ihr Gesicht wirkte wieder etwas lebhafter, und sie hörte sich auch weniger verängstigt an. »Oder waren Sie das mal?«

Er schüttelte den Kopf, während er die Eier mit der Gabel verquirlte. »Nein. Ich kann deswegen kochen, weil ich dreißig Jahre alt bin, seit drei Jahren allein lebe und es satt habe, mich ausschließlich von Fast Food zu ernähren.«

»Wovon?«

Jason überlegte einen Moment, ehe er erklärte: »Von Essen in Restaurants. Es gibt Lokale, da kommen so viele Menschen zum Essen hin, dass sie die Mahlzeiten vorkochen und einpacken, sodass man sie an der Kasse nur noch bezahlen muss und an einen Tisch zum Essen mitnehmen kann.«

»Ich kann mir nicht vorstellen, dass das gut schmeckt.«

»Tut es auch nicht. Und deswegen hängt der Fraß mir zum Hals heraus.« Er hatte mittlerweile angefangen die

Champignons und Frühlingszwiebeln klein zu schneiden. Mary Beth beobachtete ihn schweigend, und ihr Gesichtsausdruck war so verschieden von dem Shelbys, dass Jason sich wunderte, wie er sie jemals mit ihr hatte verwechseln können. Sie strahlte eine Ruhe aus, die er an Shelby nie gekannt hatte. Sie hätten den ganzen Abend schweigend miteinander verbringen können, ohne dass es peinlich gewesen wäre. Ihm gefiel ihre zurückhaltende Art. Wortlos sah sie ihm zu, wie er kochte und anschließend die fertigen Omeletts servierte.

»Das schmeckt köstlich.«

»Danke.« Er hatte bereits vor vielen Jahren entdeckt, dass seine Omeletts der schnellste Weg zum Herzen einer Frau waren. Heute Abend hoffte er, dass dies auch auf Mary Beth zutreffen würde.

Gemeinsam räumten sie hinterher die Küche auf, dann ließ Jason ein Bad für sie ein und zeigte ihr, wie sie die Wassertemperatur regulieren konnte. Während sie badete, zog er sich ins Wohnzimmer zurück und griff nach einem der Bücher, die überall herumlagen. Seine Gedanken schweiften jedoch ab, und er stellte sich vor, wie die Zukunft für Mary Beth aussehen würde, in der sie von nun an leben müsste. Dabei wurde ihm klar, welche Ängste es in ihr auslösen musste, ohne die mittlerweile erforderlichen Fähigkeiten und ohne Familie, die sie im Notfall unterstützen konnte, in einer fremden Epoche und an einem ihr fremden Ort zu leben.

Lautes Rumoren drang aus dem Bad an sein Ohr, und es schien ewig zu dauern, bis Mary Beth mit allem zurechtkam. Aber schließlich kehrte sie ins Wohnzimmer zurück, und Jason klappte das Buch auf seinem Schoß zu. Fragend sah er sie an. Sie trug einen Schlafanzug aus Flanellstoff und darüber einen dicken Frottierbademantel, den sie vor der Brust so krampfhaft zusammenhielt, dass ihre Fingerknöchel weiß hervortraten.

»Wenn es Ihnen … äh … ich meine, wenn es dir recht wäre, Jason, dann hätte ich es gern, wenn du bleibst.« Hastig fügte sie hinzu: »Auf dem Sofa.«

Er nickte, als wollte er sagen: Selbstverständlich.

»Ich habe im Badezimmer in einem Schrank ein paar Decken und Laken gefunden. Vielleicht kann man damit das Sofa herrichten.«

»Danke.«

»Sie liegen da drinnen.«

»In Ordnung.«

Sie zögerte lange, als wüsste sie nicht, wie sie weitermachen sollte. Jason wartete ab. Schließlich sagte sie: »Gute Nacht.«

»Gute Nacht. Wir sehen uns morgen früh. Und ich bin hier, falls du mich aus irgendeinem Grund brauchen solltest.« Er biss sich auf die Lippe, als ihm auffiel, dass dies als plumpe Anmache missverstanden werden konnte. Aber offensichtlich hatte sie das nicht gemerkt, denn sie nickte nur, ehe sie im Schlafzimmer verschwand.

Jason stand auf und räumte das Buch fort. Dann ging er ins Bad und duschte. Er wäre gern zu sich nach Hause gefahren, um frische Wäsche zu holen, aber er wollte Mary Beth nicht allein lassen. Also schlüpfte er wieder in sein Hemd. Als er auf dem Weg zurück ins Wohnzimmer an der Schlafzimmertür vorbeikam, fiel ihm etwas ein. Er klopfte. »Mary Beth?«

»Ja?« Sie war noch nicht eingeschlafen, und er fragte sich, ob sie in dieser Nacht überhaupt Schlaf finden würde.

»Mir ist da etwas eingefallen. Ich habe bei mir zu Hause einige Dinge, die uns vielleicht ein paar Fragen beantworten können. Vielleicht kommen wir ja dahinter, ob der gute Lucas Robert dich oder doch eine andere geheiratet hat.«

Auf der anderen Seite der Tür herrschte Schweigen. Gerade als Jason dies als Ablehnung interpretieren wollte, erwiderte sie: »Ja, danke, Jason.«

Mit der Bettwäsche unter dem Arm kehrte er ins Wohnzimmer zurück und breitete sie auf dem Sofa aus. Dann schlüpfte er unter die Decke und malte sich aus, was sie wohl morgen alles herausfinden würden. Und er überlegte auch, in welche Richtungen sich seine Hoffnungen dabei bewegten.

19

Ein Zweig knackte im dichten Wald, und die Stute schnaubte erregt. Shelbys Hand fuhr zu der geladenen Waffe neben sich. Sie verharrte reglos. Das Feuer brannte nur noch schwach, da sie mit dem Schein keine Fremden oder Insekten anlocken wollte. Ihr karges Abendessen hatte aus einer Hand voll rohem Grünzeug und einem kleinen Fisch bestanden. Eine Stunde hatte sie gebraucht, um ihn gerade noch vor Sonnenuntergang zu fangen. Ihr war kalt, und alles war klamm an ihr, und sie war froh über das trockene Stück Waldboden und die Decke, in die sie sich einwickeln konnte. Nach diesem langen und öden Tag wäre ein wohltuender Schlaf eine willkommene Abwechslung gewesen, aber jetzt lag sie hellwach da und spähte in die Dunkelheit der Berge in der Nähe von Monteagle.

Darauf geeicht, auf jedes Geräusch und auf jeden Schatten zu achten, spürte Shelby in der Stille, die sich plötzlich über den Wald legte, die Gegenwart eines Menschen. Auch das Pferd zeigte durch sein Verhalten eindeutig, aus welcher Richtung die Gefahr kam, und zerrte an dem Strick, mit dem es festgebunden war. Shelby starrte in die Bäume und entdeckte den Umriss eines Mannes, der ebenso reglos verharrte wie sie.

Sie zog den Revolver und legte auf die dunkle Gestalt an. Ihr Daumen spannte den Hahn. Das Klicken durchdrang die Stille. Nichts regte sich.

Nach einer Weile sagte sie mit der tiefsten Stimme, die ihr zur Verfügung stand: »Wer da?«

Ein kurzes Zögern, dann verschmolz der Schatten wieder mit dem Wald dahinter. Das kaum wahrnehmbare Geräusch raschelnder Blätter und leiser Schritte auf lehmigem Boden begleitete den Rückzug des Eindringlings. Dann herrschte erneut Stille.

»Mist.«

Rasch packte Shelby leise ihr Bündel und sattelte das Pferd, immer noch mit einem Ohr bei dem Eindringling. Heute Nacht war ihr kein Schlaf vergönnt, denn sie wäre eine Närrin, würde sie an diesem Ort bleiben, an dem sie gesehen worden war. Sie wusste nicht, wer sich dort in der Dunkelheit herumgetrieben hatte, und es war ihr auch egal. Sie wusste nur, dass es ein Fremder gewesen war, und in diesem Teil des Landes auf die guten Absichten von Fremden zu vertrauen, zeugte von Naivität. Es war deshalb an der Zeit, weiterzuziehen, und zwar schnell. Sie konnte nur hoffen, dass der Mann zu Fuß unterwegs war.

Den Rest der Nacht verbrachte sie auf dem Rücken ihrer Stute. Erst als es bereits dämmerte, hielt sie an. Dann legte sie sich kurz zum Schlafen hin, ehe sie auf der Suche nach einem Frühstück weiterritt, Richtung Süden und Osten. Sie orientierte sich stets in dieser Richtung und folgte ungefähr dem Verlauf der Straße nach Chattanooga.

Shelby war jetzt eineinhalb Wochen von zu Hause fort. Obwohl sie sich immer noch auf konföderiertem Gebiet befand, war das Risiko hoch, da man sich auf die Loyalität seiner Mitmenschen nie verlassen konnte, ganz gleich, wer an der Macht war. Doch zumindest für den Augenblick war die Gefahr gering, dass sie einem Lincoln-Anhänger in blauer Uniform über den Weg lief. Erst wenn sie näher an Chattanooga herankäme, würde sie die ersten Männer in Yankee-Blau sehen. Viele Männer. Und so war die erste Woche ihres Abenteuers ziemlich ereignislos verlaufen.

Die Landschaft von Tennessee südöstlich von Nashville bestand aus sanft gewelltem, mit Bäumen bewachsenem Hügelland, das hin und wieder ein dichter Wald bedeckte. Die Straße nach Chattanooga verlief schnurgerade. In dem ihr überwiegend freundlich gesinnten Gebiet bestand Shelbys größtes Problem darin, genügend Essbares für sich und ihr Pferd zu finden. Jede Nacht ging erneut die Suche nach einem geeigneten Dickicht los, in dem sie ihr Lager aufschlug, und jeden Tag musste sie aufs Neue eine Weide für ihr Pferd und eine Farm oder eine kleinere Ortschaft ausfindig machen, um dort ihre Vorräte zu ergänzen. Obwohl sie Menschen mied, so gut es ging, musste sie essen und trinken, und so war sie wenigstens alle paar Tage gezwungen, mit der heimischen Bevölkerung in Kontakt zu treten. Doch so manche Tage rollte sie sich hungrig in ihre Decke, und dünn, wie sie war, hatte sie kaum Fettpolster als Reserve. Sie magerte noch weiter ab, und bald war ein lästiges Nagen in ihrem Magen ihr ständiger Begleiter.

In der zweiten Woche konnte sie an nichts anderes mehr als ans Essen denken. Oft schlug sie weite Umwege ein, nur um irgendwo ein abgeerntetes Gemüsebeet oder ein paar Apfelbäume mit den letzten Früchten dieses Sommers ausfindig zu machen. Einer dieser Bäume hielt sie zwar drei Tage über Wasser, aber als sie den letzten Apfel gegessen hatte, war sie immer noch hungrig und konnte kein Obst mehr sehen.

Langsam begann sich die Landschaft zu verändern und wurde immer gebirgiger. Jetzt war besondere Achtsamkeit erforderlich, um nicht den einsiedlerischen Buschläufern in die Hände zu fallen. Die in den Bergen East Tennessees lebenden *bushwhacker* waren nicht nur wunderliche Einzelgänger, misstrauisch gegen alle Fremden, je nach politischer Einstellung sahen sie es auch als ihre Pflicht und Schuldigkeit an, jeden über den Haufen zu schießen, der die falsche Uniform trug. Und man konnte nie genau sagen, auf welcher Seite sie standen. Viele dieser Männer waren einfach nur streitsüchtige Halunken und erschossen jeden, der des Weges kam. Ob das Opfer dies verdiente oder nicht, das zu entscheiden war nicht ihre Sache. Auf jeden Fall war mit ihnen nicht zu spaßen. Hier oben in den Bergen konnte Shelby sich nur auf Schleichwegen vorwärts bewegen, da man nie wusste, wer einem plötzlich gegenüberstand. Und die Gefahr, dass sie sich verirrte, war ziemlich groß.

Shelby lernte bald, auch auf die kleinste Veränderung im Verhalten ihres Pferdes zu achten. Das Tier war in der Lage, Menschen bereits aus weiter Ferne zu hören und zu riechen. Sobald die Stute nervös mit den Ohren zuckte, beeilte Shelby sich, ein Versteck zwischen den Bäumen zu finden, wo sie wartete, bis die unbekannte Person vorüber war. Auf diese Weise durchquerte sie die Berge zwischen Monteagle und dem Tennessee River in einem verwirrenden Labyrinth aus Berg und Tal, permanent darum kämpfend, ihre Orientierung nicht zu verlieren. Zudem mangelte es an Futter für ihr Pferd, und sie kamen nur langsam vorwärts. Doch je näher der 20. September rückte, desto unerbittlicher trieb sie die Stute an.

Unweit des Tennessee River stieß Shelby auf eine Kreuzung, wo eine Baracke mit einem kleinen Laden stand. Sie stieg ab und ging hinein, mit ihren nackten Füßen über den Holzboden schlurfend in der Hoffnung, als raubeiniger Bursche durchzugehen.

Die Frau hinter der Ladentheke half gerade einer Kundin, ihre spärlichen Einkäufe zu verstauen. Offensichtlich gab es hier noch weniger an Waren als zu Hause, wie Shelby bemerkte. Fragend sah die Besitzerin sie an und sagte mit dem knorrigen Akzent der Leute im Osten: »Kann ich dir helfen, Junge?« Shelby hatte in der Tat einen weiten Weg zurückgelegt.

Offen erwiderte sie den Blick der Frau und fragte, in der Hoffnung, dass ihre hinterwäldlerische Ausdrucksweise nicht zu aufgesetzt klang: »Haben Sie Brot?« Dabei senkte sie die Stimme wie ein Halbwüchsiger, der als erwachsener Mann wirken wollte.

Die Frau schüttelte den Kopf. »Habe heute keines gebacken. Gestern Abend gab's das letzte. Du willst mich doch nicht anbetteln, Junge, oder?«

»Nein, ich habe Geld.«

Diese Antwort zauberte ein Lächeln auf das Gesicht der Frau. »Konföderiertes Geld?«

»Unionsgeld.«

Die Ladenbesitzerin strahlte, aber die andere Frau runzelte die Stirn und fragte: »Wo hast du denn das Yankee-Geld her, Junge?«

Shelby wollte eigentlich wahrheitsgetreu antworten, dass sie aus besetztem Gebiet kam, wo alle nur Unionsgeld benutzten, aber ihr Instinkt riet ihr, bei diesen beiden Frauen lieber vorsichtig zu sein. Also erwiderte sie so schroff und burschikos wie möglich: »Das habe ich einem toten Yankee abgenommen.«

Die beiden Frauen kicherten, und die Besitzerin fragte: »Hast du ihn erledigt?«

Shelby überlegte kurz, weiter an ihrer Lüge zu spinnen, schüttelte aber den Kopf. Es lag ihr einfach nicht, damit anzugeben, einen Menschen umgebracht zu haben. »Ich habe ihn gefunden. Er hatte das Geld in seinem Stiefel versteckt.«

Die Frauen nickten, als wäre es in dieser Gegend ein durchaus üblicher Zeitvertreib, Leichen nach Geldstücken zu durchsuchen. »Wie heißt du?«, wollte die Besitzerin wissen.

»Shelby. Shelby Douglas.« Es war ein merkwürdiges Gefühl, nach so langer Zeit als Mary Beth ihren richtigen Namen auszusprechen.

»Nun, Master Douglas, ein bisschen Dörrfleisch hätte ich noch. Ist fast ein halbes Pfund. Aber einen Nickel muss ich schon dafür verlangen.«

Shelby unterdrückte einen Seufzer. Fünf Cent, das war beinahe die Hälfte ihrer gesamten Barschaft, und für ein halbes Pfund Fleisch so viel zu verlangen, grenzte fast schon an Diebstahl. »Geben Sie es mir für drei Cent?«

»Ich kann dir das geben, was man für drei Cent kriegt.«

Im Klartext hieß das, dass die Frau ihr dafür nur die Hälfte des Dörrfleisches geben würde. »Nein, dann nehme ich das halbe Pfund. Könnte ich vielleicht irgendwo mein Pferd tränken?«

»Hinterm Haus ist ein Wassertrog.«

Shelby nickte, während sie die fünf Cent-Münzen aus ihrem Beutel holte und dafür drei überraschend große Stücke getrocknetes Fleisch bekam. Sie schob das Fleisch in ihre Tasche und wandte sich zum Gehen. »Kann mir eine von Ihnen vielleicht sagen, in welcher Richtung hier gekämpft wird?«

Die Kundin runzelte erneut misstrauisch die Stirn, aber die Ladenbesitzerin antwortete: »Nein, keine Ahnung. Ist mir auch egal. Solange sich das weit weg von mir abspielt, ist mir alles recht. Die paar Yankees, die sich bisher hier haben blicken lassen, reichen mir, und mehr will ich gar nicht sehen.«

Shelby nickte und wünschte den Frauen einen guten Tag, bevor sie endgültig durch die Tür trat. Die Leute hier würden bald mehr Yankees zu sehen bekommen, als ihnen lieb war.

Sie führte die Stute hinters Haus zu dem Trog, und dabei fiel ihr ein kleiner Heuschober bei einem Nebengebäude hinter dem Laden auf. Sie nahm dem Pferd das Zaumzeug ab und schlenderte zu dem Schober hinüber, während die Stute in gierigen Zügen trank. Shelby wusste, dass ihr das Pferd folgen und sich an dem Heu satt fressen würde. Also würde sie sich das, was ihr die Ladenbesitzerin für das getrocknete Fleisch zu viel abgenommen hatte, an Heu für das Pferd wieder hereinholen. Sie setzte sich in den Heuschober und nahm ein Stück Dörrfleisch heraus, um ihren knurrenden Magen zu besänftigen. Sie musste sich ihren Vorrat gut einteilen. Während sie das zähe Fleisch kaute, schweiften ihre Gedanken zu den vielen Köstlichkeiten ab, die sie seit ihrem Rollentausch nicht mehr gegessen hatte: Eiskreme, Pommes frites, Pastrami, Pizza. Was für eine böse Ironie des Schicksals, dass ihr ausgerechnet jetzt, da sie sich alle diese Kalorienbomben hätte leisten können, nichts davon zur Verfügung stand. Sie konnte das Ende des Krieges kaum erwarten, wenn die Lebensumstände wieder besser wären und es genügend zu essen gäbe – wenn auch nicht unbedingt Eiskreme. Shelby fixierte die Stute, die wie vermutet auf der Suche nach Heu angetrottet kam, und dröhnte im schauerlich übertriebenen Akzent von Georgia: »Gott ist mein Zeuge, dass ich niemals mehr Hunger leiden werde!«

Laut über ihren eigenen Witz lachend, ließ sie sich in das Heu zurückfallen, während ihr Pferd zufrieden zu kauen begann.

Als sie wieder unterwegs war, erkundigte sie sich bei allen möglichen Einheimischen nach dem Verlauf der Front, aber jeder, der ihr begegnete, schien entweder dumm oder maulfaul zu sein. Der Unterschied war oft schwer auszumachen. Sosehr sie sich auch bemühte, Informationen über die Stellung von Lucas' Einheit zu erhalten, sie war nun mal eine Fremde, der man lieber nichts Wichtiges verriet. Shelby konnte den Leuten keinen Vorwurf machen, an ihrer Stelle hätte sie auch nichts ausgeplaudert. Also ritt sie einfach weiter in die Richtung, von der sie annahm, dass sich Lucas' Einheit dort bald aufhalten würde.

Nachdem sie den Tennessee River überquert hatte, kam sie leichter vorwärts und näherte sich bald Chattanooga, das in der hügeligen Landschaft unweit von Lookout Mountain lag. Jetzt konnte Shelby sich allerdings nicht länger in irgendwelchen Büschen verborgen halten. Die Stadt war groß und bot keinen Schutz. Und den Berg südlich zu umgehen, war auch keine Lösung, denn dann hätte sie zu lange gebraucht, um das Schlachtfeld zu erreichen, und wäre noch dazu von der falschen Seite gekommen. Ihre einzige Hoffnung, Lucas zu retten, bestand schließlich darin, ihn vorher abzufangen. Es blieb ihr also nichts anderes übrig, als auf direktem Weg nach Chickamauga Creek zu reiten. Ein paarmal wurde sie auf ihr Pferd angesprochen, schaffte es aber immer wieder, den Klauen der Armee zu entrinnen, indem sie aufgeregt von einer dringenden Depesche für General Rosecrans faselte und mit ihrer Stute davongaloppierte. Zum Glück folgte ihr nie jemand.

Am 19. September erreichte sie den Flussarm.

Den ganzen Tag folgte sie dessen Lauf in vollem Bewusstsein, einen Umweg zu wählen, wenn sie alle Kurven abritt. Aber ihre Angst, die Schlacht zu verpassen, wenn sie sich zu weit vom Wasser entfernte, war größer. Shelby hatte nicht die geringste Vorstellung von dem Ort, noch wusste sie, welchen Verlauf die Kampfhandlungen nehmen würden. Sie wusste nur, dass das Blut tausender getöteter Männer in Strömen fließen würde. Doch schon bald stieß sie auf Spuren, dass vor noch nicht allzu langer Zeit Soldaten vorbeigezogen waren – Wagenrillen, niedergetrampelte Büsche, alle möglichen weggeworfenen Gegenstände. Ihr Pulsschlag beschleunigte sich, und sie folgte der Spur in der Hoffnung, es möge sich um die richtigen Truppen handeln.

Kurz vor Sonnenuntergang, gerade als die Nacht die Oberhand über den Tag zu gewinnen begann, hörte sie Kanonendonner in der Ferne. Erschrocken richtete sie sich im Sattel auf. Das Herz schlug ihr bis zum Hals, obwohl sie sehnlichst auf dieses Geräusch gewartet hatte. Ein Schauder der Überraschung und Erregung raste ihre Wirbelsäule hinauf bis in ihre Fingerspitzen. Jetzt spielte es keine Rolle mehr, ob sie je an der Geschichte gezweifelt oder sogar gehofft hatte, sie möge nicht stimmen. Weiterer Kanonendonner ertönte in der Ferne, und als sie näher kam und der Wald immer schwärzer wurde, waren auch Gewehrsalven zu vernehmen.

Die Geräusche ertönten rechts von ihr, und so trieb sie ihr Pferd in diese Richtung. Eine Straße ging durch den Wald, und sie folgte ihr, weil sie zufälligerweise in Richtung der Schüsse führte. Bald konnte sie deutlich Rufe und das Schreien von Männern hören. Shelbys Entschlossenheit begann zu bröckeln. Diese Stimmen zerrissen ihr das Herz. Dort starben Menschen unter entsetzlichen Qualen, und sie wollte um nichts in der Welt in deren Nähe. Aber sie trieb ihr Pferd weiter an, und das Tier trug sie mitten aufs Schlachtfeld.

Hinter ihr ertönten Rufe. Überall in den Bäumen waren Männer verborgen. Dunkle Schatten huschten in Richtung der Gewehrschüsse.

»Hallo!«

Entweder hörte sie niemand, oder es wollte keiner stehen bleiben.

»He! He, Sie da!« Shelby sprang vom Pferd und versuchte einen der Männer aufzuhalten. Mittlerweile war es dunkel, und außer schemenhaften Gestalten und Mündungsfeuer konnte sie nicht viel sehen. Unter den Bäumen verschmolzen dunkle Schatten ineinander. Es war, als würde sie nicht existieren.

Doch plötzlich packte sie jemand von hinten. »He, Junge!« Der Mann war nicht groß, aber schrecklich stark. Er schüttelte sie. »Wo ist dein Gewehr?«

O Gott, er wollte, dass sie kämpfte. »Psst … leise, Sir. Ich habe kein Gewehr. Ich bin Captain Brosnahans Bruder. Ich suche Captain Lucas Brosnahan.«

»Kenne ich nicht«, erwiderte der grau gekleidete Schatten in einem Ton, dem zu entnehmen war, dass Lucas demzufolge auch nicht existieren konnte.

»Er ist bei der Second Tennessee, bei Bates Brigade.«

Oder war es Polk? Die Einheiten wechselten oft und schnell ihre Generäle. Was hatte Lucas in seinem letzten Brief geschrieben?

Der Mann nickte. »2. Infanterie? Die sind gerade durchgekommen. Aber jetzt besorgen wir dir mal ein Gewehr, Junge.« Dabei zerrte er an Shelbys Arm und wollte sie mit sich ziehen.

»Das geht nicht!« Entsetzt wich sie zurück.

»Was soll das heißen?«, knurrte der Mann drohend, als wollte er von ihr bestätigt bekommen, dass er sich verhört hatte.

»Ich meine, ich bin Captain Brosnahan zugeteilt. Ich bin sein … sein Adjutant. Das hier ist sein Pferd, und er braucht es dringend. Ich muss ihm sein Pferd bringen.«

Der Mann kicherte humorlos. »Im Moment hat er andere Dinge im Kopf, das kann ich dir garantieren. Gib mir sein Pferd, und ich sehe zu, dass er es morgen früh bekommt.«

Shelby traute diesem Mann jede Sekunde weniger über den Weg. »Nein. Ich muss es ihm persönlich überbringen. Er ist mein Bruder. Ich kann sein Pferd nicht einfach hier lassen.«

Der Mann griff nach den Zügeln. »Gib es mir …«

»Nein!« Mit einem Ruck riss Shelby ihm die Zügel aus der Hand und schob die Stute beiseite. »Ich sagte doch, *ich* bringe meinem Bruder das Pferd!«

Dem Mann war deutlich sein Missfallen anzusehen, dass er nicht ohne Lärm an das Pferd kommen würde. Mit unverhohlenem Ärger in der Stimme sagte er: »Na gut, Junge. Dann komm mal mit mir. Das Hauptquartier liegt gleich dort drüben.« Er packte Shelby am Arm, und ihr blieb nichts anderes übrig, als ihm zu folgen. Aber sie ließ die Zügel nicht los und zog die Stute hinter sich her.

Etwas weiter oberhalb der Straße, auf der linken Seite, war um ein großes Lagerfeuer eine Gruppe Zelte aufgeschlagen. Boten kamen und gingen, junge Männer in zerlumpter Kleidung, ähnlich den Uniformen ihrer Vorgesetzten und der ihrer älteren Kameraden. Viele wichtig aussehende Männer in Uniform schlugen eine nächtliche Schlacht, von der sie kaum etwas sahen und von der sie wegen der Bäume selbst tagsüber nicht viel gesehen hätten. Ein schrilles Heulen wie von einer Sirene, begleitet von einem großen, sich schnell bewegenden dunklen Schatten, zwang alle Umstehenden, sich flach auf den Boden zu werfen. Nur Shelby begriff nicht gleich, was geschah. Erst als eines der Zelte in die Luft flog, ein daneben stehender Baum einen Teil seiner Krone verlor und Blätter und Holzsplitter in alle Richtungen davonspritzten, wurde ihr klar, dass keine fünfzehn Meter vor ihr eine Kanonenkugel eingeschlagen hatte. In Panik ließ sie sich als Letzte zu Boden fallen und kam sich dabei vor wie eine Idiotin, dass sie erst so spät reagiert hatte. Flach liegen zu bleiben wäre die sicherste Variante gewesen, aber schließlich konnte sie nicht die ganze Zeit über auf dem Bauch herumkriechen. Als die Männer ringsum sich langsam wieder erhoben und ihren verschiedenen Tätigkeiten nachgingen, stand auch sie auf.

Shelbys Begleiter ließ sie vor einem Zelt stehen und ging wortlos seiner Wege. Ein Wachtposten wollte von ihr wissen, was sie hier zu suchen habe.

»Ich suche Captain Brosnahan, Lucas Brosnahan. Er ist mein Bruder. Er dient beim zweiten Tennessee-Infanterieregiment. Ich muss ihn dringend finden.« Nach Lucas Ausschau haltend, ließ sie ihren Blick umherschweifen. Sie hoffte inständig, dass er in der Nähe und folglich nicht in den Schusswechsel verwickelt war.

Der Wachtposten sah sie mit leeren Augen an und erwiderte dumpf: »In Ordnung. Wenn sich hier alles wieder beruhigt hat, schauen wir nach, ob er noch am Leben ist.«

Eine kalte Hand griff nach Shelbys Herz, ihre Knie gaben nach, und sie sank auf einen Baumstamm neben dem Lagerfeuer, die Zügel des Pferdes fest umklammernd. Sie machte sich so klein wie möglich und zuckte bei jedem Kanonenschuss und jedem Querschläger, der wie eine wilde Hummel durch die Bäume surrte, verängstigt zusammen. Stunden schienen zu vergehen. Die Nacht war kalt und feucht, und Shelby war froh, dass neben ihr ein Feuer loderte. In regelmäßigen Abständen kam ein Soldat vorbei und legte Holz nach. Neben ihr döste die Stute. Irgendwann verebbte die Schießerei, und stattdessen waren in der Ferne lautes Rufen und Schreie von Männern zu hören, eine gespenstische Geräuschkulisse in dieser dunklen Nacht. Shelby wurde langsam müde, wartete aber weiter geduldig.

Sie hatte keine Ahnung, wie spät es war, als sie in der Dunkelheit jenseits des Feuerscheins Lucas' erschöpfte Stimme hörte. »Ich habe eine Nachricht erhalten, dass ich mich hier melden soll.« Shelby stand auf und suchte die schemenhaften Gestalten nach seinem Gesicht ab. Wie gerne wäre sie zu ihm hingelaufen, aber sie wollte ihn nicht in Verlegenheit bringen.

Irgendjemand erwiderte: »Ja, dort drüben. Aber warte … wenn du schon hier bist, dann habe ich gleich noch ein paar Briefe für dich. Wie es aussieht, von zu Hause.«

»Danke.«

In dem Moment trat Lucas in den hellen Feuerschein, sein Gewehr in der einen Hand, während er mit der anderen die Briefe in seinen Uniformrock stopfte. Wie dünn er war, schrecklich dünn. Der schlaksige junge Mann war zu einem Skelett abgemagert, seine Uniform hing wie Lumpen an ihm. Unrasiert, hohlwangig und bleich, war er fast kaum mehr wiederzuerkennen, hätte Shelby ihn nicht bereits vorher in diesem Zustand gesehen – damals in der Zukunft, lange nach seinem Tod. Lucas wandte sich an den Soldaten, der ihn begleitete, und fragte: »Weshalb hat man mich gerufen?«

»Dein Bruder ist da«, sagte der Mann.

Lucas' Augen leuchteten auf, und er sah sich suchend um. »Welcher?«

»Der jüngste, ein junger Spund.«

Lucas blinzelte. »Hä? Aber ich habe …« Da entdeckte er Amos' Pferd, und ein Ausdruck größter Verwirrung huschte über sein Gesicht. In dem Moment sah er sie. Die Verwirrung verwandelte sich in Überraschung, die Überraschung in Ärger. Lucas runzelte die Stirn, und seine Augen verdüsterten sich. Er starrte Shelby an, als würde er versuchen, sich einzureden, sie sei jemand anders. Röte stieg in sein Gesicht, seine Kiefermuskeln mahlten, aber er sagte nichts.

»Er hat dir dein Pferd gebracht«, fuhr der andere Soldat fort.

»Danke«, sagte Lucas und verabschiedete sich. Seiner Stimme war deutlich anzuhören, wie viel Mühe es ihn kostete, seinen Ärger zu unterdrücken. Der andere Soldat ging seines Weges. Als Shelby und Lucas endlich allein waren und keiner mehr auf sie achtete, ging Lucas zu ihr.

»Was, in Dreiteufelsnamen, treibst du hier?«, fauchte er mit kaum vernehmbarer Stimme.

»Ich bin gekommen, um dich nach Hause zu holen«, antwortete Shelby und sah ihm dabei direkt in die Augen. Hoffentlich fiel ihm nicht auf, wie sehr sie zitterte.

Offensichtlich wollte er etwas entgegnen, bekam aber keinen Ton heraus. Stattdessen presste er die Lippen aufeinander, bis sie nur noch ein dünner weißer Strich waren, und sah sich um, ob sie auch tatsächlich niemand beobachtete. Schließlich sagte er: »Du bist vollkommen irre.«

»Lucas …«

»Was soll ich nur mit dir machen? Weißt du eigentlich, wie gefährlich es hier ist? Was, wenn dich ein Querschläger getroffen hätte? Was, wenn …« Seine Stimme versagte, und hilflos betrachtete er die Verwüstung ringsum, den zerschossenen Baum und das zerfetzte Zelt. »Wir befinden uns hier in Reichweite ihrer Kanonen. Wenn die Artillerie dich entdeckt hätte? Was, wenn du getötet worden wärst?«

»Was, wenn *du* getötet worden wärst?«

»Aber das ist meine Pflicht.«

»Deine Pflicht ist es, bei mir zu sein.«

Mit spitzem Finger zeigte er auf sie. »*Nein!* Meine Pflicht ist es …«

»Lucas, deine beiden Brüder sind tot. Ich …«

Sein betroffenes Gesicht ließ sie innehalten, und plötzlich tat es ihr Leid, so mit der Nachricht herausgeplatzt zu sein. Lucas' Kinnlade klappte nach unten, und er ließ die Hand sinken. »Es tut mir Leid, Lucas, es tut mir so Leid. Ich hätte das nicht tun sollen.«

Lucas sah mit einem Mal völlig verloren aus. Verwirrt suchte er ihr Gesicht nach Anzeichen ab, sie könnte gelogen oder einen Scherz gemacht haben. »Wie? Was ist passiert?«

Shelby wollte es ihm gerade erzählen, als ein Offizier mit einem Gewehr in den Händen zu ihnen trat. Er hatte einen buschigen Schnauzbart und trug eine eifrige Miene zur Schau. Shelby war nicht ersichtlich, welchen Rang er innehatte, aber es war klar, dass er Befehlsgewalt über Lucas besaß, da er einfach in das Gespräch platzte, indem er Shelby die Waffe in die Hand drückte. »Hier. Du dienst jetzt in der Einheit deines Bruders.«

»Nein!«, entfuhr es Lucas, ehe Shelby noch reagieren konnte.

»Doch. Er hat ein Gewehr, er kann schießen, also wird er seinen knochigen Hintern dort hinausschwingen und kämpfen.«

»Ich sagte, nein.« Lucas warf wilde Blicke um sich. »Ich meine, nein, Sir.«

»Selbst wenn er Ihr kleiner Bruder ist …«

»Sie ist nicht mein Bruder.« Eine tiefe Röte überzog Lucas' Ohren, und er senkte seine Stimme, während er sich gleichzeitig vorsichtig umsah. »Er … *sie* … sie ist nicht mein Bruder. Sie ist meine Frau.«

Der Offizier stutzte und schaute Shelby entgeistert an. Am liebsten hätte sie sich unsichtbar gemacht. »Er ist Ihre Frau?« Entsetzen sprach aus der Stimme des Mannes.

»Nicht er, sie. Mary Beth. Sie ist verkleidet zu mir gekommen, um … um mir Nachrichten zu bringen.«

Der Offizier starrte Lucas mit bebenden Schnurrbartspitzen an, schien sich aber rasch von seinem Schreck zu erholen. »Nun gut. Aber sie kann hier nicht einfach so herumlaufen. Bringen Sie sie ins Lazarett. Sie kann den anderen Frauen helfen.«

»Ich kümmere mich darum.«

»Gut. Aber erledigen Sie das.« Der Offizier drehte sich um und entfernte sich mit steifen Schritten. Seine viktorianischen Moralvorstellungen schienen zutiefst erschüttert zu sein.

Lucas packte Shelby am Arm. »Du hast hier nichts verloren.«

»Du auch nicht. Komm mit nach Hause. Es ist wichtiger, dass du bei uns zu Hause bist, als dass du hier auf die Yankees schießt.«

Ihr Appell hatte leider nicht den ersehnten Effekt, da sich die Falten auf Lucas' Stirn nur noch mehr vertieften. Mit der freien Hand packte er die Zügel des Pferdes und zog sie und die Stute hinter sich her. Shelby stolperte ihm nach, während ihre nackten Füße schmerzhaft an Steine stießen und an abgebrochenen Zweigen hängen blieben.

»Da draußen liegen meine Männer, für die ich verantwortlich bin. Ich kann mich nicht hier mit dir abgeben und sie mitten im Kampf allein lassen.«

»Lucas …«

»Schweig. Sag kein Wort. Was du getan hast, war falsch. Schlimmeres hättest du nicht tun können, außer, einem anderen Mann beizuliegen. Aber jetzt hörst du auf mich und wirst wenigstens heute Abend keinen Ton mehr von dir geben.«

»Lu…«

»Keinen Ton will ich hören.«

Shelby schloss den Mund und ließ sich von Lucas durch den Wald lotsen.

Schließlich kamen sie an eine Stelle unter den Bäumen, wo das Unterholz licht und der Erdboden von vielen Füßen zertrampelt war. Überall lagen dicke Äste herum, zerschossen und gesplittert. Die Lichtung war übersät mit kleinen Feuerstellen. Auf einigen wurde Essen gekocht, andere schwelten neben schlafenden Soldaten. Es wurde nicht viel gesprochen, dafür waren Schmerzensschreie und unterdrücktes Schluchzen zu hören. Irgendwo weiter weg schrie ein Mann seine Angst in die Nacht hinaus. Er schien zu wissen, dass er sterben würde. Eine der dunklen Gestalten neben Shelby stöhnte: »Jemand soll ihm das Maul stopfen.« Ein anderer erwiderte: »Das ist ein Yankee. Das muss ein Yankee sein.« Worauf der Erste sagte: »Dann erschieß diesen Hurensohn, damit ich schlafen kann.«

Neben einem Baum blieb Lucas endlich stehen und band das Pferd fest. »Setz dich«, sagte er. Shelbys Blick fiel auf ein kleines heruntergebranntes Feuer und zusammengerolltes Bettzeug. Sie legte ihr eigenes Bettzeug daneben auf den Boden und setzte sich auf Lucas' Decke. Zuvor hatte sie einen stechenden Schmerz in ihrer Ferse verspürt. Jetzt entdeckte sie, dass sich ein Dorn tief ins Fleisch gebohrt hatte. Vorsichtig zog sie ihn heraus, während sich Lucas neben sie setzte und sich des Feuers annahm.

»Lucas …«

»Psst.«

Sie verstummte. Die Nacht lastete drückend auf ihr, und mit ihr die Schmerzen der Verwundeten ringsum. Ihr war, als könnte sie unter dem frischen, beißenden Geruch der zerschossenen Bäume das Blut und die Galle zerfetzter Soldatenleiber ausmachen. Gelegentlich stach ihr Pulverdampf der sich auflösenden Rauchwolken in die Nase.

Lucas stocherte im Feuer, bis es hoch aufloderte. Als es genügend Licht spendete, griff er in seine Tasche und holte die Briefe heraus, die er zuvor bekommen hatte. Es schien ihn zu jucken, denn er kratzte sich, und ein dunkler Streifen aus Asche zog sich quer über seine Nase. Lucas riss den ersten der Briefe auf und hielt ihn ins Licht. »Er ist von Ruth«, brummte er. »Sie schreibt, dass du kommst und Neuigkeiten für mich hast. Und dass ich ein Auge auf dich haben soll. Der Brief ist schon fast einen Monat alt und reichlich knapp gehalten.«

»Ruth schreibt nie viel. Sie glaubt, dass sie es nicht gut kann.«

»Ja, dafür habe ich das Glück, eine Frau zu haben, die alles besser weiß.« Er legte Ruths Brief beiseite und öffnete den anderen. »Außerdem reißt meine Frau gern den Mund auf, weiß sich nicht zu benehmen und bedroht die Leute mit einem Schürhaken.« Er las die Anrede des Briefs und brummte: »Der hier ist von dir.«

»Von mir?« Es war lange her, seit sie ihm das letzte Mal geschrieben hatte, lange bevor sie Hendersonville verlassen hatte. »Welches Datum?«

»Letztes Jahr im Oktober.«

Guter Gott. »So lange hat der Brief gebraucht, um dich zu erreichen?« Es war schwer, den Überblick zu bewahren, welche Briefe ihn wann erreicht hatten, vor allem, wenn die Post feindliche Linien durchqueren musste und man bei deren Beförderung auf Fremde angewiesen war, die noch dazu nur der Zufall in die richtige Richtung führte.

Lucas, der offensichtlich immer noch wütend auf sie war, erwiderte spitz und ohne sie anzusehen: »Jaja, so ein Krieg kann bei der Beförderung der Post ganz schön hinderlich sein.«

Der Oktober des vergangenen Jahres. Folglich schilderte sie in ihrem Brief den Überfall und Marthas Tod. Lucas sackte beim Lesen immer mehr in sich zusammen, so wie Amos, als er davon erfahren hatte. Als Lucas seine Lektüre beendet hatte, faltete er die Seiten sorgfältig zusammen, ließ den Brief in seine Tasche gleiten und sagte leise: »Ich nehme zurück, was ich über dich und den Schürhaken gesagt habe.« Dann holte er eine Zigarre aus seiner Uniformjacke, biss die Spitze ab, spuckte sie ins Feuer und zündete die Zigarre mit einem trockenen Blatt an, das er kurz in die Flammen gehalten hatte. Nachdenklich blickte er ins Leere. Irgendwann sagte er: »Ich könnte es nicht ertragen, wenn dir etwas zustoßen würde.« Seine Stimme war so leise, dass Shelby ihn kaum verstehen konnte. »Wann immer es zu einem Kampf kommt und ein Schusswechsel bevorsteht, denke ich an dich. Dann überlege ich tatsächlich, zu dir nach Hause zurückzukehren. Du bist das Licht, das mich leitet und den Tod von mir fern hält. Ich bleibe nur deinetwegen am Leben.«

Genau so hatte sie ihn schon einmal gesehen, so ausgemergelt, mit dem Schmutzstreifen auf der Nase, aber jetzt war es nicht Mary Beth, nach der er sich sehnte. Die schreckliche Einsamkeit, in der sein Geist damals gefangen war, würde nicht bis in alle Ewigkeit auf ihm lasten, denn die Frau, die er liebte, war am Leben und bei ihm. Er erzählte ihr gerade, wie sehr sie ihn mit Hoffnung erfüllte. Wenigstens das hatte Shelby erreicht.

Lucas zog an seiner Zigarre und starrte wortlos vor sich hin. Erst viel später fragte er: »Ist Vater noch am Leben?«

»Ja.«

Erleichtert seufzte er, zögerte aber, bevor er fragte: »Was ist mit Amos und Gar passiert?«

»Gar wurde beim Rückzug seiner Einheit aus Ohio erschossen. Und Amos haben sie aufgehängt. Sie haben ihn zu Hause erwischt.«

Lucas schloss die Augen und senkte den Kopf unter der Last des Schmerzes. Seine Lippen verhärteten sich zu einem schmalen Strich. Als er die Augen wieder aufschlug, blickte er dumpf ins Feuer.

»Was soll ich jetzt mit dir tun?«

»Bring mich nach Hause. Ich werde mucksmäuschenstill sein.«

Ihre Bemerkung entlockte ihm ein mattes Lächeln. »Die Yankees sind gleich dort drüben.« Er deutete mit dem Kopf in die Dunkelheit. »Sobald es hell genug ist, werden die Kämpfe wieder aufflammen. Ich kann hier nicht weg, und wegschicken kann ich dich auch nicht.«

»Natürlich kannst du fort. Du musst sogar. Wenn nicht, wirst du morgen sterben.«

»Hör auf damit.«

»Lucas, ich meine es ernst. Ich weiß, was morgen passieren wird. Und im restlichen Verlauf des Krieges. Genauso, wie ich wusste, dass die Yankees in Tennessee einmarschieren würden.«

»Das hast du nur gut geraten.«

»Nun, dann mutmaße ich jetzt einfach mal, dass der morgige Kampf dein Ende bedeuten wird, wenn du nicht auf der Stelle mit mir kommst.«

Ärger schlich sich erneut in seine Stimme, und grollend sagte er: »Ich kann mich nicht einfach so davonstehlen. Ich würde mich hassen, wenn ich meine Männer im Stich lassen und wie ein Feigling davonrennen würde.«

»Du weißt genau, dass die Sache verloren ist und dass es keine Hoffnung mehr gibt.«

»Ich weiß gar nichts.«

»Glaubst du denn wirklich, dass die Amerikaner mit zwei Ländern besser dran sind?«

»Ich weiß nur, dass der Süden vom Norden untergebuttert und ausgenommen werden wird, wenn wir nicht kämpfen.«

Shelby verstummte, denn er hatte Recht. Genau das würde während des so genannten Wiederaufbaus nach dem Bürgerkrieg im Süden geschehen. Sie war jedoch nicht gewillt, so leicht aufzugeben. Also holte sie tief Luft und spielte ihre Trumpfkarte aus. »Matthew braucht dich. Ich will nicht, dass er ohne Vater aufwächst.«

Lucas schloss die Augen und senkte den Kopf. So blieb er lange Zeit sitzen, ehe er schließlich sagte: »Wir sollten uns jetzt lieber hinlegen.« Shelby wusste, dass sie in dieser Nacht nicht mehr aus ihm herausholen würde. Sorgfältig drückte Lucas seine Zigarre aus und steckte sie in seine Tasche zurück. Dann legte er sich auf seine Decke und zog Shelby neben sich.

Wortlos fasste er an ihr Hemd und öffnete zwei Knöpfe. Dann steckte er eine Hand hinein, zog ihr Unterhemd nach oben und zerrte an dem Knoten des Stoffes, der um ihre Brust gewickelt war. Aber er ließ sich nicht lösen, und so holte er sein Messer aus dem Stiefelschaft und schnitt den Knoten durch. Nachdem er das Messer wieder in die Scheide gesteckt hatte, fing er an, den Stoff abzuwickeln. Shelby sagte kein Wort und tat auch nichts, ihn daran zu hindern. Wollte er denn hier vor aller Augen mit ihr schlafen?

Nein, das war nicht seine Absicht. Denn als er den Kattunstoff abgewickelt und zur Seite gelegt hatte, knöpfte er ihr Hemd wieder zu und drückte sie auf die Decke neben sich. Shelbys Brüste juckten – die Stoffbahnen waren sehr eng gewickelt gewesen –, und sie kratzte sich. Nach einer Weile flüsterte Lucas: »Wenn ich morgen schon sterben soll, dann will ich nicht, dass die Männer sich an mich als jemanden erinnern, der mit einem Jungen das Bett teilte.« Dann umfasste er eine ihrer Brüste und war bereit, einzuschlafen.

Shelby legte eine Hand über die seine und schloss ebenfalls die Augen.

Die Sonne stand bereits hoch, als sie am nächsten Morgen erwachten. Es waren keine Schüsse zu hören, und keine der beiden Seiten schien es eilig zu haben, sich wieder ins Kampfgetümmel zu stürzen. Aber den Rückzug wollte auch niemand antreten. Von ihrem Schlafplatz aus konnte Shelby Rauch von den Feuerstellen im Lager der Yankees aufsteigen sehen. Sollte sie sich zu weit in diese Richtung vorwagen, würde man sie bestimmt für einen Lauschposten halten. Deshalb wich sie Lucas den ganzen Vormittag nicht von der Seite.

Das Frühstück wurde zubereitet und in großer Eile verzehrt, Munition und Proviant verteilt, die Gewehre geputzt und geladen, das Bettzeug und sonstige Habseligkeiten zusammengepackt. Und dann warteten sie. Die Männer liefen nervös auf und ab, und Shelby konnte die erwartungsvolle Spannung, die sie umgab, fast ebenso mit Händen greifen, wie sie gestern das Blut gerochen hatte. Dunkle, mit einem gelblichen Film überzogene Pfützen bedeckten den Erdboden, und der Gestank nach rohem Fleisch und Fäkalien lastete schwer in der Wärme der herbstlichen Luft. Die Körper gefallener Soldaten wurden weggebracht, um hinter den Linien begraben zu werden. Die Verwundeten waren mittlerweile verstummt, viele von ihnen waren tot, und der Rest klammerte sich an die Hoffnung zu überleben. Gegen Mitte des Vormittags ging ein Geraune durch die Menge. Lucas stand auf und rief nach seinem Lieutenant.

Shelby stand ebenfalls auf. »Lucas, ich bitte dich, zieh heute nicht in den Kampf.«

»Das haben wir doch gestern Abend schon besprochen. Ich habe keine andere Wahl.« Er schaufelte gerade mit dem Stiefel Erde auf das Feuer. Shelby sah, dass sich die Sohle löste und die Zehen herausschauten.

»Doch, du hast. Nimm deinen Abschied. Sag ihnen, dass du dich um deine Angelegenheiten zu Hause kümmern musst.«

»Es gibt hier nicht einen einzigen Mann, der keine Probleme zu Hause hätte. Meine sind nicht viel dringender als ihre.« Lucas drehte sich zu ihr um, beugte sich etwas vor und sah ihr eindringlich in die Augen. »Aber jetzt hältst du besser den Mund, sonst fällt es mir noch schwerer, die Entschlossenheit aufzubringen und das zu tun, was ich tun muss.« Und mit einem tiefen Blick in ihre Augen fügte er hinzu: »Und jetzt geh hinüber ins Lazarett.«

»Nein.«

»Tu, was ich dir sage.« Er rollte seine Decke zusammen und packte seinen Tornister fertig.

»Nein.«

Lucas drehte sich um und sah sie drohend an. »Mary Beth, und wenn ich dich fesseln und persönlich hinübertragen muss – du gehst.« Seine Stimme wurde lauter. »Schon schlimm genug, dass meine Frau in meinen alten Hosen durch die Gegend läuft. Ich will nicht auch noch die Schmach erdulden müssen, dass du mir vor die Kanonen der Yankees folgst.«

»Ich kann nicht.« Tränen stiegen ihr in die Augen, und Panik erfasste sie. »Ich kann dich nicht hier lassen. Ich werde nirgendwo ohne dich hingehen.«

»Manchmal muss ich mich schon fragen, was für eine Frau ich da geheiratet habe. Eine so sture und unmögliche Frau wie du ist mir noch nie untergekommen. Ich schwöre dir, ich werde Maßnahmen treffen, dass du mir heute fernbleibst.«

»Nein, schick mich nicht fort. Komm mit mir.«

Lucas wandte sich an einen der einfachen Soldaten. »Barclay.«

Der junge Mann kam zögernd, aber mit respektvoller Haltung näher.

»Bringen Sie diese Frau ins Sanitätszelt hinüber. Wenn es sein muss, mit Gewalt. Und sorgen Sie dafür, dass Sie auch dort bleibt. Stellen Sie sie meinetwegen unter Bewachung. Aber lassen Sie sie auf keinen Fall in die Nähe der Front.«

»Jawohl, Sir.«

»Und nehmen Sie auch das Pferd mit. Sie wird damit nach Hause reiten.«

»Jawohl, Sir.« Der Soldat salutierte, und Lucas erwiderte seinen Gruß. Dann wandte sich der junge Mann an Shelby. »Ma'am.«

»Nein«, rief sie Lucas zu, aber er ignorierte sie.

»Ma'am …«

»Lucas Robert …«

Lucas schwang seinen Tornister auf den Rücken und band sich das zusammengerollte Bettzeug vor die Brust, ehe er seinen Sergeant rief, damit dieser die Männer versammelte. Shelbys Gegenwart hatte er bereits vergessen. Ihr wurde schwarz vor Augen, und sie fing zu zittern an.

Das war es dann. Lucas war drauf und dran, in seinen Tod zu marschieren. Als der Soldat ihren Arm ergriff, folgte sie ihm, benommen und gefühllos und ohne zu wissen, was sie im Sanitätszelt tun würde. Sie warf ihrem Mann einen letzten Blick zu. Den ganzen weiten Weg hatte sie zurückgelegt und es letzten Endes doch nicht geschafft, ihn vor seinem Schicksal zu bewahren.

Im Lazarett, einem hastig errichteten Zelt, bot sich ihr ein Anblick, der einem Albtraum entsprungen schien – überall blutverschmierte halb nackte Männer auf Liegen, Bahren, Decken oder direkt auf der Erde liegend. Der Feldarzt hockte schlafend an einem Tisch, auf dem ein blutdurchtränktes Tuch lag. Eine Hand voll Frauen kümmerte sich um die Patienten. Sie achteten nicht auf sie, als sie ins Zelt trat. Der Gestank war so fürchterlich, dass Shelby nur durch den Mund atmen konnte. Sie drehte sich um und sah, dass Barclay sie beobachtete. Er würde dem Befehl seines Captains Folge leisten und sie daran hindern, wieder zurückzugehen.

Aber so schnell wollte sie nicht aufgeben. Also ging sie weiter in das dämmrige enge Zelt hinein und bahnte sich einen Weg auf die andere Seite, wo sie sich bückte und unter der Zeltwand rasch wieder hinausschlüpfte. In einem weiten Bogen lief sie zur Vorderseite herum und näherte sich vorsichtig dem Baum, an dem ihr Pferd angebunden war. Sie konnte Barclays Rücken sehen und flehte zu Gott, dass er sich nicht umdrehen möge.

Shelby packte die Stute am Zügel und kehrte zu Fuß in Richtung Schlachtfeld zurück. In der Ferne wurden bereits die ersten Schüsse laut. Ihr Herz fing wie wild zu hämmern an. Ihr Instinkt riet ihr zur Flucht. Er riet ihr, das hinzunehmen, was das Schicksal für sie bereithielt, nach Hause zurückzukehren und für Lucas zu beten. Nur ihr Herz wollte ihn nicht im Stich lassen. Also zwang sie sich, einen Fuß vor den anderen zu setzen und in Richtung des Kanonendonners weiterzugehen.

Die feindliche Artillerie hatte breite Schneisen durch die Bäume geschossen. In diesem zerlöcherten Wald gab es weder Weg noch Straße, sodass Shelby sich nur an den schwach und sporadisch ertönenden Gewehrsalven orientieren konnte. Es schien ziemlich planlos gefeuert zu werden, nur hin und wieder wurde Kanonendonner laut. Shelby hatte keine Ahnung, was um sie herum vor sich ging, und konnte auch keine Ziele ausmachen. Gewehrkugeln zischten durch die Luft. Sie duckte sich, setzte ihren Weg aber unbeirrt fort. Immer wieder suchte sie Deckung hinter den Bäumen und hoffte, dass sie gebührenden Abstand zu den Yankees wahren würde. Einen Schutz gegen Kanonenkugeln boten die Bäume allerdings nicht. Irgendwann überquerte sie einen kleinen Bach und erblickte mit Schaudern das rötliche Rinnsal aus Blut, das aus dem Schlachtfeld herüberfloss. Tränen schossen ihr in die Augen, aber sie lief weiter.

Überall waren Soldaten, die in unregelmäßigen Linien rasch vorwärts drangen, Einheit um Einheit. Die Männer standen, liefen und fielen in einem Sperrfeuer aus Gewehrsalven. Irgendwann an diesem Tag würde auch Lucas erschossen werden. Shelby wusste nicht, wann oder wo, noch, wo er sich jetzt befand. Dann überquerte sie eine Straße. Durch eine Schneise in den Bäumen sah sie Kanonen auf sich gerichtet. Eine Folge von Explosionen dröhnte über ihren Kopf hinweg, und die Äste über ihr prasselten ringsum zu Boden. Hektisch sah sie sich um. Lucas würde heute erschossen werden. Er würde unter den Gefallenen sein. Sie suchte die Gesichter der auf dem Boden liegenden Männer ab, einerseits erleichtert, dass er nicht darunter war, andererseits aber auch enttäuscht. Denn dann hätte sie wenigstens gewusst, wo er sich befand.

In dem Moment erspähte sie vor sich das Banner des 2. Tennessee-Infanterieregiments. Ohne lange zu überlegen oder an ihre Sicherheit zu denken, band sie das Pferd an einen Baum und rannte auf die Fahne zu, mitten hinein in das Gewehrfeuer, das um sie herum jetzt ausgebrochen war. Die Kugeln zischten links und rechts an ihrem Kopf vorbei, aber sie zuckte mit keiner Wimper; es waren einfach zu viele. Entweder sie wurde getroffen oder nicht, da nützte es auch nichts, wenn sie sich duckte. Sie rannte zu dem Mann neben der Flagge. Jetzt würde Lucas den Kampf aufgeben müssen. Er würde sie aus der Schusslinie bringen und dann selbst in Sicherheit sein. Lange genug, um seinem Schicksal zu entkommen, gerade lang genug, um die Geschichte neu zu schreiben.

Und da sah sie ihn. Er stand etwas weiter vorne und lud sein Gewehr nach. Er wirkte so groß und unerschrocken, dass er alle Männer ringsum überragte. Shelby sprang über einen großen Stein und wich einem Soldaten aus, der gerade sein Gewehr an der Schulter anlegte und zielte. Sie ließ Lucas nicht aus den Augen.

In dem Moment wirbelte er getroffen herum. Blut spritzte, und sein Gewehr ging los und schoss ziellos in die Luft. Lucas stürzte zu Boden.

20

Lucas!« Shelbys Ruf ging in dem Getöse der Artillerie und den Schreien der Verwundeten unter. Sie rannte zu ihm, ungeachtet des Sperrfeuers, dem sie sich aussetzte, als die konföderierten Einheiten sich in entgegengesetzter Richtung zurückzogen. Unter dem übermächtigen Druck der feindlichen Artillerie blieb den Soldaten nichts anderes übrig, als den Rückzug anzutreten. Bald würden die Verwundeten in einem Niemandsland zwischen den Linien allein zurückbleiben. Sie musste ihren Mann hier herausschaffen.

Lucas fasste sich mit schmerzverzerrtem Gesicht an den Oberschenkel seines rechten Beins und stieß einen heiseren, unverständlichen Angstschrei aus. Seine Hände waren bereits voller Blut, das unter seiner Hose hervorquoll. Wenn es Shelby nicht gelang, die Blutung bald zu stoppen, würde er sterben. Sie kniete sich neben ihn. »Lucas, ich bin bei dir.«

Es dauerte einen Moment, bis er sie wahrnahm. »Nein.« Wild mit den Augen rollend, schüttelte er den Kopf. »Nein, nein! Geh weg! Geh weg von hier, Mary Beth! Lauf! Schnell ...« Plötzlich gab seine Stimme nach, und er murmelte, während sein Kopf zu Boden sank: »Schnell. Lauf weg ...«

Es gab keine Sanitäter in diesem Krieg. Und der Stabsarzt hockte wahrscheinlich – bakterienverseucht und überfordert – immer noch schlafend an seinem Tisch und stellte eher eine Gefahr als eine Hilfe dar. Shelby zerrte an den untersten Knöpfen ihres Hemds und riss einen breiten Streifen davon ab. So schnell sie konnte, drehte sie den Stoff zu einem Strick und schob Lucas' Hand beiseite, damit sie die improvisierte Aderpresse an seinem Oberschenkel anlegen konnte. Dann nahm sie sein Schwert samt Scheide aus seinem Gürtel, schob alles in die Schlaufe des Stricks und begann daran zu drehen. Mit jeder Drehung wurde die Aderpresse fester zugezogen, bis Lucas vor Schmerz aufstöhnte. Mit der einen Hand das Heft seines Schwertes an seinen Unterschenkel haltend, öffnete Shelby mit der anderen seinen Gürtel, zog ihn aus den Schlaufen, wickelte ihn ein paarmal um Lucas' Bein und zurrte dann die Schnalle fest.

Plötzlich verspürte Shelby einen scharfen Ruck an ihrem Hemd, der sie fast umgeworfen hätte. Als sie nach der Ursache suchte, entdeckte sie ein Loch im Stoff, direkt unter der Achselhöhle. Hastig duckte sie sich, denn mit einem Mal wurden ihr die vielen Bleikugeln bewusst, die um sie herumflogen. »Scheiße!«, zischte sie verblüfft.

»Lauf weg«, keuchte Lucas. »Jetzt komme ich schon klar. Sieh zu, dass du von hier fortkommst.«

Sie erwiderte nichts, da sie beide wussten, dass das eine Lüge war. Stattdessen kniete sie sich neben ihn und legte seinen Arm um ihren Hals. Er rappelte sich auf, und in geduckter Haltung, um den vorbeizischenden Kugeln kein Ziel zu bieten, hüpfte er auf einem Bein neben Shelby zu der nächsten noch intakten Baumgruppe. Als sie in Deckung waren, gestattete Shelby ihm jedoch keine Verschnaufpause, sondern trieb ihn vorwärts zu der Stelle, wo sie das Pferd zurückgelassen hatte.

»Hier«, sagte sie und legte seine Hände an den Sattelknauf. Dann beugte sie das Bein, damit er auf ihr Knie steigen konnte.

»Ich kann laufen.«

»Hör auf, mit mir herumzustreiten, und schwing dich auf dieses Pferd, verdammt noch mal!«

Der Schmerz und die Überraschung über ihre Ausdrucksweise raubten ihm die Sprache, und er gehorchte wortlos. Als Lucas rittlings auf dem Pferd saß, führte Shelby es so schnell wie möglich aus der Schusslinie. Hinter ihnen wurden die Schüsse und Schreie immer leiser.

Shelby kehrte mit Lucas zu dem Zeltlager zurück, wo sie hoffte, irgendeinen Dienst habenden Offizier zu finden, dem sie Lucas' Aufenthaltsort und seine schwere Verwundung melden könnte. Aber auf keinen Fall würde sie mit ihm ins Lazarett gehen. Wenn der Feldarzt Lucas in die Hände bekäme, würde er ihm wahrscheinlich gleich das Bein abnehmen wollen. Und selbst wenn Lucas den Blutverlust überleben sollte, könnte er immer noch an Wundbrand sterben. Sein Hosenbein war mittlerweile schwarz und völlig durchweicht von Blut. Er war mit Sicherheit besser dran, wenn er die Dienste des Stabsarztes nicht in Anspruch nahm. Als Shelby eines Offiziers ansichtig wurde, der auf dem Rücken seines Pferdes das Geschehen überwachte, packte sie dessen Zügel und trug ihr Anliegen so geschickt vor, als verstünde sie etwas von Medizin.

»Sir, dieser Patient hier ist schwerstens am Bein verwundet und wird seinen Dienst nicht so schnell wieder aufnehmen können. Ich werde zusehen, dass er die entsprechende Pflege bekommt.«

Es war der Mann mit dem Schnauzbart vom Abend zuvor. »Sie?«

»Jawohl, Sir.«

Er warf einen raschen Blick auf Lucas, der auf dem Hals des Pferdes zusammengesunken war und dessen Hose vor Blut glänzte. »Das Sanitätszelt ist da drüben.« Er deutete in die Richtung, während er im Schritttempo weiterritt. Er schien keine große Lust zum Reden zu haben.

Shelby beeilte sich, ihn einzuholen. »Sir, das ist mein Mann«, sagte sie und legte ihm eine Hand auf den Stiefel. »Ich möchte ihn selbst pflegen. Und wenn er stirbt, will ich ihn auch begraben.«

Der Offizier überlegte einen Moment. Männer, die so schwer getroffen waren, starben meistens an ihrer Verwundung. »Na gut. Sagen Sie mir doch noch mal seinen Namen.«

»Captain Lucas Brosnahan. 2. Tennessee-Infanterieregiment.«

Der Mann mit dem Schnurrbart nickte und ritt weiter. Shelby fasste das als Zustimmung auf, dass Lucas die Truppe aus medizinischen Gründen verlassen dürfe. So schnell es im Schritttempo möglich war, führte sie das Pferd mit seiner Last weg vom Schlachtfeld.

Am Hauptquartier vorbei folgte sie dem Verlauf der Straße zurück in Richtung Chickamauga Creek. Soweit sie sich erinnern konnte, stand dort eine Blockhütte, an der sie auf ihrem Weg in den Süden vorbeigekommen war. Vielleicht konnte ihnen da jemand helfen.

Nachdem sie ungefähr eine Stunde gegangen war, blieb Shelby stehen, um die Aderpresse zu lockern, damit wieder etwas Blut in Lucas' Bein strömen konnte. Bei jeder Drehung betete sie in stummer Panik: Bitte, kein Gangrän, kein Wundbrand. Würde das eintreten, müsste sie Lucas sofort zu einem Arzt bringen. Der würde ihm das

Bein abnehmen, und dann wäre Lucas dem sicheren Tod geweiht. Wann immer sie das Schwert drehte, um die Aderpresse zu lockern, strömte das Blut im Rhythmus von Lucas' Herzschlag aus der Wunde. Frisches Blut vermengte sich mit altem, das auf seiner Hose trocknete, und lief seitlich am Bauch des Pferdes hinunter – ein heller roter Streifen auf dem dunkelbraunen Fell. Lucas hing am Hals der Stute und sah aus, als wäre er bereits tot. Immer wieder tastete Shelby nach seinem Hals und fühlte seinen schwachen, unregelmäßigen Puls.

Am Bach hielt sie an, um Lucas Wasser zu geben. Seine Blässe war erschreckend; normalerweise hatte er eine gesunde Gesichtsfarbe. Jetzt waren bereits einige Stunden vergangen, aber die Blutung schien immer noch nicht nachzulassen. Bei jedem Nachsehen steigerte sich Shelbys Angst, bis schließlich Panik in ihr hochstieg. Was, wenn die Blutung nicht mehr aufhörte? Was, wenn die Arterie so zerfetzt war, dass sie ohne chirurgischen Eingriff nicht mehr zu retten war? Dann würde sie zu dem Feldarzt zurückkehren und mit ansehen müssen, wie er ihren Mann mit seinen bakterienverseuchten Händen behandelte. Am schlimmsten war jedoch die Vorstellung, sie könnte Lucas zum Tode verurteilt haben, weil sie ihn nicht sofort ins Lazarett gebracht hatte. Was, wenn er ohne Amputation keinerlei Chancen auf Heilung besaß und sie ihn um jede Hilfe brachte? Verzweifelt betete sie, dass die Blutung aufhören möge. Ein kleiner Hoffnungsschimmer, damit sie wusste, dass sie das Richtige getan hatte.

Endlich erreichten sie die Blockhütte, die an einem kleinen Nebenarm des Chickamauga Creek lag. Shelby brachte die letzten paar Meter zur Veranda im Laufschritt hinter sich und hämmerte an die Tür.

»Du kannst ruhig hineingehen.« Lucas hob kurz den Kopf. »Da ist keiner mehr. Jeder, der noch einen Funken Verstand im Leib hat, ist vor diesem Grauen geflohen. Du hättest auch davonlaufen sollen. Du gehörst nach Hause.« Er hörte sich benommen an. Er hatte entsetzlich viel Blut verloren und konnte bestimmt nicht mehr klar denken. Sein Kopf fiel auf den Hals des Pferdes zurück.

Shelby öffnete die Tür. Lucas hatte Recht, die Hütte, die aus einem einzigen Raum bestand, war verwaist, und wie es aussah, hatte man sie tatsächlich fluchtartig verlassen. Die Feuerstelle war kalt, eine Truhe neben dem Bett war leer, ebenso der Gewehrständer an der Wand. Alle möglichen Sachen lagen durcheinander auf dem Fußboden und auf einem Tisch, der vor der Wand stand.

Shelby kehrte zu Lucas zurück und versuchte ihm vom Pferd zu helfen, indem sie an seinem Arm und an seiner Hose zerrte. Aber er war zu schwach zum Stehen und kippte auf sie. Sie strauchelte unter seinem Gewicht und stürzte mit ihm zu Boden. Erschrocken machte die Stute einen Satz zur Seite. Lucas stöhnte vor Schmerzen, als Shelby unter ihm hervorkroch und ihn erneut unter den Armen packte. Dann nahm sie ihre ganze Kraft zusammen und hievte ihn hoch. Lucas hatte zum Glück das Bewusstsein nicht verloren und konnte so viel Gewicht wie möglich auf sein gesundes Bein verlagern. Und so humpelten sie gemeinsam in die Hütte.

Die Matratze war aus Maisstroh und raschelte laut, als Lucas sich darauf fallen ließ. Er stöhnte, als Shelby seine Beine hochlegte, und fasste mit zitternden Fingern nach der Scheide seines Schwerts an seinem verletzten Bein. Sein bleiches Gesicht glänzte verschwitzt, und das Haar klebte an seinem Kopf. Erneut sandte Shelby ein Stoßgebet zum Himmel, dass er am Leben bleiben möge. Dann lief sie rasch zu der Stute hinaus, nahm dem Tier Sattel und Zaumzeug ab, verstaute alles auf der Veranda und kehrte mit den Satteltaschen und dem übrigen Gepäck in die Hütte zurück. Lucas saß mittlerweile am Bettrand und betastete seine Wunde.

»Leg dich sofort wieder hin, bevor du noch aus dem Bett fällst«, sagte Shelby und stellte die Satteltaschen am Fuß des Bettes ab.

Lucas ignorierte ihre Ermahnung. »Ich glaube, sie ist immer noch drin«, sagte er mit papierdünner, flatternder Stimme. Auch seine Finger zitterten leicht.

»Die Kugel, meinst du.«

Er nickte. »Sie muss raus.«

»In Ordnung. Dann holen wir sie heraus. Solange die Kugel drin ist, kann die Verletzung nicht heilen.«

»Ja.«

Doch Shelby hatte nicht die geringste Ahnung, wie sie diese Aufgabe bewältigen sollte. Sie wusste nur, dass die Wahrscheinlichkeit einer Infektion geringer war, wenn sie und nicht der Feldarzt die Kugel herausholte. Doch Lucas würde noch schlimmere Schmerzen aushalten müssen – so oder so. Und sie konnte nichts tun, um sie ihm zu ersparen. Sie hatte nicht einmal einen Schluck Whiskey für ihn.

Aber es musste sein. Und so schob Shelby entschlossen einen schmutzigen Teppich vors Bett und forderte ihn auf: »Dann rutsch jetzt auf den Boden runter und stütz dich mit dem Rücken am Bett ab.« Und das tat er. Als er am Boden saß und den Kopf gegen die Matratze gelehnt hatte, zerriss sie das Hosenbein unterhalb der Aderpresse. Zum Vorschein kam eine hässliche schwarze

Wunde an der Innenseite seines Oberschenkels, umgeben von dunkelrot geschwollenem, blutverkrustetem Gewebe. Der Rest des Beins war weiß und blutleer. Lucas den Stiefel auszuziehen erwies sich als schwierig, aber dabei zog Shelby ihm auch gleich den Strumpf aus und besah sich seinen Fuß, der ebenso weiß wie das übrige Bein war.

»Wo ist dein Rasiermesser?«

Lucas deutete mit dem Kopf zum Fußende des Bettes. »In meinem Tornister.« Nach kurzem Suchen fand Shelby das Rasiermesser. Am besten wäre es natürlich gewesen, wenn sie nicht hätte schneiden müssen, aber wahrscheinlich würde sie sogar noch die Wundränder erweitern müssen, um die Kugel herauszuholen. Und dabei war die Gefahr groß, dass Lucas noch mehr Blut verlor.

Doch jetzt brauchte sie erst mal heißes Wasser oder zumindest Feuer, um das Rasiermesser zu sterilisieren. Neben der Tür stand ein Eimer, und zum Bach hinunter führte ein schmaler Trampelpfad, auf dem die Bewohner der Hütte offensichtlich täglich gegangen waren, um Wasser zu holen. Shelby musste zweimal gehen, bis der Kessel gefüllt war, den sie zunächst auf den Tisch stellte. Als sie hinaus zum Holzstoß ging und ein paar Holzscheite und etwas zum Anzünden holte, zitterten ihr die Knie.

Als sie zurückkam, war von Lucas kein Laut zu hören, sodass sie einen Moment lang innehielt und lauschte, ob er überhaupt noch atmete.

Nachdem sie das Holz aufgeschichtet hatte, holte sie ihren Feuerstein aus der Satteltasche und entzündete den kleinen Stoß. Das lodernde Feuer war der erste Anblick seit langem, der sie etwas froher stimmte, und bannte zudem die heraufziehende Kälte des zu Ende gehenden

Herbsttages. Anschließend hängte Shelby den Kessel an den Haken, um das Wasser zu erhitzen.

Währenddessen durchsuchte sie die Schubladen und fand unter anderem ein paar Kerzen. Eine davon zündete sie an, ließ etwas Wachs auf den Tisch tropfen und befestigte sie so. Dann hielt sie die Klinge des Rasiermessers einige Sekunden in die Flamme, kniete sich neben Lucas und strich prüfend mit den Fingern über die Wunde. Aber außer einer starken Schwellung konnte sie nichts ertasten. Wenn die Kugel noch drin war, saß sie ziemlich tief. Auf der Suche nach einer Austrittswunde ließ Shelby ihre Hand schließlich auf die Unterseite von Lucas' Schenkel gleiten und entdeckte tatsächlich eine Beule, die zuvor noch nicht da gewesen war. Lucas konnte von Glück reden, dass sich die Kugel relativ weit weg von dem Knochen und der zerfetzten Arterie befand. Sein Pech war, dass sie zwar dicht unter der Haut saß, aber trotzdem nicht leicht herausgeschnitten werden konnte. Shelby wägte die Situation genau ab und vermochte schließlich mit Gewissheit nur zu sagen, dass sie die Kugel nicht durch die Eintrittswunde würde entfernen können.

»Ich muss von der anderen Seite her schneiden.«

Lucas stöhnte und reckte den Hals, um besser zu sehen. Er schnaufte ein paarmal, nickte aber. »Dann mach es jetzt gleich.«

»Komm, dreh dich um.« Shelby half ihm, das Gewicht auf die linke Seite zu verlagern. Als sie die Beule ertastet hatte, drückte sie die darüber liegende Haut mit zwei Fingern zusammen. Das Bein war sehr weiß an dieser Stelle, und Shelby hoffte, dass der Schnitt deshalb nicht so stark bluten würde. Dann setzte sie das Messer an, drückte es fest auf die Wölbung und schnitt hinein.

Lucas warf den Kopf gegen die Matratze und stieß einen erstickten Schrei aus. Sein Körper wand sich in spastischen Zuckungen, und seine Hand versuchte Shelby wegzustoßen. Shelby packte sein Handgelenk und hielt es von sich weg, bis er sich ihrem Griff entwand und das Bettgestell so fest umklammerte, dass die Knöchel weiß hervortraten.

Aber die Kugel war nicht zu sehen; eine Schicht aus glänzendem rotem Fleisch wölbte sich darüber. Schnell, bevor Lucas es merkte, drückte Shelby die Beule wieder zusammen und schnitt ein zweites Mal. Da sprang die Kugel heraus und landete auf dem Teppich. Lucas stieß einen Schrei aus, in dem sich Schmerz und Erleichterung mischten. Keuchend richtete er sich auf und starrte auf die Bleikugel, die eben seinen Körper verlassen hatte.

Der Schnitt blutete nicht sehr stark, da die Aderpresse noch ziemlich eng saß. Shelby ließ Lucas' Bein los, öffnete den Gürtel und drehte gerade so weit am Schwert, dass wieder etwas Blut strömen konnte. Die Schnittwunde blutete deswegen nicht stärker, und auch aus der Eintrittswunde schien weniger Blut zu fließen. Lucas' Bein und Fuß nahmen allmählich wieder Farbe an. Tränen der Erleichterung traten ihr in die Augen, und sie ließ ihnen freien Lauf, während sie die Aderpresse neu befestigte.

Lucas hatte den Kopf wieder zurück aufs Bett gelegt und atmete schwer. Er hielt die Augen geschlossen und schien schlafen zu wollen.

Shelby hockte sich neben ihn auf den Teppich. Sie zitterte am ganzen Körper. Am liebsten hätte sie ebenfalls geschlafen. Sie wünschte sich nichts sehnlicher, als neben ihrem Mann in ein weiches, warmes Bett zu kriechen, selig einzuschlummern und gnädig das Grauen zu vergessen, dessen Augenzeugin sie heute geworden war. Ein Schluchzer schüttelte sie, aber nur einer. Das Wissen, dass Lucas sie brauchte, bewahrte sie davor, zusammenzubrechen.

Bis zu seiner völligen Genesung war Lucas zum Überleben auf ihre Hilfe angewiesen. Das wurde ihr in dem Moment schlagartig klar und gab ihr Kraft. Suchend sah Shelby sich in der Hütte um und entdeckte Einzelheiten, die ihr bisher entgangen waren.

Zum einen war die Hütte wirklich winzig. Zu Hause in Hendersonville hätte sie locker in ihr Schlafzimmer gepasst. Aber die Feuerstelle war ausreichend groß und mit einem soliden Eisenhaken versehen. Der kleine Kessel, der daran hing, schien kaum gebraucht zu sein. Unter dem einzigen Fenster stand eine Kommode, und in der Ecke neben der Feuerstelle, genau gegenüber dem Bett, befand sich der Tisch.

Shelby stand auf und überprüfte das Wasser im Kessel. Es war lauwarm. Unter dem Tisch entdeckte sie eine umgestürzte Holzschüssel. Sie hob sie auf und sah sich weiter suchend um.

In einer Ecke lagen ein paar Kleidungsstücke – ein Kattunhemd, drei Socken und eine Tischdecke. Sie hob sie ebenfalls auf und schüttelte sie fest aus für den Fall, dass sie voller Ungeziefer waren. Auf dem Tisch stand ein Sack mit Maismehl. Shelby wurde leichter ums Herz. Wenigstens hungern würden sie heute Abend nicht. Die Bewohner, die fluchtartig ihr Zuhause verlassen hatten, hatten außerdem noch eine Schachtel mit Salz und eine zerbrochene Eisenplatte zurückgelassen. Auf dem Fußboden lagen noch weitere Sachen herum, sodass Shelby zuerst einmal alles auf die Seite räumte und den kleinen Raum, in dem sich viel Schmutz angesammelt hatte, fegte.

Als sie fertig war, kochte das Wasser im Kessel. Shelby zog ihr Hemd aus, von dem sie bereits den unteren Teil abgerissen hatte, und riss auch noch einen der Ärmel aus. Die Naht leistete kaum Widerstand, so zerschlissen war der Stoff. Shelby tauchte den Lappen in das heiße Wasser, wrang ihn aus und kniete sich neben ihren Patienten.

»Lucas«, sagte sie leise. »Lucas Robert.«

Er schlug die Augen auf und sah sie groß an. Offensichtlich hatte er nicht geschlafen, sondern nur gedöst. Sanft fuhr Shelby mit dem Lappen über sein schmutziges, blutbeflecktes Gesicht. Lucas hob im Reflex die Hand, als wollte er ihr die Arbeit abnehmen, ließ sie dann aber wieder sinken. Sie wusch zuerst sein Gesicht und seinen Hals, ehe sie seine Uniformjacke aufknöpfte, über seine Schultern schob und mit dem Fuß unter das Bett stieß. Dann half sie ihm, sein Hemd und Unterhemd auszuziehen, tauchte den Lappen in frisches Wasser und machte sich daran, auch seinen Oberkörper zu säubern. Lucas schien seine Arme seit Wochen nicht mehr gewaschen zu haben, und Shelby fragte sich, wann er wohl das letzte Mal seine Uniform ausgezogen hatte. Seine Hände waren in einem etwas besseren Zustand, aber nicht viel. Er hatte sich zwar die Fingernägel geschnitten, doch sie starrten vor Schmutz. Schweigend sah Lucas ihr bei der Arbeit zu und beobachtete sie aus trüben blauen Augen, die im flackernden Schein des Feuers fast schwarz wirkten. Immer wieder musste Shelby den Lappen in heißem Wasser auswaschen, ehe sie endlich die Aderpresse abnehmen konnte.

Die Blutung hatte tatsächlich stark nachgelassen. Shelby weinte fast vor Erleichterung. Vorsichtig zog sie Lucas die zerfetzte Uniformhose und Unterhose aus und legte danach die Aderpresse neu an. Wieder war alles voll Blut, und sie musste den Lappen noch oft auswaschen. Zum Glück konnte man nicht sehen, welche Farbe das Wasser im Kessel mittlerweile angenommen hatte. Zum Schluss zog sie Lucas auch noch den zweiten Stiefel aus und wusch seine Füße.

»Ich weiß nicht, ob ich dich umdrehen kann.« Unschlüssig blickte sie auf Lucas hinunter. »Du könntest wieder zu bluten anfangen.«

»Lass, ich glaube, mein Bein ist gebrochen. Die Kugel hat wahrscheinlich den Knochen durchschlagen. Wenn ich Pech habe, muss ich bis Weihnachten hier herumsitzen.« Er sah aus, als könnte er ohne Probleme bis dahin durchschlafen. »Aber bis Weihnachten habe ich mir den Hintern wund gelegen, und was soll dann aus uns werden?«, witzelte er matt und grinste.

Ein Blick auf die Bahn, die die Kugel durch sein Bein genommen hatte, sagte ihr, dass er mit seinem Verdacht Recht haben könnte. Wenn das stimmte, würden wandernde Knochensplitter erneut Blutungen auslösen können. Vielleicht aber auch nicht. Die Anatomie des menschlichen Körpers war für Shelby ein Mysterium. Außerdem hatte sie keine Ahnung, wie nahe die Arterie am Knochen lag. Wieder stieg Panik in ihr hoch, wenn sie daran dachte, wie lausig ihre medizinischen Kenntnisse waren. Aber so schnell wollte sie sich nicht unterkriegen lassen. Sollte sie das Bein schienen? Aber wenn dadurch die Arterie wieder zu bluten begann? Und was würde passieren, wenn sie das Bein nicht schiente? Welches Risiko war höher? Eine erneute Blutung oder ein gebrochener Knochen, der nicht geschient wurde?

Shelby beschloss, das Bein zu schienen. Noch war es gerade, und wenn sie es schiente, würde der Knochen vielleicht auch ohne Gips in Form bleiben. Doch womit sollte sie das tun? Sie machte sich daran, den Stoß Feuerholz vor der Hütte zu durchsuchen, konnte aber kein Holzscheit finden, das gerade und lang genug war. Auch rings um die Hütte fand sie keinen passenden Stock. So kehrte sie ins Haus zurück und betrachtete prüfend die wenigen Möbelstücke – den Tisch, die Kommode, die Truhe, das Bett.

Natürlich, die Bettlatten. Sie sagte Lucas, er solle sich aufsetzen und ein wenig zur Seite lehnen, zerrte die Matratze samt Decken aus dem Bettgestell und legte alles vor der Feuerstelle auf den Boden. Entschlossen kippte sie das Bett auf die Seite, lehnte es an die Wand und entfernte eine der Bettlatten, die sie in der Mitte entzweibrach. Jetzt hatte sie zwei gute Schienen, mit denen sie seinen Oberschenkel fixieren konnte. Dazu riss sie auch noch den restlichen Stoff ihres Hemdes in Streifen und umwickelte damit Bein und Holzlatten.

Nachdem Shelby das Bett wieder aufgerichtet und Matratze und Decken zurückgelegt hatte, half sie Lucas hoch, damit er sich hinlegen konnte. Kaum hatte sie die Decke über ihn gebreitet, fielen ihm auch schon die Augen zu.

Es war eine unglaubliche Wohltat, ihn so sauber und gut versorgt dort liegen zu sehen, und langsam begann auch Shelby sich zu entspannen. Aber in dem Moment wurde sie von ihrer eigenen Erschöpfung überwältigt. Als sie nach dem Lappen greifen wollte, um sich selbst zu säubern, zitterten ihre Hände so stark, dass sie kurz innehalten musste, bis der Anfall nachgelassen und sie sich wieder beruhigt hatte. Das Feuer spendete genügend

Wärme, sodass sie sich ausziehen und am ganzen Körper waschen konnte. Es war seltsam tröstlich, Lucas' Blut von sich abzuwaschen. Außerdem hatte sie sich seit Wochen nur notdürftig säubern können, und das warme Wasser tat ihr gut. Lucas murmelte mit geschlossenen Augen: »Du musst was essen. In meinem Tornister ist noch ein bisschen Zwieback.«

Shelbys Magen flatterte nervös, und der Gedanke an Essen kam ihr absurd vor, aber sie wusste, dass sie beide etwas zu sich nehmen mussten. Das Frühstück war ihre letzte Mahlzeit gewesen, und jetzt war es schon längst dunkel. So teilten sie sich Lucas' Proviant und tauchten den trockenen und steinharten Zwieback in heißes Wasser.

Nach dem Essen lockerte Shelby ein weiteres Mal die Aderpresse, damit Blut in Lucas' Fuß strömen konnte. Aber irgendwann kam sie gegen ihre Erschöpfung nicht mehr an. Sie hatte das Gefühl, sich nicht mehr bewegen zu können. Mehr als alles andere wünschte sie sich, neben Lucas ins Bett zu kriechen und dort einzuschlafen. Aber da sie das Risiko nicht eingehen wollte, dass die Wunde wieder zu bluten begann, wickelte sie sich in eine Decke und legte sich vor dem Feuer auf den Fußboden, Rücken und Kopf an die Matratze gelehnt. Während die Glut in sich zusammenfiel und winzige Funken stoben, bekam sie gerade noch mit, wie Lucas mit seinen rauen Fingern über ihre Stirn strich, ehe sie der Schlaf überwältigte.

In der Nacht schreckte sie immer wieder hoch, stand auf und lockerte die Aderpresse an Lucas' Bein. Sie konnte nur hoffen, dass die Abstände einigermaßen regelmäßig waren, da sie nicht wusste, wie lange sie dazwischen schlief. Es dämmerte, als sie endgültig aufwachte. Es war ein eiskalter Morgen. Shelby fühlte sich krank und zerschlagen, jeder Knochen im Leib schmerzte. Sie rappelte sich auf und stellte fest, dass Lucas tief und fest schlief. Seine Brust hob und senkte sich kaum unter der dünnen Decke, und sein Gesicht war fahl und bleich. Aber er lebte. Solange er am Leben war, gab es Hoffnung.

Shelbys altes Hemd, das sie seit Hendersonville getragen hatte, war unbrauchbar, und so schlüpfte sie in das Hemd, das sie auf dem Boden gefunden hatte. Ein kurzer Gang zum Abtritt vor der Hütte, und dann machte sie sich an die Arbeit. Zuerst holte sie frisches Wasser aus dem Bach und schrubbte die von den vorherigen Bewohnern zurückgelassene Eisenplatte. Lucas hatte in seinem Tornister noch ein Stück Schinkenspeck, den sie auf der Eisenplatte briet und auf die Seite stellte. Dann rührte sie das Maismehl mit Wasser an und buk auf der Platte kleine Fladen heraus. Der Essensduft weckte Lucas auf, der seinen Kopf hob, aber gleich wieder auf die Matratze zurücksank.

»Mann«, murmelte er, »ich habe geträumt, dass ich zu Hause bin.« Er hörte sich so verloren an, so weit weg von seinem Zuhause, nach dem er sich sehnte, dass es Shelby schier das Herz zerriss.

Aber sie schluckte ihre Traurigkeit hinunter und bückte sich, um die Aderpresse zu überprüfen. Dabei bemerkte sie, dass die Blutung vollkommen aufgehört hatte. Mit einem tiefen Seufzer der Erleichterung entfernte sie das Schwert und legte es zur Seite. Dann kehrte sie an die Feuerstelle zurück.

»Hier, iss was, dann fühlst du dich gleich besser.«

Shelby setzte sich neben Lucas, und gemeinsam verspeisten sie den heißen Speck und die Maisfladen. Lucas war nicht sehr gesprächig. Er war immer noch sehr weiß im Gesicht und hatte dunkle Ringe unter den Augen. Nach dem Essen ließ er sich auf die Matratze zurückfallen und schlief wieder ein.

Der Sack Maismehl würde nicht lange ausreichen, nicht länger als eine Woche, selbst wenn Shelby sparsam damit haushaltete. Sie würden also schnellstens weiterziehen müssen. Außerdem war es gefährlich, sich in unmittelbarer Nähe einer Armee aufzuhalten, die bald auf diesem Weg zurückgedrängt werden würde. Sobald es Lucas etwas besser ging, würden sie aufbrechen müssen. Sie konnte nur hoffen, dass sie in der Lage waren, rechtzeitig genug von hier zu verschwinden. Doch einige Tage würde es schon noch dauern, ehe sie daran denken konnte, Lucas auf ein Pferd zu setzen. Und so nützte Shelby die Zeit, in der Lucas schlief, um alles für den Aufbruch vorzubereiten und Augen und Ohren nach anrückenden Armeen offen zu halten.

Sie kochte ihre Kleidungsstücke im Wasserkessel aus und hängte sie über das Geländer der Veranda zum Trocknen, sogar die zerfetzte Hose von Lucas, denn er hatte nur die eine. Als ihre Kleider wieder trocken waren, zog sie ihre alten Hosen, das Unterhemd und das in der Hütte gefundene Hemd an. Lucas hatte in seinem Tornister Nadel und Faden, sodass sie das zerrissene Hosenbein seiner Uniform notdürftig wieder zusammennähen konnte.

Nirgends war jetzt mehr Blut zu sehen, alles war gewaschen und sauber. Nicht einmal hinter Lucas' Ohren waren noch dunkle Flecken, und nichts erinnerte mehr an den Krieg, der draußen in der Welt wütete. Nur hin und wieder sah Shelby vom Hügelkamm Rauch aufsteigen, aber sie vermied den Anblick und hielt sich lieber in der Hütte auf. Im Lauf der nächsten Tage schrubbte sie gründlich Boden und Wände ihrer Zufluchtsstätte und befreite sich und Lucas von allem Ungeziefer, so gut es ging. Allmählich fühlte sie sich wieder wie ein Mensch und kräftig genug für den Marsch nach Hause. Sobald Lucas stark genug war, um sich auf dem Pferd zu halten, würden sie aufbrechen. Sie hoffte nur, dass das Maismehl so lange ausreichen würde.

Aber das Glück war auf ihrer Seite, denn auf dem Weg hinunter zum Bach stieß Shelby auf ein Hühnernest. Jetzt hatten sie auch Eier zu essen, und unten am Bach wuchsen genügend Grünzeug und auch ein paar Äpfel, die offensichtlich noch nicht reif gewesen waren, als die Armee in der Woche zuvor daran vorbeigezogen war. Sie würden also nicht verhungern müssen. Jedenfalls nicht so bald. Nach einer Woche Erholung war Lucas wieder klar im Kopf, und es gab die ersten Anzeichen, dass er aufstehen und herumlaufen wollte. Und er konnte überhaupt nicht mehr zu kratzen aufhören.

»Nicht, sonst fängt es wieder zu bluten an.« Shelby stand am Tisch mit einer Schüssel Äpfel in der Hand und bückte sich, um ihm auf die Finger zu klopfen.

»Nein, ich bin ja schon brav.« Lucas saß auf dem Bett, die Decke um die Hüften gewickelt, und streckte schon wieder die Hand nach seinem Bein aus. Shelby schlug ihm auf die Finger. »Autsch! Aber es juckt doch so.« Und wieder schob sich seine Hand unter die improvisierte Schiene.

»Ich sagte, du sollst nicht kratzen. Wenn du kratzt, blutet es wieder, und dann musst du sterben, und was wird dann aus mir? Dann muss ich ohne dich nach Hause zurück.«

»Das wirst du sowieso müssen.«

Shelby hielt wie versteinert in der Bewegung inne und umklammerte die Schüssel. »Du wirst mit mir nach Hause kommen«, entgegnete sie mit flacher Stimme.

Lucas startete einen Versuch, energisch und entschlossen zu klingen, was ihm aber nicht sonderlich gut gelang. »Ich muss zu meiner Einheit zurück«, sagte er und setzte sich auf seine Hände. Shelby hörte seiner Stimme an, dass es mit seiner Entschlossenheit nicht weit her war. Seine Verletzung hatte ihm doch stark zugesetzt. Aber sie wusste auch, dass sein Beharrungsvermögen das anderer Männer bei weitem übertraf. Lucas würde nicht so schnell aufgeben, und sie hatte Angst, er würde schon aus reiner Sturheit zu seiner Einheit zurückkehren. So wie er sie auch überredet hatte, ihn zu heiraten.

Es fiel ihr schwer, ihn anzusehen, und so starrte sie in die Schüssel. »Du bist verletzt, schwer verletzt. Keiner kann von dir erwarten, dass du wieder in den Kampf ziehst.«

»Wenn alles verheilt ist, kann ich wieder laufen, und dann kann ich auch wieder kämpfen.«

Shelby wurde von einer Welle der Panik erfasst. »Nein.«

Jetzt richtete Lucas sich auf und beugte sich vor, ohne darauf zu achten, dass die Decke verrutschte. »Mary Beth, ich kann nicht desertieren.«

»Du desertierst doch nicht. Du bist verwundet worden, du bist immer noch verletzt. Jeder in deiner Einheit hat gesehen, dass du fast gestorben bist. Ich habe deinen Vorgesetzten informiert, und er weiß, dass du kampfunfähig bist und vielleicht nicht mehr zur Truppe zurückkehrst. Du musst deinen Abschied nehmen und mit nach

Hause kommen. Du hast in diesem Krieg schon genügend gekämpft, Lucas.« Tränen schlichen sich in ihre Stimme, und sie konnte nichts dagegen tun. »Du hast es verdient, nach Hause zu gehen.«

»Nicht solange mein Land noch Männer braucht, die kämpfen.«

Jetzt wandte Shelby ihm das Gesicht zu. Zorn und Tränen drohten sie zu ersticken. »Dein Land wird noch jeden Mann brauchen, der kämpfen kann, und es wird trotzdem verlieren. Selbst halbwüchsige Jungen und alte Männer werden sie noch rekrutieren – vergebens. Es wird zum größten Blutvergießen in diesem Jahrhundert kommen. Lucas, ich kann nicht zulassen, dass du dich diesem Gemetzel aussetzt.« Lucas hob verwundert die Augenbrauen, aber sie fuhr fort: »Ich werde nicht zulassen, dass du dein Leben wegwirfst.«

»Mein Vater …«

»Deine Brüder.« Das ließ ihn verstummen. »Deine Brüder haben ihr Leben für die verlorene Sache gelassen«, fuhr sie fort. »Und dein Vater sitzt jetzt zu Hause und trauert um seine Söhne, die ihr Leben geopfert haben. Für *nichts*. Für nichts sind sie gestorben, und du weißt das.« Die Trauer um Lucas' Brüder überwältigte sie, und ihre Stimme zitterte. »Du weißt genau, dass sich das Blatt gewendet und das Kriegsglück die Konföderation verlassen hat. Sobald die Schlacht um Chattanooga verloren ist, wird Sherman brandschatzend und mordend durch das Land ziehen, bis hinunter zum Atlantischen Ozean. Lucas, du kannst deinem Vater noch Hoffnung für die Zukunft geben, wenn du mit nach Hause kommst und er dich ein letztes Mal sieht, bevor er stirbt. Er muss wissen, dass du da bist, um seinen Enkelsohn in Würde großzuziehen. Er muss wissen, dass nicht alles verloren ist, wofür er sein ganzes Leben gearbeitet und gekämpft hat.«

Lucas erwiderte nichts, sondern starrte sie nur eine Weile wortlos an. Dann wandte er den Blick ab und schaute ins Feuer. In seinen Augen glitzerten Tränen. Er zog die Decke enger um sich. Shelby wartete, und schließlich sagte er: »So viele Männer haben ihr Leben gelassen. Ich kann nicht hinnehmen, dass unsere Sache verloren sein soll.«

Leise seufzend stellte Shelby die Schüssel ab, setzte sich neben Lucas auf das Bett und ergriff seine Hand. »Dir bleibt nichts anderes übrig. Der Krieg ist nicht nur jetzt schon verloren, es werden auch noch tausende sterben, ehe der Rest des Landes dies begreifen wird. Du kannst nichts anderes mehr tun, als dich selbst zu retten. Du hast deine Pflicht und Schuldigkeit getan. Niemand kann mehr von dir erwarten. Sieh der Wahrheit ins Auge, ehe es zu spät ist. Bitte, Lucas, komm mit nach Hause.«

Er schloss die Augen, und zwei Tränen quollen unter seinen Lidern hervor. Dann nickte er. Shelbys Herz jubelte, als ihr bewusst wurde, dass sie das Schicksal ausgetrickst hatte. Lucas würde weiterleben, sie würde nicht verwitwet sein, und es würde auch nach dem Krieg noch ein Leben für sie geben. Einen Moment lang drehte sich alles um sie, und sie küsste Lucas' Handrücken. Dann wischte sie ihm die Tränen ab, und er schlug die Augen wieder auf. Man sah ihm nicht an, was er fühlte. Sein Gesicht war ausdruckslos, nur seine Augen, aus denen unendliche Tiefe und ungeahnte Schönheit sprachen, suchten ihren Blick. Shelby hätte sich für immer darin verlieren können.

Lucas erwiderte ihren Kuss und drückte seine Lippen auf ihren Handrücken. Danach küsste er die Handfläche erst der einen und dann der anderen Hand. Schließlich streckte er den Arm aus und griff nach der Knopfleiste ihres Hemds.

Shelby hielt seine Hand fest. »Du willst doch nicht, dass deine Wunde aufreißt.«

Der Hauch eines Lächelns trat in seine Augen, und er murmelte: »Bei den Männersachen, die du trägst, weiß ich gar nicht, ob du überhaupt noch eine Frau bist.«

»Ich habe leider kein Kleid dabei.«

Seine Finger wanderten weiter die Knopfleiste entlang. »Dann solltest du das hier vielleicht mal ausziehen, damit ich mich selbst überzeugen kann, dass du tatsächlich meine Frau bist. So wie Adam und Eva, du weißt schon.«

Ein flirrendes, lange vermisstes Gefühl stieg zaghaft in ihr hoch, aber sie hielt weiter ihr Hemd vor der Brust zusammen. »Es wird dir nur wehtun.«

»Wie wär's, wenn du mich entscheiden lassen würdest, welcher Teil von mir am meisten schmerzt und die meiste Aufmerksamkeit benötigt. Dieses Ziehen hier in meinem kurzen Bein ist nämlich fast so schlimm wie der Schmerz in dem gebrochenen.« Mit diesen Worten schob er seine Hand in ihr Unterhemd und streichelte ihre Brust.

»So kurz ist dieses Bein auch wieder nicht.« Ein Schatten huschte über Lucas' Gesicht, als wüsste er nicht, wie er mit der Möglichkeit umgehen sollte, Shelby könnte außer ihm auch noch andere Männer nackt gesehen haben. Rasch fügte sie hinzu: »Es kann sich nämlich durchaus mit dem der meisten Hengste messen, die ich gesehen habe.«

Da musste er laut lachen. »Wie bin ich nur zu einer solchen Frau gekommen?«

»Durch ein Wunder, denke ich.« Und für Shelby war es tatsächlich ein Wunder. Sie beugte sich vor, um ihn zu küssen, und er zog sie an sich. Es war so lange her. Lucas vergaß seine ganze Zurückhaltung und küsste sie mit einer Leidenschaft, die neu für sie war. Sein Atem ging schwer und schnell. Ein tiefes, kaum vernehmbares Stöhnen entrang sich seiner Brust, und Shelby schob ihr Hemd über ihre Schultern.

Dann löste sie sich kurz von ihm, um ihr Unterhemd auszuziehen und ihm zu helfen, ihren Gürtel zu öffnen. Die Hose rutschte von ihren Hüften und glitt zu Boden. Lucas legte sich auf das Bett zurück und schlug die Decke auf. Aber als Shelby sich rittlings auf ihn setzen wollte, murmelte er etwas, schüttelte den Kopf und bedeutete ihr mit kräftigen Händen, dass sie sich neben ihn legen und ihm den Rücken zuwenden solle, während er sich auf die Seite rollte. Das gebrochene Bein lag jetzt oben, und sein Glied fand mühelos seinen Weg zwischen ihre Beine. Lucas stützte sich auf einem Ellbogen ab und beugte sich über sie, um sein verletztes Bein zu entlasten. Shelby half ihm, in sie einzudringen, und er stieß mit einer Heftigkeit zu, dass sich ihm ein Schrei entrang.

Shelby schlang ein Bein um seine Hüfte und zog ihn mit der Ferse noch näher an sich. Langsam steigerte Lucas seine Bewegungen. Shelby spürte ihn in sich und in ihrem Rücken. Sie spürte seinen Atem, seine Hände, seine Arme. Sie presste ihren Po an seinen Bauch, und dann existierten nur noch Lucas, sein Körper, seine Liebe. Und was am wichtigsten war – sein Leben.

Hinterher blieben sie eng aneinander geschmiegt liegen. Als Shelby wieder zu Atem gekommen war, fragte sie: »Wie geht es deinem Bein?«

Lucas rollte sich auf den Rücken. »Dem gebrochenen? Das brennt wie Feuer. Der Rest von mir fühlt sich überdurchschnittlich gut. Danke der Nachfrage.«

Zufrieden zog Shelby die Decken über sie, kuschelte sich an ihn und sank in einen tiefen, willkommenen Schlaf.

21

Drei Wochen waren sie zusammen auf dem Rücken der Stute in Richtung Zuhause unterwegs. Drei Wochen, in denen sie nicht nur Yankees und Buschläufern aus dem Weg zu gehen trachteten, sondern auch den Truppen der Konföderierten. Lucas war zwar verwundet und noch lange nicht diensttauglich, doch bestand immer noch die Gefahr, dass er als Deserteur in einem konföderierten Gefängnis landete. Man konnte nicht wissen, was den Leuten in diesen Zeiten so alles einfiel. Und zu Hause schwebte Lucas sogar in noch größerer Gefahr, denn eine Festnahme würde mit größter Wahrscheinlichkeit eine Hinrichtung nach sich ziehen.

»Du musst dich ergeben und in Kriegsgefangenschaft gehen.«

»Nie im Leben.« Sie überquerten gerade die Straße nördlich von Murfreesboro.

»Ich werde aber nicht zulassen, dass sie dich hängen.«

»Sie werden mich nicht in die Finger bekommen.«

»Und wo willst du dich verstecken? Wie werden wir es geheim halten, dass du wieder zu Hause bist? Das sehen mir doch alle Leute am Gesicht an.«

Lucas musste lachen, und Shelby drückte ihre Wange an seinen Rücken. »Meinst du, deine Eltern könnten mich in ihrem großen alten Haus verstecken?«, fragte er.

»Dieses große alte Haus gehört jetzt einem Herrn namens Andrew Johnson. Oder einem Freund von ihm. Sie haben es konfisziert.« Und bevor er das ebenso große Haus ihrer Schwester vorschlagen konnte, kam sie ihm zuvor und sagte: »Meine Eltern leben jetzt bei den Donelsons. Und die können dich auch nicht verstecken. Ergib dich, und zwar bevor sie dich finden. Denn dann hast du die Fäden in der Hand. Bitte um Entlassung auf Ehrenwort.«

»Und wenn sie beschließen, mich wie meinen Bruder aufzuhängen?«

Darauf wusste auch Shelby keine Antwort. Amos hatte man diese Möglichkeit von vornherein verweigert. Es folgte längeres Schweigen, ehe sie sagte: »Aber wenn du dich nicht ergibst und sie dich finden, werden sie dich mit Sicherheit als Spion hängen.«

Er brummte, und sie wusste, dass sie mehr an Zustimmung heute nicht erwarten konnte.

Das Schlimmste hatte Shelby Lucas noch gar nicht erzählt, nämlich dass es sein früherer Freund Samuel Clarence war, der die Macht besaß, ihn entweder auf Ehrenwort zu entlassen oder aber seine Hinrichtung anzuordnen.

Als sie sich dem Cumberland River näherten, begann Lucas über die Farm und über seine Pläne zu sprechen, was er nach dem Ende des Krieges daraus zu machen gedachte. Er überlegte, ihre Rotschimmelstute von einem Rassehengst decken zu lassen und daraus wieder eine Zucht aufzubauen. Die ersten Jahre würden sie wahrscheinlich von der Hand in den Mund leben müssen, aber er würde alles dafür tun, dass sich der Erfolg einstellte. Dann erkundigte er sich nach Matthew. Wie groß sein Sohn sei. Ob er bereits sprechen oder laufen könne. Ob er stark und gesund sei. Merkwürdig, aber früher hatte

Lucas nie solch detaillierte Fragen gestellt. Jetzt konnte er es kaum erwarten, den Jungen wiederzusehen. Er wollte unbedingt wissen, wie er gedieh und was für eine Persönlichkeit er entwickelte. Ein hoffnungsvolles Zeichen, das neu an ihm war, wie Shelby bemerkte. Lucas dachte offensichtlich nicht länger, dass er sterben würde, und schmiedete Pläne für die Zukunft. Da wurde ihr leicht ums Herz, und sie freute sich darauf, ihm das Kind in den Arm zu legen.

Mitte Oktober passierten sie Cumberland. Kurz nach Sonnenuntergang stiegen sie zum Fluss hinunter und durchquerten ihn. Am anderen Ufer, das dicht mit Wald bewachsen war – auf der Seite von Sumner County –, stießen sie auf einen schmalen Pfad. Lucas, der sein ganzes Leben in dieser Gegend verbracht hatte, konnte sich mühelos in dem Gewirr aus Trampelpfaden orientieren. Es war stockdunkel, und kein Laut war zu hören, als sie mitten in der Nacht auf der Seite des Gemüsegartens zwischen den Bäumen hervortraten.

Die Ernte war eingebracht, und Shelby fragte sich bang, von wem. Als sie sah, dass das große Haus intakt war, stieß sie einen tiefen Seufzer aus, und erst in dem Moment wurde ihr klar, dass sie kaum zu atmen gewagt hatte, seit sie den Fluss überquert hatten, aus lauter Angst, ihr Zuhause könnte mittlerweile zerstört worden sein. Lucas grub seine Fersen in den Bauch des Pferdes und ließ es antraben, obwohl das Reiten ihm noch große Schmerzen bereitete. Gleich darauf hielten sie vor der Hintertür neben der Küche.

»Ruth!« Shelby rief leise den Namen ihrer Schwägerin zu den dunklen Schlafzimmerfenstern hinauf. Gleichzeitig legte sie Lucas die Hand auf den Mund. »Ruth, bist du da?« Falls drinnen jemand das Pferd gehört hatte, wollte sie den Bewohnern keinen Schrecken einjagen, indem sie einfach ins Haus stürmte. Und falls Yankees darin waren, war es noch weniger geraten, sie wissen zu lassen, dass Lucas bei ihr war. Shelby glitt vom Rücken der Stute und schüttelte ihre tauben Beine und steifen Hüften.

Über ihr in Ruths Schlafzimmer wurde eine Kerze angezündet, und ein Schatten tauchte kurz am Fenster auf. Dann sah man, wie der Kerzenschein rasch über die Treppe in die Halle hinunterwanderte, wo gleich darauf die Tür aufgerissen wurde und Ruth heraustrat. »Mary Beth? O Gott, du bist es!« Als sie Lucas sah, stieß sie einen Schrei aus, eilte zum Pferd und ergriff schluchzend die Hand ihres Schwagers. Dann schlang sie ihre Arme um Shelby. »Tut das gut, euch beide zu sehen! O Mary Beth, der Herr sei gepriesen, dass ihr beide am Leben seid!«

Lucas glitt vorsichtig vom Pferd. Mit der einen Hand hielt er sich am Sattel fest, während er sein ganzes Gewicht auf das gesunde Bein verlagerte. Er konnte zwar das verletzte Bein belasten und damit laufen, aber noch schmerzte es sehr, und die Gefahr, es erneut zu brechen, war groß.

»Ruth«, bat Shelby, »könntest du Vaters Stock holen? Lucas ist verwundet.«

Ruth starrte Lucas einen Moment lang entgeistert an, ehe sie seine notdürftig geflickte Hose und das verletzte Bein bemerkte. Dann nickte sie und eilte ins Haus.

»Ich bringe die Stute weg.« Shelby griff nach den Zügeln.

»Nein, das ist …«

»Ich mache es schon. Es dauert nur ein paar Minuten. Ich komme gleich nach.«

Sie achtete nicht darauf, was für ein Gesicht er machte, sondern ging Richtung Stall. Clyde lag schnarchend auf seiner Pritsche. Sie ließ ihn schlafen und versorgte das Pferd selbst.

Als sie ins Haus zurückkam, saß Lucas am Esszimmertisch und sprach mit seinem Vater. Ein verschlafener und staunender Matthew hockte auf seinem Schoß. Lucas hatte das schlimme Bein von sich gestreckt und saß etwas schief auf dem Stuhl, um es nicht allzu sehr zu belasten. Matthew hockte rittlings auf seinem gesunden Knie und juchzte, während sein Vater ihn wie ein Steckenpferd auf und ab schaukelte. Ruth war in der Küche, um etwas zu essen zu holen. Shelby blieb einen Moment im Vorraum an der Tür stehen und saugte den Anblick in sich auf, der sich ihren Augen bot.

Drei Generationen von Brosnahans – Vater, Sohn und Enkel – vereint und mehr oder weniger gesund. Die Männer unterhielten sich leise, und der kleine Junge unterbrach ihr Gespräch hin und wieder mit seinen juchzenden, gurgelnden Lauten. Shelby nahm all das in sich auf und versuchte, es sich für den Rest ihres Lebens einzuprägen. Der Anblick wog alles auf, was sie in den vergangenen zwei Jahren durchgemacht hatte. Und nichts davon war umsonst gewesen.

Ruth kam mit Maisbrot und Milch aus der Küche zurück, und sie aßen zusammen. Ihre kläglich zusammengeschrumpfte Familie könnte überleben, aber nur unter der Voraussetzung, dass es Shelby gelingen würde, Samuel Clarence dazu zu überreden, eine Entlassung auf Ehrenwort für Lucas zu unterzeichnen. Über den Tisch hinweg musterte sie verstohlen ihren Mann, der über das ganze Gesicht vor Freude über seine Heimkehr strahlte, und ihr Glücksgefühl wuchs ins Unermessliche. Aber es würde nicht einfach werden. Sie würde rasch handeln müssen, ehe irgendjemand im Ort bemerkte, dass Lucas zurück war.

Am nächsten Morgen, gleich nach dem Frühstück, zog Shelby ihr bestes Kleid an und steckte ihre Haare unter dem Hut auf, so gut es ging. Seit August waren sie ihr schon fast wieder bis auf den Kragen gewachsen und hielten deswegen recht gut. Aber Mary Beth' Haar war immer schon außergewöhnlich weich und glatt gewesen. Selbst lang hatte Shelby es nur mit Mühe und vielen Haarnadeln hochstecken können, sodass sie jetzt jede Nadel benutzte, die im Haus noch zu finden war.

»Wo gehst du hin?« Lucas war gerade mühevoll mithilfe des Stocks seines Vaters die Treppe hochgestiegen und stand in der Tür des Schlafzimmers, vor Schmerz ganz weiß und angespannt im Gesicht. Er trug Zivilkleidung, und mit Schrecken stellte Shelby fest, wie locker sein Hemd an seinem mageren Oberkörper hing.

»Ich habe etwas zu erledigen. Ich muss in die Stadt und die Yankees davon überzeugen, dich auf Ehrenwort zu entlassen.«

»Aber nicht ohne mich.«

Sein Ton veranlasste sie, sich umzudrehen und ihm fragend ins Gesicht zu sehen. Sein Blick gefiel ihr ganz und gar nicht. Es war derselbe Blick wie damals vor langer Zeit auf der Weihnachtsfeier, als er sie beim Tanzen mit Samuel Clarence beobachtet hatte. Und dabei wusste er noch nicht einmal, wo sie hinging. »Nein«, erwiderte sie bestimmt. »Wenn sie dich sehen, nehmen sie dich fest, ohne lange zu fackeln.« Shelby war nicht wohl zumute, und sie hoffte, sie würde ihm nicht sagen müssen, wo sie hinwollte. Hastig wandte sie sich wieder ihrer Garderobe zu.

Lucas humpelte zum Bett und ließ sich vorsichtig auf der Kante nieder. »Vielleicht aber auch nicht. So ungewöhnlich ist es auch wieder nicht, dass man auf Ehrenwort entlassen wird. Kann doch sein, dass der Kommandeur der Militärpolizei ein vernünftiger Mann ist. Er wird vielleicht einsehen, dass ich nach Hause gekommen bin, weil ich nicht weiterkämpfen will.« Seine Stimme klang belegt. Irgendetwas beschäftigte ihn, und sie wusste, dass es nichts Gutes verhieß.

Shelby stopfte ihr bestes Taschentuch in den Ärmel ihres Kleides. »Vielleicht ist er aber auch ein kompletter Idiot und lässt dich auf der Stelle verhaften und hinrichten wie deinen Bruder.«

Bei der Erwähnung seines Bruders zuckte Lucas zusammen, und Röte stieg in seine Wangen. Aber er holte tief Luft und sagte: »Ich war keiner von Morgans zwielichtigen Männern. Den Infanteristen einer regulären Armee werden sie wohl respektieren.«

»Dieser Mann nicht.« Shelby richtete ihren Unterrock. Sie vermied es, Lucas dabei anzusehen.

Er runzelte die Stirn. »Du scheinst dir ja absolut sicher zu sein.«

Schließlich nahm sie ihren ganzen Mut zusammen und klärte ihn auf. »Lucas, der Kommandeur der Militärpolizei heißt Samuel Clarence Daley.«

Sein Gesichtsausdruck änderte sich nicht. »Hättest du es mir gesagt?«

Shelby fiel aus allen Wolken. Er hatte es gewusst. Er hatte es die ganze Zeit gewusst und sie getestet. »Was soll das heißen?«

»Du hast dich hübsch gemacht und willst allein in die Stadt zu Samuel Clarence, ohne mir etwas zu sagen.«

»Das stimmt nicht. Ich habe dir gesagt, wo ich hingehe.«

»Du weißt, was ich meine.«

»Ich sagte dir, dass ich mit dem obersten Yankee hier in Hendersonville sprechen werde. Dass das zufälligerweise Samuel Clarence ist, hat nichts zu bedeuten.«

»Warum hast du mir dann nicht gesagt, dass er es ist?«

»Weil es nichts zu bedeuten hat.« Entsetzt stellte sie fest, dass sie laut geworden war, und trat einen Schritt zurück.

»Ich werde selbst gehen.« Lucas erhob sich mühevoll von der Bettkante.

»Das wirst du nicht.«

»Zieh dieses Kleid aus. Du wirst nirgendwo hingehen.«

»Lucas, er wird dich verhaften lassen. Er wird irgendeinen Grund finden, dich aufzuhängen, und wenn er keinen findet, hängt er dich trotzdem und entschuldigt sich später dafür bei seinen Vorgesetzten. ›Oh, wie schlimm, ich bin untröstlich.‹ Aber dann bist du schon tot. Ich werde nicht zulassen, dass er dich tötet, genauso wenig, wie ich dich in Georgia habe sterben lassen.«

Lucas stützte sich schwer auf seinen Stock. »Ich kann aber nicht zulassen, dass du das tust.«

»Und ich kann dich nicht gehen lassen.«

»Mary Beth …«

»Ich kann nicht.«

»Was hast du für Absichten, Mary Beth?«

»Was ich für Absichten habe?« Ihr wurde flau im Magen.

»Wieso bestehst du darauf, allein zu gehen? Was verheimlichst du mir sonst noch?«

»Was soll ich dir denn verheimlichen?«

»Ich denke, du weißt, worauf ich hinauswill. Du weißt, was dieser Mann von dir will.«

Einen Moment lang blieb ihr vor Entsetzen die Luft weg. Dann erwiderte sie: »Schäme dich, Lucas Robert Brosnahan. Schäme dich, weil du denkst, ich könnte ihm dieses Angebot machen, obwohl ich doch weiß, was ich dir damit antun würde. Und uns.«

»Ich will wissen …«

»Ich diskutiere nicht mehr mit dir, Lucas.«

»Nein.« Sein scharfer Ton machte ihr Angst. Sie hatte das Gefühl, ihn zu verlieren. »Ich komme mit dir. Ich lasse nicht zu, dass du dich wie eine Hure in der Gegend herumtreibst, nicht, wo ich jetzt wieder zu Hause bin und etwas dazu zu sagen habe. Schlimm genug, dass du dir das Haar abgeschnitten hast und in der Öffentlichkeit in meinen Hosen herumgelaufen bist. Aber jetzt bin ich wieder da. Ohne mich wirst du nirgendwo hingehen.«

Shelby starrte ihn an und wusste nichts darauf zu erwidern. Dieser Streit würde zu nichts führen, denn für sie stand außer Frage, dass sie ihre Absicht auch in die Tat umsetzen würde – Lucas' empfindliches Ego hin oder her. Schließlich stand sein Leben auf dem Spiel. Shelby schüttelte den Kopf vor Empörung, wie leichtfertig manche Männer ihr Leben in Gefahr brachten, obwohl doch so viel von ihnen abhing. Ohne ein weiteres Wort eilte sie an Lucas vorbei aus dem Zimmer. Er folgte ihr auf den Fersen. Als sie gerade ihre Röcke raffen wollte, um die Treppe hinunterzusteigen, packte er sie am Ellbogen, aber sie entwand sich seinem Griff.

»Lass mich, Lucas. Ich werde dir das Leben retten, selbst wenn du das nicht willst.« Nach einer Pause fügte sie hinzu: »Und auch wenn du es nicht verdienst. Mein Sohn braucht einen lebenden, keinen toten Vater. Deswegen ist es mir egal, was du über mich denkst. Ich weiß, dass du dir meiner nie ganz sicher warst, und du hältst mich für zu unabhängig und zu …« Sie suchte nach dem richtigen Wort. »… und zu frech. Stimmt, ich habe noch nie meinen Mund halten können, wenn ich gesehen habe, dass etwas nicht in Ordnung ist, und kein Mann – nicht einmal du – wird eine Frau aus mir machen, die ich nicht bin. Also, jetzt hör mir gut zu, Lucas Robert. Ich werde jetzt in die Stadt fahren und Samuel Clarence überreden, mir eine Entlassung auf Ehrenwort für meinen Ehemann auszuhändigen, der das nicht verdient und der kein Vertrauen mehr in mich hat.« Bei der Vorstellung schnürte sich ihr die Kehle zu. »Dann komme ich wieder nach Hause, und wir sprechen nie mehr darüber.« Sie hob ihre Röcke und eilte die Treppe hinunter.

»Mary Beth!« Lucas humpelte zum oberen Treppenabsatz, aber er war noch nicht sicher genug auf den Beinen, um einen raschen Abstieg zu wagen. Shelby lief durch den Vorraum und hinaus ins Freie. Clyde hatte die Stute angespannt, wie sie ihn gebeten hatte, und reichte ihr die Zügel.

»Soll ich Sie kutschieren, Mrs. Brosnahan?«

»Nein, vielen Dank, Clyde.« Clyde hatte zwar keine Ahnung, wie man eine Kutsche lenkte, aber es gefiel ihm, ihr dieses Angebot zu machen. Shelby ließ die Zügel schnalzen, und der Wagen setzte sich langsam mit einer Pferdestärke in Bewegung. Sie würde lange unterwegs sein, aber immer noch schneller als zu Fuß und wesentlich ehrbarer als im Herrensitz auf dem Rücken der Stute. Heute musste sie so ehrbar wie möglich auftreten. Sie drängte die Tränen zurück und sagte sich, dass Lucas ihr bestimmt verzeihen würde, sobald sie ihre Mission erfüllt hatte. Dann würde er sie bestimmt wieder lieben und schätzen.

»Mary Beth!« Lucas hatte es bis zur Haustür geschafft, aber sie drehte sich nicht um. Die Verärgerung in ihr übertönte alles, sogar sein Rufen. Shelby ließ die Zügel auf den Rücken des Pferdes klatschen und hielt die Stute zu einem kurzen Trab an.

In der Stadt blieb Shelby vor dem Kurzwarenladen stehen. Im ersten Stock lag das Büro von Major Samuel Clarence Daley. Der alte Pete mit seinem riesigen Adamsapfel begrüßte sie, wischte sich die Hände an einem Handtuch trocken und starrte neugierig durch das Fenster hinaus auf die Rotschimmelstute. Heutzutage besaßen nicht mehr viele ein Pferd, nur noch die, die gut mit den Besatzern standen. Pete wunderte sich bestimmt, wie dieses Tier dem Zugriff der Yankees entgangen war. »Kann ich Ihnen helfen?«

»Ich muss mit Samuel Clarence sprechen.«

»Warum?«

Shelby warf einen raschen Blick auf die Treppe, die hinauf ins Büro führte. Petes Ton beleidigte selbst ihre Ohren, die an weitaus lässigere Umgangsformen aus dem 21. Jahrhundert gewöhnt waren. »Ich muss etwas Geschäftliches mit ihm besprechen.«

»Dann sind Sie jetzt also eine Geschäftsfrau, wie?« Eine ungewohnt beleidigende und überraschend beißende Replik von Pete. Aber sie verkniff sich eine ebenso beißende Antwort, da sie es heute nicht auf Pete abgesehen hatte.

»Ich muss ihn in seiner Eigenschaft als Kommandeur der Militärpolizei sprechen.«

»Dann gehen Sie hinauf. Er ist in seinem Büro.«

Shelby raffte ihre Röcke, beugte ihren Reifrock und stieg die enge Treppe hinauf. Oben befand sich ein schmaler Gang, an dessen Ende eine Tür einen Spalt offen stand. Shelby ging hin und klopfte. Der fensterlose Gang war dunkel und wurde von einer einzigen Kerze erleuchtet, die im Zugwind flatterte, der von nirgendwoher zu kommen schien. Als die Bürotür aufschwang und den Blick auf ein Zimmer freigab, dessen Fenster alle nach Süden gingen, blendete sie die plötzliche Helligkeit. Samuel stand vor ihr. Ein Lächeln überzog sein Gesicht, aber es war alles andere als freundlich.

»Ich bin gekommen, um Sie um einen Gefallen zu bitten.« Noch im selben Moment, als diese Worte über ihre Lippen kamen und ein Leuchten in Samuels Augen trat, wusste sie, dass sie in Schwierigkeiten war. Schlagartig wurde ihr klar, dass sie diesen Mann nur mit einem Argument würde überzeugen können. Er wollte nur eines von ihr. Lucas hatte absolut Recht gehabt, nur hatte sie das bis jetzt nicht wahrhaben wollen.

»Kommen Sie doch herein, Mrs. Brosnahan«, sagte er süffisant, und sie ging an ihm vorbei ins Zimmer.

In dem Büro stapelten sich alle möglichen Papiere, und es roch nach Tinte. Samuel trug Uniform, was Shelby größere Angst einjagte, als sie vermutet hätte. Es war die Uniform der Armee der Vereinigten Staaten, aber im Lauf der letzten Jahre waren so viel Schrecken und Angst damit verbunden gewesen, dass sie kaum einen Blick darauf werfen konnte, ohne zu zittern. Samuel deutete auf einen Stuhl und forderte sie auf, Platz zu nehmen, aber sie lehnte ab und trug ohne Umschweife ihre Bitte vor.

»Mein Mann will sich der Gnade der Unionsarmee ergeben.«

»Sie meinen, der Armee der Vereinigten Staaten.«

Shelby unterdrückte einen Seufzer und nickte. Alles, wenn es ihn nur milde stimmte. »Ja. Er hat eingesehen, dass er falsch gehandelt hat, und wünscht, die Armee der Konföder... der Rebellen zu verlassen.«

Samuel verschränkte die Arme vor der Brust und sah sie verschlagen an. »Ich könnte mir denken, dass die Armee der Vereinigten Staaten ihn mit Freuden in ihren Reihen aufnehmen wird.«

»Er ist verwundet, schwer verwundet, und das bereits das zweite Mal. Er kann kaum laufen und wäre völlig dienstuntauglich.«

Samuels anzüglicher Ton stellte Shelbys Temperament auf eine harte Probe. »Aha, ich verstehe. Jetzt, da er der Sache nicht mehr dienen kann, will er das Ende des Krieges in Sicherheit hinter den feindlichen Linien abwarten.« Der Drang, ihm ihren Beutel über den Kopf zu ziehen, war überwältigend. Da war es umso schlimmer, dass er im Grunde nichts als die Wahrheit sagte, auch wenn Lucas unbedingt weiterkämpfen wollte. Doch diese Information musste sie Samuel vorenthalten. Sie hätte in stärkstem Widerspruch zu ihrer Behauptung gestanden, Lucas würde bereuen.

Statt mit der Tasche auszuholen und ihn zu schlagen, erwiderte sie leichthin: »Ich denke, es wäre keinem gedient, wenn Lucas, fern von zu Hause, ausweglos einer Sache verbunden wäre, an die er nicht länger glaubt, unfähig, zu seiner Familie zurückzukehren.« Sie beugte sich ein wenig vor, um ihren Worten mehr Nachdruck zu verleihen, und fügte hinzu: »Und zu seinen Freunden.«

Ein Schatten huschte über Samuels Gesicht, und einen Augenblick lang sah er traurig aus. Aber das Gefühl wurde sofort von neu aufflammendem Zorn verdrängt, und er trat dicht an Shelby heran. »Lucas Robert hätte seinen Freunden früher Loyalität erweisen sollen.«

»Er hat einen Fehler gemacht.«

»Einen Fehler, der tödlich sein könnte.«

»Sie würden doch ganz bestimmt nicht Ihren besten Freund hinrichten lassen.«

»Ich habe viele andere und weitaus bessere Freunde als ihn.« Sein Zorn war jetzt fast mit Händen zu greifen, und er trat noch einen Schritt näher an sie heran. »Und ich vermute, dass auch Sie dazu zählen könnten.«

»Ich?« Sie wich einen Schritt zurück.

»Sie wollen, dass Ihr Mann am Leben bleibt. Und dazu sind Sie gewillt, sich als wirklich gute Freundin zu erweisen, oder? Das ist doch der Grund, weshalb Sie hier sind.«

»Nein, Samuel, das ist es nicht, was ich Ihnen anzubieten habe.«

»Was haben Sie mir dann anzubieten? Sie wissen doch, was ich von Ihnen will.« Wieder kam er näher. Shelby wich so weit zurück, bis sie an einen Stuhl stieß und stolperte. Nur mit Mühe erlangte sie ihr Gleichgewicht wieder, aber jetzt war sie vollkommen in die Enge getrieben.

»Ich will wissen, wie viel Ihnen Ihre Freundschaft zu Lucas wert ist.«

»Zwischen Lucas und mir existiert keine Freundschaft mehr. Und das wissen Sie auch. Er hat sie beendet, als er Ihnen den Hof machte, obwohl er genau wusste, dass ich Sie mehr brauchte als er.«

»Ich stand Ihnen nie so nahe.«

Wieder trat ein trauriger, verletzter Ausdruck auf sein Gesicht, doch dieses Mal blieb er. »Ich habe Sie geliebt.«

»Ich liebte Lucas. Mir ist nie in den Sinn gekommen, einen anderen zu heiraten.«

»Lieben Sie ihn genug, um sich für ihn zu opfern?«

Die Hoffnungslosigkeit ihrer Situation raubte Shelby den Atem. Es war ausweglos. Welche Entscheidung sie auch traf, sie konnte nur verlieren. Sie musste sich zwischen einem Leben ohne Lucas oder einem Leben ohne seine Liebe und seinen Respekt entscheiden. Rasch suchte sie in ihrem Herzen nach einer Antwort und stellte fest, dass sie nur eine Wahl hatte, denn die Alternative war undenkbar. Sie versetzte Samuel einen so harten Stoß, dass er zurücktaumelte.

»Nein«, stieß sie zwischen den Zähnen hervor. Direkt hinter ihr stand ein kleiner Ofen. Sie griff nach dem Schürhaken, den sie wie einen Baseballschläger schwang, als sie fortfuhr: »Bleiben Sie mir vom Leib, Samuel Clarence. Ich würde lieber sterben, als mich auch nur einmal von Ihnen anfassen zu lassen, denn mein Leben bedeutet mir nichts ohne Lucas' Achtung. Ich könnte nicht weiterleben, wenn er auch nur eine Sekunde denken müsste, ich würde Ihnen das geben, was Sie von mir wollen. Wenn Sie unter meinen Rock wollen, Daley, dann müssen Sie mich schon töten. Kommen Sie und trauen Sie sich!«

Gerade als Samuel den Mund aufmachen und antworten wollte, wurde die Tür aufgerissen, und Lucas stürmte herein. Er stützte sich schwer atmend auf seinem Stock ab. »Samuel Clarence!«

Daley wirbelte erschrocken herum. Damit hatte er nicht gerechnet. Lucas keuchte vor Schmerz und Anstrengung, humpelte aber näher und ließ seinen Stock auf Daley niedersausen, der gegen seinen Schreibtisch fiel. Ein Stapel Papier segelte zu Boden. Samuel stieß einen Schrei aus und hielt abwehrend beide Hände in die Höhe. Er winselte vor Schmerz, als Lucas ein zweites Mal zuschlug. »Sie ist *meine* Frau!« Er versetzte Daley einen dritten Schlag auf die Schulter, ehe er an seinen Gürtel griff und seinen Dienstrevolver zog. Dann hielt er die geladene Waffe an Samuels Kopf, und der Mann in der blauen Uniform der Yankees kniff in Panik die Augen zusammen. Samuel rechnete offenbar fest damit, den Tag nicht zu überleben. Er war leichenblass, und Schweißperlen traten auf seine Stirn.

Mit zusammengebissenen Zähnen stieß Lucas hervor: »Es gab einmal eine Zeit, da habe ich dich wie einen Bruder geliebt, Sam.« Dabei beugte er sich etwas vor. Er hatte rasende Schmerzen in seinem Bein und keuchte vor Wut. »Aber es gibt Dinge, die ein Mann nicht tolerieren kann, nicht einmal von einem Bruder. Ich müsste dich eigentlich auf der Stelle erschießen, denn nach dem, was ich eben mit angehört habe, gibt es niemanden, weder im Himmel noch auf Erden, der mir dies als Schuld anrechnen würde.« Er verstummte einen Moment, um seinen Worten Nachdruck zu verleihen, aber auch, um erst mal tief Luft zu holen und sich etwas zu beruhigen. Dann fuhr er fort: »Aber weißt du was, ich werde dich nicht erschießen. Ich werde es dir gestatten, dich durch einen Akt selbstloser Großzügigkeit zu rehabilitieren. Ich gebe dir Gelegenheit, mir deine wahrhaftige, tiefe, von Herzen kommende Reue über deinen folgenschweren Irrtum zu beweisen, indem du jetzt zu Papier und Tinte greifst und eine Entlassung auf Ehrenwort auf meinen Namen ausstellst.«

Samuel runzelte die Stirn und schüttelte den Kopf, sagte aber nichts.

Lucas presste den Lauf des Revolvers an Daleys Schläfe. Samuel blinzelte so heftig, als würde er jeden Moment den Schuss, der sein Leben beenden würde, erwarten. »Was sagtest du?«, fragte Lucas. »Habe ich gehört, wie du gesagt hast: ›Aber natürlich, Lucas Robert, bin ich dir von Herzen dankbar für die Chance, dass du mich nicht erschießt.‹?« Er wartete, und einen Augenblick später nickte Daley.

»Gut. Dort drüben liegt Papier. Und dort sind Feder und Tinte.« Er nahm die Waffe ein Stück zurück, doch nur so weit, dass Daley sich umschauen und nach den Schreibutensilien greifen konnte. »Aber beweg dich langsam. Dieser Revolver könnte leicht aus Versehen losgehen, und das wäre doch schrecklich. Schreib, was ich dir sage.«

Samuel wartete mit zwischen zitternden Fingern gehaltener Feder.

Lucas diktierte: »›Ich, Captain Lucas Robert Brosnahan, C. S. A., gebe hiermit mein feierliches Ehrenwort, bis zu meinem ordnungsgemäßen Austausch als Kriegsgefangener nicht an feindlichen Handlungen gegen die Regierung der Vereinigten Staaten teilzunehmen.‹« Dann überlegte er kurz, was Samuel Gelegenheit gab, mit dem Schreiben nachzukommen. »›Weiter werde ich nichts unternehmen, um weder direkt noch indirekt die Autorität der Vereinigten Staaten herabzuwürdigen. Und zwar bis zu meinem ordnungsgemäßen Austausch, wie bereits im ersten Absatz vermerkt.‹ Und jetzt lass etwas Platz für meine Unterschrift und schreibe: ›Captain, 2. Infanterieregiment der Armee von Tennessee.‹« Er wartete, bis Daley damit fertig war, und fügte hinzu: »Und darunter schreibst du: ›Hiermit bestätige ich, das L. R. Brosnahan oben dokumentiertes Ehrenwort in meiner Gegenwart gegeben und unterzeichnet hat.‹ Dann deine Unterschrift und das heutige Datum. Und dann schreibst du weiter: ›Captain L.R. Brosnahan hat nach Unterzeichnung seines Ehrenworts die Erlaubnis, unbehelligt in sein Haus in Sumner County, Tennessee, zurückzukehren.‹ Ende, und danach lebten sie alle glücklich und zufrieden weiter. Sogar du.«

Sobald das Schriftstück verfertigt war, zerrte Lucas Samuel hoch und stieß ihn auf die andere Seite des Zimmers. Dann reichte er den Revolver an Shelby weiter, ehe er zur Feder griff und seine Unterschrift unter seine Entlassung auf Ehrenwort setzte. Shelby richtete die Waffe auf Daley. Sie musste an sich halten, ihn nicht einfach niederzuschießen. Aber Daley entspannte sich sichtlich, da er wohl glaubte, Shelby würde nicht den Mut aufbringen, abzudrücken. Das steigerte in ihr nur noch den Wunsch, ein Loch in ihn zu schießen, und zwar dort, wo es am meisten wehtun würde.

»Dieses Dokument wurde unter Zwang verfasst«, sagte Daley trotzig.

»Da muss ich dir Recht geben.« Lucas drückte das Löschpapier auf das Blatt, faltete es sorgfältig zusammen und steckte es in seine Brusttasche.

»Es ist daher nichts wert.«

Lucas' Miene verfinsterte sich, und er beugte sich forschend über Samuel. »Du denkst doch wohl nicht daran, mich zu verhaften, oder? Denn das würde dir nicht sonderlich bekommen. Selbst wenn es dir gelingt, mich zu überwältigen, musst du immer noch mit ihr fertig werden.« Dabei deutete er mit dem Kopf auf Shelby. »Sie würde dich töten. Sollte mir etwas zustoßen, wird sie dich des Nachts heimsuchen. Oder wenn du beim Essen bist.

Oder beim Scheißen. Sie kann teuflisch gut mit dem Feuerhaken umgehen und würde dich mit Freuden über den Haufen schießen, falls du ihr in die Quere kommst. Ich würde mich fürchten, wäre ich an deiner Stelle.« Shelby machte einen Schritt auf Daley zu, die Waffe mit beiden Händen auf sein Gesicht angelegt.

Er warf ihr einen bitterbösen Blick zu. »Sie ist eine Teufelin.«

»Sie ist meine Frau.« In Lucas' zorniger Stimme lagen mehr Stolz und Respekt, als Shelby selbst in ihren kühnsten Träumen erwartet hätte. »Sie mag eine Teufelin sein, aber bei Gott, sie gehört mir. Und jetzt geh beiseite, Sam. Wir fahren nach Hause.«

Samuel Clarence gab sich geschlagen und ließ die Brosnahans ungehindert ihres Weges ziehen.

Vor dem Haus stiegen sie auf ihren Wagen, dessen Zügel Lucas ergriff. »Wie bist du zu Fuß nur so schnell hierher gekommen?«, wollte Shelby wissen.

Lucas deutete mit dem Kopf auf eine Kutsche neben Petes Scheune. »Dein Vater. Er ist zufälligerweise vorbeigekommen und hat mich mitgenommen. Seine Sportkutsche ist ein klein wenig schneller als der Wagen hier.« Er wendete in einem weiten Bogen und kehrte in die Richtung zurück, aus der sie gekommen waren. »Weißt du überhaupt, wie gefährlich das war, was du eben getan hast?«, fragte er.

»Ich weiß es.« Sie zitterte immer noch am ganzen Körper.

»Wir hätten beide getötet werden können.«

»Ich habe dein Leben gerettet. Wieder einmal.«

»Und ich das deine.« Lucas schüttelte den Kopf, aber ein kaum wahrnehmbares Lächeln umspielte seine Mundwinkel, als er ihre Hand ergriff. »Was soll ich nur mit dir tun?«

»Ich würde sagen, wir schaffen dein klappriges Gestell jetzt ins Bett, und dann wird dir schon was einfallen, wie ich dich kenne.«

Lucas stieß einen glücklichen Seufzer aus und lachte übermütig.

22

Es war erstaunlich, wie viel Schmutz und Staub sich in einem Wandschrank ansammeln konnten. Jason musste erst mal jede Menge von seinen eigenen Sachen auf die Seite räumen, ehe er an die alten Schachteln gelangte. Er bekam fast keine Luft mehr, so staubig war es. Mary Beth war an der Schlafzimmertür zurückgeblieben und schien hin und her gerissen zwischen dem Wunsch zu helfen und der Angst, sich weiter ins Zimmer zu wagen. Irgendetwas auf der Rückseite der Tür erregte ihre Aufmerksamkeit, und sie schloss sie ein Stück, bis sie einen besseren Blick darauf hatte. Mit dem Finger zeichnete sie die Stelle nach. Jason war immer davon ausgegangen, dass es sich dabei um den Abdruck eines Stiefelabsatzes handelte, auch wenn die Stelle so oft überstrichen worden war, dass man das nicht mehr mit Bestimmtheit erkennen konnte. Außerdem hatte er sich nie vorstellen können, wie ein Stiefelabsatz so hoch hinauf an die Tür gelangt war.

»Könntest du vielleicht kommen und mir ein wenig zur Hand gehen, Mary Beth?«, rief er aus dem Schrank. Ein großer Karton mit einer aufgedruckten Banane, in dem sich etwas unglaublich Schweres befand, machte ihm so zu schaffen, dass er fast das Gleichgewicht verloren hätte. Zudem kitzelte der Staub fürchterlich in seiner Nase, und mit jeder Sekunde schwand seine Begeisterung für die Sache ein Stückchen mehr.

Mary Beth' Hände flatterten nervös. »Oh, ich bin sicher, dass ich dir keine große Hilfe sein werde.«

»Du bist doch ein großes, starkes Mädchen. Komm her, die Schachteln sind schwer.« Jason ließ den Karton auf den Boden knallen und versetzte ihm einen Stoß mit dem Schuh. Er bewegte sich kaum. In dem Karton mussten alle seine überflüssigen Hanteln und Gewichte aus der Highschool sein.

»Nein, lieber nicht.«

»Du bist faul.«

»Nein, nur vorsichtig.«

Jason richtete sich auf und starrte sie ungläubig an, bis ihm klar wurde, was in ihrem Kopf vor sich ging. »Das ist mein Schlafzimmer«, sagte er, wie an sich selbst gerichtet.

»In der Tat, das ist es. Wie man eindeutig an dem riesigen Bett darin erkennen kann.«

»Du willst also nicht hereinkommen, weil es das Schlafzimmer eines Mannes ist.«

»Ich würde es nie wagen.«

»Dir fehlt das Vertrauen in mich, dass ich nicht versuchen werde über dich herzufallen?«

»Du bist ein Mann.«

»Ich bin ein Mann, kein Verbrecher. Du bist hier so sicher wie überall sonst auf dieser Erde, und weitaus sicherer als an den meisten Orten. Außerdem waren wir beide … ich meine, Shelby und ich, schon früher allein, und ich habe nicht einmal versucht, sie zu küssen.« Er zuckte mit den Schultern. »Sie mich übrigens auch nicht.«

»Was für eine Frau ist denn diese Shelby?«

»Oh, sie war sehr cool.«

»Kein Wunder, dass du sie nicht küssen wolltest.«

Jason musste einen Augenblick überlegen, was sie damit meinte, während er sich bückte, um die Bananenschachtel weiter ins Schlafzimmer zu ziehen. Im Aufrichten sagte er: »Nein. Nicht cool im Sinn von unfreundlich. Sie war eine tolle Frau. Es hat Spaß gemacht mit ihr. Sie war geradeheraus. Und ich wollte sie küssen. Ich habe es nur nicht getan, weil sie mich anscheinend nicht küssen wollte.« Ein Gedanke ließ ihn innehalten. »Hm. Jetzt frage ich mich aber schon, was aus ihr geworden ist, wenn du nicht sie bist.« Er dachte angestrengt nach, kam aber auf keine eindeutige Antwort. »Auf jeden Fall hast du nichts zu verlieren, wenn du ein wenig näher kommst. Dann muss ich auch nicht so schreien.«

Endlich gab sie seinem Drängen nach und kam näher an den Wandschrank. »Ich war noch nie im Schlafzimmer eines fremden Mannes.«

»Das habe ich auch nicht erwartet.« Mittlerweile konnte er sich nicht mehr vorstellen, dass sie je irgendetwas getan hätte, wogegen ihr Vater hätte Einwände erheben können. Er kehrte in den Schrank zurück und zerrte eine weitere große Schachtel hinter der ersten hervor. Auf dieser stand mit schwarzem Filzstift »Archiv«. Die Schachtel war alt und die Schrift bereits zu einem fahlen Braun verblichen. Jasons Großmutter hatte sie vierzig Jahre zuvor gepackt, und er hatte nur ein einziges Mal einen Blick hineingeworfen, damals, als seine Eltern sie zusammen mit dem Haus geerbt hatten. »Hier ist es.«

Mary Beth' Interesse war schlagartig geweckt. »Was ist da drin?«

Achselzuckend stellte Jason die Schachtel vor sie auf den Boden. »Ich kann mich nicht mehr genau erinnern. Manches von dem Zeug stammt noch aus der Zeit weit vor dem Bürgerkrieg. Aber ich weiß, dass eine Menge davon aus deiner Zeit ist. Hier.« Er kniete sich hin und machte den Karton auf. Der Pappdeckel war nach vierzig Jahren schon fast zu Staub zerfallen, sodass er bei der ersten Berührung zerriss.

Fotografien über Fotografien. Sein Vater als kleiner Junge, sein Großvater in Uniform, jemand, den er nicht kannte, auch in Uniform. Aber die Aufnahme stammte aus derselben Zeit, aus dem Zweiten Weltkrieg, sodass es vielleicht ein Großonkel war, einer von Großvaters Schwägern. Mary Beth half ihm, alles durchzusehen. Es war, als würden sie sich Schritt für Schritt in die Vergangenheit zurückbewegen, je tiefer sie in den Karton vordrangen. Da war die Heiratsurkunde eines männlichen Brosnahan, und auch wenn Jason die Namen nicht kannte, war dem Datum zu entnehmen, dass es sich bei dem Paar um seine Ururgroßeltern handeln musste – Matthew und Harriet Brosnahan. Aber das war bereits nach dem Bürgerkrieg gewesen, sodass Jason das Dokument beiseite legte und erneut in die Schachtel griff.

Seine Finger umschlossen eine gerahmte Fotografie, die er ans Licht beförderte. Eine Daguerreotypie. Der mit üppigen Schnörkeln verzierte Silberrahmen war stumpf und fleckig, aber dennoch wunderschön. Es knirschte, als er ihn hochhob, und er entdeckte einen Sprung in einer Ecke. Jason konnte sich an das Foto erinnern. Er war noch ein Junge gewesen, und seine Eltern hatten großes Aufheben um das Bild dieses Vorfahren gemacht, der im Bürgerkrieg gekämpft hatte. Es war die Rede davon gewesen, es aufzustellen, aber letzten Endes hatte man doch beschlossen, es besser nicht dem Licht auszusetzen. Jason betrachtete den Soldaten in seiner grauen Uniform, dessen blaue Augen eine Traurigkeit ausstrahlte, die Jason als Junge nie so richtig einzuordnen wusste. Doch jetzt glaubte er zu verstehen.

»Ist das dein Lucas?« Er reichte Mary Beth den Rahmen.

Ihre Augen weiteten sich, als sie ihn sah, und sie griff vorsichtig danach. »O mein Gott.« Er war es. Mit einem Finger berührte sie zärtlich das Foto, als wäre es ein Mensch aus Fleisch und Blut. »Lucas Robert.«

Es war noch mehr in dem Pappkarton. Ganz unten am Boden lag, in Zeitungspapier aus den fünfziger Jahren eingewickelt, eine kleine hölzerne Schachtel. Es war eine uralte Zigarrenschachtel, die mittlerweile nicht mehr nach Tabak, sondern nach vermodertem Holz roch. Jason nahm sie heraus und öffnete sie mit größter Vorsicht.

Zum Vorschein kamen in ein seidenes Taschentuch eingeschlagene Briefe. Das Papier war fast schon porös und durchscheinend, die Tinte verblichen und blassblau. Aber der Absender war noch gut lesbar. »Mary Beth Brosnahan, Hendersonville, Tennessee« stand da.

»Wie es aussieht«, sagte Jason, »scheinst du ihn doch geheiratet zu haben. Es sei denn, er hat sich in eine andere Mary Beth verliebt.« Er wollte schon scherzhaft hinzufügen, dass Amos vielleicht ihretwegen seine Frau verlassen hatte, beschloss aber, sich die Bemerkung lieber zu verkneifen.

Mary Beth nahm die Briefe andächtig in die Hand. In dem Moment verlor sie die Fassung, und Tränen schossen ihr in die Augen. Jason wusste nicht, was er sich an Reaktion von ihr erwartet hatte, aber bestimmt nicht das. »Ich muss einen Weg nach Hause finden.«

»Ich dachte, du hättest ihn nicht heiraten wollen.«

»Aber ich gehöre doch dorthin. Wenn ich keinen Weg nach Hause finde, kann ich ihn nicht heiraten. Dann werden unsere Kinder nicht geboren. Und auch du nicht.«

»Aber natürlich. Ich bin doch da.«

Verwundert runzelte sie die Stirn. Doch dann schüttelte sie den Kopf. »Nein. Ich muss zurück. Ich muss einen Weg finden.« Die Daguerreotypie an die Brust gedrückt, stand sie auf und sah sich im Zimmer um, als könnte ihr irgendetwas darin eine Antwort geben. Dann legte sie die Fotografie in die Schachtel zurück, ging in den Wandschrank und fing zu suchen an. Sie schien sehr erregt zu sein.

»Mary Beth …« Jason war nicht sonderlich begeistert von der Vorstellung, sie könnte sich seine Sachen näher ansehen, wurde aber von den Briefen in seiner Hand abgelenkt. Also ließ er sie gewähren, in der Hoffnung, sie würde entweder finden, was sie suchte, oder aber wieder herauskommen. In der Zwischenzeit faltete er den zweiten Brief in dem Stapel auseinander, um ihn zu lesen. Er war an einen Capt. Lucas R. Brosnahan vom 2. Tennessee-Infanterieregiment adressiert und stammte aus dem Oktober des Jahres 1862. Geschrieben und unterzeichnet hatte ihn Mary Beth Brosnahan. Als er weiterlas, stellte Jason fest, dass hier irgendetwas nicht stimmte.

Die Frau, die diesen Brief geschrieben hatte, war nicht das zarte Wesen, das in eben diesem Moment seinen Schrank auf den Kopf stellte. Der Brief war in einer handfesten Sprache verfasst, hier und da waren sogar moderne Begriffe eingeflochten. Außerdem war es Shelbys Handschrift, die von dem gewaltsamen Übergriff einiger konföderierter Plünderer berichtete. Je mehr er las, desto mehr wuchs Jasons Überzeugung, dass die Verfasserin unmöglich Mary Beth sein konnte. Diese Frau hatte sich mit einem Schürhaken gegen die Eindringlinge verteidigt und schließlich einen von ihnen mit seinem eigenen Revolver erschossen. Jason warf einen Blick zum Schrank. Diese Mary Beth war bereit gewesen, ihr Leben an der Seite eines Mannes zu verbringen, den sie nicht liebte, nur weil ihr Vater das wollte. Nein, jetzt wusste er, wo Shelby abgeblieben war, als Mary Beth bei ihm auftauchte.

»Mary Beth, was machst du da eigentlich?«

»Ich suche mein Tagebuch. Wenn ich Lucas Robert geheiratet und unsere Liebesbriefe aufbewahrt habe, dann habe ich höchstwahrscheinlich auch mein Tagebuch aufgehoben. Es muss hier sein, und ich möchte wetten …« Ihre Stimme verlor sich, und aus dem Wandschrank drang das Geräusch zerreißenden Papiers an Jasons Ohr.

Jason erhob sich aus dem Schneidersitz, um nachzuschauen. »Was treibst du da?« Mary Beth griff gerade mit einer Hand in ein Loch in der Wand, während sie in der anderen ein rechteckiges Stück Gipskarton hielt. »Mary Beth …«

»Es ist nicht da.«

»Natürlich nicht. Es ist in dem Karton.« Unter dem Stapel mit den Briefen hatte er dort zuvor ein kleines, in Leder gebundenes Tagebuch gesehen.

Mary Beth kam herausgeeilt. »Weißt du, wenn deine Shelby an derselben Stelle wie ich stand, als das passierte, und dabei das Tagebuch in der Hand hielt, dann ist das vielleicht der Grund, warum alles so gekommen ist. Wenn ich jetzt genau an den Platz zurückkehre, wo ich in dem Moment war, als …« Beim Anblick des kleinen Buches stieß sie einen Schrei aus und riss es ihm aus dem Hand.

Jason nahm den Gipskarton und versuchte, ihn wieder vor das Loch zu schieben, aber die alten Klebebänder waren hoffnungslos vertrocknet und hielten nicht mehr. Er musste jemanden kommen lassen, der die Wand wieder herrichtete. Als er ins Zimmer zurückkam, war Mary Beth verschwunden.

»Mary Beth?« Hatte sie so schnell einen Weg in die Vergangenheit zurückgefunden? Panik stieg in ihm hoch. Sie hatte das Tagebuch und würde es benützen. »Mary Beth!« Endlich war ihm ein Licht aufgegangen, und er hatte begriffen, dass nicht Mary Beth, sondern Shelby seine Urahnin war. Shelby hatte den Überfall überlebt und Lucas Robert noch *vor* dem Krieg geheiratet, statt ihn hinzuhalten und warten zu lassen. Wenn es Mary Beth nun gelang, Annies Zauber rückgängig zu machen, würde sie damit auch alle Handlungen und Taten von Shelby rückgängig machen. Sie würde nicht überleben, um Lucas heiraten zu können, und infolgedessen auch nie Mutter oder Großmutter werden. »Mary Beth«, rief er und stürmte die Treppe hinunter.

Sie stand in dem Vorraum neben der Tür. Sie hatte das Tagebuch aufgeschlagen, den Finger auf eine Seite gelegt und bewegte die Lippen.

»Halt!« Das Herz klopfte ihm bis zum Hals. Er hielt ihr seine Handfläche entgegen wie ein Verkehrspolizist, der sie zu langsamerem Fahren anhalten wollte.

Mary Beth blickte hoch. »Es ist das Pentagramm, Jason! Ich stehe jetzt genau an der Stelle wie in dem Moment, als ich die Zeit wechselte. Wenn ich nun den Zauberspruch wiederhole, kehre ich vielleicht in dieselbe Sekunde zurück, in der ich wegging. Und dann ist es, als wäre nichts passiert. Ich kann mich vielleicht gar nicht mehr daran erinnern, dass ich weg war.« Jason wurde von Entsetzen gepackt, und er streckte die Hand aus, um Mary Beth aufzuhalten. »Und so kann ich in mein eigenes Leben zurückkehren«, fuhr sie aufgeregt fort.

»Aber das ist nicht mehr dein Leben.«

Angstvoll riss sie die Augen auf. »Natürlich ist es mein Leben. Man hat es mir nur weggenommen.«

»Du hast dir doch immer ein anderes, ein besseres Leben gewünscht. Und das hast du erhalten. Jetzt bist du hier, und ich denke, dass du hierher gehörst.« Noch im selben Moment wurde ihm bewusst, dass er es tatsächlich glaubte. Mary Beth gehörte hierher, wo die Welt neu und berauschend für sie war und sie frei und nach ihren eigenen Vorstellungen leben konnte.

Lange schwieg sie und dachte über das nach, was Jason gesagt hatte. »Ich gehöre hierher?«

»Natürlich. Du wolltest doch frei sein, und das kannst du nur hier. Hier kannst du sein, wer und was du willst. Du musst auch nicht heiraten, wenn du nicht willst. Und du musst auch nicht auf deinen guten Ruf achten, als wäre er das Einzige, was du hast.«

»Aber ihre Reputation ist doch der einzige Besitz einer Frau.«

»Hier nicht. Hier kann eine Frau viel mehr haben. Und du kannst viel mehr sein. Geh nicht. Offensichtlich war es vorherbestimmt, dass du jetzt hier bist und Shelby dort ist. Sie hat nämlich diese Briefe geschrieben. Und sie ist meine Urahnin. Wenn du jetzt wieder in deine Zeit zurückkehrst, dann ist nicht sicher, ob ich überhaupt existiere.«

»Nicht existieren? Natürlich existierst du. Du bist doch da.«

»Nicht, wenn du dein Leben nicht genauso lebst, wie

Shelby das getan hat. Schau mal, ist das deine Handschrift?« Er zeigte ihr den Brief. »Hier steht, dass du einen Mann erschossen und getötet hast. Würdest du das fertig bringen?« Ihr bleiches Gesicht sagte ihm, dass sie sich so etwas nicht einmal vorstellen konnte. »Du würdest Shelby sein müssen, damit dein Leben auch den Verlauf nimmt, den ihres genommen hat. Und das bist du nicht. Shelby hat Lucas noch vor dem Krieg geheiratet, und du wolltest ihn überhaupt nicht heiraten. Du bist nicht Shelby. Du bist Mary Beth, die eine reizende Person ist und hierher gehört.«

»Du weißt doch gar nicht, wer ich bin«, erwiderte sie mit zittriger Stimme.

Jason biss sich auf die Lippe und wägte sorgfältig seine nächsten Worte ab. Dann sagte er: »Aber ich würde es gerne erfahren.«

»Ich weiß doch gar nicht, wie ich in dieser Zeit leben soll.«

»Du könntest es lernen.« Jason suchte krampfhaft nach einem Einfall und hatte schließlich eine Eingebung. »Deine Erbschaft.«

»Welche Erbschaft? Meine Eltern sind schon viel zu lange tot, als dass …«

»Shelbys Erbe. Als Shelbys Mutter starb, hinterließ sie ihr eine beträchtliche Summe. So haben wir uns auch kennen gelernt. Sie wollte mit ihrer Erbschaft mein Haus kaufen. Außerdem hat Shelby einen Beruf. Sie hat Freunde – wozu auch ich zähle. Und wir alle würden dir helfen, dich in deinem neuen Leben einzurichten. Du könntest dich beurlauben lassen oder sogar ganz kündigen und für ein Jahr oder zwei an die Schule gehen.«

»An die Schule?«

»Gleich hier in der Nähe gibt es eine öffentliche Hochschule.«

»Hochschule?« Jetzt war ihr die Aufregung deutlich anzuhören, und er musste lächeln.

»Sicher. Lesen und schreiben kannst du. Ich sehe doch, dass du eine Schule besucht hast.«

»Als ich noch sehr jung war, doch mit zwölf Jahren musste ich aufhören.«

»Aber du kannst lesen und schreiben. Wahrscheinlich besser als viele Studienanfänger. Ein paar Jahre Studium, und du kannst dir eine Arbeit suchen.«

Langsam schwand der Zweifel aus Mary Beth' Augen, und an seine Stelle trat wachsende Erregung. »Ich könnte lernen zu arbeiten? Und niemand würde schlecht von mir denken?«

»Man würde dich bewundern.«

»Könnte ich auch lernen, so ein Vehikel zu fahren?«

»Das würdest du schon müssen. Und ich könnte es dir beibringen.«

Sie warf ihm aus sanften Augen einen prüfenden Blick zu. »Es mir beibringen oder mich kontrollieren?«

Er grinste. »Siehst du, du denkst schon wie eine moderne Frau. Du wirst dich im Handumdrehen emanzipieren. Bist du bereit, frei zu sein, oder fürchtest du dich davor?« Jason streckte die Hand nach dem Tagebuch aus.

Mary Beth betrachtete einen Moment lang nachdenklich das kleine Buch, an dem steif und zerknittert ein Lederriemen baumelte. Schließlich reichte sie es Jason mit einem erwartungsvollen Blick.

Nie war es ihm so schwer gefallen, diese Frau nicht zu küssen, wie in diesem Moment. Wie oft hatte er Shelby küssen wollen. Mary Beth sah zwar aus wie sie, aber aus ihren Augen sprach eine andere Frau, die weitaus interessanter und – wie es Jason schien – auch weitaus interessierter war. Einen Moment lang hielten sich Angst und Hoffnung die Balance. Er wusste, dass er es riskierte, sich eine Ohrfeige einzufangen. Aber dann beugte er sich über sie. Seine Lippen berührten sanft die ihren, und es kitzelte, als beschnuppere ihn prüfend ein Kätzchen. Als Mary Beth lächelte, war Jason so leicht ums Herz wie schon lange nicht mehr.

In dem Moment glitt hinten aus dem Tagebuch ein Blatt Papier heraus und segelte zu Boden. Jason bückte sich, um es aufzuheben. Es war ein noch ungeöffneter Brief. Das Siegelwachs auf der Rückseite war noch nicht erbrochen, und der Brief war vollkommen intakt. Jason drehte ihn um und las auf der Vorderseite: »An Mary Beth Campbell. Zu öffnen am 12. Dezember 2004.« Ein Schauder lief ihm über den Rücken, und er reichte Mary Beth den Brief.

»Hier. Er ist für dich.«

Fragend und mit großen Augen nahm sie ihn in Empfang, erbrach das Siegel, faltete die Seiten auseinander und begann laut vorzulesen …

23

Liebe Mary Beth …«

Shelby saß am Tisch im Esszimmer. Jetzt, da man ihr die Schwangerschaft bereits ansah und das Kleid stärker spannte, als ihr lieb war, fühlte sie sich ein wenig unbehaglich. Der zwei Jahre alte Matthew stand auf einem Stuhl am Fenster und gab einsilbige Kommentare zu den Laufversuchen seines Vaters ab. Er machte langsam Fortschritte und konnte bereits ohne Stock gehen, wenn auch immer noch stark hinkend. Samuel Clarence hatte nicht eine Silbe über jenen Tag in seinem Büro verlauten lassen. Auch wenn Shelby wusste, dass die kommenden Jahre nicht leicht werden würden, so hatte die Familie doch immerhin eine Chance, das Ende der Okkupation zu erleben. Es gab also Hoffnung.

Matthew klatschte mit seinen Patschhänden an das Fenster und brachte die Scheiben zum Klirren.

»Matthew, lass das.«

Draußen blieb Lucas stehen und schaute zum Haus zurück. Er winkte seinem Sohn. »Pa!« Wieder patschte Matthews Hand gegen die Glasscheibe, und Shelby stand auf, um ihn wegzuholen. Lucas, der sie am Fenster sah, strahlte übers ganze Gesicht. Dann winkte er auch ihr zu, bevor er sich weiter auf den Weg zu ihrer Stute machte, die sie im Wald versteckt hielten. Shelby war glücklich, ihren Mann so lächeln zu sehen. Jeder neue Tag, den er neben ihr erwachte, jeder Atemzug, den er tat, war wertvoll für sie.

Sie setzte Matthew auf den Boden und ermahnte ihn, seine Hände von den Fenstern zu lassen. In dem Moment rief Ruth aus dem Nebenzimmer seinen Namen und kam, um ihn mitzunehmen. Ruth plapperte in Babysprache mit ihrem Neffen. Shelby blickte den beiden hinterher und empfand große Dankbarkeit für die Gegenwart dieser Frau, die Matthew wie eine zweite Mutter liebte. Alle ihre Kinder würden geliebt und behütet aufwachsen, das wusste sie.

Der Großvater des Jungen lag schnarchend auf seiner Bettstatt neben dem Feuer. Er verbrachte seine Zeit fast nur noch schlafend. Seit dem letzten Sommer hatte der alte Mann nicht mehr viel Interesse für seine Umgebung gezeigt, und obwohl Lucas' Heimkehr ihm einen gewissen Auftrieb gegeben hatte, wussten sie doch alle, dass es nicht mehr lange dauern würde. Vor allem Shelby war klar, dass jeder Tag ein Geschenk war.

Sie kehrte an den Tisch und zu Mary Beth' Tagebuch zurück, neben dem ein paar Bogen Briefpapier lagen. Shelby hatte das Tagebuch vollendet. Das Buch war voll geschrieben, halb mit ihren eigenen Worten, halb mit den Eintragungen einer Frau, die sie nie kennen gelernt hatte und nie kennen lernen würde, zu der sie aber eine nur schwer erklärliche seelische Verwandtschaft verspürte.

Der Federkiel war seit dem letzten Mal, als Lucas die Buchhaltung gemacht hatte, nicht mehr gesäubert worden. Shelby musste deshalb die Spitze am Rand des Tintenfasses ein wenig hin und her biegen, ehe sie sie eintauchen und wieder damit schreiben konnte. Sie überlegte einen Moment und machte sich dann erneut an den Brief.

»... ich schreibe diese Zeilen in der Annahme, dass du jetzt dort bist, wo ich einmal war. Weiter gehe ich davon aus, dass du nach diesem Tagebuch suchen wirst, weil ich das bestimmt tun würde. Ich habe keine Ahnung, ob du es jemals finden wirst oder ob es die eineinhalb Jahrhunderte bis zu deinem Eintreffen überhaupt überleben wird. Aber ich schreibe dir trotzdem, auch wenn die Chancen nicht groß sind.

Ich könnte mir vorstellen, dass du im Moment ziemlich durcheinander und verwirrt bist. Ich jedenfalls war entsetzt, als ich hier in deiner Zeit ankam. Alles war so fremd. Ich kannte niemanden, hatte aber den Eindruck, dass alle Dinge von mir erwarteten, die mir ein Rätsel waren. Ich war verloren und hatte keine Möglichkeit, meinen Weg nach Hause wiederzufinden. Und zuerst wusste ich ja nicht einmal, was mit mir passiert war und warum. Du musst ebenso entsetzt sein und bereust vielleicht, was du getan hast.

Aber ich will, dass du eines weißt: Dass du mich mit Lucas zusammengebracht hast, war das Beste, was je ein Mensch für mich getan hat. Lucas liebt mich mehr, als ich mir je von einem Mann vorstellen konnte. Und ich hätte nie eine so tiefe Liebe für einen anderen Menschen empfinden können, wie ich es jetzt für ihn tue. Manchmal frage ich mich, ob durch dich nicht das Schicksal tätig wurde, denn ein Leben ohne Lucas oder ohne Matthew kann ich mir nicht mehr vorstellen. Dieses Leben war mir vorherbestimmt.

Und deshalb danke ich dir aus tiefster Seele, Mary Beth. Ich werde dir immer dankbar sein für das, was du getan hast. Und ich bete, dass du in der Zukunft ein ebenso großes Glück finden wirst, wie ich es hier mit Lucas gefunden habe, denn du verdienst alle Freude dieser Welt. Danke, dass du mir dieses Leben geschenkt hast. Auch wenn ich bestimmt schon über hundert Jahre tot sein werde, wenn du diese Zeilen liest, wirst du immer in meinem Herzen sein – in diesem Leben und bis in die nächste Welt. Gott segne dich.«

Marc Levy

Sieben Tage für die Ewigkeit

Roman

Zofia und Lukas sind so verschieden, wie zwei Menschen nur sein können: wie Feuer und Wasser, wie Engel und Teufel! Als sie sich ineinander verlieben, sprühen Funken. Und es steht viel mehr auf dem Spiel als die Zukunft ihrer Beziehung, denn Gott und Satan haben sie auf die Erde geschickt, um ein für alle Mal zu klären, wer nun wirklich die Macht hat.

»Göttliche Komödie des französischen Bestsellerautors.«
Gala

Knaur Taschenbuch Verlag

Marc Levy

Wo bist du?

Er liebt sie – doch sie sucht ihre Erfüllung in einem fernen Land. Sie liebt ihn auch – doch seine Liebe kann ihr nicht genügen. Als Susan ihren Geliebten Philip verlässt, um den Menschen in Honduras zu helfen, ahnt dieser nicht, dass dies noch lange nicht das Ende ihrer gemeinsamen Geschichte ist. Der Roman um zwei Menschen, deren Beziehung ihr ganzes Leben beeinflusst – und die doch nie zusammenleben können.

Ein Roman wie ein Wirbelsturm um eine Liebe, die nie aufhört – vom Autor des Weltbestsellers *Solange du da bist*.

Knaur Taschenbuch Verlag